anagramma

1206

Questo romanzo contiene la trattazione di tematiche delicate e la descrizione di scene esplicite. Se ne consiglia la lettura a un pubblico maturo e consapevole.

Prima edizione: maggio 2024

ISBN 978-88-227-8417-9

www.newtoncompton.com

Realizzazione a cura di The Bookmakers Studio editoriale s.r.l.s.
Stampato nel maggio 2024 presso Puntoweb s.r.l., Ariccia (Roma)

Stefania S.

BADLANDS

Incantevole tentazione

Newton Compton editori

A coloro che sanno riconoscere la bellezza anche nell'oscurità.

1

JULIET

A volte mi chiedo se alcuni avvenimenti siano importanti per davvero o se siamo noi a considerarli tali, perché vorremmo che lo fossero.

Me lo domando anche oggi. All'apparenza è un lunedì come un altro: fuori piove a dirotto e io di norma avrei inventato una scusa per rimanere a casa da scuola, infilandomi sotto le coperte con una tazza di cioccolata fumante e un bel film romantico.

In realtà, però, non è affatto un lunedì qualsiasi: è arrivato il grande giorno del trasferimento a casa Ackerman. Questo sì che è un passo importante: detestabile, ma comunque importante.

«Juliet!», urla mia madre, concitata.

Le voglio bene, sebbene io sospetti si sia laureata con una tesi dal titolo: "Come rompere le scatole a Juliet". E infatti, stamattina mi ha tirato giù dal letto in malo modo, a furia di grida.

«Hai controllato di aver preso tutto?», si informa, piombando nella cucina ormai desolata. I suoi tacchi battono nervosi sul pavimento. «Sì, mamma».

La mia strategia è quella di rispondere in maniera scocciata alla prima domanda, così mi risparmio le altre dieci.

«Cinque minuti e siamo fuori di qui! Non uno di più!», annuncia a gran voce, come fosse il generale di un esercito invisibile.

La scruto annoiata, da sopra uno degli sgabelli girevoli che costeggiano l'isola.

«Mi hai capito, Juliet? Avanti».

«Sì, ma che palle, mamma», mi lamento rimettendomi in piedi.

«Vedi di comportarti bene e di non farmi fare brutte figure con John».

John. Sbuffo al solo sentirlo nominare. Chi si fidanzerebbe con un tizio di nome John?

Ma soprattutto, chi porterebbe la propria figlia a vivere a casa di un uomo che conosce da meno di un anno?

«Me lo sento che stiamo dimenticando qualcosa!».

Mamma continua a spalancare le ante della dispensa. Il suo atteggiamento nevrotico mi fa alzare gli occhi al cielo a ripetizione. Senza degnarla di ulteriore considerazione, mi dirigo in corridoio per recuperare il cappotto. Prima di raggiungere l'appendiabiti, controllo il mio riflesso nello specchio.

La prima cosa che noto sono le mie gambe, strette in jeans aderenti che sottolineano quanto poco siano slanciate. Sono molto minuta, quindi trovare vestiti che mi stiano bene è sempre un'impresa. Il maglione color pesca che ho abbinato ai jeans, infatti, mi inghiotte e mi sta enorme. Il viso è senz'altro il mio punto di forza: occhi nocciola, una cascata di lunghi capelli color cioccolato, labbra disegnate e una spruzzata di lentiggini sul naso.

«Non hai freddo vestita così?»

«Sì, mamma, ora metto il cappotto». In realtà ho appena preso la mia borsa dall'appendiabiti e sono intenta a rovistarci all'interno in cerca del beauty.

Do una leggera passata di mascara sulle ciglia folte e una sistemata veloce ai capelli, poi mi aggancio un choker al collo affusolato.

Confesso di essere un po' vanitosa, ma non posso affrontare il grande giorno senza nemmeno un po' di make-up e un accessorio glam.

D'un tratto, una folata gelida mi trafigge la schiena: mamma ha aperto la porta d'ingresso per avviarsi a passo spedito verso l'auto parcheggiata nel vialetto.

«Posso chiudere il bagagliaio, Juliet?».

Mugugno un "va bene", mentre varco la soglia di casa un'ultima volta. Sollevo il mento verso il cielo argenteo di Londra. Per fortuna ha smesso di piovere.

«Dio santo, hai davvero troppi vestiti, Juliet».

Riporto lo sguardo su mamma, che, con le mani sui fianchi, sta fissando la nostra Mini Cooper stracarica di valigie.

Sì, è vero, forse ho troppe cose per essere solo una diciassettenne… ma come si può pensare che una ragazza se ne vada in giro senza una quantità smodata di vestiti, scarpe e borse?

Dopo aver chiuso il bagagliaio con un gesto deciso, mamma mi lancia un'occhiataccia dall'alto del suo metro e ottanta.

Come ogni volta, io mi domando se quella che ho davanti sia davvero la donna che mi ha messa al mondo.

Sebbene io abbia ereditato alcuni tratti del suo carattere impaziente, tra di noi non vi è alcuna somiglianza fisica. Infatti io non possiedo i suoi capelli biondi, gli occhi chiari, né la sua altezza statuaria.

Quando le sue lunghe gambe saettano veloci verso il portone d'ingresso, mi rendo conto che sta andando a dare un'ultima controllata alla casa. Casa in cui sono cresciuta, in cui ho pianto, riso, e che custodisce tutti i miei ricordi.

Mi appoggio con la schiena alla portiera dell'auto e, arricciandomi una ciocca tra le dita, osservo l'abitazione ormai vuota.

Eccitazione e paura.

Le due emozioni che mi percorrono da capo a piedi. L'ignoto mi aspetta: tutto ciò che so è che ci stiamo trasferendo a casa di John Ackerman.

L'ho conosciuto due mesi fa, in occasione di una cena in un delizioso ristorante italiano. Mi è sembrato da subito un tipo a posto, forse un po' troppo serio per i miei gusti, ma decisamente in gamba.

Come sarà la casa dell'uomo che è riuscito a rubare il cuore di mia madre? John è davvero perfetto come vogliono farmi credere? Le mie domande troveranno risposta a breve, perché le nostre case distano poco l'una dall'altra.

Anche John vive a Londra e, fortunatamente, nonostante il trasferimento, non sarò costretta a cambiare scuola.

«Ha un cane?»

«Tesoro, dai! Sali in macchina, siamo in ritardo», sbotta mamma, chiudendo in fretta il portone e dirigendosi alla Mini Cooper.

Do un'ultima occhiata alla casa che appartiene al mio passato e non provo alcuna nostalgia, forse perché l'eccitazione di scoprire come sarà la mia nuova vita è più forte del rimpianto di lasciare quella vecchia. O forse perché non sono una persona sentimentale, ma questo credo di averlo ereditato da mia madre. Già, proprio lei, la donna che si è infilata in macchina, senza guardarsi indietro nemmeno per un attimo.

«Quindi John ce l'ha un cane, sì o no?»

«Non ha un cane, ha un figlio! Te l'ho già detto, Juliet».

«Chi? Quell'asociale che non è mai venuto a cena con noi?».

Abbasso il parasole e mi passo un velo di rossetto rosso sulle labbra. La nota di colore illumina la mia carnagione diafana e accentua il contrasto con la chioma che scivola giù sulle mie spalle.

«Il figlio di John era in Irlanda per uno scambio culturale. Capisco che per te sia difficile da comprendere, dato che della scuola te ne freghi altamente… E non esagerare con il trucco…».

La tirata di mia madre continua, ma io smetto di ascoltare.

Un lungo respiro, poi finalmente partiamo.

2

JULIET

«John abita a Notting Hill?».

Mia madre è concentrata alla guida, mentre io prego solo che questi Ackerman non siano dei tipi fastidiosi, perché a darmi noia ci pensa già lei.

«No, Juls».

«Ma non era ricco?». La guardo di sbieco.

«Abita a Hampstead, è là che stiamo andando. E poi che significa "ricco"? John lavora sodo e il suo successo se l'è sudato tutto…».

Comincia a sciorinare le doti di quell'uomo, provocandomi uno sbadiglio dopo l'altro. Finalmente, dopo aver percorso una ventina di chilometri su stradine secondarie, arriviamo in un quartiere che pullula di case a schiera.

Quando mamma parcheggia, capisco di essere giunta a destinazione. Eccitata e un po' impaurita, sgancio la cintura.

Andiamo a scoprire che cos'ha di tanto speciale questo John Ackerman.

Scendo dall'auto, nel grigio della mattina autunnale londinese.

E la vedo.

Sotto il cielo perlato, si staglia una villa immensa, dai mattoni rossi perfettamente conservati. Noto subito la cura delle aiuole che riempiono il giardino all'inglese e l'eleganza delle grosse finestre di legno bianco. Nonostante l'attenzione ai dettagli, però, quella dimora trasmette qualcosa di sinistro.

«Catherine, tesoro! Lascia che ti aiuti!».

John ci viene incontro con un gran sorriso, che si estende ai suoi occhi chiari, incorniciati da un grosso paio di occhiali. È un uomo sulla cinquantina, con dei folti ricci ormai brizzolati.

«Ciao, Juliet!», mi saluta, con il suo forte accento di Manchester.

Avevo dimenticato che John non era originario di Londra.

«Salve, signor Ackerman», lo saluto a mia volta.

«Oh, Juliet, quante volte devo dirti di chiamarmi John?»

«Okay, signor Ackerman!», rispondo ridacchiando mentre lui scuote la testa a metà tra lo sconsolato e il divertito.

Sebbene mi piaccia essere in disaccordo con mia madre per ogni cosa, su John per il momento non ho nulla da recriminarle. Durante il nostro primo incontro al ristorante italiano, mi aveva fatto una buona impressione: mi era parso un brav'uomo, premuroso e gentile con lei. E se proprio vogliamo dirla tutta, sembra anche nascondere un fisico slanciato, sotto quel maglione da vecchio giocatore di golf.

Dopo lo scambio di convenevoli, John si avvicina a mia madre, che sta aprendo il baule.

«Lascia pure tutto in macchina, me ne occupo io». Appena guarda meglio dentro la Mini Cooper, il suo sorriso svanisce in fretta. «Diamine, Catherine… ma quanta roba avete?».

E se lui sta fissando sconcertato quell'improbabile mole di bagagli, mia madre, dal canto suo, sta guardando lui adorante.

«John, tesoro, questa è solo una parte… lo sai che la prossima settimana arriverà una spedizione con il resto dei vestiti di Juliet, le mie pentole, il servizio di porcellana…».

Lui scrolla il capo, mentre io mi volto e, con il naso all'insù, mi perdo a contare le finestre che popolano la facciata della dimora mastodontica.

«Juls! Mai che mi dia una mano tu!». Mia madre come al solito non perde l'occasione per ricordarmi che sono una scansafatiche.

Tuttavia, non ho voglia di mettermi a litigare con lei, quindi decido di prendere una delle mie valigie per trascinarmela controvoglia fino all'ingresso, lasciandomi i due piccioncini alle spalle.

Muovo qualche passo, ma è così pesante che per poco non inciampo nei miei stessi stivali. Sto maledicendo il lungo vialetto fino alla villa, quando vengo sorpresa da una voce tetra.

«Piccoletta».

Sollevo gli occhi per fulminare chiunque abbia osato chiamarmi in quel modo.

«Prego?».

Ma non appena il mio sguardo incontra quello del ragazzo moro, dal viso magro e affilato, che ora sta appoggiato al portone di legno intarsiato, perdo ogni sfrontatezza.

Due iridi, ardenti come braci di carbone lucido, mi fissano in maniera così intensa che temo possano bruciarmi.

«Come mai questa confidenza?». Mi rivolgo all'estraneo in tono infastidito, tentando di non dare a vedere il breve attimo di smarrimento che ha accompagnato la mia domanda.

Con entrambe le mani nelle tasche, il ragazzo se ne sta lì, a osservarmi senza emozione. I suoi occhi sono spaventosi. Decisamente ipnotici e troppo profondi.

Non riesco a reggere quello sguardo infernale, quindi mi metto a rimirare il suo abbigliamento elegante.

La camicia color antracite è stirata in modo impeccabile e aderisce alla perfezione al suo torace asciutto. Il tessuto pregiato dei pantaloni fascia un paio di gambe lunghe, sottolineando il suo fisico slanciato. A occhio e croce, sarà almeno un metro e ottantacinque.

«Non era un nomignolo affettuoso», spiega in tono pacato.

La sua voce e i suoi occhi.

Le due cose più inquietanti che io abbia mai sentito e visto in vita mia.

Mi schiarisco la gola e, con la schiena dritta, torno a guardarlo in volto.

Magari non è così sgarbato come sembra, proviamo a dargli un'altra possibilità.

«Ah, no? Non era un modo di dire?». Fingo un tono gentile.
«No. L'ho detto perché sei bassa».
L'affronto di quel presuntuoso mi irrita, quindi, indispettita, me la prendo con la valigia dandole uno strattone. Quella si ribalta con un tonfo sordo e io sollevo il mento per scrutare la reazione del ragazzo.
Lui non si scompone affatto, anzi, si rivolge a me in modo brusco. «Chi sei?»
«Ma chi diavolo sei tu!», mi infervoro.
Lo sconosciuto contrae la mascella marcata mentre mi studia con un'espressione tutt'altro che rassicurante.
«Dato che sei appena arrivata a casa mia, si presuppone che tu utilizzi quel poco di buone maniere che mammina ha provato a insegnarti, e ti presenti. Con educazione, avanti».
Quelle parole pronunciate con voce atona mi danno i brividi.
Dovrò convivere con uno squilibrato, ottimo.
Fingo di non cogliere la nota di rimprovero e tento di farmi strada verso la porta d'ingresso.
«Fammi passare, non vedi che ho una valigia?», sbraito senza ricevere risposta da quel tizio che m'impedisce il passaggio di proposito. Mi volto a cercare l'appoggio dei nostri genitori, ma sono troppo impegnati a farsi le fusa per rendersi conto di ciò che sta accadendo a pochi metri da loro. Torno a guardare lo sconosciuto dallo sguardo di ghiaccio. Lui fa scattare i polsi esili che sbucano dalle maniche della camicia.
È impossibile che ci siano carne e sangue lì sotto, questo ragazzo è un robot.
«Presentati».
Ed è pure insistente.
«Sono Juliet!», rispondo spazientita. «E tu saresti…?».
Attendo in silenzio una risposta che ovviamente non tarda ad arrivare, con tanto di tono snob e saccente.
«Mi è parso di capire che non vedessi l'ora di parlare con il signor Ackerman. Eccoti servita…». Le sue labbra disegnate compiono una curva maliziosa. «…Juliet». Pronuncia il mio nome in un modo così suadente da farmi sussultare.
Lo fisso schifata, nonostante il giovane estraneo dalla parlantina svelta sia tutto fuorché disgustoso.
«Levati di mezzo, sfigato», sbotto decisa, prima di sfilargli davanti a testa alta.
Per evitare anche solo di sfiorarlo, mi schiaccio contro lo stipite della porta, mentre con fare maldestro mi trascino appresso la valigia.
«Come siamo aggraziate», mi beffeggia lui quando gli passo a fianco.
«Come siamo stronzi», ribatto prontamente, reprimendo l'istinto di dargli una spallata decisa.
Metto finalmente piede all'interno della casa e, senza curarmi dei marmi pregiati di cui sono rivestiti i pavimenti, lancio borsa e valigia a terra. Poi sollevo lo sguardo e solo allora mi accorgo dell'ampio salone che mi circonda.
«Wow…». Rimango a bocca aperta per qualche istante.
La sala ben illuminata mi permette di cogliere i dettagli di quell'ambiente lus-

suoso: le pareti di stucco grigio fanno da sfondo al sontuoso divano in pelle chiara abbinato a un caldo tappeto persiano. Dal lato opposto, due alti vasi in porcellana fiancheggiano il pianoforte a coda orientato verso una maestosa finestra che dà sul giardino.

«Non ti eccitare, questo è solo il salone».

Di nuovo la sua voce inquietante. Mi volto e trovo il ragazzo con il gomito poggiato alla mensola di marmo bianco, sotto la quale si trova un grosso caminetto spento.

«Ma taci...», sputo nervosa.

Torno a rimirare i vertiginosi soffitti dai quali pendono due scintillanti lampadari di cristallo, quando John interrompe i nostri battibecchi.

«Avete già fatto conoscenza?».

Oh no, ora lo dice.

«Juliet, ti presento Alexander, mio figlio».

Nessuno dei due muove un muscolo, ma ci pensa mia madre a rompere il ghiaccio. Con mia sorpresa abbraccia la mia nuova nemesi. Il suddetto Alexander si limita a forzare un sorriso finto, poi torna a fissarmi.

«Spero ti troverai bene con noi, Juliet. Siamo molto felici di averti qui».

A differenza del figlio, John si mostra gentile nei miei riguardi. Mi dà un'affettuosa pacca sulla spalla e, sebbene vorrei spararghli un bel "o cacci tuo figlio di casa o io qui non ci vivo", alla fine sono costretta a optare per una frase più convenzionale.

«Grazie, John, io e mia madre siamo davvero contente di trasferirci qui...». Non riesco a resistere, così ci aggiungo una frecciatina. «Per un po'».

John corruga la fronte e, con tono apprensivo, si rivolge a mia madre. «Per un po', Catherine?»

«Lasciala perdere, è già tanto se si comporta in modo educato», ribatte lei, prima di stampargli un bacio sulla guancia ricoperta da un lieve strato di barba chiara.

Che schifo.

«Ho una camera mia, suppongo».

Il mio tono è indisponente, ma non riesco a trattenermi.

«Ma certo che la nostra Juliet avrà una camera tutta sua. Si trova al piano di sopra, ha un armadio abbastanza grande da contenere tutti i tuoi vestiti ed è molto spaziosa. Spero ti piaccia», afferma John.

Alexander prova a defilarsi in silenzio, forse approfittando del fatto che l'attenzione si sia spostata su di me, ma suo padre se ne accorge subito.

«Alex, dove vai? Mostra a Juliet la sua camera».

«Certo, papà».

Stranamente, il robot dalle sembianze umane non mostra il suo lato scontroso con John.

«Vieni con me», mi ordina brusco.

Ma è possibile che, da quando sono qui, non abbia visto una singola emozione sulla faccia di questo ragazzo?

Con un sospiro, lo seguo. Non che io abbia scelta. Mentre percorriamo la sontuosa scalinata che porta al secondo piano, i miei occhi rimangono ammaliati dai suoi movimenti eleganti. Cammina in modo cadenzato, la schiena dritta e nessuna esitazione.

Avrà uno scompartimento per le batterie, lì sotto la camicia.

«Sei una specie di robot?».

La domanda mi esce naturale e lui non sembra sorpreso, perché controbatte in modo rapido.

«E tu sei forse stupida?».

Non faccio in tempo a trovare una risposta che Alexander si ferma davanti a una porta chiusa.

«Dove sono le tue valigie? Non penserai mica che te le porti io?».

Veramente sì.

«Uh, un gentiluomo».

«Uh, una qualunque», mi fa il verso, assottigliando lo sguardo.

Possibile che questo abbia sempre la battuta pronta? E poi come si permette? Non mi conosce nemmeno e mi ha già giudicata con il suo atteggiamento da principino intoccabile.

Prendo un lungo respiro, mi armo di pazienza e ci riprovo.

«Ascolta, Alexander…».

Lui però non mi lascia il tempo di proseguire, avanza verso di me con uno scatto deciso e io mi ritrovo a indietreggiare impaurita, in quel corridoio sconosciuto.

«Sei tu che devi ascoltarmi, Juliet. C'è una sola regola in questa casa». I suoi denti bianchi brillano nella semioscurità e si fanno così prossimi al mio viso da togliermi il respiro. «Devi lasciarmi in pace».

La voce tenebrosa vibra tra quelle labbra disegnate, a pochi centimetri dal mio naso.

Io però non ho nessuna intenzione di farmi mettere i piedi in testa da un pallone gonfiato come lui.

«Comincia ad abituarti alla mia presenza, Ackerman. Io ci vivrò, qui».

Alexander abbassa la fronte alla mia altezza, senza però mai arrivare a sfiorarmi. Non so se sia la sua pelle, o un tipo di fragranza in commercio, ma la sua camicia emana profumo di bucato fresco, sporcato da una nota più scura e maschile, cuoio o forse legno.

Mi ritrovo senza fiato, perché i suoi occhi da brivido e la sua altezza statuaria mi fanno sentire ancora più piccola, mentre me ne sto schiacciata contro il muro. Ho il tempo di notare il suo odore insolitamente buono e la sua pelle chiara, così tanto da sembrare vera porcellana. Ci fissiamo in cagnesco per qualche istante, finché lo svitato non si decide ad allontanarsi e restituirmi il mio spazio vitale.

«Questa è la tua camera».

Il sussurro gelido di Alexander precede il cigolio sinistro del pomello in ottone che ruota sotto le sue dita affusolate. La porta si apre lenta, dandomi l'accesso a una stanza cupa e spoglia.

È uno scherzo?

Muovo un passo dentro la camera e comincio a guardarmi intorno, ma la prima impressione non cambia: lo spazio è enorme e l'arredo è scarno. Al centro torreggia un letto matrimoniale rivestito da lenzuola bianche, al fondo del letto è adagiata una panca in legno dalla finitura lucida e al lato c'è una grossa finestra che dà sul giardino grigio e che sembra incapace di lasciar entrare luce. Un armadio ricopre tutta la lunghezza della parete opposta, poi nient'altro. La cupa atmosfera mi dà i brividi.

Orribile. Non c'è nemmeno uno specchio.

«È anonima». Il mio lamento suona come un capriccio, mentre metto il broncio. Avevo fantasticato a lungo su quella che sarebbe stata la mia nuova stanza, ma alla fine si è rivelata tutt'altro che una bella sorpresa.

«Di sicuro rimarrà anonima ancora per molto, considerando chi ci vivrà».

Alexander non mi risparmia l'ultima cattiveria e, dopo aver lanciato le sue parole taglienti, con le mani nelle tasche gira i tacchi.

Il suo atteggiamento provocatorio e saccente m'impedisce di tenere a freno la lingua, quindi mi affaccio sul corridoio.

«Cioè? Su che basi mi stai dicendo che sono anonima?».

Lui si ferma davanti alla porta accanto alla mia, di profilo la sua mascella contratta forma una linea affilata.

Probabilmente quella è la sua camera.

«Mi spiego meglio: ti sto dicendo che mi sembri ricca, viziata e senza un minimo di cervello. Ti basta come descrizione?».

Il suo affronto è così diretto che mi ritrovo a deglutire a fatica per ingoiare gli insulti e l'agitazione.

Certo, non ci conosciamo, ma non dovrebbe almeno provare a essere educato nei miei confronti?

«Perché mi stai dando della stupida?». La mia voce vibra insicura e Alexander sembra accorgersene.

Ecco un accenno di movimento sul suo volto, oltre alla solita espressione distaccata. Per un attimo solleva le sopracciglia, ma è tutta un'illusione: non fa altro che assumere un'aria di superiorità.

«Non vuoi essere scambiata per una stupida? Allora non comportarti da tale».

La naturalezza con cui esibisce il suo atteggiamento snob mi fa rivoltare lo stomaco dal nervoso.

Lo guardo scomparire oltre la porta, che si chiude con un tonfo alle sue spalle.

Questo tipo è strano, il più strano che abbia mai conosciuto in tutta la mia vita.

Amareggiata, torno nella mia nuova camera e mi siedo sulla panca fredda, al fondo di un letto che non è il mio.

Sto con le spalle ricurve a fissare il parquet, mentre intorno a me le pareti torreggiano imponenti, incutendomi un po' di timore.

Forse non avrei dovuto prendere così alla leggera questa storia del trasferimento, ma d'altronde non sono abituata a riflettere molto sulle cose. Un vortice di tristezza mi schiaccia il petto.

Qualcosa mi dice che d'ora in poi la mia vita diventerà un vero inferno.

3

JULIET

«Come si chiama?».

Mini è al settimo cielo, continua a fare avanti e indietro, tormentando i riccioli biondi con fare impaziente. La divisa della scuola privata è uguale per tutte le studentesse, eppure sta divinamente solo a lei. Il maglione nero cade sopra la camicia bianca e la gonna svasata, anch'essa nera, è attraversata da linee sottili che formano un motivo a scacchi. È da lì sotto che sbucano le mie gambe minute, avvolte da calzettoni scuri che mi arrivano sopra il ginocchio. La scuola ha dovuto farmi cucire una divisa su misura perché anche la taglia più piccola mi stava grande, ma questo non l'ho mai confessato a nessuno, nemmeno alle mie amiche. Alcuni studenti odiano quell'abbigliamento impersonale, invece a me piace: da sempre, il nero è il mio colore preferito.

«Juls, vogliamo un nome!».

«Si chiama Alexander, e me l'ha detto con un'arroganza indescrivibile».

«Uh, allora il fratellino ti darà del filo da torcere...», mi punzecchia Amanda, scuotendo il caschetto color nocciola.

Siamo in classe, dove si sentono solo gli schiamazzi di Mini, una delle ragazze più popolari della scuola, nonché una delle mie migliori amiche. Sì, si chiama davvero Mini, e oltre a essere famosa per il suo nome singolare, è anche molto bella. La sua esuberanza incontenibile a volte rende un po' difficile la sua vicinanza, ma ormai ci ho fatto l'abitudine, come ci ha fatto l'abitudine Amanda, che caratterialmente è l'opposto, più calma e riflessiva.

«Dai, Juls! Dicci com'è questo Alexander. Carino?».

Con un sorriso svenevole, Mini piega la testa all'indietro facendo scivolare la lunga chioma dorata sulle spalle. Qualsiasi ragazzo della scuola pagherebbe pur di poter scambiare due parole con lei, ma Mini sembra avere occhi solo per Liam, un tizio con cui si vede ogni tanto.

«Uhm...». Fingo di pensarci su, mentre le mie amiche si scambiano sguardi carichi d'intesa.

«Oh oh... mi sa che qui abbiamo un dieci. È bello, vero?».

Come al solito, mi stanno mettendo in bocca delle parole che non ho nemmeno pensato. «Non ho mai detto questo».

«Se non ti sento dire "che schifo", significa che come minimo è carino».

«Mini, ma che dici? È il mio futuro fratellastro! Che schifo!».

«Ecco. L'ha detto», taglia corto Amanda. «Ora possiamo concentrarci su fisica». Amanda, acida e diretta, la conosco sin dall'asilo. Oltre a essere brutalmente sincera, mi dà sempre una mano con i compiti ed è bravissima in matematica, mentre io e Mini sfioriamo a malapena la sufficienza in qualsiasi materia. Mia madre ha ormai perso le speranze con me, ma io non so che farci se odio la scuola.

Non mi piace studiare, quindi non studio. È così assurdo?

Per me non lo è, e infatti trascorro l'intera lezione di fisica pensando a tutto, tranne che all'elettromagnetismo.

Di sicuro non sono come Dana, la mia compagna di banco, che non fa che annuire al professore. E come se non bastasse, sorride tutta compiaciuta ogni volta che azzecca le risposte esatte.

Che schifo.

Il cellulare mi vibra nella tasca e, come immaginavo, arriva una notifica nel gruppo di WhatsApp che condivido con Amanda e Mini.

M: Il fratellino frequenta questa scuola?

A: Non puoi aspettare che finisca la lezione per chiederglielo?

Infilo l'iPhone dentro l'astuccio e inizio a comporre.

J: Sì, è dell'ultimo anno, ma io non l'avevo mai visto prima.

Quando alzo gli occhi verso la lavagna mi accorgo che lo sguardo truce del professore di fisica incombe proprio su di me.

Il signor Finnegan è sulla quarantina, riservato e remissivo quando sta insieme ai colleghi. In classe, invece, si sfoga con noi studenti, sgridandoci per qualsiasi cosa, pretendendo sempre l'attenzione assoluta.

«Signorina Valentine, potrebbe smetterla di farsi gli affari propri e ripetermi quello che ho appena spiegato?».

E me lo chiede guardandomi come se fossi un fallimento per l'umanità.

«Ehm… sì, cioè… ehm…».

Mini scoppia a ridere dall'altra parte della classe.

«Allora… ehm…». Provo a schiarirmi la voce, ma come ogni volta che mi trovo in queste situazioni non so mai come diavolo cavarmela.

«Mi porti il libretto, signorina Valentine. Entro la fine della settimana voglio parlare con i suoi genitori».

Ci risiamo.

«Perché avete quelle facce?».

Amanda e Mini passano gli intervalli a scaldarsi davanti al termosifone nell'atrio e lo fanno anche adesso, mentre mi lanciano occhiate impietosite.

«Guardate che non è successo nulla», minimizzo con una scrollata di spalle. Non è la prima volta che finisco nei guai per il mio comportamento scorretto, ma a giudicare dalle loro espressioni, sembra che sia appena avvenuto un dramma.

«Finnegan vuole parlare con tua madre, di nuovo, Juls. Non lo trovi grave?», domanda Amanda con la voce allarmata.

«Nah, ho un piano. Non parlerà con mia madre», affermo mostrandomi sicura di me.

«Davvero?».

E se Mini sgrana le sue iridi azzurre, Amanda sbuffa.

«Sì, certo. Mi è venuta un'idea».

«Sentiamo», sputa la mora prima di farmi un po' di spazio vicino al termosifone. Io mi sistemo la gonna, poi comincio a spiegare il mio piano.

«Vado dal professore, gli faccio gli occhi dolci e gli dico che sto avendo un sacco di problemi in famiglia in questo periodo. Due lacrime. Forse tre. Vedrete… mi lascerà in pace».

«Juliet Valentine, sei senza scrupoli!».

Mini ovviamente ridacchia divertita, Amanda invece scuote il capo, forse perché mi conosce bene e sa che potrei farlo per davvero.

«Comunque, secondo me, Finnegan da giovane non era male».

«Mini, ma che dici! L'hai visto quanto è brutto?».

Le nostre risate si perdono tra le voci dell'atrio della scuola, quando noto due gambe lunghe per me ormai inconfondibili.

No, non è possibile…

Per poco non mi si blocca il respiro quando mi accorgo che due occhi scuri mi stanno puntando da lontano.

È lui.

Le sagome degli altri studenti si mescolano tra loro, vedo solo il suo profilo elegante e quel taglio di occhi così particolare. Sono costretta a distogliere lo sguardo quando mi accorgo che si sta avvicinando a noi.

Anche Mini e Amanda non fiatano quando Alexander ci passa davanti silenzioso. Prima d'ora non mi ero mai resa conto di quanto fosse elegante la divisa maschile: una cravatta a righe annodata al colletto di una camicia bianca, che sbuca sotto la giacca scura, abbinata a un paio di pantaloni dello stesso colore.

Alexander ci oltrepassa e Mini sembra ritrovare il dono della parola: «Era lui?»

«Sì che era lui», sputo infastidita.

«Bel legame che state instaurando. A breve sarete come fratelli e neanche vi salutate?», commenta Amanda.

Non le sfugge mai nulla.

«È un tipo strano, secondo me è fuori di testa», ipotizzo arricciando il naso.

«Ha un non so che d'inquietante…», rimarca Amanda, continuando a fissare il fondo del corridoio, dove di Alexander non vi è più traccia.

«Puoi dire ciò che ti pare, ma quello era un dieci spaccato».

«Mini, tu vedi sempre il lato positivo delle cose, anche quando questo lato non c'è!», la rimprovero sbuffando.

«In questo caso il lato positivo c'è eccome, dato che questo Alexander assomiglia tanto al ritratto della perfezione. Ma hai visto che labbra?»

«Labbra? Dovresti sentirlo parlare. Sembra un serial killer».

«Nella vita non esiste solo l'aspetto fisico, Mini!», la redarguisce Amanda, venendo in mio soccorso.

«Ehi, bellezze! Di che parlate?».

Due braccia grandi, dai bicipiti scolpiti, mi cingono da dietro.

«Di nessuno», mi affretto a rispondere a Chuck, il mio ragazzo.

Mi volto per ritrovarmi davanti al suo viso e lasciargli un bacio innocente.

«Sei bellissima, oggi».

Chuck adora farmi i complimenti, sembra non stancarsi mai. Il suo elenco di nomignoli affettuosi è infinito, va da "topina" a "passerotta", ma il suo preferito rimane sempre "cucciola". Oltre a essere molto dolce, è anche un atleta. Come me, frequenta il penultimo anno e passa le giornate ad allenarsi e giocare a rugby.

«Noi dobbiamo andare. Ciao, Juls».

Le mie amiche si dileguano, lasciandomi insieme a Chuck.

A Mini lui non è mai piaciuto, eppure è una a cui piacciono tutti. Ad Amanda invece non piace mai nessuno, quindi anche in questo caso non fa eccezioni.

Secondo loro Chuck non è il tipo giusto per me, ma quando provo a parlarne, quando tento di capire le vere motivazioni dietro quell'astio, le mie amiche non sanno mai che dire. Mi pare sempre che nascondano qualcosa, ma forse sono solo paranoica.

«Oggi ho gli allenamenti dopo la scuola, passo da te stasera?». Chuck mi prende la mano e mi guarda con i suoi occhi cerulei, in attesa di una risposta.

«Da me?».

Aggrotto le sopracciglia in un'espressione contrariata. Scommetto che si è già dimenticato del mio trasferimento.

«Sì, da te, cucciola».

Ed è talmente sbadato che a volte ho paura usi i nomignoli perché si scorda anche il mio nome.

«Chuck, ho cambiato casa, mi sono trasferita ieri!», piagnucolo arrotolandomi una ciocca intorno all'indice.

Lui sfodera la sua tipica espressione da pesce fuor d'acqua, mentre si passa una mano tra i capelli color cenere.

«Ah, ci vediamo lì allora. Dammi un indirizzo, piccola».

Chuck a casa Ackerman? Meglio lasciar perdere.

«No, Chuck. Ci sentiamo dopo».

Gli accarezzo la nuca, prima di ricevere un ultimo bacio sulle labbra.

«Come vuoi, cucciola. Ora devo scappare».

E scappa sul serio, lasciandomi ad ammirare la sua schiena massiccia, sotto la casacca di rugby.

Torno in classe per la lezione seguente, ma dopo dieci minuti sono di nuovo nel corridoio deserto, stavolta per riprendere fiato. Fingere di seguire matematica dopo un po' mi affatica, quindi ciondolo fuori dall'aula, ripensando a Chuck e alla sua memoria corta.

Possibile che non riesca mai a tenere a mente nulla?
«Hai smarrito la strada?».
Una voce gelida mi fa voltare di scatto. Indietreggio e mi ritrovo di fronte il ragazzo dallo sguardo crudele.
«Che fai, mi segui, Ackerman?».
Un movimento leggero gli fa tendere le labbra.
«E se così fosse, Juliet?».
Sgrano gli occhi.
Devo parlarne con mia madre, questo è davvero uno svitato.
Muove due passi e quando si ferma esattamente davanti a me il mio respiro s'inceppa. E lui se ne accorge.
«Hai paura di me, non è così?».
Ma senti che egocentrico…
La paura è un sentimento e io non provo alcunché per lui, solo estrema indifferenza.
Ancora una volta vengo catturata da quelle iridi tetre, che mi fissano dall'alto, senza battere ciglio. Ma chi voglio prendere in giro? In questo momento potrei benissimo ignorarlo, come faccio con il novantanove per cento del genere maschile che frequenta la scuola, ma qualcosa nel suo atteggiamento sprezzante mi attira e mi intimorisce al tempo stesso.
«Non ci sono poi così tanti studenti in questo istituto. Perché non mi sono mai accorta di te, Ackerman?».
Colpito e affondato. Resto a bearmi della mia piccola vittoria, ma la sensazione trionfale dura poco, perché noto un lampo di sfida sfiorare il suo sguardo.
«Perché sei una che guarda, ma non vede».
Oh mio Dio, ecco che ricominciamo con le stramberie.
Serro le labbra e provo a ricambiare la sua occhiata tagliente.
«O forse dipende dal fatto che tu, Alexander, sei un tantino… mhm… anonimo?».
Le sue palpebre si abbassano per un breve istante, come se si fosse fermato ad assaporare il mio affronto, poi sfoggia un sorrisetto sadico.
«È questo che ti piacerebbe che io fossi, Juliet?».
Schiudo la bocca, ma prima che io possa formulare una risposta sensata, Alexander mi coglie alla sprovvista, avvicinandosi al mio viso.
«E così pensi davvero di poter fare sonni tranquilli, mentre te ne stai a dormire nella camera di fianco alla mia?».
Sento lo stomaco incendiarsi di una strana paura, mista a eccitazione.
«Che significa?».
Lui però mi ha già voltato le spalle.
«Che parli troppo. Impara a tenere a freno quella lingua», lo sento dire, mentre è ormai lontano.
«Comunque potresti anche salutare quando mi vedi con le mie amiche!», gli grido dietro, senza però riuscire ad attirare la sua attenzione.
Non c'è dialogo con questo tizio, m'intimorisce e poi se ne va, lasciandomi con il cervello a friggere.

Devo assolutamente parlarne con mia madre.

Alla fine delle lezioni entro in macchina come una furia.

«Com'è andata oggi, Juls?»

«Bene. Mamma, senti…».

Mi schiarisco la voce. Potrei essere sincera e dirle che il professore di fisica pensa che io sia una scansafatiche irresponsabile e che, dopo l'ennesimo richiamo, vorrebbe parlare con lei del mio comportamento… ma ora come ora non ho nessuna intenzione di sostenere la lite che ne scaturirebbe. Soprattutto perché le discussioni con lei non portano mai da nessuna parte; tutte le volte che sono stata in punizione per un brutto voto in pagella è servito a ben poco: starsene in castigo, chiusa in camera, con Instagram e TikTok a disposizione, è come trascorrere del tempo in un villaggio vacanze.

Quella questione meglio risolverla a modo mio.

«Hai visto Alexander?», mi domanda lei, lanciando occhiate apprensive verso la scuola.

E quando mi accorgo che non ha ancora messo in moto, vengo colta da un pensiero terrificante.

«Mamma, non staremo mica aspettando lui?».

Lei m'ignora, troppo concentrata ad abbassare il finestrino e a sbracciarsi per richiamare l'attenzione del diretto interessato, che sta oltrepassando il cancello dell'istituto.

«Alex!».

«Ciao, Catherine».

Sotto la debole luce del sole di fine settembre, i suoi lineamenti sofisticati sembrano ancora più belli.

"Chuck ha le spalle molto più larghe, però…", mi dico con un moto d'orgoglio.

Ma che pensieri faccio? Non dovrei paragonare quei due… anche perché vincerebbe il mio ragazzo, senza ombra di dubbio.

«Torni con noi? Ti diamo un passaggio», cinguetta mia madre, mentre Alexander se ne sta in piedi, vicino all'auto.

I suoi occhi profondi finiscono nei miei.

«Grazie, ma preferisco tornare a casa a piedi».

Così, senza aggiungere altro, riprende a camminare sul marciapiede.

Io mi volto verso mia madre, cercando la sua complicità.

«È inutile girarci intorno, mamma. È uno stronzo, prendiamone atto».

«Non dire parolacce, Juliet. Lo sai che non lo sopporto».

«E io inizio a non sopportare la famiglia che mi costringi a frequentare!», sbotto senza filtri.

Lei però mi scruta confusa, non sembra capire i miei malumori.

«Ma che dici? Credevo che John ti stesse simpatico».

Infatti, il mio problema non è John.

4

JULIET

«Juliet, mi passi l'insalata, per favore?».

Eccoci qui, tutti e quattro seduti a tavola come un'allegra famigliola. Se non fosse per l'essere inquietante che mi sta davanti. Non mi ha degnata di un'occhiata da quando mi sono seduta e, sebbene io ne sia sollevata, non riesco a smettere di rimuginare sulle cose che mi ha detto. A distogliermi dalle mie riflessioni, ci pensa mia madre, che ha la fantastica idea di monopolizzare la cena con una discussione incentrata solo ed esclusivamente su "Alexander e le sue mille doti di ragazzo prodigio".

«Alex, come sta andando il corso di pianoforte?»

«Il corso è di violino, Catherine. Il piano lo suono da quando avevo otto anni. Comunque molto bene, grazie».

Il suo tono pacato e saccente non turba affatto mia madre, che sorride compiaciuta, ma infastidisce me. Parecchio. Ieri ha detto che sono una che guarda, ma non vede. Forse significa che non noto i dettagli?

Che se ne vada al diavolo, non m'interessa la sua opinione, tantomeno la sua approvazione.

Dopo aver addentato una forchettata di verdure al vapore però, il mio sguardo torna a posarsi su di lui. Non sta mangiando, ma ascolta con espressione seria i consigli di suo padre. John gestisce un'azienda che distribuisce in tutto il mondo alcuni liquori importati dal Sud America. Sembra avere un gran fiuto per il commercio, ma soprattutto sembra avere un'incredibile voglia di parlarci del suo lavoro. Io ovviamente annuisco dispensando sorrisi finti, dato che non capisco un accidenti di vendite al dettaglio, né di alcolici.

Dopo aver parlato a lungo delle radici dalle quali si estraggono i liquori, gli Ackerman si spostano all'Africa e alla distribuzione capillare della fibra ottica.

«Il problema è il seguente: se tecnologie troppo avanzate prendono piede in contesti non sufficientemente all'avanguardia, queste possono risultare inutilizzabili».

John dice la sua, ma il figlio storce il naso con il solito modo di fare da principino viziato. «Sì, papà. Di certo non posso darti torto, ma dovresti considerare l'impatto culturale che potrebbe avere una distribuzione massiva della rete».

Quanto gli piace fare il saputello noioso…

E io ho già smesso di ascoltarli, per me è molto più divertente studiare quell'esemplare di maschio che si trova dall'altra parte del tavolo.

Non porta la stessa camicia che aveva oggi a scuola, ma indossa un golfino grigio. La manica sinistra è leggermente sollevata e lascia scoperto il polso chiaro. I capelli neri rimarcano il viso sottile, con due sopracciglia talmente perfette che sembrano disegnate. Il naso curva verso l'alto e non risulta eccessivamente affilato, ma neanche troppo grande, direi che è proporzionato ai lineamenti. Noto una leggera rientranza, come una fossetta, sotto gli zigomi accentuati. Il mio sguardo, però, è attratto dal taglio particolare degli occhi: hanno qualcosa di penetrante, di vagamente felino… e se non riesco a identificarne l'esatta tonalità, di sicuro ne percepisco la profondità. Nascoste dal golfino, le spalle invece formano una linea ampia, ma non eccessivamente scolpita. Ho già notato che ha un fisico magro e armonioso, come il suo viso, dai tratti sottili e delicati.

La conversazione si sposta nuovamente sulla scuola, per mia sfortuna. John mi coglie di sorpresa con la sua domanda a bruciapelo.

«Alexander è sempre stato uno studente modello e tu, Juliet? Come procede la scuola?».

E dire che mi piacevi, John.

«Mhm… bene?». La mia risposta ha il sapore di una richiesta d'aiuto, infatti guardo mia madre in cerca di complicità e lei mi fa cenno di sì con la testa, come a dire: "Menti pure, non farmi fare brutte figure".

«Benissimo. Oggi ho preso una A in fisica».

Lei mi osserva sorpresa, ma è John a parlare.

«Oh, ma che brava la nostra Juliet!».

Già, così brava che non sa nemmeno come sia fatta una A, dato che non ne ha mai presa una.

Con espressione gratificata, mi volto verso Alexander, che ha ricevuto lodi per tutta la sera. Lui m'ignora, continuando a mangiare le verdure preparate da mia madre.

La serata trascorre tranquilla e devo ammettere che, per essere la prima cena in famiglia, non è andata affatto male. Certo, se io avessi detto la verità sul mio rendimento scolastico sarebbe scoppiato il finimondo, ma per ora posso ritenermi soddisfatta.

Dopo cena mi rintano nella mia camera con la scusa dei compiti da finire. Nonostante l'accoglienza calorosa di John, faccio una gran fatica a sentire mia questa casa. Forse è ancora presto, sono qui solo da un giorno, ma a pensarci bene… io non so nulla di questi Ackerman. Non so quando e perché si sono trasferiti da Manchester, non so dove sia la signora Ackerman, come non so quali siano le regole dell'abitazione. Non so nemmeno se posso andare in giro fino a notte tarda, se mi è concesso studiare sul divano o sul tavolo della cucina.

Di sicuro nei prossimi giorni dovrò sondare il terreno. Ora, però, mi accontento di tenermi le mie vecchie abitudini, come trascorrere la serata a chiacchierare al telefono con Mini.

Mi stravacco sul letto e, studiando l'alto soffitto decorato, la chiamo.

«Non puoi capire che palle vivere qui». Le mie lamentele sono appena cominciate e proseguiranno a lungo.

«Da quello che mi hai detto… sembra una villa stratosferica. Ci sarà qualcosa d'interessante da fare, no?»

«Mini, ho passato un'ora infernale. A cena mia madre non faceva che leccare il culo ad Alexander, dicendogli quanto è bravo in matematica, quanto è bravo a suonare il piano, quanto è stato genio ad avere il punteggio più alto nel test di logica e cazzate del genere».

«No, aspetta… suona il piano?».

Sbuffo. «Il piano, il violino… che ne so… Ma hai capito cosa ti sto dicendo?», rimprovero la mia amica, che però sembra essere interessata solo ad Alexander.

«Oddio, è il ragazzo perfetto. Oltre a essere bello ha pure una sensibilità artistica!».

«Ma quale sensibilità artistica, Mini! Quello è uno svitato», replico indispettita.

«Hai detto a tua madre che il prof di fisica vuole parlarle?»

«Certo che no. E poi camera mia fa schifo, è così scura e lugubre…».

Mi ritrovo a piagnucolare senza sosta.

«E dai… Sono sicura che si rivelerà molto meglio di come ti sembra ora, Juls!».

«Oggi sono andata agli allenamenti di Chuck».

Un silenzio imbarazzante rimbomba dall'altra parte del telefono. «Ah, sì?». La voce entusiasta di Mini sparisce all'istante, lasciando spazio a un tono freddo.

«La mia stanza ha bisogno di una sistemata…», cambio argomento.

«Chiedi a tua madre di comprarti due mobili carini. Magari uno specchio e delle tende nuove. I soldi di certo non le mancano!». Mini, come al solito, fa tutto facile.

«Ma non posso avanzare pretese proprio ora che Finnegan vuole mettermi un'insufficienza in pagella».

Mi accorgo di alcuni rumori in sottofondo, poi Mini torna a parlare.

«Juls, è arrivato Liam, devo andare».

«Okay, mi raccomando, Mini».

Liam frequenta l'università ed è un ragazzo molto corteggiato, nonché festaiolo. Lui e Mini hanno iniziato a vedersi da poco, ma lei è piuttosto presa e spero solo che Liam non la tratti male, perché le voci che circolano sul suo conto non sono delle migliori.

«Sì, Juls. Sta' tranquilla. Ci vediamo domani a scuola».

Chiudo la telefonata, tiro fuori dall'armadio uno dei miei pigiamini preferiti e vado a farmi una doccia.

L'unica cosa davvero positiva di questa stanza è il bagno privato, considerando che mi risparmia l'eventualità di dover condividere lo spazio con quell'essere insopportabile. M'infilo sotto la doccia e lascio scorrere l'acqua – dapprima tiepida, poi bollente – lungo tutto il corpo. Mentre insapono con cura i capelli, sento la temperatura dell'acqua cambiare drasticamente. Una sferzata ghiacciata mi fa sobbalzare.

Che diavolo sta succedendo?

Chiudo e riapro il rubinetto, ma il getto fuoriesce sempre più freddo. Aspetto qualche istante, eppure niente da fare, la temperatura non ha intenzione di risalire.

Impreco a gran voce, poi mi armo di coraggio e finisco di sciacquarmi il sapone di dosso con l'acqua gelida.

Possibile che qui non ci sia l'acqua calda? Siamo nel Medioevo?

Ripeto a mente la sfuriata da fare a mia madre, mentre infilo il corpo tremante nel pigiama fucsia con le rane verdi; poi, ancora infreddolita, esco fuori dalla mia camera. Il corridoio è silenzioso, così come lo è la casa, immersa in una quiete sinistra. La posizione riparata in cui è situata non solo silenzia il rombo dei motori e gli schiamazzi delle persone, ma aggiunge anche un tocco lugubre a una dimora già inquietante di per sé.

Si sente solo lo scricchiolio del legno mentre percorro in punta di piedi il secondo piano che, oltre alla mia stanza, ospita anche la camera da letto principale, lo studio di John, una stanza per gli ospiti e quella di Alexander. Scendo le scale, convinta di trovare mia madre in cucina, ancora intenta a sistemare le stoviglie, ma non è così. Mi dirigo quindi in salotto, dove l'ambiente è avvolto da una strana penombra.

«Sai essere discreta?».

Un mormorio inaspettato mi prende alla sprovvista, paralizzandomi sul posto. Alexander.

«Cosa?».

Il mio petto si svuota, quando lo scorgo seduto sul divano.

«Rispondi», m'incalza guardandomi con i suoi occhi di un nero abissale.

«Certo che so esserlo».

Mi stringo nelle spalle e no, non ho idea di cosa stia dicendo, ma voglio vedere dove vuole arrivare. Alla fine, avere l'attenzione del tipo più strano che io abbia mai conosciuto non è una cosa da tutti i giorni.

Solo allora mi accorgo che Alexander ha qualcosa tra le mani, forse un libro.

«Ti è piaciuto farmi la radiografia, a cena?», domanda con tono apatico.

Maledizione, ma come ha fatto a beccarmi? Non mi ha guardata nemmeno una volta…

«Ehm… non so di che parli», borbotto muovendo due passi nella sua direzione.

«Ed è così che interpreti l'aggettivo "discreta"? Mhm?».

La domanda pungente mi destabilizza, la sua voce m'intimorisce, eppure l'opzione di fuggire da quel salotto non mi passa nemmeno per la testa.

Ora che siamo a distanza ravvicinata, riconosco dei disegni colorati impressi sulle pagine del volume che tiene aperto sulle ginocchia. *È un libro per bambini?*

«Alexander, non volevo metterti in imbarazzo, io…».

Nascondo le mani dietro la schiena, non voglio tradire l'agitazione che mi trasmette stargli davanti.

«Oh no, tu non mi hai messo in imbarazzo. Ti ci sei messa da sola quando hai tentato in tutti i modi di guardarmi senza farti notare… fallendo miseramente».

Il suo sguardo tagliente si affila ogni volta che termina una frase con tono compiaciuto. Ovvero sempre.

«Ma...». Atteggio le labbra in un broncio capriccioso.
«Nessun “ma”, non fissarmi mai più in quel modo, Juliet».
Chi si crede di essere?
«Hai detto tu che sono una che guarda...», comincio senza sapere bene come concludere, ma sembra che Alexander sia a conoscenza dei miei pensieri, perché la velocità con cui risponde è sconvolgente.
«E hai scelto di vedere me, bene. Impari in fretta».
Quando parla i suoi occhi attenti e penetranti restano incollati ai miei come due calamite. Io non ho un fisico mozzafiato, non sono alta e neppure troppo formosa, nonostante ciò i ragazzi mi guardano sempre dappertutto tranne che negli occhi, quando parlano con me.
Con Alexander invece è l'opposto. E dopo un po', il suo sguardo insistente diventa insostenibile. Costretta a chinare il capo, la mia attenzione cade sui pantaloncini del mio pigiama sgargiante.
Oh, no... il fucsia. Oh, no... le rane.
Le mie guance avvampano all'improvviso.
«Juliet».
Il suo richiamo perentorio fa accelerare il battito del mio cuore.
«Guardami».
Mi lascio andare a un sospiro, prima di sollevare il mento e immergermi in quel carbone ardente.
Alexander chiude il libro e lo ripone sul divano, poi con i gomiti sulle ginocchia torna a perforarmi l'anima.
«Che cos'hai visto?».
Il suo tono si abbassa di qualche nota, formando una melodia avvolgente che mi arriva dritta nella pancia.
«Eh?».
Dio mio, che figura da imbranata.
Lui però non sembra far caso alla mia reazione impacciata.
«Che hai visto quando hai guardato, Juliet?».
È il ragazzo più affascinante che abbia mai conosciuto, ma non posso dimenticare le parole di ieri.
“Ricca, viziata e senza cervello”.
Per me questo giudizio è sinonimo di crudeltà gratuita. Perché allora dovrei essere sincera con lui? Perché dovrei dirgli che, quando l'ho sentito destreggiarsi tra i vari argomenti, a cena, ho visto un ragazzo intelligente, ambizioso e attraente?
«Allora?».
Alexander sembra impaziente di ottenere risposta, ma io tentenno.
«Quando ti guardo vedo solo un ragazzino pieno di sé, quando in realtà sei solo uno sfigato senza un accenno di bicipiti».
L'espressione impassibile che contraddistingue il suo viso lo rende una maschera impenetrabile. Abbandona la schiena contro il divano, infine mi scocca un'ultima occhiataccia.

«Capisco, Juliet. Ora che la tua superficialità si è dimostrata un dato di fatto, torna pure a dormire».

Vorrei mandarlo a quel paese seduta stante, vorrei ricordargli che lui non è nessuno per darmi degli ordini... Ma poi ci ripenso. Non è una cattiva idea togliersi da questa situazione imbarazzante. Non voglio dargli la soddisfazione di vedere le mie guance scaldarsi di nuovo, quindi gli volto le spalle, decisa ad andarmene.

«Lo sapevo».

La sua voce cupa sferza l'atmosfera carica di tensione.

«Cosa?», domando girandomi verso di lui.

«Che ami le docce fredde».

«Sei stato tu!», strepito sconcertata.

Alexander si alza in piedi e, senza nemmeno degnarsi di chiedere scusa, esce dalla stanza.

«Buonanotte, Juliet».

5

JULIET

«Cucciola, a che pensi?».
Siamo fuori dalla mia classe a scambiarci qualche effusione, quando Chuck si accorge che ho la testa nel pallone.
«Non so se mi lasciano venire alla festa del tuo amico», bisbiglio con un filo di voce.
«Juls, ci devi venire! Non stiamo mai insieme io e te».
Chuck mi stringe a sé, prima di risistemarmi un'onda ribelle dietro l'orecchio. È sempre così premuroso che non riesco a dirgli di no.
«Okay, dovrò rimandare la discussione con mia madre…».
«Chi se ne frega di tua madre! Hai preso un brutto voto?»
«Non solo. Avrò un sacco di insufficienze in pagella e…».
Chuck però non sembra interessato ai miei problemi scolastici, infatti m'interrompe con un lungo bacio.
Mi scosto per prima. «Hai fumato?»
«Solo una sigaretta, stamattina».
«Lo sai che mi dà fastidio il sapore del fumo…».
«Ma smettila di lagnarti per ogni cosa come una bambinetta, Juls».
Chuck mi abbraccia, quindi appoggio la testa sul suo petto marmoreo, assaporando il profumo intenso del deodorante mescolato all'odore di sigaretta.
«Parlo con le mie amiche. Se loro vengono alla festa, verrò anch'io».
La risposta però non soddisfa il mio ragazzo, che mi rivolge uno sguardo da cucciolo imbronciato, prima di passarsi una mano tra i capelli biondi.
«Ma non ti basta stare con me?».
Le sue mani si posano sui miei fianchi e con disinvoltura scendono fino al mio fondoschiena, facendomi irrigidire un po'.
Temo spesso che Chuck voglia spingersi oltre, ma fortunatamente non mi ha mai messo pressioni. Stiamo insieme da quasi un anno, tuttavia gli ho fatto capire più volte che non sono ancora pronta per bruciare le tappe e lui si è sempre mostrato comprensivo. Proviamo dei sentimenti l'uno per l'altra, il resto non conta.
«Prometti che verrai alla festa, cucciola».
In quel momento suona la campanella che annuncia tristemente l'inizio della seconda ora.
«Te lo prometto, Chuck, ora però devo tornare in classe».
«Va bene, ma prima dammi un bacio».

Un sorriso radioso mi tende le labbra e proprio mentre mi sollevo in punta di piedi per accontentarlo, alcuni studenti escono dalle classi, riversandosi nel corridoio. Comincio a sentire un caldo insopportabile alla nuca, quindi mi giro e vedo proprio l'ultima persona che avrei voluto.

«Chi guardi, Juls?»

«Nessuno».

Poi, inevitabilmente, Chuck segue la traiettoria del mio sguardo, scoprendo che quel nessuno è alto e moro e se ne sta dal lato opposto del corridoio, senza smettere di fissarmi. Una strana sensazione s'impossessa del mio stomaco.

E se lui mi avesse sempre guardata, ma io non me ne fossi mai accorta?

«E quel tipo chi è?»

«È solo Ackerman».

«Sarebbe?», domanda Chuck incuriosito.

«Il mio fratellastro. Più o meno», rispondo sbrigativa.

«Il tuo... cosa?!». Chuck mi guarda con la bocca spalancata. «Intendi uno che vive con te, Juls?»

«Già».

«Ma non me ne hai mai parlato!».

«Veramente te l'ho detto, Chuck. Sei tu che non mi ascolti mai».

Mi mordo il labbro inferiore, pentita di avergli appena risposto in malo modo. Di certo non voglio rimproverarlo per il fatto che non riesce a tenere a mente tutti i miei problemi, scolastici o familiari. Ha la scuola, il rugby e poi, certo, ci sono anche io.

«Non l'ho mai notato», dice Chuck accigliato.

«È dell'ultimo anno».

«Perché non me lo presenti?».

Pessima idea.

«No».

«Dai, Juls, se farà parte della tua famiglia, devo conoscerlo!».

Con un certo disappunto seguo Chuck che si avvicina ad Alexander.

«Chuck, lui è Alexander Ackerman».

La mia voce trema leggermente, mentre fingo una presentazione non troppo distaccata. Non voglio che Chuck intuisca le forti emozioni che quel tizio strambo riesce a scatenare in me.

«Ciao».

Il mio ragazzo saluta con un sorriso, ma Alexander ovviamente rimane impassibile, quindi Chuck si schiarisce la voce, poi ci riprova.

«Ehi, trattala bene la mia ragazza, okay?».

Alexander sta fissando Chuck dritto negli occhi. Lo sta studiando, ne sono sicura. Vorrei proprio sapere cosa ne pensa.

Inaspettatamente, quelle labbra diaboliche si schiudono lasciando scorgere i denti candidi.

«Mi piacerebbe moltissimo stare qui a perdere il mio tempo prezioso con voi, ma, ahimè, devo ripassare per una verifica. È stato un immenso piacere».

Alexander si defila e, come al solito, il suo viso non ha tradito alcuna emozione.
«Uh, è gentile!». Chuck si volta verso di me con un gran sorriso.
«Chuck, era sarcastico!», lo rimprovero scrollando il capo contrariata.
«Dici?».
I suoi occhioni si allargano, donandogli un'aria ancora più ingenua.
«È sempre scontroso. Quel tipo mi odia», confesso affranta.
«Be', meglio, almeno non tenterà di rubarti a me», risponde lui ridacchiando con due fossette profonde ai lati della bocca.
«Non c'è pericolo», mormoro io, prima di posargli un bacio sulla guancia e poi filare dritta in classe.

Quando torno a casa dopo l'allenamento di nuoto, mi accorgo che mia madre mi ha lasciato un bigliettino sul tavolo della cucina.
La sua grafia irregolare è inconfondibile.
"Tesoro, io e John siamo al mobilificio a prenderti qualcosa di carino. Ceneremo fuori. C'è del risotto da scaldare. Baci". Guardo l'ora. Sono le sette e sto letteralmente morendo di fame.
Così salgo in camera, faccio una doccia veloce, infilo una tuta comoda e scendo a cenare. Quando torno di sotto, però, non sono sola.
No, non di nuovo.
Mi avvicino cauta alla cucina, dove si trova Alexander, in piedi, davanti al microonde.
Non avevo previsto questo piccolo dettaglio ad arricchire la mia cena.
«Ne ho riscaldato un piatto anche per te. Siediti», asserisce indicandomi il tavolo con un cenno del capo.
Decido di obbedire senza fare storie.
"Ha appena fatto un gesto carino nei miei confronti?", mi domando mentre lui allunga un piatto di riso nella mia direzione.
Si siede dall'altro lato del tavolo, dandomi modo di studiare le sue mosse. Noto che se ne sta davanti al piatto senza mai staccare gli occhi da un giornaletto colorato.
Alexander sembra accorgersi delle mie attenzioni, perché mi fredda con un'espressione così dura da indurmi a chinare il capo.
«Grazie», borbotto prima di accingermi a mangiare.
E pare aspettasse proprio quella parolina magica, perché si rimette a leggere, tornando a ignorarmi.
Con i nostri genitori l'ho visto sempre molto accondiscendente, mi chiedo se con i suoi amici si comporti come fa con me. Sempre che ne abbia, di amici. È urticante all'inverosimile questo ragazzo. Non dobbiamo andare d'accordo a tutti i costi, però potrebbe almeno provare a essere gentile.
«Posso chiederti una cosa?», domando in un moto di coraggio.
Alexander non distoglie gli occhi dal libro, ma spara l'ennesima crudeltà.
«Quindi non hai una vita, Juliet».
Inizio a perdere il conto di tutte le volte che mi ha ferito con le sue risposte taglienti.

«Come mai sei così cattivo con me?».

O forse dovrei dire... stronzo.

Le mie parole devono aver risvegliato qualcosa in lui, perché finalmente decide di guardarmi. Alexander lascia scorrere gli occhi sul mio viso, dall'alto in basso, un paio di volte. Quel suo giochino subdolo mi fa agitare all'istante e la forchetta scivola via dalle mie dita, cadendo sul pavimento di marmo.

Lui però non fa una piega nemmeno nell'udire il fastidioso tintinnio metallico: si rilassa contro lo schienale a braccia conserte e non smette di fissarmi.

Non so cosa io abbia sbagliato, ma ora che è totalmente concentrato su di me, una strana euforia comincia a pizzicarmi nelle vene.

«"Cattivo"? Mhm... interessante, Juliet».

Annuisco brevemente. Lui sembra seguire ogni piccolo movimento del mio viso.

«Sai, Juliet, uno di questi giorni vorrei proprio darti una bella lezione...». Alexander serra la mandibola mentre il suo sguardo s'intorbidisce. «...sull'uso appropriato degli aggettivi».

Resto incollata alla sedia, il cuore mi salta in gola e per un attimo dimentico di respirare.

Sebbene io fatichi a comprendere le sue parole, la sua voce profonda è in grado di causarmi uno sfarfallio violento nel petto. Ma non voglio darglielo a vedere.

«Sei antipatico».

Non mi importa di risultare sfrontata, lui ha detto cose ben peggiori di me e provocarlo sta diventando una sfida, un atto quasi necessario.

«"Antipatico"». Alexander ricalca la parola con tono calmo. «Questo posso accettarlo».

Lo guardo tornare alla sua lettura, però sono certa che la mia accusa gli sarà parsa infantile, forse per questo sta tentando in tutti i modi di nascondere un sorrisetto divertito.

Insopportabile.

«Perché "antipatico" puoi accettarlo e "cattivo" no?», domando incuriosita dal cambio di atteggiamento.

Lui a quel punto sembra averne abbastanza del mio interrogatorio, perché sbuffa con gli occhi rivolti al soffitto.

«Che cos'è che vuoi da me, nana?»

«Siamo costretti a vivere nella stessa casa, perché non cominci a trattarmi come si deve?».

E sebbene io ci provi gusto a istigarlo, quella domanda in realtà mi sta a cuore e la mia voce tremolante ne è la prova.

«Vuoi sapere perché, Juliet?».

Alexander mi scocca un'occhiata così penetrante che per un attimo credo di non avere più i vestiti addosso.

«Voglio saperlo», ribatto raddrizzando la schiena, soddisfatta per aver ottenuto il confronto che tanto desideravo.

Lui però non apre bocca. Si chiude in un silenzio subdolo, lasciando che la mia curiosità morbosa salga alle stelle.

Mi agito per quella situazione paradossale, e quando Alexander finalmente riprende a parlare la mia espressione è tutt'altro che contenta.

«Perché non mi piaci, Juliet».

Nelle mie orecchie, solo il ronzio del frigorifero.

«Sei bugiarda. Hai il vizio di prenderti gioco della gente e non sei per nulla interessante».

Le sue parole mi annientano sul posto, ma non gli darò la soddisfazione di vedermi piangere.

Mi alzo dalla sedia con uno scatto nervoso.

Mai nessuno mi ha parlato in questo modo, tantomeno un ragazzo che conosco appena. A scuola tutti mi rispettano, eppure ora sento le lacrime appannarmi gli occhi.

Mi dirigo verso la porta senza fiatare, quando il tono risoluto di Alexander fa rallentare i miei passi.

«Menti spesso, Juliet?».

Mi fermo davanti alla porta senza però voltarmi.

«In che senso?»

«Ti ho fatto una domanda precisa. Vuoi che te la ripeta?».

Le sue parole sono lapidarie come frustate in pieno viso. Io ci ho provato a voler capire le sue motivazioni, mi sono dimostrata aperta al dialogo, ma lui… non fa che portare la mia pazienza al limite.

«È una domanda un po' del cazzo. Si può sapere a cosa ti riferisci?».

Vittima delle mie stesse emozioni, mi volto a guardarlo.

Le labbra di Alexander si curvano in un ghigno per nulla rassicurante.

«Ieri sera. La A di fisica. Hai mentito».

Mi sento gelare il sangue.

Come fa a saperlo?

«Che te ne frega? Non sono certo affari tuoi», contrattacco senza risparmiargli una smorfia odiosa.

«Menti spesso, quindi», ribadisce con le braccia incrociate sul petto.

Sta facendo un'allusione e non sapere a cosa si riferisca mi fa tremare le gambe.

«All'occorrenza». Mi mostro spavalda.

«Mio padre ci ha creduto, complimenti, Juliet».

«Tu non ci hai creduto, Alexander?»

«Affatto».

«E quindi, Sherlock? Vuoi un applauso?».

Ed è proprio quando mi illudo di tenergli testa che lui mi dà una spinta, portandomi verso il precipizio.

«Non ho visto tua madre arrabbiata, però. Mentito anche a lei?».

Devo essere sincera? È questo che vuoi?

«Sì. Ho mentito anche a lei».

Lo vedo tornare con lo sguardo alle pagine, ma non prima di avermi marchiato con un'occhiata superba.

«E ti sembra opportuna la maniera in cui hai deciso di risolvere la situazione?»

«Di che situazione parli?». Rimane concentrato sulla lettura.
«Mi riferisco a Finnegan e alla patetica pantomima che hai messo in scena ieri pomeriggio».
Sento le ginocchia farsi di gelatina.
Come fa a sapere che ieri, dopo la lezione, sono andata a cercare il professore di fisica in un'altra classe e lì ho raccontato piagnucolando con voce rotta la storiella dei miei problemi familiari? A meno che...
No, dimmi che è uno scherzo.
Non vado fiera del mio comportamento, ma ho agito secondo il motto "a mali estremi, estremi rimedi", e l'ho fatto solo con la speranza che il professore mi credesse e mi concedesse un po' di pietà.
«Finnegan era nella mia classe quando sei venuta a parlargli. Forse non te ne sei accorta».
Abbasso gli occhi. Sto sprofondando nell'imbarazzo più assoluto, ma anche ora, non voglio dargliela vinta. Mi schiarisco la voce e lo punto a testa alta.
«E quindi?»
«E quindi, Juliet, prima di uscire dalla classe ti ho vista arrivare».
«Sentiamo», lo sfido a braccia conserte.
Lui finalmente torna su di me con i suoi occhi bui.
«Sulla porta ti sei levata il cardigan, hai sbottonato la camicetta per mettere in mostra quel seno inesistente che ti ritrovi e poi ti sei chinata sulla scrivania per parlare con il professore. Bella mossa, brava. I miei più sentiti complimenti».
Okay, voglio morire. Ora.
M'imbarazza udire il riassunto di quello spettacolino chiamato "Juliet e la sua disperazione", soprattutto se è fatto con sarcasmo e con una voce così profonda da darmi i brividi.
«Mi chiedo se tua madre sappia come ti comporti, Juliet».
«Non sono affari tuoi!», strepito senza controllo, le guance arrossate e il fiato corto.
Alexander si alza in piedi con uno scatto e d'un tratto mi sento in trappola.
Non sapere cosa voglia fare, o fin dove possa spingersi, mi causa delle calde ondate di adrenalina che m'inebriano la mente. Interpretare le sue reazioni non è mai stato così difficile, il suo viso non conosce emozioni e il suo corpo pare di ghiaccio.
Senza mai togliere le mani dalle tasche, Alexander si posiziona davanti a me, sovrastandomi con la sua altezza.
«Ci sono delle regole in questa casa e tu hai mentito», tuona intimidatorio.
«Io...».
Mi ritrovo senza parole quando Alexander accosta la sua bocca al mio orecchio.
«Tu, cosa? Ti sto ascoltando, Juliet».
«Devo... devo andare a letto», balbetto impacciata, reprimendo l'istinto di chiudere gli occhi e lasciarmi divorare dalle sue parole affilate.
«Risposta errata, Juliet».

«Ascolta, Alex, io non volevo disturbarti».
«Ma ormai l'hai fatto».
Compio un passo indietro e mi ritrovo spalle alla parete.
"Tua madre e John non sono in casa, meglio darci un taglio con le provocazioni, Juliet", mi dico con il cuore il gola.
«Sei venuta a disturbarmi creando discussioni inutili e per nulla costruttive. Non farlo mai più».
Mi sento umiliata, ma anche dannatamente stupida.
«Dimmi che hai capito», ordina a un soffio dal mio viso ormai tinto di rosso.
Gli faccio un breve cenno col capo prima di guadagnare le scale e ritirarmi di corsa in camera mia. Sono finalmente libera di respirare.

6

JULIET

È venerdì mattina e come ogni venerdì mattina che si rispetti dovrei spettegolare con le mie amiche, aspettando con ansia la fine della giornata. Oggi però, a differenza delle settimane scorse, me ne sto tutta sola, con il naso appiccicato alla finestra che affaccia sul cortile. Sto ancora rimuginando su ieri sera.

A quanto pare, neanche il pensiero di cosa indossare per la festa sembra distrarmi.

Non riesco a togliermi dalla testa quegli occhi profondi, per non parlare del modo insolito che Alexander ha di rivolgersi a me.

Certo, il ragazzo in questione è uno snob, un presuntuoso di prima categoria, ma perché le sue parole mi toccano così tanto?

«Liam non verrà stasera, uffa!».

La campanella segna l'inizio dell'intervallo e Mini con la sua chioma folta mi appare davanti.

«Ti prego, Juls, diglielo che ha rotto le palle!», esclama Amanda. «È la quarta volta che lo ripete! Ho capito! Che ci posso fare io?».

«Se tu sapessi cosa significa amare qualcuno, Amanda, saresti meno acida di uno yogurt andato a male».

Mini e Amanda si punzecchiano spesso e oggi è uno di quei giorni in cui sono come cane e gatto. Juliet, invece, non pervenuta. Sono totalmente assente.

«È tutto okay con Chuck?», domanda d'un tratto Mini.

Le due si scambiano uno sguardo d'intesa che io ignoro di proposito.

«Sì. Stasera ci sarà anche lui», affermo senza entusiasmo.

In questo momento non riesco nemmeno a mostrarmi elettrizzata per la festa, continua a frullarmi nella testa l'idea che io sia davvero una persona così terribile come mi ha dipinto Alexander.

«Vabbè, noi ti aspettiamo fuori…».

Rivolgo un sorriso spento alle mie amiche e loro escono dall'aula: io invece prendo il telefono e scrivo a Chuck.

J: Possiamo vederci fuori dalla tua classe?
C: Sto andando in palestra, piccola, ho due ore di allenamento extra oggi.

Chuck è davvero troppo impegnato e, sebbene io non voglia darlo a vedere, ci sono giornate in cui la cosa mi pesa un po'. Ogni tanto mi chiedo se sia fidanzato con il rugby o con me.

J: Ok.
C: Fatti carina stasera. Voglio riempirti di baci.

Il messaggio di Chuck mi causa un piccolo sorriso. Ma quel sorriso dura poco, perché torna a insinuarsi l'idea che io non sia perfetta come il mio ragazzo mi ha sempre fatto credere.

«Ciao, cucciola. Che ne dici di chiedere a tuo fratello se viene alla festa?».

Dopo gli allenamenti, Chuck mi chiama rivolgendomi quella domanda assurda.

«Stai scherzando, vero?»

«No, voglio conoscerlo».

«Non è mio fratello. I nostri genitori convivono, non sono neanche sposati», puntualizzo tra una passata di smalto e l'altra.

«Non ancora».

Ignoro quell'eventualità terrificante e passo oltre.

«Non credo che sia il tipo che ama frequentare le feste, comunque».

"Alexander fa di tutto per starsene da solo a scuola, figuriamoci se esce di casa e va a divertirsi", mi dico soffiando sulle unghie appena tinte di nero.

«E dai, piccola, voglio capire se è davvero stronzo come dici o se è un tipo normale. Lo sai che ci tengo a te».

Confusa, osservo il cellulare impostato sul vivavoce, poggiato sulla scrivania che mi ha comprato John. Io l'avrei preferita bianca, ma lui ha una predilezione per il legno antico. Ormai mi sono rassegnata, ho capito che i nostri gusti proprio non coincidono.

«Penso di avere il diritto di conoscerlo. Ho ragione o no?». La voce di Chuck richiama nuovamente la mia attenzione.

D'altronde Mini non sa essere obiettiva quando si tratta di un bel ragazzo, magari il parere di Chuck potrebbe darmi un'idea più chiara della situazione. E se la situazione si chiama Alexander, meglio andarci coi piedi di piombo. Ormai il desiderio di andare d'accordo a tutti i costi l'ho accantonato, dal momento che è praticamente un'utopia riuscire a dialogare con lo svitato. Assicurarsi una convivenza civile, però, questo sì che sarebbe un traguardo auspicabile.

Dopo aver terminato la chiamata con Chuck, esco in corridoio in punta di piedi. Mi manca la moquette della mia vecchia casa; il parquet che riveste questi pavimenti è molto bello da vedere, ma è freddo e poco accogliente.

Prendo un lungo respiro, poi busso con il cuore che martella nel petto.

«Che c'è?».

Alexander apre la porta, poi si spinge fuori dalla sua camera, costringendomi a indietreggiare in corridoio.

«Senti, sappi che non è una mia idea», annuncio, nel tentativo di non fare la figura dell'imbecille davanti ai suoi occhi attenti.

«Continua».

Provo ad allungare il collo per scoprire cosa si celi alle sue spalle, ma lui ormai è in corridoio e ha già socchiuso la porta, privandomi della possibilità di sbirciare oltre.

Inspiro a pieni polmoni e quel gesto si rivela un'arma a doppio taglio, perché il suo buon profumo addolcisce il mio tono di voce.

«Dormivi?», domando nel notare i suoi capelli leggermente in disordine.

Indossa anche una maglietta larga sopra un paio di pantaloni della tuta.

«Juliet, cosa vuoi?».

Ed è ovviamente già stufo di avermi tra i piedi.

«Il mio ragazzo, Chuck…».

I suoi occhi diventano affilati.

«…vorrebbe conoscerti meglio, così mi ha chiesto di invitarti a una festa stasera».

Alexander non risponde nemmeno, è in procinto di chiudermi la porta in faccia, quando dei passi pesanti sul parquet si avvicinano.

John.

«Che si dice, ragazzi?», esordisce con un sorriso stanco. Sembra abbia passato tutta la giornata a lavorare nel suo studio.

«Uhm…».

Gongolo con le mani dietro la schiena, dinnanzi a un Alexander che mi sta puntando torvo. E quando fa un cenno di diniego con il capo, capisco: non vuole che io parli della festa a suo padre.

Eccoti servito, caro Ackerman.

«Ho appena chiesto ad Alex se gli va di venire a una festa con me, stasera».

John si sposta gli occhiali da vista sulla fronte, poi comincia ad annuire con convinzione.

«È un'ottima idea», esclama rivolgendosi al figlio, che lo sta fulminando con un'occhiataccia.

«No, non lo è affatto, papà».

Tra quelle labbra infernali si celano sempre battutine ciniche, ma davanti a suo padre Alexander mi appare molto più innocuo del solito.

«Mio figlio non ama le feste, ma ha bisogno di svagarsi un po', sta sempre rinchiuso tra queste quattro mura a studiare. Presentagli i tuoi amici, Juliet».

Io e John ci scambiamo uno sguardo d'intesa.

«Sarà fatto». Sorrido soddisfatta.

Non hai amici e non esci mai. Registrato.

Alexander non è inattaccabile e ora che ho scoperto il suo punto debole, posso solo approfittarne.

Sei fottuto.

Alle nove in punto mi ritrovo nell'auto di mia madre, pronta per andare alla festa. Non siamo sole però, e a ricordarmelo c'è quell'intenso profumo che pervade l'abitacolo.

Perché un tipo tanto odioso deve avere un odore così buono?

«Da chi stiamo andando?», domanda Alexander, con il suo solito tono indisponente.

«Non so. Un amico di Chuck», rispondo vaga.
«Non ha un nome questo tizio?»
«Ma che ti importa!». Ridacchio dal sedile posteriore.
«Perché sei sempre così approssimativa?», mi bacchetta lui, prima di voltarsi verso di me. Il suo sguardo torbido scende sul mio corpo, forse per studiare il mio abbigliamento. Indosso un ampio maglione scuro che mi fa da vestito. La lana ricade morbida sulle mie gambe avvolte da un paio di calze scure che mi arrivano sopra il ginocchio.
Siamo al buio ed è impossibile decifrare la sua espressione, non ho la più pallida idea di cosa gli stia passando per la mente in questo istante.
«Dio mio, Ackerman, tu sei veramente la noia fatta a persona», sbuffo, provando a ignorare l'agitazione che mi scorre nelle vene quando mi fissa in quel modo inquietante.
«Non litigate, ragazzi».
Mamma pone fine alle discussioni e, finalmente, partiamo.

La festa ha luogo in un quartiere periferico di Londra. Mia madre ferma la macchina e comincia a lanciare occhiate apprensive alla villetta dalla quale esce una musica assordante.
«È un amico di Chuck, vero?»
«Sì, mamma, tranquilla…».
«Perché dovrebbe stare tranquilla quando sua figlia va a casa del presunto amico del suo fidanzato, per giunta sconosciuto?».
Alexander sa essere più pesante di un macigno quando ci si mette.
Lo ignoro, saluto mamma e scendo dall'auto. Lui mi segue a ruota.
Se prima ero infastidita dagli atteggiamenti petulanti di quel ragazzo, adesso che ci addentriamo nel salone afoso mi viene quasi da ridere.
Alexander sembra un pesce fuor d'acqua in mezzo a tutta quella gente. Continua a spostarsi per evitare le spallate dei ragazzi brilli che ci stanno intorno.
Il viso gli si contrae in una smorfia infastidita ogni volta che qualcuna gli sorride.
Io muovo la testa a ritmo di musica e vado a cercare Chuck.
«Aspetta, dove stai andando, Juliet?».
Alexander mi fissa spaesato quando mi giro verso di lui.
«Dal mio ragazzo», rispondo a testa alta.
«Non mi avevi detto che c'era così tanta gente…».
Mi accorgo che sta tormentando i polsini del golfino, mentre tenta di ritrovare la sua solita sicurezza.
«È una festa. Che ti aspettavi, Ackerman?».
La sua aria spaurita mi fa sorridere e per un attimo mi sfiora un pensiero assurdo. *Che lo strambo non sia mai stato a una festa?*
Lui non perde occasione per mettermi in difficoltà, quindi non capisco perché ora dovrebbe dispiacermi vederlo spaventato.
«Non mi piacciono i luoghi affollati», lo sento sussurrare mentre abbassa lo sguardo.

Non farti intenerire, Juliet.

Ho tutta l'intenzione di fregarmene, così gli volto le spalle, ma qualcosa non mi lascia proseguire.

Le sue dita gelide avviluppano il mio polso con una presa sicura.

«Aspetta».

Non mi aveva mai toccata prima.

Mi giro di scatto, quindi Alexander ritrae la mano velocemente, come se si fosse reso conto d'aver fatto un errore imperdonabile.

Soffre di ansia sociale o è così snob che non può mescolarsi con noi comuni mortali?

Decido di non farmi altre domande e lo invito a seguirmi.

«Vieni con me».

La casa è piccola e l'atmosfera è resa più accogliente dalla luce soffusa che illumina i presenti. Tendo il collo verso la cucina, dove alcuni ragazzi sorseggiano birra, ma di Chuck non c'è traccia.

«Dov'è questo Chuck?», domanda Alexander con aria annoiata.

L'espressione da cucciolo smarrito è durata davvero poco, in un attimo è ritornato lo stronzo di sempre.

«Non lo so. Lo sto cercando, non vedi?»

«Chuck è il suo vero nome?».

Tento di lasciar correre il suo tono sprezzante e provo a rispondergli educatamente.

«Si chiama Charles. Chuck è un diminutivo».

«Se *questo* Chuck è il tuo ragazzo, perché non si preoccupa di sapere dove sei?», domanda lui, continuando a seguirmi.

«*Questo* Chuck si preoccupa per me! Fatti gli affari tuoi, Ackerman».

«Ho solo espresso una mia considerazione».

Alexander è dotato di un'arroganza innata, talmente insopportabile che mi manda letteralmente fuori dai gangheri.

«Considerazione non richiesta», aggiungo acida.

«Ma vera», ribatte lui.

Il principino deve sempre avere l'ultima parola, altrimenti non è contento.

«Perché non era fuori dalla porta ad aspettarti, Juliet?».

Mi volto per lanciargli un'occhiataccia dal basso. Siamo in mezzo a tanta gente, musica e parlottii, eppure la sua faccia tosta mi fa dimenticare anche dove mi trovo.

Le sue insinuazioni sembrano innocenti, buttate lì per caso, ma non lo sono. Mai. E mi feriscono nell'orgoglio.

«Senti, Ackerman…». Inspiro a fondo. «Siamo nel fottuto 2024, non nel Medioevo».

Riprendo a camminare tra la folla, ma Alexander non demorde.

«Quindi è per questo che lui se ne sta a parlare con quella ragazza, invece di cercare te?».

Mi fermo immediatamente.

Sta mentendo, sono solo parole.

Quando però Alexander mi indica un punto preciso del salone in cui siamo rientrati, capisco che le sue non sono solo parole, ma fatti.

Chuck sta seduto sul divano e in braccio a lui c'è Camilla, una sua compagna di classe.

Rimango sgomenta, incapace di reagire, e il sangue nelle mie vene diventa ghiaccio. Alexander sembra stranamente capire il mio stato d'animo, perché decide di prendere in mano la situazione.

«Andiamo da lui, Juliet».

Stavolta sono io a seguirlo, mentre ci fa strada tra ragazzi ubriachi e sudaticci. Si ferma proprio davanti al divano su cui Chuck sta ridendo con i suoi amici: la ragazza che gli stava sulle ginocchia ora è seduta al suo fianco. Con mio disappunto, Chuck nota prima Alexander di me.

«Ma guarda chi c'è... Ciao, Ackerman». Poi allunga il capo e mi vede. «Cucciola, ci sei anche tu!».

Chuck si alza in piedi per raggiungermi, ma non gli è facile venire da me, perché sono alle spalle di Alexander, che non sembra intenzionato a muoversi per lasciarlo passare.

«Te l'avevo detto che sarei venuta», sbuffo fissando Camilla e le sue gambe chilometriche.

Chuck finalmente mi si avvicina e mi cinge la vita con un braccio per attirarmi a sé.

«Ma se non mi hai fatto sapere nulla», mormora.

In realtà gli ho inviato un messaggio che lui non ha ancora visualizzato.

Quando si avvicina per lasciarmi un bacio sulla guancia, avverto una nota alcolica nel suo alito, quindi mi ritraggo immediatamente.

«Vieni, Ackerman. Ti faccio conoscere i miei amici». Chuck si rivolge ad Alexander che ci sta osservando attento.

«Mhm, no. Grazie».

Sebbene lui provi a rifiutare, in un attimo ci ritroviamo di fronte ai migliori amici di Chuck. Quelli che conosco meglio sono Matt e Jeff, due ragazzoni ben piazzati cresciuti a palestra e birra, talmente grossi che a stare in mezzo a loro ho quasi paura di venir schiacciata come un moscerino. E come al solito, non passano nemmeno dieci minuti dai convenevoli che Chuck e i suoi amici stanno già parlando di rugby e macchine sportive. Lo fanno sempre con così tanta enfasi che a vederli da fuori si potrebbe pensare che stiano provando a salvare il mondo dal riscaldamento globale.

«Ho bisogno di idratarmi».

Con la sua voce bassa e suadente, Alexander richiama immediatamente la mia attenzione.

Se n'è stato in silenzio finora, e adesso mi sta puntando con due occhi scuri.

«Sì, anch'io», dico annuendo.

Ne approfittiamo per allontanarci da quelle chiacchiere noiose, quindi ci dirigiamo in cucina, dove ad accoglierci troviamo un bancone ricco di cocktail, birre e superalcolici.

«Serviti pure, Alexander», lo sfido, indicandogli le bottiglie.

«Uhm. Non c'è dell'acqua?»

«Acqua?»

«Non intossico il mio corpo con questa roba», spiega con tono pacato, prima di rivolgermi una smorfia riluttante.

«Dio, quanto sei strano».

Vedo un grosso frigorifero, quindi provo a curiosarvi, in cerca di un'alternativa.

«Che c'è di strano?», chiede lui, dopo essersi seduto sull'isola della cucina.

Recupero un cartone di succo alla pera, poi mi avvicino a lui.

«Veramente nulla. Solo che… tutti i ragazzi che conosco… Ah, lascia perdere», bofonchio e tento di sedermi di fianco a lui. Il bancone è troppo alto, io sono goffa e questo è uno di quei momenti in cui qualche centimetro di gamba in più non mi farebbe male.

«Ce la fai?».

Alexander mi osserva attento, all'apparenza incuriosito dall'immagine della sottoscritta in difficoltà.

«Certo, tu non darmi una mano nemmeno per sbaglio, eh», ribatto scocciata, quando finalmente riesco ad accomodarmi.

Mi risistemo il maglione sulle cosce, poi torno a guardarlo, ignorando gli schiamazzi di alcuni ragazzi che passano in cucina per riempirsi i bicchieri di vodka e Red Bull.

«Anche a me non piace bere alcolici», bisbiglio svitando il tappo della confezione di succo.

«A differenza del tuo ragazzo».

Ovviamente ad Alexander non è sfuggito che Chuck era leggermente brillo.

«Fumi, Juliet?», chiede poi.

Se ne sta immobile, la schiena dritta e il capo chino a fissare maniacalmente le mie mani e ogni loro movimento.

«No, non fumo», taglio corto, intenta a versare il succo nei bicchieri di carta.

«A differenza del tuo ragazzo», sottolinea compiaciuto.

Ho capito il suo gioco.

«Senti, lo so che ti annoi, ma non fare lo stronzo con me».

Gli porgo il bicchiere, mentre Alexander scende giù dal bancone e mi si piazza davanti.

«Sto solo cercando di essere socievole. Con te».

Sollevo gli occhi dalla bibita per osservarlo meglio. Potrebbe sembrare un ragazzo come tanti, ma poi, studiandolo meglio, ci si rende conto che è pieno di sé da far venire i brividi.

«Ti vesti sempre in quel modo, tu?». Mi strappa ai pensieri con quell'insolita domanda, poi fa un cenno verso le mie gambe.

«In che senso?»

«Be', il tuo maglione accollato pare dire: "Sto andando a leggere un sermone", ma in realtà non indossi dei pantaloni lì sotto».

Resto a fissarlo, attratta dal suo gioco di parole.

«Ti piace vestirti in questo modo? Ami essere al centro dell'attenzione, oppure no?».

Avvampo.

«Sei tanto intelligente e acculturato, poi mi cadi su una cosa così banale? Sei uno di quelli che giudicano gli altri in base all'abbigliamento, Alexander?», ribatto con voce nervosa.

«No, sto raccogliendo i pochi pezzi che ho di te per capire chi sei», afferma dopo aver buttato giù una sorsata di succo alla pera.

Non ero la ragazzina viziata, anonima e poco interessante?

E poi m'imbarazza parlare di abbigliamento con uno che mi prenderebbe in giro se sapesse che sono costretta a recarmi nel reparto bambini per fare acquisti.

«Hai visto con che classe ho glissato le domande sui probabili vincitori del campionato di quest'anno?».

Alexander mi sorprende con quel cambio di argomento e a me scappa un sorriso.

«Sorridi», afferma poi, ancora in piedi, davanti a me.

È una constatazione?

Per un attimo ho come l'impressione che abbia detto qualcosa di gentile. Poi mi rendo conto che il suo è un ordine.

«Non si sorride a comando», sussurro abbassando lo sguardo sulle mie ginocchia.

«Tu non hai idea di quello che potresti fare a comando».

La sua voce velenosa s'insinua sotto la mia pelle.

«Come, scusa?».

Sbatto le palpebre e sollevo immediatamente il capo per cercare i suoi occhi sottili.

Alexander trae un respiro profondo, vedo il suo petto gonfiarsi per poi svuotarsi lentamente.

«Dicevo… hai bisogno di sorridere».

Una strana elettricità inizia a correre tra i nostri corpi tesi e vicini. Il mio istinto mi suggerisce di andarmene da lì, perché ho un ragazzo e perché il tizio che ho davanti, oltre che strano, potrebbe rivelarsi pericoloso.

Poso quindi il bicchiere sul ripiano della cucina, scendo dal bancone e, senza aggiungere altro, mi avvio verso il salotto. Vedere Chuck ancora lì, dall'altra parte della stanza, a ridere e scherzare con i suoi amici, non ha l'effetto sperato. Un moto di tristezza mi assale. Lui non sembra aver bisogno di me. All'apparenza il nostro rapporto va a gonfie vele, ma sento sempre un'inspiegabile distanza tra noi.

«Non credo che tu ti stia perdendo molto, Juliet».

Alexander si prende la libertà di sottrarmi alle mie riflessioni, arrivandomi alle spalle.

Dio, che stalker.

«Gli amici di Chuck sono un po' noiosi e monotematici a volte», confesso con un colpetto di spalle.

«O forse si divertono con poco. Io sono un tipo esigente. Tu?».

"Ci godi a fare domande così difficili?", vorrei chiedergli. Forse a lui piace far sentire gli altri degli stupidi.

«Juls!».

La voce di Mini mi obbliga a voltare il capo verso il corridoio. Amanda e Mini mi appaiono davanti e io le abbraccio come se non le vedessi da anni.

«Io sono Mini, lei è Amanda», si presenta la mia amica con un timbro eccitato che lascia poco spazio alla fantasia.

«Ciao, Mini e Amanda». Alexander le saluta in maniera educata, senza scomporsi più di tanto.

«Stasera il robot è impostato in modalità pseudosocievole. Potete approfittarne…». Ridacchio sottovoce.

«Quest'anno finisci?». Amanda gli chiede della scuola, ma lui non si sbottona mai, se non per rifilare loro risposte avare che non vanno mai oltre il "no", o l'"esattamente".

Mini si avvicina al mio orecchio.

«È più bello del solito stasera», bisbiglia senza levargli gli occhi di dosso. Io mi stringo nelle spalle, ma senza volerlo inciampo nell'immagine di quel collo affusolato e quelle clavicole sporgenti che sollevano appena il golfino scuro.

Alexander sarà pure bello, ma rimane comunque odioso.

Torno a cercare Chuck con lo sguardo. Gesticola e parla a voce alta mentre tutti i suoi amici ridono. È carismatico e ha un bel sorriso. Piaccio a un ragazzo così, perché mai dovrei desiderare di piacere a quello scorbutico del mio fratellastro?

«Hai presente quando guardi un film, Juliet?».

Alexander approfitta dell'assenza momentanea delle mie amiche e mi coglie alla sprovvista. Mini e Amanda stanno salutando alcune nostre compagne e ora è rimasto solo lui di fianco a me.

«Stai guardando la scena da fuori».

Riporto gli occhi verso il mio fidanzato e i suoi amici, perché è proprio lì che punta Alexander.

«È vero…», bisbiglio.

Riconoscere che lui abbia ragione è proprio un brutto colpo per il mio orgoglio.

«A me capita sempre di guardare le cose con distacco. È questo che mi fa sentire migliore, Juliet».

Mi mordo la lingua perché mi duole ammettere che, anche in questo caso, il suo discorso non fa una piega. Il suo modo di vedere gli altri e il mondo mi incuriosisce.

«Ti tieni lontano da qualsiasi forma di socialità e per questo ti senti migliore?»

«Rimanere al di fuori delle situazioni mi rende un osservatore più acuto rispetto agli altri».

«Sì, ma è triste», puntualizzo, seccata dalla sua supponenza, alla quale fatico ad abituarmi.

«Triste? Non è forse molto più triste spendere il proprio tempo insieme a gente con cui non si ha nulla in comune, a parlare del vuoto più assoluto, solo per sentirsi meno soli?».

Resto con un dito intrappolato tra le labbra, a riflettere sulle parole di Alexander.

«Quindi mi stai dicendo che tu non hai amici, perché non ne trovi alla tua altezza?»

«Sono solo esigente, te l'ho già spiegato. E poi non ho detto che non ho amici. Ascolta meglio, nana».

Alexander recide quello scambio di battute allontanandosi da me senza aggiungere altro.

E se prima era lui ad avere bisogno di me, ora non m'importa più di Chuck o delle mie amiche, voglio solo parlare con Alexander.

Mi hanno messo della droga nel succo di frutta, non c'è altra spiegazione.

Lo seguo fino a un divanetto appartato e, dopo essermi seduta di fianco a lui, me ne pento immediatamente. Lui resta in silenzio e io faccio lo stesso.

Che imbarazzo, ma cosa mi è saltato in mente?

Comincio a muovere la testa a ritmo di musica, fingendo di non essere qui, seduta a qualche centimetro da un potenziale svitato.

Alexander però rende tutto più difficile, perché mi sta fissando.

«E quindi… cosa ti piace fare, Alex?»

«Non mi piace sprecare il mio tempo, Juliet».

«E passarlo a leggere quelle sottospecie di libri con le figure ti fa sentire tanto intelligente?»

«Si chiamano fumetti, insolente», risponde deciso.

«Che sfigato».

Gli lascio il tempo di lanciarmi un'occhiataccia, poi riparto all'attacco.

«Suoni anche il piano? Sul serio?»

«Anche questo è strano per te?»

«Boh… sembra una cosa da vecchi».

«Ho diverse passioni e le coltivo con cura». Mi soffermo ad ammirare i suoi occhi affilati. «Hai mai avuto l'impressione che ventiquattro ore non siano sufficienti, Juliet?».

Lo guardo stralunata, ma anche dannatamente affascinata.

«Ehm… no. Cioè?»

«Ho sempre l'impressione che un'intera giornata non mi basti per fare tutto ciò che mi piace e di conseguenza non mi avanza tempo per scambiare battute insulse con gente senza interessi. Sì, parlo del tuo fidanzato e della sua combriccola».

Mi chiedo come faccia ad avere un tono di voce così pericoloso, ma allo stesso tempo così rassicurante. E poi, non so come, Alexander è capace di farmi cambiare idea in maniera convincente. Forse è il suo modo deciso di dire le cose, o forse è solo perché sa argomentarle molto bene. O, più probabilmente, sono convinzioni che dentro di me ho sempre avuto, solo che lui ha il coraggio di esprimerle ad alta voce. Sento tuttavia il dovere di prendere le difese di Chuck. È pur sempre il mio fidanzato.

«Comunque tu e il mio ragazzo siete diversi, è vero, ma Chuck non è mica uno stupido». Ammorbidisco la voce sperando che Alexander sia altrettanto malleabile.

«Perché lo difendi da accuse inesistenti? Ho forse detto che è uno stupido?».

Confusa, aggrotto le sopracciglia.

Mi sta raggirando? Che follia è questa?

«Perché ti accontenti, Juliet? Perché non provi a volere di più?».

Alexander mi indica Chuck e i suoi amici, che ora sono palesemente ubriachi.

«Ti stai facendo un'idea sbagliata di Chuck. E poi i tuoi pareri valgono poco», lo provoco incassando un po' il collo nelle spalle, come per paura che Alexander possa affondarvi i canini da un momento all'altro.

«Lo so che ci tieni al mio parere, Juliet».

«Presuntuoso».

«Realista», mi corregge lui.

Nonostante la singolarità della discussione, per la prima volta io e Alexander stiamo parlando civilmente.

«Perché mi dai consigli, se mi odi?», domando curiosa.

«Non ti odio, Juliet. Ho solo detto che non mi piaci».

Brucia di nuovo. Dovrei apprezzare la sua sincerità, ma alla fine si rivela un affronto crudele. Comincio a picchiettare con la scarpa contro la gamba del divano, come fosse un piccolo capriccio.

«Ma tu… vuoi piacermi», afferma Alexander, guardando avanti a sé.

Gli ho solo chiesto come mai si comporta gentilmente con me, come siamo arrivati a questa affermazione? Cosa sta facendo?

Mi sta manipolando, ecco cosa sta facendo.

Uno strano pensiero comincia a insinuarsi nella mia testa.

Si comporta così anche con altre ragazze?

«Non voglio piacerti. E comunque sta diventando assurda questa conversazione tra noi».

«Cambiare argomento è una risposta più che eloquente, Juliet».

«Senti, neanche tu mi piaci. Contento?»

«Bugiarda», sputa senza esitare.

Alexander compie il gesto svagato di accarezzarsi i capelli e io mi lascio distrarre.

Mi attira solo perché ha un bel viso. Ecco qual è il problema.

E siccome voglio dimostrare a me stessa che ne ho abbastanza di uno che gongola nel mettermi in difficoltà, decido di alzarmi in piedi. Raggiungo il divano dove Chuck e i suoi amici stanno stravaccati, vicino al tavolo da biliardo. Mi siedo in braccio al mio ragazzo, che non perde tempo e si affretta a cingermi i fianchi con una presa decisa.

Ci scambiamo un bacio appassionato, lasciando che le nostre lingue danzino sfrenate, nonostante il sapore di vodka troppo forte per i miei gusti. Non chiudo gli occhi, li lascio vagare per la stanza in cerca di qualcuno. Alexander mi sta fissando, lo so. Avverto il suo sguardo freddo su di me, lo sento graffiare la mia schiena senza pudore. Finalmente i nostri occhi si incrociano, ma riprendo subito a tormentare le labbra di Chuck con piccoli morsi e movimenti di lingua. Voglio far capire a quel saccente che può giocare con la mia testa, ma le parole e i fatti sono due cose ben distinte.

«Juls…». Le mani di Chuck raggiungono veloci il mio fondoschiena e lo stringono con forza. «…se mi baci ancora così, inizio a fare strani pensieri».

No, non era quello che avevo in mente.

«Andiamo a fare un giro?», propongo.

«Vuoi che stiamo un po' da soli, piccola?», mi sussurra all'orecchio.

«Magari andiamo a cercare Mini e Amanda…».

«No, meglio restare qui con gli altri», insiste Chuck.

Alla fine rimango stretta tra le braccia del mio ragazzo, mentre i suoi amici ridono a raffica per battutine poco brillanti. Sono tutti ubriachi e io non mi sto affatto divertendo. Il mio sguardo irrequieto scavalca un gruppetto poco distante, per poi finire su Alexander.

Non ha mai smesso di guardarmi.

7

Juliet

«Com'è andata la festa, ieri?».

John mi sorprende a girovagare nel salotto deserto.

«Niente di speciale», rispondo criptica.

Questa casa è sempre troppo silenziosa.

«Tua madre è fuori con le amiche, mi ha detto che puoi chiamarla se hai bisogno di qualcosa».

Annuisco, ma in realtà ho ben altro in mente. È sabato mattina, e dato che Alexander è un tipo mattiniero avrei scommesso di trovarlo a leggere in qualche angolino della villa, invece in giro non c'è traccia di lui, né dei suoi fumetti.

Dopo un'abbondante colazione, torno in camera a farmi una doccia, poi mi lancio sul letto e, annoiata, chiamo Mini.

«Perché ieri sei sparita con Liam? Non avevi detto che ti dava buca?»

«Be', no, alla fine è venuto. Comunque ti ho vista con Chuck a fine serata», dice cambiando discorso.

«Sì, siamo stati a chiacchierare fino a tardi».

E arriva il momento in cui il mutismo improvviso s'impossessa della mia migliore amica, facendo sparire la sua solita parlantina svelta.

So che non sopporta Chuck, ma tutte le volte che ho cercato spiegazioni al riguardo è sempre stata vaga.

«Vieni da Karoline stasera?», mi domanda.

«A fare che?»

«Sai che Karoline ha la piscina coperta, no? Ce la spassiamo di sicuro!».

«Il tuo "ce la spassiamo" comprende Liam?», chiedo sospettosa.

«No! Giuro che sarà una serata tra sole amiche!». Le intenzioni di Mini saranno anche sincere, ma conoscendo Karoline, oltre a quantità industriali di alcol, circoleranno sicuramente dei ragazzi.

«Va bene, ci vediamo lì».

Saluto Mini, poi comincio a scorrere TikTok in cerca di un consiglio per un make-up che mi faccia sembrare più adulta dell'età che dimostro.

Le amiche di Karoline non solo frequentano tutte l'ultimo anno, ma sono anche delle tipe piuttosto snob e io non amo andare alle feste quando Chuck non è presente. Stare con lui è davvero rassicurante, mentre stasera sarò solo… Juliet.

E Juliet ha bisogno di una bella dose di make-up. Ispeziono le mie occhiaie allo specchio, per poi passare in rassegna le lentiggini che mi tratteggiano il naso.

Una notifica mi distrae. Afferro il cellulare e leggo il messaggio di Amanda.

A: Stasera non sono dei vostri, non reggerei quelle oche per più di due secondi esatti.

Dopo aver lisciato i capelli con la piastra ed essermi truccata, ricontrollo il telefono e noto che Chuck non mi ha nemmeno inviato un buongiorno, nonostante fosse online mezz'ora fa.

È sabato, si starà sicuramente allenando.

Forte di quella convinzione, esco dalla mia camera per andare a prepararmi un tè caldo, ma in corridoio m'imbatto proprio in chi non vorrei.

«Alexander». Pronuncio il suo nome con un ghigno divertito.

Lui si volta, regalandomi un sopracciglio sollevato.

«Svegliata di buon umore?»

Come sempre non gli sfugge niente.

«Più o meno. Tu ti sei svegliato ora?»

«No», taglia corto, mentre mi osserva compiere due passi per avvicinarmi a lui.

Vengo sorpresa dall'ondata di profumo che emana il suo cardigan.

«E che fai, Alex?».

Di certo non è bastata la chiacchierata di ieri per diventare amici, ma perlomeno ho capito che possiamo interagire anche senza insultarci.

«Sto andando a bere un bicchiere d'acqua. Tu cosa fai, Juliet?». Canzona il mio tono di voce infantile, dandomi sui nervi.

«Vado a farmi un tè».

Alexander mi fissa in silenzio e in un attimo ripiombo nell'imbarazzo più totale.

E ora che dico?

Meglio che me ne vada. Scendo le scale, con il rumore dei suoi passi dietro i miei.

«Stai meglio con i capelli al naturale».

«Come?».

Giunta al fondo della scale, mi volto e noto che sta indicando le ciocche che mi ricadono lisce sulle spalle.

«Non mi piaci con i capelli come li hai ora».

Ancora con questo "non mi piaci"?

«Tu non mi piaci mai, Alexander, pensa un po'».

Non spreco altro fiato, giungo in cucina dove mi appresto a versare l'acqua nel bollitore. La mattinata è uggiosa e la luce timida che s'insinua attraverso la finestra non è sufficiente a illuminare l'ambiente. Lancio un'occhiata distratta al cielo grigio, poi torno al mio tè caldo.

Prepararlo non è di certo un compito arduo, ma farlo davanti a un ragazzo che se ne sta seduto a studiarmi con insistenza mi mette in soggezione. Soprattutto perché sono di spalle e non ho idea di dove possano posarsi i suoi occhi.

Provo a ignorare la sua presenza, ma mi è impossibile. Recupero una tazza dalla dispensa e, quando giro il viso, mi accorgo che quegli occhi di ghiaccio sono ancora addosso a me, mentre Alex sorseggia dell'acqua.

«Non ti piaccio, eppure ti piace fissarmi», lo provoco.
Alexander si lecca il labbro inferiore senza mai distogliere quegli specchi scuri da me.
«Tu non stai mai zitta, mhm?»
«Stasera che fai?». Gli rivolgo quella domanda con aria innocente, anche se in realtà è un piccolo affronto.
«In che senso?».
Hai capito benissimo.
Alexander congiunge le mani sul piano di marmo dell'isola. È in attesa di una risposta, ma io gli rifilo un'altra provocazione.
«Non hai amici con cui uscire?». Vado dritta al punto, forse per evitare che lui mi manipoli come al suo solito.
«No. Tu?», ribatte veloce.
Il mio cuore accelera appena.
Stai calma. Perché agitarsi ora? È sempre il solito spocchioso.
Condito con una bella dose di narcisismo. Non gli interessa per davvero cosa faccio, vuole solo torturarmi.
«Certo che esco, è sabato sera».
«E sentiamo, signorina. Dove andrai?».
Sento le guance incendiarsi.
«Ehm…».
«A parole tue, Juliet».
«Vado a casa di un'amica. Un'amica di una mia amica. È tipo una festa, ma non proprio».
«Spiegazione chiara ed esauriente, come al tuo solito. Grazie mille», commenta sarcastico.
«Be', almeno io ho della compagnia».
«Amo la solitudine. Vuoi condannarmi per questo, Juliet?».
Ecco che mi conferma il suo punto debole: non ama stare in mezzo alla gente. L'ho visto parecchio a disagio alla festa di ieri, ma a pensarci bene… c'è solo una cosa che potrebbe farlo sentire ancora peggio: stare in mezzo a tante ragazze. Aggiungiamoci anche il costume. Sicuramente lo odierà.
«Perché stasera non vieni con me?».
Il mio tono sommesso non riscuote alcun successo: come da previsione, Alexander declina l'invito in maniera apatica.
«Non farci l'abitudine, nana».
«Per favore».
Tento una piccola supplica, ma lui, invece di indispettirsi, mi osserva incuriosito.
Magari ho una possibilità di convincerlo…
Alexander non si scompone più di tanto, così agisco d'impulso, dicendo la prima cavolata che mi viene in mente.
«Vieni con me o dirò a tuo padre che sei entrato nel mio bagno mentre facevo la doccia e mi hai vista nuda».

Lui gonfia le guance, sembra stia per scoppiare a ridere da un momento all'altro, ma alla fine si ricompone e torna serio.

«Ti piacerebbe, Juliet».

Nascondo l'imbarazzo voltandomi in direzione del bollitore. La spia diventa verde, quindi verso l'acqua nella tazza, poi borbotto un: «Lo faccio sul serio, eh».

Torno ad Alexander e mi rendo conto che uno strano luccichio attraversa i suoi occhi cupi.

«Ti piace giocare, Juliet?».

Il suo tono di voce si fa così ambiguo da farmi arrossire con violenza.

Quella domanda ha un qualcosa di nascosto, di velato. Di eccitante.

Ma Alexander non si fa imbambolare dalla mia reazione impacciata, né dai movimenti nervosi delle mie dita che tamburellano sulla tazza fumante.

«Oppure credi solo di potermi ricattare a tuo piacimento?».

Eccolo che ricomincia.

Mi stacco dal bancone della cucina, come se muovere due passi mi aiutasse a trovare coraggio.

«Sì, lo penso», rispondo guardandolo dritto negli occhi.

E di nuovo, ecco quel filo invisibile che sembra attirarmi a lui. Alexander si alza in piedi poi, lentamente, si mette alle mie spalle e io non ho più sotto controllo il suo sguardo, che potrebbe scivolare ovunque.

«Quindi, ricapitoliamo...». Il suo timbro si tinge di una leggera inflessione roca. «...pensi di potermi ricattare e...».

Fa una pausa e si sposta davanti a me. I suoi occhi intensi scendono sul mio golfino, poi sempre più in basso. «...e dai per scontato che io voglia vederti nuda».

Sento la gola serrarsi e le guance avvampano di nuovo perché Alexander mi accarezza il collo con il suo sguardo famelico, mentre con l'indice dà un colpetto al ciondolo del mio choker.

«Ti prego, Alex».

Lui inarca un sopracciglio e il mio stomaco comincia a tremare. Le sue labbra disegnate si schiudono per risucchiare un respiro profondo.

«Mi preghi di fare cosa?»

«Di venire insieme a me, questa sera», sussurro in modo quasi lascivo.

«Va bene».

Va bene?

Non riesco a credere di avercela fatta. *L'ho convinto davvero?*

«Ci andiamo in macchina?», domando mentre lui torna al bancone per bere un ultimo sorso d'acqua.

«Direi di no, Juliet».

«Come no?»

«Non guido», confessa con una breve scrollata di spalle.

«Ci accompagnerà tuo padre allora».

«Uhm, quanta autorità, Juliet. Hai deciso anche il colore dei boxer che dovrò indossare?»

«Mettili neri». E ridacchio salendo le scale sotto il suo sguardo attento.
«Bella mossa, piccoletta».

Un grosso sorriso si allarga sul viso di Karoline, quando apre la porta di casa e mi vede insieme a Mini e soprattutto ad Alexander, che ovviamente non passa inosservato.
«E tu chi sei?», domanda la ragazza, con la voce già macchiata dall'alcol.
Alexander sposta lo sguardo da Karoline a me, poi da me a Karoline.
Ormai lo conosco, e nonostante la sua faccia apatica i suoi occhi spenti stanno urlando: "Ma dove diavolo mi hai portato?".
E io non posso fare a meno di sorridere soddisfatta, come ogni volta che mi lancia quelle occhiatacce di rimprovero.
Finalmente, questa sera avrò la mia vendetta per tutti i "non mi piaci" che mi ha rifilato in poco tempo.
Il piano è semplice e d'impatto: mollare Alexander all'ingresso. Stavolta non sarò gentile con lui, né proverò a fargli conoscere qualcuno per metterlo a suo agio. Se la dovrà cavare da solo.
Così entro in casa e saluto alcune ragazze che sorseggiano succhi di frutta mescolati ad alcolici sconosciuti, poi salgo con Mini al piano superiore, dove si trova la camera di Karoline. Mi metto a frugare nel mio zainetto, ma dopo una manciata di secondi inizio a imprecare.
«Accidenti! Non è possibile!».
«Che succede, Juls?».
Mini mi osserva preoccupata, mentre tira fuori un bikini bianco dalla borsa.
«Ho dimenticato il costume!», mi lagno delusa.
Eppure ero sicura di avercelo messo…
«Sei sempre così sbadata, Juls. E hai troppe borse. L'avrai infilato in quella sbagliata».
Mini fa un sorriso dispiaciuto, poi da buona amica tenta di trovare una soluzione alternativa. «Vuoi che chieda a Kar di prestarti uno dei suoi?»
«Certo che no».
Di sicuro non voglio attirare l'attenzione di Karoline su di me, dato che non sopporto di avere a che fare con lei, e poi abbiamo fisici troppo diversi: non riempirò mai la sua quarta di seno con la mia tavola da surf.
«Vabbè, faccio un giro di sotto», borbotto abbattuta come non mai.
Due ragazze che frequentano la mia scuola mi salutano, ma le altre che si aggirano in costume attorno a me sono tutte più grandi e non credo di averle mai viste prima.
Fare il bagno in una piscina all'interno di un salotto non è un lusso che capita tutti i giorni, ma purtroppo stasera posso solo fare da soprammobile.
«Ehi, signorina».
Eccolo.
Non mi aspettavo tanta soddisfazione nel tono di voce di Alexander. Mi giro e quello che vedo non mi piace affatto: lui non sembra a disagio, anzi, se ne

sta seduto su una poltrona vicino alla zona piscina, che pullula di ragazze in bikini.

«Dimenticato il costume a casa?»

«Me l'hai tolto tu dallo zaino?», sbraito furibonda.

Alexander abbozza un ghigno subdolo.

«Siccome ti credi furba e non lo sei minimamente, te ne ho dato dimostrazione».

Ecco che il mio piano comincia a fare acqua da tutte le parti.

«Ma non lo vedi che quelle qui presenti sono tutte ragazze? Non ti senti fuori luogo?», chiedo spazientita.

«Perché dovrei lamentarmi? E poi sono arrivati anche altri ragazzi poco fa».

Lui guarda un punto dietro di me. Mi volto con aria interrogativa e noto alcune tizie ridere a bordo piscina.

«Tu invece perché non chiedi alla sorellina di Karoline di prestarti un costume?»

«Vai a farti fottere», sputo incollerita.

Se gli occhi di Alexander avessero il potere d'incenerire, lo avrebbero appena fatto con l'occhiata furibonda che segue la mia imprecazione.

«Che c'è? Non si possono dire parolacce a casa Ackerman? È un'altra delle tue stupide regole?».

Lo provoco a viso aperto, ma contro ogni mia aspettativa l'espressione seria di Alexander lascia subito il posto a un'aria divertita.

«Tu sei un po' troppo coperta, non trovi? Hai freddo?»

«No, è solo che tu mi hai…».

Lui mi ha tolto il costume dalla borsa? O forse no? Non me ne ha dato conferma. Parla troppo e mi confonde.

«Ci provi gusto a prenderti gioco di me, Alex. Non è così?».

Alexander finge di pensarci su, ma quello che vuole è solo farmi innervosire.

Dovevo essere io a coglierlo impreparato, invece lui ha totalmente ribaltato la situazione. *Fottuto manipolatore.*

Si abbandona con la schiena sulla poltrona. Sembra frema dalla voglia di godersi lo spettacolo di una Juliet impacciata, le mani nervose e la bocca secca.

«Perché ti agito così tanto, Juliet?»

«Tu non mi…».

«Mica ti ho ordinato di spogliarti».

Mi sforzo di combattere l'imbarazzo e a fatica punto gli occhi nei suoi. Devo capire cosa diavolo gli passa per la testa. Ma lui non esibisce emozioni sul suo volto perfetto, nemmeno quando dice: «O almeno… non ancora».

Dove vuole arrivare con le sue torture mentali? E poi… era una scintilla maliziosa quella che lo ha appena incendiato?

«Anzi, ora che mi ci fai pensare… levati i jeans».

Un misto di stupore e incredulità si disegna sul mio volto, mentre la mia mente tenta di elaborare ciò che Alexander ha appena detto.

«Stai scherzando, vero?»

«No. Spogliati».
La sua compostezza mi fa rabbrividire.
«Perché mai…».
«Per me».
Mi lascio andare a una risatina nervosa, ma questa sparisce in fretta perché lui è dannatamente serio.
«Ma ti sei forse bevuto il cervello?»
«Preferisci che io dica a tua madre del professor Finnegan?».
Non ci posso credere… mi sta ricattando.
«Lo racconto a mia madre se provi a ricattarmi, Ackerman!», esplodo con voce acuta.
Alexander si alza di scatto, facendomi tremare. I suoi occhi non mi danno pace, li sento a fondo, nei miei.
«Adesso mi ascolti». Sento le gambe cedere sotto il suo attacco spietato. «Tu mi hai portato qui con uno sterile ricatto».
«Che intenzioni hai, Alex?». Ammetto che le sfide mi hanno sempre eccitata, ma con lui è come giocare col fuoco.
«Tua madre verrà a sapere dell'insufficienza in pagella. Ma la cosa più interessante sarà la faccia che farà quando scoprirà di come hai provato a dissuadere un insegnante con mezzucci non del tutto leciti, solo per evitarti la ramanzina».
Ecco perché ha accettato di buon grado l'invito di questa sera. Aveva dei secondi fini, subdoli e meschini. Esattamente come lui.
«E sappi che conosco i dettagli, Juliet».
Alexander risucchia il labbro inferiore sotto i denti.
Quel semplice gesto manda il mio stomaco in subbuglio.
Perché? Perché dev'essere così attraente mentre dice queste cattiverie?
«Come fai a conoscere i dettagli?».
Comincio a tormentare le punte dei capelli che mi scivolano sulle spalle.
«Ne parlavi anche con le tue amichette. Dovresti…». I suoi occhi bruciano sulle mie labbra. «…chiuderla quella bocca, ogni tanto».
«Non lo farai, Alex». Lo minaccio puntandogli un dito contro, tentando di sembrare arrabbiata quasi quanto lui si dimostra sicuro di sé.
«E invece è proprio ciò che farò, Juliet. Buffo, no?».
Alexander è irremovibile e io sto andando nel panico.
«No… non lo farai».
«E lo farò perché non mi è piaciuto il modo in cui hai provato a mettermi in difficoltà. Come non mi è piaciuto il tuo atteggiamento con il professore. Perciò cerca di fare qualcosa, o sarai tu a trovarti in difficoltà».
«Cosa dovrei fare, scusa?». Sono confusa.
Non dovevo mettermi contro un tizio così, ecco qual è stato il mio errore.
Prima di avvicinarsi al mio orecchio, Alexander giocherella con la collanina che porta al collo.
«La scelta sta a te, Juliet. Io ho questa informazione e la divulgo se tu non mi dai qualcosa in cambio».

Ora non si tratta più solo di fare "qualcosa", ora è "dare qualcosa in cambio". Questo è un ricatto vero e proprio.

«Ascolta, Alex, non era mia intenzione mandarti a quel paese, ma tu…».

«Ma io mi sono accorto che mi hai invitato qui per vendicarti». Alexander conclude la mia frase con tenacia.

«Cosa dovrei fare quindi?», domando esasperata.

C'è di nuovo quella strana scintilla in lui.

«Te l'ho già detto qualche istante fa. Ti piace sentirmelo ripetere?».

Nel mio orecchio si propaga il suo sussurro, il più piacevole che io abbia mai sentito.

«Cosa? Qui?», soffio incredula.

«Sono tutti in costume, Juliet».

Alexander mi sfida con naturalezza, come se non mi avesse appena rivolto una richiesta assurda.

E se mai acconsentissi, quel gesto non passerebbe affatto inosservato, viste le mie mutande con le ciliegie. Karoline e le sue amiche mi prenderebbero in giro a vita. Non posso lasciare che accada.

Un ragazzo poco distante mi distrae. Sollevo il braccio e ricambio il saluto di Cameron, uno dei compagni di squadra di Chuck, ma gli occhi di Alexander mi perseguitano, reclamando la mia attenzione.

«Guarda me, Juliet», sussurra ancora con voce penetrante. «Solo me».

E d'un tratto dimentico anche dove mi trovo. Il mio respiro accelera disperato, mentre il mio cervello inizia a eliminare il cloro e tutti gli altri odori intorno a me. Percepisco solo il suo profumo.

«Non posso farlo qui, Alex».

«E dove puoi farlo, Juliet?».

Scrollo il capo.

«Tua madre ti metterà in punizione, Juliet».

Sentirlo ripetere il mio nome con quel tono tracotante mi fa ribollire il sangue nelle vene.

«Sai che ti dico? Chi se ne frega. Non uscirò per un sabato e finisce lì», replico in un moto di ribellione.

«Oh no, piccoletta. Non uscirai finché non otterrai un voto in fisica superiore alla sufficienza».

«Cosa? E chi l'avrebbe deciso?»

«Io».

Alexander sfoggia una sicurezza così sfacciata da causarmi una risata isterica. Alcune ragazze si girano verso di noi.

«Datti un contegno, Juliet. So essere convincente, soprattutto se lo viene a sapere anche mio padre, che a sua volta influenzerà le decisioni di tua madre».

La sua voce mi toglie il fiato. Le sue parole mi tolgono il fiato.

E io non prenderò mai una sufficienza in fisica.

«Sono un tipo molto persuasivo, te ne accorgerai».

Tu sei pazzo. Completamente.

Rapita dalla discussione con Alexander, non mi accorgo che Cameron si è appena avvicinato per salutarmi con un bacio sulla guancia.
«Ciao, Juliet, che fai?»
«Ehm…». Guardo Alexander.
«Chuck ti ha lasciata da sola?».
Cameron ha una cotta storica per me e io l'ho sempre rifiutato, anche prima di conoscere Chuck. Lo reputo molto bello, ma non sono mai riuscita a farmi piacere uno che cambia una ragazza a sera.
Alexander se ne frega dei nostri convenevoli e, senza curarsi di Cameron, si avvicina al mio orecchio per mormorare un: «Vieni con me».
Lo vedo sparire tra gli invitati che popolano il salotto e improvvisamente nulla è più di mio interesse. Cameron, le mie amiche, la festa.
Devo aver abbandonato ogni buon senso, perché lo saluto e seguo Alexander.
Lui apre una porta in fondo al corridoio, lancia un'occhiata furtiva alla stanza, poi mi fa un cenno. Quando metto piede in quell'ambiente scuro e sconosciuto, mi accorgo che si tratta di un ripostiglio.
Alexander studia il tavolo contro la parete dello stanzino, poi vi si accomoda sopra e torna a fissarmi.
I suoi polpacci dondolano contro la gamba di legno, mentre io me ne sto nel bel mezzo della stanza, in uno spazio che occupo con tutte le mie insicurezze.
E adesso?
«Avanti, Juliet».
Mi porto una nocca davanti alle labbra per frenare una risatina infantile, lui però non accenna a sorridere, anzi, appare serio, il viso disteso in una calma inquietante. Alexander è capace di mettermi in situazioni davvero scomode con una facilità disarmante.
«Fallo».
I suoi occhi sembrano svuotarsi anche dell'anima mentre mi guarda senza batter ciglio.
Ricevuto, Ackerman. Non mi metterò mai più contro di te, ma adesso finiamola con questa tortura.
Mi sfilo il maglione, poi porto il pollice a solleticare il bottone dei jeans, senza mai scollare lo sguardo dal suo. Sono in reggiseno, ma a lui non sembra importare, perché continua a fissarmi in volto.
Mi chiedi di spogliarmi e non dai nemmeno una sbirciatina?
Il bottone scivola docile fuori dall'asola quando lo sgancio con cautela, e mentre abbasso la zip noto che le mani di Alexander, entrambe premute sul bordo del tavolo, hanno le nocche bianche.
Senza indugiare oltre, lascio scivolare i jeans lungo i fianchi.
Il cuore inizia a scalpitarmi nel petto, eppure provo a mostrarmi sicura. Dopotutto, rimanere in intimo è come stare in costume e voglio proprio vedere dove ha il coraggio di spingersi lo svitato.
Alzo un piede, poi l'altro, infine mi libero del tessuto. I jeans non ci sono più. Ma il suo sguardo su di me è diventato soffocante.

Alexander non parla, né studia il mio corpo svestito.
È tutto qui?
Dovrei essere sollevata, invece una fitta di bruciante delusione mi colpisce la schiena.
All'improvviso il mio stomaco si ribalta perché Alexander scende giù dal tavolo.
Finalmente.
Una paura sconosciuta mi pizzica la nuca. Non ho la più pallida idea di quello che potrebbe succedere ed è una sensazione dannatamente piacevole.
Alexander compie un giro intorno alla mia figura, lo fa per due volte, quanto basta per levarmi il fiato, infine si ferma dietro di me. Sulla mia spalla, il suo respiro di menta mi fa tremare.
«Non dirò nulla a tua madre, ma dovresti vergognarti».
«Mi sto vergognando», bisbiglio a occhi bassi.
«Trovo giusto che sia così, Juliet. E non parlo del fatto che tu ti sia appena spogliata».
Aspetto che dica altro, del resto non riesco a muovermi.
«Tutte le macchinazioni e i sotterfugi non ti porteranno da nessuna parte. Imparalo. Ora».
«Va… va bene».
«Non provare più a prenderti gioco di me».
«Sì», replico frettolosa.
La sola idea di prenderlo in giro è svanita del tutto.
«Rivestiti».
Pensavo che l'umiliazione di stare in mutande potesse ferirmi, ma in realtà è la consapevolezza che lui non abbia dato nemmeno un'occhiata al mio corpo a bruciare come una sconfitta.
M'infilo il maglione che tenevo stretto tra le dita, poi raccolgo i jeans dal pavimento.
«Ah, un'ultima cosa».
Alexander raggiunge la porta, poi mi rivolge un ultimo sguardo che mi lascia senza fiato.
«Sei stata brava».

8

JULIET

Dopo l'episodio imbarazzante a casa di Karoline, non ho fatto che pensare ad Alexander. I suoi occhi tormentati mi hanno dato la caccia anche mentre me ne stavo nel mio letto, nel vano tentativo di addormentarmi.

A causa della notte insonne, il giorno successivo sono stanca e frastornata.

È una domenica mattina soleggiata e se non mi sbrigo a scendere per il brunch, mia madre verrà a tirarmi fuori dal letto con la forza, incurante delle mie occhiaie.

È il primo evento che organizza a casa Ackerman e, conoscendola, avrà sicuramente invitato tutto il suo giro di conoscenze.

Resto sotto la doccia per una buona ventina di minuti e, solo quando esco, mi accorgo che l'una è passata da un pezzo. Siccome sto rischiando di prendermi una sgridata memorabile, decido di darmi una mossa. Raccolgo i capelli in una crocchia alta, poi indosso un vestito carino. L'abito nero mi cade aderente, sottolineando il mio fisico asciutto.

Cos'ha pensato di me? Sempre che ci sia stato un attimo in cui mi ha guardata…

Scrollo il capo scacciando quel pensiero assurdo, poi mi dedico al trucco, indosso un paio di scarpe che mi regalano dieci centimetri e raggiungo la mia famiglia al piano di sotto.

Le amiche di mia madre popolano salotto e cucina, mentre la sezione bar è destinata ai colleghi di John.

Nonostante sia autunno inoltrato, il salone è rischiarato da una luce che illumina alla perfezione tutto l'allestimento: dai piatti in porcellana ai bicchieri di cristallo che costellano le tovaglie bianche, ogni cosa è curata nei minimi dettagli.

La disposizione delle posate e la precisione con la quale mia madre ha sistemato i tovaglioli fanno trasparire la sua ossessione per l'ordine.

«Tesoro, c'è Chuck».

Mia madre mi accoglie con un sorriso radioso e un tailleur color porpora che le sta divinamente. Nel vederla felice avverto una stretta allo stomaco: se solo sapesse dei miei voti, a quest'ora non sorriderebbe affatto.

«Buongiorno, mamma».

La bacio sulla guancia, poi mi volto in direzione di Chuck, che chiacchiera con suo padre, circondato da uomini dall'aspetto austero.

Devo mettere qualcosa in pancia.

Senza salutare nessuno, mi approprio di un pancake e un po' di frutti di bosco, poi mi siedo comodamente al tavolo della cucina, fregandomene del gruppetto di adulti che l'ha invasa.

"Chuck sta benissimo nel suo completo elegante, dovrebbe vestirsi più spesso così", penso tra me e me.

«Hai finito?».

Una voce senza inflessioni mi prende alla sprovvista. Mi basta la visione periferica di due gambe lunghe per capire a chi appartiene.

«Alexander. Buona domenica anche a te», borbotto con la bocca piena.

«Sbrigati, devo farti vedere una cosa».

Teniamo per buona solo la seconda frase.

Finisco il pancake, mentre rapidamente registro l'abbigliamento di Alexander: maglietta nera e pantaloni scuri. Da quello che ho potuto vedere finora, nemmeno lui ama i colori sgargianti.

«Copriti», mi intima indossando il cappotto.

Io afferro il mio dall'attaccapanni del corridoio, poi mi avvolgo con una grossa sciarpa rossa, che sollevo fin sopra il naso.

Seguo i passi di Alexander che attraversa la cucina fino ad arrivare alla porta che dà sul retro. Prima di uscire lancio un'ultima occhiata al salotto, dove Chuck sta conversando con degli amici di suo padre. "Lo saluterò dopo", mi dico quando ormai sono fuori di casa.

Respiro l'aria umida di ottobre e nonostante il sole sia alto nel cielo una folata gelida mi fa rabbrividire. Senza nemmeno fermarsi ad aspettare, Alexander percorre il viale che costeggia la casa, fino a raggiungere il cortile sul retro.

Con le mani nascoste nelle tasche del cappotto, si ferma nel bel mezzo del giardino.

«Cosa vedi, Juliet?», domanda con lo sguardo puntato davanti a sé.

E no, eh, stavolta io non ho fatto niente, sei stato tu a cercare me.

Quando però mi lancia un'occhiata impaziente, capisco che sta aspettando una risposta.

Mi guardo intorno.

«Uhm… un giardino?»

«E lì cosa vedi?». Mi indica la macchia di alberi ingialliti che separa il giardino da un prato incolto.

Non ci sono case davanti a noi, solo distese di erba secca e foglie colorate.

«Cos'è che devo guardare?», chiedo spazientita.

«Sei tu a fare le domande, Juliet?». Nell'aria fredda, la sua voce è una sferzata in pieno viso. «Allora?».

Percepisco i suoi occhi pungermi le guance, mentre il mio sguardo si perde in lontananza, in una zona dove la vegetazione si fa più fitta.

«È un bosco quello?», chiedo stranita.

«Esatto. L'avevi mai notato?».

E chi se ne frega? Ovviamente non lo dico a voce alta. Dopo l'episodio di ieri, starò molto più attenta con le parole.

«No», rispondo mentre Alexander si dirige verso un gruppo di alberi malandati. Calpesto le foglie scricchiolanti e capisco subito che la strada non sarà breve.

«Ma dove mi porti? C'è troppo da camminare», piagnucolo invano. Se avessi saputo dell'imprevista scampagnata mi sarei fatta trovare preparata, visto che porto dei tacchi decisamente inadatti alla situazione.

«Quelle scarpe ridicole puoi metterle quando vai alle festicciole con i tuoi amichetti. In generale dovresti portare scarpe più comode. Ne guadagnerebbe la tua schiena».

Sbuffo annoiata, mentre a stento seguo i passi di Alexander. Finalmente superiamo il giardino e raggiungiamo le radici di un grosso albero.

«Sai cos'è questo?»

«Uno stupido albero rinsecchito?». Mi scappa un commento a caldo.

Alexander mi fulmina.

«Questo è un platano, Juliet. Come ti sembra?».

È solo un albero insulso. Insignificante e morto. Come dovrebbe sembrarmi? *Non capisco cosa gli dica il cervello a volte!*

Alexander non ottiene risposta, così si volta verso di me.

«Guardalo».

Trattengo un altro sbuffo e, siccome mi rendo conto di non avergli dato nemmeno un'occhiata, osservo la corteccia ruvida. È alto decine di metri, ha un tronco nodoso e robusto. I rami sono così lunghi che sembra vogliano disperatamente toccare il cielo, ma sono privi di foglie. Pare morto per davvero, eppure ha qualcosa di affascinante.

«È bello, ma è spoglio», commento di fronte a quella visione tetra.

«Appunto. È maestoso, non trovi?», mi suggerisce Alexander, accanto a me.

Aggiungiamoci "inquietante". Come questa chiacchierata, del resto.

«Quanto è alto?», gli chiedo con il naso all'insù.

Se raccontassi a Mini che ho trascorso la domenica pomeriggio a discutere di un albero, mi riderebbe in faccia.

«Una trentina di metri, circa».

«Wow». Resto a bocca aperta per qualche secondo, ma poi mi rendo conto che quell'albero non ha motivo di essere così spoglio.

«Perché non è ingiallito come tutti gli altri?», domando indicando la chiazza colorata di querce poco distanti da noi.

«Riesci a vederle?»

«Eh?»

«Le foglie. I rami si riempivano di foglie a primavera. D'estate mi mettevo a leggere qui sotto».

La maniera in cui Alexander pronuncia quella frase mi fa immaginare il calore estivo sulla pelle, poi la brezza fresca, tipica del riparo ombroso di un albero dalla chioma così folta.

«Okay, ma cosa c'è di affascinante in tutto ciò, Alex?»

«La morte, Juliet».

Resto bloccata con la speranza che Alexander dica qualcosa di più.

«Quando un albero muore, lo fa in silenzio».

Con il fiato incastrato nei polmoni, aspetto che Alexander mi riveli qualcos'altro, ma non lo fa.

Eppure avrei giurato che stesse per raccontarmi qualcosa di importante…

Stiamo zitti, l'uno accanto all'altra, ad ammirare la natura mentre il tempo scorre pigro tra i nostri respiri caldi. Forse, ora che ci faccio caso, non è poi così brutto quel paesaggio.

«Ti piacciono i fiori, Juliet?»

«Veramente no».

Alexander si volta lentamente verso di me, con le mani nelle tasche del cappotto.

«Mhm, peccato. E cosa ami fare, Juliet?».

Di certo non amo parlare con un pazzo che ripete il mio nome in modo ossessivo.

«Be', mi piace stare con le mie amiche», rispondo spingendo la punta delle scarpe nel terreno avvizzito. È talmente silenzioso intorno a noi che riesco a sentire lo scricchiolio delle foglie schiacciate da ogni nostro movimento.

«Le tue amiche non sono degli hobby, Juliet. Non hai degli interessi?».

Come mai oggi si mostra così disponibile a parlare con me? Forse è solo una farsa. È pur sempre Alexander, lo stesso ragazzo che ieri mi ha fatta rimanere in intimo solo per il gusto di mettermi a disagio.

«Interessi a parte il nuoto? No», ammetto con una punta di imbarazzo.

«È già qualcosa».

Alexander risponde con pacatezza, provocandomi un sospiro di sollievo e l'impulso a essere più spavalda.

«Tu invece cosa fai?», lo incalzo, curiosa come non mai.

«Leggo molto. Mi piace il cinema, la musica. Mi interesso di un po' di tutto. E poi sono un collezionista».

I collezionisti sono sempre particolari. Lo sanno tutti.

«Che cosa collezioni?»

«Molte cose».

Rimane sul vago, quindi provo a scavare più a fondo.

«Tipo oggetti?».

Annuisce.

«Cioè riempi la tua camera di oggetti?». La mia voce si fa più stridula.

«Si potrebbe dire di sì».

D'un tratto mi scopro sopraffatta da una curiosità morbosa.

«Posso vedere camera tua, Alex?»

«No, Juliet».

La negazione secca mi causa un broncio infantile.

«Ma tu la mia la puoi vedere!».

«Mi stai forse invitando in camera tua, Juliet?», domanda volgendo il mento verso l'alto.

Non è la prima volta che la sua voce bassa fa trapelare quella scintilla di malizia. E, come da previsione, le sue parole calibrate al millimetro mi fanno agitare.

«No, ehm… io stavo solo…».

«Tranquilla. Non ci vengo in camera tua. A meno che…».

«A meno che…?». Pendo dalle sue labbra, ma lui mi fa agognare la risposta.

A meno che cosa? Rispondi, maledizione.

Si volta verso di me per far scivolare il suo sguardo peccaminoso sul mio corpo avvolto dal cappotto.

«Ma come ti permetti!», strillo a gran voce.

«Cos'è? A me non è concesso di prenderti in giro, Juliet?».

Un accenno di sorriso si fa spazio sul mio volto.

«Scommetto che, dopo ieri, tutti quei "non mi piaci" si sono volatilizzati», azzardo, senza però riuscire a incrociare i suoi occhi.

«Continui a non farmi alcun effetto. Non farti strane idee, piccoletta». Alexander alza appena le spalle, come se fosse disinteressato alla faccenda.

Lui invece effetto me lo fa, eccome. Mi urta e mi indispettisce.

«Ti va di andare a curiosare nel capanno di mio padre?».

Ecco un'altra delle sue proposte strane, ma d'altronde cos'altro posso aspettarmi da Alexander?

«Okay».

Quando arriviamo alla capannina che si staglia in fondo al giardino, Alexander sblocca il lucchetto che chiude la vecchia porta e, non appena la spalanca, vengo sopraffatta da un intenso odore di legno umido. I bauli e le cianfrusaglie che si mescolano alle assi accatastate sono accarezzati da una luce fioca e pomeridiana.

Alexander studia le superfici impolverate, mentre io resto ammaliata da un antico baule color rame. Sembra che non sia stato aperto per molto tempo, visto quanto è sporco e rovinato. Senza dire nulla, sgancio l'apertura e in breve tempo mi ritrovo davanti vecchi album fotografici. Le copertine rilegate in pelle mi fanno pensare a quei libri antichi che riempivano le librerie dei miei nonni, ma le foto che sbucano fuori sono tutte a colori.

Vorrei vedere sua madre.

Ora che ci rifletto, non mi sono mai chiesta chi fosse o dove fosse.

«Anche i tuoi si sono separati quando eri piccolo?».

Ma se Alexander da me pretende risposte puntuali, non sembra intenzionato a fornirne.

Immergo la mano all'interno del baule ed estraggo un grosso volume di pelle. Alcune foto scivolano via da quelle pagine ingiallite e cascano ai miei piedi come foglie. Mi chino per raccoglierle, ma Alexander ne calpesta una.

«Lascia stare».

Gli lancio un'occhiata dal basso e noto che mi sta fissando con sufficienza.

«Perché non guardiamo queste foto?».

So che non è la domanda giusta da fare a una persona che non vuole dire nulla di sé, ma sono troppo curiosa. Devo sapere qualcosa in più su di lui.

«Non mi va di vedere foto di morti, ora», ringhia sottovoce, trasmettendomi tutta la sua freddezza.

«Oh, scusami», mormoro impacciata.

«Non devi scusarti quando non fai nulla di male».

Mi rialzo in piedi.

Devo pesare le parole che uso, Alexander sembra tenerci parecchio.
Ma anche io tengo a qualcosa, voglio sapere il perché del suo strano comportamento di ieri.
«Perché mi hai fatto levare i pantaloni, ieri?».
Alexander ripone le foto nel baule, poi si volta verso di me. I suoi occhi sembrano ritrovare la scintilla che poco fa si era spenta.
«Parli della tua punizione?».
Io lo chiamerei ricatto.
«Sì», rispondo schietta.
«Pensi che ci fosse dell'altro oltre alla possibilità di guardarti?».
Dal ghigno che affiora sulla sua bocca è evidente che l'abbia detto per farmi arrossire. E ci è riuscito in pieno.
«Non mi hai nemmeno guardata».
«No, è vero, ma…». Con una passata di lingua si inumidisce le labbra e in un attimo tutti i miei sensi vanno in allerta. «…ora rispondi, Juliet».
«Dimmi…». Deglutisco, soffocata dalla lentezza esasperante con cui si avvicina a me.
«Mi ricatterai ancora?»
«No».
«Proverai ancora a fare quei giochetti con i tuoi professori?»
«Certo che no», prometto con assoluta convinzione.
«Vedi? Ecco perché l'ho fatto». Alexander incrocia le braccia sul petto, soddisfatto. «Hai imparato qualcosa».
Scruto a fondo la sua espressione appagata.
«L'hai fatto solo per questo? Davvero?»
«L'ho fatto anche per questo. Tu eri a disagio e io ne ho goduto. Ho goduto parecchio», conclude assottigliando gli occhi.
La mia suoneria riecheggia nel capanno, rispondo al telefono al volo.
«Venite a mangiare la torta, sì o no?».
Così mia madre, con il suo magico potere di interrompere qualsiasi cosa, tronca la nostra chiacchierata proprio nel momento più intimo.
«Dobbiamo tornare in casa, Alex», dichiaro contrariata, mettendo fine a quella parentesi assurda, degno epilogo di uno strano pomeriggio.

Il giorno seguente ho solo una missione: evitare mia madre. Siccome le sto nascondendo qualcosa e lei mi conosce fin troppo bene, faccio in modo di non intavolare nessuna discussione che abbia come argomento "la scuola". Le basterebbe poco per scoprire tutto.
«Juliet?!». Ed è proprio la sua voce arrabbiata che mi fa sobbalzare.
Sono appena tornata da scuola e sto fingendo di fare i compiti in camera mia tra una sbirciatina a Instagram e una a TikTok.
«Che c'è?», domando come se niente fosse.
«Vieni qui. Subito».
Il suo tono sembra adirato e non mi piace per nulla. Le apparenze, purtroppo,

ben presto si rivelano realtà, perché quando giungo in salotto mi trovo faccia a faccia con la collera fatta a persona.

«Perché mia figlia deve farmi fare queste figure?», sbotta.

Inizio a tremare.

«Non urlare, mamma».

«Non solo non stai attenta durante le lezioni, non solo disturbi, non solo prenderai una E in pagella...». Il tono è un crescendo drammatico. «...ma vengo a sapere che hai un atteggiamento inopportuno con il tuo professore di fisica?!».

Si sta sgolando. Penso che anche in Antartide ormai sappiano cos'ho combinato.

«Mamma...».

«Mamma un ca...». Si corregge subito. «...un corno!». Vedo la sua chioma bionda ondeggiare impazzita. Ormai è paonazza. Persino John si precipita di corsa.

«Che succede, tesoro?»

«Nulla. È una cosa tra me e Juliet, lasciaci chiarire», lo ammonisce lei.

«Oh, va bene».

John abbandona il salotto, ma non prima di avermi lanciato un'occhiata perplessa.

«Starai in punizione per un mese! Non puoi uscire! Non provare neanche a chiedermelo, perché, se lo fai, le settimane si allungano!».

La mia reazione è uguale a tutte le altre volte che mi ha sgridata: grandi sbuffate e occhi al soffitto. «Posso andare ora?»

«Sparisci dalla mia vista!».

Il problema non è la scuola.

E di certo il problema non è mia madre, dato che l'arrabbiatura le passa sempre il giorno dopo la sfuriata.

Il problema è quel grandissimo stronzo che dorme nella camera appiccicata alla mia. Aveva promesso di non dire nulla. Lo aveva promesso e io mi sono fidata ciecamente di lui. "Ora non la passerà liscia!", mi dico, salendo le scale.

Fingo di tornare in camera, ma in realtà vado a bussare con una furia inaudita alla porta di Alexander.

Nessun segno di vita.

Aspetto qualche secondo. Sono troppo impaziente per attendere oltre, quindi spalanco la porta con un gesto deciso. Rimango pietrificata per qualche secondo.

Giocattoli, libri e cose assurde di cui non capisco né la provenienza, né l'utilizzo. Ecco ciò che mi si para davanti. Non faccio in tempo ad accorgermi della sua presenza che la sua voce tetra mi assale.

«Sei impazzita? Chi ti ha dato il permesso di entrare nella mia camera?». Alexander si alza dal letto, un libro cade sul pavimento. In un attimo lo vedo togliersi gli auricolari e avvicinarsi a me minacciosamente.

Ma io non dimentico la mia ira e le sue colpe.

«Come hai potuto!», urlo, desiderosa di prenderlo a schiaffi.

«Ma di cosa parli?».

Per la prima volta, vedo dello stupore in quegli occhi neri.
«Lo sai di cosa parlo!», continuo con voce disperata. «Sei solo un bugiardo manipolatore! Me lo avevi promesso!».
Sono ancora sulla soglia della camera quando lo vedo aggrottare la fronte.
«Parli della sfuriata di tua madre?».
Mi sento traboccare di rabbia, mista a una cocente delusione.
«Certo che parlo di quello!».
«Io non le ho detto nulla», sentenzia calmo, prima di buttarmi letteralmente fuori dalla sua camera.

«Sono nella merda più totale, Mini! Non so se posso venire al tuo compleanno!».
Da quando mi sono beccata la ramanzina di mia madre sono trascorse circa due ore.
«Juls, tranquilla. Le passerà come è già successo un sacco di volte. Vedrai che ti farà uscire».
Di sicuro questa non è la prima volta che combino qualche guaio, ma ora nel nostro quadretto familiare ci sono anche John e Alexander.
Spero che il mio "fratellino" non abbia parlato della questione con il padre, perché, se lo venisse a sapere John, l'imbarazzo raggiungerebbe livelli inimmaginabili.
Devo assolutamente darmi per dispersa a cena.
Dopo aver chiacchierato con Mini, riprendo a fare i compiti di matematica, ma so già che la quiete durerà pochissimo.
Mia madre, infatti, dopo poco entra in camera mia e io faccio a malapena in tempo a nascondere il telefono tra i libri.
«Ti tengo d'occhio», mi intima con occhi severi.
«Sto facendo i compiti, mamma».
«Sarà meglio!».
Lei mi scruta con sguardo indagatore perché sa perfettamente che razza di studentessa inetta io sia.
Sono una ragazza distratta, studio per cinque minuti e mi alzo, vago per la stanza e poi mi rimetto a studiare per un po'… e così via, tra cellulare, messaggi e social.
Il mio metodo di studio lascia molto a desiderare, e i risultati parlano chiaro.
«Non pago una scuola privata per vederti fallire, Juliet».
Che palle, quante scene per un brutto voto.
Scommetto che John l'ha fomentata e lei ora rincara la dose.
«Il professore mi ha detto che in tutte le altre materie arrivi a malapena alla sufficienza. Bel modo di farti onore a scuola!».
Dovrei essere rammaricata per via del mio comportamento, invece la sola cosa che mi colpisce sono le sue parole: "Il professore mi ha detto".
«Quando te l'ha detto, mamma?»
«Quando mi ha chiamata per avvisarmi del tuo atteggiamento disdicevole!», ribatte lei, stizzita.

Si appoggia alla scrivania, come se non avesse più la forza di stare in piedi a sorreggere la delusione.

«Te l'ha detto Finnegan?»

«Juliet! Mi stai ascoltando?»

«Sì… sì».

In realtà sto pensando al fatto che ho accusato Alexander ingiustamente.

«Non uscirai per un mese, non è uno scherzo stavolta. Userai quel tempo per recuperare fisica».

Sì, certo, come no.

«E il compleanno di Mini?».

Lei mi fulmina con aria perentoria. «Quest'anno non ci andrai».

9

JULIET

Ogni volta che programmo di parlare con Alexander, vivo nell'incertezza di quello che potrebbe accadere. Ora le mie paure non rappresentano un ipotetico scenario, questa volta corrispondono alla realtà. Non ci sono "forse" che tengano, Alexander sarà sicuramente arrabbiato con me per la sfuriata di ieri.

A colazione ho notato che era più infastidito del solito, proprio come lo era a scuola, quando l'ho incrociato per i corridoi. Avrei voluto dirgli qualcosa come "scusami per ieri", ma non ce l'ho proprio fatta, mi sono lasciata intimidire dai suoi occhi taglienti.

Tornata a casa mi sono subito messa a studiare, ma dopo aver passato un'ora con la testa sui libri ora ho davvero bisogno di una pausa.

È un pigro martedì pomeriggio e io non ho nulla da fare. John è andato al lavoro, mia madre sta al telefono con le sue clienti, e il tono di voce che giunge dalla cucina è particolarmente nervoso. Lei ama la sua professione di agente immobiliare, eppure questo mese non è riuscita a concludere nessuna vendita.

Ciondolo nel corridoio del piano superiore con fare annoiato, poi mi fermo davanti alla porta di Alexander.

Appoggio una mano sul legno, ma la ritraggo subito dopo.

Gli devo delle scuse, sì, ma... perché non riesco a stargli lontana?

Alla fine decido di cedere all'istinto e busso due volte.

«Vattene», è la prima cosa che dice non appena mi vede sulla soglia.

«Alex, volevo solo...». Forzo la voce, ma sembra non volerne sapere di uscire chiara e udibile.

«Non mi è piaciuto affatto il tuo comportamento», mi redarguisce assertivo.

Fermo la porta, prima che lui possa chiudere ogni possibilità di dialogo fra di noi.

«Ho sbagliato ad accusarti. E se ti fa sentire meglio, sappi che starò rinchiusa in casa a vita».

Alexander assapora le mie parole, alzando il mento. I dettagli della mia punizione sembrano incuriosirlo, ma il suo atteggiamento rimane duro e diffidente.

«Non ti voglio in camera mia», si affretta a intimarmi.

Non mi stupisce, quello che però non mi aspetto è sua la mano fredda che mi agguanta il polso.

«Andiamo in camera tua».

La presa di Alexander è ferrea e in un attimo mi trascina nella mia stanza.

«Ascolta, io pensavo...». Le parole mi muoiono in gola.

«Sì, sì. Tu pensavi che io avessi spifferato tutto», m'interrompe bruscamente e, senza darmi il tempo di continuare, chiude la porta alle mie spalle.

«Scusa», mormoro.

Alexander si volta verso di me e, dopo avermi fissato con i suoi occhi profondi, mi fa un cenno con la mano, invitandomi a parlare.

«Ieri pensavo...».

«Che cosa, Juliet?»

«Sì, insomma... pensavo...».

Vorrei dirgli che domenica abbiamo passato una bella giornata insieme e che io preferirei averlo come amico, piuttosto che litigarci, ma a lui non sembra importare.

«Cosa pensavi, Juliet? Che fossimo diventati amichetti per la pelle, mhm? Non succederà mai».

La melodia ostile della sua voce mi obbliga a chinare il mento. Non è antipatia la sua, ma cattiveria pura.

E io che scusa ho? Perché inseguo con tanta tenacia la sua approvazione? Forse, se Alexander avesse mostrato il minimo interesse nei miei confronti, non starei qui a farmi umiliare in questa maniera, non sarei così testarda nel voler diventare sua amica. Voglio piacergli a tutti i costi, e il fatto che sia un'impresa impossibile me lo fa desiderare ancora di più.

«Juliet».

Il sussurro di Alexander è ormai un duro rimprovero e sentirlo così vicino al mio viso mi ruba il fiato.

«Non devi entrare in camera mia in quel modo, non devi mettere in discussione quello che dico, né darmi del bugiardo o della persona scorretta. Perché non lo sono. Sono stato sincero con te. Sempre».

«Sì, certo, dopo avermi guardato il culo però!».

Fermo le labbra con la punta delle dita, pentita per essermi lasciata andare a un commento tanto sfacciato.

«Sei solo un'immatura».

I suoi modi sprezzanti mi innervosiscono e al contempo mi fanno scaldare le guance.

«E perché mi avresti fatto spogliare allora?», strepito indispettita.

Alexander si siede sul bordo del mio letto senza chiedere il permesso, mentre un ghigno subdolo gli curva gli angoli della bocca.

Si sente padrone della mia camera, ma non mi permette di stare nella sua... *Sei ingiusto.*

«Conosci la *Divina Commedia*, Juliet?».

La Divina... *che?*

Ma nemmeno il tempo di domandargli spiegazioni che Alexander mi rivolge un'altra richiesta incomprensibile.

«Sai cos'è il contrappasso?».

Lo vedo far scorrere lo sguardo dal mio viso alle mie mani nervose.

«Vagamente», mento spudorata.

«È un po' la tecnica che ho usato io per metterti a disagio, dato che tu volevi farlo con me».

Il suo tono di voce è sempre calmo, ma muta appena nel pronunciare le parole "tu" e "io", come per sottolineare l'immenso divario tra me e lui.

«Capito», rispondo sbrigativa mordicchiandomi l'interno della guancia. Sono ancora in piedi davanti a lui. *Forse, se mi sedessi, la smetterei di agitarmi così tanto...* Eppure non riesco a muovermi.

«È stata una punizione adeguata, Juliet, non trovi?».

Alexander si sta compiacendo delle sue idee assurde, ma ora voglio dimostrargli che anche io so essere imprevedibile.

«E per quello che ho fatto oggi?», chiedo a testa alta.

Il suo collo affusolato si piega, lento e sicuro.

«Spiegati meglio», m'incalza con voce suadente, prima di protendersi verso di me poggiando i gomiti sulle ginocchia.

«Se hai voluto farmi spogliare solo per mettermi a disagio e punirmi, allora avrai in mente qualcosa anche per oggi... altrimenti sei solo un pervertito».

Quello sguardo scaltro all'improvviso s'illumina di pensieri che non mi è dato conoscere.

«Fammi riflettere...».

Sta ancora seduto sul mio letto, il golfino scuro a collo alto che sottolinea il suo fisico slanciato. D'un tratto comincia a contare con le dita affusolate.

«Prima mi hai dato del bugiardo... poi sei entrata in camera mia senza permesso...».

Non so che nome abbia tutto questo, ma di sicuro è un gioco pericoloso. Lo capisco dai suoi occhi velenosi. Lo dicono le sue labbra maledette.

«Una bugia si ripaga con un'altra bugia, Juliet», afferma.

Che significa?

Alexander risponde ai miei dubbi, come se mi avesse appena letto nel pensiero.

«Ma vedi... siccome io non amo mentire, sto pensando a un'altra punizione. Potrei...».

Lascia cadere la frase a metà, facendomi piombare in uno stato di trepidazione che non mi lascia respirare. E lo fa di proposito, godendosi la mia espressione confusa e al contempo imbarazzata.

«Cosa, Alex?».

Voglio vedere che s'inventa stavolta.

«Potrei farti inginocchiare».

Le mie palpebre sbattono rapide, mosse da uno spasmo nervoso.

«Lo faresti, Juliet?», domanda Alexander, con il suo timbro controllato.

«Eh?»

«Hai capito», asserisce sicuro.

Sta scherzando, non può essere serio. *Eppure mi sta osservando come se non aspettasse altro...*

«Sinceramente, non credo che possa servire a qualcosa...», borbotto impacciata.

«Scommetti?».

In un attimo mi sento smarrita, non capisco da dove arrivi il suo potere, né fin dove si spinga.

«Vogliamo scommettere che ti basterà piegare le ginocchia a terra per cambiare atteggiamento?»

«Stronzate», sputo, convinta.

Alexander si alza in piedi, obbligandomi a sollevare il mento per controllare i suoi movimenti imprevedibili. Mi supera di più di trenta centimetri, e ogni volta che mi sta così vicino devo curvare il collo per poterlo guardare.

«Di cos'hai paura, Juliet?», sussurra sul mio viso.

«Non ho paura di te», soffio con le guance arrossate.

«Inginocchiati».

Il suo profumo m'intossica il cervello e quando riapro bocca non esce nulla di sensato.

«Ma io non dicevo ora… cioè…».

«E io ho detto ora. Inginocchiati».

L'adrenalina scorre imbizzarrita nelle mie vene, mentre un brivido caldo mi fa tremare la schiena.

Paura dell'ignoto, attesa ed eccitazione.

È la stessa sensazione che ho provato quando mi ha fatta spogliare a casa di Karoline.

E se ora facessi come dice lui?

La curiosità è tanta, come tanta è la voglia di scoprire cosa si disegnerebbe su quel volto, qualora io mi mettessi in ginocchio. *Potrei forse smuovere qualcosa nel suo sguardo impassibile?*

Basta quell'idea a farmi cadere in una dolce illusione e a convincermi a obbedire.

Alexander è davanti a me quando mi abbasso lentamente.

Non stacco il mento dallo sterno, mentre la superficie del parquet batte dura contro le mie ginocchia coperte dai jeans.

Abbandono il fondoschiena sui talloni, poi fisso davanti a me. Il cuore mi pulsa nelle orecchie e viene meno il coraggio di sollevare il capo per guardarlo negli occhi.

Sono troppo confusa per calcolare quanto tempo passo in quella posizione. C'è silenzio. Troppo silenzio.

Alexander muove un passo indietro. Si siede sul mio letto e finalmente l'aria viene trafitta dal soffio gelido della sua voce.

«Ora vieni qui».

Premo un palmo sul pavimento e mi appresto a sollevarmi in piedi, ma lui mi blocca perentoriamente.

«No, non devi alzarti».

«Ma hai detto…», provo a intervenire.

«Non discutere e vieni da me».

Non ho il coraggio di lanciargli un'occhiata, eppure potrei giurare che la sua espressione in questo momento è di pura soddisfazione.

Vuole che strisci fino a lui? È assurdo. Non ha senso.

«Juliet». M'impone il mio nome, modellandolo con il suono sporco della sua voce.

La situazione è paradossale, ma io non posso non obbedire.

Voglio farlo.

Così, con il sangue che mi pulsa forte nelle vene, gattono fino al letto, ai piedi di Alexander. Il mio viso è in fiamme e non riesco a dire una parola, quando con la coda dell'occhio vedo le sue gambe distendersi.

Si è alzato in piedi.

Forse la mia vita è stata piatta fino a ora, o forse sono troppo piccola per avere un passato di forti emozioni, ma questo è di sicuro il miscuglio di sensazioni più intenso che io abbia mai provato.

«Alzati».

Eseguo il suo ordine in maniera naturale, le mie ginocchia tremano quando mi sollevo. Non ho il coraggio di guardarlo in volto.

«Dimmi cosa voglio sentire, Juliet».

Chiudo gli occhi per una frazione di secondo, poi li riapro immergendoli nei suoi, ancora più belli e crudeli del solito.

«Non entrerò più in camera tua senza permesso».

Alexander non mostra mai le sue emozioni, ma stavolta le ho viste: le sue iridi si scuriscono mentre il suo labbro inferiore trema appena.

«Che brava bambina. Lo sapevo che avresti imparato in fretta».

La sua approvazione mi travolge come un'ondata calda nello stomaco. E mi appaga. Molto.

Alexander continua a studiarmi con le mani nelle tasche dei pantaloni, mentre io ricambio la sua occhiata, giusto in tempo per ricevere le sue ultime parole.

«Ora va' a letto».

Poi esce dalla stanza, lasciandomi nel caos più totale dei miei pensieri.

«Non ci credo!».

«Credici, Amanda, mia madre è seria stavolta».

Mini mangia il suo yogurt fissando me e Amanda con gli occhioni sgranati.

«Non state mica parlando del fatto che Juliet non viene alla mia festa, vero?»

«Juliet è in punizione, Mini. Non sei il centro dell'universo!», la rimprovera Amanda in tono severo.

«Santo cielo, ma che diavolo sta succedendo in questo periodo?». Mini si alza dagli scalini della palestra con fare da diva e se ne va senza salutarci.

"La solita viziata!", mi dico guardandola con una certa disapprovazione.

«Juliet, Mini non ha tutti i torti. L'altra sera, da Karoline, sei sparita. Sei assente ultimamente. Voglio dire... almeno fingi che ti dispiaccia non andare alla sua festa. Sai che per Mini è importante».

Vorrei negarlo, ma purtroppo Amanda ha ragione. Sto facendo il soprammobile da circa venti minuti, non partecipo alle discussioni e ho una guerra nucleare in testa.

Alexander.
«Mini è stressata in questo periodo. Le cose in casa sono un disastro e credo che con Liam vada molto male».
«Proverò a parlarle, ma mia madre è irremovibile. Non ci sono possibilità che mi lasci venire alla festa». Sto scuotendo il capo con fare sconsolato, quando la figura massiccia del mio ragazzo rapisce la mia attenzione.
«Chuck!».
Lui fa ingresso nella palestra, quindi saluto velocemente Amanda e gli corro incontro.
«Cucciola, ma siamo belle oggi».
«Che carino che sei venuto a trovarmi».
Sorrido, poi le labbra di Chuck sfiorano le mie. Ci scambiamo un bacio leggero, mentre tra le sue braccia possenti mi sento piccola e protetta.
«Chuck, smettila. Sta arrivando gente». Sorrido sulle sue labbra.
A Chuck poco importa, mi afferra per i fianchi e, tra un bacio e l'altro, lascia scorrere la mano sul mio fondoschiena.
All'improvviso veniamo interrotti da un colpo di tosse.
Fa' che non sia chi penso che sia.
Ci voltiamo in sincrono.
«Uh, guarda chi c'è». Il mio ragazzo vede Alexander, ma Alexander vede me. «Com'è che ti chiami, Ackerman?»
«Ci siamo parlati già due volte, Charles», risponde Alex, con il suo tono pacato.
«Uh, ehm… Alexis?».
Alexander però non sembra interessato alla sbadataggine di Chuck, perché si rivolge a me con un'occhiataccia.
«Juliet, ricordati che non puoi fermarti al corso di teatro oggi».
«Ma…».
«Ordini di tua madre». Lui sfodera il solito ghigno impercettibile prima di concludere con tono soddisfatto: «Mica miei».
Ci volta le spalle e si allontana da noi senza neanche un accenno di saluto.
«Sono alto un metro e novantacinque, ma che diamine!».
«Lo so, Chuck». Mi viene da ridere, ma mi trattengo.
«Non passo inosservato! Perché quello stronzo mi ha ignorato?».
Stringo le labbra e affondo il naso nel petto di Chuck per soffocare un sorriso.
«Lascialo perdere».
Lui per tutta risposta mi abbraccia. «Sai, Juliet, mi sta sulle palle quello lì. Non mi piace quel…».
«Si chiama Alexander».
E sicuramente nella mia vita porterà solo guai.

Pur di non starmene a casa a studiare, mi sono iscritta a tutti i corsi extrascolastici: teatro, spagnolo, persino scacchi.
Ovviamente non so giocare a scacchi, non recito e tantomeno intendo imparare un'altra lingua. Mia madre ha sempre creduto che io fossi impegnata in queste

attività, invece trascorrevo i pomeriggi bazzicando in palestra con Chuck, oppure spettegolando con Mini.

Ma adesso, per colpa di una stupida punizione, sono obbligata a tornare a casa e starmene chiusa in camera, china sui libri.

Mi sento morire dentro.

Ma come si fa a passare il pomeriggio a studiare per davvero?

Guardo le pagine di fisica che dovrei rileggere mille volte per rimettermi in pari con il programma, e mi rendo conto che prima di memorizzare tutto ci vorranno ore, giorni, forse mesi.

No, non esiste. Chiudo il libro di scatto.

Provo a chiamare Mini, ma lei non risponde. E dopo aver preso atto che sarà sicuramente arrabbiata perché non vado alla sua festa, decido di mandarle un messaggio.

J: Mi rompo le palle a stare in casa. Quando a mia madre passeranno le paturnie, giuro che ti organizzo una festa memorabile.

Scrollo l'homepage di Instagram, mentre le foto di Kylie Jenner mi scorrono davanti veloci. Dopo qualche scatto scopro che si è tinta di nuovo i capelli.

J: Mini, secondo te starei bene bionda?

Aggrotto le sopracciglia, poi sullo schermo noto che lei sta componendo un messaggio.

M: Liam mi ha lasciata. Riesci a pensare a qualcun altro che non sia te stessa?

Do dell'egoista alla mia migliore amica e non mi rendo conto di essere io, l'egoista. Se c'è una cosa che non sopporto è stare in sospeso con le persone, soprattutto con quelle a cui tengo. Le voglio troppo bene per tenerle il broncio, quindi la chiamo.

«Che c'è?».

La sua voce sgarbata dall'altra parte del telefono mi fa capire che ce l'ha ancora con me.

«Scusa, Mini. Non lo sapevo di Liam. Non mi hai detto niente oggi».

Lei sospira. «Non hai fatto che parlare della tua punizione, Juls».

«E tu non facevi che parlare del tuo compleanno», rispondo acida.

«E allora? Tra poco è il mio compleanno, perché non dovrei parlarne?».

I toni non sono affatto quelli di una conversazione amichevole, è un vero e proprio litigio.

«Sì, ma perché non mi hai detto di Liam? Perché l'hai detto ad Amanda e a me no?»

«Ah, è questo il problema? Che l'ho detto prima a lei?».

Il tono di voce di Mini è alto per natura, e quando è arrabbiata risulta ancora più squillante.

«Senti, mi hai proprio stufato!», sbotto infastidita.
«No, sei tu che mi hai stufato!».
La nostra conversazione si conclude in modo infantile, lasciandomi con l'amaro in bocca.
Poso una mano sul vetro della finestra che si affaccia su prati grigi e case senza colore. Ho bisogno di parlare con qualcuno.
Ma oggi Amanda è da suo padre e Chuck ha gli allenamenti.
"Non entrerò più in camera tua senza permesso". Le parole di ieri mi tornano in mente.
Dannazione, ci sto di nuovo pensando.
E a forza di pensarci, mi ritrovo davanti alla porta di Alexander.
Rifletto a lungo prima di bussare, ma alla fine lo faccio. Quando Alexander spalanca la porta ha una matita in bocca e un'espressione interrogativa.
«Ciao, Juliet. Stai bene?».
Il mio volto sta già tradendo qualche emozione.
«Sì. Ehm… puoi venire un attimo, per favore?».
Si chiude la porta dietro di sé, poi mi segue verso camera mia. Questa volta, però, lascio l'uscio aperto di proposito.
«Sai, Juliet…».
"Eccolo che comincia", mi dico, tentando di prevedere i piccoli movimenti delle sue labbra.
«Mi fa piacere che non dimentichi le buone maniere e impari le lezioni».
Deglutisco, poi mi mordo il labbro prima che la mia bocca possa pronunciare un "grazie".
Alexander compie un giro intorno alla mia scrivania, non tocca i libri di fisica, se non con lo sguardo.
«Certo, il tuo ragazzo potrebbe venir scambiato per uno che ha la memoria corta», butta lì come se fosse una frase innocente.
«Chuck ha la memoria corta. Per questo oggi non ricordava il tuo nome».
«Chuck non ricordava neanche che avessimo parlato. Era ubriaco fradicio quella sera, alla festa. Festa noiosa peraltro».
«Quindi? Arriva al punto, Alex».
«Quindi nulla. Era ubriaco, e stava chiacchierando amabilmente con un'altra ragazza».
Ecco che ricomincia con le sue mosse meschine.
«Camilla è una sua compagna e, sì, stava lì a parlare con lei. Ma aspettava me».
Stringo le labbra e le sento tremare.
«Era decisamente sbronzo. Lo fa sempre?»
«Cosa stai insinuando, Alex?»
«Sto insinuando che di solito non sei sincera, neanche con te stessa. Preferisci nasconderti dietro comode verità».
E io che mi ero illusa di poter parlare con lui, di potermi confidare e raccontargli i miei problemi con Mini.
È solo un manipolatore egocentrico.

«Pensi di essere perfetto, vero?».

Alexander scrolla appena le spalle, come se le mie parole gli scivolassero addosso.

«Non pensi che gli altri giudichino te, come tu giudichi loro, caro Alexander?».

Nelle mie intenzioni c'era una frecciatina velata, ma lui per poco non scoppia a ridermi in faccia. Anche se poi non lo fa, dato che lui non ride mai.

«Non vedi l'ora di rendermi partecipe e farmi sapere cos'ha detto di me il tuo ragazzo, vero?».

Lo vedo portarsi il pollice sul labbro inferiore, mentre resta in attesa di una risposta.

«Ha detto che non gli piaci, che sei uno stronzo».

«Prevedibile. Con notevole mancanza d'inventiva. Dovrebbero aggiungere questa definizione sul dizionario, accanto al termine "Chuck"».

Improvvisamente Alexander la smette di scrutare i miei libri e mi si para davanti.

«Ma sai qual è la parte più divertente, Juliet?».

Mi fulmina con le sue iridi color pece e io mi sento instabile.

«Qual è?»

«Che tu lo sai, ne sei pienamente consapevole, ma fingi che ti vada bene così».

Dio mio, che pesantezza.

«Vabbè, dai...», taglio corto, ormai stufa delle sue insinuazioni.

«"Vabbè, dai", cosa, Juliet?». Il suo sopracciglio si alza incutendomi un po' di timore.

«Vabbè, dai... vattene».

Mi stringo nelle spalle, mentre lo guardo dritto negli occhi.

«Come vuoi. Ma...». Alexander lascia le parole sospese a mezz'aria, come se fosse tutto casuale. Con lui non lo è, mai.

Respiro profondamente, mentre si avvicina alla porta.

Poi però non resisto, cado dolcemente nella sua trappola.

«Ma...?», chiedo curiosa.

«Perché mi hai chiesto di venire qui, Juliet?»

«Volevo...». Mi sento quasi stupida nel confessarlo. «...volevo solo parlare un po' con te».

«Di cosa?», domanda secco.

«Problemi vari».

«Io devo studiare, Juliet. E anche tu», asserisce serio, poco prima di controllare l'orologio che porta al polso. «Due ore. Studia senza interruzioni per due ore e io parlerò con te. Di quello che vuoi».

Alexander esce dalla mia camera, lasciandomi per l'ennesima volta ammutolita.

Mi abbandono sulla sedia a fissare la porta che si è appena chiusa. I miei occhi passano repentini dalla porta alla scrivania.

Riapro il libro in un attimo. Non ho altra scelta, a quanto pare.

Ma come sono stata veloce nell'aprire il libro di fisica, altrettanto rapidamente lo richiudo.

Tutto troppo complicato. Passiamo a qualcos'altro. Mi butto sul letto con il tomo di chimica, ma ciò che leggo mi appare così confuso e incomprensibile che mi sembra di leggere in una lingua straniera.
Proprio mentre penso di non potercela più fare, mi vibra il cellulare. Numero sconosciuto.

A: Stai studiando, vero?

Non ci posso credere…

J: Te l ha dato mia madre il mio numero, così puoi stalkerarmi?

La risposta arriva subito e io mi ritrovo a sorridere nel leggerla.

A: Esattamente.
J: Lo ammetti anche, Alex?
A: Stai studiando, sì o no?

Sbuffo, poi rispondo.

J: Certo.
A: Cosa? Grammatica?

La sua domanda mi lascia perplessa.

J: Perche dovrei studiare grammatica?
A: Te lo consiglio vivamente, nana.

Sempre il solito saccente.

J: Perché fai lo stronzo?

Mi sento decisamente più spavalda, dato che non ce l'ho di fronte.

A: E tu perché non usi gli apostrofi e gli accenti quando scrivi?

Riguardo i miei messaggi e noto che c'è qualche errore di ortografia qua e là.

J: Sono solo messaggi, so scrivere.
A: Ti ho detto di studiare e tu non lo stai facendo.
J: Lo sto facendo.
A: Continui a rispondere.

Mi infilo l'estremità della penna tra le labbra.

J: Perché dovrei fare come dici tu?

A: Studia o dopo cena non parleremo.

Ma questo chi si crede di essere?
Rileggo la conversazione.
Devo scrivergli qualcosa per stuzzicarlo, è più forte di me.

J: Oh no, ho appena perso l'occasione della mia vita…

Sorrido, compiaciuta della mia frecciatina.

A: Se ti dicessi che sono io a doverti parlare, Juliet?

Dannazione, devo mettermi subito a studiare.

10

JULIET

Avevo sei anni quando mio padre se n'è andato di casa, quindi ho imparato presto cosa significhi convivere con i malumori di mia madre. So quanto tempo ci vuole a farle tornare il buon umore, e secondo i miei calcoli, quest'ultima arrabbiatura ci sta mettendo un po' troppo a dileguarsi.

Dopo cena l'aiuto a caricare la lavastoviglie, ma lei, a differenza delle altre volte, mi parla a stento. Evidentemente è ancora delusa.

Metto in scena la farsa della brava figlioletta, ma non ne ottengo nessuna gratificazione, così decido di defilarmi in camera, mentre Alexander resta a tavola a discutere con suo padre di finanza.

Mi chiedo perché indugi tanto in quelle noiosissime chiacchiere prolisse, dato che ormai la cena è finita. Ma soprattutto, mi chiedo perché se ne stia ancora lì, nonostante abbia detto che vuole parlarmi.

Dopo essermi lavata i denti, mi metto sotto le coperte ad ascoltare un po' di musica. Sto per assopirmi, quando il cellulare mi vibra nel palmo della mano.

A: In giardino. Esci dalla porta sul retro.

Mi alzo di scatto. Stavo per addormentarmi, ma ora sono magicamente più sveglia di un caffeinomane. Mi do una specchiata per controllare che il mio aspetto sia a posto. I miei grandi occhi color nocciola sono nascosti dalle ciocche castane appena arruffate. Il mio corpo sembra ancora più esile quando indosso solo il pigiama, e le spalle da bambina mi fanno apparire molto più piccola della mia età. Fortuna che un velo di fondotinta e una passata di rossetto fanno sempre il loro dovere.

Tranne quando – come ora, alle undici di sera – non ho voglia di sistemarmi, perciò esco così.

Scendo nella cucina totalmente deserta: di mia madre e John non c'è traccia.

"Tanto meglio", penso tra me e me, "così non dovrò darle spiegazioni sul perché vado in giardino a quest'ora, oltretutto in pigiama".

Quando esco dalla porta sul retro, mi accoglie un'aria fredda che mi trafigge e mi fa tremare.

Alexander sta accovacciato sui gradini dell'uscita posteriore che conduce al giardino.

«Fa' attenzione, l'erba è bagnata», mi suggerisce indicando il prato di fronte a noi.

Poi però solleva lo sguardo nel mio. «Mhm. Bel pigiamino».

Figurarsi se non commentava il mio pigiama coi panda. Mi schiarisco la gola e spero che l'atmosfera imbarazzante si dissolva il prima possibile.

«Hai studiato?», chiede subito dopo, mentre io mi siedo con cautela vicino a lui.

«Sì».

Sussulto quando il mio fianco tocca il suo corpo e la sua mano nascosta all'interno della tasca del cappotto.

«Cos'hai studiato?»

«Fisica», rispondo prima d'incastrare le mani tra le ginocchia.

«Sii più precisa, grazie».

Sollevo gli occhi verso di lui, che mi fissa serio.

Se sparo un argomento a caso firmo la mia condanna. Alexander se ne accorgerebbe subito, meglio essere sinceri.

«Ho ripassato l'elettromagnetismo».

«Hai detto che volevi parlare, no?».

Annuisco scaldandomi le spalle con le mani.

«Mini crede che io sia un'egoista che pensa solo per sé. Il ragazzo l'ha lasciata e io non faccio che lamentarmi di essere in castigo…».

Alexander si toglie il cappotto.

«Mettiti questo sulle spalle». Me lo passa con gesti armoniosi.

«Ma…».

«Mettilo».

Accetto l'offerta, godendomi il torpore del tessuto caldo che mi ripara la schiena.

«Lei è stata mollata da uno che non è nemmeno il suo fidanzato, ma per me è più grave il fatto che io non possa andare alla sua festa di compleanno…».

Alexander assottiglia lo sguardo.

«Dio, se sei confusionaria. Mini ha un ragazzo?»

«Sì. Più o meno».

«E perché ci provava con me alla festa?».

La sua domanda, pronunciata con tanta serietà, mi fa scoppiare a ridere di gusto.

«Ma no, è il suo modo di fare. Mini è gentile con tutti e di sicuro non ci prova con uno come te».

Alexander però non sembra trovarci nulla di divertente, perché inarca un sopracciglio.

«Uno come me?».

Sei strano, molto strano.

«Sì, non sei il suo tipo. E poi è innamorata di Liam».

«Capisco. Anche a Mini piacciono i tipi senza cervello che camminano impettiti?»

«Chuck non cammina…». Scoppio di nuovo a ridere per il suo modo buffo di parlare. «Ma che dici!».

Lui mi guarda corrucciato.

«Dico la verità».
«Perché ce l'hai con Chuck, Alex?»
«Non è il mio tipo», mi fa il verso.
«Che simpaticone».
«E non credo sia il tuo, Juliet».
Smetto di ridere all'istante.
«Alex, volevo farti una domanda».
«Dimmi».
«Conosci un modo per rendere lo studio meno noioso e più semplice?»
«Cioè?»
«Be', sei uno che studia molto…».
«E quindi?»
«Vorrei sapere come fai, magari hai dei segreti».
Lo vedo congiungere le mani pallide sulle ginocchia, prima di lanciare lo sguardo vacuo davanti a sé.
«Apri un libro. Leggi. Memorizzi. Non ci sono scorciatoie, se è a questo che ti riferisci. Lo fai e basta. Poniti degli obiettivi, sii più ambiziosa».
Rimiro il suo profilo rischiarato dal tenue bagliore della lampadina appesa sulle nostre teste.
«Non serve a niente studiare», azzardo.
«Non serve a niente?». Alexander mi osserva costernato, come se lo avessi appena offeso. «Serve a creare quell'abissale differenza tra una persona potenzialmente interessante e una sicuramente noiosa, Juliet. Sta a te scegliere da che parte stare».
«Di sicuro non voglio diventare una persona noiosa», borbotto prima di schiarirmi la gola. «E tu, Alex? Di cosa volevi parlarmi?».
Lui sposta lo sguardo di lato.
«Da quanto vi frequentate tu e Chuck?».
Dove vuole arrivare?
«Un anno e mezzo circa. Perché?»
«Juliet, volevo sapere…». I miei sensi si allertano. «…ti è piaciuto spogliarti per me?»
«Per te?»
«Sì, per me, Juliet».
«Perché sottolineare che io l'abbia fatto per te?»
«Perché significa che lo fai per me e per nessun altro».
Lo dice con un timbro così suadente da farmi martellare il cuore nel petto.
«Allora?», m'incalza, riportandomi al punto della questione.
«È stato imbarazzante e lo sai», borbotto agitata.
«Ma la domanda era un'altra».
Alexander è in attesa. Sento le guance e le labbra ardere.
«L'ho fatto solo perché mi hai ricattato», lo provoco tentando di reggere la sua occhiata intensa.
«Mhm, io mi accontenterei di questa risposta, se non fosse che…».

Assaporo quell'attimo di silenzio premeditato.
«"Se non fosse che", cosa?»
«Che ieri io non ti ho ricattato», conclude deciso.
«Be'...».
«Mi hai obbedito ugualmente, Juliet».
E ora che m'invento?
Guardo i suoi occhi. Sono così belli, ma non riesco a capire cosa nascondano.
Dopotutto Alexander è sempre stato schietto con me, un po' troppo, sì, ma forse merita la mia onestà.
«M'incuriosisci, okay? Trovo strano il modo in cui ti comporti e poi...».
Mi blocco.
«Continua, piccoletta». Il suo invito è suadente. Perfetto.
«Voglio solo che tu la smetta di pensare che io sia una ragazzina stupida».
Finalmente mi sono liberata del pesante fardello che mi schiacciava il petto.
«Magari sarai brava a farmi cambiare idea».
Studio le sue labbra, che formano una curva perfetta nel pronunciare ogni parola.
«Perché mi dici sempre che devo studiare? Mi prendi in giro perché credi che tanto non ce la farò? Credi che io non sia intelligente abbastanza, vero?».
Scuote il capo.
«Al contrario. Penso che tu sia sveglia, solo che a volte fingi di non esserlo. Preferisci omologarti alla massa per risultare più superficiale. Preferisci sembrare quello che non sei perché hai paura di non essere accettata dai tuoi amici. E lo studio non c'entra nulla con l'intelligenza. Avere dei buoni voti e un minimo di cultura non ti farebbe male».
Alexander sa sempre cosa dire e, nonostante a volte sia indecifrabile, ha sempre maledettamente ragione. Ecco perché vorrei la sua approvazione, ecco perché farei qualsiasi cosa.
Per lui.
«Ti fidi di me?», chiedo, nella speranza che lui provi lo stesso.
«Non regalo la mia fiducia, Juliet».
Forse non lo fai apposta, ma essere stronzo ti riesce proprio bene.
«Neanche io», puntualizzo con un po' di stizza.
«Però ti fidi di me, Juliet».
Sgrano gli occhi davanti al suo sguardo imperturbabile.
«E come fai a dirlo?»
«Ci vuole una bella dose di fiducia a spogliarsi di fronte a una persona totalmente vestita, che non fa altro che guardarti».
Non so se sia il suo tono di voce tagliente o le sue parole dirette, ma rivivo appieno le sensazioni contrastanti che ho provato a casa di Karoline.
«Tu non lo faresti, Alex? Ah, ehm... intendo fidarti, non...».
La bocca di Alexander si muove appena quando modula la melodia tetra della sua voce.
«Ci metto tempo a fidarmi di qualcuno».

E proprio quando credo possa aprirsi con me, lui mi spinge di nuovo verso l'orlo di un precipizio e lo fa con delle semplici richieste.

«Quindi, Juliet? Ti è piaciuto, sì o no?».

E se Alexander è ostinato, la mia voglia di provocarlo lo è altrettanto.

«Se ti confidassi una cosa del genere, significherebbe che siamo amici, e siccome non lo siamo…».

«Sei furba, quando vuoi».

Alexander trattiene un ghigno sotto gli incisivi perfetti.

«Non so di che parli». Metto su un'espressione da smorfiosa e mi stringo nelle spalle coperte dal suo cappotto.

«Vuoi che formalizziamo la nostra amicizia? Questo è ciò che vuoi, piccoletta?»

«In che modo, Alex?».

Quando ho conosciuto Alexander mi sembrava impossibile persino poterci parlare, figuriamoci diventare sua amica. Lui alza gli occhi con fare pensieroso, infine mi guarda.

«Potremmo trovarci qui, ogni sera dopo cena. Per parlare. Per raccontarci quello che ci va».

«Mi piacerebbe», ammetto calma, trattenendo l'euforia che mi provoca la sua richiesta.

«Anche a me piacerebbe. Potrei darti degli ottimi consigli, Juliet».

«Uh, sì! Immagino», scherzo, sperando che lui stia al gioco.

Alexander accenna un sorriso veloce, inafferrabile, prima di controllare l'orologio che gli fascia il polso.

«Il consiglio che ti do ora è di andare a dormire. Sono le undici e mezza».

Mi viene di nuovo da ridere. È buffo quando si dimostra così serio e pieno di sé, ma nello stesso tempo risulta estremamente attraente.

Decido di dargli ascolto, ma poi il mio sguardo si posa sul suo viso e sulla guancia liscia, sotto lo zigomo sporgente.

Vorrei dargli un bacio.

Mi accarezzo il labbro inferiore con la lingua, facendo scorrere gli occhi sul suo collo affusolato e pallido.

Ma che mi salta in mente?

Una mossa velocissima. Mi tendo verso Alexander e gli scocco un bacio sulla gota fredda.

Nemmeno il tempo di sentire lo schiocco e sono già a qualche passo da lui. Ma il suo profumo… quello continua a seguirmi.

Farfuglio un impacciato: «Ci vediamo domani», poi fuggo immediatamente in casa, per evitargli la visione delle mie guance di fuoco. Sento la sua voce, quando ormai ho già chiuso la porta alle mie spalle.

«Buonanotte, Juliet».

Come al solito, neanche stamattina ho sentito la sveglia al primo colpo, così arrivo in classe leggermente in ritardo.

La lezione non è ancora cominciata, ma il mio banco è già occupato.

«Perché non la smetti di ridicolizzarti, Mini?».
La domanda di Karoline giunge dal fondo della classe, dove se ne sta seduta sul mio banco a discutere con la mia migliore amica. Il viso affilato di Karoline è impreziosito da due gemme color acquamarina, che contrastano con un caschetto argenteo che le contorna gli zigomi prominenti. Mi chiedo come mai quella ragazza sia sempre così plateale quando parla, ma soprattutto perché si faccia il bagno nello Chanel n°5. Sarà il profumo persistente, sarà il tono di voce troppo alto, ma Karoline è la tipa capace di attirare l'attenzione in ogni circostanza.
«Liam era con Nadia ieri sera, come te lo devo dire?».
Non sopporto quando fa le sue incursioni nella mia classe, ma ciò che sopporto ancor meno è sapere che tratta Mini come uno straccio. Noto che quest'ultima ha un aspetto insolito: gli occhi gonfi, i capelli arruffati e il trucco un po' sbavato. A giudicare da come l'azzurro delle sue iridi è accerchiato da un alone rossastro, si direbbe che abbia appena pianto.
«Che succede, Mini?», le chiedo preoccupata.
«Niente», bofonchia a testa bassa.
Mentre poso lo zaino sul banco, Karoline mi scruta con espressione ostile.
«Toh, ecco Juliet! Lo sai che abbiamo proprio bisogno di te?»
«E come mai avete bisogno di me?».
Fisso la mia amica nella speranza che ricambi il mio sguardo, ma lei non solleva gli occhi dal banco: è triste, o forse ancora delusa dal mio egoismo.
«Perché abbiamo bisogno di Juliet?», biascica Mini.
«Hai presente il suo fratellastro? Quello che è venuto a casa mia?».
Karoline sfoggia un sorrisetto inquietante.
«Alexander?», mi allarmo.
Mini finalmente solleva la testa e spalanca gli occhi come fosse stata illuminata da un'idea brillante.
«Kar, sei un genio. Liam morirà di gelosia!».
Fermi tutti.
«Potete spiegarmi…». Osservo le ciglia finte di Karoline con aria perplessa, lei si è già alzata in piedi.
«Okay, baby, devo andare in classe. Non ringraziatemi per avervi trovato la soluzione al problema, eh».
Muove due passi con le sue gambe lunghe e, senza curarsi della mia espressione smarrita, esce dall'aula.
«Mini, senti, mi dispiace per ieri. Io ero presa dai miei problemi con la scuola, mia madre…». Torno alla mia amica, ma lei sta già progettando tutt'altro.
«Lascia perdere, Juls. Abbiamo cose più importanti a cui pensare!», mi interrompe all'improvviso.
Cose più importanti della nostra amicizia?
«Se invito Alexander alla mia festa di compleanno, lui ci viene?».
Spalanco gli occhi. «Perché dovresti?».
Mini si stringe nelle spalle. «Voglio conoscerlo, sembra interessante». Mi guar-

do intorno per assicurarmi che nessuno ci ascolti, poi riprendo a parlare sottovoce.

«Mini, è Alexander…».

«E allora? Anche se è strano, è pur sempre attraente».

«Ma è Alexander!», ripeto, come se fosse una motivazione sufficiente.

«Juls, forse tu non lo vedi con occhi obiettivi perché sei la sua sorellastra…».

«Ehi!». Mi siedo di fianco a lei lanciandole un'occhiataccia. «Non sono davvero…».

«Voglio chiedergli di venire alla mia festa».

Mini si è messa in testa una cosa e ora nessuno potrà farla desistere.

«E poi?», chiedo in preda alla curiosità, mentre il prof entra in classe.

«E poi voglio farmelo, no?».

Nei pressi della mia nuova casa, tutto sembra svanire al calare della sera, come se un buco nero risucchiasse auto e persone. Dalla finestra della mia camera noto che le tenebre hanno preso il sopravvento in giardino, ma non riesco a scorgere la porzione di veranda che Alexander frequenta per leggere. Subito dopo cena quindi decido di andare a vedere di persona. Indosso un maglione a collo alto e un paio di jeans, poi raggiungo la cucina ed esco dalla porta sul retro.

Là fuori è silenzioso, c'è solo una sagoma maschile nel buio, seduta sui gradini.

Alexander non solleva gli occhi dal libro, ma parte all'attacco con la sua voce profonda.

«Sinceramente?».

Ecco che comincia.

«Stai bene così».

Gli rivolgo un'occhiata indagatrice, stupita del complimento appena ricevuto. Stavolta non ho piastrato i capelli, che invece mi cadono un po' mossi sulle spalle.

«Sinceramente? Tu piaci a Mini», replico prima di accomodarmi al suo fianco.

«La spilungona bionda, giusto?»

«Lei è una spilungona e io sarei una nana. Non ti va mai bene niente, eh?», lo aggredisco con un po' di stizza.

Lo vedo indurire la mascella, o forse è solo una mia impressione.

Gli manca giusto la sigaretta in bocca per sembrare il classico bello e dannato… Ma sarebbe un cliché, e Alexander non lo è affatto.

«Mi stai mettendo in guardia, Juliet? Paura che la tua amica mi salti addosso?». Un ghigno subdolo s'impadronisce delle sue labbra ben disegnate.

«Dico solo che Mini vuole invitarti al suo compleanno».

«Mhm… pensavo peggio», afferma senza entusiasmo.

Chissà cosa pensava. Chissà che diavolo c'è in quella testa…

«Quindi verrai anche tu?», domando tentando di mostrarmi distaccata, quando in realtà sto morendo di curiosità.

Alexander finalmente solleva il mento dal libro e ruota il capo verso di me.

«Sbaglio o tu sei in punizione?»

«Volevo dire… ci andrai?». Provo a correggermi, ma i suoi occhi affilati sono ormai sporchi di sospetto.

«Non mi hai dato una risposta, Juliet».

«Be', no. Io in teoria non potrei andarci…».

D'un tratto Alexander sembra rapito da un pensiero improvviso.

«Mi chiedo da quando io sia diventato così interessante per i tuoi amici».

«Sono io quella interessante. Pensano che tu sia mio fratello, solo per questo sanno chi sei. E, per lo stesso motivo, t'invitano alle feste».

«Non sono tuo fratello».

Il suo tono è lapidario, ma la piccola pausa che compie in seguito mi regala l'attimo di silenzio perfetto per una domanda imbarazzante.

«Una come Mini ti piace?».

Non dovrebbero interessarmi i suoi gusti in fatto di ragazze, ma la voglia di conoscerlo meglio mi sta divorando.

«Sai a cosa pensavo, Juliet?»

«A cosa?»

«Nessuno ti ha dato il permesso di baciarmi, ieri».

Mi tasto una guancia, che diventa rovente sotto il palmo.

«Ma che dici!», strepito imbarazzata.

«Juliet…».

Stavolta però non è un rimprovero, il mio nome sembra una languida melodia tra le sue labbra morbide.

Sono davvero morbide?

«Si vede che non ci sei abituato, eh. Quello era un bacio sulla guancia. Un bacio che si dà tra amici», spiego divertita.

«Sei esperta di baci».

«Ho un ragazzo, nel caso te ne fossi dimenticato. Non bacio altre persone».

Mi accorgo di star tremando e i miei occhi non ne vogliono sapere di restare fermi nei suoi.

«E il tuo ragazzo fa lo stesso?».

Nel ricordare le sue insinuazioni sul conto di Chuck divento di ghiaccio.

«Certo. E comunque ci verrò lo stesso alla festa. Voglio fare una sorpresa a Mini», annuncio fregandomene di mia madre, della punizione e di tutto il resto.

«Chiederai il permesso, Juliet?»

«Ci proverò».

Alexander mi scruta e a quel punto io faccio lo stesso. Ci guardiamo negli occhi per qualche secondo, poi azzardo un'occhiata più coraggiosa. Prima al naso, poi alle labbra.

Sembrano morbide per davvero…

In quel momento la suoneria del mio telefono squarcia quel silenzio pericoloso. È Chuck.

«Devo andare».

Mi alzo in piedi di fretta ed entro in casa, lasciando Alexander da solo, nel buio della notte.

«Chuck!».
«Ciao, cucciola. Vieni alla festa di Mini domani sera?».
La voce spensierata di Chuck mi fa ripensare ad Alexander. La sua ha una cadenza monotona, quasi triste.
«Non lo so… non sono sicura di riuscire a venire».
«Juls, ma come non sei sicura?»
«Te l'ho già detto, Chuck. Mia madre è ancora incazzata, sono in punizione!».
È la terza volta che glielo ripeto, ma sembra non entrargli in testa.
«Qual è il problema? Esci di nascosto, allora».
Vago per la mia camera con fare agitato.
«Non lo so, Chuck…».
Una piccola vibrazione mi scuote la guancia.
«Oggi abbiamo vinto cinque a due. Gallagher si è messo in mezzo come al suo solito e poi…».
E prima che io me ne renda conto, Chuck comincia a parlare di rugby, mentre io sto solo morendo dalla voglia di sapere se il messaggio che mi è arrivato è da parte di Alexander o no.
«Chuck?».
«E comunque dovevamo vincere noi, l'arbitro…».
«Chuck».
Finalmente smette di parlare. «Dimmi, cucciola».
«Sono davvero stravolta, me lo racconti domani a scuola, okay?»
«Va bene, 'notte, amore».
La leggerezza con cui Chuck usa le parole è inversamente proporzionale alla cura che usa Alexander per selezionare ogni singolo termine. Saluto il mio ragazzo, chiudo la chiamata, infine leggo la notifica.

A: Neanche un bacino oggi?

11

JULIET

A differenza di qualsiasi altra persona sulla faccia della Terra, mia madre di prima mattina è sempre di buon umore. Certo, poi le discussioni con la sottoscritta ci mettono poco a farla innervosire, ma oggi che me ne sto in silenzio, a guardare fuori dal finestrino, lei sembra tranquilla.

Durante il tragitto canticchia le canzoni che passano in radio, Justin Bieber compreso.

Deve aver concluso un'ottima vendita ieri.

Una figlia attenta sa quando è il momento per avanzare una richiesta ai propri genitori. E questo è il mio momento. La osservo mentre muove il capo a ritmo di musica, ogni tanto molla il volante per riportare una ciocca ribelle dietro l'orecchio.

«Mamma?»

«Sì?»

«Lo so che ho fatto una cavolata immensa e mi dispiace… ma il compleanno di Mini è una volta all'anno».

Lei non fa una piega. *Devo sbilanciarmi di più.*

«Mamma, potrai rinchiudermi in casa quando vuoi, però stasera, per favore…».

Uso il tono più angelico possibile, ma lei mi interrompe.

«Juliet, non puoi andarci. Punto. Non si discute».

Vorrei sotterrarmi.

Nell'intervallo tartasso Mini di domande, sotto gli occhi annoiati di Amanda. Voglio farmi perdonare per il mio atteggiamento dei giorni scorsi, dimostrandole che so ascoltare i suoi problemi, ma nello stesso tempo, desidero sapere che intenzioni ha con Alexander. Liam l'ha mollata con una scusa qualunque e il giorno stesso Karoline lo ha visto baciarsi davanti al cinema con un'altra ragazza. Da copione. Peccato che stavolta ci sia andata di mezzo la mia migliore amica che, dietro consiglio di una pazza, ha intenzione di usare il mio presunto fratellastro per fare ingelosire il suo ex.

Il tutto in mia assenza, dato che non potrò andare alla sua festa. *Davvero un casino senza precedenti.*

«Juls, è tutto okay… credimi. Lo so che tua madre non ti lascia venire».

Mini è di nuovo sorridente come sempre. Il nostro litigio, Liam… tutto le è scivolato addosso come acqua fresca.

«Ci ho provato, ma mia madre non ne vuole sapere di darmi il permesso», piagnucolo tra uno sbuffo e l'altro. Gli occhioni di Mini si spalancano, perché in corridoio ha riconosciuto qualcuno.

«Ehi! Alex!».

La sua voce cristallina richiama l'attenzione di Alexander, che ci passa di fianco con un libro in mano.

«Mini».

Lui si volta verso la mia amica e lo fa con il suo solito fare apatico.

Chissà se Mini gli piace o no…

Ma chi voglio prendere in giro? Ovvio che Mini gli piace, è bellissima.

«Stasera ti andrebbe di venire alla mia festa di compleanno? Mi farebbe piacere venissi anche tu».

Mini atteggia le labbra carnose in un sorriso delizioso, poi scuote la capigliatura voluminosa, che ricade sui seni prosperosi nascosti dalla camicetta.

Un nodo mi serra lo stomaco.

In confronto a lei, mi sento tremendamente insignificante, con le mie trecce, la mia tavola da surf al posto del petto e i miei quindici centimetri in meno.

Alexander solleva le spalle senza mai scomporsi. «Perché no».

Mini emana felicità da tutti i pori. «Allora ci conto».

Poi lei e Amanda si dirigono verso la nostra classe, così io decido di indugiare ancora un po'. Tutta l'attenzione di Alexander finisce su di me, come uno spiraglio di sole tanto desiderato, ma troppo accecante da sopportare.

«Peccato che tu non possa venire, Juliet», dice soddisfatto.

«Sono in punizione e lo sai». Mi appiattisco contro il muro.

Alexander incrocia le braccia, poi serra le labbra per pronunciare un: «Lo so».

«Immagino che tu sia al settimo cielo», sbuffo prima di sorseggiare il mio succo di frutta.

«Hai ottenuto ciò che meritavi», risponde lui senza scomporsi, con entrambe le mani affossate nelle tasche.

«E chi ti dice che non uscirò di nascosto?».

Il risucchio attraverso la cannuccia lo sta innervosendo quasi quanto la mia provocazione. Chissà perché ha questa fissa del comportamento. Chissà perché non vuole che dica bugie a mia madre.

«Juliet».

Di nuovo quel tono autoritario.

«Sì?», cinguetto con aria innocente.

«Ti ho detto che ci sono delle regole da rispettare, ma tu sembri non volerlo capire».

Alexander si avvicina, e io non posso indietreggiare perché sono già contro la parete. Una strana inquietudine accende la mia pelle, che s'irradia di brividi.

«E quindi?». Fingo disinteresse.

«Quindi fa' la brava o ne pagherai le conseguenze», sussurra suadente.

Le mie guance si tingono all'istante, mentre mi guardo intorno, impaurita che qualcuno possa sentire i nostri discorsi.

«Che significa, Alex?».

Lui si avvicina al mio orecchio e, come ogni volta che vuole sussurrarmi qualcosa di proibito, è costretto ad abbassarsi alla mia altezza.

«Farti inginocchiare non è nulla in confronto a ciò che ti ordinerò la prossima volta», scandisce senza alcuna emozione.

E io che mi ero illusa che fossimo amici.

«Tu sei pazzo!», strepito puntandogli un dito contro, incurante di tutto e tutti.

«Sei perspicace. Per questo cominci a piacermi».

Passo dalla collera alla confusione. Dallo smarrimento alla gradita sorpresa, nell'udire quelle parole.

Alexander si sistema il colletto della camicia con le dita affusolate.

Comincio a piacergli?

«Quindi comportati bene, piccoletta».

Dopo cena non mi presento nel patio sul retro. Mi sento presa in giro e non voglio dargli la soddisfazione di parlarmi ancora in quel modo. Sono nel mio letto a farmi un rewatch di *Gossip Girl*, quando mi arriva un messaggio.

A: Allora?

È lui.

J: Non dicevi sul serio, Alex.
A: Sta a te scoprirlo, Juliet.

Ecco in cosa è maestro, nel farmi desiderare di fare quello che lui vuole che io faccia. Così non ci rifletto oltre. Lancio via le coperte e mi butto giù dal letto.

Lego i capelli e m'infilo un paio di jeans sopra un body color confetto. Indosso una giacca e scendo al piano di sotto.

«Vorrei che mi lasciassi in pace, Alexander», annuncio prima di sedermi accanto a lui.

Nonostante il buio, scopro che sta leggendo un fumetto. Lo chiude, prima di scrutarmi da capo a piedi.

«Lo farei, se tu lo desiderassi per davvero».

Mi lascio distrarre dalla copertina del libro, sul quale si staglia una grossa croce rosa, alle spalle di un tizio che tiene una falce in mano.

Poi però sollevo lo sguardo e inciampo nella visione delle labbra di Alexander.

«Non sai quello che voglio», replico a denti stretti.

«So che non vedevi l'ora di avere le mie attenzioni», ribatte lui con pacatezza.

«Non è vero».

«Juliet, Juliet…».

Espiro lentamente. Mi ero ripromessa d'ignorarlo, invece sono qui. Alexander mi incuriosisce. Sempre.

«Cos'ho fatto ora?». Mi mostro infastidita.

«Ti ho vista. Cercavi le mie attenzioni».

«Quando?»

«A cena, la prima sera».

Faccio un segno di diniego.

«Ricordi male. Non ti ho nemmeno rivolto la parola».

«E perché sei venuta a cena con il rossetto, se nel pomeriggio non lo avevi?».

Le guance iniziano a pizzicare.

«Pensi di essere il centro del mondo? Mi piace essere carina ogni tanto. Tutto qui», mormoro chiudendo la zip della giacca.

«Lo sei sempre».

Sbatto le palpebre. *Devo aver capito male.*

Alexander non mi lascia il tempo di metabolizzare le sue stoccate, che seguita a parlare con il suo tono lento e cadenzato.

«A scuola, quando mi vedi da lontano, inizi a giocherellare con il ciondolo del bracciale che porti al polso».

Esagerato.

«Non riesci a controllare il tuo corpo. Ed è una cosa che devi imparare a fare».

«Certo, per diventare un manichino saccente come te!», l'aggredisco senza filtri.

«Tu non diventeresti mai come me, Juliet. E io nemmeno lo vorrei».

«E sentiamo, come mi vorresti?».

Ma che follia è questa? Perché gli do retta?

Mi mordo il labbro, pentita della mia impulsività.

«Ti voglio più attenta a quello che dico, Juliet. Ma soprattutto, vorrei che rispettassi ciò che ti viene imposto».

«E perché mai?».

Che gli importa se non rispetto il volere di mia madre?

Guardo la pelle chiara della sua guancia: ora, più che un bacio, si meriterebbe uno schiaffo. Alexander si alza in piedi e, senza togliere le mani dalle tasche, m
lancia un'occhiata distratta dall'alto.

«Buonanotte, Juliet».

Ovviamente la sua parte preferita è lasciarmi confusa, con mille dubbi ch
perforano la testa.

Non amo dire bugie, né uscire di casa di nascosto. Stasera però non l
Lo devo fare, anzi, lo voglio fare. E mentirei a me stessa se dicessi ch
farlo solo per il gusto di partecipare al compleanno di Mini. Sì, ci vo
ma non solo per la compagnia delle mie amiche. Sono dannatam
voglio vedere cosa faranno lei e Alexander, voglio esserci a tutti i
l'ultima chiacchierata, sento un moto di ribellione ancora più fo

Come osa dirmi che devo fare quello che dice lui? Come osa r
vo? Non mi farò mettere i piedi in testa, tantomeno da un ne
visto una ragazza in vita sua.

Andrò alla festa di Mini senza avvisare, voglio farle una so

12

JULIET

Dopo cena trascorro mezz'ora a prepararmi e scelgo con cura uno dei vestitini neri che popolano il mio armadio.

"Certo che una collana arricchirebbe il mio outfit", mi dico mentre sono intenta ad arricciarmi le ciocche con il ferro.

Indosso un paio di décolleté, ma quando mi accorgo del ticchettio insistente sul parquet, decido di toglierle prima di scendere le scale. Non voglio attirare l'attenzione di mia madre. O peggio ancora, di Alexander.

Do una sbirciatina preventiva per assicurarmi che al piano di sotto non ci sia nessuno, poi esco dalla porta sul retro con in mano le scarpe e nello stomaco i sensi di colpa di una vera criminale.

La mia inesperienza nell'organizzare fughe si evince subito dal fatto che non avevo previsto di dover prendere l'autobus per raggiungere casa di Mini, e io odio prendere l'autobus. Soprattutto perché sono costretta a starmene infreddolita al buio, ad aspettare un dannatissimo pullman che non so se arriverà mai. E ... per cominciare a piovere.

...tto perché Chuck non ha ancora la patente. Non è riuscito a superare l'esa... ...oria, che ha provato a dare già ben tre volte. L'autobus finalmente arriva, ... con tutte le forze che a bordo non ci sia gente strana.

...assato un quarto d'ora su un mezzo sporco e semideserto, arrivo ... duplex di Mini. La pioggia ha iniziato a scendere incurante del ... ragazza si stia inzuppando, dopo aver sprecato del tempo ... capelli.

...l nervosismo, ma non appena metto piede a casa di ... uno sguardo strano.

... e la fermata dell'autobus è a due isolati da ...

...na la mia amica sembra non volersi levare ... un rossetto violaceo.

...n venivi, Juls», balbetta confusa.

... non mi impediscono di cogliere ...

...ue fessure.

...mio umore è decisamente teso e so che ...o per evitare quest'eventualità, mi allon... ...ne occupa il salotto. All'improvviso mi trovo tra numerose ragazze che ballano disinibite, mentre qua e là vedo sparsi alcuni nostri compagni, gli amici di Chuck e quelli di Liam.

Nessuna traccia di Alexander.

Bene, un problema in meno.

Tra gli invitati c'è una tipa tatuata che serve da bere nella zona più affollata del salone, ed è proprio lì che scorgo la testa più bionda della festa.

«Mini!», esclamo ritrovando l'entusiasmo.

Lei si volta di scatto. Oltre al suo vestito color corallo con una scollatura da togliere il fiato, noto la sua espressione stranita. «Juls, ma cosa…».

Le sorrido, ma è un sorriso amareggiato.

Perché anche lei è stupita?

Poi sulle sue labbra si allarga un sorriso. «Vieni qui!».

Mini mi abbraccia soffocandomi con l'intensità del suo profumo dolciastro.

«Lo sapevo che avresti convinto tua madre!». Dopo che le ho fatto gli auguri e le ho allungato il mio regalo, lei inizia a parlare di quanto le faccia piacere che quasi tutta la scuola abbia voluto esserci. Io, invece, tento in ogni modo di scacciare il pensiero che mi tormenta, ma è tutto invano. Devo chiederglielo.

«E Alex?», domando fingendomi disinteressata.

Trovo davvero strano chiederlo alla mia migliore amica. Lei mi offre un drink analcolico, prima di rivolgermi un altro dei suoi sorrisi luminosi.

«Uh, sì. Alex era qui poco fa. Se avessi saputo che stava così bene con la camicia, l'avrei invitato anche prima». Scoppia in una risata e mi fa un cenno d'intesa. Mini lo fa sempre quando cominciamo a ridere insieme senza più fermarci, ma stavolta io non mi sto divertendo.

«Vado a cercare Chuck».

Poso il bicchiere su un tavolino di vetro, ma poi scorgo di nuovo quell'espressione enigmatica sul volto di Mini.

«Non so, cioè… io non l'ho visto», balbetta la mia amica.

Non faccio in tempo a leggere il comportamento sospetto di Mini che alle mie spalle arriva una voce pungente.

«Stai lanciando una nuova moda, Juliet Valentine? Capelli umidicci e vestito gocciolante?»

«Ho camminato sotto la pioggia, Karoline», ribatto a denti stretti.

Lei mi punta con uno sguardo schifato e allo stesso tempo divertito. Indossa un vestito al limite della decenza che lascia scoperte le lunghe gambe sinuose. I capelli argentei sono raccolti in una treccia laterale e come al solito il suo trucco è impeccabile.

Sbuffo dinnanzi a quella visione, eppure, invece di andare a cercare Chuck, mi metto alla ricerca di uno specchio. Arrivo nel bagno degli ospiti e, non appena scorgo il mio riflesso, tutte le mie paure si materializzano.

Karoline non aveva esagerato come al suo solito.

Una bambola selvaggia e spettinata mi sta guardando dallo specchio, con tanto di mascara sbavato.

Dannazione, sto da schifo.

Mi risistemo il tubino nero che mi si è appiccicato al corpo e mi accorgo che il tessuto è leggermente umido, così come i miei poveri capelli.

Devo chiedere a Mini di prestarmi qualcosa.

La mia vanità mi suggerisce di ritoccarmi il rossetto, ma alla fine decido di lasciar perdere. Mi limito a pulire i residui di mascara colato con un batuffolo di cotone, poi esco di corsa dal bagno. Maldestra come sono, vado a sbattere contro un ragazzo che passa di lì e subito riconosco il profumo di pulito, unito a una fragranza maschile più intensa. Il suo odore è così buono che mi fa tremare le ginocchia. «Ecco perché dovresti darmi ascolto». La voce di Alexander mi arriva dritta all'orecchio.

Mi stacco subito da lui, recuperando il controllo.

«Che vuoi?», sbotto.

Una camicia nera modella il suo fisico alto e slanciato.

Porca miseria.

«Hai preso l'autobus, vero?», domanda lui con tono inflessibile.

«E quindi?», replico stizzita.

«Quindi, Juliet?».

I suoi occhi si fanno dannatamente torvi, quasi arrabbiati.

Mi prende per il braccio, portandomi verso una zona più tranquilla del corridoio.

«È pericoloso. Non puoi andartene in giro da sola, a notte fonda, per le periferie di Londra».

«Secondo te ho paura di andare in giro da sola?».

Poi sbuffo, annoiata dal suo fare apparentemente premuroso.

«E se ti fosse accaduto qualcosa?»

«Qualcosa di peggio di quello che mi è successo?». Mi indico i capelli arruffati e il vestito che mi sta tutto arricciato lungo i fianchi.

Alexander mi guarda, ma stranamente non con disprezzo. Attendo che le sue labbra si schiudano per dire qualcosa, e ciò che dice mi lascia sgomenta.

«Interessante», sussurra roco, lasciando scivolare lo sguardo dal mio viso al vestitino che mi avvolge la pelle umida.

«Che ne è stato del "non"?»

«Solo gli stupidi non cambiano idea, Juliet. E poi, in questo caso, io mi riferisco al tuo aspetto fisico».

«Cos'hai da dire sul mio aspetto fisico?»

«Sei troppo scoperta. Vatti a mettere qualcosa addosso», mi ordina secco.

«Questo è sinonimo di "interessante" nel tuo vocabolario?». Alexander mi fulmina con un'occhiataccia, prima di estrarre le mani dalle tasche e posarle sui fianchi.

«Perché invece di queste frivolezze, non parliamo del tuo comportamento, Juliet?».

Inarco il sopracciglio.

«Oh, sentiamo, paparino. Cos'avrei fatto di sbagliato questa volta?». Sogghigno.

«Sapevo che saresti uscita di nascosto, ma pensavo che ti saresti fermata al primo ostacolo… invece sei venuta fin qui. Sei ostinata, e questa è una qualità che apprezzo».

La sua sincerità mi spiazza.

«Grazie».

L'ho appena ringraziato? Sono impazzita, ottimo.

«Anche se il confine tra ostinazione e testardaggine è davvero labile, Juliet».

Alexander sta interpretando il mio comportamento, ma è il mio corpo che sta guardando.

Mi mordo l'interno della guancia, perché non so che dire. Lui continua a fissarmi in quella maniera ambigua, poi si avvicina mandandomi in iperventilazione.

Oddio, ma cosa vuole fare? Perché si avvicina a me in questo modo?

Sento il suo profumo farsi più intenso quando accosta il viso al mio.

Un'idea assurda mi trafigge il petto.

E se volesse… baciarmi?

Arrossisco al solo pensiero e il cuore sembra risalirmi in gola quando Alexander mi sfiora la guancia con la punta del suo naso perfetto. Chiudo gli occhi, perché il suo respiro caldo mi scivola nell'orecchio.

«Vatti a cambiare. Mi stai gocciolando sulle scarpe».

Riapro gli occhi di scatto, mentre Alexander si allontana da me senza dire altro.

Dio mio, che stronzo.

Scaccio via il pensiero di quel presuntuoso e m'impegno a cercare Chuck in ogni angolo del piano inferiore, quando m'imbatto in Mini che sta parlottando in salotto con Amanda e altre ragazze. Non appena mi vede, saluta il gruppetto delle nostre compagne di classe e mi viene incontro. Amanda si unisce a noi e prende a tastarmi i capelli umidi con la mano.

«Mini, andiamo in camera tua. Prestami qualcosa da mettermi, per favore», piagnucolo infastidita.

«Andiamo dopo al piano di sopra, ora rimaniamo un po' qui». Provano a persuadermi, ma è del tutto inutile, riescono solo a farmi agitare di più.

«Ma ho freddo!».

«Juls…».

«Ma che diavolo di problema avete?».

Le mie amiche restano di stucco per la mia reazione eccessiva e si voltano in sincrono per osservarmi scandalizzate. Sembrano non capire, quando in realtà sono io a non capire cosa diavolo mi stiano nascondendo.

«Nessuno, Juls. C'è mia madre di sopra», spiega Mini con un'occhiata mesta.

«Oh, okay. Scusa».

«Magari beviamoci qualcosa», propone trascinandomi in cucina, dove Amanda mi versa del succo di frutta con del ghiaccio.

«No, mi fa schifo il pompelmo». Scrollo la testa, senza smettere di studiare gli occhi cerulei di Mini.

La conosco troppo bene per non intuire che qualcosa non va. E io, che mi sento presa in giro per l'ennesima volta, non riesco più a trattenermi.

«Cos'avete da nascondere?».

Le mie amiche si paralizzano, persino i loro respiri sembrano congelarsi.

«Sapete che vi dico? Mi avete rotto le palle!».

«Shh! Juls, non alzare la voce. Ci guardano tutti», sibila Mini, con aria ansiosa.

Non faccio sfuriate con facilità, sono un tipo sempre paziente, soprattutto con le mie amiche, ma stasera, dopo la pioggia, le frecciatine di Karoline e la presunzione di Alexander, non riesco a reggere anche i loro segreti.

Mi allontano a passo svelto, ma Amanda prova a trattenermi.

«Aspetta, Juls! È solo che... Mini ha promesso a sua madre che non avremmo usato il piano di sopra».

Il mio cervello va in cortocircuito quando, alle spalle di Amanda, vedo Mini prendere Alexander sotto braccio.

Sento gli occhi bruciare.

Questa non è la serata che mi aspettavo, di solito mi diverto alle feste, ma ora non mi sto divertendo affatto.

«Va bene, Amanda, ho capito», sbuffo recuperando il cellulare dalla borsa.

J: Chuck, sei già arrivato?

Mi appoggio al tavolo, aspettando la risposta del mio ragazzo.

Quel maledetto saccente ha di nuovo ragione: non sono in grado di controllare il mio corpo. Ho provato in tutti i modi a tenere gli occhi lontani da lui e Mini, ma non ne sono capace.

Parlano. Non so di cosa, ma parlano. Lui sorride. E a me dà sui nervi.

C: Sono con Matt a prendere delle birre. Arrivo.

Leggo il messaggio di Chuck, ma la mia mente è altrove.

«Juliet, tutto bene? Beviamo qualcosa?»

«No, Cam. Grazie».

Cameron mi si avvicina e lo fa accostandosi troppo al mio viso, è ubriaco.

«Che fai qui tutta sola?».

Si appoggia con la spalla alla parete, respirandomi addosso tequila.

«Cam, senti... se sono qui da sola è perché voglio stare da sola».

Lui scuote il capo, poi decide di andare a cercare un'altra vittima, così ne approfitto per aggiustarmi il vestito sulle cosce. Quando sollevo il capo, per poco non sobbalzo.

Alexander mi porge un piatto di stuzzichini senza dire una parola, io invece mi guardo intorno, tentando di capire con quale potere si sia materializzato davanti a me.

«L'idiota ti molestava?»

«No».

«Sei sicura?», insiste sollevando un sopracciglio con aria diffidente.

«Non eri con Mini cinque secondi fa?», controbatto acida.

«Mi annoio facilmente, Juliet. Pensavo l'avessi capito».

Fa una pausa per leccarsi il labbro inferiore, prima di rivolgermi nuovamente la parola.

«Mangia».

Alexander mi indica il piatto che ha appena posato sul tavolo. Io lo ignoro, ho lo stomaco capovolto.

«Continui a sostenere che devo fare quello che mi dici. Perché?»

«Semplicemente, perché devi», ribadisce.

Non si scompone, mentre io di tanto in tanto lancio occhiate impazienti in giro. *Mi chiedo quanto ci metta Chuck...*

«Dimmi perché».

«Tu comincia a farlo. Poi mi ringrazierai, Juliet».

Davanti a tanta arroganza, persino l'immagine delle ragazze che ballano in piedi sui divani del salotto passa in secondo piano.

Alexander mi offre un sorriso che mi fa ribollire il sangue.

«Diventerai una persona migliore».

Perché pensa di avere un qualche potere su di me?

«Una persona migliore?», strepito riluttante.

E poi il suo profumo mi sta dando alla testa.

«Preferisci restare nella tua mediocrità?».

L'ennesimo insulto mascherato da consiglio fraterno mi fa scattare qualcosa dentro.

Nervosismo, rabbia e frustrazione mi accecano. E sebbene Alexander non sia l'unica causa, è su di lui che riverso il mio livore.

«Vuoi davvero insegnarmi a vivere? Tu? Tu che non esci di casa, che non hai uno straccio di amico?».

Mi stupisco della durezza delle mie affermazioni, ma Alexander resta freddo nella sua compostezza.

«Ah, già, dimenticavo. C'è Chuck che sa come starti accanto e farti sentire una persona migliore».

«La verità sai qual è? È che ti piacerebbe stare al posto del mio ragazzo», lo provoco con il naso all'insù.

«Non credo proprio, nana. Sarebbe terribile, per me, non essere ritenuto degno di appropriarmi della tua mente e del tuo corpo», sibila con la mascella rigida.

Mi si ghiaccia lo stomaco.

«Ti stai davvero riferendo a...». Tutta la mia spavalderia finisce in un angolino, così come la mia voce, che si fa piccola.

«Sì, Juliet. Sto parlando di sesso, quello che tu e Charles non fate».

Avvampo, mi sento come se Alexander avesse appena pronunciato una parola imbarazzante e allo stesso tempo attraente.

«Credi di sapere sempre tutto tu, eh?»

«Se proprio ci tieni, posso far finta che abbiate un rapporto perfetto».

«È così, infatti!», esclamo indignata.

Il suo viso è di pietra e io vorrei incidere un taglio su quella pelle perfetta, solo per vedere se ci scorre del sangue lì sotto.

«E perché dopo un anno non riesci ancora ad amarlo, mhm?».

Il suo modo di fare così freddo, distaccato e pungente mi rende tremendamente instabile. Sono così furibonda da barcollare.

Non dovevo raccontargli dei miei problemi, ora li usa contro di me.

«La mia vita sentimentale non è affar tuo, Ackerman».

«Io non m'intrometto nella tua vita sentimentale, Juliet. Sennò a quest'ora ti avrei detto chiaro e tondo cosa ne penso».

E cosa ne pensi?

«Non mi interessa cosa pensi!».

Sto mentendo spudoratamente, fortuna che arriva Mini con due bicchieri tra le mani.

«Juls, ma che succede?».

Alexander ne approfitta di quell'incursione per allontanarsi.

«Stavamo litigando».

Le guance della mia amica sono leggermente arrossate. Credo abbia bevuto un po'.

«Non potevate rimandare a domani i vostri litigi? Senza parlare del fatto che prima ti sei messa a urlare davanti a tutti».

La voce di Mini trema lasciandomi intendere quanto sia brilla.

Le appoggio una mano sulla spalla e mi accorgo che sta ondeggiando leggermente.

«Mini, mi dispiace, non era mia intenzione».

«Devi sempre stare al centro dell'attenzione, vero? Ti ho fatto capire che Alexander mi piaceva e tu l'hai fatto scappare. Vuoi rovinarmi la festa?».

Oh no.

«Non mi ero accorta che Alexander ti piacesse sul serio. Non pensavo… sì, insomma, fino a ieri amavi Liam e…».

Mini mi lancia un'occhiata spenta, prima di lasciarsi andare a un: «Io sto sempre attenta a tutto…».

Per un attimo sembra lucida e il suo sguardo si fa buio.

«Mini, cosa nascondi?».

Lei però sembra rinsavire, perché scrolla il capo e con una scusa si allontana da me.

Devo assolutamente scoprire di cosa si tratta.

Per l'ennesima volta riprovo a chiamare Chuck, ma lui non risponde. Abbattuta, mi siedo a terra, in un angolo di corridoio.

Sono infreddolita e stanca di discutere. Vorrei solo che le mie amiche mi dicessero la verità, non mi pare di chiedere tanto. Attraverso lo spesso vetro della porta d'ingresso, riesco a scorgere la pioggia battente che scroscia nella notte.

Non ho mai litigato con Mini per un ragazzo, figuriamoci se voglio farlo per Alexander.

Mi sento come se tutto il peso del mondo mi gravasse sulle spalle e ho bisogno di condividerlo con qualcuno. Ma quel qualcuno se ne sta annoiato, seduto su un bracciolo del divano, a fingere di ascoltare discorsi troppo banali per uno come lui. I miei occhi seguono nervosi i contorni della figura di Alexander.

Da lontano sembra quasi innocuo. Non ha armi, se non le sue parole. Non può colpirmi. Anche se, ora che ci penso, questa sera sono stata io a colpirlo, e forse ho esagerato.

Do un'occhiata veloce in giro, Mini è sparita, quindi mi avvicino cauta. Le sue dita intorno al bicchiere serrano la presa non appena mi vede.

«Posso?», chiedo indicando il posto accanto a lui.

Alexander annuisce senza aprir bocca.

Non so che dire, ma di sicuro lui non mi parlerà, non dopo quello che gli ho urlato addosso. Comincio a tormentarmi il polso con le dita, prendendo tempo.

La musica è troppo alta e so già che dovrò alzare la voce se vorrò farmi sentire.

«Io odio discutere, ma Mini e Amanda sono così strane. E mia madre che non vuole darmi ascolto, Chuck m'ignora, poi ti ci metti pure tu…».

Non sono sicura che Alexander mi abbia sentito, sono troppo avvilita per guardarlo in faccia. Con la coda dell'occhio lo vedo staccare la schiena dal divano e avvicinarsi a me.

«Ti sto ascoltando, Juliet».

Una scossa piacevole mi arriva all'orecchio, per poi cascare sul fondo della mia pancia.

«Mi sento in continuo conflitto. Cioè, tra come vorrei e dovrei comportarmi e come alla fine mi comporto. Non lo faccio apposta a non essere una brava figlia o una buona amica. Vorrei lo capissero».

«Le tue amiche ti vogliono bene».

Alexander mi sorprende con la sua affermazione decisa.

Potrebbe sembrare una frase di circostanza, di quelle che si usano per consolare una persona in difficoltà, ma Alexander non è tipo da parole superficiali. Se lo dice è perché lo pensa per davvero, ed è proprio questo il conforto di cui ho bisogno, e ho bisogno di riceverlo da una persona sincera come lui. Mi dà una sicurezza insolita. Una sicurezza che non ho mai avuto prima d'ora.

«In fin dei conti Mini e Amanda vogliono proteggerti», continua lui.

«Da cosa?». Alzo la voce per superare i decibel della musica assordante.

Alexander mi sta fissando troppo intensamente, così io sposto gli occhi sul suo petto fasciato dalla camicia scura. Il tessuto pregiato aderisce bene sulle spalle e avvolge il torace, accentuando la sua vita stretta.

«Ti accompagno a casa?», propone.

D'un tratto non mi sento più arrabbiata.

«Sì, grazie».

«Non è un favore che faccio a te, Juliet. Non resisto più a stare qui».

Lui non è tipo da battutine divertenti, ma in qualche modo è appena riuscito a farmi sorridere. Ci avviciniamo all'ingresso e Amanda m'informa che Mini è sparita per parlare con Liam, quindi, senza salutare nessun altro, io e Alexander usciamo dall'appartamento e ci avviamo a piedi verso casa. Finalmente ha smesso di piovere ma, come avevo previsto, quella che intraprendiamo si rivela una lunga camminata. Restiamo perlopiù in silenzio, finché Alexander a un certo punto non interrompe la quiete notturna.

«I rapporti con le persone sono complicati, per questo non ne coltivo molti. A volte non ne vale la pena di combattere».

Le sue mani sono ferme sui fianchi e ogni tanto si aprono, come vittime di uno spasmo nervoso.

«Ma a volte sì?».

Gli rivolgo i miei occhi pieni di speranza e lui risponde dall'alto con un'occhiata sincera. «Ma a volte sì, Juliet».

La nostra intesa di sguardi si fa così intensa che sento crollare tutte le mie barriere.

«Perché sei così crudele con me?»

«Oh, piccola Juliet… io non sono crudele», assicura lui, modellando le parole con quelle labbra velenose.

«Mi hai ricattato, quindi lo sei».

La mia voce risulta ancora più capricciosa quando segue la sua, più calma e adulta.

«E tu cosa hai fatto, Juliet?»

«Nulla». Il mio sussurro è così flebile che quasi si perde nella notte.

«Sei uscita di nascosto. Disobbedisci a tua madre…». Alexander fa una pausa, quasi a rimarcare la gravità della cosa. «…a te va bene così, Juliet? Be', a me no. Ci sono delle regole. Se ti comporti male, affronti le conseguenze».

«Vuoi cambiarmi a tutti i costi, eh… Devo fare proprio pena», sbuffo esausta, mentre le macchine ci passano accanto sfrecciando sull'asfalto bagnato.

«Non voglio cambiarti, voglio fare uscire solo il meglio da te». Alexander smette di camminare, obbligandomi a sollevare il mento per incontrare i suoi specchi cupi. «Sembra che gli altri non riescano a vederlo, Juliet. Ma io lo vedo».

Non so che dire, mi sento frastornata. Alexander ha il potere di inchiodarmi con le sue parole decise.

Non ho mai provato così tante emozioni in una serata, e per quanto ci siano stati anche dei sentimenti negativi, il tutto è stato davvero inebriante. E so che in parte lo devo anche a lui, quindi resto a fissare i suoi lineamenti delicati, con la vista offuscata dalle ciocche di capelli che mi sventolano davanti al viso, agitate dal vento.

«Avanti, andiamo», conclude con un cenno del capo.

Sono ancora immersa nei miei pensieri, quando giungiamo davanti alla porta di casa.

«Apri o stiamo qui a guardarci negli occhi?», si diverte a tormentarmi.

Estraggo le chiavi dalla borsa e le infilo nella serratura con la massima cautela, la stessa che usiamo entrando in casa.

Fortunatamente dormono tutti e la villa è avvolta nel silenzio più totale, quindi possiamo salire le scale senza farci vedere. Quando arriviamo davanti alle nostre camere, un palpabile imbarazzo vibra nella penombra.

«Mi spiace per prima», sussurro.

Dopo qualche istante di sospensione Alexander risponde con voce inaspettatamente tiepida: «Me lo meritavo».

Mi stupisco della sua insolita umiltà, quindi gli rivolgo un sorriso e giro il pomello della porta, ma lui fa un passo verso di me. E basta questo a farmi voltare di scatto e indietreggiare verso la parete.

Non so cosa aspettarmi, di certo non il gesto che compie un secondo dopo. Le sue dita fredde premono sul mio sterno per poi andare ad accarezzare le mie clavicole scoperte. Il tocco dei suoi polpastrelli è così dolce che mi fa socchiudere gli occhi.

Ma li riapro immediatamente, quando sento una presa decisa intorno alla gola. I suoi polpastrelli mi affondano nella pelle del collo mentre il suo sguardo tratteggia i confini delle mie labbra di scie bollenti.

«Dovresti metterci una collana, qui», sussurra roco. Lo vedo fissare in modo quasi maniacale la mano che mi avvolge il collo.

«A Mini piaci sul serio».

Con gli occhi dentro i miei, lui non esita a rispondere.

«A me Mini non piace».

Le mie guance bruciano e una strana tensione mi obbliga a serrare le cosce, ma Alexander ritrae subito la mano per poi nasconderla in tasca.

M'infilo in camera e chiudo la porta alle mie spalle con il battito del cuore che mi pulsa nelle orecchie.

Non dovrei, non ne ho alcun motivo, vista la serata appena trascorsa, ma alla fine mi addormento con un sorriso sulle labbra.

13

JULIET

«Juliet, quante volte ti devo chiamare?»
«Arrivo, mamma!».
Scendo le scale affannata, dopo essermi messa una maglietta a maniche corte nascosta da una lunga camicia a quadri. I pantaloni della tuta e le scarpe da ginnastica completano il mio look decisamente pigro. È un'oziosa domenica pomeriggio, io mi sono svegliata tardi e non ho avuto il tempo di truccarmi, ma invece di rimanere a casa a poltrire, mia madre vuole che mi unisca a lei per fare la spesa. Fuori piove, e proprio quando penso che nulla possa andare più storto di così scopro che c'è anche Alexander, davanti alla porta d'ingresso.
«Ti abbiamo aspettato mezz'ora, Juls. Per vederti vestita così?».
Persino mia madre si prende gioco del mio abbigliamento raffazzonato, figuriamoci cosa direbbe Alexander se aprisse bocca. Lo vedo abbozzare una smorfia riluttante dall'alto della sua figura impeccabile: indossa un paio di jeans, una felpa grigia e una giacca di pelle nera. Nulla di speciale, ma come al solito gli calza tutto a pennello.
«Juliet, mi ascolti?».
Mia madre è già sul piede di guerra, mentre Alexander gongola in un angolo.
Davvero una bella accoppiata questi due.
Finalmente usciamo nell'aria grigia, ma quando faccio per buttarmi verso la portiera, Alexander mi anticipa.
«Dietro», mi intima serio, strappandomi un'occhiataccia torva.
Il principino si siede al posto del passeggero, favore che gli concedo, perché altrimenti potremmo iniziare a litigare all'infinito.

Mia madre ha finito la sua fragranza preferita, quindi ci trascina nella profumeria del grosso centro commerciale vicino casa nostra. Non mi lamento, perché gironzolare tra scaffali pieni di rossetti, fondotinta e smalti per unghie è la mia passione, invece Alexander non si diverte affatto: ciondola tra trucchi e profumi con la faccia da cane bastonato. Da lontano noto che non ha una, ma ben due commesse che gli ronzano intorno.
«Stai cercando qualcosa in particolare?», gli chiede una ragazza.
«Alex?», lo richiamo a gran voce. «Dobbiamo andare».
Lui mi fissa accigliato, mentre la commessa bionda si rivolge a me.
«Stavo dicendo al tuo ragazzo che…».

Il cuore mi salta in gola.
«Oh, no. No, non è…». Inizio a farfugliare qualcosa davanti ad Alexander, che appare divertito da quell'assurda situazione, tant'è che mi circonda le spalle con un braccio, poi guarda la commessa.
«La verità è che la mia ragazza sta cercando un rossetto».
Gli lancio un'occhiataccia di sbieco e lui ricambia con un finto sorriso melenso. I suoi occhi si fanno piccoli, sembra un bambino. *Che spasso prendermi in giro, eh?*
«I rossetti li trovi qui», spiega la commessa, indicando uno scaffale variopinto. Poi viene distratta da altri clienti, così Alexander mi leva il braccio di dosso.
«Cos'altro, Juliet?»
«Uhm… un blush».
«Non ne hai bisogno», asserisce tirandomi un pizzicotto affettuoso sulla guancia.
«Ahia! Perché ci provi con le commesse?».
Imbronciata, mi massaggio la gota dolente.
«Si dà il caso che io non abbia fatto proprio niente».
Vengo rapita da due rossetti dai colori sgargianti, quindi li afferro dallo scaffale per sventolarglieli davanti al naso.
«Questo o questo? E non dire che sono uguali, Alex».
«Infatti non sono uguali. Uno è borgogna, l'altro è vinaccia».
Lo osservo con una smorfia diffidente.
«Come fai a sapere…».
«Il rosso è il mio colore preferito, Juliet».
«Oh, okay. E quale mi starebbe meglio?»
«Nessuno dei due».
Che tripudio di simpatia, questo ragazzo.
«Direi… ». Allungando il braccio verso lo stand alle mie spalle, Alexander mi sfiora il fianco e afferra una confezione sigillata che poi scarta senza alcun timore. «…questo».
Il colore è un rosso intenso, simile agli altri due, ma non identico.
«Ferma», mi ordina prima di abbassare la testa sul mio viso.
Con una nocca mi solleva il mento, mentre mi studia la bocca con attenzione.
Trattengo il respiro, forse perché ho capito quello che sta per fare. Con aria concentrata, stende la tinta sulle mie labbra.
«Mhm».
Alexander usa indice e medio per toccarmi l'orecchio e liberare una ciocca che mi scivola davanti al viso.
«Ti sta bene».
Non mi ero mai soffermata così tanto ad ammirare le sue, di labbra. Sono belle. Forse ora le sto guardando pur di evitare il suo sguardo troppo vicino, o forse perché anche lui sta fissando le mie.
«Juls?».
Faccio un balzo nell'udire la voce di mia madre.

«Sì?».

Alexander china il capo nascondendo un sorrisetto, poi ripone il rossetto sullo scaffale e infine si rivolge a mia madre.

«Posso andare al negozio di tecnologia?», chiede cortesemente.

Lei annuisce, ma sta puntando me con aria indagatrice.

«Allora? Con Alexander come va?»

«In che senso, mamma?»

«Vi ho visti scherzare, sembra che andiate d'accordo».

Bel concetto di scherzare. A meno che "scherzare" per lei non significhi stare a cinque millimetri l'uno dalle labbra dell'altra.

«Sì, be'... più o meno...».

«John è più sereno da quando avete fatto amicizia».

«Davvero, mamma?»

«Sì. Alex esce di più, si comporta normalmente... Da ragazzo della sua età, insomma».

Le parole di mia madre mi gettano in un vortice di curiosità.

«Di che si preoccupa John?»

«Alexander è un ragazzo particolare, te ne sarai accorta. Ha perso la mamma solo quattro anni fa, in una situazione tragicamente spiacevole».

Lo sguardo di mia madre si rabbuia e io sento il battito del mio cuore fermarsi. *Non lo sapevo.*

«Era malata?»

«No, è una storia orribile, non mi va di tirarla fuori adesso, ne rimarresti turbata. Andiamo a fare la spesa. Va' a chiamare Alex, così ci dà una mano con le casse dell'acqua», taglia corto.

Per nulla soddisfatta delle sue risposte criptiche, salgo sulle scale mobili fino al negozio di tecnologia, dove scorgo Alexander attraverso le vetrate.

D'un tratto solleva lo sguardo scuro, beccandomi in pieno a fissarlo.

«Finito di darvi al consumismo?», chiede uscendo dal negozio.

«Sì, ehm...».

I miei occhi ricadono sulle sue labbra.

Erano così vicine prima...

«Juliet», mi rimprovera con voce dura, riportandomi alla realtà.

«Oh, sì... mia madre vuole che l'aiuti con l'acqua».

«Andiamo».

Sfiliamo davanti ad alcune vetrine e io me ne sto con il naso per aria ad ammirare vestiti firmati che non potrò mai permettermi, finché il mio sguardo sognante non si posa su una meraviglia mozzafiato. Oltre il vetro di una boutique, si staglia un abito di Valentino di una bellezza insolita: il tessuto rosso avvolge il manichino alla perfezione, è aderente in vita e termina con una gonna svasata, attraversata da increspature e movimenti a zig zag.

«Vuoi provarlo?». La voce di Alexander penetra i miei pensieri.

«Cosa? No».

«Perché no?».

Abbasso gli occhi al pavimento.
«Avanti… lo sai perché. Non mi starebbe bene».
«Mhm». Alexander mi scruta dall'alto con aria incuriosita. «Perché la pensi in questo modo, Juliet?».
Sbuffo risentita. «Perché anche la taglia più piccola mi starà grande e le mie gambe sembreranno ancora più corte».
Alexander non prova neanche a contraddirmi, mi afferra il polso e mi trascina dentro la boutique firmata.
«Buonasera, come posso esservi utile?».
Ad accoglierci è una commessa con l'aspetto di una modella.
«Siamo interessati al vestito sul manichino», risponde Alexander, fissandola dritto negli occhi.
Questa tizia è così attraente che metterebbe in soggezione chiunque. Lui come fa a non sentirsi mai in imbarazzo?
La ragazza, dopo aver guardato Alexander, perde la freddezza che aveva mostrato un attimo fa.
«Uh, ehm… sì. Quello. Appartiene alla nuova collezione». Poi mi butta addosso i suoi occhi cerulei e mi scruta per scoprire che taglia nascondo sotto il cappotto.
«Una small?», domanda lei.
«Una extra small», la corregge Alexander.
«Come fai a esserne certo?», lo punzecchio, quando la commessa ci lascia per andare a recuperare l'abito.
«Ti ho vista in mutande, ricordi?».
Arrossisco per la sua sfacciataggine e, quando la ragazza torna porgendomi il vestito, entro nel camerino con fare titubante.
Mi levo il cappotto, i jeans e il maglione, poi mi fermo a rimirare quel tessuto liscio e pregiato, che sfioro con la punta delle dita. L'abito è incredibilmente bello, mi chiedo se lo sarà altrettanto quando lo avrò indosso.
Lo infilo prestando una grande attenzione a non sporcare il colletto con il rossetto appena messo.
«Alex?»
«Dimmi».
«Potresti… ehm…».
Alexander sposta la tenda – sa già cosa voglio chiedergli –, quindi entra nel camerino. La sua mano sicura si ferma sul mio fianco, mentre con l'altra tira su la zip del vestito.
Faccio due passi fuori, mentre lui mi osserva attento.
I suoi occhi torbidi mi risucchiano in un buio così profondo che sono costretta a schiarirmi la voce con un colpo di tosse.
«Non dici niente però…», bisbiglio.
«Perché non contempli l'eventualità che io sia rimasto senza parole, Juliet?».
Fisso il pavimento, mentre Alexander si avvicina a me e mi fa scivolare due dita sotto il mento per sollevarlo.

Il cuore comincia a scalpitarmi nel petto. Mi sento mancare il respiro.
La mia bocca si schiude lenta sotto il suo sguardo insistente. Un brivido caldo mi riempie la pancia quando col pollice mi sfiora il labbro inferiore, come per raccogliere un po' del rossetto.
«S'intona perfettamente con il vestito».
Non riesco a fiatare, tutto ciò che faccio è restare a guardarlo.
«Juliet».
Le mie gambe si fanno deboli quando lo sento pronunciare il mio nome in quel modo sussurrato ma deciso.
«Sì?», domando ormai incantata.
«Ti sta suonando il cellulare».
«Oh. Ah… ehm… sì».
Dio santo, che figura!
Mi fiondo nel camerino e recupero il telefono che squilla impazzito nella tasca del cappotto.
«Juliet, ma dove siete?»
«Arriviamo, mamma».
In un attimo quel bellissimo vestito torna nelle mani della commessa, abbandoniamo il negozio di corsa e siamo di nuovo sulle scale mobili per raggiungere il piano terra, dove si trova il supermercato in cui ci aspetta mia madre.
Io e Alexander stiamo vicini in rigoroso silenzio, mentre le scale ci trasportano verso il basso. Sfioro il rullo con la mano, ma lui mi fulmina prontamente.
«Non farlo».
«Cosa?»
«È un ricettacolo di germi. Ricordati di lavarti le mani, dopo». Scoppio a ridere come se la sua fosse una battuta, ma smetto non appena incontro la sua espressione dura.
Torniamo al nostro silenzio, che decido di rompere con un'uscita istintiva.
«Avrei voluto conoscere tua madre», mormoro con voce flebile. Poi abbasso gli occhi, perché temo che Alexander potrebbe anche uccidermi per un'affermazione così diretta.
«Come hai detto, scusa?».
Non so se paragonarlo al ghiaccio o alla pietra, ma il suo tono si fa talmente freddo che mi vengono i brividi.
Non ne vuoi parlare, ricevuto.
Non so se sia stata la mia domanda, ma la gentilezza e le battutine sono svanite nel nulla.
Alexander non spiccica parola per tutto il viaggio di ritorno, gli occhi fissi sul finestrino.
Non sta guardando per davvero, sta solo pensando.

Dopo cena mi affaccio sui gradini sul retro, ma questi sono deserti. Lo scenario notturno è perfetto, ma Alexander non c'è. Abbiamo trascorso molto tempo insieme, è comprensibile che non mi voglia tra i piedi. Così me ne sto seduta lì da sola e ne approfitto per messaggiare con Chuck, respirando un po' d'aria pulita.

C: Quando io sono arrivato alla festa tu te ne sei andata...
J: Sì, scusami, dovevo tornare.

Poi mi chiama.

«Ehi, che succede?», domando sospettosa.

«Niente, cucciola. Volevo sentire la tua voce...». Mi sciolgo all'istante, ma lui prosegue con voce insicura. «È che a volte sembra non ti importi niente di me...».

«Ma che dici?».

Un rumore mi fa voltare di scatto. Alle mie spalle la porta si apre lasciando apparire Alexander che, senza battere ciglio, si siede a un centimetro da me, incurante del fatto che io sia al telefono.

«Sì che m'importa», concludo leggermente intimidita dalla persona che mi sta accanto.

«Ti amo tanto, Juls», sento dire a Chuck dall'altra parte del telefono. Alexander sta tamburellando con i polpastrelli sul ginocchio e quel gesto insistente mi distrae.

«Juliet, ci sei? Ho detto che ti amo», mi redarguisce Chuck dall'altro capo della linea.

Lo dico o non lo dico? L'ho detto mille volte, ma davanti ad Alexander non ci riesco.

«Anche io, ora devo andare. Mia madre mi ha appena sgridata, vuole che vada a dormire presto».

Chiudo la chiamata, sperando che la strana agitazione che sento sia dovuta alla telefonata con Chuck, e non al fatto che Alexander sia seduto di fianco a me.

«Quante bugie devono sopportare le mie orecchie...», soffia nell'aria gelida, senza smettere di fissarmi.

«Puoi tappartele se non ti va di sentirle», sputo con una punta di nervosismo.

Alexander sfoggia un sorrisetto beffardo, prima di leccarsi il labbro inferiore. E quando mi becca a guardargli la bocca, abbasso immediatamente lo sguardo.

«Sai, Juliet, ho come l'impressione...». Aspetto che lui parli, come sempre, solo che stavolta il battito accelerato mi impedisce di concentrarmi. «...che tu sia recidiva».

«Che significa?», domando senza alzare gli occhi dalle ginocchia.

«Sei una che sbaglia, ma che non impara dai propri sbagli. Tu semplicemente li rifai».

«No, Alex».

«Mhm, sì, io dico di sì, Juliet».

Mi volto verso di lui per lasciare che il mio cervello prenda ispirazione dalla sua faccia antipatica per una rispostaccia. Noto, però, che indossa una camicia grigia.

«Sei elegante...», realizzo ad alta voce.

«Dici? Non lo so, mi trovi elegante, Juliet?».

Forse mi sta prendendo in giro, ma io ne approfitto per squadrarlo al meglio.

«Direi proprio di sì. Come mai?»

«Finalmente te ne sei accorta, eh?»
«Dove vai?», insisto allarmata.
«Non te l'ha detto Chuck?».
Mi irrigidisco.
«Cosa...?»
«Quel suo amico... Jefferson, suona in una band. Stasera dà una specie di concerto».
Alexander mi rifila un'espressione arrogante, forse si aspetta che io mi inventi una bugia. E io lo faccio. «No, cioè, sì... Chuck me l'ha detto, ma non mi ha chiesto di andarci perché sa che sono in punizione». Mi attorciglio distrattamente una ciocca tra l'indice e il medio. Alexander invece non parla, ma ora si è messo a picchiettare con le dita sul dorso della mano pallida, dandomi sui nervi.
«E tu come lo sapevi, Alex? Cioè, chi ti ha invitato?».
In tutta risposta, lui estrae il cellulare dalla tasca dei pantaloni, scrive qualcosa e poi finalmente risponde. «Mini».
Le mie sopracciglia s'inarcano.
Non ci posso credere... mi aveva detto che lei non gli piaceva. Bugiardo.
Infastidita, mi alzo in piedi e, senza salutare, rientro in casa.
Mi sento delusa e la cosa che mi dà più fastidio è che non capisco da dove arrivi la mia delusione.
"Chuck non me l'ha detto perché sa che sono in punizione", mi dico.
Tento di fare i conti con questa affermazione nella testa, ma non ci riesco. Chi voglio prendere in giro? Chuck che si ricorda di una cosa del genere? Non è uno scenario credibile.
Corro in camera mia, poi apro l'armadio, dove le mie mani agitate stanno già frugando tra i vestiti.
Oggi mamma era tranquilla, abbiamo parlato parecchio e, sebbene io non possa chiederle di uscire, ho il cuore più leggero, perché so che non è più arrabbiata con me.
"Posso uscire di nascosto. Non lo scoprirà nessuno", penso tra me e me, tirando fuori un paio di décolleté dal mio armadio. Con una mano mi trucco, mentre con l'altra scrivo un messaggio a Chuck.

J: Vai al concerto di Jeff?

La risposta non tarda.

C: Sì, cucciola, vuoi venire?

Sorrido.

J: Sì, mi passate a prendere?
C: Okay, siamo lì tra venti minuti.

Indosso un vestito nero e, come ogni volta che mi guardo allo specchio, mi sfioro lo sterno massaggiandomi il collo, come se sentissi un vuoto da colmare. "Dovresti metterci una collana, qui".

Ripenso di nuovo ad Alexander. Ed è proprio lui che fa irruzione, non solo nei miei pensieri, ma anche nella mia camera.

«Carine le scarpe. Slanciano le tue gambe da nana», afferma indicandomele.

«E le buone maniere, Alex?».

Alexander si appoggia con una spalla allo stipite. Vedo la sua mascella contrarsi.

«Ti ho appena fatto un complimento».

«Sì, certo… come al tuo solito», sputo acida.

Cerco di trattenere l'agitazione che i suoi occhi mi provocano, ma è troppo difficile.

«Ma che vuoi?», erompo stridula, mentre lui mi fissa.

Alexander stacca la spalla dalla porta, muove un passo, poi si ferma, come se qualcosa di invisibile gli impedisse di avvicinarsi a me. «Sono qui per ricordarti delle regole».

Il tono inquietante con cui pronuncia quell'affermazione mi fa sobbalzare.

«Ancora con queste cavolate?».

La mia provocazione sembra dargli il coraggio di proseguire oltre.

Un ghigno perfido, poi uno sguardo intenso mi macchia le guance, mentre abbassa il viso verso il mio.

«Se disobbedisci di nuovo, non te la farò passare liscia, Juliet». Inizio ad annaspare sotto i suoi occhi severi.

«Se non farai la brava nemmeno questa volta, mi troverai costretto a punirti».

È una minaccia, ma perché ha il sapore di una promessa?

«Cosa vuoi farmi?»

«La tua punizione sarà proporzionale alla tua voglia di disobbedire. Pensaci mentre sgattaioli via dalla finestra».

Mi spara addosso le sue ultime parole, prima di voltarmi le spalle e andarsene.

Ma le sue intimidazioni non hanno alcun effetto su di me.

Devo uscire a tutti i costi. Mia madre mi tiene già abbastanza segregata, se dovessi sottostare anche ai giochetti di Alexander non avrei più una vita. Non mi interessa di lui e delle sue stupide regole. La realtà è che non so di cosa sarebbe capace uno come Alexander, non so davvero nulla di lui… ma ora devo andare a quel concerto, non m'importa delle conseguenze.

14

JULIET

Il pub è pieno di gente. Pensavo di ritrovarmi al concerto di una band sconosciuta, invece questo gruppo sembra riscuotere parecchio successo. Non amo stare pressata tra corpi sudati e appiccicaticci, ma stasera io e Chuck ce ne rimaniamo abbracciati come non facevamo da un sacco di tempo, quindi tutto è più piacevole.

Durante una pausa usciamo dal locale, e Matt, il migliore amico di Chuck, mi si avvicina con una sigaretta arrotolata a mano. «Vuoi fumare?»

«No, grazie». Rifiuto categoricamente lo spinello che mi porge e che il mio ragazzo, invece, sembra gradire.

Subisco quel fumo aromatico in silenzio, mentre i ragazzi cominciano a ridacchiare senza sosta. Sarà passata una mezz'ora dal nostro arrivo e già mi sto annoiando. Anche quando rientriamo nel locale, le cose non cambiano: la musica non è male, ma Chuck e i suoi amici sono troppo fatti e io non riesco a ridere alle loro battute, senza contare che sono ancora agitata per il litigio con Mini. Non ci parliamo dalla sera della festa di compleanno. Vorrei sapere se ce l'ha ancora con me, o se si è già dimenticata di quello che ci siamo dette.

«Vado a cercare Mini», annuncio a un certo punto.

«Eh?!». Chuck sghignazza puntandomi addosso i suoi occhi arrossati. La musica è così alta che non ci permette di comunicare.

«Ho detto che vado a cercare Mini!», urlo più forte.

Le persone stanno accalcate nel pub in una massa compatta, così sono costretta a infilarmi tra la folla cercando di non restare schiacciata.

«Juliet».

Alexander mi fulmina prima di quanto potessi immaginare. Sembra decisamente deluso nel vedermi.

«Che cosa ci fai qui?»

«Ehm… non volevo perdermi il concerto».

Giocherello con le mani per nascondere l'agitazione che mi provocano quegli occhi scuri, quando scorgo una testa bionda alle sue spalle. Prima che io possa aprire bocca e salutare Mini, lui mi si accosta velocemente, soffiando il suo respiro caldo nel mio orecchio.

«Sei pronta ad assumerti le tue responsabilità, Juliet?».

Deglutisco a fatica, poi lo scanso con una gomitata per rivolgermi alla mia migliore amica.

«Mini!».

«Juls!». Ci abbracciamo tra un "sono felice di vederti!", uno "scusa, ero ubriaca alla festa!" e un "ma ti hanno chiesto il documento all'entrata?". Noto che la mia amica è particolarmente elettrizzata questa sera e purtroppo ben presto ne capisco il motivo. Alexander si allontana per andare a prendere da bere e Mini non riesce a staccargli gli occhi di dosso nemmeno quando lui si trova dall'altra parte del locale.

«Porca miseria, Juls!».

Spaesata, comincio a preoccuparmi, perché la mia amica sembra sconvolta. «Mini, che succede?»

«Ha un profumo così buono... ti giuro, non puoi capire», esclama estasiata.

«Ehm...».

«Sì, scusa... lo so che sto parlando del tuo quasi fratello, ma...».

«Non è mio...».

«È troppo bello e la sua voce, poi, mi dà i brividi», mi urla nell'orecchio sfondandomi un timpano. «Non capisco perché se ne sta sempre da solo, voglio dire, è un tipo così interessante».

Mini continua con le sviolinate e io non riesco ad ascoltare oltre, mi lascio andare a un impeto d'impulsività.

«Mini, senti... forse non dovrei dirtelo, ma... Alex è un tipo davvero strano».

Lei si sistema i capelli ricci in una grossa crocchia, poi mi guarda interessata. «Cioè? Quanto strano?»

«Be', sai... credo che abbia qualcosa fuori posto», sussurro mettendo una mano a conca sulla bocca.

«Cosa?»

«Qualche disturbo della personalità», aggiungo.

Mi vergogno della mia meschinità, non è corretto ciò che sto facendo, ma non sono poi così lontana dal descrivere la realtà.

«Ma se Alex è sempre così gentile con me. Non ho mai conosciuto uno che non ci provasse come un disperato, lui è diverso».

Effettivamente Alexander non è appiccicoso né insistente, come molti ragazzi che frequentano la mia scuola... Ma "gentile" non lo è affatto, anzi, con me è acido e saccente ventiquattro ore su ventiquattro. Mini, però, non sembra ragionare lucidamente, ha gli occhi accesi e gli ormoni a mille.

«Lo vedi così carino, gentile... ma improvvisamente diventa un altro».

Le mie parole, però, sono come acqua fresca per Mini, le scivolano addosso, forse perché prende a guardare qualcosa alle mie spalle.

«Ciao, Mini». Liam fa la sua apparizione con una maglietta bianca a maniche corte, un paio di jeans e una birra in mano. Io mi chiedo come faccia a non avere freddo, a Mini invece si dilatano le pupille non appena lo vede. Ma, con mia sorpresa, questa sera lo snobba.

«Ciao, Liam, scusa, ma ho da fare».

Lui se ne va senza farselo dire due volte e Mini ci rimane un po' male.

«Ho fatto bene a chiedere ad Alexander di uscire. Vedi come mi cerca Liam, adesso? Senza contare che Alexander ha diciotto anni e può prendermi da bere!».

«Veramente Liam ti ha solo salutato, Mini».

Quindi quello tra Mini e Alexander è un appuntamento?

«Dobbiamo capire se Liam è venuto da solo», sussurra lei con uno sguardo indagatore, ma allo stesso tempo molto buffo.

«Mini?». La voce di Alexander che chiama la mia migliore amica risuona quasi irritante. «Senti… non sono un esperto di birre, te le ho prese tutte e due, scegli tu».

Tento di guardare altrove mentre lui porge una birra a Mini.

«L'altra bevila tu, Alex», dice lei con un sorriso.

«Non bevo, grazie lo stesso».

«Dalla a Juliet, allora. Io arrivo subito!», esclama Mini prima di dileguarsi, in piena fase di "stalkeraggio dell'ex".

Allungo una mano in attesa, ma Alexander allontana immediatamente il bicchiere.

«Non ci pensare neanche, piccoletta».

Va a riportare la birra al bancone e io ne approfitto per seguirlo.

«Perché fai così con Mini?», domando picchiettandogli un dito sulla spalla.

Alexander lascia il bicchiere sulla superficie marmorea del bancone del pub, poi scrolla le spalle.

«E cos'è che faccio con Mini?»

«Be'… vi scambiate messaggi, uscite insieme…».

Ecco che riaffiora quella scintilla nel suo sguardo.

«Uhm. Qualcuno qui è inspiegabilmente interessato alla mia vita sociale», commenta compiaciuto, prima d'incrociare le braccia sul petto.

«No, dico solo che lei è una mia amica e tu hai detto che non ti piace… Perché la illudi, quindi?»

«Lei usa me per fare ingelosire il suo ex, perché non posso essere io a usare lei?».

Il fuoco mi invade, mentre una fitta lancinante mi perfora il fianco.

«E a cosa ti servirebbe Mini? Sentiamo».

La sua espressione seria si tramuta velocemente in un sorrisetto odioso. «Siamo curiose, impiccione o solo molto, ma molto, egocentriche?».

Sono gelosa da far schifo, solo che tu non te ne accorgi neanche!

«Cucciola, eccoti!». Chuck mi viene a recuperare per mollarmi un bacio sulla guancia, così, dopo aver rivolto ad Alex un'occhiataccia dal basso, seguo il mio ragazzo tra la folla, fino a raggiungere il tavolo dei suoi amici. All'inizio sono contenta di essere nuovamente lì con loro, ma poi si mettono a fare così tanto rumore da non permettermi di godermi lo spettacolo.

Mi guardo intorno per cercare Mini e la sorprendo al fianco di Alexander: stanno seduti a un tavolo poco distante da noi, parlano a malapena e per la maggior parte del tempo sembrano presi dall'esibizione.

La band suona qualche cover di canzoni rock degli anni Novanta. Non sono certo dei fenomeni, ma neanche poi così male come credevo.

Nel frattempo le birre si susseguono e il mio ragazzo battibecca di sport con uno dei suoi amici. Parlano animatamente e la discussione si fa così accesa che lui finisce per ignorarmi totalmente.

«Windsworth meritava il fallo. Cazzo, lo sanno tutti!».

«Ehm, Chuck. Vado a prendere da bere...». Uso quella scusa per allontanarmi, senza ottenere risposta.

Mi dirigo al bancone, sistemandomi i capelli in una coda di cavallo. Nel pub inizia a fare piuttosto caldo, così mi tolgo il cardigan, restando con il vestitino nero addosso. Alcuni ragazzi più grandi si mostrano interessati, ma alzare gli occhi al cielo e sbuffare è l'unico modo che conosco per tenere lontani gli scocciatori.

Al bancone del bar, scorgo la figura longilinea di Alexander che aspetta il suo drink, sicuramente analcolico.

«Gentile da parte tua, Juliet», lo sento dire quando mi avvicino.

«Cosa?», sputo sgarbata.

«Permettere al tuo ragazzo di tenerti il braccio intorno alle spalle».

Alzo gli occhi al soffitto per l'ennesima volta in questa serata.

«Smettila di insinuare cose su di noi».

«Le insinuazioni a volte corrispondono a verità, cara Juliet».

Sta alludendo al fatto che io e Chuck non siamo intimi e io voglio levargli quest'idea anche a costo di dire una bugia.

«Io e Chuck ci amiamo. Il nostro è un sentimento puro e passionale!».

Tengo le spalle dritte, come se servisse a dare più veridicità alla mia affermazione.

«Immagino. Vi piace incarnare la definizione di "platonico", vero?».

Il suo sguardo sicuro è odiosamente attraente.

«Ma chi ti dice che... Come fai a sapere...».

«Come faccio a sapere che non ti ha mai scopata?».

I miei occhi si spalancano, come se avessi ricevuto un colpo nello stomaco.

Lo odio. Così tanto che scappo da lui e dalle sue parole pungenti. M'infilo tra le braccia di Chuck e tento in tutti i modi di smetterla di pensare ad Alexander.

Il resto della serata procede tranquillo, la musica è piacevole e i baci di Chuck sanno di birra e fumo. A fine concerto sbuca Mini con tanto di Alexander a fianco, proponendomi un passaggio.

«Juls, è arrivata mia madre. Tu torni con noi?».

«Può restare ancora un po' qui», s'intromette Chuck.

Mentre sono intenta a chiedermi come mai la mia migliore amica stia di nuovo ignorando il mio ragazzo, Alexander risponde al posto mio.

«Juliet viene a casa con noi».

Non bado al tono perentorio di quell'essere odioso e controllo l'ora sul cellulare. È già mezzanotte, quindi accetto di buon grado la proposta di Mini. Prima che me ne vada, Chuck mi lascia un lungo bacio sulle labbra. «Domani sera c'è la cena a casa di Matt. Dopo andiamo a ballare».

Guardo Chuck con occhi dispiaciuti. «Domani non posso, devo studiare».

«Ma, cucciola, neanche se studi per tutta la sera riuscirai a prendere un bel voto. Lascia perdere».

Chuck pronuncia quelle parole con un dolce sorriso stampato in faccia, ma gli amici alle sue spalle ridono sguaiatamente.

«Voglio dire… copierai dalle tue amiche come al solito. Vieni con noi, no?», insiste Chuck.

«Sì, vabbè… io vado», replico mesta.

«Ci vediamo a scuola, cucciolotta!».

Mini si è già diretta verso l'uscita, mentre Alexander mi sta aspettando e non si è perso una singola parola di quello scambio.

«Chuck scherzava», lo anticipo prima che possa dire qualcosa di spiacevole al riguardo.

Lui mi afferra per il polso, bloccandomi nel bel mezzo di quel pub afoso. «Chuck non ha capito un bel niente di te».

«Che vuoi dire?»

«Non sa che saresti in grado di fare qualsiasi cosa. Se solo lo volessi». Poi si volta e lo vedo avviarsi verso l'uscita del locale.

Cosa significa? Che cosa vuole dirmi? Perché è sempre così complicato capirlo?

15

JULIET

Quando la mamma di Mini ci scarica davanti casa, noto che le luci del salotto sono ancora accese.

Il che può indicare una sola cosa: mia madre è ancora sveglia.

«Oh no...». Inizio ad agitarmi.

«È solo mezzanotte, Juliet. Che ti aspettavi?»

«Senti, Alex, potresti...». Abbasso lo sguardo per nascondere l'aria colpevole che mi si dipinge in volto.

«Cosa, Juliet?»

«Quando entri... potresti fare finta di niente?»

«E se mi chiede com'è andata la serata?»

«Non dirle che sono venuta al concerto, passerò dalla cucina. Fammi questo favore».

Mi vergogno del mio tono supplichevole. Alexander si volta verso di me e, a giudicare dalla sua espressione soddisfatta, sembra goderne.

«Vuoi che menta per te, Juliet?»

«Ti prego».

«Mhm».

Il suo sguardo attento mi dà un po' di speranza.

«Lo farai davvero, Alex?»

«No».

«Perché?!», esclamo frustrata.

«Impara a chiedere, Juliet».

Inizialmente penso sia solo un modo di dire, ma Alexander non smette di fissarmi con i suoi occhi stretti a due fessure.

«Puoi...». Faccio una piccola pausa per prendere aria. «...mentire a mia madre...».

Lo vedo curvare il collo, mi sta invitando a continuare.

«...per favore?», completo quella stupida frase, mentre un sorrisetto compiaciuto gli taglia il viso rischiarato dalla luna.

«Non è umiliante, Juliet?».

Non riesco nemmeno a deglutire. Mi limito a guardarlo entrare in casa e intanto prego con tutte le mie forze che mantenga il mio segreto.

Faccio un giro intorno alla villa e, siccome le luci della cucina sono spente, m'intrufolo dalla porta sul retro e scappo al piano superiore. Arrivo in camera con il cuore a mille. Non che sia una grande emozione uscire di nascosto, mi era già capitato di farlo, ma stasera è stato più eccitante del solito. Il brivido che ho provato è stato più forte e mi sono sentita decisamente più viva delle altre volte.

Dopo essermi fatta una doccia veloce, mi strucco, infine mi accoccolo sotto il piumone caldo.

Una notifica fa illuminare lo schermo del mio telefono.

A: Che cosa stai facendo?

Controllo l'ora. L'una.

J: Sono a letto.

Pur avvolto dal tepore delle coperte, il mio corpo inizia a tremare.

A: Non penserai mica di averla passata liscia, questa sera?

Resto a fissare il messaggio con il cuore in gola, quando d'un tratto sento un colpo provenire dal corridoio.

«Bel pigiamino», asserisce Alexander quando gli apro la porta.

L'occhiata cupa con cui mi analizza da capo a piedi mi fa trasalire.

Se avessi saputo della visita di Mr. Perfettino, non mi sarei di certo messa un pigiama di flanella rosa a quadretti.

«Finiscila, Alex».

Sono immobile, lo sguardo diffidente.

«Dico sul serio. Sei carina».

Quando Alexander mi prende in giro mi fa innervosire, ma quando si prende gioco di me e non mi fa capire le sue intenzioni, mi mette in imbarazzo. E lui puntualmente se ne accorge. Le mie guance accaldate sono il primo segnale di quanto la sua presenza sia destabilizzante per me.

«Perché sei qui?»

«Ho dovuto mentire a tua madre», mormora chiudendo la porta. «E io, Juliet, odio mentire».

Per poco non sobbalzo nell'udire la sua voce farsi dannatamente roca. Alexander viene verso di me, ma io riesco solo a vedere le sue gambe lunghe muoversi lente. Non ho il coraggio di guardare più in alto, anche se, con la coda dell'occhio, noto che indossa ancora la camicia di prima.

Segue un silenzio agghiacciante, che però non dura a lungo.

«Io ho fatto una cosa per te, Juliet, quindi tu ora ne farai una per me».

Trattengo il respiro. È notte, i nostri genitori sono al piano di sotto e io non ho idea di cosa gli passi per la mente.

«Che cosa vuoi, Alexander?»

«Charles non deve più usare quei nomignoli con te». C'è un sinistro luccichio nei suoi occhi, e io subito distolgo i miei, confusa e smarrita. «Nomignoli tipo "cucciola"», aggiunge con un'inflessione volutamente dispregiativa.

«Ma lui… lui lo fa sempre», mi giustifico balbettando.
«Non ha importanza, Juliet. Gli dirai che non vuoi essere chiamata in quel modo».
«Perché?»
«Perché non sei la sua cucciola», scandisce lento. La mia schiena viene attraversata da un brivido intenso e all'improvviso sento un gran caldo.
«Ma perché ti dà tanto fastidio…».
«Ho per caso fatto storie quando mi hai chiesto di mentire per te?», m'interrompe brusco.
«No».
Con la punta dell'indice affusolato comincia a massaggiarsi il labbro inferiore, mentre mi fissa intensamente. Fatico a sostenere il suo sguardo, ma è la sua voce tetra a mandarmi in subbuglio lo stomaco. «Lo farai, Juliet?».
Annuisco senza fiatare.
«Brava».
Alexander sorride. Ma non è il sorriso di chi è contento, bensì quello di chi sa che verrà soddisfatto a breve.
«Juliet?».
Forse dovrei dirgli di andarsene?
«Voglio dirti una cosa: ho un presentimento».
La vicinanza di Alexander mi confonde, così come il modo in cui cattura la mia attenzione con le parole. Divento improvvisamente una bambina impaziente.
«Che presentimento?».
Mandarlo via dalla mia camera non è più un'opzione possibile.
«È un presentimento forte, molto forte, Juliet».
«Dimmi…». Mi appoggio con il fianco contro la scrivania, in attesa.
«Lo sai che la verità ha un prezzo. E tu, oltre a essere uscita di nascosto per ben due sere, mi hai chiesto di mentire, che è qualcosa che detesto. È arrivato il momento delle conseguenze. Non sei d'accordo, Juliet?».
Tutto questo è un gioco per lui?
Non dovrei farmi queste domande, dovrei mandarlo via.
E invece, l'idea che Alexander interrompa tutto questo e se ne vada da quella porta mi fa paura.
«Di cosa parli?»
«Della tua punizione, Juliet».
Perché quella che dovrebbe sembrare una minaccia ha di nuovo il sapore di una dolce promessa?
«Cosa vuoi che faccia, Alex?».
Vado dritta al punto.
«Sai, Juliet. Ho un modo tutto mio per provare appagamento».
Alexander allunga una mano verso il mio viso. Le sue dita gelide mi sfiorano lo zigomo.
«E vederti con le guance rosse e le gambe tremanti… Cristo, non hai idea di quello che mi fai».

Il petto comincia a bruciare, non riesco a incamerare aria e la mia pancia si riempie di uno strano calore.

«È un ricatto, Alex?»

«No. È una giusta punizione».

Non so quale interesse perverso lui abbia nei miei confronti, ma al momento non desidero altro che compiacerlo.

I suoi occhi scendono subdoli lungo il mio corpo, infine parla.

«Spogliati».

Con quella richiesta proibita Alexander ha rimescolato velocemente le carte in tavola e la tensione tra di noi diventa così devastante da farmi perdere l'equilibrio. Per un attimo, con la mente mi trasferisco in un altro mondo, in un mondo in cui io piaccio ad Alexander, in cui lui si comporta così solo perché non conosce altro modo per approcciarsi a me. Ma so che è un'illusione effimera, perché io non gli piaccio e questo è solo un gioco per lui.

Alexander poggia la schiena alla porta, mentre i suoi occhi attenti mi scrutano in attesa. Decido di non farlo aspettare oltre. La mia maglia del pigiama scivola sul pavimento, mentre il suo sguardo attento anticipa ogni mia mossa e si ferma sui pantaloni che ho ancora addosso.

Ma dopo aver sciolto il laccetto del pigiama, non riesco più a muovere un dito.

«I pantaloni, Juliet».

«E se non lo faccio? Me li vieni a togliere tu?».

La forza con cui mi addento il labbro lascia trapelare il timore per aver osato tanto.

«Sei libera di non farlo, ma io ho come l'impressione che tu…». La sua bocca si piega in una curva sadica. «…desideri farlo per davvero».

Non so cosa mi stia facendo, ma l'idea che io possa piacere ad Alexander s'insinua di nuovo nella mia testa. Forse è il modo in cui i suoi occhi penetranti si posano sul mio corpo, o forse è il tono persuasivo che usa per far leva sulla mia ostinazione. Lo vedo sempre così distaccato… non riesco a immaginare che possa perdere sul serio il controllo.

Con le mani agitate mi abbasso i pantaloni e lascio che il tessuto scivoli ruvido sulle mie gambe nude.

Alexander resta immobile, sembra non passi ossigeno nei suoi polmoni. Mi chiedo se stia respirando, tanto è concentrato su di me.

Con la caviglia sinistra, scalcio via i pantaloni, rimanendo con il reggiseno bianco e un paio di mutande dello stesso colore.

Perché ho obbedito a una tale assurdità?

Lo sto facendo perché sono attratta dai suoi occhi, o è per via delle sue parole velenose? È il mio corpo a essere esposto a lui, o la mia mente?

Tiro un lungo respiro di sollievo perché la mia parte è finita.

Ora arriva quella più interessante, ora tocca a lui.

I miei occhi ardono nei suoi. E lui lo fa. Abbassa lo sguardo al parquet, poi torna al mio viso.

Mi ha appena indicato il pavimento.

Mi sento sprofondare. *Non può dire sul serio…*
«Juliet».
Il mio corpo ha già ceduto alla sua mente. Mi chino senza aspettare che lui dica altro. Le mie ginocchia nude sbattono sul legno, poco prima che io mi sieda sui talloni. Non avverto neanche il freddo, sento solo il suo buon profumo avvolgermi nella penombra. *E adesso cosa farà?*
Lo vedo compiere un cerchio intorno alla mia figura, poi lo sento abbassarsi sulle mie spalle tremanti, lasciandomi addosso il suo respiro che sa di menta.
«Riesci a stare in questo modo per dieci minuti?».
Tutto qui?
Mi viene quasi da ridere per via della richiesta così innocua, ma mi trattengo e mi limito ad annuire seria.
«Brava».
Sento i suoi passi allontanarsi dietro di me. Non so perché, ma non mi volto, né ci provo. "Devo stare così, punto", mi dico. D'un tratto percepisco il lieve cigolio del materasso. Si è seduto sul mio letto.
E io aspetto.
Il tempo sembra passare in maniera strana.
La libreria di legno scuro che ho dinnanzi a me inizia a perdere i contorni. I colori delle copertine dei libri cominciano a confondersi tra loro, formando delle macchie larghe e variopinte. Le mie pupille si abbandonano pigre, riempiendosi di immagini che ormai il mio cervello non registra più. Non ho più interesse nel farlo. Sono solo in attesa.
Il mio cuore comincia a rallentare la sua corsa, poi, finalmente, Alexander parla con voce rassicurante.
«Ho detto che volevo dirti una cosa. Ricordi?»
«Sì».
«Credo che le tue amiche ti nascondano qualcosa».
Quell'affermazione pronunciata con tanta sicurezza mi fa ribollire il sangue nelle vene. *Come osa insinuare che le mie amiche siano delle bugiarde?*
Alexander interrompe le mie elucubrazioni tornando davanti a me e porgendomi una mano.
Mi aiuta ad alzarmi in piedi e l'agitazione mi porta a sbattere contro il suo torace avvolto dalla camicia. Un'ondata di calore mi attraversa il corpo, ma lui non si scompone. Si china per raccogliere il mio pigiama e me lo porge. Quando alzo il mento, mi accorgo che i suoi occhi stanno marchiando la mia gola. E sembra voglia divorarla a morsi.
«Freddo?»
«No». La mia voce trema appena.
«Bene, rimetti questi addosso».
Rivestirmi sotto il suo sguardo è quasi umiliante quanto spogliarmi, ma lo faccio senza paura.
Alexander si dirige a passo lento verso la porta.
No, no, no.

«Buonanotte, Juliet».

È davvero tutto qui?

Delusa, lo guardo uscire dalla mia camera. Vorrei trattenerlo, ma non ho ancora una buona scusa per fermare i suoi passi.

Ho la sveglia alle sette, eppure i miei occhi si spalancano alle sei in punto. Resto immobile a guardare il soffitto e, siccome non riesco a riaddormentarmi, decido di alzarmi.

Quando arrivo in cucina trovo mia madre intenta a preparare una spremuta d'arancia.

«Ma che bella sorpresa, Juls. Visto che quando vai a dormire presto la mattina dopo sei più pimpante?».

Mai dette tante castronerie in una singola frase.

«Già».

Il profumo del caffè inebria la cucina e i miei sensi. Non c'è traccia degli Ackerman in casa. «A che ora va al lavoro John?»

«Esce alle sei e mezza e accompagna Alexander a scuola», risponde lei, versandomi del latte caldo nella tazza. «Ci vuoi anche del caffè, Juls?».

Faccio segno di no con la testa. Mi piace bere il latte caldo a colazione, nient'altro.

«Vuoi dirmi che Alex va a scuola alle sei e mezza? Seriamente?»

«Sì, penso che vada in biblioteca o da qualche altra parte. Ho provato a chiedergli se volesse venire alle otto meno dieci insieme a noi, ma ha gentilmente rifiutato».

Gentilmente, certo.

Perché il signorino ami così tanto la scuola rimarrà uno dei più grandi misteri dell'universo.

Tiro fuori il cellulare e gli scrivo.

J: Perché non ci dormi direttamente a scuola?
A: Non disturbarmi, nana.

Sbuffo.

Le parole di ieri sera mi tornano in mente come un'ondata bollente che mi scalda il basso ventre. No, non gli credo. Ad Alexander non importa di me, probabilmente si è comportato così solo per puro divertimento… Eppure, penso che, con un po' di impegno, riuscirei a scalfire quella corazza impenetrabile, fino a frantumarla.

J: Con Mini come sei rimasto?
A: Te l'ho già detto, mi sta usando.
J: E a te non dà fastidio?
A: Potrei fare lo stesso con lei.

Una morsa di gelosia mi assale lo stomaco.

J: Per fare ingelosire chi? La tua fidanzatina immaginaria?
A: Sta' attenta alle parole che usi, piccoletta.
J: Sei uno stronzo, proprio come Liam.

Quasi sicura che non otterrò risposta a quella provocazione, ripongo il cellulare in tasca.

Passa qualche minuto e il mio telefono comincia a vibrare.

A: Sto cominciando a pensare che questo gioco ti piaccia un po' troppo.

Bene, ora l'ho provocato sul serio. Devo solo aspettare e vedere fin dove si spingerà questa volta.

16

JULIET

Dopo aver fatto i compiti sono un po' agitata. Alexander non è ancora tornato da scuola e io, curva sulla mia scrivania, non riesco a smettere di mangiucchiarmi le unghie.

E quando la porta si apre senza preavviso, balzo sulla sedia come una molla.

«Mio Dio! Tu sei inquietante!», esordisco a gran voce nel vedere l'alta sagoma di Alexander entrare nella stanza come una folata gelida.

«Sai, Juliet, devi tenere a mente una cosa».

Porta ancora la divisa della scuola e si destreggia nel mio habitat, come se questo fosse il suo nuovo territorio.

«La reazione "causa-effetto"», risponde osservandomi dall'alto. «Tu fai qualcosa, tu ne paghi le conseguenze».

Mi sto agitando così tanto che il legno sotto la sedia inizia a produrre uno scricchiolio fastidioso.

«Vuoi avere l'onore di scrivermi che sono una stronza? Questo significherebbe farmela pagare», ribatto a testa alta.

Invece di studiare, ho trascorso l'intero pomeriggio ad aspettare il momento per potergli sbattere in faccia questa provocazione. Crede di essere più intelligente? Crede di potermi rigirare come vuole? Be', non ho la sua abilità nel confondere le persone, ma voglio provarci anche io.

Le mie parole sfrontate, però, non fanno presa su Alexander, che invece mi spiazza con una frase insolita.

«Sbaglio o usi le tue belle manine per scrivermi quei messaggi?».

Spalanco gli occhi.

I suoi passi lenti e studiati si muovono fino al mio letto e, una volta lì davanti, si ferma e ordina: «Vieni qui».

Mi guardo intorno confusa.

«Dammi le tue mani, Juliet».

La piega di questa faccenda ha un non so che di inquietante, ma nello stesso tempo la curiosità mi sta divorando.

Cosa diavolo vorrà fare questa volta?

«In che senso?», domando alzandomi cauta dalla sedia.

Incurante dell'agitazione che comincia a crearmi capriole nello stomaco, mi avvicino a lui.

Con una mossa decisa, Alexander cattura i miei polsi, stringendoli entrambi nella sua mano destra, poi con la sinistra estrae qualcosa dalla tasca dei pantaloni.

Grazie alla luce fioca proveniente della finestra, la vedo.
È una corda. Di circa venti centimetri.
«Alex…».
La manovra fino a creare un nodo saldo attorno ai miei polsi. Resto a fissare confusa il materiale grezzo che graffia la mia pelle delicata.
«Riesci a muovere le mani?».
Sono troppo sconvolta per parlare. I miei occhi sono paralizzati, fermi sui miei polsi legati, che Alexander sorregge tra le sue dita forti.
«Ti ho fatto una domanda, Juliet».
«Veramente non… No. Non riesco a muoverle».
Tento di separare i palmi, ma sono appiccicati. Provo a districare le dita, ma sono incrociate tra di loro. Mi sento in trappola.
«Molto bene».
La paura cresce, ma la curiosità ha il sopravvento.
«E ora?».
Alexander china un po' il capo, poi mi indica il pavimento con un'occhiata fredda.
«Ora sai cosa devi fare».
Manipolatore maledetto. Credevo ci fosse dell'altro questa volta, invece di nuovo con questa storia?
"Mettiti tu in ginocchio!", vorrei urlargli. Ma ovviamente non lo faccio. Gli obbedisco e basta. Quando mi siedo sui talloni, abbandono le mani sulle ginocchia piegate e ben presto mi accorgo che Alexander si sta muovendo verso di me. Di solito i nostri contatti avvengono a distanza, ma con mia sorpresa stavolta si avvicina.
Con lo sguardo inchiodato sulle sue scarpe, lo vedo arrivarmi davanti. Tengo gli occhi abbassati, altrimenti punterebbero dritti al cavallo dei suoi pantaloni. Mi si infiammano le guance solo al pensiero.
«Perché arrossisci, Juliet?», chiede lui con voce controllata.
«Non sono… No».
«Qual è il pensiero che ti imbarazza così tanto?»
«Non sono imbarazzata», mento spudoratamente.
Alexander si china di fronte a me. Poggia i palmi sul pavimento e si porta alla mia altezza.
«Non dire le bugie».
Sento una cascata bollente riempirmi il petto. Lui si lecca le labbra, poi mi guarda come se volesse divorarmi il collo da un momento all'altro.
Le sue dita, invece, leggere come piume, raggiungono la mia guancia e, con un tocco delicato, liberano la ciocca che stava incastrata dietro il mio orecchio.
Dannazione, ho le mani bloccate… Mi ritrovo a scuotere il capo, perché avverto l'impulso di scansare i lunghi capelli che mi scivolano davanti agli occhi come fili fastidiosi.
Alexander abbozza un sorriso appagato nel vedermi irritata da quella piccola difficoltà.

Ma che senso ha tutto questo?
«Sono strano, secondo te?».
Dannatamente strano.
«Sinceramente, sì».
Il suo sguardo sembra brillare nell'udire le mie parole. Piega la testa di lato, come un felino che stia studiando meglio la preda, prima di sbranarla a morsi.
«Dimmi il perché».
Con la lingua mi bagno le labbra ormai aride.
«Non capisco cosa ti salta in mente quando mi dai questi ordini».
Alexander non appare sorpreso dalla mia risposta, non sembra neanche stupito di sentire la mia voce spezzata. Le sue iridi intense si fanno strada su di me, passando dal mio viso al mio corpo tremante.
«E io non capisco cosa salta in mente a te, quando obbedisci», ribatte deciso.
I nostri occhi si cercano per poi unirsi in un legame soffocante. Il cuore mi martella così forte nel petto che potrei giurare che lo sente anche lui. Rimaniamo legati da questa connessione di sguardi per qualche secondo, finché il suo indice sfiora il mio sterno con un tocco leggero, poco sopra la scollatura della camicetta.
Un brivido tenue mi fa vibrare la pelle, mentre con gran facilità Alexander fa scorrere il dito lungo la fila di bottoni, aprendoli con un gesto lento e continuo. Guardo ovunque tranne che verso Alexander, mentre me ne sto con la camicetta aperta davanti a lui. Trattengo il respiro quando la sua mano mi percorre lo sterno in una carezza delicata. Poi Alexander con il pollice scende sul reggiseno.
Il suo tocco è gentile, non mi sta veramente toccando, mi sfiora appena. Inarco la schiena e sento i miei seni tendersi sotto il tessuto.
«Juliet, vorrei...». Avverto un'esitazione nella sua voce sussurrata. «...vorrei dirti di fare lo stesso con me, ma... non credo che tu ne sia in grado al momento».
Vuole che sia io a toccarlo?
Il suo sorriso è maledettamente innocente e io sto andando a fuoco. Ma poi quel sorriso si trasforma in un ghigno subdolo.
"Stronzo. Se volessi, ci riuscirei!", mi dico.
Forse mi sta mettendo alla prova o forse vuole che mi umili nel tentativo di farlo. Non lo saprò mai. Alexander non mi lascia il tempo di capirlo, perché la sua mano si apre di più, salendo a solleticarmi il collo, e con i polpastrelli va a tormentare la pelle sensibile sotto il mio orecchio.
Tento di muovere le dita verso di lui, ma sono attorcigliate. Farei una pessima figura se provassi a sbottonargli la camicia, così ci rinuncio.
Sono ancora afflitta da questi pensieri, quando, all'improvviso, Alexander richiude lentamente i bottoni della mia camicetta, mentre il mio petto si solleva e si abbassa velocemente, creando un contatto piacevole con le sue dita fredde, ogni volta che un respiro mi dilata i polmoni.
«Farai meglio la prossima volta».
Lo fisso senza capire. Le mie mani sono ancora unite dalla corda, quando quegli occhi torbidi tornano a scrutarmi. Se volesse rubarmi l'anima, sarebbe questo l'accesso: i nostri specchi così vicini. Il respiro di Alexander è regolare quando

raccoglie le mie mani tra le sue: slega la corda, prima di giocherellare con i miei polsi, controllando attentamente i segni rossastri che si sono appena formati. Siamo ancora inginocchiati a terra ed è strana l'attenzione che mi rivolge: osserva maniacalmente la mia pelle.

«Mhm». Tendo il collo per sbirciare i miei polsi che bruciano sotto le sue dita fredde. «Metti una maglia a maniche lunghe per cena».

Dopo aver cenato, rimango il più possibile in cucina con mia madre. Non ho paura di Alexander, il problema sarebbe dovergli parlare con i nostri genitori a mezzo metro di distanza. *Imbarazzante.* Mamma finisce di caricare la lavastoviglie, poi va a sedersi sul divano accanto a John. Alexander è lì, poco distante, seduto su una poltrona.

Bel quadretto familiare. Io però non mi sento a mio agio a stare con loro, quindi indugio in cucina più del dovuto.

«So cosa fai».

Alexander mi sorprende alle spalle, poi si appoggia con il fianco contro il lavello.

«Sto solo finendo di asciugare i bicchieri», borbotto, infastidita dal suo profumo troppo buono.

«Ti stai chiedendo perché hai lasciato che io ti toccassi, mentre a Chuck non l'hai mai permesso».

Per poco non mi cade un bicchiere di cristallo dalle mani.

Spalanco la bocca e resto sgomenta per qualche istante. Alexander se ne va, ma non prima di avermi rifilato un sorrisetto sadico.

All'inizio pensavo che quella nei confronti di Alexander e Mini fosse gelosia, e andando avanti… be', ho avuto la conferma che fosse proprio così.

Inizio a prepararmi il discorso già in macchina, nel tragitto verso la scuola. "Mini, ascolta, lo so che Alexander è un ragazzo bello e affascinante, ma…". Bello e affascinante? Nah, non va bene.

"Capisco che lui possa piacerti così tanto, ma…". Capisco? No, io non dovrei capirlo.

Voglio solo che lei gli stia lontano, troverò un modo.

«Tutto bene, tesoro? Hai studiato per la verifica di matematica?»

«Certo, mamma».

Certo, come no. Invece di studiare mi sono fatta legare i polsi e toccare dal mio quasi-fratellastro. Sento le guance scaldarsi all'improvviso. "Questo però non lo dirò a Mini", penso scendendo dall'auto.

«Juuuuls!». Mini mi accoglie davanti all'aula con un sorrisone acceso da un lucidalabbra rosa.

«Che è successo?».

Lei ignora la mia domanda, mi prende per mano e mi trascina lontano da occhi indiscreti. Sì, le mie compagne sono delle gran pettegole.

«Liam!». Mini si morde il labbro in preda all'impazienza. «Ieri è venuto a casa mia, mi ha…». Frena l'euforia per abbassare la voce e avvicinarsi al mio orecchio. «…mi ha detto che mi ama».

«Davvero?».

Vorrei esultare anch'io, ma quella non è una frase da Liam.

«Sì, Juls, davvero».

«Ma te l'ha detto sul serio?»

«Sì! Poi mi ha detto che non riusciva a stare senza di me, che una settimana senza vedermi gli è sembrata un'eternità… Alla fine ci siamo baciati».

«Ma è… fantastico».

Non so se sia effettivamente fantastico, perché non so quanto Liam sia sincero con la mia amica, ma dopotutto se Mini è felice lo sono anch'io. Senza contare che mi potrò risparmiare tutta la tiritera che dovevo farle su Alexander.

«E Alex?», chiedo, fingendo che quella non sia la prima domanda della lista.

«Be'… ammetto che se al concerto lui fosse stato un po' meno distante l'avrei baciato».

Sgrano gli occhi. «Ma non l'hai fatto… Meglio così, no?», sussurro con un certo sollievo.

«Sì, anche se ha quei modi di fare maledettamente attraenti e… Oh porca miseria, eccolo!».

Nel vedere Alexander sfilare davanti alla nostra classe con la schiena dritta, Mini si lascia sfuggire una risatina colpevole, facendogli intuire che stessimo parlando di lui.

«Dove vai, Alex?». La mia amica gli rivolge la prima domanda che le viene in mente per attirare la sua attenzione su di noi.

Alexander si ferma, poi mi guarda in tralice. «Sto andando in classe. Non hai il compito di matematica alla prima ora, Juliet?»

«E invece me ne sto in corridoio con la mia migliore amica, la solita routine. Pensa al tuo, Ackerman».

Mini scoppia a ridere. «Tanto, per lasciare il foglio in bianco o per copiare, non è necessario ripassare!».

Alexander non sembra divertito dalla mia negligenza; mi fissa attentamente, finché i suoi occhi si fanno più stretti.

«Cucciolotta!».

Mini gira i tacchi infastidita e in un nanosecondo sparisce dalla mia vista.

«Chuck!». Non faccio in tempo a voltarmi che sono già circondata dalle sue braccia grandi. Ci diamo un bacio a fior di labbra e, quando mi volto, Alexander non c'è più.

Spero solo che non l'abbia sentito.

Durante la verifica mi vibra il cellulare nascosto nel portapenne.

Sto guardando per aria da tre quarti d'ora, se darò un'occhiata al telefono, non sarà di certo una distrazione in più.

A: Inizia a pensarci bene, Juliet.
J: A cosa?

A: Interessante. Usi il cellulare anche durante la verifica.

Mi viene in mente una cosa sola, quindi gliela scrivo.

J: Sei noioso.

Aspetto la sua risposta con le mani impazienti.

A: Me lo dirai in faccia questa sera, piccola insolente.

Quando torno a casa, il mio umore è davvero a terra. La verifica è andata male, non posso uscire con Chuck perché sono ancora in punizione e ho la testa piena di dubbi su Alexander.

«Mamma?», chiamo a gran voce, ma in casa c'è solo la mia eco. Sono le cinque e né lei né John sono ancora rientrati. Controllo il cellulare e trovo un messaggio di mia madre.

Tesoro, ho accompagnato Alexander dal dentista, arriviamo per cena.

Un pensiero mi assale fulmineo: la camera di Alexander. So che vorrebbe dire guai, ma è l'unico luogo che mi permetterebbe di capire con chi ho a che fare e scoprire qualcosa in più su di lui.

Non ci penso due volte, corro su per le scale e arrivo al secondo piano. Dire che il cuore mi stia scoppiando in gola sarebbe un eufemismo. Mi batte così forte che lo sento pulsare nelle orecchie, stringere la trachea e vibrare sotto i polsi.

Un lungo respiro, poi appoggio la mano sul pomello freddo.

Provo a farlo ruotare, ma questo si blocca, anche quando tento una spinta. Non succede nulla.

Che stronzo, l'ha chiusa a chiave…

Dovrò provare a entrare in camera sua mentre lui è in casa, non c'è altro modo.

Quando mia madre e Alex rientrano, mi trovano spaparanzata sul divano.

Dopo mezz'ora di riflessioni di livello – tipo: "Ma Gigi e Zayn non torneranno più insieme?" – sento un rumore di pentole provenire dalla cucina, segno che mia madre ha cominciato a cucinare.

«John torna tardi, noi mangiamo tra una mezz'ora. Mi aiuti, Juliet?»

«Sì, mamma», rispondo, ma di scollarmi dal divano non se ne parla proprio.

«Non dovresti studiare matematica?», mi rimprovera una voce decisa.

«E perché mai, Alexander?», borbotto senza staccare gli occhi dal telefono. Fingo disinteresse, ma non appena lui si siede sul divano accanto a me, le mie dita cominciano a tremolare. Mi sento ancora in colpa per aver tentato di fare irruzione in camera sua. Non posso guardarlo negli occhi, ora.

«Sai già di aver preso un'insufficienza grave in matematica, perché non cominci a metterti sotto per recuperare?».

Lo fa perché mia madre senta quant'è fastidiosamente responsabile? Oppure è fatto davvero così?

Io non gli rispondo, sono troppo presa dagli outfit di Kendall Jenner, così Alexander non perde tempo per richiamare la mia attenzione.

«Juliet».

«Sì?»

«Questa sera ti chiederò come ti sei sentita ieri e voglio una risposta esauriente, nonché sincera».

La sua voce non si abbassa minimamente e mia madre, che è in cucina, poco distante da noi, potrebbe udirci. Mi chiedo se sia impazzito. Lo schermo del cellulare scende lento davanti ai miei occhi e mi trovo davanti il suo viso serio.

«Quindi inizia a pensarci già da adesso».

«Non ne vedo l'ora, guarda. Quanto sei noioso».

«E io non vedo l'ora di sentire la tua voce ripetermi quanto sono noioso, mentre starai nuda e bendata in camera mia».

Il mio sguardo si alza come strattonato da un filo invisibile, finendo dritto nei suoi occhi. E inevitabilmente la mia bocca si spalanca, ma non produce suoni.

Poi l'espressione seria di Alexander muta all'improvviso.

«Uh! Juliet». Lo vedo sorridere come un bambino. «Hai visto che sorriso perfetto?», chiede indicandosi i denti bianchi.

Mamma passa vicino a noi per recuperare la borsa che ha lasciato sul tavolino.

«Persino il dentista si è complimentato per le mie eccellenti abitudini di igiene orale… Basta non bere troppo caffè, limitare il tè…». Alexander finge una normale conversazione, come se le sue labbra carnose non avessero appena pronunciato quelle parole infernali.

«Juls, allora? La verifica com'è andata?», domanda mia madre con aria severa.

Io però non so che dire, sono ancora pietrificata.

«Rispondi, Juliet», ordina lui.

«Bene?».

Alexander stringe le labbra.

Ed è sufficiente che mia madre torni ai fornelli perché il suo tono torni autoritario. «Non riesco a tenere a mente tutti i tuoi comportamenti scorretti, Juliet. Che ne dici di segnarli su un quaderno?»

«Tu sei pazzo!».

La mia bocca ha appena ritrovato la facoltà di emettere suoni a tutto volume, tanto che richiama persino mia madre. Fa capolino dalla cucina e io devo inventarmi qualcosa ora, subito.

«Dovresti leggere cosa scrive certa gente su internet, mamma!». Fingo una risata, come se mi fossi imbattuta in qualcosa di assurdo. Lei scrolla le spalle e torna a cucinare. Alexander accanto a me non ride. Mi fissa ed è così dannatamente serio che provo un brivido più intenso del solito.

Durante la cena sono silenziosa. Mi sento in colpa per il mio futuro votaccio in matematica, ma non riesco a levare gli occhi da quel tizio che mangia dall'altra parte del tavolo, perché appare calmo e pacato, nonostante le frecciatine velenose che mi rifila di continuo.

Nuda? Se lo può scordare.

«Juliet, quando ci sarà l'incontro con gli insegnanti?». Le domande di mia madre mi fanno chiudere lo stomaco.

«Ehm... non lo so...», balbetto insicura.

«Juliet ha bisogno di ripetizioni di matematica».

Alexander fa la sua uscita a effetto della serata e io vorrei intimargli di tacere, ma davanti a mia madre l'unica cosa che riesco a fare è fulminarlo con uno sguardo di fuoco.

«Ma come? Sai già che hai preso un brutto voto, Juls?».

Chiedilo a lui, dato che pensa di sapere tutto.

Io non fiato e mia madre salta subito alle conclusioni.

«Oh, Juliet... avevi detto di aver studiato!».

«Lo so, mamma, ma...».

Ma... faccio schifo? Odio quella materia infernale? Cosa devo dire?

«Sai, Catherine, credo che Juliet sia parecchio indietro con il programma degli anni scorsi. Deve ripassare un discreto numero di argomenti per poter affrontare un compito in classe. Ha bisogno di un recupero generale e approfondito, o il prossimo anno non si diplomerà». *Saccente, noioso e pieno di sé.*

Mia madre schiude lentamente la bocca, fino a spalancarla in una smorfia inorridita dinnanzi a quell'eventualità. Poi però sembra ricomporsi per dire un'assurdità.

«Be', Alex, tu hai ottimi voti in matematica... se non ti ruba troppo tempo potresti...».

E io capisco al volo dove vuole andare a parare.

No, no, no.

«Non posso, Catherine. Sono all'ultimo anno, ho davvero troppo da studiare».

Un'ondata di sollievo s'impossessa del mio corpo, anche della fibra più piccola, prima di provare una scossa quando Alexander mi rivolge un ghigno.

«In ogni caso, la piccola Juliet avrà bisogno di un buon insegnante», aggiunge con aria innocente.

«Troveremo qualcuno che ti faccia ripetizioni, Juls. Non voglio insufficienze in pagella!».

Finalmente la cena degli orrori arriva al termine e, prima che io possa filare in camera, Alexander m'inchioda con uno sguardo da brivido.

«Tra dieci minuti, fuori. Con me».

Quando esco dal retro, è seduto in veranda a guardare il cielo.

«Sto aspettando, Juliet. Dimmelo».

So a cosa si riferisce, quindi glielo dico. Non sono una codarda come crede. «Sei noioso».

Alexander si lascia sfuggire un mezzo sorriso soddisfatto. Io invece non sono affatto contenta. Mi ha illusa, aveva parlato di vederci in camera sua, invece siamo seduti sui gradini del porticato. «E come mai?»

«Passi la giornata a studiare e fai la spia con mia madre se non mi comporto come dovrei. È una cosa ridicola. Cioè… fatti una vita. Poi dici a me che non sono interessante. Forse la tua vita non è abbastanza interessante, Alex».

Avevo intenzione di provocarlo, sì, ma forse ho alzato un po' il tiro.

«Vuoi che ti faccia un riassunto veloce? Così vediamo quanto è stata *interessante* la tua, di giornata, Juliet? Mhm?».

Non capisco di cosa stia parlando e il verso confuso che emetto ne è la prova.

«E poi perché non mi ringrazi?», aggiunge davanti al mio sguardo smarrito.

«Per cosa dovrei dirti grazie, scusa?»

«Ora ti spiegherò perché dovresti ringraziarmi. Tenterò di essere conciso».

Volta il capo e mi rivolge una delle sue occhiate torbide.

«Questa mattina hai trascorso dieci minuti con la tua amica, fingendo di ascoltare cosa aveva da dirti con quegli urletti odiosi che solo lei sa fare, mentre rimuginavi se raccontarle o meno quello che hai fatto con me ieri sera. Potevi passare quel tempo a studiare, ma hai preferito sprecarlo così. Poi ti sei fatta nuovamente chiamare con quei nomignoli odiosi dal tuo ragazzo: persino la tua migliore amica è scappata via disperata. Hai passato due ore con il naso per aria durante il compito in classe e l'unica scossa è stato il messaggio che ti ho mandato io. Mi hai provocato volutamente, perché vuoi scoprire cosa sono capace di fare. Anzi, di farti. Sei una ragazzina annoiata e tra poco passerai qualche ora nel letto tra messaggi sdolcinati con il tuo Chuck e un po' di gossip inutile. Sapere che ho voglia di averti nuda, in camera mia, è l'unica vera emozione della tua giornata, Juliet. Quindi sì, ringraziami».

Le sue parole lacerano quel poco di sicurezza che mi era rimasta.

«Non è vero!». Poso i palmi sulle mie guance che scottano.

«Fallo, Juliet. Ringraziami per una volta».

Non sta scherzando, c'è di nuovo quella scintilla morbosa nei suoi occhi, ma io non posso stare a sentire queste assurdità un minuto di più. Mi alzo in piedi e, senza voltarmi nemmeno per un attimo, rientro in casa, turbata come non mai.

Dopo essermi lavata i denti, m'infilo a letto con il cellulare. Scorro la schermata di TikTok, poi provo ad accendere Neflix, tuttavia non riesco a concentrarmi.

Quindi era solo una provocazione? Il mio cervello non riesce a liberarsi dalla tirannia delle parole di Alexander. Ho bisogno del suo aiuto. Devo chiederglielo.

J: Era una provocazione la tua?

Inviato.

A: Vuoi scoprirlo, Juliet?

Mi porto una mano sul petto palpitante.

A: Vieni in camera mia. Alla benda ci penso io.

17

JULIET

Sto seriamente pensando di andarci, in camera di Alexander. È la prima volta che ricevo il suo invito.

Mi farà davvero spogliare del tutto? Neanche Chuck mi ha mai vista nuda. Abbasso le palpebre e per un attimo visualizzo la scena: i suoi occhi su di me, poi di nuovo quel brivido bollente nella pancia, il mio respiro rotto, le sue mani fredde… erano così abili e sicure mentre facevano quel nodo intorno ai miei polsi…

Forse sto impazzendo, ma credo che potrei piacergli, e se così fosse, potrei vedere la sua debolezza mentre mi guarda senza vestiti. O forse sarebbe lui a vedere la mia?

Meglio dormire. E con questa convinzione, alla fine cado in un sonno profondo.

Il mattino seguente la sveglia suona e io la scaravento giù dal comodino con una bracciata mal assestata. Ho dormito malissimo, ho navigato in incubi oscuri e acque troppo abissali per essere ricordate.

Vado in bagno e mi sciacquo più volte il viso, nel tentativo di far scivolare via la strana tensione che ho addosso.

Quando arrivo in cucina trovo Alexander seduto al tavolo davanti a una tazza fumante, con il giornale in mano. Ci scambiamo un'occhiata lampo.

«Come mai non sei già a scuola?», chiedo, morsa dalla curiosità.

«Non tediarmi», mi risponde secco.

«E significherebbe?».

Rimane concentrato sul giornale, quindi ci riprovo.

«Vieni a scuola con noi, Alex?». Mi siedo di fronte a lui e approfitto della sua distrazione per studiarlo al meglio.

Indossa il golfino scuro della divisa, dal quale fuoriesce la camicia che gli circonda il collo affusolato.

«Amo fare colazione in silenzio. Riesci ad accontentarmi?».

Metto un broncio istantaneo. *Voglio solo parlare, e che diamine!*

La pagina fitta di parole lo rapisce, scorre le dita sul giornale, è concentrato e le labbra sono immobili. Gliele guardo e mi sento strana ripensando a quello che ha detto ieri.

«Avanti, smettila», mi ammonisce.

Non ha bisogno di alzare la testa per accorgersi che lo sto fissando da diversi minuti.

«Ti piace studiarmi, non è così?».

Provo a non rispondere, perché qualsiasi cosa io possa dire, lui la rigirerebbe contro di me.

«Juliet?».

Non alza lo sguardo dalla lettura, ma avverto il suo tono impaziente.

«No, Alex».

Il suo umore è imprevedibile e riesce a essere pericoloso persino mentre fa colazione.

«Bene. Allora smettila o ti faccio vedere più di quello che vorresti».

Mia madre accompagna entrambi a scuola e, durante il tragitto, scopro che John ha avuto un contrattempo al lavoro e si è dovuto presentare prima.

Dopo che Alexander ha augurato una buona giornata a mia madre, scendiamo dall'auto, così io prendo coraggio e gli cammino a fianco.

«Verrai con noi d'ora in poi?», domando sistemandomi lo zaino sulle spalle.

Alexander è rapito dal cellulare. «Non ti ci abituare, nana».

Perché sembra arrabbiato con me?

«Alex…». Ma lui non mi guarda. E le nostre possibilità di dialogare diminuiscono, perché Chuck mi viene incontro non appena mettiamo piede in cortile.

«Cucciola!».

«Chuck…».

Alexander è ancora accanto a me e ha sentito perfettamente il saluto.

Questa volta decido di parlare. Non so perché, ma ho l'impressione di doverglielo.

«Ti prego, Chuck, puoi smetterla di chiamarmi "cucciola"?»

«Preferisci "cucciolotta"?», chiede lui con un sorriso sincero.

«No, è solo che…». Tentenno perché non so addurre una spiegazione che sia anche solo lontanamente plausibile, ma ritrovo la forza di continuare quando Alexander si volta nella mia direzione e sento tutto il buio dei suoi occhi su di me.

«Non mi piacciono questi nomignoli…», sussurro.

«Okay, cucc… ehm… okay, Juls. Ma non ti sei mai lamentata, pensavo che ti piacessero».

«No. Cioè, sì… mi piacevano. Ora non mi piacciono più».

Sento una scossa percorrermi la schiena: finalmente Alexander è soddisfatto e io provo un'insolita gratificazione.

«Charles, credo che il tuo amico laggiù ti stia chiamando». Alexander indica il gruppetto degli amici di Chuck che bazzica davanti al cancello della scuola. Mi godo l'occhiata appagata di quegli occhi scuri, mentre il mio ragazzo si allontana dopo avermi dato un bacio sulla guancia.

Mi chiedo a cosa stia pensando Alexander mentre mi fissa con fare arrogante. Se prima desideravo il suo sguardo, adesso lo sento con troppa intensità. Chuck è ormai lontano, i suoi amici l'hanno coinvolto nelle loro discussioni dall'altra parte del cortile. Ora che ho fatto esattamente come richiesto da Alexander, tocca a me avanzare una pretesa. Stiamo proseguendo verso l'entrata della scuola, l'uno di fianco all'altra, quando finalmente apro bocca.

«Hai detto che le mie amiche nascondono qualcosa...».
«Alla quarta ora non ho lezione», dice serio. Sembra una minaccia, ma nel linguaggio di Alexander è un "ci vediamo alla quarta ora".

Non è la prima volta che prendo una E in matematica, ma stavolta mia madre mi sta tenendo in punizione da così tanto tempo che ho quasi il timore che questa mia negligenza scolastica possa essere una faccenda seria.
Alla quarta ora chiedo all'insegnante di uscire per andare al bagno e, una volta fuori dall'aula, raggiungo la classe di Alexander. La porta è chiusa, sento del baccano, probabilmente c'è una supplenza in corso.
«Quanto è grave?».
Mi volto di scatto. La sua voce mi coglie alla sprovvista. Nel corridoio deserto vedo la sua figura longilinea avvicinarsi.
«Cosa?»
«La tua insufficienza in matematica, Juliet», recita spazientito.
«Ho preso una E, sai che novità». Sbuffo come se fosse la cosa più normale del mondo.
«L'insufficienza in pagella a metà anno non te la toglie nessuno».
Alexander mastica una gomma con i suoi denti perfetti; le sue labbra si muovono lente davanti a me, emanando un fresco profumo di menta.
«Ascolta...». Faccio per intimargli di farsi gli affari suoi, ma Alexander blocca la mia spalla destra con la mano.
Preme il pollice contro la clavicola, mentre imprime forza con le altre dita nella zona posteriore delle scapole. La mia spalla, lievemente curva, si corregge al suo tocco deciso.
Poi mi guarda.
«Bene... stiamo iniziando a capirci, Juliet».
Raddrizzando la schiena ho acquistato qualche centimetro, ma mi sento sempre piccolissima davanti a lui.
«Hai sentito cos'ho detto a Chuck? Sto facendo quello che vuoi, Alex. Potresti non dire a mia madre del brutto voto in matematica?». Cambio di nuovo idea e baratto i nomignoli col suo silenzio.
Avverto ancora una volta il suo respiro di menta. Vorrei deglutire, ma ho la gola bloccata.
«Vuoi che tua madre non sia partecipe della tua vita scolastica?».
Mentre Alexander parla, sono costretta a sollevare il capo, dato che con lo sguardo gli arrivo a malapena al mento.
«Preferirei di no».
«Tanto verrà a sapere dei tuoi voti all'incontro con i genitori, Juliet», mi ricorda lui.
«Sì, ma... l'incontro è la prossima settimana».
Non so perché io lo stia facendo, ma sto sussurrando, con un tono basso e suadente.
Spero che Alexander non penserà che io voglia sedurlo, perché di sicuro non mi

verrebbe mai in mente di provarci con lui… ma il suo profumo è così vicino che potrei fare cose di cui mi pentirei.

«E quindi? Che cambia se lo scopre dopo?».

Anche la sua voce cala di un tono e si addolcisce, mentre le sue labbra si muovono lente nel pronunciare ogni parola, si appoggiano morbide tra di loro, per poi riallontanarsi.

«Se riesco a tenere il voto nascosto fino alla prossima settimana, ho qualche opportunità di uscire sabato», ammetto senza giri di parole.

La sua testa si china verso di me, poi ruota appena.

Vuole baciarmi? Sennò perché sta così vicino?

Stiamo parlando di scuola, ma i nostri corpi usano un altro linguaggio, più sommesso, più intimo.

«E dove devi andare, Juliet?»

«Fatti… fatti gli affari tuoi».

A quel punto però sono costretta a chiudere gli occhi, non riesco più a sopportare quell'elettricità pericolosa che scorre tra noi.

«Guardami».

Obbedisco: riapro gli occhi e lui li trafora con la durezza dei suoi.

«Ieri sera non ti ho più vista».

Le mie palpebre cominciano a sbattere frenetiche, perché sto ripensando alle sue parole maliziose.

«Ti sei accontentata di qualche stupida commedia romantica per intrattenerti?».

Le guance mi pizzicano così tanto da farmi male.

«Be', a me piacciono», ammetto, mordicchiandomi il labbro.

Non so cosa sto dicendo… potrei parlare del meteo, o ripetere una filastrocca che ho imparato quando avevo dieci anni. Tutto ciò che so è che sono in balia delle sue labbra.

Ed è una sensazione imbarazzante e piacevole al tempo stesso.

«Ti sei mai sentita soddisfatta, Juliet?».

Chi? Cosa?

La sua bocca si arcua in una curva viziosa e le mie membra si agitano all'istante: sta chiaramente alludendo a qualcosa di sessuale. In un attimo il suo naso mi sfiora la guancia e mi pietrifico. Il suo tocco è delicato, ma io sono paralizzata. E se da fuori appaio ferma e rigida, dentro sento una rivolta dei sensi.

«Sai, Juliet… Charles non mi piace affatto, però… ci rimarrebbe male se scoprisse…». Le sue labbra sfiorano il mio orecchio sinistro. O forse è solo il suo respiro.

«Alex…no». Vorrei supplicarlo, vorrei pregarlo di non dire nulla a Chuck di quello che abbiamo fatto. Di quello che mi ha fatto. Ma ora? Che cosa mi sta facendo ora? Sto diventando polvere nelle sue mani. E lui ci soffia sopra.

«Mhm. Non funziona così, piccola Juliet».

«Ti prego, non dire niente, ti prego».

Alexander inarca un sopracciglio, sembra quasi divertito dal mio tono patetico.

«Se tu fossi in ginocchio a sussurrarmi queste parole, magari in quel caso ti ascolterei».

Devo usare tutto il mio autocontrollo per ignorare il suo tono persuasivo e le capriole che fa la mia pancia ogni volta che mi parla.

«Smettila».

«Sicura di volere che io la smetta, Juliet?».

Alexander si allontana dal mio viso, ma il suo profumo è ancora incredibilmente vicino. Solo ora capisco quanto fossi prossima alle sue labbra, poco fa.

«Chuck non verrà a sapere un bel niente, altrimenti gli racconterò che mi hai obbligata tu a fare quello che ho fatto», ribatto reprimendo l'impulso di bagnarmi le labbra.

«Tu lo hai fatto perché lo desideravi, Juliet. E io sono uscito appagato dalla tua camera, dopo averti vista vulnerabile».

«Be', allora ti basta davvero poco», lo provoco con un po' di sfacciataggine appena ritrovata.

Sulla bocca di Alexander s'insinua un sorrisetto peccaminoso.

«È solo l'inizio, piccoletta».

Alex è in giardino a leggere. Non so cosa mi salti in mente, ma vedendolo distratto, decido che è il momento giusto per agire. Per entrare in camera sua. E lo faccio.

Adesso sono qui, nella sua stanza, in preda all'agitazione più sfrenata, mentre con sguardo avido inglobo tutto ciò che entra nel mio campo visivo.

Tento di registrarlo velocemente, perché so che non ho molto tempo a disposizione.

Tante mensole. Giochi? Statuette di supereroi? Bambole? Che diamine è questa roba? Libri, ovunque. Videogiochi. Fumetti. Vinili. Tutto perfettamente ordinato e impilato in librerie e contenitori.

Il suo letto è molto più grande del mio. Dovrei protestare per questo. Le lenzuola sono stirate con una cura maniacale.

Uno specchio enorme sulla parete.

A cosa gli serve? Io ho uno specchio minuscolo.

E poi quel profumo intenso.... Di sicuro mi rimarrà addosso.

L'udito deve mancarmi per qualche secondo, perché non avverto i suoi passi pesanti dietro di me. Tutto ciò che sento è la sua presa sul mio braccio.

«Esci di qui, subito». La voce di Alex è così profonda che sembra provenire da un altro mondo.

«Io...». Provo a cercare qualcosa da dire in mia discolpa, ma i suoi occhi furenti mi paralizzano.

«Esci, ho detto».

Mi spinge fuori dalla camera in modo brusco, l'attimo prima di chiudersi dentro a chiave.

Resto a fissare la porta, indecisa sul da farsi.

Forse è meglio non scendere per cena. Di sicuro non voglio vedere Alexander, né tantomeno lui avrà voglia di vedere me.

Alle sei mi faccio una lunga doccia calda. Esco infreddolita dal box e mi avvolgo con un asciugamano pulito. Il tepore che accoglie il mio corpo tremante è piacevole. Infilo il pigiama, poi torno in camera.

A: Non farmi bussare, apri.

Fisso quel messaggio sullo schermo del cellulare. Senza nemmeno riflettere, le cose che faccio sono tre: apro la porta, guardo Alexander negli occhi, indietreggio all'istante.

E se io sono agitata, lui compie ogni gesto con la massima calma. Chiude la porta a chiave e, dopo avermi lanciato un'occhiata dall'alto, parla con le sue labbra crudeli.

«Bene, Juliet. Ora faremo in questo modo: io andrò nel tuo bagno a cercare una cosa, quando tornerò ti sarai voltata e non avrai più i pantaloni».

Le sue parole riecheggiano come un tuono estivo. Sono ancora stordita dalla sensazione di benessere lasciatami addosso dalla doccia bollente. Il suo sguardo severo, però, mi mette in soggezione e mi crea emozioni contrastanti.

«Perché dovrei? Solo perché...». Le mie frasi interrotte non hanno il benché minimo senso, il benché minimo valore davanti alla sua compostezza. Alexander si accosta al mio viso, il suo respiro accarezza le mie guance ormai tinte di rosso.

«Perché ne hai bisogno tu come ne ho bisogno io. Fa' come ti dico», asserisce autoritario.

"Fa' come ti dico"? Esiste un motivo che giustifichi questa imposizione? Perché dovrei fare quello che mi dice? Solo perché la sua sfacciataggine mi incuriosisce e il suo sguardo è dannatamente bello? Non ho paura di lui. Mi basterebbe dirgli di no, oppure lanciare un urlo, scendere di sotto a chiamare John, tuttavia... non ho nessuna intenzione di sottrarmi a questo gioco. Prendo un lungo respiro e, con le mani tremanti, mi abbasso i pantaloni del pigiama.

Alexander indugia per qualche secondo sulla porta del bagno della mia camera.

«E voglio vederti piegata e con i palmi sul materasso», aggiunge prima di sparire.

Certo, perché stare in piedi senza pantaloni non è sufficientemente umiliante? *Te lo puoi scordare.*

Rimango ferma, con le gambe nude e le mutande bianche con il bordino rosa in bella vista, intanto sento dei rumori provenire dal bagno. Sta frugando tra le mie cose. Mentre aspetto, il mio sguardo scivola sul letto. Non ho ben capito che cosa mi abbia appena chiesto, però se provassi a mettermi nella posizione che desidera anche solo per un attimo... *Voglio provare.*

Mi avvicino al copriletto e poso i palmi sul materasso, piegandomi. Non mi sembra una bella posizione, lui potrebbe farmi qualsiasi cosa.

Un mugolio roco mi accarezza la schiena quando Alexander torna alle mie spalle e mi trova proprio dove voleva lui, come voleva lui.

Non mi muovo, l'incertezza mi blocca. Posso solo immaginare la sua reazione di scherno: la visione delle mie mutande bianche sarà motivo di altre prese in giro.

«Allarga le gambe», mi intima con voce scura.

Ma perché mi sono cacciata in questa situazione?

«Allarga quelle gambe, Juliet, non costringermi ad aprirtele».

La sua voce perentoria mi fa sussultare.

«Non lo faresti mai…», bisbiglio ridacchiando.

«No. Hai ragione, te le legherei soltanto».

Sento le cosce tremare, scosse dal suo timbro profondo. Le braccia iniziano a cedere. Il mio corpo sembra non volerne sapere di restare in quella posizione. Mi sento vulnerabile e stupida.

«Devi stare ferma, Juliet».

Provo a concentrarmi, ma gli ansiti irregolari mi impediscono di rimanere immobile. Non ho idea di cosa voglia farmi, sono già estenuata in partenza.

«La tua punizione consiste in questo: ti colpirò dieci volte, Juliet, e tu…». Una fitta gelida mi trafigge la nuca. «Tu resterai in rigoroso silenzio».

Colpire con cosa?

Chiudo gli occhi. Mi basterebbe andarmene. Perché non lo faccio?

«Hai capito? Rispondi».

«Sì, ho capito».

A occhi chiusi, aspetto che mi caschi il mondo addosso da un momento all'altro, ma ricevo solo un graffietto sulla natica e riconosco immediatamente i dentini della mia spazzola di legno.

Poi Alexander la capovolge e fa strisciare il legno ruvido contro la mia pelle sensibile.

«Juliet, ho intenzione di usare questa spazzola su di te».

Il mio viso prende fuoco e gli occhi si spalancano d'istinto.

«E se vorrai fermarmi, basterà dirlo. Hai capito?».

Mi scappa un lungo sospiro, sento le labbra troppo pesanti per parlare.

«Rispondi», ordina con voce ferma.

«Sì».

E in quel momento capisco. So perfettamente cosa mi farà.

E farà male. Strizzo gli occhi e, in un istante di follia, mi preparo. Quando il primo colpetto batte sulla mia pelle nuda, sobbalzo per l'impatto. È leggero e preciso.

Pensavo a qualcosa di assolutamente doloroso, invece non lo è affatto.

La seconda stoccata fende l'aria causando un suono secco e un pizzicore immediato sulla pelle.

È tutto qui quello che sai fare, Ackerman?

Sfoggio un sorriso beffardo, perché il terzo colpo arriva forte e deciso, esattamente nello stesso punto del precedente. Ringhio, quindi lui lascia passare qualche secondo in più, prima di sferrare il seguente. Il mio gluteo destro viene irradiato da un calore… *sopportabile.*

Alexander solleva il braccio e sferra il quarto colpo sul medesimo punto, stavolta facendomi tremare dal dolore. Oltre al male, però, non riesco a ignorare la strana sensazione che mi si annida nel basso ventre a ogni sferzata. Risulta quasi piacevole, tant'è che mi mordo il labbro inferiore e freno l'impulso di gridare, rispettando il "rigoroso silenzio" che lui mi ha chiesto. D'un tratto lo sento spostarsi. Alexander fa il giro del letto per arrivare di fronte al mio viso, poi mi solleva il mento con due dita, obbligandomi a guardarlo negli occhi.

Sta valutando le mie reazioni.

«È troppo, Juliet?».

Soppeso velocemente tutto quello che ho provato, poi rispondo: «No».

«Bene. Molto bene», commenta.

Chi si crede di essere? Pensa forse che io non sia in grado di sopportare le sue stupide perversioni?

Alexander torna alle mie spalle e inaspettato arriva il quinto colpo, poco più in basso, esattamente tra gamba e gluteo. D'istinto serro le cosce. Quella zona è molto più sensibile e io gliel'ho appena rivelato.

«Le gambe. Tienile aperte, Juliet».

Sto assecondando la sua volontà, quando la sesta e settima stoccata arrivano forti e veloci. Sarà che Alexander ci ha messo più foga, sarà che ero già stata colpita lì, ma inizio a stringere i pugni, perché la mia pelle si fa calda e dolente. Il mio respiro è ormai un rantolo.

«Mhm».

Un gemito indefinito lascia le sue labbra, mentre io resto immobile sotto il suo sguardo spietato.

«Ora cambio lato, Juliet».

Che gentile, mi avvisi anche?

Ma il modo in cui il legno incontra la mia pelle non è affatto gentile. La sento ardere dopo gli ultimi due colpi, più crudeli rispetto ai precedenti.

La spazzola si abbatte un'altra volta e io stringo le labbra per non urlare, quando Alexander colpisce l'interno della coscia con tale violenza da farmi cadere sul materasso.

Ho perso il conto dei colpi ricevuti. Completamente disconnessa dalla realtà, riesco solo a percepire il bruciore intenso che si sparge a macchia d'olio sulla mia pelle infiammata.

È una situazione extracorporea: mi vedo dall'esterno e non sono io quella accasciata sul materasso, con le braccia stanche e le cosce serrate.

«Sei stata molto brava», sussurra suadente. «Tieni, Juliet».

Alexander mi sfiora il braccio e, finalmente, grazie al tocco delle sue dita fredde, io torno alla realtà. Mi rialzo lentamente, poi accolgo tra le mani il pigiama che mi sta porgendo. Senza fiatare, infilo i pantaloni con una smorfia sofferta, perché il fastidioso attrito tra la lana e la mia pelle mi rende suscettibile.

«Ti porto del ghiaccio?».

Sollevo gli occhi e incontro i suoi specchi bui, ancora fissi su di me.

«No, grazie».

Alexander mi volta le spalle e io quasi non riesco a credere che sia già finito.

È davvero tutto qui?

Sento l'orgoglio esplodermi dentro, mentre lui mormora un distratto: «Ci vediamo a cena».

18

Juliet

"Ci vediamo a cena, un cazzo!", gli avrei risposto, se avessi saputo del fastidio insopportabile che sto provando nel tentativo di stare seduta a tavola. Mi sforzo di sorridere, prima a mia madre, poi a John. Chiacchierano di notizie sentite al telegiornale, del meteo imprevedibile, ma io non riesco a concentrarmi su nessun argomento e il ragazzo seduto dall'altra parte del tavolo lo sa benissimo. Sennò non mi guarderebbe con aria tanto soddisfatta. Il cellulare vibra nella tasca dei miei jeans. Lancio un'occhiata ad Alexander, che piega le labbra di lato, poi fa un cenno impercettibile col capo.

Prendo il telefono e, mantenendolo nascosto sotto il tavolo, leggo il messaggio.

A: È una gioia guardarti dimenare sulla sedia per il male che ti ho fatto.

Sento le guance pulsare.

J: Sei proprio uno stronzo.

Lo scrivo d'istinto, poi però lo cancello subito. Non va bene come risposta, non è una vera provocazione. Questa lo è.

J: Non mi hai fatto male.

Contenta del mio affronto, gli lancio uno sguardo fulmineo.

Alexander si morde il labbro inferiore prima di comporre sotto il tavolo.

A: Ah no? Quindi entrerai ancora in camera mia?

Non ci penso proprio.

Faccio segno di no con la testa. E Alexander registra appagato la mia sconfitta.

A: Dopo cena vieni a sederti con me in giardino. Devo parlarti di una cosa, Juliet.
J: Ti diverte scrivere "sederti" quando sai che non riesco a stare seduta?

«Juliet! Il cellulare a tavola!».

Alexander trattiene un ghigno per la sfuriata di mia madre. Io sbuffo un "va bene", poi passo la cena a fare ciò che so fare meglio. Scrutarlo di nascosto. Sembra innocente con le sue fossette e le sue espressioni delicate, sembra un ragazzo come gli altri, non ha l'aspetto di uno che ha la testa popolata di perversioni.

«Juliet, mi stai ascoltando?».

Mia madre mi fa il terzo grado, non solo sto andando da schifo in fisica, ma anche in matematica. A quanto pare sono un insulto per questa famiglia di presunti geni.

«Stavamo pensando che Alexander potrebbe darti ripetizioni», interviene John.

Inizio a tossire perché un pezzo di carota bollita per poco non mi rimane incastrato in gola. *John e le sue idee penose.*

Alexander volta il capo verso il padre e lo punta con aria contrariata.

«Lo so che hai i tuoi impegni, Alex, ma darai una mano a Juliet».

«Non credo che sia...». Alexander prova a protestare, ma John è troppo tenace.

«Siamo una famiglia e in una famiglia ci si aiuta a vicenda. Inizierete lunedì. Non si discute», impartisce l'uomo, accendendo un sorriso sul volto di mia madre.

Forse John non sa che, a meno che le ripetizioni non avvengano sotto i loro occhi, è altamente improbabile che i vestiti mi resteranno addosso.

«È un'ottima idea, papà», concorda Alexander con tono educato. Poi mi lancia un'occhiata così intensa che mi ritrovo costretta ad abbassare lo sguardo sul piatto e lì resta fino al termine della cena.

Quando arrivo in veranda, Alexander sta leggendo sui gradini come al solito. Mi chiedo come faccia, dato che è così buio che io vedo a malapena i contorni della sua figura ricurva. Mi siedo vicino a lui.

«Sicura di non volere del ghiaccio?», chiede nel notare la smorfia di dolore che mi si allarga in viso.

Ignoro il suo tono compiaciuto e allungo il collo per sbirciare il libricino che tiene sulle gambe.

«Che leggi?».

Dopo avermi riassunto la noiosissima storia di un supereroe cieco, Alexander prende a fissarmi in modo strano.

Non mi sono truccata, sarà quello?

«Che hai provato, Juliet?».

Divento di ghiaccio ed evito il suo sguardo.

«Quanto male ti ho fatto?», incalza nel vedermi indugiare.

«Normale», rispondo a labbra tese.

«Sopportabile?»

«Fisicamente, sì».

Ecco che nelle sue iridi riaffiora quella scintilla. Posa il libro sul gradino, poi congiunge le mani sulle ginocchia.

«Questa è una buona risposta. E psicologicamente?».

Non vorrei sembrargli inesperta, ma quello che abbiamo fatto non è definibile, non saprei come chiamarlo.

Inizio a tormentare il ciondolo del mio bracciale.

«Perché io sono rimasto parecchio turbato». La sua voce è così bassa da darmi i brividi.

Davvero esiste qualcosa in grado di turbarlo?

«Ma se me l'hai proposto tu…».

«Te l'ho ordinato, non te l'ho proposto», mi corregge con tono risoluto.

«L'avevi mai fatto prima, Alex?». Le mie guance si scaldano nel pronunciare quella domanda.

«Non così».

Mi aspettavo un no, e invece, all'improvviso, casco dalla nuvoletta d'illusione alla quale mi ero aggrappata con tutte le mie forze. E la presa di coscienza arriva brutale: non so niente di lui. E se Alexander avesse una ragazza? Magari no, ma di sicuro ha un passato… un passato di cui io non conosco assolutamente nulla.

«Non avevo idea di come potessi reagire. Per un attimo ho avuto paura di perdere il controllo e… credevo mi fermassi».

Lui non ci è andato leggero, io sono ancora dolorante, ma di sicuro non ha perso il controllo né tantomeno l'avrei fermato.

«A me sembravi padrone di te stesso», replico, affascinata dall'intimità che si è appena creata tra noi.

«Non pensavo accettassi tanto facilmente», ammette a denti stretti. Sollevo lo sguardo e noto che le sue dita stanno torturando il polsino della camicia.

Non ho mai ho visto Alexander così vulnerabile, per un attimo appare quasi "umano".

«Non dirò niente a nessuno, Alex», mi affretto a dire, pensando sia proprio quello il motivo della sua preoccupazione.

Ha paura possa raccontare a qualcuno quanto lui sia strano, no?

«Non capisci», mugola quasi infastidito.

«Cosa c'è da capire, Alex?»

«Provocarti dolore mi eccita, Juliet».

Spalanco gli occhi e porto entrambe le mani sulle mie guance arrossate, quasi a volermi nascondere.

«Non riesco a evitarlo. Non riesco a cancellare quel pensiero fisso».

«Sei un sadico?».

E nel fare quella domanda, ripercorro tutto ciò che mi ha chiesto di fare da quando lo conosco. La risposta è ormai chiara.

«Fa davvero differenza la definizione che mi dai, Juliet?», chiede con una distratta scrollata di spalle.

«Ma quindi tu… voglio dire… ti piace fare del male alle persone?»

«No, ho un modo tutto mio di provare sensazioni positive».

Non riesco più a parlare. Alexander, invece, se ne sta a testa alta e guarda davanti a sé.

«Vorrei poterti mentire e dirti che desidero essere uguale a tutti agli altri, ma non è così. Non lo sono e nemmeno voglio esserlo. Non m'interessa il sesso come lo concepiscono gli altri, né le relazioni romantiche».

Sento un peso sedimentarsi al fondo del mio cuore.

Una piccola parte dentro di me si sente illusa, tradita.
Ho davvero sperato di piacergli?
«Per quanto quella di oggi pomeriggio sia stata un'esperienza intensa, forse è meglio se io e te ci teniamo a distanza per un po', Juliet».
Prima mi sconvolge in questo modo, poi mi allontana?
Resto immobile, anche quando Alexander si alza e torna in casa senza dire una parola.
Dopo tutto quello che ho provato, dopo tutto quello che mi ha detto, come può andarsene così? Disorientata, scivolo di nuovo in una voragine di vuoto.
Era tutto qui? Ho conosciuto un barlume di vita e ora sono appena ripiombata in un angolo, abbandonata a me stessa, come una bambola senza vita.
No, non ci sto.
Ho il cellulare tra le dita. Devo scrivere a Chuck.

J: Domani sera posso venire da te?

Lui risponde subito, nemmeno il brivido di agognare una risposta.

C: Certo. I miei non ci sono, Juls.

Ma so già che non sarà la stessa cosa.

Non amo scambiare effusioni in pubblico, quindi io e Chuck stiamo seduti sulle scale antincendio della scuola, dove non passa mai anima viva.
«Ahhh!». Un lamento abbandona le mie labbra, quando mi siedo sulle gambe del mio ragazzo.
«Tutto okay, Juls?»
«Benissimo». Sorrido frettolosamente.
Dannazione, ci ho pensato di nuovo. Sono sveglia da circa quattro ore e la mia mente è tornata a ieri già una decina di volte. E se fosse questo il suo intento? Farmi pensare a lui anche quando non stiamo insieme? No, mi ha detto che dobbiamo stare lontani, ad Alexander non gliene importa un accidente di me…
«Ma a che pensi?», mi chiede Chuck prima di darmi un dolce bacio sulle labbra.
Chuck non mi ha mai fatto pressione, le cose tra noi sono sempre state molto tiepide, eppure ora vorrei che provasse qualcosa di più. Decido quindi di fare la prima mossa: mi avvicino alla sua bocca e gli mordo il labbro inferiore.
«Ahia, Juls! Ma che fai?»
«Scusa, io…». Torno a baciarlo, forse per evitare l'imbarazzo di guardarlo negli occhi, dopo avergli dato un morso.
Chuck emette un gemito, quando lascio scorrere il palmo sul suo petto, fino alla cinta dei pantaloni.
La sua mano scivola sotto la mia gonna, ma io lo blocco prontamente.
Avverto il suo corpo farsi più teso sotto il mio e, mentre continuiamo a baciarci, la mia mente vaga in luoghi sconosciuti.

Immagino le *sue* labbra, il *suo* sapore, l'irruenza della *sua* lingua contro la mia. Sento il cuore tuffarsi dritto nella pancia, mentre la mia bocca si fa sempre più affamata di baci e i gemiti di Chuck più sonori.

«Juls… così no però». Lui sembra leggermente a disagio a causa del rigonfiamento che i suoi pantaloni devono contenere. «Forse è meglio se torniamo in classe».

«Direi di sì…», biascico tutta rossa in viso.

Raggiungiamo la mia aula, mano nella mano, e proprio lì davanti sorprendo Mini e Amanda a chiacchierare tra loro. Fin qui nulla di strano, dato che la campanella è appena suonata, quello che però è decisamente destabilizzante è vedere Alexander. Proprio ora.

Ho ancora le labbra gonfie e le guance calde quando i nostri occhi si scontrano duramente.

«Quindi è giusto?», gli chiede Mini piegando la testa bionda verso un libro.

«Sì, esatto. Brava», mormora Alexander.

Brava? Brava per cosa?

Le mie amiche mi salutano, poi cala un silenzio raggelante quando si accorgono di Chuck, dietro di me.

Il momento dura poco, perché lui torna in classe dopo avermi posato un bacio sulla guancia.

«Ci vediamo stasera, Juls».

In quell'istante, Alexander non sembra più interessato ai discorsi delle ragazze, perché gira i tacchi e se ne va.

«Tu e Alexander avete litigato?», chiede Amanda curiosa.

«Perché?», domando accigliata.

«Be', non vi siete parlati!», puntualizza Mini.

«Perché, voi avete rivolto la parola a Chuck? L'avete salutato?».

Le mie amiche si scambiano uno sguardo che non mi piace affatto. Ne ho abbastanza dei loro segreti, quindi me ne torno in classe con uno sbuffo. Spero l'abbiano sentito.

Mi tormento il labbro inferiore osservando la schiena di Alexander seduto sul sedile del passeggero, mentre aspettiamo che mia madre finisca di parlare con la prof di matematica.

«È un nuovo tipo di acconciatura?»

«Di che parli?»

«Il tuo, Juliet», afferma senza voltarsi.

«A me sembra di essere sempre la stessa».

Comincio a toccarmi frettolosamente i capelli, per paura di avere qualcosa fuori posto.

«Non sembravi la stessa, quando sei arrivata con Chuck».

Cosa vuole dirmi? Che non devo pomiciare con il mio ragazzo?

«E allora? Ero con Chuck», la butto lì, poi attendo una sua reazione.

E mi aspetto un "a fare cosa?", ma lui non coglie la provocazione.

«Non ti sento mettere il becco negli affari miei come al solito», lo istigo con un filo di voce.
Alexander si volta rapido. La sua espressione dura mi fa trasalire.
«Come hai detto, scusa?»
«Ehm... be', che di solito t'impicci degli affari miei, mentre oggi...».
«Mi impiccio degli affari tuoi? Ti faccio solo notare quando sbagli».
«Non capisco», mi lamento giocherellando con le maniche del cappotto.
Lui non sembra infastidito di dovermi dare una spiegazione.
«Vedi, Juliet, è molto semplice. Esci di nascosto: sbagli. Ti comporti da immatura: sbagli. Menti a tua madre: sbagli. Provi a manipolarmi: sbagli. Messaggi durante le lezioni e non presti attenzione: sbagli. Entri nella mia stanza...». Mi lancia un'occhiata risoluta e aspetta che io finisca la frase.
«Aspetta, fammi indovinare... sbaglio?». Ridacchio divertita.
«Esattamente. E cos'avrei da rimproverarti oggi?», domanda lui senza levarsi quell'espressione apatica dal viso.
«No, cioè...».
«Era l'intervallo e tu lo hai passato a strofinarti sul tuo fidanzato. Cosa c'è di male, Juliet?».
Il tono è sarcastico, eppure il suo viso è impassibile. Mi sta prendendo in giro o dice sul serio?
«Niente, quindi non ti faccio notare l'errore. Quello che posso fare è utilizzare dei vocaboli volutamente dispregiativi per sottolineare il mio disappunto per questa relazione. Nulla più».
«Comunque non mi strofino addosso a nessuno», squittisco scocciata.
«Uh, scusa. Non sapevo che lo lasciassi fare a lui».
Mia madre entra in macchina l'attimo prima che io possa ribattere alla frecciatina.
Si dilunga in una ramanzina sull'importanza di una materia come la matematica, mentre io sbuffo svogliata.
Guardo dal finestrino il pallore del cielo che fa da sfondo alla città e intanto continuo a domandarmi perché Alexander si comporti in quel modo subdolo.
Dice che sono insignificante, poi mi chiede di spogliarmi, infine se ne esce con la storia che è meglio se stiamo lontani...
Non dovrebbe importarmi cosa pensa, soprattutto considerando che questa sera la passerò con Chuck. Ieri ha preso la patente, quindi finalmente potrà venirmi a prendere.
Il piano è quello di uscire sul tardi, così né Alex né mia madre se ne accorgeranno.

Io e Chuck siamo sdraiati sul suo letto a fare una maratona di *Stranger Things*, ma l'entusiasmo si spezza con l'arrivo di un messaggio.

A: Perché non sei nella tua camera, Juliet?

Questa sera, dopo aver augurato la buonanotte a John e mia madre, sono salita in camera mia, ma invece di mettermi il pigiama ho indossato un paio di jeans e un maglioncino rosa che lascia la mia pancia leggermente scoperta, poi sono sgattaiolata fuori dal retro.

Non me la sento di rispondere ad Alex davanti a Chuck, quindi mi chiudo in bagno. Abbasso la tavoletta e mi ci rannicchio sopra.

J: Sono uscita di nascosto, problemi?
A: Per fare cosa?

Tamburello con il cellulare contro lo sterno.

J: Che ti frega?
A: Dove sei, Juliet?
J: Stalker.
A: Io mi preoccupo per te.

Le mie labbra accennano un sorriso.
Maledizione, non dovrei sorridere!

J: Sono da Chuck.
A: Buona serata allora.

Fisso quel messaggio con aria confusa.
È arrabbiato? O indifferente?
Torno da Chuck con la testa piena di dubbi e mi rimetto sdraiata sul letto accanto a lui. Ogni tanto controllo il telefono, come se mi aspettassi qualcosa, mentre il mio ragazzo prende ad accarezzarmi le spalle dolcemente.
«Juls, ma quante volte l'hai già vista questa puntata?».
Chuck mi sfiora il collo con la punta del naso e io inarco la schiena per il brivido che mi dà il suo respiro caldo sulla pelle.
«Chuck, lo sai che non mi stanco mai delle cose che mi piacciono…».
Lui sembra cogliere il doppio senso che mi sono lasciata sfuggire con ingenuità, così preme entrambe le mani sulle mie guance, obbligandomi a schiudere la bocca, per poi soffocare le mie parole con un lungo bacio con la lingua.
«Be'… se è per questo neanche io, cerbiattina…», afferma prima di invitare la mia lingua a riprendere a giocare con la sua.
E in breve tempo le nostre effusioni diventano sempre più irruente e i gesti più lascivi. Chuck sfiora la mia pancia scoperta, ma d'un tratto si ferma.
«Inizia a far caldo».
Si sfila la maglietta con un gesto rapido, lasciandomi ad ammirare i suoi addominali scolpiti. Ho visto Chuck in costume numerose volte, ma ora è diverso: siamo su un letto e stiamo pomiciando da più di venti minuti. Non so se preoccuparmi quando le sue mani affondano nella mia pancia e le dita stringono il tessuto del mio maglione, facendolo risalire sopra il reggiseno. Il suo palmo grande stringe la coppa e io mi irrigidisco.

«Ehm… Chuck…». Il mio timido tentativo di scacciare la sua mano risulta inefficace.

«Tranquilla, non facciamo nulla», ansima accaldato tra un bacio e l'altro. «Oggi sei stata così eccitante a scuola…».

Non mi aspettavo questa affermazione, come non mi aspettavo di ritrovarmi con Chuck sopra di me, a torso nudo. Le nostre lingue lottano impazzite e sento di nuovo il suo bacino premere duro contro di me, questa volta sulla coscia.

«Chuck?»

«Non sto facendo niente, piccola… Non vuoi baciarmi?»

«Sì, è che…». Lo fermo puntando entrambi i palmi sul suo petto leggermente sudato. L'ho sempre fatto, non so cosa mi spinga a non andare oltre con Chuck.

Eppure con Alex ho fatto cose…

Una scarica di adrenalina mi fa vibrare le ossa, quando ripenso ai suoi occhi neri.

Devo levarmi la sua immagine diabolica dalla mente.

«Sai che ti dico, Chuck? Ho caldo anch'io», sbotto prima di sfilarmi il maglione.

«Hai un sapore così dolce…», sussurra lui.

I baci che Chuck mi lascia sulle spalle nude mi obbligano ad abbassare le palpebre e la visione di quello sguardo scuro come il carbone mi torna di nuovo in mente. Tento di combatterla, tento in tutti i modi di non pensarci, mentre il mio corpo si culla in una dolce bolla.

Chuck forza le mie labbra con la spinta della sua lingua, poi con la mano torna di nuovo sul reggiseno, mentre i nostri corpi si accarezzano timidamente.

«Chuck…». Lui però non mi ascolta e le sue dita scivolano più in basso, al bottone dei miei jeans. Senza mai interrompere quel bacio, gli afferro il polso e lo sposto con una mossa decisa.

Ho ancora i jeans e il reggiseno addosso, quando lo sento mugugnare un: «Sei bellissima».

Le nostre bocche si uniscono ancora, in un impatto di lingue veloci.

Sono baci diversi questi, sono frenetici, passionali, bagnati. Eppure non sento le vene andare in escandescenza.

Perché penso alle parole di Alexander?

Le carezze tra me e Chuck dovrebbero essere più piacevoli della sensazione di bruciore che ho provato dopo quelle sculacciate con il legno. Il mio bacino si contrae appena sotto il peso di Chuck, che comincia a pulsare più forte vicino al mio fianco.

La mia mente, però, sta viaggiando lungo strade tortuose, sguardi freddi e parole dure. Un brivido accende la mia schiena, che trema al ricordo di Alexander.

È entrato in camera mia e non mi ha neanche salutata, mi ha detto cosa dovevo fare. Punto.

Ricordo il suo sguardo crudele e soddisfatto mentre mi guardava piegata e dolorante.

Ha anche detto di essersi eccitato, però perché non ricordo quella parte? Non l'ha dato a vedere? Si è controllato?

Ora che ci penso… era dietro di me, io non ho visto nulla…

Un altro brivido. Quel momento piacevole viene però interrotto dalle mani ruvide di Chuck che scivolano dentro i miei jeans.

«Chuck, non è il caso…». Annaspo.

«Lo so che non ti senti pronta», sussurra, mentre io mi rimetto a sedere. «Ma potremmo fare qualcosa in più rispetto ai soliti baci».

«Cosa vuoi fare?», domando impacciata.

«Magari possiamo toglierci i pantaloni».

Guardo le sue iridi azzurre. Sembrano così pure, e mi fanno sentire terribilmente in colpa.

Come ho potuto mostrarmi in intimo ad Alexander, prima di farlo con il mio ragazzo?

«Ti va, Juliet?»

«Ehm…».

Di colpo mi tornano in mente i piccoli lividi che ho ancora sul fondoschiena. I segni sono visibili.

«Chuck… io… non…».

Una strana sensazione di ansia mi gonfia il petto.

Tento di mascherare gli occhi lucidi con un sorriso, ma sto andando nel panico. Sono in trappola.

Maledetto Alexander.

«Meglio se mi accompagni a casa», mormoro scossa.

«Cosa? Ma stai scherzando?», sbraita Chuck incredulo.

«No, sono seria», rispondo afferrando con forza il maglione per poi indossarlo. Lui sembra rimanerci male, ma decide comunque di acconsentire alla mia richiesta senza fare troppe storie.

Durante il viaggio di ritorno verso casa, scopro che non è stata solo una sensazione, Chuck ci è rimasto realmente da schifo.

«Chuck, scusami».

Lui sta in silenzio, guida con gli occhi fissi sulla strada e, quando giungiamo alla villetta degli Ackerman, rimaniamo fermi in auto, in silenzio, per un po'.

«Juliet, ma sei sicura… di… sì, insomma…». So già dove vuole arrivare. «…di amarmi?».

Il viso di Chuck si vela di una leggera tristezza.

«Chuck, ma che dici?»

«A volte non mi fai sentire amato», mormora con lo sguardo basso.

Mi sento in colpa da morire. Come ho potuto lasciare ad Alexander tutta quella libertà nei miei confronti, così tanta da permettergli di farmi del male, mentre sto qui a privare il mio ragazzo di qualche carezza in più?

E presa da uno slancio improvviso, mi avvicino e gli allaccio le braccia attorno al collo.

«Ti amo, Chuck».

«Io te lo dimostro, Juliet, dovresti farlo anche tu».

Non ho una risposta, posso solo baciarlo per dimostrarglielo a mia volta. Mi allungo verso di lui e riprendiamo a baciarci in modo passionale, come se non avessimo mai smesso.

La mano di Chuck stringe la mia coscia con forza mentre mi impegno con tutta me stessa a esprimere un po' di desiderio. Provo a baciargli il collo, poi gli mordicchio appena il lobo.

Chuck si abbandona a un mugolio eccitato, mentre comincia ad accarezzare la mia mano. Intanto che riceve i miei baci impacciati, ne tocca il dorso, a lungo, ma ben presto l'afferra e se la porta al cavallo dei pantaloni.

La preme sulla sua cerniera, facendomi sentire la sua erezione.

«Chuck…».

Sento le guance avvampare e le orecchie emettere un ronzio così fastidioso da farmi smettere di ragionare. Non c'è adrenalina stavolta. Non voglio farlo.

«Devo andare, Chuck».

Apro sgraziatamente la portiera e, impaurita, scappo da quell'auto. Affretto il passo lungo il viale, trattenendo a stento un moto di lacrime che comincia a montarmi al fondo della gola.

Quando entro in casa, noto che non ci sono luci accese.

Stanno dormendo tutti.

Sono così scossa che non mi accorgo della presenza nel buio.

«Bentornata, Juliet».

19

JULIET

La borsa mi casca dalle mani, ma non bado ai trucchi sparsi sul pavimento dell'ingresso.

«Stai piangendo?».

Lo sguardo di Alexander mi brucia addosso, sta aspettando una risposta, mentre la lampada del soggiorno che ha appena acceso rischiara il suo volto di una luce tenue.

Mi ritrovo incapace di rispondere, un singhiozzo indefinito è l'unico suono che esce dalle mie labbra.

«Juliet, ti ho fatto una domanda».

Stavolta mi schiarisco la gola e faccio un respiro profondo, prima di forzare un "no", ma è chiaro che sto mentendo.

Alexander si alza in piedi e quando mi giunge davanti non ho il coraggio di sollevare gli occhi.

«Perché piangi?»

«Ma no… ».

«È stato Chuck?», incalza rapido.

La nota di preoccupazione che macchia il suo timbro di solito sicuro mi lascia senza parole.

«No, io…».

Col pollice mi raccoglie il mento, obbligandomi a sollevare il capo.

«Ti ha fatto qualcosa, Juliet? Guardami».

Faccio un altro lungo respiro, perché i suoi occhi intensi mi stanno soffocando dolcemente.

«No, Alex».

Mi scruta dall'alto, poi la sua mano si stringe a pugno. Indietreggia e mi fa cenno di seguirlo in cucina.

«Ti preparo un tè, siediti».

Mi appollaio su uno degli sgabelli che contornano l'isola e, con una guancia spalmata sul palmo, lo guardo destreggiarsi col bollitore.

«Juliet?»

«Sì?»

«Se c'è qualcosa che ti turba… puoi parlarmene», asserisce restando di spalle.

Deglutisco e, mossa da un po' di coraggio, finalmente ritrovo le parole.

«Non mi ha turbato quello che abbiamo fatto io e te».

Alexander si volta, ma non sembra credere a ciò che dico.

«Juliet, se Chuck dovesse farti qualcosa…».
«Chuck mi tratta sempre come una principessa».
«Mhm, capisco. E il trattamento da principessa ti fa piangere?».
Di solito la presunzione di Alexander mi fa arrabbiare, mentre ora mi porta a nascondere un sorrisetto nel palmo della mano.
«Ma no…».
Accenna un lieve sorriso e in quel momento mi rendo conto di non averlo mai visto ridere, né conosco il suono della sua risata.
Il borbottio del bollitore interrompe i nostri discorsi, quindi resto in silenzio fino a quando lui non mi allunga la tazza di tè.
«Attenta, è bollente».
«C'è solo stato un malinteso tra me e Chuck», mi affretto a dire quando la sua attenzione è di nuovo su di me. Non so perché io voglia confidarglielo ma, sotto quella corazza spessa, potrebbe esserci molto di più che occhiate fredde e parole sarcastiche.
«Sei solita fare così?», mi chiede a un certo punto.
«Così come?», domando passandomi il dorso della mano sulla guancia.
«Piangere, dopo essere stata con lui».
«Perché me lo chiedi, Alex?»
«Te lo chiedo perché m'importa. Non porrei la domanda se così non fosse. Sicura di star bene adesso?».
Il suo sguardo mi dà i brividi.
«Sono stata tutta la sera con il mio ragazzo, certo che sto bene».
«Ci stai così bene che non hai mai fatto sesso con lui, non gli racconti la verità su come ti senti, non riesci nemmeno a farci un discorso serio».
Le mie mani iniziano a sudare e le dita a giocherellare nervosamente intorno alla tazza. «Vuoi punirmi anche stasera?», gli chiedo di punto bianco.
«Juliet». Pronuncia il mio nome in tono ammonitore. Poi una piccola fossetta appare al lato sinistro della sua bocca. «Ma per chi mi hai preso? No. Stavi piangendo fino a qualche minuto fa».
Sorseggio il tè caldo provando a nascondere l'imbarazzo.
«E poi, non ho bisogno di vedere le tue ridicole mutande tutte le sere».
Gli lancio un'occhiata di sbieco.
«Voglio dire…», riprende con leggerezza, «ho una buona memoria».
Mi scappa uno stupido sorriso, ma le parole di Alexander tornano di nuovo serie.
«Juliet, non lasciare che lui ti metta pressione». Si ferma e riprende a parlare solo dopo avermi vista annuire. «Vi ho guardati oggi, siete arrivati sgualciti e affannati. Eri reduce da atteggiamenti amorosi che precedono i preliminari, che a loro volta precedono il sesso».
Le sue labbra sono rosee e mi ipnotizzano.
«Penso che per Chuck sia arrivato il momento», ammetto sottovoce.
«Ma non per te. Le cose si fanno in due. E poi devi arrivare preparata per fare sesso».

«Cioè?», chiedo incuriosita.

«Vuoi che la tua sia un'esperienza orribile, dolorosa e insoddisfacente?»

«Uhm… no», bisbiglio storcendo il naso.

«Ora però è mezzanotte, devi andare a letto».

Ma come? Proprio sul più bello?

Ci rimango un po' male. Pensavo che volesse darmi dei consigli, qualche parola di conforto, e invece mi spedisce a letto con i suoi modi burberi.

«Ma, Alex…».

Lui mi ruba la tazza dalle mani e torna al lavello.

«Nessun "ma", domani ne riparleremo».

Davvero?

«Finisco io qui. Buonanotte, Juliet».

Scendo dallo sgabello, mi avvicino a lui e, alzandomi in punta di piedi, raggiungo la sua guancia.

L'accarezzo con un bacio furtivo. Spero che non gli abbia dato fastidio, perché sono scappata troppo rapidamente per poter giudicare la sua reazione.

«Ti ho portato i miei appunti dell'anno scorso».

Il pomeriggio seguente Alexander appare davanti alla porta di camera mia, con in mano un quaderno e alcuni foglietti scarabocchiati. Riconosco immediatamente i suoi appunti di matematica.

«Non dovevamo iniziare lunedì con le ripetizioni?», domando schietta dopo aver spento la TV.

«Non mi fai entrare, Juliet?».

Annuisco, quindi lui varca la soglia, poi chiude la porta.

«Cominceremo lunedì, ma intanto dovresti dare un'occhiata a questi», afferma posando il materiale sulla mia scrivania.

«Okay».

«Juliet?». Il suo sguardo si fa più tagliente.

«Sì?». Ho un sussulto ogni volta che pronuncia il mio nome con la sua voce da brividi.

«Hai riflettuto su ciò che ti ho detto ieri?».

Non sono sicura di sapere a cosa si riferisca, dato che abbiamo parlato di diverse cose.

«Certo».

Trattengo il respiro, è un riflesso condizionato, perché mi agita troppo.

«Perché sei nervosa, ora?».

Alexander resta appoggiato con il fianco alla mia scrivania e mi fissa attentamente.

Vorrei ribattere che non lo sono affatto, ma mi trovo sul letto a giocherellare con le mie stesse mani.

«A volte tu… sei tu. Mi rendi nervosa», confesso sottovoce.

«Non devi esserlo, Juliet».

«No, è che… non ti aspettavo».

«Preferisci che ti avvisi prima di venire in camera tua?».
Scrollo le spalle.
«Senti, Juliet…». I nostri occhi si incrociano. «…voglio chiederti una cosa», annuncia prima di sedersi sulla mia scrivania.
«Cosa vuoi chiedermi?»
«Cosa sai del sesso?»
«Be'… perché me lo chiedi?»
«Voglio sapere qual è il tuo grado di inconsapevolezza».
Strofino le dita attorno al polso per allentare la tensione, mentre Alexander comincia a spostare lo sguardo tra il mio polso destro e il sinistro. Rimane in silenzio per un po' a fissare le mie mani che si muovono irrequiete, poi sposta volontariamente lo sguardo a terra, schiarendosi la gola.
«Dicevamo?». Cerca di riprendere il filo. «Ah sì, quindi non sai nulla al riguardo».
«Certo che ne so qualcosa! Cioè… meccanicamente…».
Lui incatena gli occhi ai miei e io non riesco più a sfuggirgli.
«Parla, Juliet».
«Voglio dire… so come si fa».
Il suo sopracciglio s'inarca in un'espressione di sorpresa.
«Ah sì?».
Annuisco decisa.
«Illuminami, allora». La sua aria saccente m'indispettisce, ma decido di proseguire oltre.
«Perché pensi che sia una stupida, scusa? So come si fa, okay? Non credo mica che i bambini li porti la cicogna».
Dio, che imbarazzo, ma cos'ho appena detto?
Alexander però non mi deride, lo vedo spingere una nocca contro il labbro inferiore. Basta quel gesto e tutta la mia attenzione scivola languida sulla sua bocca.
«Mhm, quindi sai che per procreare è necessario un atto sessuale, bene. I rudimenti della scuola materna li hai».
Divento rossa all'istante.
«So anche che puoi prenderti delle brutte malattie se non metti il preservativo», sbotto nervosa.
«Dieci punti a Grifondoro», replica Alexander con tono canzonatorio.
Scrollo la testa, stufa delle sue prese in giro.
«Però hai colto un aspetto importante. Il preservativo, brava».
«Grazie», mormoro dubbiosa, guardando le sue gambe ciondolare sotto la mia scrivania.
«Bambini e malattie. Mhm, noia. Tutto qui?»
«No, be', anche…». Sento la gola riarsa, non riesco a continuare.
«Cosa?»
«Piacere».
Il soffio di voce che si libera nell'aria è quasi inudibile, per un attimo spero che Alexander non mi abbia sentita, ma le sue palpebre hanno un guizzo.

«Davvero, Juliet?».
Deglutisco.
Ti diverti così tanto a mettermi alla prova?
«Sì».
«E tu cosa ne sai del piacere?».
La sua espressione mi fa rabbrividire.
«Ho letto che il piacere deriva dall'istinto di conservazione della specie. Il sesso è un atto piacevole perché così gli esseri viventi sono invogliati a procreare».
Di fronte alle mie parole tentennanti, Alexander accenna un sorriso rivolto al pavimento.
«Non ti facevo così informata».
«Tu mi sottovaluti sempre», mormoro richiamando il suo sguardo.
«Sai, Juliet… è davvero piacevole…». Rimarca questa parola, prima di alzarsi in piedi. «…quando mi stupisci».
Alexander si siede accanto a me e i toni tornano seri.
«Chuck ha provato a forzarti ieri?»
«No… ha solo… ha provato a…».
Non saprei neanche io come definire ciò che è accaduto.
«Ti ha toccata contro la tua volontà?»
«No, mai».
Un leggero sollievo si dipinge sul suo volto, solitamente impassibile.
«Voleva che fossi io a farlo. A toccarlo».
I suoi occhi si riducono a due fessure.
«Devi solo promettermi una cosa, Juliet. Gli dirai di no se non ti senti pronta».
Il mio sguardo si posa sulla sua spalla, così vicina alla mia. Vorrei appoggiarci la guancia.
«Sì, certo. Io…».
«Non esitare. Devi essere decisa nel dire di no».
«Sì, ma non capisco perché Chuck stia ancora ad aspettare me…», mi ritrovo a pensare a voce alta.
«Se non ti aspetta, non ti merita», mi fredda lui.
«O magari… Chuck non è quello giusto».
La butto lì, come una frase innocente.
Alexander si volta verso di me e mi colpisce con un'occhiata intensa che mi trafigge le labbra.
Ci fissiamo le rispettive bocche per qualche secondo. La mia schiena viene scossa da un brivido caldo, ma Alexander non sembra conoscere emozioni.
«Devo andare», annuncia, lasciandomi sgomenta.
«Dove?»
«Ho da studiare. E anche tu», risponde conciso.
«Ma avevi… Pensavo volessi ascoltarmi!».
Accenno un capriccio, ma Alexander è già in piedi, diretto alla porta.
«Ho ascoltato abbastanza».
Perché si comporta così ora?

«Te l'avevo detto che preferivo non trascorrere troppo tempo insieme a te, ricordi?», chiede dandomi le spalle.

Mi alzo in piedi, i pugni stretti lungo i fianchi. «Sì, però avevi anche detto che potevamo parlare».

«Solo se è strettamente necessario. Se hai un problema, puoi chiamarmi, Juliet».

Lo vedo afferrare il pomello della porta.

«Perché ti comporti così? Cosa ti ho fatto, Alex?»

«Stammi lontana».

E così, senza darmi una valida spiegazione, lascia la mia camera, gettandomi nello sconforto.

20

JULIET

Nei giorni seguenti Chuck è più premuroso che mai, soprattutto dopo il piccolo malinteso avvenuto nella sua auto.

Alexander, invece, ha ripreso a ignorarmi totalmente. A scuola, a casa, in macchina, tra di noi non c'è più dialogo. Ho paura persino di fargli una domanda tipo: "Alex, mi passi il sale?".

Finalmente arriva sabato sera, ma visto il mio castigo ancora in corso alle otto m'infilo il pigiama più caldo che possiedo, lego i capelli in due trecce laterali e mi faccio un bel rewatch di *American Horror Story*.

Qualcuno però bussa alla mia porta.

«Juls! Sei sveglia?».

È mia madre.

«Sì, entra pure», le rispondo controvoglia.

«Tesoro… io e John andiamo dai vicini, ci hanno invitati per un caffè. Fa' la brava, okay?».

Sono a casa, nel letto, alle otto di sabato sera, cosa potrei fare di male?

«Certo, mamma».

Lei mi dà un bacio sulla fronte, poi esce dalla mia camera. Sbavo su Evan Peters per circa mezz'ora, finché non mi viene una gran fame. Non è un vero e proprio appetito, è più che altro voglia di biscotti al cioccolato. Avvolta nel mio pigiama a quadretti, scendo in salotto e recupero un pacco intero di biscotti, ciondolando svogliatamente davanti al bollitore.

«Niente uscite clandestine oggi?».

Maledizione, che spavento.

Mi volto di scatto e noto Alexander in salotto, sta seduto sul divano. Non mi ero accorta di lui prima, è sempre silenzioso come un gatto.

Mi dimentico dei biscotti, del tè, e mi avvicino a lui.

«No, niente uscite».

«Come mai? Chuck ha altro da fare stasera?»

«Non ho voglia di infilarmi in altri casini. Vuoi un tè?»

«Sì, grazie», risponde educatamente.

Torno in cucina, ma non prima di avergli lanciato un'occhiata attenta: come sempre sta leggendo e indossa un paio di pantaloni della tuta e una maglietta a maniche corte.

«Mettilo pure sul tavolino, grazie», dice quando gli porgo la tazza. «Sicura di non aver paura di stare da sola con il tuo ragazzo?»

«Perché dovrei?». Poso sul tavolo la mia tazza, insieme al pacco di biscotti.
«Siediti». Alexander mi indica il divano e il posto accanto al suo.
«Hai paura di dovergli dire di no un'altra volta. Forse non vuoi deluderlo. O più semplicemente... non desideri stare da sola con lui».
«Perché mi hai ignorata in questi giorni?»
«Te l'ho detto, sono stato chiaro. Cos'è che non capisci?»
«Evidentemente non capisco perché ce l'hai con me!», squittisco indispettita.
«Non ce l'ho con te. Preferisco non trascorrere troppo tempo insieme a te. Dopo ciò che è successo, sarebbe... inopportuno».
I suoi occhi lambiscono il mio viso con insistenza e in un attimo sento di nuovo la pelle bruciare.
«Parli di quando mi hai...». Le mie guance s'infiammano.
«Ti imbarazza pensarci?».
È innegabile. Lo dicono le mie mani che tirano nervose il tessuto del pigiama sulle ginocchia. Lo rivelano i miei occhi evasivi. Lo confessano anche le mie labbra, tormentate senza sosta dagli incisivi.
«Hai detto che potevo chiamarti se avevo problemi. Quello con Chuck potrebbe essere un problema...».
«Ti ha detto qualcosa? Ti ha costretta a fare qualcosa?».
Per un attimo, la voce di Alexander suona incontrollata, lasciando trapelare un'insolita premura.
«No. Non abbiamo fatto nulla, è nella mia testa il problema. Sono piena di dubbi».
Dopo un lieve sbuffo di sollievo, Alexander riprende a parlare.
«Comprensibile. Cosa ti turba?», chiede prima di poggiarsi allo schienale del divano con le braccia conserte.
«Io e Chuck ci amiamo».
I suoi occhi annoiati rotolano al soffitto.
«Anche se tu non ci credi», aggiungo io.
«E quindi?», domanda spazientito.
«Perché mi sento così... insicura di farlo?».
Alexander, invece, non è mai insicuro nelle sue risposte.
«A volte l'amore non è abbastanza, ammesso che ciò che vi lega sia davvero amore. E poi l'amore e il sesso sono due cose diverse. A volte coincidono, a volte no. Sta a te decidere cosa fare».
Sempre troppo complicate le sue spiegazioni.
«Chuck è già stato con altre ragazze, in passato. Per lui non sembra una cosa di grande importanza. Pare che sia un atto da fare e basta...».
«Parli del sesso, Juliet?»
«Sì, cioè... per me è un passo importante. Ho come l'impressione che, se lo facessi ora, perderebbe quella valenza».
Alexander mi osserva attentamente, poi si lascia andare a un commento sussurrato.
«Lo è. Un passo importante, intendo».

«Magari non sarò… come dire… alla sua altezza».
«Perché pensi una cosa del genere? Credi che dopo Chuck ti dia un voto?»
«Ma no… è solo che non so come sarà».
Guardo Alexander attraverso le ciocche castane che mi sono scivolate davanti agli occhi nella speranza dica qualcosa in più.
«Stai chiedendo a me come sarà la tua prima volta, Juliet?».
Le mie gote si arrossano di nuovo. «Certo che no!».
«Tu sarai impacciata, ma Chuck non ti giudicherà per questo. Sono sicuro che gli piacerà».
Stringo la tazza nella mano destra, quando lui mi sfiora il polso sinistro, che tengo sulla gamba. Lo intrappola tra l'indice e il medio, poi lo fa ruotare verso l'alto. La lingua gli scivola subdola tra le labbra, mentre preme il pollice sulla mia pelle bianca segnata da sottili vene bluastre. Sembra voglia controllare il battito del mio cuore.
«A che pensi?»
«Non vuoi saperlo, Juliet».
«Sì che lo voglio sapere».
Lui ritrae la mano all'improvviso.
«Non credo proprio. Scapperesti via se ti dicessi a cosa sto pensando».
Pensavo si sarebbe rimesso a leggere, invece torna a parlarmi.
«Però, se proprio ci tieni a saperne di più, puoi guardare qualche video su internet. Giusto per farti l'idea dell'atto meccanico che avviene tra due persone durante il sesso».
Per poco non mi casca la tazza dalle mani.
«Ma dai, Alexander!», sbraito scandalizzata.
Lui scrolla le spalle. «Se vuoi sapere a cosa andrai incontro, questa è un'opzione ragionevole».
Poi si alza in piedi e, dopo aver afferrato la sua tazza di tè, sparisce in camera sua.

Chuck non mi ha mandato un solo messaggio per tutta la sera, perciò decido di chiamarlo. Prima ancora che io possa aprire la rubrica, mi arriva una notifica.

A: Allora, Juliet?
J: Allora cosa?
A: Hai dato un'occhiata?

Oddio, diceva sul serio?

J: No.

Voglio levarmi dalla testa Alexander e le sue stupide richieste, così provo a chiamare Chuck, ma lui non risponde. Un moto d'ansia mi chiude la gola. *Non aveva gli allenamenti e aveva detto che ci saremmo sentiti…*
Mi siedo svogliatamente sul bordo del letto e comincio a mordicchiarmi l'inter-

no del polso. È un brutto vizio che mi porto dietro da quando ero bambina: ci sfrego i denti sopra, finché non comincia a pizzicare forte.

A: Perché non fai quello che ti dico?

Il messaggio di Alexander mi fa dimenticare tutto il resto.

J: Perché non mi pare il caso di guardare quei video! E poi non saprei come cercare.
A: Svegliati, Juliet.

Ma come si permette?

Non faccio in tempo a scrivere una risposta a tono, che mi arriva un link. Butto subito il cellulare sul comodino, non ho nessuna intenzione di aprirlo, solo per farmi prendere in giro da lui. "Perlomeno non mi ha chiesto di guardarlo insieme", penso tra me e me. Ma la realtà è che io non ho idea di quello che Alexander potrebbe arrivare a chiedermi.

«Allora, Juliet?».

Dannazione. Perché deve sempre fare così?

È domenica mattina, appoggiato al bancone della cucina c'è Alexander che mi fissa annoiato, e io sono più nervosa di quando ho un'interrogazione di fisica. Mi avvicino alla dispensa dei biscotti con cautela, facendo attenzione a non sfiorare né lui, né la sua tazza di caffè, poi mi schiarisco la gola. Dovrei fare colazione, ma anche una cosa così banale diventa difficile con quegli occhi che mi danno il tormento.

«Com'era?», insiste lui. So a cosa si riferisce. Mi ha mandato il link di un video che non ho guardato e non ho nessuna intenzione di guardare, ma non mi va di dirgli che non ne ho avuto il coraggio.

«Non mi è piaciuto».

«Mhm, capisco. Neanche a me».

Si sistema il colletto della camicia sotto il golfino scuro mentre io gli rifilo un'occhiata scettica.

«Pfff…».

Mi scappa uno sbuffo canzonatorio e mi fulmina all'istante.

«Cosa starebbe a significare quel verso?», domanda osservando le mie mani giocare irrequiete sul tavolo della cucina.

«Non ci credo che a te non piaccia…».

«A me piace un altro genere, Juliet. Vuoi vedere?». Lo domanda in tono di sfida e non ha l'aria del bugiardo.

«Sì», rispondo e lui inarca un sopracciglio.

La sua espressione di stupore è impagabile.

«Sì? Stai scherzando?».

Sorrido. L'ho preso alla sprovvista e, come ogni volta che accade, me ne compiaccio.

«Allora…?», lo istigo a testa alta.

I passi di mia madre interrompono il nostro breve scontro mattutino, quindi Alexander mi liquida con un: «Mhm, ci penserò. Ora devo studiare. E anche tu».

Passare la domenica pomeriggio a fare i compiti sul tavolo della cucina, sotto lo sguardo vigile di mia madre, è più deprimente del solito.

C: Scusa per ieri, piccola, mi sono addormentato presto.

Il messaggio di Chuck mi rende nervosa, forse perché stento a crederci.

J: Tu che ti addormenti presto? Di sabato sera? Non sei uscito?
C: No, Juls. Ti prometto che più tardi ti chiamo, ora devo andare dai nonni. Ti amo.

Decido di non rispondergli, anche perché non saprei davvero cosa dirgli.

Alzo il naso dal cellulare e vengo distratta dal dolce profumino che invade la cucina. Mamma sta preparando dei muffin al cioccolato, quando le squilla il telefono.

«È John!», strilla pulendosi le mani con uno strofinaccio, prima di rispondere.

John è andato a Glasgow per lavoro, ma il tempo per fare delle telefonate sdolcinate a mia madre lo trova sempre.

«Juliet, chiama Alex, c'è suo padre al telefono. È urgente».

«Ma Alex è in camera sua!», piagnucolo controvoglia.

«E allora? Sbrigati, vai a chiamarlo!».

Sbuffo, poi mi trascino fino al piano superiore.

«Alex?». Busso due volte. Niente. «C'è tuo padre al telefono!».

«Entra», sento dire.

Non sono sicura che l'abbia detto sul serio, ma non me lo faccio ripetere due volte. Ruoto il pomello e spingo la porta.

«Alex, c'è tuo padre al telef...».

«Cristo, Juliet!».

Con un'imprecazione mi blocca sulla soglia, ma il mio sguardo svelto è già cascato sui suoi boxer scuri.

«Scusa... io...».

«Ti ho detto "aspetta"! Sei sorda, forse? O solo stupida?», mi ringhia contro.

Sono letteralmente pietrificata, ma mi accorgo che il suo tono è meno autoritario del solito. Vedere Alexander mezzo nudo, con i capelli umidi e spettinati, me lo fa apparire improvvisamente più vulnerabile e meno temibile.

Le mie guance scottano e i miei occhi non ne vogliono sapere di scollarsi dal suo fisico asciutto. Alexander si affretta a voltarmi le spalle per afferrare una maglia dall'armadio. La sua schiena longilinea rivela la sua carnagione pallida.

«Scusa», bofonchio con la bocca impastata dall'agitazione, «avevo capito "entra"».

Alexander prende un paio di pantaloni, poi viene a infilarseli proprio davanti a me, e la mia spavalderia di poco prima svanisce nel nulla. Chino il capo e mi sento inebriare dall'intenso profumo del suo bagnoschiuma.

«Juliet?». Deglutisco rumorosamente. «Bella mossa, non la dimenticherò».

Esco di corsa da lì e, quando Alexander scende in cucina per parlare con suo padre, ne approfitto per raccogliere tutti i miei libri sparsi sul tavolo e fuggire in camera mia. Faccio la rampa di scale, entro nella mia stanza e ho giusto il tempo di posare i libri sulla scrivania che mi arriva un messaggio di Alexander. Un rimprovero? Una presa in giro? Sono troppo curiosa.

È un link e il mio pollice lo schiaccia senza nemmeno rifletterci. Di sicuro è un'altra mossa azzardata delle mie, ma l'idea di vedere qualcosa che piace a lui mi fa fremere di curiosità.

Apro velocemente il cassetto della scrivania e recupero un paio di auricolari, poi mi stendo sul letto e faccio partire il video. La ragazza è minuta, ma non riesco a vederla in viso. C'è un tizio con lei, ma nemmeno lui si vede in volto. Sono entrambi vestiti.

Tiro immediatamente un sospiro di sollievo. Non so esattamente cosa mi aspettassi di vedere, ma ciò che mi scorre davanti agli occhi è molto più innocuo di quanto pensassi. D'un tratto, però, avviene qualcosa di insolito: lei si sdraia a pancia in giù sulle ginocchia del ragazzo, lui le solleva la gonna e quando sento il rumore sordo che si libera nell'aria per poco non sobbalzo.

La sta sculacciando.

Sto fissando lo schermo a occhi sgranati, quando mi arriva un messaggio di Alexander.

A: Ecco cosa ti meriti.

21

JULIET

Il mio problema con le trasferte di John è il suo ritorno a casa. E non perché mi dispiaccia la sua presenza, ciò che non tollero sono le sue pretese assurde, come quella di voler trascorrere del tempo insieme, tutti e quattro, come una vera famiglia. E succede anche in questa uggiosa domenica sera in cui mia madre propone di sederci in salotto a guardare la televisione. Lei e John si siedono sul divano, io invece mi accovaccio sul tappeto vicino alla TV e, appoggiata al tavolino di vetro, me ne sto tutta concentrata a stendere lo smalto.

Non riesco nemmeno a guardarli i documentari che piacciono a loro, mi causano una narcolessia istantanea.

Alexander però sembra apprezzarli, dato che se ne sta su una poltrona, a osservare ogni mossa del leone marino protagonista di questo stupido filmato.

Ogni tanto risponde educatamente alle osservazioni di suo padre e scambia un sorriso con mia madre.

Noto che giocherella con la mano sul bracciolo, la batte ritmicamente contro la pelle di cui è rivestita la poltrona. Le guance mi si scaldano perché ripenso subito a quel video.

Con la massima cautela, sposto lo sguardo sul suo viso, sperando con tutto il cuore che non mi stia fissando, ma purtroppo la mia speranza s'infrange subito.

I suoi occhi non mi sono mai sembrati tanto scuri.

Mi mordo il labbro e chino il capo, provando a tornare allo smalto, ma il cellulare s'illumina.

E il mio cuore compie un balzo disperato.

A: L'hai visto?

Con che coraggio mi fa una domanda del genere, mentre i nostri genitori sono a due passi da noi?

J: No.
A: Male, molto male.

Serro le cosce.

A: Che succede, Juliet?
J: Nulla, perché?

A: Hai cambiato espressione, irrigidito i muscoli delle gambe.
J: Mi sto mettendo lo smalto, non rompere!
A: L'hai visto.

Muovo lentamente lo sguardo di lato per cascare nel buio delle sue iridi nere.

J: Perché mi hai fatto vedere quella roba?
A: Curioso di sapere cosa ti suscita.
J: Niente, solo dispiacere per quella ragazza.
A: Bugiarda, due volte.

Dannazione.
«Mamma, sono stanca, vado a letto».
Mi alzo frettolosamente, poi saluto John e mia madre, infine esco dal salotto. Il mio telefono vibra.

A: No, tu non vai a letto. Vai in camera mia.

Non me lo faccio ripetere due volte, entro subito in camera sua.

«Vedi, Juliet…». Non so se sia stato il cigolio della porta o quel tono di voce oscuro, ma sto tremando. «…m' infastidiscono le tue bugie».
Alexander chiude la porta e mi fissa senza battere ciglio.
«Su cosa…».
«Se qualcosa non ti piace, devi dirmelo».
Ma chi ti credi di essere?
«E perché dovrei?». Opto per una versione più diplomatica.
«Perché altrimenti io non so mai se fidarmi di te».
Quindi esiste una remotissima possibilità che lui possa fidarsi di me? E io vorrei che lo facesse, vorrei che si fidasse di me, che mi raccontasse della morte di sua madre, dei suoi problemi. Sono sicura che ha tanti pesi sulle spalle, tanti segreti da condividere, vorrei solo capisse che non sono la ragazzina superficiale che ha conosciuto, che può confidarsi con me, così come io ho fatto con lui.
«Tu puoi fidarti di me, Alex».
La mia voce è così debole da sembrare un soffio.
«Sei di nuovo entrata in camera mia oggi».
«Ma me l'hai chiesto tu…».
Alexander muove due passi verso di me, io indietreggio ancora e la mia schiena batte contro l'armadio, provocando un rumore sordo.
«Sto parlando di oggi pomeriggio», tuona lui.
«Scusa».
«Non mi basta e lo sai».
Che significa?
Tutti i miei dubbi si dissolvono davanti a una sola eventualità.

Perché sta aspettando, è chiaro. Alexander ha l'espressione sicura di chi sa perfettamente cosa sta aspettando.

E io non ho voglia di farlo aspettare oltre.

Le mie ginocchia si piegano e, senza staccare lo sguardo dal suo, mi inginocchio sul pavimento.

I suoi occhi soddisfatti lambiscono la mia figura e io vengo scossa da un brivido che mi corre lungo la schiena.

«Come ti senti, Juliet?»

«Confusa».

Lui resta in silenzio, impassibile, così provo a sbilanciarmi.

«Perché dici che vuoi starmi lontano se poi...».

«Sei entrata in camera mia», ripete in modo ossessivo.

E la mia testa si china all'autorità della sua voce.

Ricevuto, questo mette in secondo piano tutto il resto.

«Sai, Juliet, mi piace la tua camicetta... sarebbe un peccato fartela togliere».

Mi sento spaccata a metà. Da un lato sento di potermi realmente fidare di lui, ma dall'altro... c'è quella sensazione di ignoto. Non so cosa stia per succedere, ma credo di non essere mai stata così pronta a scoprire le sue intenzioni.

Alexander si dirige verso la cassettiera in legno posta di fianco al suo letto. Non ho idea di cosa stia facendo, ma quando torna da me mi accorgo che ha qualcosa in mano.

«Alzati».

Mi sollevo in piedi, mentre uno strano tepore s'irradia sulle mie guance.

«Ascoltami bene».

E io l'ascolto bene.

«Ora starai ferma. Immobile».

Annuisco.

«Chiudi gli occhi, Juliet».

Le sue iridi nelle mie, poi il buio.

La morbidezza di un tessuto sconosciuto mi accarezza le palpebre chiuse e mi solletica gli zigomi. Mi ha bendata con qualcosa.

Il tocco di Alexander è leggero e delicato. Le sue dita di seta corrono lungo la mia clavicola scoperta, poi le avverto scendere verso il basso, fino al mio petto.

Curvo il collo di lato quando il suo respiro vellutato mi scivola nell'orecchio.

«Vale sempre la stessa regola, Juliet. Puoi fermarmi quando vuoi».

Un leggero disappunto si disegna sulle mie labbra imbronciate quando le sue mani piacevoli si allontanano dal mio corpo, abbandonando la mia pelle accaldata. Si sente solo il mio respiro accelerato. Percepisco una leggera pressione contro la camicetta, allora capisco: la sta sbottonando. Alexander giunge fino all'ultimo bottone, infine, con la punta delle dita, solletica la mia pancia, le mie spalle, l'attimo prima che vengano spogliate del tutto. Una folata gelida mi lambisce le membra quando mi priva dell'indumento. Non vedo, posso solo sentire il battito del mio cuore impazzito e ogni piccola sensazione che fa vibrare la mia pelle.

Il suo buon profumo di bucato si fa più intenso attorno a me, sono così concentrata a godere di quella sensazione olfattiva che per poco non faccio un balzo quando la mano di Alexander, fredda e attenta, sfiora il mio fianco scoperto.

«Ferma», sussurra languido.

Con l'indice lo sento tracciare la sporgenza delle ossa del mio bacino, il tocco è lento, piacevole.

Nel silenzio che regna indisturbato, mi sembra di udire il suo respiro farsi più affannoso, proprio mentre mi sbottona i jeans. Lo sento lasciarsi andare a un gemito profondo e io sono costretta a inumidire le mie labbra ormai aride.

Non m'importa quello che Alexander sta facendo con me o con i miei vestiti: ormai è un gioco. Quello che desidero è concentrarmi su ogni piccolo brivido, ogni piccola carezza. Sono al buio, il tempo si è fermato nella mia testa, percepisco solo il freddo delle sue dita, che scorrono lungo la pelle rovente delle mie gambe, accompagnando il tessuto dei jeans verso il basso. Questi si accartocciano attorno alle mie caviglie e solo allora mi rendo conto di essere seminuda davanti a lui.

Alexander smette di toccarmi senza alcun preavviso.

I suoi passi si muovono sul pavimento e mi suggeriscono che si è appena allontanato. Poi di nuovo il silenzio.

E ora?

Vago con la mente al pensiero di Chuck.

Se mi chiedesse una cosa così assurda, non la farei.

Conto i secondi, gli attimi.

Infine la sua voce. «Juliet».

Il mio cuore riprende a battere all'impazzata.

Con i polpastrelli indugia sulla mia guancia, la accarezza dolcemente, l'istante prima di sfilarmi la benda. Riapro gli occhi, estenuata. *Quanto è durato?* Mi sembra di aver appena fatto una corsa sfrenata, eppure sono stata per tutto il tempo immobile, i piedi ben saldi sul pavimento.

«Sei stata brava».

Le nostre dita s'intrecciano un po' più del dovuto quando lui mi porge la camicetta. La riabbottono velocemente, poi mi tiro su i jeans.

«Ora va' a dormire», mi intima mentre ripone il fascio di seta nel cassetto.

Una scintilla di ribellione mi brucia dentro e questa volta le permetto di uscire allo scoperto.

«No!», ribatto a testa alta.

Alexander è di spalle, ma si volta veloce.

«No?».

Sul suo volto si stampa un'espressione di pura incredulità. Io sto al gioco, sto alle sue stranezze, ma voglio perlomeno sapere cosa stiamo facendo. Il minimo che possa fare è darmi una spiegazione.

«È tutto qui, Alex?».

Cerco qualcosa nel suo viso, un qualsiasi indizio che possa fornirmi una spiegazione di ciò che ho appena vissuto.

Ha detto che farmi male lo eccita, ma *questo*?

«Buonanotte, Juliet», asserisce non lasciandomi altra scelta, se non quella di andarmene dalla sua stanza, schiacciata dal peso di tutta la mia frustrazione.

Io odio i lunedì, ma oggi sembra essere il lunedì più lungo della storia. Sono impaziente, continuo a controllare l'ora perché nel pomeriggio ho appuntamento con Alexander e le ripetizioni. Non mi è mai capitato di essere così tanto interessata alla matematica.

Chuck affonda una mano tra i miei capelli stringendomi a sé, e solo in quel momento mi ricordo di essere in sua compagnia.

«Quanto durerà ancora questa punizione?», mi domanda, mentre camminiamo per i corridoi della scuola.

«Non ne ho idea, Chuck. Mia madre è lunatica».

«Juls, e se venissi io da te? La prenderebbe come un'uscita?».

Abbozzo un sorriso stanco.

«Tu? A casa mia?». Il mio tono si fa acuto. «Non saprei, Chuck».

«E dai... prova a chiederglielo! Non posso accontentarmi dei pochi momenti che abbiamo a scuola».

Noto una punta di amarezza nelle sue parole. Ripenso a quando sabato sera non rispondeva alle chiamate.

«Che vorresti dire, Chuck?»

«Che voglio passare più tempo con te».

«A fare cosa, se poi non rispondi quando ti chiamo!».

Ecco che la discussione sta prendendo la piega di un litigio.

«Come a fare cosa?!».

Chuck sta alzando la voce, attirando inevitabilmente l'attenzione degli studenti che ci circondano.

«C'è qualcosa che non va?».

Alexander si ferma esattamente davanti a me.

«No, Alex. È tutto okay», mi affretto a rispondere.

Lui però sta fissando il mio ragazzo con occhi torvi.

«Perché le stai urlando addosso?»

«Alex...». Provo a richiamare la sua attenzione, ma Alexander è troppo impegnato a guardare Chuck in cagnesco.

«Sono cose private, va' a farti un giro, Ackerman!», gli intima allargando il petto muscoloso.

«Vedi, Charles, io vado anche a farmi un giro... ma tu non alzare la voce quando parli con lei».

Chuck sembra perdere il controllo. «Non sto alzando la voce! Questo è un semplice litigio tra fidanzati e Juliet è la mia ragazza, nel caso l'avessi dimenticato!».

Gli occhi scuri di Alex si fanno più intensi.

«Io ce l'ho ben chiaro il concetto, Charles. Assicurati che non sia lei a dimenticarlo».

Il mio volto avvampa all'improvviso, fortuna che Alexander ci volta le spalle e si dilegua nel corridoio gremito, senza lasciare a Chuck il tempo di ribattere.

«Ma come si permette, quello stronzo!».

«Chuck…».

«Cosa voleva dire?», sputa lui, allungando il collo per osservare la figura di Alexander, ormai lontana.

«È strano, lo sai. Ascolta… chiederò a mia madre se puoi venire, così parliamo con calma».

«Va bene, cucciola. Ma non voglio vedere quello sfigato!».

Gli lascio un bacio sulle labbra sperando che non rimugini sulle insinuazioni di Alexander, ma, conoscendo Chuck, se ne sarà già dimenticato nell'arco di cinque minuti.

Mi aggiro per la cucina, quando mia madre rientra dal lavoro.

«Tesoro, eccoti. Com'è andata a scuola?»

«Bene».

Mi lancia un'occhiata sospettosa, poi getta la borsa sul tavolo, incurante dei miei libri.

«Dato che non posso uscire di casa, potrebbe venire Chuck a trovarmi, qui?»

«Non so se sia una buona idea, Juls, insomma…».

Mia madre si blocca, quando nota Alexander entrare in cucina, silenzioso come un gatto.

«Alex! Oh, giusto! Le ripetizioni».

«Ciao, Catherine. Disturbiamo se studiamo qui?», domanda lui in tono garbato.

«Qui a breve si terrà la riunione della mia amica. Meglio se andate di sopra».

È un mistero per me come facciano mia madre e le sue amiche a passare un pomeriggio intero appassionandosi di pentole e utensili da cucina.

Lo sguardo intenso che ci scambiamo io e Alexander mi fa tremare le ginocchia, ma tento di non darlo a vedere mentre saliamo in camera mia.

«Juliet, io ti aiuterò con la matematica perché così vogliono i nostri genitori, ma…». Alexander si ferma, chiude la porta, poi mi punta serio. «Ma tu cosa mi darai in cambio?».

Non abbiamo ancora iniziato a studiare e mi sta già chiedendo di fare qualcosa per lui. Mi siedo sulla sedia davanti alla mia scrivania, poi accavallo le gambe. I suoi occhi scendono veloci a guardarmi la gonna, ma dura un soffio.

Se vuole farmi spogliare di nuovo, oggi gli dirò di no.

Non mi è piaciuta la battutina perfida che ha rivolto a Chuck.

«È una delle tue richieste da pervertito?», chiedo beccandomi un'occhiataccia scontrosa.

«Voglio qualcosa in cambio del mio tempo prezioso».

«Potrei riordinare la tua camera». Sorrido provocandolo.

«Bel tentativo, nana», mi rimprovera con tono seccato.

Ridacchio quando si avvicina a me, appoggiandosi alla scrivania. Invece di farmi proposte strane come mi aspettavo, mi porge un foglio fitto di scritte.

«Ecco», mi dice, «questo è il tuo programma di studio».

«Cosa?!». Sgrano gli occhi e noto che ha segnato i giorni della settimana, ognuno è seguito da una serie di caselle riempite con gli argomenti da studiare.

«Non ho mai avuto un programma di studio…», mormoro, perplessa.

«L'avevo notato», taglia corto, prima di afferrare il mio libro di matematica e mettersi a parlare a raffica di equazioni e altre cose incomprensibili. Mi rendo conto in fretta di essere molto indietro con il programma.

«Che cosa facevi durante le lezioni, invece di ascoltare, Juliet?»

«Ehm…». Alzo gli occhi per aria.

«Non lo voglio sapere, andiamo avanti».

Alexander non è un insegnante paziente. Continua a pormi quesiti sugli argomenti dell'anno scorso, ma io non so mai che rispondere. E ogni volta che ci provo, fallisco in pieno.

Certo, io sono una frana di mio, ma la colpa è anche sua. Le sue mani, la sua voce e le sue dannate labbra… mi distraggono troppo.

Alexander mi riprende per avergli dato la risposta sbagliata al quesito di algebra, quindi comincio a sbuffare. E gli sbuffi presto si tramutano in sbadigli. Un'ora di studio è troppo per me.

«Ti sto forse annoiando, Juliet?»

«Alex, posso chiederti una cosa?». Mi dondolo appena sulla sedia con fare capriccioso.

Lui capisce che non sto parlando di matematica, quindi mi aggira e va a sedersi sul mio letto.

«Sentiamo».

«Quando capisci che una persona è quella giusta?»

«Chuck non è quello giusto», sputa senza un minimo di emozione. «Riformula la domanda, Juliet».

I palmi delle mani prendono a sudarmi.

«Come faccio a capire quando è arrivato il momento per…».

«Per scopare?», m'interrompe lui.

Io, ovviamente, mi imbarazzo in tempo record per i suoi modi diretti.

«Sì, quello», balbetto mentre le labbra di Alexander si distendono in un sorrisetto magnetico.

«Lo puoi programmare, oppure puoi aspettare che il momento si crei. Dipende da te. Dipende da voi».

Metto il broncio per la sua risposta sbrigativa.

«Ma comunque… dovrebbe venire naturale, Juliet», aggiunge con una scrollata di spalle.

«È che ho troppa paura», mormoro, intrecciando le dita.

«È normale. Non devi affrettare le cose».

«Non saprei comunque da dove partire…».

Mi mordo la guancia, poi faccio un lungo respiro tra le labbra gonfie per i ripetuti morsi.

«Vieni qui davanti a me».

Rimango sorpresa per la richiesta così diretta, ma dalla velocità con cui mi alzo sembra che il mio corpo non aspettasse altro. Mi posiziono davanti ad Alexander, che d'un tratto fa qualcosa che riesce a stupirmi ancora di più. Si sdraia sotto i miei occhi increduli, abbandonando la nuca sul mio cuscino.

«Okay. Immagina che io sia Chuck. Che cosa fai?».

Appoggio le mani sui fianchi e resto a osservarlo mentre se ne rimane steso, con lo sguardo al soffitto. Ora non posso distrarmi, mi ha chiesto cosa farei se fosse lui il mio ragazzo.

Lo bacerei? Le mie guance mi tradiscono, il pensiero è troppo sconveniente.

«Sto perdendo la pazienza, Juliet».

Senza farmelo ripetere due volte, salgo sul letto, mi muovo a carponi e mi siedo a cavalcioni su di lui.

Alexander alza il capo per osservarmi con due iridi curiose.

«Uhm. Okay».

Ma io voglio sorprenderlo di più, quindi sbottono la camicetta e, dopo averla sfilata, la lancio sul materasso.

Non è la prima volta che rimango in reggiseno di fronte a lui, ma di sicuro è la prima volta che i nostri corpi sono a contatto.

Questa volta si alza sui gomiti e mi lancia un'occhiata spaesata.

«Cristo, Juliet. Hai la gonna e…».

Ma guardalo… quando non è lui ad avere il controllo, smette di fare lo spavaldo.

«E ora che faresti tu?», gli domando sfacciata.

Vedo i suoi occhi captare il movimento della mia gonna che si alza sulle cosce, serrate intorno al suo bacino.

Alexander lascia scorrere lo sguardo verso l'alto, fino ad arrivare al mio reggiseno rosa.

«Sei… sei sicura?»

«Sono sicura».

Si erge a sedere e con un braccio mi circonda il busto. Le sue dita gelide sfiorano la mia schiena e rapide mi sganciano il reggiseno. Dopo quel *click* impercettibile, le sue mani modellano le mie spalle, che sussultano al suo tocco sicuro. Mentre mi libera dall'indumento intimo, con i polpastrelli sfiora distrattamente i miei seni, causandomi un sussulto piacevole.

«Adesso ti guardo, Juliet».

Resto con le mani poggiate sulle cosce, mentre il suo sguardo spietato si appropria della mia pelle scoperta, lentamente.

Vorrei dimostrarmi fredda, ma il mio corpo mi tradisce. Il suo respiro si fa più accelerato ed è così vicino che i miei seni si tendono ogni volta che avverto il suo ansito tiepido deliziare la mia pelle.

«E ora, Alex?».

Non nascondo l'impazienza, quando lo vedo far saettare la lingua fra le labbra.

Le sue dita si avvicinano al mio petto con una lentezza esasperante e riesco a sentire ogni mia fibra vibrare per l'attesa.

Inarco la schiena risucchiando un respiro tra i denti, perché lui fa scivolare il pollice sui miei capezzoli tesi.

Lo fa con dolcezza, ma la sua mascella s'indurisce e il modo in cui mi guarda... Dio mio, sembra in procinto di divorarmi da un momento all'altro.

«È tutto qui?», lo provoco senza paura.

Alexander pizzica entrambi i miei capezzoli tra i polpastrelli ruvidi, poi li tira, facendomi gemere di dolore.

«Frena la lingua, sono stufo di ripetertelo».

La sua presa è così ferrea che perdo l'equilibrio e casco in avanti, contro il suo petto. Proprio in quel momento comincio ad avvertire qualcosa di spesso spingere tra le mie cosce.

«Male?», domanda, senza scollare lo sguardo dai miei seni arrossati.

«No», bisbiglio in preda all'imbarazzo per lo strano calore che si propaga da lui.

«E adesso, Juliet?», m'interroga a occhi stretti.

Quegli specchi scuri si macchiano di un lampo peccaminoso, perché muovo i fianchi in modo sinuoso per trovare una posizione comoda sopra di lui.

«Juliet». Vorrebbe essere un rimprovero, quello di Alexander, ma il tono esce troppo sommesso e il suo sguardo si addolcisce proprio quando il suo corpo diventa più duro.

Il mio basso ventre viene irradiato da piacevoli scintille, ma la vergogna e l'umidità inaspettata tra le cosce mi obbligano a scendere dal letto con le guance in fiamme.

«Cristo», lo sento imprecare con tono febbrile.

Mi metto a cercare la camicetta, mentre con l'avambraccio mi copro il petto. Alexander invece si passa una mano tra i capelli scuri e, a differenza del mio, il suo volto non tradisce la minima emozione.

«Sospendiamo un attimo», mormora con voce arrochita.

«Riproviamo più tardi?», domando risistemandomi la camicetta.

«Sì».

Sollevo lo sguardo per studiare la sua espressione enigmatica.

«Ma non mi riferivo a matematica, Alex».

Lui si alza dal letto e mi osserva dall'alto.

«Nemmeno io, Juliet».

22

JULIET

Me ne sto con gli occhi fissi sulla porta, una mano sprofondata nel copriletto sopra il quale Alexander stava sdraiato qualche attimo fa, mentre con l'altra spingo il labbro inferiore sotto i denti.

Ma cosa mi è preso? Non riesco a levarmi questa domanda dalla testa, come non riesco a cancellare la sensazione idilliaca del suo corpo a contatto con il mio.

Sì, è vero, è stata una sua idea quella di spogliarmi, ma perché mi è piaciuto così tanto avere i suoi occhi addosso? Le risposte potrò averle solo quando Alexander sarà di nuovo qui. Dopo una pausa di venti minuti, riappare in camera mia.

«Comunque l'amica di tua madre fa dei dolci davvero deliziosi», mormora chiudendo la porta.

Bravo, tu fa' pure merenda, mentre io me ne sto qui ad arrovellarmi il cervello.

Alexander mi porge il piatto con una fetta di crostata ai frutti di bosco, ma io faccio cenno di no con la testa.

«Okay, cosa dirai a Chuck quando sarà il momento?», domanda riponendo il dolce sulla mia scrivania.

«Be', che sono pronta per farlo… E lui cosa dirà?»

«Te l'ho già detto, nana. Chuck sarà contento», afferma senza scollarmi gli occhi di dosso.

«E tu? Tu cosa diresti?», bofonchio.

«Io?».

Si acciglia scrutandomi con diffidenza, ma io sto già annuendo in attesa.

«Non vuoi sapere cosa ti direi io, Juliet».

«Sono curiosa».

«Perché mi fai questa domanda?».

I toni scherzosi di qualche attimo fa svaniscono nel nulla. Non so che rispondere.

«Perché ti sei fatta toccare in quel modo prima? Perché non mi hai fermato, mhm?»

«Ehm…». A quanto pare, produco solo dei suoni elusivi.

Alexander mi scruta con un'aria pensierosa.

«Juliet, non è che per caso stai cominciando a farti degli strani pensieri su di me?».

Sgrano gli occhi e il calore che mi invade le guance può voler dire una cosa soltanto.

«No, figurati. Ero solo curiosa di provare».

«Non farmi testare fin dove arriva la tua curiosità, Juliet». I suoi occhi neri m'inchiodano in mezzo alla stanza.

«Magari sono io che piaccio a te…», azzardo con un pizzico di coraggio.

Ad Alexander bastano due passi per raggiungermi.

«Non mi piacciono le ragazzine superficiali», sussurra con tono suadente nel mio orecchio, scansandomi con le labbra i capelli.

Deglutisco pietrificata. Mi ha appena insultata, ma quel sussurro è stato così accattivante che ho provato una piacevole stretta allo stomaco.

«Comunque ti dimostrerò che non sei pronta per fare sesso». Incrocia le braccia sul petto e io spalanco la bocca. Aspetto la sua mossa, ma lui mi fredda con un distaccato: «Ma prima continuiamo con chimica».

Tutti i miei sbuffi annoiati non servono a niente, Alexander mi tartassa di domande sulle leggi fondamentali, scrollando il capo ogni volta che dalla mia bocca esce un "ehm", invece che una risposta corretta.

«Sei ancora più indietro di quanto pensassi», afferma riluttante.

«Proverò a mettermi sotto e…».

«No. Non proverai». Si abbassa sul mio viso arrossato. «Lo farai e basta».

«Okay…», replico vaga, sperando che non si accorga di quanto m'imbarazzi stargli a pochi centimetri dal viso.

«Devi studiare. Appena hai un po' di tempo libero, apri i libri. A pranzo, a cena, nell'intervallo, davanti alla TV. Sempre», continua lui.

«Ma io…».

«Ora mettiti sul letto. Sdraiata».

La sua richiesta mi disorienta. Faccio a malapena in tempo ad alzarmi dalla sedia e stendermi sul mio copriletto che lui m'infilza con un altro ordine assurdo.

«Apri le gambe».

Gli indico la gonna con un piccolo verso, poi giro il capo dall'altra parte per nascondere il rossore delle mie guance.

Obbedisco alla sua richiesta, sapendo già che lui non mi lascerà tregua.

«Togli le mutande».

Il petto comincia ad alzarsi e abbassarsi velocemente, ma le mie braccia sono incollate al materasso.

Prendo a tormentare il bordino degli slip, poi alzo la testa dal cuscino e mi sollevo sui gomiti, cercando di evitare lo scontro con quegli specchi crudeli.

Mi libero dell'intimo come mi è stato ordinato e con un lieve movimento lo faccio scivolare oltre le caviglie, per poi gettarlo a terra.

Il battito del mio cuore è così accelerato che mi schiaccia il petto, poso la testa sul cuscino e fisso il soffitto. La gonna risale vertiginosamente, quindi premo le ginocchia tra loro per rimediare al danno, ma ad Alexander quel gesto non piace affatto.

«Quando ti ho detto di chiudere le gambe, Juliet?».

Porca miseria.

Prendo un lungo respiro, poi distanzio le cosce.

«Ora cosa faresti?», chiede, e lo sento avvicinarsi a me.

«Non lo so. Tu, Alex?»

«Non posso dirlo ad alta voce. Non suona affatto bene la descrizione di ciò che ti farei, piccola Juliet».

Il suo tono minaccioso mi crea un vuoto nel petto e tento in tutti i modi di reprimere il brivido piacevole che mi scorre lungo la nuca per giungermi dritto in pancia.

«Ma se fossi il tuo ragazzo, non ci proverei nemmeno a fare sesso con te, perché non sei pronta».

Afflitta, chiudo gli occhi, come se avessi appena ricevuto un rifiuto scottante.

Che senso ha umiliarmi in questo modo allora?

«Ma sai cosa farebbe Chuck?»

«Cosa?», controbatto svelta, in preda alla curiosità.

In un attimo Alexander si getta sopra di me, i palmi sul materasso, ai lati del mio viso. Sento il suo corpo farsi spazio tra le mie cosce e la zip dei pantaloni sfregare contro la mia intimità scoperta. Le spinte di bacino s'infrangono contro di me, mentre il tessuto ruvido dei suoi abiti si strofina sulla mia parte più sensibile.

«Alex, ti prego!», esclamo tra gli sbuffi soffocati dalle mie stesse risate. Mi viene da ridere per i movimenti volutamente goffi che sta facendo, nel tentativo di imitare Chuck.

«Ecco come farebbe Chuck».

Alexander scoppia a ridere, poi si stende accanto a me appoggiandosi una mano sul petto. È la prima volta che sento la ventata fresca della sua risata. Sono ancora imbambolata a guardarlo, quando lui, con delicatezza, mi abbassa la gonna che era salita lungo i fianchi durante il suo assalto giocoso.

«Chuck non si controllerebbe e… ti farebbe male. Senza contare che non si preoccuperebbe per te e ti lascerebbe insoddisfatta», mormora poggiato su un gomito, di fianco a me.

«Ma che dici! Chuck non lo farebbe mai!».

Mi tiro su, facendo la disinvolta, ma ovviamente non ho idea di quello che sto dicendo.

Alexander prende a giocare con la ciocca di capelli che ho appena spostato dietro le spalle con fare da diva.

«Ehi!», mi lamento. Subito dopo, però, inizio a contorcermi, perché mi tira i capelli con fare scherzoso.

«Smettila!», sbraito indispettita. Lui mi afferra per i capelli e, con una presa sicura, mi riporta con la testa sul cuscino.

Con il fiato corto, smetto di ragionare lucidamente, sdraiata sotto lo sguardo intenso di Alexander. I suoi palmi affondano sul materasso ai lati del mio volto e il suo corpo è di nuovo sopra di me, ma stavolta è diverso. Smettiamo di ridere all'unisono e tra noi si crea un attimo di sospensione, di vuoto. Come se fossimo appena usciti da uno schema predefinito.

La salivazione comincia a mancarmi del tutto, mentre poso distrattamente gli occhi sulle sue labbra socchiuse, e lui fa lo stesso. Sollevo il capo proprio nel momento in cui lui protende il volto verso il mio. Sento che sta per accadere qualcosa di molto forte, sento che sta per baciarmi sul serio e…

Un colpo sulla porta mi fa tremare.

«Alex, Juliet! A cena».

È la voce di John.

La schiena di Alexander s'irrigidisce all'istante. Si passa una mano sulla vena del collo ormai gonfia, poi si lascia andare a un lungo sospiro. Io scivolo via da sotto di lui e mi getto sul pavimento. Proprio mentre sono china ad afferrare le mie mutande, lui mi fulmina dall'alto con voce tagliente.

«Non pensarci neanche, piccoletta».

«Cosa?».

Alexander si abbassa per strapparmi via l'intimo dalle mani.

«Andiamo a cena, ma tu non provare a rimetterti le mutande».

A tavola sono irrequieta. Alexander mi rende irrequieta.

Forse è vero, non sono pronta. E se Chuck mi facesse male? E cosa sarebbe accaduto se John non avesse interrotto me e Alexander?

Lui sta seduto di fronte me, come tutte le sere, ma stasera c'è qualcosa di diverso.

Lo guardo tra una forchettata di pasta e l'altra.

Piega le labbra per una battuta incomprensibile che ha appena fatto suo padre, probabilmente riguardava un investimento andato bene. Alexander si ricompone sempre così in fretta, come se egoisticamente non volesse lasciare agli altri la luce che emanano i suoi occhi, ogni volta che sorride.

Chissà se vorrà stare con me dopo… Mi indispettisco per il pensiero così sbagliato. Forse mi diverto a passare il tempo con lui solo perché sono in punizione e non posso uscire di casa. Senza dubbio, se potessi stare con il mio ragazzo, Alexander non lo calcolerei minimamente.

Eppure, anche in quel caso, se lui mi guardasse con la stessa intensità, se lui mi dicesse le stesse parole, come potrei restare immune al suo fascino malsano?

La cena scorre tranquillamente, mia madre parlotta della riunione con le sue amiche, John si lamenta del mercato immobiliare, tutto nella norma, se non fosse che… io non indosso le mutande. E il ragazzo seduto di fronte a me lo sa perfettamente.

«Com'è andata la prima giornata di ripetizioni?», chiede John, mentre taglia a metà la bistecca.

Bofonchio un "ehm bene…", mentre il mio viso si incendia.

«Juliet è molto indietro, deve recuperare diversi argomenti, ma…». Alexander fa una pausa per guardarmi e io sento una scossa irradiarsi lungo le mie gambe scoperte. «…si è dimostrata disponibile a imparare. Anzi, ha dimostrato una gran voglia di farlo».

Il sorrisetto beffardo che gli affiora sul volto mi fa capire immediatamente a cosa si sta riferendo.

Maledetto.

«Oh, bene!», esulta John sorseggiando il suo calice di rosso.

«A Juliet manca la voglia di studiare. Sono sicura che, se si applicasse, otterrebbe degli ottimi voti».

Le parole di mia madre vengono interrotte dalla voce di Alexander.

«Ha solo bisogno di metodo».

Mia madre si prodiga in altre perle di saggezza e io mi disconnetto, finché non sento Alexander dire: «Pensavo fosse più disinteressata, invece mi è parsa quasi impaziente».

Serro le palpebre, per poco non mi nascondo sotto il tavolo per la vergogna.

«Impaziente di imparare. E di cosa ti lamenti, Catherine?».

John e mia madre intavolano un battibecco affettuoso, quindi rivolgo un'occhiataccia ad Alexander per intimargli di smetterla con le allusioni sfacciate.

Lui, per tutta risposta, sogghigna. Conoscendolo, la mia faccia imbarazzata sarà la sua fonte di divertimento della serata.

«Guardiamo un film insieme, ragazzi?», propone John, quando la cena volge ormai al termine.

«No, io devo...». Insceno un debole tentativo di oppormi, ma nessuno mi dà retta.

«Che film?», s'intromette subito Alexander, sovrastando di proposito la mia voce.

«Voglio rivedere *Orgoglio e pregiudizio*», cinguetta mia madre.

«Uhm. Scommetto che Juliet adora quel film», mi prende in giro Alexander.

Io odio quella storia.

«Che palle!». Sbuffo alzandomi dalla sedia.

«Juliet!». E se mamma mi redarguisce, John tenta di mediare.

«Guardiamone un altro allora...». Tuttavia, mia madre è irremovibile.

Il pensiero di stare lì insieme a loro mi crea non pochi problemi, ma non posso rifiutare, quindi dopo dieci minuti mi ritrovo a guardare uno stupido film in costume, seduta su una poltrona con le gambe rigorosamente accavallate. Alexander si è accomodato sul divano, accanto a John e mia madre.

Mi lancia qualche sguardo furtivo, io invece non faccio che sospirare.

«Cosa c'è da sbuffare?», domanda Alexander, freddando l'atmosfera.

«Mi fa schifo», sbotto schietta.

«Cos'è che ti fa tanto schifo?», ribatte lui in tono interessato.

«Mr. Darcy e la sua arroganza».

«Quindi un uomo coerente, onesto e sicuro di sé ti fa schifo?»

«Dico solo che è odioso».

Quando mi volto, nel buio scorgo il profilo di Alexander rischiarato dalla luce del televisore.

«Be', ma è affascinante», s'intromette mia madre.

«Affascinante uno che non dice mai una parola gentile a quella poverina?». Indico Elizabeth Bennet, interpretata da Keira Knightley.

«Ma almeno la conosci la storia?»

«No, e non ci tengo, grazie».

Infastidito dalla mia risposta, Alexander assottiglia gli occhi, mentre mia madre alza lo sguardo al soffitto.
Il cellulare mi vibra nelle tasche dei jeans.

A: Stai condannando l'orgoglio, ma tu rappresenti in pieno il pregiudizio. E te lo meriti il tuo Mr. Wickham.

Ma stai zitto.

J: Chuck è perfetto. Da parte tua non c'è solo l'orgoglio, ma anche l'invidia.

Invio il messaggio, sorridendo tutta soddisfatta, ma poco dopo arriva la risposta secca.

A: Va' a toglierti il reggiseno.

Il telefono mi scivola dalle mani e casca sul pavimento di marmo provocando un rumore sordo.
Mia madre mi squadra in malo modo per un secondo, poi torna alla visione del film. Schiarisco la gola e lo raccolgo prontamente.

J: Sei pazzo?

Nella penombra cerco Alexander per intuire le sue intenzioni, provo a studiare le espressioni del viso, ma come al solito la sua mimica facciale è di difficile interpretazione.

A: La tua è mancanza di coraggio o è solo voglia di farmi arrabbiare, Juliet?

È un segno di sfida il sorrisetto che abbozza mentre finge di guardare la TV. Alexander crede che io non ne abbia il coraggio.
"So giocare molto meglio di lui", mi dico alzandomi.
Una volta raggiunto il bagno, chiudo la porta e sbottono la camicetta. La sfilo e sgancio il reggiseno. L'attimo prima di toglierlo, mi osservo nello specchio.
Che follia è questa? Senza nemmeno esitare?
Rimuovo l'indumento intimo, poi indosso nuovamente la camicia. Infine rivolgo un ultimo sguardo attento al mio riflesso: non si vede nulla.
Mi dirigo in salotto con la massima disinvoltura e torno al film con un'espressione di sollievo dipinta in volto.
Ce l'ho fatta, beccati questa.
Ma la tranquillità dura poco, perché il mio cellulare vibra di nuovo.

A: Vuoi vedere una cosa, Juliet?
J: Devi sempre darmi il tormento, vero?
A: Soffriresti se io ti ignorassi. Comunque non si nota che sei senza reggiseno.

J: Smettila, pervertito.
A: Vuoi vedere una cosa?

Lo fisso di nascosto per comprendere le sue assurde richieste, lui però è troppo concentrato a scrivere.

A: Ora fa esattamente ciò che ti dico, Juliet. Ripensa a oggi pomeriggio.
J: A cosa di preciso?
A: A quando stavi sopra di me e io ti ho toccata.

Istintivamente stringo le cosce e avverto le mie carni inumidirsi sotto la gonna.

A: Ci stai pensando?
J: E allora? Dove vuoi arrivare, Alex?
A: Ripensa a quando ti ho detto di aprire le gambe.

Sento i miei battiti cominciare a correre impazziti.

A: Avevo una gran voglia di scoparti, Juliet.

Resto a bocca spalancata, costretta a serrare le dita intorno al cellulare per evitare che mi ricaschi dalle mani.
Mi volto nella sua direzione e mi accorgo che sta trattenendo una risatina, mentre io l'osservo accaldata.
Stronzo.

J: Hai detto che non ti piacciono le ragazzine superficiali.
A: Infatti, ma guarda la tua camicetta, Juliet.

Quando abbasso lo sguardo mi rendo conto che i miei capezzoli turgidi spingono contro il tessuto bianco.

J: Ti odio.
A: E io ti controllo, Juliet.

Devo assolutamente andarmene da qui.
Mi copro il petto con il braccio.
«Sono troppo stanca. Vado a letto».
Mamma e John mi danno la buonanotte, quindi mi defilo in camera con la coda tra le gambe. Indosso un pigiama e mi rannicchio sotto le coperte con una strana sensazione addosso: mi sento umiliata e stupida. Come ho potuto lasciarmi andare in quel modo, oggi? Come ho fatto a credere che stesse davvero per baciarmi?
Lui che bacia me? Impossibile.
Il cellulare vibra ancora.

A: Pensavo ti piacessero le serate in famiglia.

J: Lasciami in pace.
A: Buonanotte, Juliet. Non sognarmi troppo.

Vorrei poter dire che la giornata di oggi non sia servita a nulla, se non al ripasso delle materie in cui sono una frana… ma, in fondo, Alexander su una cosa ha ragione: devo confessare a Chuck che non sono ancora pronta.

23

JULIET

«Evvai!».

Le ore di ripetizioni hanno dato i loro frutti e nella mia testa risuona una marcia vittoriosa perché il prof mi consegna la verifica di recupero di matematica e quella che vedo in alto a destra non è una E, ma una A.

Ricordo la sensazione entusiasmante di leggere i quesiti del compito e conoscerne le risposte, ma mai avrei creduto di poter meritare un voto così alto.

Mi trattengo dal chiamare mia madre e comunicarle la lieta notizia, la riferisco però ad Alexander che, quando riceve il mio messaggio, mi chiede di incontrarlo al campetto della scuola. Quando giungo sul luogo dell'incontro, noto una piccola macchia grigia in lontananza: Alexander sta seduto sui gradini che costeggiano l'enorme campo da corsa.

«Ho preso una A!», urlo con gioia.

«Uhm, sorprendente».

Lui non si scompone, io invece sono troppo eccitata.

«Non riesco a crederci, cioè… avevo la testa così piena di idee! C'erano tutte quelle formule, quei numeri… Era tutto incasinato, ma poi quando ho letto quelle domande, mi sono resa conto di conoscere le risposte!», dico tutto d'un fiato. Sono entusiasta perché questo segnerà definitivamente la fine della mia estenuante punizione.

Infastidito dal sole, Alexander assottiglia gli occhi in due piccole fessure.

«Juliet, c'è una cosa che vorrei dirti. In realtà è da un po' di tempo che ci penso…», esordisce con un timbro serioso che frena i festeggiamenti.

Io però vengo distratta da Chuck, che passa sotto gli spalti. Sono troppo euforica, vorrei annunciare la lieta notizia anche a lui.

«Chuck!», lo chiamo issandomi in piedi su uno dei seggiolini delle gradinate.

«Juls, sei qui!», esclama lui, prima di salire le scale a passi rapidi, per poi avventarsi sulla mia bocca con un lungo bacio.

Mi accarezza il viso con le sue mani calde.

«Hai finito l'ora di educazione fisica?», domando osservando la sua fronte lucida.

«Sì, ma tu cosa ci fai qui con…». Chuck rivolge un'occhiata di disprezzo ad Alexander, che sta seduto dietro di me. «…lui?»

«Niente. Io…».

Alexander non batte ciglio, mi guarda serio senza dire una parola.

«Dai, vieni, ti riaccompagno dentro!». Chuck mi afferra per il gomito, io però oppongo resistenza.
«No, Chuck, aspetta».
Lui però non ascolta, mi strattona facendomi perdere l'equilibrio e il mio piede poggiato sulla poltroncina scivola maldestramente. Cado come un sacco di patate, sbattendo il ginocchio sul cemento.
«Ahi!». Mi lascio andare a un lamento prolungato.
Alexander si alza in piedi con una rapidità spaventosa.
«Juliet?», mi chiama preoccupato.
Sono accartocciata per terra, riesco solo a vedere Chuck che spintona Alexander, per evitare che possa raggiungermi.
«Che vuoi? Non ha bisogno del tuo aiuto!», urla rivolto ad Alex.
Per un attimo Alexander mi sembra meno controllato del solito, pare quasi arrabbiato con Chuck.
«L'hai appena spinta a terra, idiota».
«Mi stai dando dell'idiota?», domanda il mio ragazzo gonfiando il petto.
«Chuck...», piagnucolo sommessamente, ancora accasciata a terra.
«Perché non la aiuti a rialzarsi, invece di rimarcare l'ovvio, Charles, ovvero che sei un completo idiota?».
L'insolenza di Alexander a breve gli frutterà un pugno dritto sul naso, lo vedo dalle nocche contratte di Chuck.
Alla fine faccio leva sui palmi e mi tiro su da sola.
«Piccola, vieni, ti aiuto!».
Grazie, Chuck, alla buon'ora.
«Va' in infermeria, Juliet, hai bisogno di una disinfettata», suggerisce Alexander. Mi perdo nei suoi occhi per un breve attimo, prima che Chuck mi trascini via dal campo della scuola.

Le campane risuonano nella mia testa, quando mia madre annuncia che sabato sera potrò finalmente uscire. Decido di mandare un messaggio ad Alex mentre lo aspetto in camera. Non è mai in ritardo, che succede?

J: Sono le quattro. Che fine hai fatto?

Sono dannatamente impaziente, quindi, invece di ripassare i nuovi capitoli, prendo a studiare il mio riflesso nello specchio. *Chissà se Alexander ha mai avuto una ragazza...*
Sono persa nei miei pensieri, quando mi arriva una notifica.

A: Hai preso una A, no?

Il suo messaggio m'indispettisce.

J: E allora? Ho ancora bisogno del tuo aiuto.

Invio, poi aspetto la sua risposta mangiucchiando il bordo di una matita.

La risposta non arriva, ma alla porta qualcuno sta bussando. Riconosco immediatamente il tocco, delicato ma deciso.

«Posso, Juliet?».

Mi irrigidisco e al tempo stesso sento il cuore saltare un battito quando avverto la sua voce profonda.

«Vieni pure».

Lo invito a entrare, quindi Alexander fa la sua apparizione. In mano non ha libri, né quaderni.

«Cosa volevi dirmi oggi?», domando, accavallando le gambe sulla sedia, mentre lui si accomoda sul bordo del mio letto.

«Non ricordo».

Stronzo.

«E dai…», lo incito con un capriccio.

«A quanto pare, le informazioni date senza pretendere nulla in cambio con te non funzionano, Juliet».

«Che intendi, scusa?»

«Sembra quasi che comportandomi in modo amichevole con te io non attiri abbastanza la tua attenzione…».

Gli occhi scuri si stringono in un'espressione indagatrice, sta studiando la mia reazione.

«Ma no, che dici! Oggi è arrivato Chuck e…».

«Vorrei che venissi qui, Juliet».

Devo sapere cosa voleva dirmi.

Mi alzo e lo raggiungo sul materasso. Rimango in piedi davanti ad Alexander, aspettando un suo segnale.

Lui allunga una mano verso di me e, senza chiedermi il permesso, si prende la briga di sbottonarmi i pantaloni.

«Ehi», strepito indignata, «ma sei impazzito?!».

Indietreggio, ma la presa delle sue dita sul bottone è più serrata del previsto. Mi attira a sé con un colpo secco.

«Ferma».

Lo vedo inclinare il capo di lato e, mentre mi abbassa i pantaloni, fissa con attenzione la mia pelle.

«Alex…».

Una volta che l'indumento è ormai un mucchietto sulle mie caviglie, Alexander si alza in piedi, mi afferra per i fianchi e, come se fossi leggera come una piuma, mi mette a sedere sul letto.

«Ti fa male?».

Lo guardo chinarsi all'altezza del mio ginocchio scoperto per ispezionare il mio livido violaceo.

«Ma che fai?», mugolo dolorante quando col pollice vi pigia sopra.

«È solo una piccola contusione», afferma. Infine solleva lo sguardo e m'inchioda con i suoi specchi neri. «Juliet, non ti piacerà quello che ho da dirti».

Annuisco in attesa delle sue parole.
«Credo che Chuck non sia del tutto sincero con te e che Mini lo sappia».
Con uno scatto brusco, mi alzo e mi tiro su i pantaloni.
«Come osi?»
«Mi hai detto di dirti quello che penso, no?»
«Ti piace umiliarmi? È questo?», domando ferita.
«Certo che mi piace, ma non c'entra con la questione di Chuck».
Apro la bocca, incredula, ma dalle mie labbra tremolanti non esce un suono. Poi Alexander mi sovrasta con la sua altezza.
«Ti sto solo dando la mia opinione, Juliet».
«Sai che ti dico? Nessuno la vuole la tua stupida opinione!», strillo con tutto il fiato che ho in gola, prima di scappare da camera mia, senza lasciargli il tempo di fermarmi.

«Mamma, stasera posso uscire?»
«Juliet, ho detto sabato».
«Ma che cambia?!».
Il mio tono è così insolente che rasenta la maleducazione. Sto facendo innervosire mia madre quasi quanto Alexander ha fatto con me, poco prima.
E la tensione aumenta quando quell'essere fastidioso fa il suo ingresso in cucina per domandare a mia madre a che ora sarà pronta la cena.
«Che vuoi?», sbotto acida quando lo sorprendo a fissarmi in modo inquietante.
Mamma mi redarguisce prontamente per la mia uscita sgarbata. In questa famiglia non è tollerato rivolgersi l'un l'altro in modo tanto scortese, ma se lei sapesse quello che Alexander mi dice, quello che mi fa, la smetterebbe di arruffianarselo a ogni occasione.
«Juls, stasera non esci, punto», conclude lei tornando alle sue zucchine.
Sbuffo contrariata a causa dell'ennesimo rifiuto, quindi mi rifugio in camera mia per chiamare Chuck.
«Piccola, come va?»
«Bene, ho messo del ghiaccio sul ginocchio...».
«Che ginocchio?».
Mi porto una mano sulla fronte, sconsolata.
«Juls, senti, parliamo di cose serie. Ho una sorpresina per te».
«Cioè?»
«Siccome non sei più in punizione, ho organizzato una mega festa a casa mia stasera. Ci verrai, vero?»
«Oh, Chuck...». Una smorfia delusa si disegna sul mio volto e le mie labbra si curvano in una mezzaluna calante.
Come faccio a dirgli di no?
«Certo che verrò!». Sorrido ma è un sorriso amaro quello che affiora sulla mia bocca. Non ho dimenticato il suono tetro delle parole di Alexander: "Chuck ti nasconde qualcosa e Mini lo sa".

Scuoto la testa contrariata. No, non penserò alla sua cattiveria, non lascerò che le sue insinuazioni rovinino la mia serata. Probabilmente è solo geloso perché ho un ragazzo e delle amiche, mentre lui è solo, con le sue stranezze. Perché dovrei dargli ascolto? Solo perché è attraente e ha quel fascino insolito?

Dopo cena infilo il cellulare in borsa, poi, con la sciarpa nella mano destra e le scarpe nella sinistra, apro la porta di camera mia con la massima cautela.

«Buonasera, Juliet».

Puntuale come la lancetta di un orologio svizzero, Alexander è nel corridoio, vestito di tutto punto.

«Mi segui? Lasciami in pace!».

«Se urli in questo modo tua madre ti sente».

Mi mordo il labbro. Persino quando risulta fastidioso come una pianta urticante riesce ad aver ragione.

«Dove vai?», gli domando stizzita, notando la sua camicia grigio inverno perfettamente intonata a un paio di pantaloni scuri.

«Mi hanno invitato a una festa».

Alzo gli occhi al soffitto.

Era meglio quando te ne stavi a casa a leggere fumetti.

«Tu piuttosto? Vai in giro per casa vestita così?», domanda lui indicando la gonnellina nera che spunta sotto uno dei miei maglioni preferiti.

«Cos'ho che non va? Sentiamo».

«Torna in camera tua», ordina lui.

Per tutta risposta scoppio in una risata nervosa, poi lo affronto a testa alta.

«Sparisci dalla mia vista, Ackerman».

«Non uscirai di nuovo di nascosto, Juliet».

«Certo, perché me lo dici tu, vero?».

Alexander allunga un dito verso la mia gola per far tintinnare il ciondolo appeso al choker.

«Esattamente».

Il mio sguardo si carica di risentimento, mentre osservo le sue labbra crudeli.

«Invece uscirò».

«Ti farò passare la voglia di farlo», asserisce con i lineamenti contratti.

«Uh, che paura! E cosa mi chiederai di fare stavolta? Leccare il pavimento?».

Alexander sembra incuriosito dalla mia provocazione, poi assume un'espressione spietata.

«Oh, no, Juliet. Io non ti chiederò nulla. Tu obbedirai e basta».

«Indovina un po'? Non lo farò più», sbraito prima di voltargli le spalle.

Non riesco a fare un passo che Alexander mi afferra il polso e mi fa ruotare con uno scatto deciso. Finisco per battere il petto contro il suo torace.

«Non farlo, Juliet», sussurra con voce bassa e suadente.

La sua reazione mi confonde, così come il suo intenso profumo di pulito.

«Che cosa?»

«Non andare da Chuck».

Rimango ipnotizzata dalle sue pupille nere, che si dilatano nelle mie. Le vene del mio polso cominciano a palpitare impazzite, tra le sue dita gelide.

«Perché non vuoi che vada dal mio fidanzato?».

Abbasso il capo, ma il soffio delle sue labbra tiepide mi lambisce la gola.

«Lui non ti merita, Juliet. Lo sanno tutti».

Chiudo gli occhi, sopraffatta dalla sua vicinanza totalizzante.

«Alex, ma che dici…».

Le parole che ci scambiamo sono ormai superflue, riesco solo a sentire la pelle liscia della sua guancia sfiorare la mia. I nostri zigomi si accarezzano e per poco i nostri nasi non si scontrano quando il suo viso si ferma proprio davanti al mio. Mi solleva il mento con due dita e io riapro gli occhi paralizzata, non riesco a deglutire, né a pensare.

Il tempo potrebbe anche fermarsi, e io non me ne accorgerei.

Così come non mi accorgo che Alexander si è appena voltato e, dandomi le spalle, sta avanzando lungo il corridoio.

«Non voglio vederti in giro, Juliet».

Non so cos'abbia appena fatto. Mi ha incantata, ipnotizzata, stregata. Mi ha piegata. Ha annullato i miei pensieri, polverizzandoli. Stavolta non ha usato le parole, non ha usato ordini, ma si è servito del proprio corpo, delle sue labbra, del suo respiro.

Come ho potuto credere anche solo per un attimo che mi stesse per baciare?

È solo un arrogante pieno di manie di controllo; non vuole che vada alla festa e mi ha manipolata come una bambola.

Ma si sbaglia di grosso. Non l'avrà vinta lui.

Così decido di scollarmi dal corridoio per andare a quella fottuta festa.

24

JULIET

Chuck mi viene a prendere e verso le dieci e mezza siamo già a casa sua. Quando arriviamo, la sua villa è stracolma di gente.

Mini ha una capigliatura che è impossibile non notare: uno chignon riccio e voluminoso enfatizzato da un bellissimo vestito blu.

«Finalmente puoi uscire di nuovo, Juls».

La mia migliore amica mi accoglie con un gran sorriso, mi sento quasi risucchiata dalla sua radiosità. Ha messo anche i tacchi, così ora, vicino a lei, io sembro un animaletto, non una ragazza che ha passato un'ora a prepararsi. Ma stasera mi va bene non essere appariscente, non voglio attirare l'attenzione di quel ricattatore, non so cosa potrebbe fare se mi vedesse qui.

«Vado a salutare gli altri, cucciola», mi mormora sul collo Chuck, giungendomi alle spalle.

Mini fa una smorfia schifata, ha già bevuto qualche bicchiere, infatti controlla a stento le reazioni.

Se è vero che l'alcol scioglie la lingua, devo approfittarne ora.

«C'è qualcosa che non va, Mini?».

Lei fa spallucce.

«Perché io ho sempre l'impressione che tu nasconda qualcosa...», abbozzo, poi però mi fermo.

Sono forse inopportuna?

È stato Alexander a mettermi quella pulce nell'orecchio, eppure il mio istinto mi dice che lui potrebbe avere ragione.

«Cosa dovrei nasconderti?», chiede lei sbattendo le lunghe ciglia.

Porto Mini distante da Chuck e dai suoi amici, non voglio che loro sentano i nostri discorsi. Finiamo in fondo al corridoio e lì l'affronto.

«Sento che mi nascondi qualcosa che ha a che fare con Chuck».

Gli occhi di cristallo della mia amica si spalancano.

«No, io...». Mini sta andando nel panico, fa un lungo respiro e poi ricomincia a parlare. «Ascolta, Juls, lo sai che non mi piace Chuck. I suoi modi di fare sono così falsi a volte...».

«Su che basi osi dire una cosa del genere? Sei gelosa?».

Alcuni ragazzi ci spintonano per passare, ma ormai non bado più a nessuno.

«Gelosa di cosa? Di un bastardo che sbava dietro a qualsiasi essere con una vagina tra le gambe?», sbraita Mini sotto il mio sguardo sgomento.

La prima reazione sarebbe quella di urlare più forte di lei, la seconda sarebbe di staccarle le ciglia finte a morsi e poi tirarle i capelli con tutta la forza che ho in corpo. Ovviamente mi limito a guardarla in cagnesco.

«Perché parli di Chuck in questo modo?».

Sorpresa dal risentimento che accompagna la mia domanda, Mini si ricompone all'istante, balbettando una scusa un po' patetica.

«Juliet, scusami. Ho bevuto qualche bicchiere di troppo e forse non avrei dovuto…».

Perché ha detto così? Ha delle prove?

Sono ancora furibonda, ma l'espressione affranta di Mini ha qualcosa che m'induce a fermarmi. È pur sempre la mia migliore amica, io le voglio bene, però Chuck è il mio ragazzo e lei non dovrebbe dire cose del genere sul suo conto.

Le volto le spalle prima che lei possa rifilarmi altre scuse insignificanti.

«Ho bisogno di aria», sbuffo allontanandomi.

«Non hai freddo, Juliet?».

Oh, no. Roteo gli occhi al solo sentire quella voce cupa.

«Vedi di lasciarmi in pace, Ackerman».

«Uh, come siamo ribelli questa sera…». Mi prende in giro con i suoi soliti modi arroganti.

«Non hai ancora visto nulla!», lo minaccio, senza paura.

«Che è successo?», mi chiede mentre io mi faccio strada tra la folla di amici di Chuck.

Mi dirigo al tavolo delle bevande, dove le mie mani navigano veloci tra le bottiglie di vetro. Voglio bere della dannatissima Coca-Cola, ma a queste feste circolano solo alcolici e io mi sto innervosendo ancora di più.

Il tamburellio delle dita di Alexander sul tavolo mi dà alla testa. C'è un sacco di rumore attorno a me, non capisco come faccia a udirle. Il suo fisico asciutto incombe alle mie spalle e inizio ad agitarmi, finché non sento una voce.

«Scusa, posso?».

Cameron si fa spazio tra me e Alexander.

«Ciao, Juls!». Cameron mi si avvicina.

«Come stai?»

«Bene, tu?».

Ma non è dagli occhi verdi di Cameron che sono attratta, bensì da quelli cupi di Alexander. Lui rimane immobile, con lo sguardo fisso sul mio viso.

«Cercavi qualcosa da bere?», incalza Cameron, ignorando Alexander alle nostre spalle.

Con la coda dell'occhio, lo vedo scuotere il capo e poi allontanarsi, mentre io rimango intrappolata tra il tavolo e il petto di Cameron.

Quest'ultimo è troppo vicino e avverto il suo alito che sa di vodka.

Mi sento soffocare, vorrei che se ne andasse, che Chuck gli dicesse di lasciarmi in pace. Sono stufa di essere sempre io a farlo, così mi volto alla ricerca del mio ragazzo, ma Chuck è al centro di un bel gruppetto e si diverte senza prestarmi la minima attenzione. Colta da un moto di stizza, lascio che Cameron mescoli degli alcolici all'interno di un bicchiere di vetro che mi porge con un sorriso.

«Grazie, Cam».

Bevo quel liquido trasparente tutto d'un fiato.

Dannazione, brucia come le fiamme dell'inferno.

Deglutisco e sento il petto scaldarsi per via dell'alcol, di quel veleno che scorre indisturbato nelle mie vene, ma adesso mi sento più coraggiosa del solito. Quindi mollo Cameron, che ormai ha assunto un'espressione da bambino assonnato, e raggiungo Mini, seduta sul bracciolo di uno dei divani dei genitori di Chuck.

«Juliet, non volevo dirti quelle cose prima…».

«Non volevi? Davvero?», domando con le mani sui fianchi.

«No…».

«Pensi davvero quelle cose di Chuck?».

Lo sguardo di Mini si ferma poco distante da noi. Ne seguo la direzione e vedo Chuck insieme alla sua compagna Camilla, stanno confabulando più vicini che mai.

«Stanno solo parlando! Ma che problemi avete tutti quanti?!», sbraito incredula.

«Juliet…».

«Senti, Mini, se hai qualcosa da dire, dillo ora!».

Alcuni ragazzi si voltano a causa delle nostre urla.

«Rissa tra femminucce!», annuncia un tizio.

Non ho la forza di replicare, vedo gli occhi di Mini frantumarsi in un pianto.

«Io e Amanda ti vogliamo proteggere…».

«Sei solo un'ipocrita!», le grido contro e Matt, l'amico di Chuck, mi cinge le spalle.

«Ragazze, venite a giocare a "Obbligo o verità"?»

«No», bisbiglia Mini, evidentemente scossa dalla nostra litigata.

Io invece non me lo faccio ripetere due volte e mi unisco ad alcuni nostri compagni seduti sul tappetto, nel bel mezzo del salotto.

«Cerbiattina! Eccoti!».

Chuck si accovaccia accanto a me, mentre un suo amico ci serve degli shot.

«Vuoi?». Me ne porge uno, dopo averne tracannati tre come fossero acqua fresca.

Di solito dico di no, ma oggi non è il solito.

«Sì».

Così butto giù il primo shot, poi il secondo.

Do la colpa all'alcol, ma non appena vedo Alexander e il suo sguardo cupo proprio davanti a me, capisco quale sia la causa di tutta la mia insofferenza.

«Hai bevuto, Juliet?».

Io biascico qualcosa di incomprensibile, quando finalmente Chuck interviene.

«Ehi, Ackerman, non lo vuoi proprio capire, eh? Juliet è la mia ragazza, ci penso io a lei».

«Per questo la tua ragazza fa addirittura fatica a parlare, mhm? La vuoi portare al tuo livello cerebrale, con tutto quell'alcol?»

«Cos'hai da dire sul mio…».

Chuck si alza in piedi, ma perde la concentrazione in un battito di ciglia e in un secondo non lo degna più di attenzione. Quello con Chuck è un gioco troppo facile per Alexander, tant'è che va a sedersi dall'altra parte della stanza, annoiato.

Karoline e le sue amiche vengono attratte dalla scenetta tra Chuck e Alexander e si avvicinano a quest'ultimo emettendo gridolini insopportabili.

Non so come, ma dopo varie moine, riescono a convincere tutti a giocare, persino Alexander. Arriva il mio turno e Matt mi sfida a bere metà bottiglia di vodka tutta d'un fiato.

«No! Non posso farlo!», rifiuto categoricamente. Odio bere e stasera ho già superato il limite. Chuck invece sembra trovare la cosa divertente, tant'è che indica Alexander che sta seduto davanti a noi.

«Guarda la faccia preoccupata del tuo fratellino, è davvero patetico», mi urla nell'orecchio per sovrastare il baccano di voci e musica.

Sposto lo sguardo su Alexander e noto subito la sua mascella irrigidita. Non smette di fissarmi minaccioso.

Pensa davvero di avere il diritto di dirmi cosa devo fare? Ora gli do una bella dimostrazione!

Afferro la bottiglia di vodka fredda e umidiccia, la porto alle labbra e sento immediatamente il sapore intenso sulla lingua. Ingollo una prima sorsata. Mi fermo di colpo, è troppo forte da mandare giù.

«Eh no! Non vale! Devi buttarla giù tutta d'un sorso!», esclama Karoline, seguita da tutto il gruppo che mi incita a portare a termine la sfida.

Riesco a bere poco più di metà bottiglia, poi sento lo stomaco ribellarsi e la testa vorticare pericolosamente.

Sono a tutti gli effetti ubriaca.

Quando per un istante mi riprendo, avverto la lingua di Chuck forzare le mie labbra, mentre le sue mani strisciano avide sulla zona bassa della mia schiena, lasciata scoperta dal maglione.

Se fossi sobria gli direi di smetterla, che siamo in pubblico e non mi piace baciarlo in quella maniera lasciva davanti ad altre persone, ma ora non ho molto polso, quindi continuo a dargli corda.

«Chuck!». Alcuni ragazzi lo richiamano, così mi stacco da lui e torno alla realtà. È il suo turno.

«Obbligo o verità?».

Trasalisco perché è proprio la voce di Alexander a porre quella domanda, che risulta più cupa del solito. Intreccio lo sguardo col suo e mi accorgo che è lucido, nonché maledettamente bello.

«Obbligo, no?», risponde Chuck con strafottenza.

E a giudicare dalla faccia soddisfatta di Alexander, sembra che non aspettasse altro.

«Baciala».

Per un attimo non capisco bene cosa stia per succedere; penso che Alexander si riferisca a me e quasi mi metto a ridacchiare per la richiesta innocua. Poi sento il silenzio calare e capisco che sta indicando Camilla.

Gli ha davvero chiesto una cosa del genere? Alexander, il ragazzo che dovrebbe tenere a me come a una di famiglia, mi sta veramente facendo questo?

«Non ha il coraggio di farlo...», dicono alcuni ridacchiando.

Non riesco a capire appieno cosa stia succedendo attorno a me, sono troppo ubriaca.

«Solo a stampo però!». È la voce di Chuck.

Lo vedo allungarsi verso la ragazza seduta di fronte a noi. Le loro labbra si uniscono.

Che cosa diavolo sta succedendo? Sta baciando un'altra davanti ai miei occhi?

Devo sbattere le palpebre più volte per capire che sta accadendo realmente e che tutto questo non è un incubo.

E non è nemmeno un bacio a stampo.

Chiudo gli occhi, poi li riapro, ma loro sono ancora lì. Si stanno baciando, Chuck ride contro le labbra color sangue di Camilla, che non è affatto imbarazzata nel pomiciare con il mio fidanzato.

Non riesco a controllare le mie emozioni, così mi alzo in piedi come una furia e fuggo via dal salone. Prima non mi ero accorta di quanto fossi ubriaca, ero seduta e mi sentivo leggermente stordita, ma ora mi rendo conto che non sono in grado nemmeno di stare dritta. Cammino a stento. Ogni cosa è animata intorno a me, dai mobili ai muri, non so neanche io dove voglia andare, ma ho bisogno d'aria.

«Juliet!».

Alexander mi afferra un polso.

«Non osare!».

«Non stai ragionando, lascia che ti aiuti».

«Sei un sadico del cazzo! Ecco cosa sei! Ti odio!», sputo con rancore.

Lacrime di rabbia fanno capolino agli angoli dei miei occhi. *Maledizione, che serata terribile.*

«Il tuo passatempo è rovinarmi la vita, vero?», urlo più forte che posso, con le lacrime che mi rigano le guance.

«Juliet, volevo solo che ti accorgessi di che razza di persona è Chuck. Dovevi vederlo con i tuoi occhi, non mi avresti mai creduto».

«Sei solo uno stronzo! Perché fingi che ti interessi, ora?».

Scaccio via le lacrime con il palmo della mano, mentre le dita di Alexander premono sulle mie spalle. Mi fa aderire con la schiena al muro del corridoio e io finalmente trovo un po' di equilibrio.

«Perché mi interessa davvero quello che fai. Non voglio che ti ubriachi, né che ti metti nei guai. A Chuck non importa di te».

È sincero, lo sento, ma sono troppo arrabbiata per dargli corda. Tutto l'astio che ho dentro trova una facile via di sfogo.

«Oh, invece importa a te, che non fai altro che dirmi cosa devo fare! Già che c'eri potevi anche farmi spogliare davanti a tutti!», sbraito in uno slancio di rabbia.

La mia vista è così appannata da ira e lacrime che, quando mi guardo intorno, non riconosco neanche il posto in cui mi trovo.

«No, Juliet, se tu fossi mia, io non ti permetterei mai di fare una cosa del genere».

La sua voce pacata. I suoi occhi crudeli. La sua bocca perfetta. Tutto di lui mi esaspera.

«Sentilo, il principino! Hai obbligato il mio ragazzo a baciare un'altra davanti ai miei occhi! Sei solo un mostro!».

«Io non ho obbligato nessuno, Juliet. Tu avresti baciato qualcun altro davanti a Chuck?».

Lui mi tiene ferma contro la parete, ma io sento che sto per svenire. Mi manca il fiato e le gambe stanno per cedere.

«Lasciami!».

«Rispondi, Juliet».

«No», bisbiglio sollevando lo sguardo nel suo.

«Lo vedi ora, qual è il problema? È Chuck il problema, non tu».

Il mio respiro comincia a rallentare e finalmente quella sensazione soffocante che mi schiacciava il petto si allenta un po'.

«Tu l'avresti fatto, Alex?».

Mi concentro sulle sue labbra carnose.

«No. Certo che no». D'un tratto, però, il suo tono sommesso diventa perentorio. «Ora ti porto a casa».

«Io a casa con te non ci vengo!».

Sguscio via dalla posizione che mi vedeva bloccata tra il muro e il suo corpo.

«Non fare la bambina e ascoltami».

Non sopporto il suo fare protettivo. Mi ha tirato un colpo troppo basso, non posso ignorarlo.

«Se raccontassi a Chuck cosa mi hai fatto, ti darebbe tanti di quei pugni che cancellerebbe il tuo ghigno odioso dalla faccia». Scandisco le parole con foga.

«Ah sì? E sentiamo, cosa gli dirai? Che avevi voglia di baciarmi?». La sua voce si abbassa nel mio orecchio, riducendosi a un soffio graffiato. «O che hai bagnato le mutandine mentre ti colpivo con la spazzola?».

La sua bocca è miele bollente quando striscia lungo la mia gola.

Dannate siano le sue labbra. Sono ipnotizzata dalle loro parole subdole e dalla loro consistenza sublime. Non so che cosa mi prende, ma afferro il braccio di Alexander.

«Andiamo in camera di Chuck».

Lui mi scruta confuso, ma decide comunque di seguirmi.

Saliamo al secondo piano, dove apro la porta della camera di colui che forse non è più il mio ragazzo.

«Dimmi di quella cosa di Mini e Chuck», ordino sbrigativa.

Alexander chiude la porta alle sue spalle, lentamente.

«Non è il momento, Juliet».

Non riesco neanche ad ascoltarlo.

«Dai, dimmi quella cosa», incalzo impaziente.

«Non ora che sei in questo stato. Sei ubriaca e pericolosa».

Con le unghie cerco la zip e la trovo sul mio fianco sinistro.

«Dimmelo… faccio tutto quello che vuoi».

Mi sfilo la gonna, facendola cadere ai miei piedi, poi lo guardo. Sul viso di Alexander si modella un'espressione riluttante, è scandalizzato, quasi offeso perché mi sono spogliata con l'intento di farlo parlare.

«Rivestiti, subito».

«Dimmela».

«No. Non posso dirtelo ora», nega girando il capo per evitarmi.

Il suo rifiuto mi fa uscire dai gangheri.

«Cos'ho che non va?».

E così, complice l'alcol, senza neanche rendermene conto, perdo ogni barlume di dignità.

«Non hai niente che non va, Juliet…».

«Non sono abbastanza bella per te?». La mia voce è un lamento soffocato. «Per questo ti piace prendermi in giro e umiliarmi?»

«No, Juliet, non è per questo. Rimettiti i vestiti. Non possiamo stare qui dentro da soli, devo portarti a casa».

Le sue mani si appropriano della mia gonna, raccogliendola dal pavimento freddo.

«Alza il piede».

Vorrei mandarlo a quel paese, ma forse è meglio farlo quando non sono mezza nuda.

Alexander si china per farmi infilare entrambe le scarpe nella gonna, che poi fa scivolare verso l'alto. Con le mani mi modella i fianchi e me la sistema in vita. Resto immobile anche quando tira su la zip e con i pollici comincia a massaggiare la mia pancia scoperta.

«Alex, quando mi hai mandato quel video, ciò che mi hai scritto in quel messaggio…».

«Era solo per provocarti. Non posso dirti quello che ti farei».

«Voglio saperlo», insisto io.

Non so perché divento così testarda, forse perché lui è perfetto e avercelo così vicino mi fa letteralmente uscire di testa.

«Juliet, ti spaventerei». Alexander compie una pausa per inumidirsi il labbro in modo peccaminoso. «E tu… non hai capito proprio nulla di me».

Mossa da un'improvvisa ondata di ribellione, gli afferro la camicia e la stringo nel pugno.

«Sei davvero uno…».

Ma il tempo delle mie lamentele cessa all'improvviso. Con le mani salde sui miei fianchi, Alexander mi spinge contro il muro. Le sue labbra sono così prossime alle mie che la vista si annebbia all'istante e la mia bocca inizia a formicolare dolorosamente per l'impazienza, prima di schiudersi come un bocciolo in primavera.

Mi scappa un gemito sofferto quando risucchia il mio labbro inferiore tra i denti, obbligandomi ad aprire del tutto la bocca per accogliere la sua lingua che scivola calda tra le mie labbra.

Ricambio quel bacio con tale bramosia che per un attimo credo di essere io quella ad aver fatto il primo passo.

Ma non è così, è stato Alexander.

Lo stesso che voleva starmi lontano, che aveva detto che non gli piacevo e che ero poco interessante. Proprio lui, ha preso l'iniziativa e mi ha baciata. L'ha fatto con quelle stesse labbra che sembravano innocue, quando le osservavo di nascosto. Invece non lo sono affatto, sono capaci di un bacio che ha la forza di strapparmi l'anima e appenderla lassù, tra le nuvole più alte. Vorrei circondargli il viso con le mani, ma sono talmente imbambolata da non riuscire a compiere un gesto così semplice.

Una lotta è appena esplosa dentro di me. Corpo e mente si stanno contendendo quel piacere sconvolgente che dilaga ovunque, in ogni singola cellula che compone il mio corpo. Le gambe non vogliono smettere di tremare, fortuna che Alexander mi tiene saldamente per la vita, impedendomi di cadere a terra. I suoi polpastrelli premono duri sui miei fianchi, strappandomi un lamento sofferto.

«Ahia…».

E lui sembra gradire, perché un gemito eccitato gli risale dalla gola, eppure non gli impedisce di portare avanti il dolce supplizio di quel bacio. Alexander seguita a tormentare le mie labbra pulsanti, mandando in circolo l'adrenalina che, impazzita, continua a pomparmi nelle vene.

Immaginavo la sua lingua lenta, invece è esigente e crudele, tanto che i miei respiri sono ormai ansiti soffocati.

Sento la bocca ardere perché lui la tortura di morsi e baci.

Poi però si ferma, piega il capo e, fissandomi dritto negli occhi, sussurra con voce iniettata di veleno: «Ora zitta, o il bacio sarà solo l'inizio».

25

JULIET

Il mio sguardo dev'essere qualcosa di indecifrabile, perché Alexander mi osserva quasi preoccupato.

«Stai bene?».

Le guance. Le labbra. La pelle. Sono in fiamme. E il riflesso del suo sguardo non è da meno. Ci studiamo, ansimando, per qualche istante, poi mi sfioro la bocca con il pollice, come per accertarmi di averla ancora, lì tra il mento e il naso.

«Mi hai…». Accenno un verso confuso.

«Come ti senti?», domanda lui.

I suoi occhi mi risucchiano, vogliono scrutarmi l'anima e mi penetrano senza alcun pudore. Sono troppo confusa per definire a parole l'intensità di ciò che ho appena provato.

«Ti ho fatto una domanda, Juliet».

Ma è difficile rispondere, visto il cuore che mi martella nelle orecchie. Mi guardo intorno e ciò che vedo mi riporta alla triste realtà. Il letto di Chuck, la scrivania di Chuck, le foto mie e di Chuck. Ho un ragazzo, sono in camera sua e proprio qui ho appena baciato il mio quasi-fratellastro.

E non è stato un bacio qualunque.

Chuck non mi ha mai baciata così. Io non ho mai baciato nessuno così.

«Ehm… io…».

Il mio sguardo finisce sulla foto che io e Chuck abbiamo fatto a Disneyland l'anno scorso. *Ma come ho potuto?*

«Perché l'hai fatto?!», strepito battendo un pugno sul petto di Alexander, come se bastasse ad allontanarlo da me. Come se fosse sufficiente a scacciare il marchio caldo e indelebile delle sue labbra sulle mie.

«Direi che abbiamo fatto abbastanza per oggi, torniamo a casa».

Alexander mi sistema il maglione sui fianchi, poi apre la porta e mi fa strada lungo i corridoi della villa.

Se mi prendesse per mano, sarebbe di sicuro tutto più semplice. Sto facendo fatica a non perderlo di vista, data la quantità di gente che si aggira per la casa. Le luci sono troppo basse, tant'è che non mi accorgo della presa che mi cattura l'avambraccio.

«Juls! Aspetta!». La voce di Chuck mi fa sobbalzare.

«Ti giuro, ti ho cercata dappertutto! Ti prego, dimmi che non ce l'hai con me!».

La testa ricomincia a girare non appena incontro i suoi occhi azzurri. Sembra una specie di pupazzo dai connotati buffi, con le sue guance rosse e gonfie. Mi viene quasi da ridere e sorride anche lui, ma quando mi afferra per le spalle sento che non è quello che voglio. Non voglio che lui mi tocchi, ora.

«Chuck, ti prego…».

«Era solo uno stupido gioco; io non volevo baciarla…».

Non sono arrabbiata, ma non voglio parlare di cosa ha fatto Chuck, adesso. Voglio solo che Alexander mi porti a casa. Quando mi volto, però, Alexander non c'è più.

Dannazione, l'ho perso quando Chuck mi ha fermata.

La musica rimbomba forte nello spazio intorno a me e io mi sento tremendamente persa.

Chuck continua a parlarmi nell'orecchio e io divento burro morbido tra le sue dita, perdendo coscienza di me stessa, quando sento le sue labbra appiccicate alla mia pelle.

«Juls, io amo solo te, lo sai…». Sono ancora brilla, ma i suoi baci bagnati sul collo mi stanno dando la nausea. «Chuck, no. Ascolta…».

Lui però non sembra in grado di ascoltare. Non sono mai stata così confusa, tantomeno vicino a un ragazzo più ubriaco di me. Vorrei urlare, ma la voce mi muore in gola; vorrei scappare, ma sono bloccata tra braccia indesiderate.

«Andiamo in camera mia». Chuck mi spinge bruscamente verso le scale e per poco non perdo l'equilibrio.

«No!», strepito risoluta.

«Cosa?»

«Charles, ti consiglio una visita specialistica all'udito. Ti ha detto di no». La voce di Alexander arriva come una ventata fresca a fendere l'atmosfera stantia. «Vuoi davvero stare qui con lui, Juliet?».

Non sono mai stata così tanto felice di sentire il suo tono di rimprovero.

«Ma guardalo… il fratellino si vuole fare la mia ragazza. Ti vedo che le ronzi sempre intorno. Credi che sia uno stupido, Ackerman?».

Alexander sorride, ma come al solito non con gli occhi.

«Sì, sei decisamente stupido», asserisce calmo, prima di prendermi per mano e attirarmi a sé.

Rimbalzo sul suo petto. Il suo profumo mi solletica le labbra e io mi sento di nuovo al sicuro.

Chuck è troppo intontito dall'alcol per riuscire a stare al passo con noi, quindi ci dileguiamo e proseguiamo indisturbati fino all'uscita.

«Non ce la facevo più! Dov'è la macchina?», domando impaziente.

«Non c'è nessuna macchina, nana. Dobbiamo camminare, così smaltisci la sbornia».

Sbuffo, poi mi appoggio faticosamente alla spalla di Alexander, che mi sorregge per l'intera camminata. Durante il tragitto a piedi, farfuglio parole insensate e gli racconto del mio litigio con Mini.

«Juliet, io non conosco tutti i dettagli, ma Chuck non mi ispira fiducia. E di sicuro le tue amiche sanno qualcosa. Capisco che vogliono proteggerti, ma devi farti raccontare la verità».

Queste parole continuano a risuonarmi nella mente a lungo, anche quando, dopo una mezz'ora, mi ritrovo nel mio letto.

Come ci sono arrivata?

Siamo in camera mia, è notte fonda e io non posso fare a meno di massaggiarmi le tempie doloranti con le dita.

«Va un po' meglio?», chiede Alexander, accendendo l'abat-jour sul mio comodino. Noto che ci ha lasciato un bicchiere d'acqua fresca.

«Sì».

«Idratati e dormi», mormora poi, mentre mi porge da bere. Lo accontento con riluttanza.

Dopo avermi aiutato a togliere le scarpe e avermi rimboccato le coperte, lo sento borbottare un: «Buonanotte, Juliet».

Nella penombra allungo una mano e gli afferro il polso.

«Mi leggi una storia?», chiedo intrecciando le dita alle sue.

«Juliet, non fare i capricci».

«E dai, non mi accontenti mai, io lo faccio sempre».

Sento la sua mano fredda scaldarsi nella mia.

«Cosa vuoi che ti legga?»

«Uno dei tuoi fumetti».

«Alcuni sono davvero macabri, non sono la lettura più adatta prima di andare a dormire…».

«Non voglio dormire», mi lagno.

«Devi».

«È una scusa per zittirmi?».

Alexander si china su di me.

«No». Poi mi sposta i capelli dalla fronte, inducendomi a chiudere gli occhi dolcemente. «Dopo tutte le emozioni di questa sera, hai bisogno di riposo, Juliet».

«Perché ora sei carino con me?».

Lui finalmente si siede sul bordo del letto, accanto a me.

«Sono sempre lo stesso».

«Se sei lo stesso della festa… mi vuoi baciare ancora?».

Apro gli occhi e lo sorprendo a fissarmi le labbra.

«Cristo», mugola. «Dormi, ora».

Riprovo a sfiorargli la mano, ma Alexander questa volta si irrigidisce e torna a rimboccarmi il piumone fino al mento.

«Ho visto una cosa nella tua stanza. Vorrei sapere a cosa serve», sussurro con voce debole.

«Mhm?»

«Un nastro rosso, Alex».

«Sei attenta ai dettagli».

«Be', anche tu sei attento ai dettagli, hai detto che hai buona memoria per le mie mutande».

«Le ciliegie non si scordano facilmente».

«A proposito, dove sono finite quelle che mi hai rubato?»

«Le ho messe a lavare».
«Perché le hai tenute tu?»
«Non fare domande di cui non vuoi conoscere la risposta, Juliet».
Resto a rimuginare su quelle parole, ma i significati si confondono tra loro, proprio mentre chiudo gli occhi. Alexander va in camera sua a recuperare uno dei suoi libri e, quando torna, nemmeno il tempo di cominciare a leggere che io scivolo in un sonno tormentato.

Al risveglio vengo colta da un forte mal di testa. Sono nel mio letto e non so come ci sia finita sana e salva. Non ricordo di essermi messa il pigiama che indosso, eppure è successo.
Nausea, occhi cupi e capelli ribelli. Ecco la nuova me che si riflette allo specchio, in un'abominevole versione post-sbronza.
Scendo a fare colazione in punta di piedi, sperando che nessuno si accorga del mio stato indegno. Mia madre e Alexander stanno amabilmente conversando tra loro, davanti a una tazza di caffè. Imbarazzata, gli rivolgo uno sguardo furtivo.
«Grazie per ieri», dico con il labiale.
Il suo viso non esprime emozioni, ma poi il mio sguardo ricade sulle sue labbra. E vengo sopraffatta da un flashback improvviso, una reminiscenza che coinvolge tutti i cinque sensi.
Il suo profumo intenso, la pelle liscia sotto le mie dita, il silenzio in quella camera, il buio dei suoi occhi e il suo sapore perfetto sulla lingua.
Mi ritorna in mente tutto, proprio ora che faccio colazione insieme a lui e mia madre.
Devo parlare di qualcosa che mi distragga.
«E John?».
Alexander guarda di lato, sembra infastidirlo la mia domanda.
«È uscito presto, aveva una conferenza oggi», risponde mia madre, allungandomi la tazza di latte caldo. Io, però, non riesco a non fissare il suo profilo sottile, quegli zigomi accentuati.
«Juliet, hai nuoto oggi?»
«Eh? Ah… no, è domani».
«Bene. Sentite, io vado a fare la spesa tra un'oretta… avete bisogno di qualcosa, ragazzi?»
«Catherine, ricordati del filo interdentale. Ho notato che sta per finire il detersivo dei piatti. Comprane un altro tipo, quello tende a seccarti le mani. Oppure potresti cominciare a usare dei guanti».
Il suo fisico asciutto rimane composto dentro il golfino scuro, mentre parla e si passa distrattamente una mano tra i capelli.
«Certo, tesoro. Puoi mandarmi un messaggio se ti viene in mente dell'altro».
Si comportano come madre e figlio, è imbarazzante.
Ieri le sue labbra sembravano non averne abbastanza delle mie… Ora nemmeno mi guarda.
«Oh, sei così premuroso, Alex», cinguetta mia madre prima di lasciare la cucina.

«Lo so», ribatte lui senza mostrare emozione alcuna.

Reprimo l'istinto di sollevare gli occhi al cielo nel sentire le loro smancerie, e d'un tratto noto che la pelle di Alexander è leggermente escoriata sulle nocche.

«Ma ti sei visto le tue?». Gli indico le mani che tiene strette attorno alla tazza del caffè.

«Ho preso freddo», taglia corto, prima di tornare con lo sguardo al giornale.

«Come mai le hai così screpolate?», insisto io.

«Fatti gli affari tuoi, nana. Un gesto così semplice renderebbe la mia colazione più gradita».

Il suo caratteraccio mi irrita, ma io non mi perdo d'animo.

«Le lavi spesso, vero?», continuo con sguardo curioso.

«E tu parli spesso a sproposito, vero?», mi gela lui.

Ormai avvilita, faccio per alzarmi da tavola, quando Alexander mi incenerisce sul posto.

«Juliet».

Mi indica la tazza con lo sguardo.

Sbuffo, prima di agguantare controvoglia il latte e filare in camera mia.

Lascio la tazza sul comodino, poi mi lancio sul letto e controllo il telefono. Tre chiamate perse da Chuck.

Non ho voglia di parlargli.

Decido quindi d'ignorarlo e optare per una doccia ristoratrice.

Finisco di asciugarmi i capelli e, dopo una passata di trucco, mi sento come nuova.

Sento il portone d'ingresso chiudersi bruscamente, segno che mia madre è appena uscita. Mi risiedo sul letto e, invece di fare i compiti, rifletto sulla serata di ieri.

Ho solo un pensiero in testa, ma tento in tutti i modi di scacciarlo.

Oltre ad aver baciato Alex, ho litigato con Chuck. Per non parlare della discussione accesa che ho avuto con Mini.

Devo ammettere che ubriacarsi fa davvero schifo. "Non lo farò più", mi dico mordicchiandomi il bordo della manica.

«Juliet?».

Le nocche di Alexander battono sul legno della mia porta.

Un brivido mi trafigge la spina dorsale.

«Entra».

«Stai meglio?», domanda facendo il suo ingresso in camera mia a passo lento.
Mi siedo sul bordo del letto, poi mi risistemo una ciocca dietro l'orecchio.

«Sì, grazie».

Alexander rimane fermo davanti alla porta che ha appena chiuso. Il suo collo affusolato sembra ancora più pallido, in contrasto con quel maglione scuro.

«Alzati».

Controvoglia, eseguo il suo ordine e mi avvicino a lui con cautela.

«Sai cosa non sopporto, Juliet?».

Porto l'indice sulle mie labbra arricciate, fingendo di pensare.

«Rispondi», ordina con il suo tono freddo.

«Come posso saperlo, Alex?».

C'è una leggera vena di sfida nella mia domanda, ma lui non ci fa caso, concentrato com'è a fissarmi a occhi stretti.

«Non sopporto di vederti ubriaca e senza controllo».

«Ma...».

«Ti sei comportata in maniera irresponsabile. Molto irresponsabile».

Non riesco più a stare ferma davanti a lui, quindi gli volto le spalle e mi avvicino alla scrivania, fingendo di risistemare il disordine che vi alberga.

«Avevo solo bevuto un po'...», mi giustifico, giocherellando con le penne sparse.

«No, ti sei ubriacata e ti sei messa in situazioni poco convenienti».

Sta parlando anche del nostro bacio?

«Sai che eri in uno stato fortemente vulnerabile?». Muove solo le labbra, dal viso non trapela alcuna espressione.

«E quindi? Non è successo nulla, finiscila di farne un dramma!».

«Se non ci fossi stato io, qualcuno avrebbe potuto approfittare di te. Sai anche questo, Juliet?».

Il suo tono saccente mi urta così tanto che gli vado di fronte senza paura.

«Hai approfittato di me, mi hai baciata. Lo sai questo?».

Forse avrei dovuto tapparmi la bocca, perché l'espressione di Alexander s'indurisce.

«Ho sbagliato infatti».

Vederlo abbassare lo sguardo al pavimento con aria colpevole non mi piace affatto.

No, no, no. Stupida, dovevo starmene zitta.

Le sue braccia lungo i fianchi sono immobili, ma la mano destra si stringe a pugno, le nocche diventano bianche per lo sforzo.

E ora che dico?

Mi limito a far spallucce, come se non m'importasse parlare dell'argomento, come se non fosse stato nulla di speciale e il pentimento che mi ha appena sbattuto in faccia non mi bruciasse sulla pelle.

Convinta che la sua prossima mossa sia quella di andarsene, torno alla scrivania, ma con la coda dell'occhio lo vedo accorciare la distanza tra noi. Non riesco a sollevare il capo, ho paura che possa farmi sciogliere ai suoi piedi.

Prendo a sfogliare un quaderno scarabocchiato di appunti incompleti. Le mie mani si fanno nervose non appena si accosta al mio fianco.

«Juliet».

Mi manca il respiro, ma in un guizzo di coraggio lascio che i miei occhi incontrino i suoi, così bui da risucchiarmi in un baratro senza fine.

«Lo sai cosa sarebbe accaduto se non ti avessi strappata dalle braccia di Chuck, ieri sera?».

Vorrei abbassare il mento, distogliere tutta la mia attenzione da quegli specchi acuminati, ma non ci riesco.

«Non so di che parli».

«Eri inconsapevole delle tue azioni».
«Ed è per questo che mi hai baciata?», insisto tornando al punto scottante.
«Ti ho baciata perché non sono riuscito a mantenere il controllo. E, come ti ho già detto, ho sbagliato».
Rimango stordita dalla crudeltà delle sue parole. I suoi occhi torvi non mentono. *Ti sei pentito, ricevuto.*
«Ma Chuck non si sarebbe fatto scrupoli ad approfittare di te», ribadisce lapidario.
«Chuck non mi avrebbe mai fatto del male».
«No, ti avrebbe solo portata in un angolo appartato e poi ti avrebbe scopata senza troppi complimenti».
Lo dice con una pacatezza che mi fa perdere le staffe.
«Ma cosa stai dicendo? E soprattutto, chi ti credi di essere? Una specie di cavaliere dall'armatura scintillante? Credi di avermi salvata? Sei solo un frustrato con delle manie di controllo!».
Mi mordo il labbro, dopo aver urlato a qualche centimetro dal suo viso.
Alexander però non s'infuria, né reagisce come mi aspettavo. Dopo avermi fulminata con un'occhiata di disprezzo, mi volta le spalle e si dirige verso la porta.
«E perché ora te ne vai?», chiedo stridula.
Alexander torna verso di me con uno scatto. Sono costretta a reclinare il collo, perché lui spinge la fronte sulla mia.
«Perché mi stai facendo incazzare e mi sta venendo una voglia fottuta di piegarti su quella scrivania e farti urlare».
«Oh…». Dalle mie labbra schiuse esce un piccolo gemito.
Sono confusa, ma contenta di avergli fatto perdere la solita compostezza.
«Io e te non possiamo stare soli nella stessa stanza, Juliet. Lo capisci, sì o no?»
«Non mi fa paura stare da sola con te».
La mia voce è un soffio su quelle labbra perfette e la risposta dev'essere di suo gradimento, perché Alexander mi afferra i fianchi con fare possessivo.
«Non riesco a controllarmi con te, Juliet. Mio padre non vuole questo…».
«Non m'importa un accidenti di tuo padre, Alex», sussurro nel suo orecchio.
E il tasto toccato sembra essere quello giusto, perché lui perde nuovamente la ragione: raccoglie una manciata dei miei capelli sciolti e con uno strattone secco mi obbliga a guardarlo negli occhi.
Le nostre labbra pulsanti restano ferme, a distanza ravvicinata, e io non sono in grado di muovermi. Ci divoriamo le labbra con sguardi languidi, per qualche istante, e la tensione tra noi diventa così intensa che mi aspetto mi baci da un momento all'altro.
Ma Alexander non lo fa, lascia slittare i palmi freddi sotto il mio maglione e me lo sfila via. Traccia la mia spina dorsale con il pollice e si ferma quando incontra il gancetto del reggiseno, che apre con un gesto rapido.
Avvampo, perché il suo sguardo s'intorbidisce così tanto da provocarmi un fremito nel basso ventre. In quell'attimo di follia, spingo le punte dei piedi sul parquet e, sollevando i talloni, raggiungo il suo viso. Gli afferro il labbro inferiore

coi denti, poi lo risucchio nella mia bocca. Non so se io gli abbia fatto male, tutto ciò che avverto è un mugolio eccitato risalirgli la gola. Alexander accoglie il mio gesto sfacciato come un invito a fare lo stesso: mi morde il labbro inferiore con violenza, ma, a differenza sua, sono costretta a chiudere gli occhi per ingoiare quel bruciore lancinante. Il sapore ferroso del sangue si mescola al gusto della menta, mi fa serrare le cosce e spalancare la bocca per dargli l'accesso desiderato.

Finalmente spinge la lingua calda tra le mie labbra impazienti, obbligandomi a schiuderle lascivamente per permettergli di condurre quel gioco peccaminoso.

Il mio battito accelera disperato, perché l'assalto di Alexander diviene sempre più avido e affamato, rubandomi il fiato.

Caffè e menta. La mia nuova combinazione preferita.

Con la forza del suo corpo mi spinge contro la scrivania. Le mie mani frenano l'impatto, agganciandosi sul bordo; quelle di Alexander, invece, mi circondano i polsi con forza, mentre il cotone della sua camicia sfrega sui miei capezzoli sensibili.

Smettiamo di baciarci solo quando lui si stacca da me per osservarmi dall'alto.

Con le guance arrossate e il respiro corto, me ne sto a guardarlo confusa. Non so più dove stia la sua indecenza e dove la mia innocenza, a questo punto. Lui però non sembra afflitto da tutti questi dubbi: manovra i miei polsi, obbligandomi a staccarmi dalla scrivania e voltarmi di spalle. Sbatto le anche contro il bordo, trattenendo un ansito di dolore. Alexander preme il palmo sulla mia schiena e mi fa piegare con il busto sulla scrivania.

La mia pancia nuda sfiora il legno freddo e i brividi si moltiplicano quando i miei seni sfiorano la superficie ruvida.

Non so cosa voglia fare, non riesco a pensare a nulla, solo alle mie labbra che pulsano, gonfie e doloranti per via del bacio.

Alexander si lascia andare a un verso soddisfatto, quando si accorge di avere la visuale completa del mio corpo: dalla mia schiena scoperta alle mie cosce, senza escludere le mie mutande rosa confetto, che spuntano da sotto la gonna corta.

«Juliet».

Il tono perentorio con cui pronuncia il mio nome mi fa inarcare un sopracciglio.

«Sì?», domando, ancora tremante per quel bacio.

«Resta ferma», mormora. «Ho bisogno che mi lasci fare una cosa ora».

Baciarsi e basta è troppo noioso per te, vero?

Io non rispondo, quindi lui m'incalza. «Me la lascerai fare?»

«Dipende, Alex. Il corpo è mio e decido io».

«Mhm».

«Non è così?», lo sfido provando a sollevare il capo, senza però riuscire a intercettare la sua figura.

«Certo che sì, ma potresti sempre…».

«Cosa?».

Avverto il suo fianco sfiorare il mio, mentre si china su di me per raggiungere il mio orecchio. «Lasciare che sia io ad avere il controllo».

Sgrano gli occhi, mentre il mio stomaco si capovolge dall'agitazione.

«Che significa?»
«Quando siamo qui dentro, lasci che sia io a decidere».
Mi prospetta quell'eventualità con un tono così calmo da darmi i brividi.
E io non ho la minima idea di cosa intenda, sono solo una ragazza curiosa che freme di agitazione, che ha perso ogni controllo delle proprie emozioni. *Come posso dirgli di no?*
«Ci devo pensare…».
«Prenditi il tempo che vuoi, Juliet».
«Cos'è, una proposta?»
«Una specie».
«Perché dovrei accettare, Alex? Ci guadagni solo tu, a te piace infliggere dolore».
«Devo essermi perso il passaggio in cui a te non piace riceverlo».
Poggio la guancia ormai bruciante sulla superficie gelida.
«Cosa ci guadagno io?»
«Me».
La sua risposta mi lascia senza fiato, ma faccio di tutto per trovare le parole giuste.
«E se non mi bastasse, Alex?».
Strizzo gli occhi, quasi pentita di quella provocazione sfrontata.
Lui però si lascia sfuggire un ghigno sadico.
«Oh, ti basterà eccome, piccola Juliet».
«E chi ti dice che…».
«Ti confesso un segreto», dice con voce ferma. «Ho il difetto di peccare di presunzione, quindi…».
Tendo la schiena. Sto trattenendo anche il respiro.
«Tutte le volte che t'inumidisci tra le cosce, penso di esserne io la causa, e il modo in cui il tuo corpo reagisce al dolore lo scambio per un complimento».
Deglutisco confusa.
«Ma forse non sono io, è ciò che ti faccio a ridurti in quello stato».
Mi sfugge un rantolo sconnesso.
«Non dovrei fare questo a Chuck, non è giusto…», mi ritrovo a balbettare.
«Ma lo vorresti, no?».
Il diavolo tentatore sa sempre come ammaliare, ma stavolta decido di raccogliere tutta la forza che ho e usare la mia voce tremolante per dire: «Ci penserò, prima dammi una dimostrazione».
Lui è ancora in piedi dietro di me, ma mi pare di vedere davanti agli occhi il suo sorrisetto compiaciuto.
«Quindi ora me lo lascerai fare, Juliet?»
«Sì».
«Non ho sentito».
Maledetto.
«Sì, va bene», ripeto alzando la voce.
«Allora allarga le gambe».

Obbedisco, distanziando appena le cosce tra di loro, poi inarco un po' la schiena per alzare il viso dalla scrivania, ma lui posa il palmo sulla mia guancia e mi riporta alla posizione iniziale. «Ferma».

Non oppongo resistenza: abbandono la testa sul legno e l'attimo dopo lo avverto risuonare nella stanza. È il rumore di uno schiaffo secco. Percepisco dapprima il colpo liberarsi nell'aria, poi il bruciore improvviso sulla mia natica destra.

«Se ti fa troppo male puoi parlare e io mi fermerò».

Uno spasmo mi fa tremare la pancia quando capisco il gioco sadico di Alexander. Senza darmi il tempo per realizzare, le sue dita formicolano sulla mia pelle. Mi solleva la gonna, poi la sua mano dura mi colpisce nuovamente.

«Male?»

«No».

Tutto il mio corpo trema quando mi colpisce una terza volta. La mia schiena s'irrigidisce e il fiato si rompe in gola.

Perché glielo sto lasciando fare?

Ha detto che posso fermarlo, perché non mi va di farlo? Forse è solo la voglia di essere alla sua altezza. Forse quel desiderio insano di piacergli a tutti i costi mi metterà in guai seri.

Aspetto la sua prossima mossa, quindi chiudo gli occhi con i pugni stretti ai lati del viso, ma il colpo non arriva.

Sobbalzo quando le sue dita fredde accarezzano dolcemente la mia pelle arrossata.

«Male, Juliet?»

«No», replico con la mandibola contratta.

Alexander circonda i miei fianchi e, con una spinta decisa verso il basso, mi fa aderire nuovamente alla scrivania. Si piega su di me, prima di accostare le labbra al mio orecchio.

«Bene, perché voglio farlo ancora», mormora con voce roca. Riconosco una tinta di eccitazione nel suo timbro solitamente atono e privo di emozioni. Sto morendo dalla voglia di guardarlo in viso ma, prima che io possa girarmi, i suoi gesti mi paralizzano.

Alexander aggancia il bordo delle mie mutande con entrambe le mani e me le abbassa, stando attento a tracciare la lunghezza delle mie cosce con i polpastrelli avidi. Accarezza la mia pelle fino ad arrivare alle caviglie, dove il mio intimo è ormai un mucchietto di stoffa.

«Resta ferma».

Ogni muscolo del mio basso ventre si contrae.

Sento i suoi passi allontanarsi da me, quindi tento di regolarizzare il respiro. Non so dove sia andato. Potrei voltarmi, sono da sola nella stanza... *Perché resto immobile?*

«Ora facciamo un gioco, Juliet».

Il ritorno di Alexander mi fa trasalire. Sono ancora in quella posizione sconveniente, però provo a girare il capo nella sua direzione. Ancora vestito di tutto punto, si avvicina a me e mi afferra per i capelli. Con le ciocche strette nel pugno, mi spinge la guancia sul legno.

Voglio solo guardare, dannazione.

«Ma questo gioco non sarà piacevole per te, Juliet».

La sua voce ha il suono di una dolce minaccia e la continua ripetizione del mio nome non fa che disorientarmi.

«Perché?», domando d'istinto. Poi però mi ammutolisco all'istante. Un materiale ruvido ha cominciato a strisciare lungo la mia schiena, dirigendosi sempre più in basso, fino a scivolare sul mio sedere.

«Perché ieri sei stata imprudente e irresponsabile. Poco fa, invece, hai peccato d'ingratitudine».

Sto per chiedergli chi diavolo si crede di essere, quando Alexander allontana l'oggetto sconosciuto dalla mia pelle, causandomi una voragine nel petto. Sto trattenendo il respiro.

«Puoi fermarmi quando vuoi, Juliet, ma sappi che preferirei non lo facessi», asserisce prima di assestare una sferzata dolorosa alla mia natica. Non mi ci vuole molto a riconoscere il cigolio metallico seguito dallo schiocco secco.

È una cintura. Una fottutissima cintura.

Serro i denti per non lasciar trapelare l'urlo che mi monta in gola ma, quando vengo colpita ancora e nello stesso punto, non resisto e grido.

Alexander mi dà il tempo di valutare il danno. Basta una piccola pausa e la pelle comincia a bruciare, come traforata da una miriade di spilli ardenti.

«Ora continuo, Juliet».

Non fiato, mi mordo il labbro inferiore in previsione del dolore che verrà. E arriva. Sconquassante e brusco, con la stoccata successiva. Poi un altro colpo e il mio clitoride viene attraversato da una pulsazione violenta. Non riesco a ragionare lucidamente, sono ormai un insieme di desideri sconnessi e muoio dalla voglia di vedere la sua espressione compiaciuta.

Alexander sembra aver individuato un punto particolarmente sensibile, perché continua a colpirlo, strappandomi lunghi lamenti.

D'un tratto si ferma e, quando le sue dita fredde mi sfiorano, mi rendo conto dell'umidità fastidiosa che comincia a rigarmi l'interno coscia.

Con le nocche dure accarezza il mio clitoride, ormai gonfio e sensibile. Il mio basso ventre si rilassa al suo tocco e resto interdetta a causa della sensazione così piacevole.

«Come immaginavo», mugugna poco prima di ritrarre la mano. «Parlerai con Chuck?».

La domanda arriva come un fulmine a ciel sereno.

«Credo di sì», balbetto impacciata.

«E cosa gli dirai?».

Il mio silenzio non sembra andargli a genio, perché torna a impugnare la cintura e mi colpisce così forte da farmi contorcere.

«Cosa gli dirai, Juliet?».

Stringo i denti per attutire l'ultima sferzata. Brutale. Mi ritrovo dapprima a tendere i polpacci, poi a piegare le ginocchia, incapace di reggere oltre.

«Gli dirò la verità».

«Alzati».

Punto un gomito sulla scrivania e, risistemandomi la gonna, mi raddrizzo. Afferro il reggiseno e lo indosso, l'attimo prima di voltarmi verso di lui.

«Gli dirò che ci sono rimasta male. Dopotutto ha baciato un'altra e...».

Le parole mi muoiono in gola quando finalmente vedo Alexander. Ha il braccio destro teso lungo il fianco e la cintura piegata, stretta nel pugno con le vene in rilievo. I suoi occhi non mi sono mai sembrati così cupi.

«Tu hai fatto lo stesso, Juliet».

Annuisco, mentre con lo sguardo m'immergo nell'oscurità delle sue iridi.

«Devi parlargli. Credo sia arrivato il momento».

«Vuoi che lo lasci, Alex?»

«Non è questa la domanda che dovresti porti, Juliet. Dovresti chiederti perché vuoi ancora stare con lui, dopo quello che ti ha fatto. Non ti merita», asserisce prima di voltarmi le spalle.

Vuole che lo lasci.

Alexander raggiunge la porta, infine mi lancia un'occhiata affilata.

«Ti rimarranno i segni. Dovrai saltare nuoto questa settimana».

26

Juliet

Indosso l'intimo rimasto impigliato tra le mie caviglie. Mi sento dolorante, umida e stranamente tesa.

Giungo davanti al mio nuovo specchio a figura intera e nel riflesso vedo la mia faccia che assume un'espressione sgomenta. Ho appena messo gli occhi sul mio fondoschiena. Striature rosate e spesse solcano la mia pelle pallida, rendendola irriconoscibile.

Mi tolgo la gonna, poi indosso una tuta comoda. E se il dolore fisico inizia lentamente a dissiparsi, non posso dire lo stesso del caos che alberga nella mia testa.

Ho baciato quello che non è il mio ragazzo per ben due volte nell'arco di ventiquattro ore.

Ma cosa mi sta succedendo?

Il mio telefono vibra per l'ennesima volta. È Chuck.

Stavolta decido di rispondere.

«Juls, finalmente».

La sua voce mi riporta immediatamente a ieri sera.

«Cosa vuoi?»

«Ti prego, non riattaccare, voglio parlarti».

«Ti ascolto, Chuck».

«C'è solo una cosa che conta. Io ti amo, Juls».

«Okay», replico distaccata.

«Davvero. È stato solo un gioco, avevo bevuto troppo e…».

«Senti, devo andare», taglio corto chiudendogli il telefono in faccia.

Scendo di sotto e mi accorgo che mia madre è appena rincasata.

«Ho preso il cinese d'asporto perché non ho voglia di cucinare».

Non ho voglia di ascoltare le sue peripezie lavorative, ma resto per tutta la cena a fissare le mani di Alexander. Stare seduta è un'impresa titanica, ma non posso darlo a vedere.

A cena avviata mia madre si alza da tavola per rispondere a una chiamata di lavoro e, quando John sparisce in cucina per scaldare gli involtini primavera, Alexander finalmente solleva lo sguardo dal piatto e me lo punta addosso.

«Vuoi del ghiaccio, Juliet?».

Gli mostro il dito medio. Lui però non si scompone.

«Hai parlato con Chuck?»

«Sì».

La mia risposta affermativa gli fa inarcare un sopracciglio.

«Come l'ha presa?».

La sua sicurezza non conosce confini, ma io so come farla vacillare. Sollevo il mento e glielo dico.

«Non l'ho lasciato».

Alexander si alza in piedi e, prima che possa andarsene, provo a fermarlo.

«Chuck mi ama», esclamo decisa, come se dichiararlo con convinzione possa trasformarlo in realtà.

«Chuck non ti ama. Pensa solo che tu sia una principessa con gli occhi da cerbiatta».

Lo guardo allontanarsi da tavola, la sua voce sprezzante lascia trapelare il disappunto che prova per la nostra relazione.

«E quindi? Sono la sua principessa», lo provoco.

Alexander si volta nella mia direzione.

«Sbagli. Non sei sua», afferma affilando lo sguardo in una linea dura.

«Cioè?»

«Ti ci senti, sua?»

«Non lo so. Che vuol dire? Cioè, sono la sua ragazza…». Mi massaggio nervosamente la nuca, mentre lui scrolla il capo, poi raggiunge la porta.

«La domanda era un'altra, Juliet».

«Ma dove vai? Ci vediamo sul retro, dopo cena?»

«No», mi fredda, prima di sparire al piano di sopra.

Come ogni lunedì mattina, mi trascino fuori dalle coperte a fatica, afferrando il cellulare.

C: Scusa per tutto, amore mio. Mi farò perdonare, lo giuro. Ti amo da morire.

Leggo il messaggio di Chuck con gli occhi assonnati e lo stomaco sottosopra.

Per scacciare i miei malumori conosco solo un modo: mettere la mia playlist preferita su Spotify e poi infilarmi sotto la doccia. Dopo essermi fatta coccolare dal calore dell'acqua, mi asciugo con cura e indosso reggiseno e mutande. Ho questa strana abitudine di cantare canzoni struggenti e ritrovare subito il buon umore. Mentre sono intenta a truccarmi davanti allo specchio, parte *Dear John* di Taylor Swift, perciò mi fiondo ad alzare il volume a tutto spiano, senza smettere di cantare a squarciagola. Comincio a sistemarmi i capelli con l'arricciacapelli, ma il ritmo travolgente della canzone mi coinvolge così tanto che impugno la spazzola come fosse un microfono, salto sul letto e inizio a cantare e ballare.

«Juliet! Sono le sette del mattino».

Alexander irrompe in camera mia facendomi saltare dallo spavento.

«Esci dalla mia camera!», urlo puntandogli la spazzola contro.

Lui fa scorrere lo sguardo dal mio viso alle mie caviglie, senza perdersi un centimetro del mio corpo seminudo.

«Tu abbassa la musica e io esco».

«Lo farò, se te ne vai», sputo stringendo gli occhi.

«E mettiti qualcosa addosso, Cristo!».
Salto giù dal letto, poi gli rivolgo una smorfia.
«Lo faccio solo se ne ho voglia».
Alexander non mi risparmia un sorrisetto inquietante.
«Qualcosa mi dice che ne hai voglia, Juliet».
Stiamo ancora parlando di questo o sta alludendo alla proposta?
Il suo timbro di voce mi fa accapponare la pelle delle braccia e, per non dargli a vedere che sono appena arrossita, fuggo a prendere il telefono e spengo la musica.
Soddisfatto per aver ottenuto ciò che voleva, Alexander mi volta le spalle per andarsene.
«Senti, Alex… ci ho ripensato, forse abbiamo azzardato con quel bacio. Cosa ne pensi?». Lo trattengo con una scusa, che poi tanto scusa non è.
Ho bisogno di sapere quali siano i suoi pensieri, vorrei parlare con lui, anche se magari sarebbe meglio farlo con dei vestiti addosso.
Alexander, però, non sembra affatto toccato dai miei dubbi. E se da un lato mi sento in colpa, dall'altro non mi sono pentita affatto di averlo baciato, anzi. Quello che ho provato è stato così intenso che, se non l'avessi sperimentato con lui, non sarei stata neanche in grado di immaginarlo.
«Che vorresti dire?», chiede stizzito.
«Chuck mi ama davvero e io…».
«Ancora con questa cazzata, Juliet?».
M'inchioda alla parete con una sola occhiata ma io, seppur con le guance in fiamme, lo affronto a testa alta.
«Perché non accetti il nostro amore? Chuck ha detto che solo io sono riuscita a farlo innamorare, che solo io lo faccio uscire di testa», affermo a un soffio dal suo viso.
«Certo che lo fai uscire di testa, Juliet. Quel ragazzo sta impazzendo perché… perché non può averti, dannazione!».
Ci fissiamo in cagnesco, così vicini che riesco a respirare il suo profumo. Alexander si schiarisce la voce e, recuperando il controllo perso, torna al suo timbro apatico.
«Sbrigati a vestirti. Facciamo colazione tutti insieme oggi».
Dopo aver guardato Alexander lasciare la mia stanza, indosso la divisa scolastica e scendo in cucina. Con mia sorpresa c'è anche John questa mattina.
Ecco perché il signorino era tutto impaziente.
«Come va la convivenza, ragazzi?», domanda, passandomi la marmellata.
«Bene», replico io, mentre mia madre mi sorride dai fornelli. Un intenso profumo di caffè mi coccola i sensi, ma la voce di Alexander mi fa trasalire.
«Molto bene, papà. Ho scoperto che Juliet è amante della musica».
Lo fulmino con lo sguardo mentre lui mi fissa con supponenza.
«Nonché amante dell'abbigliamento intimo ridicolo…», sussurra tra i denti, quando John si alza per andare a prendere il cartone del latte.
«Sei proprio uno stronzo», mormoro io stando attenta a non farmi sentire dagli adulti.

«Ti conviene chiudere quella bocca», mi intima Alexander, prima che John torni a sedersi con noi.

«Oh, bene… E tu, Juliet, cos'hai scoperto di Alex?».

La domanda di suo padre mi prende alla sprovvista.

«Oh, ehm… che è un ragazzo… molto…». "Strano, pazzo, pervertito". «… determinato».

Mia madre e John perdono interesse per il discorso e cominciano a parlare tra loro, mentre Alexander sorseggia il caffè fissandomi con insistenza. I miei occhi cascano sulle sue labbra.

Due volte. Mi ha baciato per due volte e non può dirmi cos'ha provato?

«Finiscila», mi gela sottovoce.

Odio lui e il suo stupido accento di Manchester.

Il lunedì mattina, già ampiamente rovinato dal mio quasi-fratellastro saccente, prosegue di male in peggio, perché mi ritrovo a sgattaiolare in classe passando dalle scale antincendio per evitare il cortile. Lì incontrerei Chuck e i suoi amici, un quadretto nel quale non voglio assolutamente imbattermi in questo momento. Senza contare che sono anche ai ferri corti con la mia migliore amica per uno stupido battibecco.

Dopo tre ore di lezione passate a ignorarci palesemente, nell'intervallo sono esausta per via del silenzio straziante che si è creato tra me e Mini. Voglio assolutamente chiarire.

«Mini, possiamo parlare?».

Lei guarda Amanda, poi mi fa cenno di seguirle in corridoio. Usciamo in cortile, in cerca di un angolo appartato per poter discutere tranquillamente. Mini e Amanda si appoggiano contro il muretto che costeggia la scuola, mentre io mi sistemo di fronte a guardarmi le mani.

«Mi dispiace per essermela presa con te sabato sera, però…», comincio, e vedo gli occhi azzurri di Mini incupirsi, «se ritenete davvero che Chuck sia uno stronzo… perché non me lo dite chiaro e tondo?».

Parlo con entrambe, ma mi rivolgo in particolar modo a Mini, che elude il mio sguardo, tenendo la testa china.

«L'hai lasciato dopo che l'hai visto baciare un'altra?», bisbiglia.

«No».

Le ragazze si guardano scambiandosi un cenno d'intesa.

«Io ti voglio bene, Juls. E sì, te lo direi… solo che… non è facile».

E poi scoppia a piangere, lasciandomi completamente attonita. Amanda le posa una mano sulla spalla, mentre i singhiozzi incessanti rendono quasi incomprensibili le sue parole.

«Juliet…». Amanda prende la parola. I suoi occhi scuri di solito comunicano sicurezza, ma ora ci vedo molta inquietudine.

Anche lei sa qualcosa.

«Amanda, per favore, ho bisogno di saperlo!».

«Per Mini è troppo doloroso».

«Cosa?», chiedo dispiaciuta, nel vedere Mini piangere ininterrottamente.
«Ti ricordi che Chuck e sua madre ogni tanto venivano da me per i vestiti?».
Annuisco spazientita.
La mamma di Mini è un'ex modella con la passione per la sartoria. Le capita di fare dei lavoretti per le amiche e la mamma di Chuck è una di queste.
«A volte lui veniva per provare alcuni abiti», prosegue Mini con voce rotta.
«Lo so, e quindi?»
«Sua madre», abbozza Amanda.
«Cosa? Che c'entra ora la mamma di Mini?».
Mi volto dapprima verso la bionda, poi scruto Amanda. Non capisco e mi sento spaccata a metà: da una parte mi sento presa in giro, dall'altra soffro nel vedere la mia migliore amica in questo stato.
Amanda prende la mano tremante di Mini, che si fa coraggio e comincia a confidarsi dopo un lungo sospiro.
«Ti ricordi quando, l'ultimo giorno di scuola dell'anno scorso, mio padre mi è venuto a prendere perché avevo quell'emicrania fortissima?».
Ci penso su. «Sì. Avevano provato a chiamare tua madre, ma non era raggiungibile», mormoro giocherellando con il bordo della gonnellina che scende sulle mie ginocchia.
«Mio padre mi ha chiesto se volevo andare da lui… ma sai che odio quella falsa della sua nuova moglie, così mi sono fatta accompagnare a casa».
Aggrotto le sopracciglia, continuando a non capire.
«Okay…».
«C'era la macchina di mia madre nel viale, quindi mi sono stupita del fatto che non rispondesse al telefono. Sono entrata in casa, ma non c'era nessuno. Così sono arrivata davanti alla sua camera da letto ed era stranamente chiusa. Ho bussato, però nessuno ha risposto, e quando ho aperto… c'era mia madre che si stava rivestendo e…». Mini comincia a singhiozzare più forte.
L'immagine di un'ex modella bionda di quarant'anni mezza nuda mi si presenta davanti agli occhi.
Ma cosa c'entra Chuck?
«Mini, arriva al dunque», la supplico con gli occhi ormai lucidi.
«Li ho visti insieme, si baciavano».

27

ALEXANDER

Millecentocinquantacinque giorni, una settimana e tre ore.

È il tempo trascorso da quando ho posato per la prima volta lo sguardo su di lei.

Ero al secondo anno e, con la classe al piano terra, dal mio banco avevo la visuale completa del cortile della scuola. Annoiato, restavo alla finestra a guardare fuori per ore, soprattutto durante l'intervallo, quando lei arrivava insieme alle sue amiche. E se io dietro quel vetro mi sentivo spento, lei era un tripudio di colori. S'intonavano alla perfezione con le tonalità dell'autunno quando volge al termine, l'attimo prima che precede l'inverno. Le chiome ingiallite la circondavano e si riflettevano nei suoi grandi occhi nocciola, mentre le striature ramate scaldavano i suoi capelli color cioccolato.

A completare quel quadro, il suo cappotto di un verde brillante e la sua sciarpa scarlatta, accesa come le sue gote fredde. Col tempo, però, aveva cominciato a frequentare il cortile con l'idiota di Chuck e io mi ritrovavo a distogliere lo sguardo, la mia mascella così serrata da dolermi. Era tanta la voglia di ucciderlo e far sparire il cadavere ma, dopo aver trascorso un anno in un istituto psichiatrico, sapevo che avrei dovuto trattenere i miei istinti e lasciare che lei si facesse baciare da quell'imbecille senza cervello.

Era il mio passatempo preferito osservarla attraverso la finestra. Conoscevo a memoria ogni particolare di quel viso espressivo a forma di cuore, sul quale risaltava un nasino costellato da lentiggini. *Perfetta.*

E avevo i miei punti preferiti: il suo collo affusolato, destinato alla mia mano, e le sue labbra rosse, che immaginavo morbide come il velluto sotto i miei denti.

Mai, mai avrei pensato di trovarmela in casa, un giorno.

Ma a volte il destino è beffardo.

Uno starnuto improvviso mi riporta alla realtà.

La mia compagna di banco strizza gli occhi, come per contenerne un altro.

«Stai bene, Charlotte?», domando fissandola negli occhi. Lei distoglie lo sguardo e per poco non le casca il bicchierino di cioccolata calda che stringe tra le dita.

Siamo compagni di banco da mesi, ma sembra non abituarsi alla mia presenza. E io non disdegno questa cosa.

«Sì», risponde impacciata, chinando il capo.

«Sta' attenta con quel bicchiere, non mi sporcare gli appunti».

«No, certo», farfuglia lei.

Serro la mano a pugno perché l'istinto è quello di spingerle due dita contro la gola per sentire il suo cuore battere forte per l'eccitazione.

Il pensiero però sfuma in fretta. E se un'idea non diventa un'ossessione, significa che non ha alcun valore. Non per me.

Charlotte ha due occhi verdi dietro gli occhiali che le nascondono il viso pallido. È timida e taciturna, ma... *non è Juliet.*

Quando l'ora di scienze volge al termine, noto una notifica sul cellulare.

Mini.

M: Juliet ha bisogno di un amico ora.

Rileggo quel messaggio un paio di volte.

A: Cos'è successo?
M: La trovi nel bagno delle ragazze.

In un attimo sono fuori dalla classe. Non ricordo nemmeno se ho chiesto il permesso per uscire.

«Posso, Juliet?», domando, una volta al bagno delle ragazze.

I singhiozzi sommessi li riconosco all'istante, quindi individuo la porta del gabinetto da spalancare e la apro. Davanti ai miei occhi si palesa Juliet raggomitolata in un angolo. Sembra un animaletto ferito. Le lacrime scivolano copiose sulle guance, i lunghi capelli cascano davanti alle braccia con cui circonda le ginocchia tremolanti.

«Qualcuno ti ha fatto qualcosa?», domando con il respiro incastrato nei polmoni. Lei solleva il mento e mi guarda con due occhi lucidi, prima di fare cenno di no.

Il petto mi si svuota, finalmente torno a respirare.

«Dimmi cosa ti è successo», le ordino.

«Avevi ragione, Alex...».

Certo che avevo ragione, piccola Juliet.

«Riguardo a cosa?»

«Non ti sbagliavi su Chuck. Mi ha presa in giro per così tanto tempo...».

La sua voce piccola si rompe in un altro pianto disperato.

E ora cosa faccio? Sono ancora in piedi, davanti a lei. Forse dovrei abbracciarla.

«Alzati».

Juliet si risistema la gonnellina sulle ginocchia, poi obbedisce.

«So che stai soffrendo». Le sposto i capelli dal viso per poterla guardare negli occhi. «Ma non ha senso perdere tempo ed energie dietro una persona così. Chuck non merita nulla di te, tantomeno la tua sofferenza».

Lei barcolla appena, quindi la sorreggo tenendole le spalle con una presa sicura.

«Io mi fidavo di lui».

Mi è sufficiente quel breve attimo per cedere.

Me la stringo al petto e lascio che Juliet sfoghi tutto il suo dolore su di me.

La mano le trema sul foglio.

Juliet stringe una penna tra le dita, ma non scrive, né legge gli appunti. Con la caviglia esile picchietta sulla gamba della sedia, mentre sta seduta in attesa che io le spieghi le equazioni goniometriche. È ancora scossa per ciò che è accaduto con Chuck, lo intuisco dai suoi occhi lucidi e persi nel vuoto. Non mi piace vederla così, eppure quanto accaduto non mi rattrista affatto. Era solo questione di tempo e io avevo ragione a pensarlo: prima o poi lui sarebbe uscito dalla sua vita.

Come ordinato da mio padre, io e Juliet continuiamo con le ripetizioni come ogni pomeriggio. Oggi ci troviamo in cucina, ma lei non parla, non mi provoca, né mi guarda con quegli occhi così belli che metterebbero in ginocchio chiunque.

Percorro i contorni del suo viso, poi scendo, soffermandomi sulle mani. I polsi di Juliet sono così piccoli...

Perfetti per il mio nastro rosso.

Provo a scacciare il pensiero sconveniente, ma ormai è entrato nella mia testa e, come ogni volta che si tratta di lei, è difficile allontanare certe ossessioni.

«Se non ti va, possiamo saltare le ripetizioni», le propongo con tono calmo.

Juliet deglutisce a capo chino.

«Sì, forse è meglio riprendere domani», bisbiglia.

Il cellulare poggiato sul tavolo prende a vibrare e il suo sguardo cambia drasticamente.

È Chuck.

Senza riuscire a controllarmi, poso un palmo sul tavolo e mi protendo verso di lei.

«Non rispondere».

La mia voce è tutt'altro che ferma in questo momento. Serro i pugni perché lei non mi ascolta, si alza e, dopo aver afferrato il telefono, sparisce in camera sua.

Juliet non si è presentata a cena. Sua madre è andata nella sua stanza per parlarle e lasciarle un piatto caldo. Quando verso le dieci vado a leggere a letto, non sento dei singhiozzi provenire dalla sua camera. C'è un muro sottile a separarci. Esausto e per nulla concentrato sulla lettura, chiudo gli occhi e piombo in un sonno tormentato, col sottofondo del suo pianto.

«Juliet, resta ferma».

Non sono singhiozzi quelli che escono dalla sua bocca, ma gemiti lascivi. Li soffia sul mio addome, tra baci e carezze, mandandomi fuori di testa.

«Smettila».

Lei giunge alle mie labbra per scoccarmi un timido bacio.

Non mi sta ascoltando e le mie mani bruciano dal desiderio di afferrarla per i capelli. Ma non posso farlo perché qualcosa mi tiene legato. Non riesco a liberarmi.

«Juliet».

Ancora steso a letto, la guardo alzarsi in piedi.

Indossa la stessa gonna che portava alla festa di Chuck.

Ho perso il controllo quando era vestita in quel modo.

L'ho baciata.

All'improvviso il buio intorno a me.

«Che cosa le hai fatto, Alex?».

Sento la voce di mio padre ma, quando mi giro, è Juliet che sta parlando.

«Tu come lo sai?», chiedo confuso.

«Sei un mostro».

Quella frase è un proiettile caldo in grado di scavarmi un buco nel petto. Vorrei accartocciarmi per non sentire quella fitta dolorosa allo stomaco, invece d'un tratto mi ritrovo in piedi.

Avverto il tocco di mani inesperte che mi stanno sbottonando i pantaloni.

Maledizione, sto sognando?

Gli occhioni di Juliet mi osservano dal basso mentre sta in ginocchio.

Le accarezzo la testa dolcemente, poi la mia mano scivola sulla sua gola.

«Brava, piccola Juliet».

Sto sognando, ormai ne sono certo, ma non importa. È troppo invitante immaginare la sua pelle bianca macchiata di lividi.

Solo miei, Juliet.

Resto immobile. Freno ogni emozione, trattengo anche il fiato mentre sto per spingermi tra le sue labbra.

Sono in procinto di assaporare il paradiso.

«Alex?».

Spalanco gli occhi di scatto.

Riconosco immediatamente la mia stanza avvolta dalle tenebre, ma per poco non lancio un urlo nell'individuare una piccola figura accovacciata sul fondo del letto.

Era davvero un sogno.

«Sicuro di stare bene?».

Juliet guarda timidamente il mio torace nudo, costringendomi a coprirmi con il piumone.

«Che cosa diavolo ci fai qui?», chiedo brusco.

«Non riesco a dormire», piagnucola con voce assonnata.

I suoi occhi lucidi brillano nella penombra, sembra non abbia mai smesso di piangere.

«Vieni qui».

Ancora in balia del mio sogno, le faccio spazio, ma il mio respiro non accenna a rilassarsi e la tensione aumenta quando sento il tepore del suo corpo contro il mio.

Juliet si rannicchia vicino a me, che rimango di sasso, incapace di reagire.

Senza dire una parola, lei si addormenta poco dopo, io invece non riesco a prendere sonno.

Non ho mai dormito con nessuno e non posso dormire con lei qui.

Devo mandarla via, o mio padre potrebbe scoprirlo.

«Juliet, svegliati».

Il mio sussurro non ha l'effetto desiderato. Juliet rotola contro di me, poi nasconde il viso dietro la mia spalla.

Abbasso il capo e con le labbra sfioro le ciocche profumate che le cascano sulle spalle. È così minuscola che potrei schiacciarla se mi addormentassi così. Ma io non voglio dormire così.

Mi allungo verso la lampada sul comodino e premo l'interruttore, nella speranza che la luce la svegli.

Lei spalanca gli occhi e mi scruta con le sue iridi color nocciola. Mi tengo sollevato a distanza, poi però posa il suo sguardo curioso sulle mie labbra e io mi sento improvvisamente in pericolo.

Trascino una mano tra i capelli, per evitare di passarle il pollice sul labbro inferiore.

«Alex...».

Vorrei pronunciasse il mio nome per intero, facendo scivolare la lingua tra denti e palato, creando un suono perfetto.

Mi sistemo di nuovo sul cuscino e lei avvicina la bocca alla mia. All'improvviso non mi va più di resisterle. Non quando mi guarda in questo modo.

Le accarezzo il lembo di pelle sensibile dietro l'orecchio, risistemandole una ciocca ribelle, prima di sollevarle il mento.

«Juliet, devi tornare in camera tua».

«Ma non voglio». Quel capriccio innocente a un soffio dalle mie labbra socchiuse mi destabilizza.

Questo è troppo.

Mi posiziono sopra di lei e le afferro entrambi i polsi per portarglieli sopra la testa. La sua bocca rossa è molto invitante, quindi la soffoco con la mia.

Non c'è lingua, né lo schiocco di un bacio, è solo la mia voglia di sovrastarla. Juliet, però, reclama qualcosa di più e apre le labbra. Non le concedo il bacio che desidera, ma reclino la testa e lascio scorrere lo sguardo lungo il suo corpo steso sotto di me. I polsi costretti nei miei palmi, i capezzoli turgidi sotto la canottiera del pigiama e le guance arrossate. Non l'ho mai desiderata tanto come in questo momento.

E la mia mente corre veloce.

La corda.

Perché l'ho riposta nel capanno degli attrezzi di mio padre?

Un laccio. Basterebbe anche una cravatta.

No, lei è troppo fragile ora.

Geme, quindi allento la morsa intorno alla sua pelle sensibile e le ispeziono i polsi.

Il destro è leggermente arrossato, ma a Juliet non sembra importare. Mette il broncio quando si accorge che ho già mollato la presa.

«Cosa vuoi da me, Juliet?».

Accaldata e arrossata, sotto di me, è una visione.

Con la testa volo a qualche giorno fa, a quando ho sentito la sua eccitazione pulsare sotto le mie dita, dopo averla colpita con la cintura.

La maniera in cui mi guardava... Cristo, mi ha fatto sentire divinamente.

Affondo le mani nel tessuto della canotta che le avvolge la vita, poi la stringo, prima di sfiorarle nuovamente la bocca con la mia.

Juliet sembra restare senza fiato quando spingo la lingua tra le sue labbra morbide. Con movimenti incalzanti, la coinvolgo in un gioco sfacciato, rincorrendo e respingendo la sua lingua in modo implacabile.

Dopo un po', mi stacco da lei concedendole un piccolo respiro e, come ogni volta che l'ho baciata, mi sento in colpa.

Penso a mio padre.

Mi ha detto di accogliere Juliet come una di famiglia, ma io sto combattendo contro me stesso. So di avere nella testa la rappresentazione più pura dell'inferno, ma non avrei pensato che il suo corpo potesse reagire in quel modo alle fantasie più malsane, e l'idea che le piacciano non fa che alimentarle.

«Alex?».

Dio, come sembra innocente.

«Dimmi, piccoletta», sussurro sollevandomi sui gomiti per non schiacciarla con il mio peso.

«Mi baci ancora?».

Il tono sommesso di quella richiesta sfacciata mi causa un fremito lungo la spina dorsale.

Non dovrei baciarti, ma tu sei una ragazzina fortunata, perché sono fottutamente ossessionato da te.

«Solo se ti lasci legare i polsi», replico freddo.

Non c'è sfida nel mio sguardo, forse perché mi aspetto che Juliet rifiuti, invece lei annuisce mordendosi il labbro inferiore.

Tendo il braccio verso il comodino e recupero il nastro rosso dal primo cassetto.

Faccio un nodo a bocca di lupo sulla testiera del mio letto, poi la invito a porgermi i polsi. Juliet li solleva entrambi, così posso avvolgerli con le estremità del nastro.

«Carina», commento guardando il nodo appena creato. «Troppo stretto?».

Lei fa cenno di no con un sorriso imbarazzato.

«Ti piace...», realizzo prima di far strisciare le labbra sul suo collo invitante.

Affondo i denti nella sua pelle e l'ondata di adrenalina che m'incendia le vene è così intensa da farmi tremare. Lei non mi ferma, ma comincia a gemere in modo sensuale.

«Shh...», le sussurro nell'orecchio, prima di tornare a marchiarle la pelle. Lei si lascia andare a un lungo lamento, che mi obbliga a zittirla premendole una mano sulla bocca. Basta quel gesto a far propagare una scarica elettrica nel mio addome. L'erezione comincia a spingere dolorosamente nei boxer e io inizio a perdere la concentrazione.

«Alex, ho pensato alla proposta...», mormora non appena le libero la bocca.

«Non ora, mi daresti una risposta avventata, Juliet», le dico scrutandola attentamente in viso.

«Ma...».

Poi scendo a osservare i segni rosei dei miei denti sulla sua pelle chiara.

«Ci penserai nei prossimi giorni. Non voglio condizionarti».

Imprigiono le sue guance tra le dita, le lecco il labbro superiore, poi quello inferiore, mentre abbandono il mio corpo sul suo. Il calore tra le sue gambe mi causa emozioni contrastanti. Non mi sento padrone di me stesso quando stiamo così vicini, forse è meglio continuare con i nostri giochetti, ma a distanza di sicurezza, com'è avvenuto fino a ora. Juliet però non sembra del mio stesso avviso: inarca la schiena e, sollevando il bacino per venirmi incontro, alza il capo dal cuscino.

Vuole baciarmi ancora. Mi scanso per evitare quel contatto, mentre lei dà uno strattone al nastro con i polsi imprigionati. Il mio diniego le strappa un gemito di frustrazione.

«Cosa c'è, Juliet? Qualcosa non va?».

Lei però non accoglie la provocazione e risponde con sincerità.

«Sento una fitta alla pancia ogni volta che mi baci, Alex».

Trattengo un ghigno, poi decido di farla soffrire ancora un po' spingendomi tra le sue cosce. Premo così forte da sentirla pulsare contro la mia erezione nascosta dal cotone.

«Ah, davvero?».

Lei annuisce fissandomi le labbra.

«E dimmi, Juliet, come ti senti quando ti guardo?».

Non ha bisogno di rifletterci su.

«Mi sento senza respiro, come se soffocassi».

Le avvolgo il collo con la mano.

«Così?».

Stringo più forte, lei sembra non riuscire a trovare le parole.

«Così, Juliet?»

«Sì».

«E ti piace, mhm?».

Annuisce e io sono costretto a chiudere gli occhi, nella speranza di placare l'erezione che straborda dai boxer.

«Ogni volta che ti bacio, vorrei che sentissi anche...». Infilo la mano tra le sue gambe e la lascio scivolare dentro i pantaloni del pigiama. Col pollice le sfrego il clitoride da sopra le mutande. «...le mie dita, premere proprio qui».

Lei mi guarda con lo sguardo appannato dall'eccitazione e io... io non riesco a trattenermi. Le afferro il labbro inferiore tra i denti obbligandola a schiudere le labbra per accogliere la mia lingua impaziente. Sento la sua gola tremare sotto il mio palmo e dopo poco sono costretto a lasciare la presa.

Tutto troppo veloce, ecco perché non posso.

«Cristo, Juliet. Mi stai bagnando...».

«Scusa».

I suoi occhi si ammorbidiscono e io sono costretto a fermarmi.

«Non possiamo, Juliet. Non ora».

«Perché?»

«Ti farei troppo male adesso. Non sei pronta. E poi Chuck e tutto quello che è successo... Non posso a farti questo».

«Ma lo faresti davvero? Con me?».

Oh, piccola Juliet, tu non sai cosa farei per avere anche solo un attimo dentro di te.

«Lo farei, sì».
«E tuo padre, Alex?».
Brucerei Londra. Ucciderei per te.
«Con lui è complicato... Non voglio deluderlo», confesso abbassando lo sguardo.
Ma tu non devi preoccuparti di niente, sei al sicuro con me e nessuno ti farà mai del male.
«Stai meglio?». Provo a cambiare discorso. Non ho voglia di parlare di mio padre in questo momento.
«Sì», replica sbrigativa, prima di tornare sulle mie labbra.
Le concedo un bacio più dolce e lei si abbandona a un verso languido. Sebbene eccitante, il suono mi provoca emozioni discordanti. Forse perché nei miei pensieri serpeggia ancora l'immagine di lei insieme all'idiota.
«Chuck ti ha mai toccata?».
Interrompo il bacio con quella domanda improvvisa.
«No».
«Ne sei sicura?»
«Certo che ne sono sicura».
«Qualcuno ti ha mai...».
«No».
«Odio Chuck per ciò che ti ha fatto», sospiro di getto.
Juliet abbassa lo sguardo, sembra ancora ferita, quindi, senza nemmeno pensarci, decido di slegarle i polsi.
«Dimmi cosa vuoi che gli faccia, Juliet. Io lo farò».
«Davvero?»
«Desidero solo una scusa per ucciderlo».
Juliet sorride in modo infantile, forse pensa che la mia sia una battuta.
«No, Alex, ci devo parlare io con Chuck», spiega tornando seria.
Ripongo il nastro nel cassetto, poi la guardo.
«Va bene, ora però... è meglio se vai».
«Lasciami stare qui con te ancora un po', Alex».
«No». Il mio tono è risoluto e non lascia spazio a contestazioni. «Vattene».
Gli occhioni di Juliet si spalancano di fronte alla mia richiesta.
«O ti faccio pentire di esserci rimasta».

28

JULIET

Non lo capirò mai. Prima mi dice che posso restare, poi mi caccia dalla sua camera in quel modo brusco e distaccato. Ma quando mi bacia, lo sento che c'è del fuoco sotto quel guscio di ghiaccio.

A dire il vero, dovrebbe essere lui a venirmi incontro per una volta. Il mio ragazzo non solo mi ha tradita, ma l'ha fatto con la mamma della mia migliore amica.

Cosa può esserci di peggio?

Mi sono sentita morire dentro quando ho sentito quelle parole uscire dalla bocca di Mini. Non so cosa mi abbia dato la forza di scappare dal cortile. Ho pianto come una disperata per tutta la mattinata. E non so nemmeno perché abbia cercato il conforto di Alexander, la notte scorsa. Quando sono tornata nel mio letto non sono più riuscita a chiudere occhio. Mille dubbi hanno cominciato a insinuarsi tra le fibre più remote del mio cervello. Sono terribilmente attratta da lui, ma… chi è Alexander? È una questione sulla quale ho riflettuto a lungo, senza mai trovare una risposta.

"E poi perché fidarsi di uno così?", mi domando scrutando allo specchio i lividi che mi ha lasciato sul collo. Non lo so, eppure l'ho fatto. Mi sono fidata di lui e tuttora mi fido di lui. Forse perché, quando ero nel bagno della scuola a piangere tutte le mie lacrime, Alexander è apparso magicamente e io ho quasi dimenticato perché stavo soffrendo. Si è mostrato premuroso, è vero, ma questo potrebbe confermare la mia tesi, ovvero che è un pazzo, dato che ieri notte mi ha baciata, per poi mandarmi via senza una spiegazione.

Non dovrei stupirmi più di tanto, ormai mi aspetto qualsiasi cosa da uno così; quello che però mi stupisce è provare una voglia malsana di baciarlo ancora.

«Juliet, va meglio?». La voce di mia madre mi prende alla sprovvista quando arrivo in cucina.

«Sì, mamma».

«Perché non mangi qualcosa? Hai un faccino…».

Mamma non è famosa per la sua sensibilità, ma i miei occhi gonfi non passano inosservati.

«Non ho fame», borbotto ignorando il tavolo imbandito di tazze fumanti e biscotti al burro.

«Non ti ho mai vista così», continua lei con sguardo preoccupato.

«Mamma, io e Chuck…». Mi fermo perché Alexander entra in cucina.

Ho dimenticato che ultimamente è mia madre ad accompagnarlo a scuola, così come ho dimenticato quanto è silenzioso quando mi arriva alle spalle.

«Catherine. Juliet. Buongiorno».

Eccolo. Con i capelli scompigliati ad arte e gli occhi sottili, attenti e acuminati. Ieri mi è sembrato trattenersi, ha detto che non vuole deludere suo padre, ma il suo comportamento dei giorni precedenti mi ha fatto capire che sa essere molto pericoloso quando vuole.

Dannazione, e allora perché sto così bene quando lo guardo? Perché basta la sua presenza a farmi sentire meglio? Se io questa mattina non riesco a nascondere la mia insofferenza, lui di contro sa celare sapientemente qualsiasi emozione, dato che non ne manifesta alcuna. Mai. E non so come sentirmi riguardo alle parole che mi sussurra di notte, nel suo letto.

Mi aggiusto il maglione a collo alto per nascondere i segni, mentre Alexander si siede al tavolo e afferra il giornale sotto il mio sguardo attento. La camicia bianca della divisa scolastica gli sta maledettamente bene. Non riesco a pensare ad altro.

Dovrei rispondere al saluto, invece giocherello con le dita sulla tazza di latte ormai tiepido.

«Buongiorno, Alex. Tra dieci minuti vi voglio entrambi in macchina, ragazzi. Vado a finire di prepararmi, ho un appuntamento importante oggi».

Mia madre è al settimo cielo questa mattina, le sue vendite ultimamente stanno andando alla grande. Con un gran sorriso stampato sul volto, lascia me e Alexander in cucina da soli.

«Mangia».

Prevedibile. Aspettava solo che mia madre se ne andasse per dirmi cosa devo fare.

Premo il palmo sulla tazza e la faccio scivolare sul tavolo, allontanandola da me.

«Non darmi ordini», ribatto tentando di mantenere la voce ferma e la testa alta.

Lui non mi guarda neanche, ma prosegue con la sua lettura.

«Non posso biasimarti, Juliet», asserisce senza scollarsi dal quotidiano.

«Eh?».

Il suo atteggiamento freddo mi sta infastidendo, così come la visione del suo viso fine e simmetrico. Come può fingere di non essere stato così intimo con me, ieri?

«Posso capirti. Sei scossa per quello che è successo con Chuck».

E quel tono pacato che usa sempre per parlarmi non fa che peggiorare la situazione.

«Puoi capirmi perché è successo anche a te? Il tuo ragazzo ti ha tradito, Alex? La tua migliore amica ti ha mentito? Perché, se l'hai vissuto anche tu, ti faccio i miei complimenti per come sei riuscito a superare l'accaduto».

Le sue iridi sottili s'intorbidiscono, mentre serra il pugno sulla pagina di giornale.

«Se provi un'altra volta a venire nella mia camera in quel modo, io…».

Il ticchettio delle décolleté di mia madre blocca le parole di Alexander.

«Allora? Andiamo!», chiama lei, prima di tornare in corridoio.

Dopo aver buttato giù il caffè, Alexander si alza in piedi.

«Cosa mi fai, Alex?».

Si volta, prima di uscire dalla porta.
«Che intendi, Juliet?»
«Cosa mi fai, se vengo di nuovo in camera tua?».
Un ghigno inquietante gli piega gli angoli della bocca.
«Finisci tutta la colazione. Magari te lo dirò».
Alzo gli occhi al soffitto.
"Che pallone gonfiato", mi dico, già intenta a riempire la tazza di latte con un'abbondante porzione di cereali.

Sto andando a scuola, ma vorrei non arrivarci mai. In questo momento il mio vero problema non è Alexander, ma Chuck. Ieri non ha fatto altro che chiamarmi e, sebbene io abbia ignorato le sue telefonate, i messaggi purtroppo li ho letti. Mi ha assillata con le sue smancerie, chiedendomi come mai non l'avessi aspettato fuori da scuola. E io non sono riuscita a ragionare, gli ho solo mandato un messaggio intimandogli di lasciarmi in pace. Di sicuro ora che mi vedrà nei corridoi mi cercherà per delle spiegazioni.
Mi arrivano altre due notifiche da Chuck proprio mentre l'auto si ferma davanti al cancello della scuola. Imposto il telefono in modalità aerea, poi, dopo aver salutato mia madre, scendo dalla macchina insieme ad Alex.
Con le dita prendo a tormentare il ciondolo del bracciale d'argento che porto al polso.
E se io sono visibilmente nervosa, Alexander cammina al mio fianco sicuro, in silenzio.
Non c'è traccia né di Chuck né di Mini, in cortile. Tiro un sospiro di sollievo, ma il nodo in gola non vuole andarsene, e cresce a dismisura quando arrivo in corridoio e lancio un'occhiata alla mia classe. Chuck.
Il mio primo istinto è quello di fuggire, ma Alexander mi ferma per il gomito.
«Juliet, affrontalo».
Mi basta quel piccolo incoraggiamento a far riaffiorare in me una scarica di rabbia. Affretto il passo per raggiungere quello che fino a ieri mattina era il mio ragazzo.
«Ciao, bellissima, ti ho aspettato per tutta la...».
Il cervello mi si spegne nell'udire quelle parole patetiche e subito il mio braccio si solleva in maniera meccanica. Colpisco Chuck in pieno volto con un pugno ben assestato.
Prima il naso sottile, poi le labbra, infine tutto il suo viso si macchia di rosso. Il petto mi si svuota dolorosamente e per poco non svengo davanti a quello spettacolo raccapricciante. Chuck ha gli occhi sgranati, mentre si tiene il viso con la mano. Sta biascicando qualcosa, ma sono troppo scossa per metabolizzare ciò che è appena accaduto. Seguo con lo sguardo la sua testa bionda che si allontana nel corridoio. Sembra imbarazzato, forse arrabbiato, ma al momento non m'importa.
Accarezzo le mie nocche dolenti e mi accorgo che sono macchiate di sangue.
«Ottima mossa, Juliet».

La voce di Alexander mi riporta alla realtà e solo allora mi rendo conto che un gruppetto di studenti mi ha accerchiata per curiosare.

«No, io… non so cosa volessi fare…».

Sento le lacrime sul punto di uscire con prepotenza, ma Alexander mi prende per il braccio e mi trascina fuori da lì.

«Non sentirti in colpa, sarebbe stato peggio se avessi lasciato fare a me», dice con il suo tono calmo e profondo, prima di afferrarmi con forza dai fianchi. Non spiccico una parola e mi lascio condurre verso il muretto scrostato che costeggia il cortile sul retro.

Dopo avermi fatta sedere, Alexander mi prende la mano ferita per ripulirla dal sangue e massaggiarla.

«L'avresti… l'avresti fatto sul serio?», chiedo impaurita, sistemandomi la gonna che si è leggermente sollevata.

«Ucciderlo?».

Lo guardo mentre tira fuori un fazzoletto pulito e tampona la pelle delle mie nocche. *Perché sembra così serio quando pronuncia queste assurdità?*

«No, Alex, intendo… tirargli un pugno».

«Non sarei ricorso alla violenza fisica».

Sta dicendo che non avrebbe avuto una reazione così violenta, eppure suona così sinistro…

«Comunque se lo meritava», conclude, mentre se ne sta assorto nella cura della mia mano. Alexander è capace di farmi sentire al sicuro e in pericolo nello stesso tempo. Mi chiedo come sia possibile.

«A cosa pensi, Juliet?».

E soprattutto mi legge sempre nel pensiero.

«Ehm… niente…», rispondo titubante, mentre le mie guance si tingono di rosso.

Le sue labbra troppo vicine mi agitano, vorrei riuscire a controllare le mie reazioni, ma non ci riesco; vorrei riuscire a nasconderle, ma non ci riesco.

«Ora va' in infermeria e fatti medicare».

Lui parla, ma io sono sempre afflitta dalla stessa domanda.

Perché mi hai baciato ancora?

Mi mordo il labbro, per evitare di dare voce a ciò che mi frulla per la testa.

Una volta soddisfatto del suo operato sulle mie nocche ferite, Alexander ruota il mio polso e prende a osservarlo. Lo sta fissando con interesse. C'è una leggera striscia rosata, che mi ricorda del nastro rosso. Con i suoi polpastrelli gelidi, segna la pelle seguendo piccole traiettorie circolari, fino a provocarmi delle scosse lungo la spina dorsale. «Ora vado in classe», dice d'un tratto, allontanandosi.

Rimango a osservare il fisico asciutto di Alexander, finché non gira l'angolo e sparisce dalla mia vista. I miei occhi si posano sulle mie nocche. Sono un po' gonfie e scorticate, ma non sanguinano più.

Ripenso a Chuck.

Poi ad Alexander. Le sue mani. Le sue labbra. La sua voce. I suoi occhi.

Anche il mio cuore ha già smesso di sanguinare.

29

Juliet

La cucina è silenziosa.

Mia madre non è ancora tornata dal lavoro, l'unica voce in lontananza è quella di John che parla al telefono con alcuni clienti, rinchiuso tra le mura del suo studio.

«Non vedo fasciature sulla tua mano».

Sobbalzo e un libro mi cade per terra, nel momento in cui Alexander mi arriva alle spalle.

«Potresti non…». Provo a parlare, ma non finisco la frase e mi limito a scuotere la testa, china sui miei compiti di fisica.

«Cosa?».

Potresti non arrivarmi alle spalle silenzioso come un felino? Grazie!

«Lascia perdere», sbuffo.

Alexander ronza intorno al tavolo della cucina con fare interessato. «Che fai, Juliet?»

«Studio, ho una verifica dopodomani».

Gli occhi scuri mi perlustrano indisturbati, io distolgo immediatamente lo sguardo da quello attento di Alexander.

«Mi sorprende vederti studiare. In senso positivo, ovviamente». La sua frase è accompagnata da un sopracciglio inarcato.

«Sembra l'unico modo per tenere impegnata la mente», bofonchio sconsolata.

Non ho ancora parlato con Mini, ci siamo rivolte un timido saluto, e attualmente non so bene cosa provi nei suoi confronti. Sto solo rimandando il momento del confronto.

«Interessante. Studi per evitare di pensare a ciò che di spiacevole accade nella tua vita?».

Rifletto sulla domanda, reprimendo l'istinto di infilarmi una matita tra le labbra e mordicchiarla per il nervoso.

«Be', se la metti così…».

«Hai bisogno di avere problemi per impegnarti di più con lo studio?».

Avverto una velata provocazione nelle sue parole, ma provo a ignorarla.

«Non saprei…». Il mio sguardo è teso quando incontra le sue labbra, che invece si curvano in un sorriso malizioso.

«O forse è del dolore che hai bisogno. È la sofferenza che ti spinge a comportarti meglio».

«Ma come ti permetti?»
«Che avrei detto di male?», chiede con finta innocenza, giocherellando con le dita sul ripiano di legno ruvido del tavolo. Mi perdo a osservare le sue mani affusolate, solcate da vene bluastre che scorrono leggere sotto la pelle color porcellana.
«So a cosa ti riferisci e la cosa non mi piace».
«Ma stamattina sembrava che ti piacesse…».
«Ero solo curiosa! E tu sei arrogante. Pensi di avere così tanta importanza per me?»
«Ho l'importanza che tu mi dai, Juliet».
«Be', non te ne do affatto. Ho altri pensieri e Chuck è uno di questi, non tu».
Alexander mi ghermisce il braccio obbligandomi ad alzarmi.
E a me viene voglia di provocarlo di più.
«Che fai? Vuoi levarti la cintura, ora?».
I suoi lineamenti non tradiscono nulla, rimangono sempre armoniosi e delicati, ma nei suoi occhi si intensifica quel nero che tanto mi dà il tormento.
«No. Abbassa la voce».
«Oppure?».
Avverto una pressione all'altezza della nuca. Alexander mi ha afferrata per i capelli e ora si sta posizionando dietro di me.
«Oppure t'insegno a tenere a bada quella lingua».
La sua voce fa salire la tensione tra noi. «Hai capito? Rispondi».
Ingoio un respiro strozzato. «Sì».
«Brava».
Le parole si dissolvono sul mio collo, man mano che il suo respiro tiepido vi scivola sopra. Con una presa salda mi fa girare per guardarmi in faccia. Sento le guance bruciare e le mie labbra consumarsi sotto il suo sguardo freddo.
Non riesco a distogliere gli occhi dalla sua bocca. Rimangono incollati, mentre sto ferma, catturata dalle sue braccia. Poi abbasso le palpebre e finalmente tutta l'attrazione trova sfogo: le nostre lingue trovano pace l'una nella bocca dell'altro. Le sento trepidare, agitarsi, stuzzicarsi fino ad abbandonarsi a un legame unico e indissolubile.
La tensione che scorreva tra di noi è arrivata alle stelle.
Mi godo il momento del bacio, ma quel dubbio s'insinua nuovamente dentro di me.
Perché mi ha baciata? Perché mi sta baciando?
Mi ritraggo appena, ma lui stringe la presa intorno alle mie braccia, rendendomi impossibile la fuga. Non mi lascia andare. E quando mi attira più forte a sé, io non voglio più andarmene.
Lo vuole davvero, ecco perché mi bacia in questo modo.
Mi concentro e vivo appieno le sensazioni dei nostri respiri che si fondono alla perfezione. Il mio corpo sussulta, così mi abbandono contro il petto di Alexander, mentre le sue braccia mi sostengono decise. Le nostre lingue volteggiano frenetiche, lascio che le mie dita scorrano timidamente sul suo petto, ma sono

immobilizzata, non posso fare altro. Alexander fa scivolare le mani dalle mie spalle ai miei fianchi con una velocità disarmante. Un dolce tremore mi fa vibrare la pancia, quando avverto i suoi polpastrelli freddi oltrepassare il maglione di lana e premere contro la mia pelle tiepida.

Si appoggia di schiena al tavolo della cucina, trascinandomi con sé, ma le nostre bocche non ne vogliono sapere di staccarsi. Non finché non udiamo dei passi avvicinarsi.

Alexander si irrigidisce e si allontana da me.

«Che cazzo mi è saltato in mente…», borbotta, poi si schiarisce la voce con un mezzo colpo di tosse.

«Papà».

John fa la sua apparizione nel suo completo elegante, proprio mentre mi risistemo il maglione intorno alla vita e mi ravvio i capelli con la mano.

«Tutto bene, ragazzi?».

L'occhiataccia che ci lancia non è affatto rassicurante. Non ha visto nulla, eppure ho sempre l'impressione che i genitori abbiano un sesto senso per certe cose.

«Sì, certo. Stavamo per cominciare le nostre due ore di ripetizioni», dice Alexander senza un accenno d'esitazione.

Bene, sa anche mentire il signorino "dico sempre la verità".

«Okay. Posso chiedervi un favore, ragazzi?»

«Ovviamente», rispondo con il tono più accondiscendente che ci sia, sperando che John non si sia accorto di nulla.

Un veloce sguardo ad Alexander e noto che la sua espressione è fredda e apatica come al solito, ma le sue guance sono scarlatte e le sue labbra più gonfie del normale.

«Potete andare a studiare in salotto, o in camera? Devo ancora pranzare e nel frattempo ho una chiamata importante a cui devo rispondere».

Sento le gote avvampare al solo pensiero di stare di nuovo con Alexander. Lui invece non si scompone, si limita ad annuire.

Io raccolgo i miei libri, poi seguo Alexander fino al secondo piano.

Si avvicina alla porta della sua camera, per poi aprirla.

Sono convinta che faccia entrare anche me, ma lui mi fredda.

«Ma cosa stai facendo?».

Rimango incerta sulla risposta. «Non dobbiamo studiare?»

«Hai una verifica tra due giorni. Chiuditi nella tua stanza e comincia a ripassare».

«E tu non dovevi aiutarmi?»

«Non ora, Juliet».

Il bacio. E John che stava per beccarci. Ecco cosa l'ha fatto innervosire.

«Ma le ripetizioni?», domando accigliata.

Il suo sguardo passa dall'indeciso al risoluto.

Ispeziona il corridoio, prima di farmi cenno di entrare nella mia stanza. «In camera tua, avanti».

Una volta che siamo dentro, Alexander chiude la porta, poi si ferma al centro.

«Posa i libri sulla scrivania e vieni qui».
Rimango a guardarlo con lo stomaco capovolto.
Cosa vuole adesso?
«Juliet?»
«Va bene».
Obbedisco e lui si avvicina. Afferrandomi per i fianchi, mi mette a sedere sulla superficie di legno.
«Ora studierai».
Tira fuori qualcosa dalla tasca: è il nastro rosso, lo stesso di ieri notte. Sembra uno di quelli che mia madre usa per decorare i pacchi di Natale.
Svelto, mi porta i polsi dietro la schiena e ben presto le mie mani rimangono imprigionate in una morsa serrata.
L'incavo del suo collo così vicino cattura la mia attenzione e il suo buon profumo mi dà alla testa.
«Dove sei arrivata con fisica? Dimmi pagina e argomento».
Resto allibita.
Mi hai appena legato i polsi, come puoi farmi una domanda del genere?
Alexander ascolta attentamente la mia risposta, poi prende il libro di fisica e lo apre al punto suggerito, prima di poggiarlo sulle mie gambe.
Fisso le pagine scritte, l'attimo dopo guardo lui.
«Studia», ordina impassibile.
«Ma…».
«Nessun "ma", Juliet. Riesci a leggere?».
Ce la faccio.
«Ma ho i polsi legati!». La mia protesta infantile non sembra smuoverlo.
«E quindi?»
«Come faccio a voltare pagina?».
Alexander inarca un sopracciglio, poi annuisce.
«Ottima osservazione. Scendi giù dalla scrivania».
Mi do la spinta, finché i miei piedi raggiungono il pavimento.
«In ginocchio».
Non dovevamo studiare?
Sbatto le palpebre mentre lui aspetta che io obbedisca.
Okay, al diavolo lo studio.
Faccio come mi chiede. Quando sono in posizione, lui afferra il mio libro di fisica e me lo sistema con cura sulle gambe.
«Rimani così per un'ora».
«No!», esclamo convinta. *Non voglio studiare.*
«Quindi hai cambiato idea, niente più ripetizioni?»
«Pensavo volessi…».
«Studierai, Juliet. Non importa come».
Lo fisso dal basso. *Non voglio studiare.*
«Allora?», incalza impaziente.
Finalmente annuisco, ed è lì che firmo la mia condanna. Ho le mani immobiliz-

zate e sono seduta sui miei talloni con un fottutissimo testo di fisica sulle gambe. E, come se non bastasse, Alexander prende un libro dalla mia libreria e si siede sul mio letto a leggere.

«Non devi guardare me, Juliet…».

Pretende sul serio che io studi in questo modo? Dannazione.

Sbuffo, poi torno a osservarlo, incurante delle sue assurde richieste. E poi perché mi ha fatta mettere in questo modo se non mi degna di una misera occhiata?

Lui è preso dalla lettura, ma io sto scomoda e faccio fatica a concentrarmi.

"Vabbè, proviamo a leggere…", mi dico chinando lo sguardo.

Ma ovviamente è tutto inutile, non riesco a focalizzarmi quando sto seduta a una scrivania, figuriamoci per terra, con lui di fronte.

«Juliet…».

Dopo l'ennesimo rimprovero, butto l'occhio sul libro. Leggo la prima riga due volte, ma non comprendo il significato delle parole.

È colpa sua. *Adesso gli chiedo di andarsene.*

Non faccio in tempo: lui mi rivolge un altro rimprovero.

«È un esercizio di concentrazione, Juliet. Vedo che stai fallendo miseramente».

I suoi occhi non si sono staccati dalla lettura neanche per un attimo, come fa a saperlo?

«Come lo sai?»

«Non hai ancora voltato pagina. E sono passati otto minuti».

«Mi cronometri?», domando accigliata.

«A volte».

Lo fisso incredula. *No, sta giocando.*

«Magari ho voltato pagina, ma tu non te ne sei accorto!».

«Oh, fidati, piccola Juliet. Quando lo farai me ne accorgerò».

Crede davvero di essere onnisciente? Mi dà sui nervi.

Scuoto il capo, come se bastasse a scacciare via l'attrazione che provo per lui, anche in un momento come questo.

Mi impegno a finire l'ultimo paragrafo, poi mi guardo intorno.

E ora come giro pagina se ho le mani legate dietro la schiena?

Devo chiedergli aiuto? È questo il giochino?

Non gli chiederò mai aiuto, piuttosto non studio. Non mi abbasserò a tanto.

Passano i minuti e Alexander continua a fare finta di nulla.

«Non riesco», piagnucolo a un certo punto, esausta.

«Usa l'immaginazione, Juliet».

«Che vuoi dire?».

Lui non solo non mi guarda, ma smette anche di rispondere e prende a ignorarmi del tutto. È questo che manda la mia ostinazione alle stelle.

Va' al diavolo, Ackerman. Se ti piace fare giochetti sadici, ti farò vedere che sono in grado di superare le tue stupide prove.

Piego il collo e chino il viso verso il basso, raggiungendo le mie ginocchia. L'odore della carta mi solletica le narici ma, quando penso di averlo raggiunto, il volume scivola sul pavimento.

Ci devo riprovare.

Così mi sporgo in avanti, con i denti afferro l'estremità del foglio e, quando ce l'ho ben incastrato tra gli incisivi, faccio scorrere la pagina alla mia sinistra, girandola del tutto. Risollevo il capo e il mio sguardo finisce dritto in quello di Alexander, che, contro ogni aspettativa, stavolta mi sta fissando.

La sua espressione è strana. Sembra ammaliato, poi confuso, tanto che chiude il suo libro di scatto e si alza in piedi, come se qualcosa l'avesse colpito.

«Devo… io devo andare», dice a bassa voce.

«Non mi lascerai così? », strepito indignata.

Lui si ferma davanti a me, io sollevo gli occhi per guardarlo.

«Un'ora, Juliet. Studia per almeno un'ora».

«Perché? Dove vai? E se lo faccio? Cosa ottengo in cambio?».

I suoi passi si muovono in direzione dell'uscita.

«Alex!», provo a chiamarlo, ma lui afferra il pomello della porta.

No, non ci posso credere.

«Alexander, questo non è un esercizio di concentrazione, questo è un fottutissimo…». Le mie parole vengono interrotte dal tonfo dell'uscio che sbatte. «… giochino malato», sospiro senza fiato.

Che siano dannati, lui e la mia stupida curiosità.

Riprendo a leggere e, a dispetto di ogni previsione, riesco a ripassare due capitoli interi.

Non so quanto tempo trascorro in quella posizione, ma dopo un po' la porta si apre.

«Tra poco torna tua madre».

Allora slegami, svitato. Alexander si china alla mia altezza fissandomi le labbra. *E poi magari baciami di nuovo.*

«Alex, senti, ti vuoi muovere a sciogliermi questo nodo…?». Quando sollevo il capo, incontro il suo sguardo spaesato.

«Juliet?».

Che cosa c'è adesso? La sua espressione muta di poco, ma lascia trasparire un certo spavento.

Porta il pollice sul lato sinistro della mia bocca e lo preme delicatamente contro il mio labbro, che brucia al tocco.

«Ti fa male?»

«Mi puoi levare questo dannato libro da davanti, per favore?», sbuffo spazientita.

Trattengo il respiro, ma il suo profumo è ormai dentro di me e arde nel mio petto come un marchio indelebile.

«Ti sei tagliata con una pagina».

«Non importa, io… alla fine sono riuscita a…».

«Mi dispiace, Juliet, non volevo che ti facessi male».

Quante storie, è solo un taglietto…

E se fino a cinque secondi fa c'era del timore, ora vedo del desiderio dentro quelle iridi profonde.

Mi sta di nuovo… *Dio mio, mi sta di nuovo guardando in quel modo.*

«Che c'è? Stai bene?», gli chiedo con la gola arsa.

«Scusa, ho una strana…», sospira a denti stretti, «attrazione per il sangue».

Resto a bocca aperta, la faccia sconvolta.

«Per il… sangue?». La voce mi si spezza. Ammetto di essere più incuriosita che spaventata, mentre guardo i suoi lineamenti sofisticati. So che Alexander è totalmente fuori di testa, ma non riesco a resistergli, soprattutto quando fa scorrere la lingua tra le labbra come se leccasse del miele. Lo fa in modo lento e subdolo, in quella maniera che per me è irresistibile. I miei pensieri s'infrangono in mille pezzi quando Alexander si avvicina al mio viso e stavolta fa scivolare la lingua sul mio taglietto, rubandomi il fiato. Lo lascio fare, ma prima che si ritragga mi sporgo in avanti per mimare il suo stesso gesto. Lecco il suo labbro inferiore e, oltre al suo sapore divino, riconosco il gusto ferroso del sangue. Non dovrebbe piacermi così tanto baciarlo, eppure non riesco a smettere. Voglio farlo ancora.

Alexander interrompe il gioco e mi bacia con irruenza. Trattengo un gemito, ma quando Alexander morde il mio labbro inferiore finisco per ansimare ancora più forte. Ho ancora i polsi legati e sono protesa verso il suo viso. Forse mi ha lasciata così perché non vuole che io lo tocchi, ma tanto non ne avrei il coraggio. Mi divora la bocca con insistenza, così lascivo da obbligarmi a un ritmo forsennato per seguire i vortici peccaminosi della sua lingua.

Per un attimo perdo la cognizione di me stessa e anche ad Alexander sembra capitare lo stesso.

Avvicina ancora di più i nostri volti, mentre si spinge più a fondo tra le mie labbra.

Sono come in una realtà parallela: il ragazzo che ho di fronte non è pazzo, ma solo dannatamente bravo a baciare. Poi tutto si spezza. Alexander interrompe il contatto e mi scruta torvo da capo a piedi. Avrò i capelli spettinati, le guance rosse e la gonna tutta stropicciata. Ho perso il controllo mentre lo baciavo e ora mi ritrovo a cavalcioni su di lui.

«Hai appena rotto con Chuck, perché devi infilarti in altri casini?». La sua voce si abbassa di qualche tono, dandomi i brividi. «Rispondi».

«Non sto più pensando a Chuck, Alex».

I suoi occhi sottili si posano sul mio bacino, sotto il quale sparisce il suo ginocchio, incastrato tra le mie gambe.

«E a cosa stai pensando, mhm?»

«Non faccio che pensare a te», confesso senza fiato.

Con la punta delle dita tormenta il bordo della mia gonna, poi lo solleva, lasciando le mie mutande esposte al suo sguardo affamato.

«Ottima risposta, Juliet».

Il suo tono, però, risulta così freddo che non so se la mia sia stata la replica giusta a un quesito di logica o se gli piaccia davvero il fatto che io pensi a lui.

«Voglio vederti fare una cosa».

Lì per lì non capisco, poi Alexander alza di poco il ginocchio per premerlo tra le mie cosce e una scarica di brividi caldi mi riempie il basso ventre.

Ed è impossibile ignorare la sua richiesta proibita.

«Sarà piacevole, Juliet. E se davvero pensi a me come dici, voglio vederlo con i miei occhi».

Invece di sottrarmi a quella situazione pericolosa, porto il mio peso sul suo corpo per sentirne il calore.

«La porta è chiusa a chiave. Tu farai la brava e non emetterai un suono, intesi?».

Annuisco. Poi però la sensazione piacevole tra le gambe si raffredda. Sono immobile e lui non muove un muscolo.

«Ma non so cosa devo…».

«Lo sai benissimo, Juliet», mormora l'attimo prima di tornare a torturare la mia bocca con un lungo bacio. E mentre tuffa la lingua tra le mie labbra, mi posa le mani sui fianchi e mi indica il movimento giusto da compiere, invogliandomi a oscillare su di lui. Alexander mi morde il labbro con tanta foga da farmi tornare a sanguinare, ma invece di arrabbiarmi per quel gesto primordiale, sento le cosce infiammarsi e la pancia tremare.

Alexander è visibilmente eccitato dalla situazione e io non mi sono mai sentita tanto forte come in questo momento. Forse perché lui ha appena perso la compostezza che solitamente lo contraddistingue e sembra non riuscire a fare a meno di tracciare la mia gola di baci.

«Ti vorrei mordere». Il suo sguardo scivola lungo il mio corpo come una scarica bollente e mi colpisce dritto fra le gambe. «Tutta».

«Fallo», ansimo in un attimo di follia.

«No, non abbiamo molto tempo».

Il suo petto si muove rapido sotto la camicia, vorrei toccarlo, sentire il suo cuore battere, ma ho ancora i polsi legati e tutto ciò che posso fare è abbandonare la fronte nell'incavo del suo collo.

Chiudo gli occhi godendo del suo profumo, che non fa che accrescere l'eccitazione che mi brucia tra le cosce.

Mi strofino su di lui e la sensazione piacevole aumenta quando lui arcua due dita in prossimità del mio inguine. Dopo aver agganciato le mie mutande, le sposta di lato, lasciandomi umida ed esposta contro i suoi pantaloni.

«Non fermarti, Juliet».

Alexander m'invita a proseguire con quel movimento spudorato, mentre continua a cercare il mio sguardo. Io, invece, sopraffatta da quel turbinio di sensazioni divine, non riesco a tenere gli occhi su di lui, li chiudo, finché il suo timbro caldo e suadente non mi esplode nell'orecchio.

«Juliet…».

D'un tratto mi accorgo di non riuscire più a controllare il mio stesso corpo. Il mio respiro è impazzito e il mio centro pulsa a ogni sfregamento, sempre di più.

«Ora», sussurra mentre il mio basso ventre viene travolto da un'ondata così piacevole da risultare quasi dolorosa. Serro le cosce intorno alla sua gamba per fermare quel calore pulsante che dalle guance mi attraversa tutta, culminando in un dolce orgasmo.

Con la mente che galleggia leggera riapro gli occhi, e lui mi sta fissando.

Non ho mai provato nulla di simile.

Sto sorridendo, ma il verso di sufficienza che Alexander emette slegandomi i polsi mi lascia disorientata.

«Mhm».

«Mhm? Tutto qui?», chiedo confusa.

«Farai meglio la prossima volta».

Alexander mi aiuta a rialzarmi in piedi, le mie gambe tremano ancora.

«Tipo?». Lo scruto attentamente, mentre mi risistemo la gonna.

«Magari mi guarderai negli occhi».

Sembra stizzito e la cosa m'indispettisce.

«Se mi andrà». Non posso fare a meno di provocarlo.

«Di una cosa sono sicuro, Juliet». Lui mi afferra il mento tra le dita. «Penserai a me. Sempre».

Poco prima di cena, fremo per l'agitazione di rivedere Alexander, ma quando scendo per dare una mano a mia madre lui non c'è.

«Ti aiuto ad apparecchiare?»

«Ma come siamo gentili oggi, Juls».

Mamma dapprima mi rivolge un sorriso, poi mi scruta circospetta. «Che cosa ti è successo al labbro?»

«Il freddo».

Se vedesse anche i taglietti sulle nocche e sapesse del pugno a Chuck, non crederebbe alle sue orecchie. Per non parlare di come ho trascorso il pomeriggio…

Mentre chiacchieriamo del più e del meno, sento il campanello suonare.

«Vado io», annuncio dirigendomi verso l'ingresso.

«Ciao, Juls».

Sull'uscio di casa appare Mini avvolta nel suo cappotto color acquamarina.

«Che ci fai qui?», le domando spaesata.

«Non riesco a sopportare l'idea che tu stia male per colpa mia».

È incredibile come i peggiori rancori possano svanire dinnanzi all'affetto riflesso negli occhi limpidi di un'amica. L'astio che provavo nei suoi confronti è ancora dentro di me, potrei aggredirla con un "perché non me l'hai detto prima?", ma ora che vedo il suo sguardo ferito capisco che forse perdere un'amica per colpa di un ragazzo è la cosa peggiore che io possa fare.

Le rivolgo un sorriso contenuto, poi le faccio un cenno.

«Vieni, andiamo in giardino», bisbiglio. «Non voglio che mia madre ci senta», aggiungo mentre ci sediamo sugli scalini del porticato davanti casa.

«Mi dispiace, Juls. Non sapevo come dirtelo. È stato orribile scoprirlo e il pensiero di confessartelo mi faceva stare così male…».

«Avevi ragione tu, Mini, avrei dovuto darti ascolto. Però…». Raccolgo tutto il livore che provo per Chuck e lo sputo fuori, con un respiro profondo.

«Se avessi saputo che Chuck ti tradiva con qualcuno, sarei corsa a dirtelo ma… capisci anche tu che insomma… mia madre…». La voce di Mini si tramuta in un pianto trattenuto, in un'ammissione di vergogna.

Con la punta delle dita fa scorrere una ciocca riccia dietro l'orecchio, mentre con il palmo si sfrega la guancia umida di lacrime.

«Non ce l'ho con te, Mini. Sono stata troppo egoista e piena di me per darti retta», ammetto sconsolata. «E comunque non è colpa tua».

«Lo so, ma è mia madre… Mi sento colpevole».

Mini tira su col naso, quando le prendo la mano e gliela stringo tra le dita. I suoi occhi cristallini non mentono, riflettono tutto il dolore per la scoperta e l'umiliazione che ha dovuto sopportare giorno dopo giorno.

«Mi dispiace che sia accaduto. Chuck è un idiota e, per quanto io ci stia male, sono contenta di essermelo levato di torno».

«Ho saputo che gli hai quasi spaccato il naso, Juls!».

Mini è il tipo di persona che trova la forza di sorridere anche mentre piange. «Vi siete lasciati?», mi domanda stringendomi la mano più forte.

«Sì», rispondo senza esitare. «Ed è meglio così».

«Me l'ha chiesto Alex di venire qui», confessa prima di abbracciarmi forte. «Volevo parlarti, ma avevo paura fossi arrabbiata».

La rivelazione di Mini mi spiazza. *Gliel'ha chiesto lui?*

«Ti prometto che non ti dirò mai più bugie, Juls».

E così, anche i miei occhi si fanno lucidi.

«Non ci diremo più bugie», aggiungo solenne, includendomi nel patto.

Sciogliamo l'abbraccio e non passa un secondo che gli occhi di Mini si posano sui miei polsi. «Ma che hai fatto?»

«Niente, sarà stata la colluttazione di oggi…», mormoro imbarazzata.

Ecco, ho già infranto la promessa appena fatta alla mia migliore amica. *Dannato Alexander.*

30

JULIET

Da quando ho chiuso con Chuck, a essere migliorati sono di sicuro i miei voti. Mi sto impegnando seriamente a scuola: trascorro gli intervalli a ripassare e le mattinate a seguire le lezioni senza distrazioni.

«Ciao, Juls».

Ma qualcuno ha cominciato a farsi più insistente.

«Ciao, Cameron», mormoro con un accenno di sorriso.

Lui gioca con le dita tra i capelli castani tenuti in posa dal gel, poi mi lancia uno sguardo strano e allora capisco che sta per chiedermi qualcosa.

«Sabato sera organizzo una cosa da me. Vuoi venire?»

«Oh, okay».

«E se in questo periodo hai bisogno di un amico…». La frase di Cameron s'inceppa nel momento in cui la voce di Alexander sovrasta la sua.

«Se ha bisogno di un amico, te lo farà sapere. Grazie».

Cameron aggrotta le sopracciglia e guarda male Alexander, che sopraggiunge alle mie spalle come un'ombra.

«Devo andare ad allenarmi. Mandami un messaggio e fammi sapere per sabato».

Osservo Cameron allontanarsi mentre Alexander mi sussurra all'orecchio: «Devi iniziare a muovere quella lingua per produrre dei suoni sensati».

Mi giro verso di lui. «Eh?»

«Devi imparare a mandarlo via, Juliet».

Cameron non stava facendo nulla di male, inoltre è anche un bel ragazzo, il che non guasta mai.

«Se caccio le persone in maniera sgarbata come fai tu, poi ci rimangono male».

«Cameron ti piace?»

«No».

«E allora perché non glielo dici in modo chiaro?»

«Be', non voglio che ci resti male. Tantomeno voglio risultare una persona sgarbata». Ribadisco il concetto, ma Alexander sembra non capire, difatti scuote il capo contrariato.

«Fatti un favore, Juliet. Credi in te stessa».

Aggrotto le sopracciglia.

Inaspettatamente lui spinge la fronte contro la mia con forza, come se volesse mangiarmi il viso da un momento all'altro.

«Ehm… grazie del consiglio».

«Non è un consiglio, è un ordine. Credi in te stessa, Juliet», conclude con durezza.
«Ci proverò». Annuisco.
«E se non puoi farlo per te, fallo per me».
Una risata richiama la nostra attenzione. Sia io che Alexander ci voltiamo e i nostri occhi cadono su Chuck che sta scherzando con il suo allenatore di rugby, proprio nel corridoio della scuola.
«Torneresti con lui?», mi chiede Alexander, mentre io all'improvviso comincio a notare un milione di difetti sul viso del mio ex.
«Sei fuori? Mi ha tradita».
«Tu hai tradito lui», rilancia pacato.
Non importa quanto lui sia calmo, con Alexander è sempre una corsa a ostacoli.
«È stato… diverso», mormoro giocherellando con i laccetti dello zaino che mi penzola dalla spalla.
«Già, il tuo era solo un bacio innocente…», sussurra prima di rivolgermi un ghigno.
Ripenso al primo bacio con Alexander. Di innocente non c'era nulla, proprio nulla.
«L'ho tradito solo perché ero ubriaca».
Lui alza il sopracciglio, poi si appoggia con la spalla al muro, accostandosi al mio fianco.
«Per questo ti sei spogliata e avresti fatto sesso con me?». Lo chiede senza battere ciglio, come se fosse la cosa più naturale del mondo.
«Non l'avrei mai fatto!», esclamo con le guance bollenti, guardandomi intorno.
«Certo, Juliet. Certo…».
«Scendi dal piedistallo. Non ce l'hai solo tu!».
Alexander osserva divertito le mie reazioni spropositate.
«Un cervello? Parli di questo? A giudicare dalle tue esperienze in fatto di ragazzi con cervello, be'… io ci andrei piano con le critiche». Mi prende in giro come al suo solito, ma stavolta a entrambi scappa un sorriso.
«Saprei tranquillamente conquistare un ragazzo con un cervello», asserisco a testa alta.
«Ah, davvero?».
Alexander pare divertito quanto me.
«Sì, caro», ribatto con piglio sicuro.
«Mi stai proprio incuriosendo, Juliet».
Ovviamente è ironico, ma a me poco importa.
Ti piace giocare? Bene, sta' a vedere.
«Vieni alla festa di Cameron e vedrai, Ackerman».

«Okay, sentite questa: Mini ci ha provato e lui l'ha schifata!».
La voce isterica di Karoline è criptonite pura per le mie orecchie.
«In che senso?», domanda Claire, una sua amica.
«Ti giuro, Claire! Lui non ha voluto baciarla!».

«Ehi! Smettila, Kar! Non mi ha rifiutata in modo così plateale!», ribatte Mini, indignata.

«Ah no, Mini? Ne sei sicura? Perché io gli ho chiesto di ballare e mi ha detto di no. Una volta gli ho messo una mano sulla spalla e si è irrigidito come uno stoccafisso! Non sa neanche come è fatta una vagina, quel disadattato».

Entro in camera da letto di Amanda e ci trovo Karoline, Mini e altre loro amiche.

«Sto impazzendo. Adesso uccido Mini che me l'ha portata qui!», mi sussurra Amanda all'orecchio, riferendosi a Karoline.

«È sicuramente gay. Datemi retta». Karoline fa un'espressione compiaciuta, mentre si tira su la zip di un vestito così stretto che le entra a malapena.

«Di chi state parlando?», domando, temendo di conoscere la risposta.

«Lo sai benissimo di chi stiamo parlando, non fare sempre la santarellina, tu».

Le ragazze si provano degli abiti per la festa – alcune sono in reggiseno –, mentre Mini si stira i lunghi capelli biondi. E stanno chiaramente spettegolando di qualcuno di mia conoscenza.

«Alexander non è gay», asserisco gettando la borsa sul letto.

Karoline mi rivolge un sorriso finto, poi una smorfia.

«Ma cosa ne vuoi sapere tu».

«Non è gay. Ha ragione, Juls! L'ho visto in confidenza con quella secchiona della sua classe». Claire s'intromette senza che nessuno le abbia chiesto nulla.

«La figlia del reverendo. Charlotte», puntualizza Amanda, limandosi le unghie senza troppo entusiasmo.

Chi diavolo è questa Charlotte?

Nel mio cervello comincia a suonare un allarme fastidioso.

«Chi è Charlotte?», domando, e mi sistemo i capelli allo specchio, fingendo che l'argomento non mi interessi.

«Una poverina», sbraita Karoline.

«Li vedo sempre insieme ai cambi d'ora. Di sicuro sta con lei, ecco perché si è comportato in modo così freddo con voi due», aggiunge la sua amica con fare concitato.

L'allarme ormai suona senza sosta nella mia testa.

Alexander ha davvero una ragazza segreta?

«Di sicuro ha qualche problema, sennò non preferirebbe una cessa del genere a noi», conclude Karoline, prima di spalmarsi tre quintali di rossetto.

Quindi è vero?

Mi immobilizzo davanti allo specchio, incapace di reagire, quando la strega mi richiama.

«Juls, ti sei appena lasciata con il fidanzato, cos'è quel pigiama che hai addosso?».

Ecco la dose di cattiverie che Karoline ha tenuto in serbo per me. Mi arriva alle spalle, indicando il mio riflesso. Indosso un abito corto e scollato, come può ritenerlo un pigiama?

«Metti questo», mi dice con un'aria di superiorità.

Perché dovrei fidarmi dei suoi consigli, visto lo straccio che indossa? La copre a malapena.

«Dico sul serio. Se metti questo… non solo Chuck darà di matto, ma piacerai anche a tutti i ragazzi che ci saranno alla festa. Chissà, magari riesci a trovarne uno un po' meno disperato di quello che avevi prima».

Le sue amiche ridacchiano, mentre io accolgo tra le mani un abitino rosso.

«Non lo metto mai questo colore…».

«Ce ne siamo accorte», bisbiglia qualcuno.

Mi piace il nero, ma qual è il loro problema?

Sbuffo e mi chiudo in bagno per provare il vestito. Mini non si fa problemi a cambiarsi davanti alle altre ragazze e normalmente neanche io me ne faccio, ma ora preferisco non sfoggiare i lividi che marchiano la mia pelle. Ogni dannata volta che li vedo, che li sento sotto le dita, ripenso a lui. È inevitabile. Ho capito che non posso più sfuggire al pensiero di Alexander, è così radicato in me da manifestarsi anche sul mio corpo. Indosso l'abito rosso e, guardandomi allo specchio, noto che segue le curve del mio corpo, restringendosi in vita. Mi sistemo le spalline sottili che sostengono la scollatura a cuore, poi esco dal bagno.

«Il vestito è troppo corto», bofonchio.

«Wow. Sei irriconoscibile!». Amanda resta a bocca aperta.

«Ti sta benissimo questo colore, Juls!», esclama Mini, avvicinandosi con un rossetto della stessa tinta scarlatta. Ne stende un po' sulle mie labbra, poi abbozza un sorriso.

«Ora andiamo a divertirci».

«Ma non dovevamo andare a casa di Cameron?», chiedo accigliata, mentre con l'auto sportiva di Karoline percorriamo una zona di Londra che non riconosco.

«No. Cambio di programma!», dice sghignazzando l'arpia alla guida.

«E quindi dove stiamo andando?».

Scopro presto che la festa è stata organizzata da "qualcuno", a casa di "non-so-chi". Scopro anche che Claire, l'amica di Karoline, si diverte con poco, dato che ride a ogni battutina, mentre io me ne sto con il naso appiccicato al finestrino, bisognosa di sapere dove stiamo andando.

«Sì, ma di preciso andiamo a casa di chi?»

«Di un mio amico che va all'università! Non fare la rompipalle, Juliet!», urla Karoline, mentre io prego di non morire giovane, senza aver mai sperimentato l'ebbrezza di comprare una Chanel. O di aver fatto sesso.

Grazie al cielo, a un certo punto, nonostante la guida spericolata della nostra autista, arriviamo sane a salve alla casa della festa. Di ville enormi ne ho viste parecchie, ma questa supera ogni aspettativa: sembra una dimora hollywoodiana, con tanto di dépendance con piscina al coperto e mega salone con vetrate. Ma la cosa più assurda è che, nonostante le dimensioni pazzesche, la quantità di gente che la affolla riesce a riempirne ogni angolo.

Ci sono tantissime ragazze, un numero esagerato di ragazzi che frequentano l'università e qui e là noto anche alcuni studenti della mia scuola.

“C’è troppo casino. Non troverò mai Alexander”, mi dico un attimo prima d’essere colta da un sussulto.
«Mi asterrò dal fare commenti di stampo maschilista sul tuo abbigliamento».
La sua voce familiare mi causa un sorrisetto.
Quando mi volto, me lo ritrovo davanti.
Ha una mano sepolta nella tasca, mentre con l’altra si tormenta i capelli scuri. La camicia color ghiaccio entra in un paio di pantaloni eleganti, sostenuti da una cintura di pelle nera. Se non lo conoscessi, oserei dire che è vanitoso. Ma d’altronde è pieno di sé da far paura, quindi perché mi stupisco del suo aspetto sempre impeccabile?
«Dai, sentiamo». Incrocio le braccia sul petto mostrandomi impaziente.
«Il tuo abbigliamento è vagamente volgare. Non mi piace vederti vestita così. Sei troppo scoperta e ti sta…».
Alzo il sopracciglio, lui intanto deglutisce a fatica.
«Ti stanno guardando tutti, Juliet».
«Evidentemente sono bella», cinguetto alzando il mento.
«Sei molto bella».
Apro la bocca ma la richiudo subito dopo. Le parole mi muoiono in gola e, proprio mentre sto cercando di mantenere un contegno, Alexander ne approfitta per adulare la mia guancia con il suo respiro tiepido.
«Ma sei più bella in ginocchio, sul pavimento di camera mia».
Il suo campo gravitazionale è così potente che mi conduce da lui come fossi attratta da una forza misteriosa.
«Mi hai appena fatto un complimento?»
«Sì, Juliet».
Mi agito di fronte alla sua fredda compostezza.
«Ah, be’…».
«Non c’è ragazzo che non ti abbia tolto gli occhi di dosso da quando sei arrivata».
«È solo un vestito. Dovrei mettermi un pigiama, scusa?».
Una ragazza passa dietro di me e, senza accorgersene, mi spintona, facendomi cascare addosso ad Alexander. Le sue braccia mi accolgono con sicurezza, mentre il mio respiro si fa più incerto.
«Quello rosa a quadretti è carino».
Sta davvero parlando del mio pigiama?
Il motore delle mie ultime giornate è stata la voglia di impressionarlo, ed è sempre stato intenso il desiderio di smuovere una reazione in lui. Ho cercato di piacergli a tutti i costi, forse perché sono così presa dal suo viso perfetto, dalle sue labbra morbide e dalla maniera in cui mi parla. Ma ora, per un breve istante, sembra che ci sia qualcos’altro tra noi.
Faccio un passo indietro, come spaventata da quella rivelazione, mentre lui si sistema i polsini della camicia senza battere ciglio.
«È il tuo modo contorto per dirmi che non ho bisogno di vestirmi in modo provocante per piacere a qualcuno, Alex?».
Lancia un’occhiata a Cameron, che mi guarda da lontano.

«Può darsi».
Mi ritrovo a sbuffare, perché la sua noncuranza mi irrita troppo.
«La gelosia è come un serpente velenoso, Ackerman. Sta' attento, potrebbe morderti».
«Oh, ma davvero?»
«O forse ti ha già morso, visto quanto sei geloso del fatto che io abbia gli occhi degli altri addosso».
«Sai, Juliet…». Alexander china nuovamente il capo alla mia altezza. «…inizio ad amare quella boccaccia, mi dà sempre ispirazione per nuove punizioni».
Sgrano gli occhi. Come può parlare di questo in mezzo alla gente?
«E poi… questa sera gli altri vedono solo il tuo involucro. Quello che mostri all'esterno».
«Che vuoi dire?»
«Che sei molto più bella senza tutto quel trucco che ti metti in faccia».
Prima mi indispettisce, poi mi fa arrossire, facendo salire la mia temperatura corporea alle stelle. Abbasso lo sguardo, incapace di reggere quella tensione.
«Non mi credi, vero, Juliet?»
«Be'…». Ci rifletto un po' su. «Ora che ci penso… Chuck non mi ha mai vista senza trucco».
«Chuck non ti ha mai amata, Juliet».
Una fitta dolorosa mi trapassa il cuore. Realizzo che forse Alexander non ha tutti i torti e che io mi sono illusa per tanto tempo, credendo alle bugie di Chuck. E se credere che ad Alexander importi davvero di me non sia solo l'ennesima illusione?
D'un tratto, lui mi gira le spalle.
"Non andartene. Non andartene. Non andartene", prego silenziosamente. Ma lui si sta già allontanando.

Inizio a ciondolare per la casa sconosciuta in cerca di qualche faccia amica e, quando giungo a bordo piscina, m'imbatto in Karoline e il suo gruppetto. Mini è stata rapita da Liam, ma l'arpia si fa sentire forte e chiara.
«Charlotte mi sta sulle palle, facciamola ubriacare!».
«Cosa?», domanda incredula Amanda, che si è unita a noi in quel momento.
«Kyle ha fatto una scommessa con Matt, uno dei due deve farsela».
Queste oscenità sono seguite dalle risatine inquietanti di Karoline e delle sue amiche, ma a me si gela il sangue.
«Ma siete impazzite?», esclamo a gran voce.
Seduta a bordo vasca, Karoline si volta verso di me per guardarmi dal basso.
«Non fare la santa, Juliet. Solo perché te la tieni stretta come fosse un bene prezioso, non significa che hai voce in capitolo».
Stringo i denti per il nervoso quando sento lei e le sue amiche ridere di me.
«Finiscila!», è tutto ciò che riesco a dire.
«Il ragazzo più popolare della scuola ti sbava dietro da anni e nemmeno lo consideri. Che spreco», commenta Claire, riferendosi a Cameron.

Karoline mi scruta con disprezzo.
«È per questo che mi odi? Guarda che non me ne frega niente di Cameron, è tutto tuo, Karoline. Ma vedi di smetterla di darmi il tormento, solo perché non ho esperienza come voi».
Le amiche di Karoline non stanno più ridacchiando, ma sgranano gli occhi sconvolte per l'affronto che ho osato fare alla loro ape regina. Lei non si scompone, anzi, mi rivolge un ghigno odioso.
«Stai aspettando il principe azzurro o ti piace pensare di essere la paladina delle vergini?», aggiunge alzandosi in piedi per farmi sentire ancora più piccola.
«Lasciala in pace». Amanda prova a intervenire, ma le amiche di Karoline non smettono di bisbigliare parole perfide alle mie spalle.
«Quindi Chuck si è scopato chiunque, tranne lei?», interviene Claire.
Gli occhi mi si gonfiano, la gola si blocca nell'udire quelle meschinità.
«Voi non sapete un cazzo!», sputo con voce troppo sottile per intimidirle.
La mia ira, in realtà, scaturisce dal comportamento di Chuck, più che dalla superficialità di quelle ragazze.
«Chuck ha detto ai suoi compagni che non glielo succhiavi nemmeno. Sei davvero una bambinetta insulsa. Non illuderti con Cameron, appena scopre di che pasta sei fatta, ti volterà le spalle anche lui».
Karoline mi spara addosso quei proiettili e io vorrei essere forte come lei, invece sto per scoppiare a piangere davanti a tutti.
Scappo via per evitare di darle quella soddisfazione e torno in casa. Quello che vedo, però, è Chuck che balla appiccicato a una ragazza mora e formosa. Non ci posso credere, non è passata neanche una settimana… Non potrebbe almeno fingere?
«Juliet, vuoi tornare a casa?».
La voce di Alexander s'insinua tra me e quello spettacolo orripilante. La ragazza sta praticamente incollata all'idiota e gli si struscia addosso, mentre lui non smette di baciarle il collo.
«Stai bene?».
Mi obbligo a staccarmi da quell'immagine dolorosa e, quando mi volto, Alexander mi sta scrutando attentamente.
«Sì».
«Non stare qui a torturarti», dice lui.
Mi stringo nelle spalle. «Cosa dovrei fare? Andare da Chuck e tirargli un altro pugno? Stavolta nelle parti intime?».
E così, senza alcun preavviso, Alexander scoppia a ridere.
Resto a fissarlo con occhi incantati.
Perché non ride mai? È così bello…
«Vieni fuori».
Alexander mi fa strada verso il patio esterno della villa e, una volta fuori, io mi siedo sul muretto, beccandomi una sua occhiata stralunata.
«Ti siedi per terra?».
Ridacchio per il suo tono allarmato.

«È un muretto. Non fare lo schizzinoso», bofonchio stringendo le ginocchia, per evitare che il vestito mi lasci troppo scoperta.
«Che è successo con le ragazze?», domanda lui, rimanendo in piedi accanto a me. Studia il cemento con aria schifata.
«Niente di che. Karoline mi ha presa in giro». Scrollo le spalle.
«E per cosa?»
«Perché dice che me la tengo troppo stretta».
Per tutta risposta, Alexander accenna un ghigno, poi si accovaccia di fronte a me, stando attento a non sfiorare il suolo.
«Stai parlando della tua vagina, Juliet?».
Lo guardo scandalizzata, ma subito dopo assumo un'espressione strafottente. «E poi dicono che sei gay».
Lui stringe le labbra senza parlare, ma non riesce a trattenere uno sbuffo divertito.
«Non lo sei, vero?»
«Oh, piccola, Juliet…».
Vorrei mi concedesse l'accesso ai suoi pensieri in questo momento. *O forse è meglio di no?*
«Cosa, Alex?»
«No, non lo sono».
Alexander è ancora chino davanti a me, così mi faccio coraggio.
«A volte tu… sei strano», affermo, un po' imbarazzata, rifuggendo il suo viso. Mi solleva il mento con le dita fredde, riportando il mio sguardo dentro i suoi occhi profondi.
«Io sono molto strano».
Il suo respiro regolare m'ipnotizza.
I nostri sguardi si attraggono come due calamite. Mi allungo verso di lui, vorrei baciarlo e non mi vergogno di dimostrarglielo, ma poi delle voci ci interrompono. Vedo Chuck uscire di casa con la ragazza formosa con cui ballava poco fa. Mi passa davanti senza nemmeno accorgersi di me.
«Non voglio stare dove c'è quello stronzo. Andiamo dentro». Afferro Alexander per la manica e lo trascino di nuovo in casa. La musica mi stordisce, perforando le mie orecchie che si erano abituate al silenzio interrotto solo dalla voce di Alexander. Mi siedo su un divanetto e lui mi segue a ruota. Non posso fare a meno di pensare a Chuck, e l'orgoglio comincia a bruciare dentro.
«Forse dovrei ubriacarmi e andare a letto con il primo che capita», dichiaro. Alexander si volta di scatto.
«Provaci e ti sculaccerò così forte che non camminerai per un mese».
Il suo tono autoritario mi mette sull'attenti, poi però mi scappa una risatina nervosa, mentre le mie guance si tingono di rosso.
«Davvero?»
«Non mettermi alla prova, Juliet».
«Ciao, Alexander».
Una ragazza dai capelli ramati fa la sua apparizione interrompendo le nostre

chiacchiere. Il salone è immerso nella penombra e faccio fatica a riconoscerla. Noto che porta l'apparecchio e che ha il naso all'insù. Quando si avvicina a noi e la luce illumina la sua pelle cosparsa di lentiggini, allora capisco. È lei. Charlotte.

«Siediti qui», le ordina Alexander indicandole il posto sul divano accanto al suo.

Ho capito bene?

Non faccio in tempo ad aprire bocca che lui le sorride.

No, non posso accettarlo. Sto impazzendo, questo è uno scherzo.

Faccio per alzarmi, ma lui mi trattiene con uno sguardo duro.

«Com'era? Un serpente velenoso, Juliet?»

«Non sono gelosa».

Tiro fuori il cellulare fingendomi impegnata, mentre loro due prendono a parlare di anime giapponesi. Io mi sento tremendamente fuori luogo.

Dopo un po', non resisto più. Mi alzo di scatto, senza voltarmi. Probabilmente Alexander neanche se ne sarà accorto.

«Ciao, Juls!». Cameron è in forma smagliante questa sera, i suoi capelli hanno un'acconciatura perfetta. «Alla fine, cambio di programma! Ho saputo che c'era una festa qui...».

Mi viene incontro e mi abbraccia.

«Cam...».

Dovrò dirglielo chiaro e tondo?

«Ti sei lasciata definitivamente con Chuck, vero?».

Devo dirglielo.

«Sì, è così».

«Se ora non ti vedi con nessuno, magari vorresti uscire...».

«Al momento preferisco di no, grazie».

Cameron sporge il labbro all'infuori e mette un broncio adorabile. Mi dispiace rifiutarlo, ma lui è troppo insistente.

«Almeno un ballo me lo concedi?».

Nonostante io non provi alcun interesse nei suoi confronti, non ho motivo per trattarlo male o non essere gentile.

«Se prometti di tenere le mani a posto... ballo con te».

Gli torna il buon umore in un attimo. Mi dirigo verso la folla che sta ondeggiando a ritmo di musica e lui mi segue. I miei fianchi si scontrano con quelli di Cameron quando cominciamo a muoverci in sincrono. Ci scambiamo qualche sorriso e lui mi si accosta al viso di continuo per sussurrarmi qualcosa. Lascio che mi riversi addosso il suo respiro alcolico, ma d'un tratto prova ad avvicinarsi troppo.

Non penserà di... Sì, Cameron prova a baciarmi.

Lo respingo con decisione, poggiandogli le mani sul petto; fortunatamente non devo metterci tanta pressione. «No, Cam». Lui indietreggia subito.

«Scusa, Juls, forse non avrei dovuto. So che tu e Chuck vi siete appena lasciati. Ma mi sei sempre piaciuta e quando mi stai davanti...».

«Cameron, tu non...». "Non mi piaci". Ma non riesco a dirglielo.

Cameron si scusa ancora, poi mi lascia nel bel mezzo della pista come un pesce fuor d'acqua. D'un tratto, una voce sconosciuta arriva alle mie orecchie.
«Quel ragazzo ti stava dando fastidio?».
"Ecco un altro rompipalle", mi dico sollevando gli occhi al soffitto. Ho chiuso con i tipi appiccicosi.
Mi volto e rimango piacevolmente sorpresa. Davanti mi trovo un tipo sul metro e ottanta, con le spalle larghe ben evidenziate dalla camicia bianca e dalla giacca elegante.
«E tu non mi darai fastidio?»
«Dipende dai punti di vista», ribatte lui con un sorriso luminoso.
«Bella risposta». Ricambio il sorriso e la tensione di poco prima si dissolve.
«Comunque no, non ti infastidirò».
Lui affonda le mani nelle tasche dei pantaloni altrettanto eleganti e io noto lo stemma dell'università di Londra cucito sulla giacca scura.
«Ti concedo il beneficio del dubbio», replico incuriosita.
«Sei gentile, ragazza dal vestito rosso. Hai anche un nome?», chiede lui scompigliandosi i ricci castani con un veloce movimento della mano.
Ha due occhi color smeraldo davvero incredibili. Sembra avere venti, forse ventidue anni.
È un ragazzo davvero molto bello, perché parla con me?
Possibile sia stato il mio vestito ad attirarlo? Sta a me scoprirlo, quindi mi avvicino a lui.
«Mi chiamo Juliet».
Lui mi rivolge un altro sorriso, mostrando due piccole fossette ai lati della bocca. «Tua madre aveva una passione per le storie tragiche?»
«Abbastanza. Si può dire che l'abbia vissuta con mio padre, la storia tragica».
Cerco di non perdermi nei suoi occhi luminosi, che mi scrutano mentre ce ne stiamo fermi, uno di fronte all'altra, mentre attorno a noi tutti ballano.
«Ti piace xhabljare, Juliet?»
«Cosa?», urlo, non avendo sentito la domanda per via del baccano.
Si avvicina quindi al mio orecchio. «Ti piace ballare?», chiede con voce roca.
«Più o meno. A te?»
«Non molto. Preferisco parlare».
Peccato, io con te ci avrei ballato.
«Sai, mi piacerebbe sentire la storia di come ti sei ritrovata a questa festa, Juliet… Ma ora devo tornare a casa».
«Di già?»
«Ho un esame importante lunedì, quindi domani mi aspetta un'intensa giornata di studio».
«Vai all'università, vero?»
«Studio Lettere».
Non dire "wow". Non dire "wow". Non dire "wow".
«Wow!».
Che figura.

«Non è così "wow" come sembra. Ma di sicuro studio qualcosa che mi appassiona molto».

Questo sconosciuto mi ammalia, quindi mi lascio andare a una confessione prematura. «Mi dispiace che tu stia andando via».

«Mi daresti la mano, Juliet?».

La richiesta è insolita, ma lo assecondo. Lui tira fuori una penna dalla giacca e mi scrive qualcosa sul dorso.

«Ci sentiamo presto».

Osservo incuriosita il numero di telefono, seguito dal suo nome: Zack.

Bene, e ora ho il numero di un ragazzo interessante.

Devo solo dirlo ad Alexander.

31

JULIET

«Hai un passaggio per tornare a casa?».
Alexander mi raggiunge sul marciapiede, mentre cammino a passo lento verso casa.
«Ho provato a cercarti, ma eri sparito. Torno a piedi», ribatto alterata, senza nemmeno darmi la pena di guardarlo.
Tornatene dalla tua amichetta.
«Da sola?».
Sì, e tu tornatene dalla tua amichetta.
«Non potevi usare il cellulare e chiamarmi?».
La sua voce, solitamente controllata, s'incrina appena.
«Be', pensavo che…».
«In questi casi non pensare, agisci e basta», mi rimprovera con decisione.
«Ehi! Non sto facendo niente di male, sto solo facendo una passeggiata!».
«Di notte? Saranno quattro o cinque isolati a piedi», replica, stizzito. Io mi limito a sbuffare.
«E il tuo passaggio, Juliet?»
«Ci ho litigato con il mio passaggio», bofonchio riferendomi a Karoline.
«E riesci a camminare con quelle fino a casa?». Indica le mie décolleté con il suo solito tono arrogante.
Me le sfilo, sperando che magari la smetta di rompere le scatole.
«Problema risolto!», esclamo soddisfatta.
«Non dovresti camminare scalza per la strada…».
«Dai questi consigli anche a Charlotte?», chiedo affilando lo sguardo.
Lui scrolla il capo.
Bene, senti ora che ti rifilo.
«Ho conosciuto un ragazzo».
«Ah sì? Non l'avrei mai detto», commenta sarcastico.
«E non è un idiota».
«Interessante. L'hai dedotto in cinque minuti che non lo fosse?»
«Ha voluto solo parlare e non ha provato a mettermi le mani addosso».
«Sarà meglio», ribatte sottovoce, a denti stretti.
«Come hai detto?», domando, temendo di non aver capito.
«Niente, non m'interessa».
Allora senti questa, caro il mio Mr. Non m'interessa.

«Frequenta Lettere e si è offerto di aiutarmi con il ripasso del programma d'inglese».

È una bugia, ma pazienza. Magari non gli importa che ho conosciuto qualcuno, ma di certo non vorrà farsi rubare il ruolo di maestrino perfettino.

Alexander rallenta il passo e fa sprofondare le mani nelle tasche, come a nascondere il nervoso che trapelerebbe dai suoi pugni stretti.

«Mi fa piacere, ma vedi di tenerti libera domani pomeriggio».

«Perché?».

Lui mi sta guardando con gli occhi ridotti a due lame sottili.

«Hai le ripetizioni. Con me».

Bene, ho tutta la tua attenzione.

Stendo l'ombretto, poi l'eyeliner, infine studio il mio riflesso: dovrei essere distrutta dal dolore per la fine di una lunga storia d'amore. Ma perché dovrei mentire a me stessa? È passata una settimana e io non sono più triste, né sofferente. Amareggiata, questo sì: ho buttato via due anni della mia vita con un essere insignificante e senza spina dorsale.

Ora ho solo una cosa in mente: Alexander.

"Persino il suo nome sa essere ingombrante, dato che ha nove lettere", rifletto stupidamente, poi penso a John. Magari con suo padre Alex non ha un gran rapporto perché i loro caratteri stridono troppo, o forse non vanno d'accordo perché lui è un ragazzo difficile da gestire. Eppure con John si comporta sempre in modo impeccabile... *Se ci fosse dell'altro?*

Con uno sbuffo, comincio a piastrarmi i capelli. Di solito non faccio pensieri così profondi mentre mi sistemo, ma lui ha smosso la monotonia del mio mondo. "Mondo fatto di apparenze". Lo immagino detto con il suo tono arrogante.

Ma d'altronde, se il mio è un mondo finto, il suo non è da meno. È sempre così impostato, così controllato. Sarebbe divertente vederlo vacillare, ed è proprio per questo che, dopo mezz'ora di preparazione, mi sono trasformata in una ragazza appariscente e molto bella.

Sono sicura che il signorino avrà da ridire sul mio abbigliamento troppo provocante, ma a me non interessa.

Tutto va secondo i miei piani: quando quel pomeriggio Alexander entra nella mia camera per cominciare le ripetizioni, mi guarda subito di traverso. Lui non fa che manipolarmi a suo piacimento e prendersi gioco di me: ora voglio essere io a farlo barcollare.

«Vedo che ormai prendi lo studio seriamente», ironizza gongolando, osservando il mio vestitino corto.

«Cosa facciamo oggi, Alex?», chiedo, già seduta alla scrivania.

«Sai, Juliet... credo che tu tenda a sottovalutarmi». Sta fissando il mio abbigliamento. «E a sottovalutarti».

«Che c'è ora?»

«Di tutti i discorsi che ti ho fatto, tu non hai capito nulla? Pensi di sedurmi vestendoti in questo modo?». Appoggia la spalla al muro, con le mani affondate nelle tasche dei pantaloni.

«Vorresti che lo facessi?», cinguetto fissandolo dritto negli occhi.

«Non ne saresti in grado».

Sento i muscoli della schiena irrigidirsi. «Invece Charlotte è in grado di sedurti?», mi scappa, per colpa dell'orgoglio.

L'espressione divertita di Alexander svanisce all'istante. Vorrebbe dirmi di farmi gli affari miei, lo so, ma non lo fa. Si scolla dal muro e mi arriva a un soffio.

«Charlotte è una ragazza seria, intelligente e obbediente».

Gli rivolgo uno sguardo di disprezzo, scuotendo la testa in segno di disappunto.

«E sentiamo… cosa avrebbe fatto di tanto speciale questa Charlotte per dimostrarti la propria obbedienza?».

Alexander inarca il sopracciglio e delle piccole rughe gli si formano sulla fronte.

«Sei curiosa, Juliet?», domanda con le mani sui fianchi.

La luce del tardo pomeriggio delinea la sua fisionomia perfetta, sottolineata da un golfino e un paio di pantaloni.

«Sì. Non me ne vergogno». Accavallo le gambe, dondolando sulla sedia, in attesa che lui mi risponda.

«Non è della tua curiosità che devi vergognarti».

«E di cosa, scusa?»

«Smettila di guardarmi le labbra quando siamo con gli altri».

Mi alzo e lo affronto. Gli arrivo a malapena al mento, ma sussurro velenosa: «Ti detesto».

«Ah davvero?», domanda scettico.

«Ne ho abbastanza della tua presunzione. Non farò più ripetizioni con te. Può darmele Zack».

Alexander mi inchioda con uno sguardo furibondo.

«Chi cazzo è Zack?»

«È il ragazzo che ho conosciuto alla festa!».

«Ha un nome terribile», commenta disgustato.

«E allora? Perlomeno è un ragazzo gentile! Charlotte non è riuscita a mettere due parole in croce, ieri».

«Dimenticavo che sei l'emblema della superficialità, nana. A volte lo rimuovo, ma dovrei tenerlo bene a mente».

All'improvviso, posa la fronte sulla mia.

«Che vuoi farmi, Ackerman?».

Indietreggio e in un attimo sono con le spalle alla porta. Alex mi imprigiona tra sé e la parete, facendomi sentire piccola come non mai. Sono bloccata dal suo profumo, stretta contro il suo corpo.

«Voglio imbavagliarti e fare in modo che tua madre non senta mentre piagnucoli», mormora intrigante.

Io trattengo un sorrisetto. "Stiamo perdendo il controllo, bene…", penso, esultando tra me e me.

Alexander preme le labbra contro il mio zigomo e io sento ogni cellula prendere fuoco. Le mie guance si accendono.

«Smettila di fare così», lo sento ringhiare con la bocca contro la mia, quasi sofferente.

La sua lingua lecca bramosa il mio labbro inferiore, facendomi vibrare le gambe.

«Non riesci a trattenerti, vero?». Ridacchio, contenta di averla avuta vinta anche questa volta.

«Sta' zitta».

«Non riesci a controllarti con me».

«Devi stare zitta».

Afferra il mio labbro con i denti, in una dolce tortura, poi mi avvolge il collo con la mano, stringendolo in una presa possessiva.

«Voglio vederti fare una cosa per me».

Dalla gola, il suo palmo scivola giù, oltre la pancia.

«E voglio che...». Le sue dita fredde strisciano lungo la mia gamba nuda e salgono lente fino al punto in cui la pelle scoperta sparisce sotto il vestitino. «... stavolta mi guardi negli occhi mentre lo fai».

Il timbro di Alexander è fermo e profondo, mentre i suoi occhi lambiscono il mio corpo. Sa già che lo farò.

Con indice e medio aggancia il mio abito e me lo solleva sulle cosce, lasciandomi con le mutande in bella vista.

Trattengo il respiro.

«Cosa devo...?».

Alexander scioglie ogni dubbio, quando accompagna la mia mano tra le gambe per farla guizzare sul mio inguine sensibile. Le guance mi vanno a fuoco.

«Non l'ho mai fatto», confesso.

«Mai?»

«No, fammi vedere tu».

Alexander sembra indugiare: si ritrae, come appena scottato da quella rivelazione. Io però raccolgo la sua mano dolcemente e la riporto su di me, in un chiaro invito a toccarmi.

«Sicura?»

«Sì».

La sua voce è controllata, ma le sue dita tremano appena quando s'insinuano tra le mie cosce per accarezzare l'umidità che mi addolcisce gli slip.

Mentre mi abbandono contro la porta, le sue labbra morbide scivolano in prossimità del mio orecchio, dandomi i brividi ogni qualvolta soffiano sul mio lobo sensibile.

Un miscuglio di sensazioni forti pervade il mio stomaco, già in subbuglio, mentre fremo, in attesa.

Con la mano sinistra mi cinge la vita, con la destra, invece, mi aiuta ad aprire le gambe.

«Se non ti va o non ti piace, posso fermarmi».

Annuisco rapidamente.

«Rilassati, adesso».
Le mie cosce si contraggono istintivamente perché so che Alexander sta per sfiorarmi come nessun altro ha mai fatto prima. Mi abbassa l'intimo, poi con il pollice freddo mi accarezza la curva del clitoride.
Il cuore scoppia nel petto, quel movimento lento e ripetuto comincia a diventare piacevole e tutti i muscoli del mio basso ventre prendono fuoco. Chiudo gli occhi per abbandonarmi a quell'attimo di pace, ma Alexander non vuole darmi tregua.
«Guardami», impartisce deciso.
Obbedisco, ma subito dopo mi lascio andare a un gemito prolungato. Trova il punto più umido, vi strofina i polpastrelli sopra, prima di affondare un dito dentro di me, così a fondo che vorrei urlare.
«Shh, piccoletta. Non costringermi a fermarmi».
Alexander si ritrae per un attimo, poi mi lacera di nuovo, e questa volta percepisco il suo mugolio eccitato che scivola sul mio collo.
«Cristo».
«Cosa c'è, Alex?»
«Sei piccola. E calda».
La sua voce è peccaminosa e il ritmo con cui inizia a torturarmi diventa disperato e veloce, proprio come il battito del mio cuore, mentre un rumore indecente si libera nella stanza. Mi mordo le labbra per soffocare i lamenti che mi provoca il suo tocco piacevole e non posso fare a meno di arrossire a causa degli umori che iniziano a colarmi lungo le cosce.
«Alex…». Il suo nome è ormai un rantolo. Abbandono la testa sulla sua spalla rassicurante. Fremo tra le sue braccia, ogni piccola parte di me è sotto il suo controllo ora.
«Juliet?!».
Trasalisco.
Oh no, mia madre.
Il richiamo arriva dal corridoio e si abbatte su di me come un tuono in un pomeriggio estivo.
Spalanco gli occhi terrorizzata. «E se entra?».
Alexander mi copre la bocca con una mano, ma le dita dell'altra non smettono di tormentare la mia carne.
«Non provare ad ansimare, Juliet. Chiedile cosa vuole», sibila, prima di permettermi di parlare di nuovo.
«Sì, m… mamma?». La mia voce trema appena.
Alexander preme nuovamente il palmo sul mio viso per impedire ai miei gemiti di riversarsi nell'aria.
«Non riesco a cucinare, va bene una pizza d'asporto?».
Deglutisco a fatica. Per poco non perdo un battito quando Alex mi sussurra all'orecchio: «Rispondile e mandala via. Meno indecisa questa volta. Sii convincente o ti fotto con qualcosa di più grande».
Non avrei mai immaginato di udirlo proferire parole tanto audaci.

«Sì, mamma. Tra… tra poco scendo», mormoro mentre lui preme la sua erezione contro di me.
«Okay, ci vediamo per cena!».
Udiamo i passi allontanarsi.
«Brava bambina».
Alexander mi fa voltare di schiena e, quando sono con la guancia contro la porta, mi sussurra di stare in silenzio, proprio mentre il mio corpo viene travolto da una vampata bollente.
Ma prima che io possa provare quel piacere tanto agognato, Alexander me ne priva. Serra indice e medio intorno al mio clitoride gonfio e lo pizzica, facendomi gemere di dolore.
«Rimani dritta», mormora dietro di me, abbassandomi le mutande fino alle ginocchia.
«Alex…».
«Se vuoi fermarmi, puoi farlo. È che se piagnucoli in questo modo…».
Sto provando a restare immobile, ma è impossibile non avvertire la sua eccitazione spessa tra le mie natiche.
«…lo senti l'effetto che mi fai?».
Inarco la schiena e spingo i glutei contro il suo bacino marmoreo, avvolto dai pantaloni.
«Scusa», mi ritrovo a balbettare quando mi accorgo del modo lascivo con il quale mi sto strofinando addosso a lui.
«Puoi farlo, se ti aiuta a trovare sollievo, Juliet. Ma vedi…».
La fibbia metallica della sua cintura mi graffia la pelle, ancora dolorante per i lividi.
«…la mia intenzione era quella di lasciarti insoddisfatta».
Una contrazione dolorosa mi fa vibrare il ventre quando lui abbandona la mia fessura pulsante.
«No, ti prego», lo supplico senza fiato.
«Me ne sarei andato ora».
Tu sei pazzo. Tu adesso non vai da nessuna parte.
«Sarebbe stata questa la tua punizione, ma devo ammettere che sei stata brava».
Alexander si abbassa per raccogliere le mie mutande, ormai sul pavimento, poi si rialza in piedi. Mi avvolge la gamba con il braccio e, restando alle mie spalle, mi seppellisce il viso tra i capelli.
«Vieni. Ora», mi ordina.
Sento un rivolo bagnato scivolarmi giù dalle cosce e sembra percepirlo anche lui, perché torna a strofinare il mio clitoride in circolo con la mano che stringe il mio intimo.
Vado incontro alle sue dita e l'attrito con il cotone mi manda in paradiso.
«Cristo», mugola dietro di me. Sembra in difficoltà, come se stesse soffrendo, e l'idea che io lo renda così vulnerabile mi manda in estasi. Il suo respiro è caldo come lo sono le sue labbra, quando tormentano la mia gola di baci, prima di assestarvi un morso deciso.
Il dolore acuto mi trafigge la carne nell'attimo in cui vengo travolta da una sca-

rica elettrica che mi fa perdere il contatto con la realtà. La vista si annebbia e le gambe tremano, mentre lui mi tiene stretta, impedendomi di cadere. Torno in me dopo qualche istante, con il battito impazzito e le guance pulsanti. Le mie mutande sono ormai un mucchietto bagnato tra le dita di Alexander. Il suo respiro sembra rapido tanto quanto il mio.

«Alex…». Mi volto verso di lui e incontro i suoi occhi eccitati, mentre lui si intasca i miei slip.

Il mio sguardo si sposta sulla curvatura spessa che gli tende i pantaloni.

«È quello che penso?»

«Come potrebbe essere altrimenti, Juliet?».

Alexander non dice altro, ma sembra voler fuggire: punta il pomello alle mie spalle con un'occhiata sofferta.

«No, non andare in camera tua, resta qui». E lo fermo per il braccio.

Lui inarca un sopracciglio, invitandomi a proseguire.

«Io devo aiutare mia madre ad apparecchiare, ma tu puoi rimanere», spiego con il cuore in gola.

Il suo sguardo si scurisce man mano che percorre la lunghezza del mio collo, segnato dai suoi morsi.

«È un gioco, Juliet?».

Mi isso in punta di piedi per lasciargli un bacio sulle labbra, mentre lui chiude gli occhi per qualche istante, appeso a quel momento. Forse mi bacerebbe ancora, ma io sto già aprendo la porta. Quando mi volto prima di andarmene, ricevo un'ultima occhiata spietata, come fosse pronto a mangiarmi.

32

JULIET

Il crepitio metallico che arriva dalla cucina indica che mia madre sta preparando qualcosa.

Alexander è già a tavola, in sala da pranzo, e i suoi occhi restano incollati a me, finché non mi siedo di fronte a lui.

«Stai bene, Juliet?»

«Io sì, tu?».

L'occhiata maliziosa che gli rivolgo non passa inosservata.

«Oltre alla pizza, ho preso dei fritti in rosticceria! Devono essere deliziosi! Ve li scaldo», urla mia madre dai fornelli.

«Ottima idea, Catherine». Poi Alexander torna su di me. «Molto bene, Juliet».

«Spero tu abbia lasciato tutto pulito», lo provoco mentre lui mi divora con insistenza.

«Per una volta la tua linguaccia mi sarebbe stata utile».

Prendo a giocherellare nervosamente con il bordo del tovagliolo, mentre lui resta immobile.

«Ma a parte questo… domani recuperiamo», bisbiglia.

«In che senso?»

«Matematica, no?».

Mi scappa da ridere, come se avesse appena fatto una battuta.

«Non c'è niente da ridere. Nel caso te lo fossi dimenticata, oggi abbiamo passato un'ora a fare altro».

Lancio un'occhiata verso la cucina per assicurarmi che mamma sia ancora lì.

«E quindi?», domando a voce bassa.

«E quindi domani studiamo. Sul serio».

Sbuffo e lui cambia presto argomento.

«Catherine, dov'è mio padre?»

«Finirà di lavorare tardi, tesoro. Per tutta la settimana sarà così», replica lei facendo la sua apparizione sulla porta della sala da pranzo.

Alexander abbassa lo sguardo sul piatto vuoto.

«Tutta la settimana? Ma se John non c'è mai a casa!», borbotto con una scrollata di spalle. Mia madre ignora la mia uscita indelicata e prosegue a parlare con Alexander.

«Tuo padre non potrà venire all'incontro con i genitori, mi dispiace, Alex».

Lui però non si scompone.

Io farei i salti di gioia se mia madre non potesse venire agli incontri con i genitori. *Sarà dispiaciuto perché John non si sentirà ripetere per l'ennesima volta che suo figlio è un genio?*

«Domani a che ora va al lavoro?», domanda poi, rivolgendosi sempre a mia madre.

«Ma non glielo puoi chiedere tu?», sbotto io a quel punto. «Non ci parli con tuo padre?»

«Juliet!». Stavolta mi ha sentito anche mia madre, che mi rimprovera prontamente.

A quanto pare, però, di certe cose non si può discutere perché Alexander resta in silenzio per tutta la durata della cena e, dopo aver mangiato di fretta, esce in giardino senza dire una parola.

Per questa sera decido di lasciargli i suoi spazi.

Il giorno seguente Alexander è più riservato del solito, non viene con noi a scuola e non si fa vedere per tutto il giorno.

J: Stai bene?

Il mio messaggio viene visualizzato, ma non ricevo risposta.

Così nel pomeriggio scendo in cucina e provo a estorcere informazioni a mia madre. Dopo aver chiacchierato del più e del meno, vado dritta al punto.

«Perché Alex non è venuto con noi a scuola stamattina?»

«Penso avesse da studiare con quella ragazza. La figlia del reverendo, come si chiama...».

«Charlotte?». Quel nome fuoriesce come un lamento dalla mia bocca inorridita.

«Sì, lei, la conosci?».

E io che credevo...

Non so nemmeno che risposta io dia a mia madre, corro al piano di sopra per bussare alla porta di Alexander come una furia.

«Sto studiando», borbotta controvoglia quando mi apre.

«Da solo?»

«Ma che diavolo vuoi, nana?»

«Informarti».

«Di cosa?», domanda.

La porta lascia solo uno spiraglio sottile, quindi tiro fuori l'ultimo asso che ho nella manica per attirare la sua attenzione.

«Stavo pensando di uscire con Zack».

«E dovrebbe interessarmi?», chiede abbassando il viso alla mia altezza.

Questa non me l'aspettavo.

«Chiama chi ti pare», aggiunge poi.

«Zack mi ha invitata a teatro».

Le nostre labbra sono di nuovo vicine.

«Ottimo».

«Io ci vado», soffio sulla sua bocca rossa.

«Bene».

Non so dove io abbia sbagliato con lui. Forse ho dato per scontato il suo interesse nei miei confronti. Forse ho detto una parola di troppo su suo padre, o forse non ho ancora realizzato che Alexander è molto più complicato di quanto io possa comprendere.

Z: Passo a prenderti alle otto.

Il messaggio ricevuto quel pomeriggio da parte di Zack è la causa del sorriso che ho stampato sul volto. Non ci sono mai stata a teatro, ma gli ho detto subito di sì.

E sebbene si tratti di un'uscita in amicizia, voglio comunque farmi carina, quindi inizio a prepararmi sin dal pomeriggio.

Metto un po' di musica e, dopo aver fatto la doccia, è arrivato il momento di scegliere l'outfit perfetto. Mi avvolgo in un asciugamano pulito, ma quando inizio a tamponare i capelli bagnati, mi accorgo che la musica si è fermata bruscamente.

Torno in camera e una presenza conosciuta mi prende alla sprovvista.

«Non ci siamo, Juliet».

Alexander se ne sta seduto sul mio letto e scuote la testa contrariato.

«Non pensavo che fossi qui», balbetto imbarazzata.

«Perché non stai studiando?»

«Mi sto preparando».

«Quindi hai davvero un appuntamento stasera?».

La sua bocca si piega in una smorfia di disgusto.

«Certo. Zack mi porta a vedere un'opera teatrale».

«Interessante. Quale di preciso?»

«Non ne ho idea». Alzo le spalle.

«Oh, be'… non divertirti troppo allora», ribatte sarcastico.

Lo fisso confusa, ma lui non perde tempo.

«Ora vestiti, non posso costringerti a studiare così».

Controllo l'ora sull'orologio appeso alla parete – le quattro e mezza –, poi lo guardo. Indossa ancora la divisa della scuola che delinea perfettamente il suo fisico asciutto.

«E cosa puoi costringermi a fare?».

Il suo sguardo si sporca di una scintilla velenosa.

Ecco cosa vuole: le parole, quelle giuste.

«Finiscila con le provocazioni, stai migliorando con le materie scientifiche. Domani hai il compito di chimica, perché non stai studiando?», chiede alzandosi in piedi.

«Te l'ho detto, mi sto preparando per uscire».

«Vuoi sapere cosa farai prima di uscire, Juliet?». Lentamente, fa scorrere gli occhi lungo il mio corpo tremolante. «Studierai».

«E… tu?»

«Io ho altro da fare».

Allora cos'è venuto a fare in camera mia? Fa così perché esco con Zack? Ha dei problemi con suo padre? Con Charlotte? Troppe variabili che non mi aiutano a capire, devo escluderne qualcuna.

«Ora vestiti».

Decido di non oppormi, possiamo studiare per un paio d'ore e poi posso uscire con Zack. Ma proprio per questo, ho bisogno d'indossare qualcosa di carino. Così estraggo dall'armadio una gonna aderente e una camicetta. M'infilo in bagno e mi cambio.

«Ti muovi?», lo sento chiedere impaziente.

«Sì. Ho quasi fatto».

Quando torno in camera provo a reggere la sua occhiata torbida, ma sono costretta a distogliere lo sguardo immediatamente.

Alexander muove un passo nella mia direzione, china il capo e la sua espressione si fa torva. «Riesci a piegarti con quella gonna?». Compie un giro intorno a me, poi si ferma e mi prende il mento tra le dita, portandolo verso l'alto. «Perché vedi… ti sta molto bene e non vorrei fartela togliere».

Non ti bacerò, questa volta.

«Quanto potere pensi di avere su di me, eh», commento ironica.

«Non è così, Juliet?», sussurra in tono febbrile.

«Non se te lo lascio credere, Alex».

«Inginocchiati».

I suoi occhi sono vuoti. Spero sempre di trovarci qualcosa dentro: un po' di compassione, magari affetto.

«Fa' come ti ho detto, adesso. Mettiti in ginocchio».

Ma non c'è nulla di tutto questo nel suo sguardo. E se non capisco lui, ancor meno capisco me stessa. Non l'avrei baciato, né mi sarei fatta toccare da lui dopo aver saputo che ha studiato con Charlotte. Forse questa è una reazione infantile, ma perlomeno ha un senso. Qual è invece il motivo che mi spinge a volerlo accontentare? Perché sono già in ginocchio.

«Ora però devi ammetterlo, Alex».

«Cosa dovrei ammettere, Juliet?»

«Sei geloso di lui».

Alexander mi guarda dall'alto, poi affonda la mano tra i miei capelli. «Zack è troppo grande per te», scandisce con calma, come per imprimere le parole nella mia mente in modo indelebile.

Con una presa sicura mi obbliga a reclinare la testa, perché possa guardarlo negli occhi. «Mi hai sentito bene, Juliet?»

«Sì».

«Ottimo».

Il pugno stretto intorno ai miei capelli mi spinge ad alzarmi. Siamo così vicini che respiro sulle labbra di Alex. Lo guardo chiudere gli occhi. È incredibilmente intima la connessione che si crea tra di noi, mentre condividiamo quell'attimo silenzioso.

Ora mi bacia, finalmente.

Ma lui non lo fa.
Poi si allontana da me, senza voltarsi, se ne va sbattendo la porta.

«Mamma, io esco con Zack questa sera», annuncio mentre sono a tavola insieme a lei e Alexander.
Ormai siamo orfani di John da diversi giorni, mi chiedo come sia umanamente possibile lavorare così tanto.
«Non hai mai parlato di questo Zack», interviene lei, alzando gli occhi dal piatto di verdure.
«L'ho conosciuto da poco».
Alexander non batte ciglio. È freddo come sempre e sembra teso. «E sarebbe?», chiede mia madre.
«Un amico, mamma».
«Un ragazzo che va all'università, Catherine», interviene lui con un piglio critico che però mia madre non sembra percepire.
«Oh, bene. E Chuck?».
«Bene? È un adulto, Catherine», ribadisce il guastafeste.
«L'ho lasciato definitivamente. Era uno stronzo».
«Juliet!».
«Dai, mamma, posso andare? Mi porta a teatro!».
Mia madre è dubbiosa, quindi si volta verso Alexander.
«È più grande, Catherine, e non lo conosci ancora», afferma deciso.
Gli lancio un'occhiataccia, alla quale lui risponde con uno sguardo spietato. Poi arriva l'inevitabile ricatto di mia madre.
«Voglio conoscerlo prima e poi, forse, potrai andare».
Sbuffo. Fare entrare Zack in casa mia con Alexander nei paraggi non è affatto una buona idea. *Ma posso fare altrimenti?*

A cena terminata, mia madre si alza per sparecchiare e, come al solito, Alexander si offre di darle una mano.
«Quindi uscirai così», dice tornando in sala da pranzo, prima di sedersi nuovamente di fronte a me.
«Certo».
Poi lui mi rivolge un ordine preciso. «Alzati. Vieni qui».
Ci scambiamo un'occhiata rapida, infine decido di accontentarlo: compio un giro del tavolo e gli vado vicino.
Alexander mi sfiora le gambe. Vengo scossa da un brivido quando le sue nocche fredde strisciano lungo la mia pelle nuda, poi si avvicina con il viso al mio corpo. Sento il calore del suo respiro trapassare il tessuto e per un attimo penso stia per mordermi. I miei seni si tendono sotto la camicetta perché con le dita lui sta già agganciando il bordo delle mie mutande. Sollevo i piedi e lascio che me le sfili per intascarsele, mentre continuo a lanciare occhiate apprensive verso la porta.
«Vuoi che esca così con Zack?»
«Non ci uscirai, con lui».

Mi scappa un sorriso. «Alex, guarda che è solo un amico».

«Lo conosci… da quanto?»

«Hai paura che ci provi con me?»

«Paura? Questo Zack riceverà una medaglia per il coraggio se osa anche solo toccarti».

Alexander mi risistema la gonna sulle ginocchia, poi m'inchioda con un'occhiata di fuoco. «Nessuno può farlo, Juliet».

«Solo tu?»

«Solo io».

Mi chino sul suo viso per baciargli le labbra, ma lui indietreggia.

«E le regole non sei tu a farle, Juliet».

33

Juliet

«Spero che ti piaccia Dickens», annuncia Zack, quando, dopo aver parcheggiato, attraversiamo Piccadilly Circus, tra la folla che si muove frenetica.

Dickens cos'ha scritto? Pensa, Juliet, pensa…

«È uno dei miei autori preferiti», esclamo mentre ci avviamo verso l'entrata del teatro, e dal sorriso che mi rivolge Zack devo dedurre che si sia bevuto la mia bugia innocente.

Mettiamo piede nella sala e la magnificenza degli arredi mi lascia senza parole: le poltrone sono rivestite di velluto rosso, le pareti decorate da pregiati intarsi dorati.

Ci sediamo in una delle prime file e, grazie al volantino che mi passa Zack, presto scopro che stiamo per assistere alla rappresentazione di *A Christmas Carol.*

«Non sono mai stata a teatro», ammetto tentando di giustificare in anticipo le cavolate che a breve usciranno dalla mia bocca.

«Be', spero che ti piaccia, perché io adoro venire a teatro».

È un appuntamento o un'uscita tra amici?

Rilasso la schiena contro la poltrona e, quando le luci si abbassano, finalmente prendo un lungo respiro.

Sono agitata, troppo.

Un ragazzo bello e affascinante mi ha invitata a uscire, qual è il problema?

D'un tratto sento la vibrazione del telefono nella borsa.

Mi è arrivato un messaggio da Alexander.

A: Smettila di pensarmi.

Ecco qual è il mio problema.

La serata scorre in modo tranquillo.

Stranamente l'opera che stiamo guardando non mi fa addormentare sulla sedia e questo significa che Zack, oltre a un bel sorriso, ha anche buon gusto in fatto di libri e opere teatrali.

Durante l'intervallo, mi racconta del suo corso di studi e mi accorgo di quanto sia interessante sentirlo parlare. Non perché io abbia intenzione di iscrivermi alla facoltà di Lettere tra qualche anno, ma perché la sua voce è particolarmente calda e modulata.

Mi dice di essere al primo anno e di avere una gran voglia di laurearsi al più presto per poter andare a fare un master negli Stati Uniti. Poi racconta della sua famiglia, mentre io gli parlo della mia, senza però approfondire troppo.

«Mio padre se n'è andato quando ero piccola e mia madre mi ha cresciuta da sola».

«Quindi tua madre si è risposata?».

Sgrano gli occhi nell'udire quell'eventualità funesta.

«Ehm... Oh, guarda! Sta per ricominciare lo spettacolo!». Gli indico il palco quando le luci si abbassano e gli attori tornano in scena.

«Mi è piaciuto davvero tanto. Ho passato una bella serata, Zack. Grazie», gli dico mentre siamo ormai in coda per uscire dal teatro.

«Anche io sono stato bene, Juliet».

Una volta fuori, la gente si riversa per le strade illuminate del centro, mentre noi sostiamo l'uno di fianco all'altra.

«Posso chiederti una cosa? Hai un ragazzo?»

«Ehm... non proprio», rispondo impacciata, mentre sento le guance colorarsi.

«Te l'ho chiesto perché mi piacerebbe uscire con te un'altra volta».

«Piacerebbe molto anche a me», bisbiglio tremando nel cappotto. Inaspettatamente, però, Zack si avvicina al mio viso.

«Stai gelando, ragazza...».

Le sue labbra rosee catturano la mia attenzione, ma distolgo subito lo sguardo.

«Forse è meglio se mi riaccompagni a casa».

Lui dapprima mi rivolge un sorriso, poi mi poggia una mano sulla spalla e mi conduce verso la sua macchina.

Durante il viaggio di ritorno chiacchieriamo del più e del meno e io tento di evitare argomenti che sfiorino la scuola, perché non voglio che scopra sin dal primo appuntamento con che razza di somara sia andato a teatro.

Dopo una mezz'ora, giungiamo davanti alla stradina che circonda la villa. Qui mormoro un "grazie" guadagnandomi il sorriso di Zack, infine fuggo dalla sua macchina, rifugiandomi in casa.

Nell'abitazione regna un silenzio assoluto. Le luci sono spente, segno che mia madre e John stanno già dormendo.

E Alexander?

Passo davanti alla sua porta e mi accorgo che è socchiusa, perciò mi avvicino cauta.

Dallo spiraglio riesco a scorgerlo: sta leggendo steso sul letto.

«Puoi chiuderla? Grazie», dice quando mi vede aprire la porta.

Io ovviamente non gli do ascolto, ma muovo qualche passo e mi addentro nella sua camera.

«Vuoi sapere una cosa, Alex?».

Il mio sussurro lo attrae, perché stacca gli occhi dalle pagine e mi osserva interessato.

«Solo se è importante, Juliet».

«Lo è».
«Vieni qui a dirmela».
Mi avvicino al lato del letto.
«Zack non mi ha nemmeno sfiorata», mormoro chinandomi alla sua altezza.
Abbasso il mento e lo vedo tendere la mano verso di me ma, l'attimo prima di accarezzarmi la gamba, la ritrae, stringendola a pugno.
«E sì, ti ho pensato», aggiungo con un filo di voce.
Alexander chiude gli occhi, mentre io faccio un cenno eloquente al posto accanto al suo, sul materasso.
«Stanno dormendo, potrei…».
«Non pensarci nemmeno», dice già in procinto di tornare alla sua lettura, ignorandomi completamente.
Ricevuto. La mia uscita non ti è andata a genio.

«Non ci siamo baciati, ma questo non vuol dire che non mi piaccia».
Il giorno seguente, le mie amiche mi braccano in un angolino del corridoio e mi sottopongono a un interrogatorio serrato.
«Chuck l'hai baciato la sera in cui l'hai conosciuto, Juls!».
Alzo gli occhi al soffitto.
«Mini, quando lo vedrai, mi crederai. È più grande, non gli interessano i bacetti… È uno che guarda la sostanza, non l'apparenza!».
«Sentila! Una sera con Mr. Università e già parla come una donna vissuta!». Amanda non le manda a dire e mi prende subito in giro.
«Secondo me dovresti rimanere da sola per un po', perché…». La voce di Mini s'inceppa quando i suoi occhi intercettano Alexander che ci sfila accanto, insieme a un suo compagno di classe.
«Ciao, Alex!», cinguettano in coro Amanda e Mini. Lui risponde alzando l'angolo della bocca in una specie di sorriso che dura una frazione di secondo. Poi torna serio e mi lancia un'occhiata tutt'altro che rassicurante.
Oh, no, ce l'ha ancora con me.
«Mamma mia, ma perché va in giro con quello sfigato?», chiede Mini indicando il ragazzo con gli occhiali e i capelli ramati, di fianco ad Alexander.
«Lo sai che è strano. Uno così può solo circondarsi di gente… strana».
«È il rappresentante del club dei fumetti», interviene Amanda, allungando il collo per osservare quel duo insolito.
«E allora? È una cosa di cui andare fieri?», prorompe Mini, ritoccandosi il gloss sulle labbra.
«Andiamo fuori», mormoro mesta, quando scorgo Chuck avvicinarsi nel corridoio.
In cortile noto subito il gruppetto di Alexander. Chiacchiera insieme a Charlotte e a quell'altro tizio dai capelli rossi.
«Voglio conoscere questa Charlotte», esordisco. Le mie amiche paiono confuse, però decidono di seguirmi.
«Ciao», dico ai tre.

Mi accorgo che il ragazzo dai capelli rossi sta fissando Mini come se fosse una dea scesa in terra. La saluta e lei ricambia con una smorfia quasi riluttante. «Ciao a te, strambo».

Charlotte, dal canto suo, se ne sta a testa china su un libro con la chioma arruffata a incorniciarle il viso. Sembra intimorita dal nostro arrivo.

«"Il club del libro" ha deciso di studiare all'aperto oggi?», se ne esce Mini, beccandosi una scrollata di capo di Amanda che la fissa contrariata.

«Sono fumetti. Oggi è una così bella giornata, perché non leggere all'aperto?», dice il ragazzo dai capelli rossi con tono impacciato.

Mini lo squadra altezzosamente senza nemmeno degnarsi di rispondergli, lui invece tende la mano verso di lei per presentarsi.

«Comunque io sono Norman».

La mia amica torna con lo sguardo su di me come a dire: "Quando ce ne andiamo?", ma io punto Charlotte, che non ha ancora sollevato il viso dalle pagine.

«Che leggi, Charlotte?».

Lei sembra stupita dalle mie attenzioni. Impaurita, alza gli occhi verso di me, poi balbetta qualcosa d'incomprensibile.

«Ti ho fatto una domanda, riesci a rispondere o…?».

Gli occhi bui di Alexander saettano veloci su di me.

«Ma io lo conosco quel manga», interviene Amanda, provando a recuperare la situazione, mentre Alexander mi afferra il polso per portarmi in disparte, qualche albero più in là.

«Che diavolo ti prende?», sbotta seccato.

«È forse scema la tua amica?».

Il suo volto si tinge di una sfumatura di disprezzo.

«Juliet, come fai a essere così…».

«Che problemi ha? Le hai mangiato la lingua, Alex?».

Lui avanza verso di me, costringendomi con le spalle contro il tronco.

«No, è solo molto timida. E tu sei un tantino ridicola, non trovi?»

«Io sarei ridicola?», ribatto senza fiato.

«Esattamente. Tu. Irrispettosa e insignificante».

«Che vuoi fare ora?»

«Non provocarmi, nana. Non voglio averti intorno», sputa prima di voltarsi.

«O non c'è pericolo. Uscirò di nuovo con Zack».

«Alle quattro», rilancia ormai lontano.

«Cosa?», domando impaziente.

«Le ripetizioni, Juliet».

Suona come una minaccia, la più dolce che abbia mai sentito.

«Non vedo l'ora, Alexander».

34

JULIET

Mia madre ha un appuntamento dalla sarta per farsi stringere un tailleur, così verso le due di pomeriggio esce di casa lasciandomi sola. Mentre riordino la mia libreria nell'attesa che lui bussi alla porta, le mie dita accarezzano veloci libri che non ho mai letto.

Ma Alexander non bussa. Entra in camera mia alle quattro in punto, facendomi balzare il cuore fuori dal petto.

I suoi capelli scuri sono leggermente umidi e una dolce nota del suo bagnoschiuma s'impossessa della mia stanza e mi fa perdere letteralmente la testa.

«Siediti, cominciamo».

Questa volta però non accolgo la sua richiesta. Mi ha stancato.

Non mi bacia da due giorni e a scuola passa gli intervalli con quella ragazza dal pessimo gusto in fatto di vestiti.

Metto le mani sui fianchi, poi mi siedo sul letto e resto a guardarlo per qualche istante. Gli occhi di Alexander puntano la finestra alla sua destra; la luce pomeridiana taglia il suo profilo, sfiorando la mascella che si contrae in un'espressione dura.

Cosa gli passa per la testa? Perché ora fa l'indifferente? Probabilmente non c'era nulla di protettivo nel suo atteggiamento, voleva solo rovinarmi la serata con Zack. "Non gli importa di me, ma di Charlotte", ipotizzo, in preda a un irrefrenabile desiderio di provocarlo.

«A Charlotte…», mi schiarisco la voce e lui si volta verso di me.

Non faccio in tempo a valutare la sua reazione che lui si avvicina, sovrastandomi con la sua altezza.

«Continua, Juliet».

Alexander torreggia su di me.

«A Charlotte piace… come dire…».

«Continua», sibila accerchiandomi il collo in una presa salda. Con quel gesto mi spinge sul materasso, facendomi sdraiare sotto di lui.

«…stare in ginocchio?». Concludo la domanda con le labbra tremanti. La sua vicinanza mi destabilizza e la sua bocca invitante scivola a un soffio dalla mia, promettendomi un bacio che non arriva. Io sono immobilizzata sotto di lui, riesco a malapena a sollevare la testa.

«Il controllo, Juliet. E la pazienza. Ecco cosa mi fai perdere con la tua linguaccia».

Mi protendo verso la sua bocca, afferro il suo labbro e lo succhio, strappandogli un mugolio roco.

«Ti do fastidio perché ti rendo debole, Alex?».

Alexander molla la presa intorno alla mia gola, per cominciare a sbottonarmi la camicetta.

«Mi dai fastidio perché non fai quello che voglio», mormora, sfilandomela del tutto.

«...perché ieri non ti sei cambiata come ti ho detto di fare...».

Le sue mani arrivano veloci al bottone dei miei jeans e la sua voce, in tono cadenzato, continua a scandire il suo elenco.

«...perché hai messo il becco negli affari miei e di mio padre...». Mi abbassa i jeans, fino a lanciarli sul pavimento.

«...perché ti sei comportata da sciocca oggi a scuola...».

Infine, torna con lo sguardo su di me.

«...e perché fai di tutto per provocarmi».

Mi sottraggo alle sue parole e allungo la mano tremante verso i suoi pantaloni, ma lui ne colpisce il dorso con uno schiaffetto.

«Ce l'hai con me perché ho offeso la tua amica del cuore?».

Alexander si alza in piedi e mi trascina con sé.

«Non avrai quello che vuoi, Juliet».

Non sai quello che voglio!

Vorrei solo che lui mi baciasse ancora, e poi, magari, che mi raccontasse qualcosa del suo passato. Non chiedo molto. Ma dalla sua espressione spietata, capisco che devo passare per una via impervia per ottenerlo.

Ignoro la sua reticenza e con coraggio porto una mano alla cinta dei suoi pantaloni, per attirarlo contro la mia pancia nuda. «Invece lo avrò».

La mia inattesa audacia lo stuzzica, eppure il suo viso non lascia trapelare emozioni.

«Ora studiamo, Juliet».

Alexander ha il respiro accelerato, ma ciò non gli impedisce di andare a recuperare il mio libro di matematica. Sotto il mio sguardo confuso, lo apre scegliendo con cura una pagina precisa, e lo posa sul pavimento.

«Mani e ginocchia a terra», mi intima.

Non può dire sul serio.

Cerco della gentilezza in quegli occhi scuri, ma da essi trapela solo una crudele bellezza.

«Non farmelo ripetere».

Mi basterebbe dirgli di no. Alexander l'ha sempre detto che posso fermarlo quando voglio, ma io non ci penso nemmeno a farlo, quindi obbedisco. Mi siedo sul pavimento, le braccia strette al petto, mentre lui mi guarda contrariato.

«Le mani. A terra».

Con le guance accaldate, porto il peso del mio corpo in avanti, mettendomi nella posizione richiesta, e proprio allora vedo che mi indica il libro di matematica che sta sotto il mio naso.

«Leggi».

«Come dici?».

Alexander si posiziona dietro di me, poi torna a parlare.

«Comincia a leggere, Juliet».

Trattengo una risatina. Mi trovo in una situazione ridicola, e lui potrà anche sembrare autoritario, ma se pensa che io legga dei paragrafi di equazioni funzionali mentre sto in reggiseno e mutande, a gattoni sul pavimento… ha sbagliato di grosso.

Il mio ridacchiare svanisce nel momento in cui avverto il fruscio della stoffa contro qualcosa di metallico.

Sta muovendo qualcosa alle mie spalle e quel qualcosa arriva secco sul mio sedere.

Emetto un urletto strozzato. La cintura, la riconosco.

«Non devi urlare. Devi leggere», impartisce senza emozioni.

Piagnucolo un "sì", poi mi appresto a leggere la prima riga con voce tremante.

«La funzione gamma…».

Un'altra sferzata mi colpisce facendomi gemere.

«Ad alta voce, Juliet».

«…soddisfa anche la formula…».

Alexander assesta altri due fendenti, veloci e secchi, sulla mia pelle dolente. «Da capo».

Il suo ordine mi ghiaccia come una ventata invernale, e quando ricomincio con la lettura la mia voce è ormai un rantolo, che si spezza a ogni assalto.

«Non ti fermare, Juliet», mi ammonisce in tono pericoloso.

Proseguo trattenendo le emozioni che vorrebbero uscirmi dal petto: paura, desiderio, eccitazione. Lui continua a torturarmi, con un ritmo lento e costante, ma io non riesco più a concentrarmi nella lettura.

Alexander sembra accorgersene perché si arresta.

«È troppo?».

Non riesco a parlare, non ho più saliva in gola. Curvo il capo all'indietro e lo vedo alle mie spalle, la cintura piegata in due, stretta nel palmo venoso, mentre si china alla mia altezza. Sulle mie labbra muore un gemito perché le sue dita fredde mi accarezzano e, sempre più esigenti, pretendono di entrare dentro le mie mutandine.

«Juliet…». Tendo la schiena. I miei sensi sono in allerta. «Uscirai ancora con Zack?».

Dopo aver pronunciato quella domanda, sento la lingua di Alexander scivolare lungo il retro della mia coscia, ancora dolorante. Confusa e con le guance in fiamme, inizio a boccheggiare.

«Non… non lo so».

Il suo respiro lusinga la mia pelle rovente, quindi chiudo gli occhi, lasciandomi cullare da quel contatto piacevole, ma qualcosa mi dice che non dovrei abbassare la guardia.

«Risposta sbagliata, Juliet».

I suoi incisivi affondano nella mia carne. Con un morso della sua bocca affamata mi ruba un urlo che squarcia il silenzio.

«Uscirai ancora con Zack?», ripete con voce controllata.

«No».

«Brava».
Mi sollevo sulle ginocchia e mi volto verso di lui che mi sta puntando con due occhi sottili, il respiro corto e le labbra lucide.
È così bello che vorrei strappargli la maglietta e baciarlo, ma so che lui non me lo lascerebbe fare.
«Stai bene?», domando accarezzandogli lo zigomo.
«Sono dipendente dal modo in cui mi fai sentire, Juliet». Il petto gli si svuota di un lungo ansito. «Tu invece come ti senti?».
Con gli occhi lucidi e un nodo alla gola, lo fisso di rimando. Solo allora mi accorgo di essere dolorante e confusa.
«Non lo so…». Osservo la cintura posata sul pavimento.
«Voglio che tu stia bene. Tutto quello che facciamo è per farti stare bene».
«Sto bene, è solo che… è stato molto intenso, Alex».
«Posso fare qualcosa per te?»
«Tipo?». Lo fisso stralunata.
«Non c'è nulla che possa ripagare il modo in cui mi fai sentire, Juliet, ma posso fare qualcosa per te, se ti va».
«Tipo abbracciarmi?»
«Pensavo più a un bagno caldo, prepararti qualcosa da mangiare».
«O un regalino?»
«Regalino? Quale regalino?». Sorride.
In quel momento avvertiamo dei rumori provenire dal piano inferiore. Mia madre è appena rientrata.
«Vieni…». Sono ancora dolorante quando mi tende una mano e mi aiuta ad alzarmi. Procediamo fino al bagno in camera, dove Alexander aziona l'acqua e riempie la vasca, poi mi aiuta a sfilare il reggiseno. Con le dita controlla la temperatura un paio di volte, infine mi dà una mano a immergermi.
«Ahi». L'acqua calda colpisce il mio sedere arrossato strappandomi un lamento. Alexander mi osserva con attenzione.
«Ti lavo i capelli?», domanda quando mi appoggio con la nuca al bordo.
«No, voglio rilassarmi».
«Ancora male?»
«Va meglio ora».
Chiudo gli occhi godendomi la coccola di quel bagno caldo, ma non posso fare a meno di notare che lui è più silenzioso del solito. Giro il capo e lo individuo seduto per terra. Accanto alla vasca, sta fissando il vuoto.
Provo a sfiorargli la mano poggiata sul bordo ma lui la ritrae immediatamente.
«Ma cosa ti è successo…». La mia non è una domanda, ma una presa di coscienza improvvisa.
«Non posso, Juliet», borbotta alzandosi in piedi.
«Non puoi dirmelo? Io vorrei non ci fossero segreti tra noi».
Alexander però mi volta le spalle.
«Alex…».
«Puoi finire da sola».

35

JULIET

Esco dalla vasca e noto che il rossore sulle ginocchia sta lentamente svanendo, ma non i lividi sul mio fondoschiena. Sono ancora intenta a scrutare il mio riflesso nello specchio, quando la voce di mia madre mi prende alla sprovvista.

«Juls! Stasera vengono le mie amiche a cena!».

Sento i suoi tacchi battere lungo il corridoio, poi capisco che ha bussato anche alla camera di Alexander.

Mi copro con un asciugamano e mi scaravento contro la porta per origliare la conversazione che avviene oltre il sottile muro divisorio. Lei gli chiede qualcosa e lui risponde con un formale: «No, grazie. Catherine».

Il cuore mi è appena saltato in gola.

Okay, devo darmi una calmata. Vive con me, siamo appena stati insieme e non posso agitarmi al solo pensiero di quando lo rivedrò, perché è ovvio che lo rivedrò, ma non c'è nulla per cui emozionarsi. Senza contare che oggi pomeriggio è stato tutto così intenso… Sono tormentata da infiniti dubbi e il primo tra questi è: che cosa nasconde Alexander?

Sospiro sconsolata, poi controllo l'ora. È quasi ora di cena, quindi provo a infilarmi i jeans, ma l'attrito con la pelle arrossata si fa sentire, perciò decido di optare per un vestito.

Scendo al piano inferiore e noto mia madre indaffarata con i preparativi. «Posso starmene in camera mia e non farmi vedere?». Lei mi fa un cenno con la mano, impegnata com'è, quindi decido di tornarmene di sopra.

Invece di andare in camera mia, busso a quella di Alexander, che apre la porta dopo qualche istante.

Indossa una camicia bianca e gli sta talmente bene che mi pare di andare a fuoco.

«Stai bene, Juliet?», domanda scrutandomi con attenzione.

«Ho un po' fame».

«Vieni», dice indicandomi la sua scrivania. «Mi sono fatto lasciare un vassoio di dolci, così da non essere costretto a scendere di sotto».

Mi siedo sulla sua sedia e mi appresto ad agguantare una ciambella, senza troppi complimenti.

«Quindi stai bene o no?».

Lo sguardo di Alexander saetta in basso, sulle mie gambe, alla velocità della luce, poi torna nei miei occhi in attesa di una risposta esauriente.

«Me lo chiedi sempre, Alex…».

«E la risposta è…?».
Noto un pizzico di noia nelle sue parole, si sta già spazientendo di guardare le mie Converse dondolare nell'aria, senza mai sfiorare il pavimento.
«Sto bene».
«Mi fa piacere», risponde con un tono piatto e calmo.
«Alex».
La sua attenzione torna su di me, leggera. La scintilla è ancora debole, ma posso alimentarla. E stavolta non con una provocazione insensata, bensì con una domanda alla quale vorrei che mi desse una risposta sincera.
«Ti senti in colpa per come mi hai trattata?».
Lui mantiene lo sguardo saldo nel mio, senza mai esitare.
«Non mi fa sentire in colpa», replica Alexander, che non ha mosso le mani dalle tasche. È rimasto fermo nella sua posizione per tutto il tempo, mentre io non faccio che agitarmi sulla sedia.
«E allora come ti fa sentire?».
Lui non pare sorpreso dalla domanda, perciò si avvicina al mio viso, come se volesse sussurrarmi un segreto indicibile.
«Come fossi…». Fa una pausa per nascondere le labbra dietro il mio orecchio. «…Dio».
La sua voce profonda e senza emozione mi causa un fremito. Lo stesso brivido che mi scuote quando mi osserva con quegli occhi neri come l'abisso.
"Cosa c'è di sbagliato in me?", mi chiedo ancora una volta. Sono stregata dai suoi modi di fare che tanto detesto, desidero assecondarlo a tutti i costi per non deluderlo, ma nello stesso tempo vorrei che fosse più affettuoso con me. Sono tremendamente combattuta. Perché bramo così tanto l'interesse di un egoista presuntuoso?
«Perché non sei sceso di sotto?»
«Non avrei retto i complimenti delle amiche di tua madre», aggiunge dopo aver bevuto una sorsata d'acqua minerale.
«Posso mettermi sul tuo letto?», chiedo scivolando giù dalla sedia.
«Non per mangiare», tuona deciso.
«No, certo che no», lo prendo in giro canzonando la sua voce atona.
«Juliet, cosa vorresti…?».
Quello che vuoi?
«Guardare un film», lo interrompo di getto.
«Ma abbiamo gusti diversi».
Alexander oppone resistenza, ma stavolta non ho intenzione di desistere.
«Vorrei vedere qualcosa che ti piace», incalzo con un filo di voce.
«A te piace la fantascienza, Juliet?»
«Dipende…», ribatto vaga, visto che non ne capisco granché.
«Che hai in mente, nana?», mi chiede sospettoso.
«Voglio solo condividere una tua passione…», bisbiglio, ipnotizzata dal biancore della sua camicia.
Alexander piega il collo lateralmente, scrutandomi più a fondo. «Mi piace questa cosa, Juliet».

E a me piaci tu, dannazione.

«Hai mai visto la saga di *Star Wars*?»

«No».

«Cristo, Juliet. Ma dove vivi? Mettiti comoda», impartisce indicandomi il suo letto.

E io sento il cuore scoppiarmi nel petto.

Prendo un lungo respiro e di nuovo mi beo di quell'intenso profumo che ho percepito la prima volta che ho messo piede lì dentro. Il letto è più grande di come lo ricordavo, ma l'ambiente è molto più scuro. Mi guardo intorno tentando di nascondere la soddisfazione di essere riuscita in un intento che solo due ore fa mi sembrava impossibile.

Alexander armeggia con la TV che si staglia contro la parete, proprio di fronte al letto, mentre io mi siedo timidamente sul bordo del materasso. Con il telecomando in mano, mi oltrepassa. Io sono indecisa sul da farsi.

«Cosa fai lì?».

Tra le pareti della sua camera, le fredde parole risuonano più perentorie del solito.

«Ehm…».

«Dai, vieni vicino a me».

Mi muovo lentamente, quasi timorosa di spezzare un prezioso incantesimo, per poi sistemarmi accanto ad Alexander, che si è sdraiato poggiando la testa sui cuscini.

Il film parte, mentre me ne sto ferma e impacciata a guardare le immagini che scorrono senza capire un granché. Le nostre gambe distese si sfiorano, ma lui non parla, quindi decido di non dire nulla.

Dopo una decina di minuti, però, Alexander si accorge della mia espressione accigliata, quindi comincia a spiegarmi con pazienza la trama e le vicende dei vari personaggi. Nonostante la sua buona volontà, faccio fatica a concentrarmi per buona parte del film, non solo perché la storia mi pare troppo complessa – o perché il profumo di Alexander che impregna i cuscini mi fa attorcigliare lo stomaco –, ma anche perché sono piacevolmente colpita dal suo atteggiamento.

Forse era solo questo che voleva? Che fossi educata e non lo provocassi ogni due minuti?

Appoggio la testa sulla sua spalla, il tessuto della camicia mi accarezza la guancia. Alexander non fiata e io mi sento strana.

Sarà trascorsa un'ora e a me di *Star Wars* non interessa più nulla, mentre lui è tutto preso. Mi chiedo se sia mai stato insieme a una ragazza, anche se da come mi bacia, da come mi parla, non sembra affatto alle prime armi.

«Lo stai seguendo il film, Juliet?».

La sua voce mi strappa ai miei pensieri.

«Cos'è… dopo mi interrogherai per sapere se sono stata attenta?». E ridacchio divertita.

Ma lui non raccoglie la battuta, anzi, controlla l'ora, poi si volta verso di me. «Forse è meglio se vai».

“Non ci penso nemmeno”, urla la voce nella mia testa.

«Okay…». Mi protendo verso Alexander per salutarlo con un bacio. Lui chiude gli occhi quando le mie labbra si poggiano sulle sue, ma dura un soffio, perché presto si ritrae.

«No», dice sottovoce. Il suo rifiuto mi brucia nel petto come un marchio a fuoco.

Ho tenuto a bada le emozioni per tutta la sera, ma ora non posso più contenermi.

«Quando ti va, però, mi baci!».

«Ma non lo capisci che non dovremmo, Juliet?»

«Be’… non…». *Non dovremmo?*

«Non ci pensi ai nostri genitori?», mi fulmina con voce fredda.

«Veramente no…», bofonchio confusa.

«Ti garantisco che a loro non piacerebbe scoprire che stiamo in camera a baciarci…». La sua frase si spezza. «…come non vorrebbero sapere cosa mi piace farti».

Le mie guance diventano rosse come se mi fossi lanciata nella bocca di un vulcano, e quella vampata di calore si diffonde rapida in tutto il mio corpo.

Da come mi guarda mi rendo conto che adesso il film non è più il centro del suo interesse.

«Piace anche a te, Juliet?», mi chiede in modo diretto.

Sì, ma non voglio darti la soddisfazione di ammetterlo.

Distolgo lo sguardo dal suo e gli rispondo con una menzogna: «No».

Alexander sogghigna, incurante della mia risposta.

«Ho detto di no, cosa c’è da ridere?».

Gli do un pugnetto affettuoso sulla spalla, mentre lui spinge l’indice contro la punta del mio naso, come a rimarcare il fatto che ho appena detto una bugia. Il gesto mi fa sorridere, ma mi agito non appena mi scosta i capelli dalla faccia, con una carezza delicata. «C’è qualcosa in te, Juliet…».

I miei occhi si perdono nei suoi, mentre il suo dito mi sfiora le guance, il mento e gli zigomi, tracciando con cura il contorno del mio volto, per poi passare leggero sulle mie labbra.

«Cosa, Alex?».

Avvicino il viso al suo, ma il mio gesto sembra infastidirlo. La complicità tra noi dura poco, e il bel sorriso di Alexander torna a incupirsi velocemente.

«Niente, lascia perdere», sbotta poi, voltando il capo e lasciandomi ad ammirare il suo collo affusolato.

«Perché non ne puoi mai parlare con me?», sbraito infastidita.

«È meglio se vai».

«No», insisto, forse perché la sua voce dice una cosa, ma il suo sguardo me ne comunica un’altra.

È quasi buio intorno a noi e sul suo viso, illuminato solo dal bagliore del televisore, si stampa un’espressione di sconcerto.

Vederlo manifestare un’emozione è un evento più unico che raro, così ne approfitto.

«Perché all'inizio non volevi che entrassi in camera tua?»

«Perché continui a farmi domande, Juliet?».

Mi sento incredibilmente piccola, vorrei sprofondare con la schiena nel materasso per sostenere il peso della sua voce e l'intensità del suo sguardo.

«Continuo a farti domande perché non rispondi!».

«Non mi va di rispondere», taglia corto, sbottonandosi i polsini della camicia.

«Ma io voglio...».

«Tu cosa? Vuoi sapere tutto di me? È questo che ti sei messa in testa?», ribatte alzandosi in piedi: della calma che lo contraddistingue non c'è più traccia.

«Non sono all'altezza di conoscerti? Pensi che io sia inaffidabile?», continuo imperterrita.

«Non ho detto questo, Juliet».

«Charlotte invece...».

«Smettila di nominarla», sputa puntandomi un dito contro. Io mi ingelosisco furiosamente.

«Be', se state insieme non vedo perché nasconderlo!».

«Non stiamo insieme», replica spazientito. Ma io non gli do tregua.

«Perché? Ti piace, no?»

«Non sai niente, Juliet». Scrolla il capo in segno di disapprovazione.

Perché parlare delle altre ragazze lo rende così nervoso?

«Dimmi quello che c'è da sapere!».

«Sei insistente e irritante».

Io sarò anche una frana, ma lui non fa che alzare muri tra noi. La sua ostinazione si scontra violentemente con la mia, e l'impatto che ne scaturisce è insostenibile.

«Vorrei solo aiutarti, ma tu non lo capisci. Sei un egoista senza speranze!», concludo, mentre sento le lacrime appannarmi la vista.

Rimaniamo a fissarci per qualche secondo con gli occhi infuocati e gli animi inquieti. Poi Alexander si volta come per rallentare il moto del suo petto ansante. *Non mi vuole guardare, non mi vuole parlare. Perché continuo a farmi del male?*

Indispettita, mi alzo dal letto e mi dirigo verso la porta a pugni stretti.

«Juliet».

Non mi giro, ma mi fermo.

«Non sono bravo a chiedere...».

«Chiedere... cosa?», tentenno.

«Scusa».

I miei pugni si aprono all'istante, e sento la rabbia svanire. Mi volto a guardare il ragazzo più strano che abbia mai conosciuto.

«L'inclinazione a condividere ciò che è mio io non ce l'ho», mormora con aria afflitta, «sono geloso delle mie cose. Ecco perché non volevo che entrassi qui le prime volte. Era quello che volevi sapere, no? Sto rispondendo alla tua domanda. Ma come vedi, non ho niente da nascondere in questa camera».

Riconosco la sincerità nelle sue parole, e io non posso far altro che tornare indietro e sedermi accanto a lui.

«La parte peggiore di te l'ho vista», sussurro accarezzando la sua mano abbandonata sul materasso.
«No, non l'hai vista, Juliet».
Alexander si sottrae al mio tocco, poi posa la mano sul ginocchio e la apre a palmo all'insù, come se aspettasse la mia.
«Ma sei la prima persona con cui io abbia mai dormito. A parte te, non l'ho mai permesso a nessuno», mormora.
Lascio che il mio palmo combaci col suo e solo allora realizzo quanto sia piccola la mia mano nella sua.
«Hai altro da chiedere?».
La morte di sua madre è l'argomento che mi preme di più, ma forse è proprio quello che lui non vuole toccare.
«Quindi, se non hai mai dormito con nessuno, significa che non hai mai avuto una ragazza?».
Lui mi frena con la voce cupa. «Alzati», m'impone.
Lo faccio di scatto, come se il mio corpo lo stesse già aspettando, quell'ordine.
Alexander rimane seduto dietro di me e mi circonda il fianco con il braccio.
«Voglio solo vedere lo stato dei lividi».
La sua voce rassicurante mi accarezza, mentre la sua mano delicata fa salire il vestitino verso l'alto.
«Juliet. Non lo farò più».
«C… Cosa?»
«Quando ti ho vista scossa, oggi pomeriggio, non mi è piaciuto», mormora prima di abbassare il tessuto e risistemarmelo sui fianchi, stando attento a non sfiorare la mia pelle dolente.
«Guarda che non avevo le lacrime agli occhi perché mi hai fatto male».
«No?»
«No, è stato uno sfogo».
«Ti fidi di me?», domanda sollevandosi in piedi.
«Sì, Alex».
Lo vedo camminare pensieroso per la stanza, le sue mani giocano nervose con la camicia che gli fascia i polsi.
«E tu perché non puoi raccontarmi cos'è successo?»
«Non capiresti mai», sussurra nell'ombra, dandomi le spalle.
«Hai già tirato fuori la storia di tuo padre, ma non sei mai riuscito a trattenerti. La favoletta del "dobbiamo stare lontani" evidentemente non funziona tra noi».
Mi avvicino cauta e, poggiandogli una mano sulla schiena, ne avverto il calore irradiarsi sotto il mio palmo.
«Cos'altro c'è?».
Lui però non ha intenzione di rispondere, si dirige in bagno e torna con indosso i pantaloni del pigiama e una maglietta bianca.
Apre un cassetto del suo armadio, poi si volta verso di me.
«Mettila».

Guardo incredula la T-shirt che mi sta porgendo. È sua. Profuma di lui. Mi svesto nella penombra per poi infilarmi la maglia, infine sollevo il lenzuolo e mi posiziono accanto a lui.
«Quindi posso rimane…».
«Devi rimanere», taglia corto Alexander, l'attimo prima di spegnere la luce.

Qualcuno si sta muovendo di fianco a me.
Mi tiro su di scatto. C'è qualcosa che non va.
«Alex?», sussurro nel buio.
Accendo la lampada del comodino e la luce fioca rivela la figura sudata e ansante di Alexander. È seduto di fianco a me, gli occhi scuri persi nel vuoto.
«Scusa, ti ho… ti ho svegliata…». Poi farfuglia qualcosa che non capisco, ma è chiaramente senza fiato. «Eri… eri tu questa volta».
Lo osservo stranita. «Cosa stai dicendo, Alex?».
Gli prendo il viso tra le mani, ma lui sembra assente.
«Eri tu…», ripete con voce atona.
«Era un incubo?», domando aiutandolo a sfilarsi la maglietta.
Alexander torna con la testa sul cuscino e si riaddormenta all'istante, ma il suo sonno non sembra affatto tranquillo.
Non posso fare altro che spegnere la luce, prendere la sua mano e tenerla stretta nella mia fino a quando non mi riaddormento.

Al mio risveglio le nostre dita sono ancora intrecciate in un legame difficile da sciogliere.
«Sono sveglio, piccoletta».
La sua voce roca mi fa sobbalzare.
«Hai fatto dei brutti sogni?», gli chiedo stropicciandomi gli occhi.
«Sempre gli stessi».
Allineo il viso al suo, finché i nostri nasi non si sfiorano, mentre rimaniamo abbandonati l'uno vicino all'altra.
«Hai sognato tua madre?».
Il ghiaccio delle sue iridi mi paralizza, e non riesco a raccogliere il coraggio per chiedere di più.
Alexander evita la mia domanda e si alza dal letto con un gesto repentino.
Mi sollevo sul gomito, ma lui apre le finestre e la luce mattutina mi colpisce, obbligandomi a sprofondare di nuovo nel materasso morbido.
Alexander si toglie i pantaloni, poi fa per sfilarsi anche la maglia, ma a un tratto si ferma.
«Juliet?».
Decido di anticipare il suo invito ad abbandonare la stanza con una proposta.
«Dato che da oggi cominciano le vacanze… che ne dici di accompagnarmi a fare un po' di shopping natalizio, Alex?»
«No», mi fredda lui, senza dare altre spiegazioni.
«E dai…», insisto mordicchiando il lembo del lenzuolo.

Alexander dapprima si volta a guardarmi, poi scuote la testa spazientito, così ci riprovo con un sorriso melenso.

«Va bene, ma ora sparisci. Devo farmi una doccia».

«Uh. Anche io devo fare una doccia…». Ridacchio.

«E non ti voglio in giro quando me ne sto mezzo nudo».

Mi ha appena lanciato un'occhiataccia torva, ma siccome ha detto che verrà con me oggi decido di levarmi di torno.

«Come vuoi, Alex. A dopo!».

Raccolgo i vestiti sparsi per terra, tengo la sua maglietta addosso ed esco dalla camera saltellando.

«Juliet?».

La voce di John mi paralizza in corridoio.

Beccata in pieno.

36

ALEXANDER

L'acqua gelida mi colpisce il viso facendomi rabbrividire, ma non è solo il freddo a provocarmi quel senso di vertigine, bensì i ricordi che mi affliggono la mente.

Il getto finalmente arriva tiepido, per poi scorrere caldo, così la mia mente si libera e vira verso altre considerazioni.

Io e Juliet abbiamo passato la notte insieme senza baciarci. Sebbene io abbia dovuto lottare con tutte le mie forze contro quell'impulso, ce l'ho fatta, e un po' me ne compiaccio. In questi ultimi giorni mi sono avvicinato a lei. Troppo. Tanto da dedicarle i miei pensieri anche quando non era insieme a me.

Ho provato a mandarla via, ma lei è rimasta.

Ho provato a dirle che non possiamo comportarci in questo modo, ma lei non mi ha dato retta. E ora, inevitabilmente, mi importa di lei.

Quando la guardavo da lontano, a scuola, ero incuriosito, attratto, forse un po' invidioso della luce che emanava il suo sorriso. Non pensavo certo di poter provare qualcosa per lei.

Ma ora che ho scoperto quanto sia perfetta per me, ne sono dannatamente ossessionato.

Con un sospiro, esco dalla doccia, mi asciugo e mi vesto. Dopodiché, mi accomodo alla scrivania.

«Alex?».

È sabato mattina, le vacanze sono iniziate e a quanto pare mio padre non è andato al lavoro oggi.

Bussa due volte, poi entra in camera.

«Buongiorno, papà».

«Non sei sceso per colazione, Alexander». Il suo tono assertivo ha tanto l'aria di un rimprovero.

«Mangerò qualcosa tra poco».

Mio padre si siede sul letto che ho appena rifatto, incrocia le mani in grembo e poi prende a studiarmi.

Io me ne sto con la testa china sui libri, ma il suo intento è chiaro: vuole parlare.

Mi lancia un'occhiata, poi prende a fissare il vuoto davanti a sé.

Il viso magro non mostra i segni del tempo, mio padre sembra molto più giovane di quello che è in realtà.

«Vedi, Alex, quando Catherine e Juliet si sono trasferite...». Ho già intuito dove arriverà il suo discorso, non c'è bisogno che lui continui. «...la mia più grande preoccupazione eri tu».

Ma certo, avere un figlio deviato non è motivo di vanto, soprattutto se devi presentarlo alla tua futura compagna. «Ma poi ho visto che tu e Catherine andavate molto d'accordo e ne sono rimasto piacevolmente colpito».

Non puoi averlo visto, se non sei mai a casa.

«Hai parlato con Catherine?», chiedo senza troppi giri di parole.

«Sì, le ho raccontato della mamma».

«No, non intendo questo».

«No, Alex, non le ho detto altro».

«Quindi non ti fidi di Catherine?»

«Non è necessario rivangare il tuo passato. Quella è una parte che abbiamo superato». Scosta i capelli dagli occhi con un gesto nervoso del collo.

«Catherine sarà mai come una madre per te?».

La sua domanda mi lascia senza fiato.

Perché mi sta facendo questo?

Come può chiedermi una cosa del genere?

«No, papà».

Lui annuisce, per poi tornare assorto nei suoi pensieri.

«Penso che tu debba tornare dal dottor Coleman».

No.

«Alex, per me ci sono solo due cose importanti: tu, la mia famiglia e il mio lavoro».

«Sono tre», ribatto con una punta di amarezza.

«È qui che ti sbagli, figliolo. Sono due, perché tu e la mia famiglia siete la stessa cosa».

«Cosa stai..?»

«Juliet è una di famiglia, Alexander».

Nella mia stanza cala un silenzio che non sono in grado di colmare. Mi mordo il labbro inferiore prima di rimarcare la realtà dei fatti. Dire che Juliet non è mia sorella sottolineerebbe le mie intenzioni tutt'altro che fraterne. Sospiro davanti al suo sguardo ammonitore.

«Non mi importa quanto sia bella, non mi importa dei vostri ormoni, non mi importa se è cotta di te o cose di questo tipo. Tu non farai sciocchezze e ti comporterai da uomo. Intesi?»

«Sì, papà».

Si alza in piedi, visibilmente soddisfatto della velocità con cui ho risposto.

«Amo Catherine, desidero costruire il mio futuro con lei e voglio che questo sia il più possibile roseo, dato che il nostro passato non è stato dei migliori».

Mi irrigidisco quando lui posa affettuosamente una mano sulla mia spalla.

«Sei d'accordo, Alex?»

«Sì».

«Bene».

Tiro un sospiro di sollievo, quando lui raggiunge la porta. Prima di andarsene, mi lancia un'ultima minaccia.

«Falla dormire ancora una volta nel tuo letto e prenderò provvedimenti».

«Ti muovi, Ackerman?».

Juliet sta fremendo in corridoio.

«Cambio di programma. Non posso…», dico aprendo la porta. Ma mi blocco.

Lei sta masticando una gomma, ha gli occhi lucenti, i capelli mossi e un paio di jeans aderenti.

«Tuo padre mi ha beccata in pieno stamattina». Ridacchia infilandosi in camera mia come se ormai fosse il suo habitat naturale.

«Ti fa ridere?», bisbiglio per non farmi sentire.

«Be', sì, aveva una faccia!», esclama lei incurante.

«Senti, alla fine non posso accompagnarti».

«Perché?». Sembra divertita dalla mia reticenza.

Sicuramente il fatto di doverci vedere di nascosto la eccita.

«Alex, mi devi accompagnare solo a comprare qualche regalo di Natale. Mica mi devi…». Mi rivolge un ghigno malandrino, ma non sa neanche lei come completare la frase.

Le piace fare la maliziosa, eppure risulta solo buffa. E a me piace.

«Da… amici?», le domando appigliandomi a quella menzogna, pur di non rinunciare a passare del tempo insieme a lei.

«Da amici, certo!», conclude rivolgendomi un altro sorriso abbagliante.

E così mi faccio trascinare per negozi.

Odio andarci.

E odio ancora di più il fatto che Juliet si fermi per ogni cazzata che vede. Adora quelle stupide decorazioni da appendere all'albero e, siccome siamo a un mercatino natalizio, qui ne è pieno.

«Non so… quale mi consigli?», chiede mostrandomi due palline di Natale, prima di avvicinarsele alle orecchie. «Quale mi sta meglio?».

La sua espressione infantile mi strappa un sorriso.

«Prendile entrambe».

«Eh?»

«Si abbinano bene tra loro».

«Okay, signor Grinch!».

Juliet è talmente piccola che è facile perderla tra le bancarelle.

La tengo d'occhio mentre si infila in ogni spazio che trova, destreggiandosi tra le persone infagottate per via del freddo insopportabile.

Inizialmente la situazione è vivibile, ma dopo qualche ora la strada si popola di gente. Troppa gente.

Ho bisogno di ossigeno, mi sento soffocare.

«Juliet…». La nuvola di vapore che contiene il suono del suo nome si disperde nell'aria.

«Stai bene, Alex?», chiede scrutandomi attentamente.

«Troppe persone».

«Sai che ti dico? Inizia a far freddo. Andiamo!».

La sua manina si insinua sotto la manica della mia giacca, agguanta il mio polso destro e mi tira via.

Appena si volta nella mia direzione, vengo rapito dalle sue labbra color ciliegia.

«Va meglio?», domanda poi, quando siamo in un punto meno affollato.

«Sì», replico e non posso che ammirarla. Trotterella veloce dentro il suo cappotto color panna, abbinato a un piccolo cerchietto che porta tra i capelli. Le onde castane fluiscono naturalmente sulle sue spalle minute, finendole a volte davanti agli occhi.

Freno il forte impulso di fermarla e metterle una ciocca dietro l'orecchio.

"Non importa quanto sia bella". Le parole di mio padre rimbombano nella mia testa mentre mi incanto per le espressioni buffe di fronte alle decorazioni natalizie che le piacciono.

A me importa, maledizione.

Quando rientriamo a casa, si è fatto ormai tardo pomeriggio.

Mio padre e Catherine sono sul divano a guardare un film.

Juliet prende a cinguettare riguardo ai suoi acquisti natalizi, e mentre li mostra a sua madre con orgoglio io rimango fermo con le mani nel cappotto, sotto gli occhi inquisitori di mio padre.

«Avete fatto shopping?»

«Sì, papà», rispondo deciso.

Lui torna a guardare la TV, incurante di me e del casino che si sta scatenando nella mia testa.

«Alex, io e Juliet andiamo a mangiare del sushi, vuoi venire?», chiede Catherine, con un sorriso.

Mio padre mi lancia un'occhiataccia: accompagnare Juliet oggi pomeriggio non è stata un'ottima mossa.

«No, grazie».

«Allora mi aiuteresti con il bucato, mentre mi preparo per uscire, Alex? So già che se chiedo a mia figlia mi ritroverò le canottiere di John tutte variopinte».

«Non preoccuparti, ci penso io».

Juliet mi fa una smorfia dalla cucina e io tento con tutte le forze di tenere gli occhi lontani dal suo corpo.

Entro in lavanderia e mi occupo dei vestiti accatastati nel cesto. Il mio sguardo si posa su un paio di mutande di Juliet che fuoriesce dal mucchio e i miei pensieri si tingono improvvisamente di fantasie torbide.

Oh no, non di nuovo.

D'un tratto, la porta si apre e si chiude con un tonfo.

Sobbalzo. Qualcuno è appena entrato.

«Deduco ti piaccia aiutare mia madre con il bucato», sussurra una vocina femminile alle mie spalle.

«Stai zitta». Mi volto di scatto e circondo il collo di Juliet con una mano, attirandola a me.

«Ho solo detto che ami fare la lavatr…».

La tensione nello spazio ristretto arriva alle stelle e si risolve con un lungo bacio. Separo le sue labbra morbide con la lingua. Juliet risponde con impazienza, i pugni stretti intorno alla mia camicia, come volesse strapparmela di dosso.

Boccheggia, mentre porta i fianchi in avanti e struscia la sua pancia contro il mio bacino marmoreo. Sembra ostinata a far crescere la mia eccitazione, come lo sono io a far crescere la sua, quando le infilo una mano sotto la gonna e strofino le dita sulle sue mutandine.

«Quasi quanto tu ami baciare me, Juliet».

Le sposto gli slip di lato e, con il polpastrello, comincio a stuzzicare le sue pieghe che si inumidiscono al tocco. Voglio distruggere le sue carni e penetrarla. È così stretta che per sentirla tutta mi basta infilarle un dito solo dentro. Juliet resta senza fiato, mentre io godo del suo calore per qualche istante, poi estraggo il medio bagnato dei suoi umori e glielo passo sulle labbra.

«Apri la bocca».

Senza mai interrompere il gioco di sguardi, Juliet obbedisce, così posso far scivolare il polpastrello sulla sua lingua morbida.

«Brava».

Spingo il dito più in profondità fino a sfiorarle la gola, poi lo ritraggo, prima di causarle un conato.

«Chissà cosa direbbe tuo padre se sapesse cosa fai con le mie mutande», sussurra con voce suadente.

«Chissà cosa direbbe tua madre se sapesse che il pensiero non ti fa inorridire, ma eccitare».

Approfitto del suo attimo di smarrimento per afferrarle i fianchi e posizionarla sulla lavatrice.

«Cosa vuoi che faccia, Alex?».

Con lo sguardo le indico la cintura che indosso e lei capisce subito.

Posa le sue mani tremolanti su di me per slacciarla. I suoi occhioni curiosi sono impazienti ma, quando mi calo del tutto i pantaloni, si mostrano sconcertati.

La vedo piegare la testa di lato per studiarmi, poi con l'indice traccia la lunghezza della sagoma dura dentro i miei boxer tesi.

«Oh mio Dio», sussurra tra sé e sé.

È proprio ciò che dirai quando lo avrai tutto dentro. Non avrai scampo, piccola Juliet.

Le sue dita tremano quando allargo l'elastico dei boxer per darle l'accesso desiderato.

«Usa tutte e due le mani», ordino, eccitato dalla sua reazione impacciata.

All'improvviso, udiamo dei passi nel corridoio e io mi irrigidisco.

«Juliet, è rischioso…».

«Shh, mi piace», mi mormora lei all'orecchio, scatenandomi dei brividi lungo la schiena. Il sangue pompa rapido verso il mio basso ventre e io avverto la mia erezione ingrossarsi a dismisura, mentre sono in balia dei suoi movimenti inesperti.

«Così?», domanda con la testa china.

«Sì, così. Però guardami negli occhi».

Juliet arrossisce quando le divarico le cosce e le sollevo la gonna sopra i fianchi, ma tiene lo sguardo puntato sul mio viso. Con il pollice le sfioro il clitoride gonfio, coperto solo dalle mutande. Lo stimolo con dei colpetti leggeri e lei sobbalza.

«Ti piace quando faccio così?»

«Sì, Alexander».

«Dillo ancora».

«Cosa?»

«Il mio nome». L'afferro per i capelli, costringendola a reclinare il collo. «E supplica, come una brava bambina».

«Ti prego, ancora», ansima bisognosa sulle mie labbra. Con una mano accarezzo la sua apertura umida, mentre, dopo averle lasciato i capelli, con l'altra guido i suoi movimenti intorno alla mia eccitazione, invogliandola ad aumentare il ritmo.

«Alex…». Juliet geme il mio nome dimenando i fianchi e va incontro alle mie dita per trovare sollievo. Continuo a strofinare i polpastrelli sul suo clitoride pulsante, finché lei non chiude gli occhi per un breve istante e le sue cosce nude tremano allacciate intorno al mio bacino, mentre viene sopraffatta da un orgasmo travolgente. Zittisco i suoi gemiti lascivi mordendole il labbro inferiore.

Il cotone delle sue mutande è ormai zuppo e le sue membra si ammorbidiscono contro il mio petto. Juliet abbandona la fronte sulla mia spalla e, quando solleva il viso, io perdo il controllo davanti alla visione delle sue guance arrossate e delle sue labbra piene.

«Non ti fermare», le ordino, ormai senza fiato.

Il mio corpo è annientato dal piacere e il sangue affluisce verso il mio addome che si contrae dolorosamente. Gli occhi di Juliet restano incollati ai miei, mentre la sua mano comincia a massaggiarmi con il giusto ritmo, su e giù. Finalmente mi porta all'orgasmo, che si riversa sulle sue mutandine. Seguono alcuni istanti di perfetto silenzio, interrotti solo dai nostri respiri che si fanno sempre più regolari.

«Vai a lavarti le mani», le ordino. Mi sollevo i boxer e finisco di rivestirmi; lei, però, resta ferma, piacevolmente frastornata.

«Aspetta», dico ammirando soddisfatto il suo intimo, sporco di me.

L'aiuto a sfilare le mutande, poi le sistemo la gonna.

«Non andare a rimettere le mutande».

«Alex, non posso uscire di casa senza…».

«Ti prego», sussurro. «Fallo per me».

Lei sorride. «Vedo che sai anche pregarmi, quando vuoi».

«Quando ne vale la pena», ribatto con un sorriso.

Maledizione. La mia ossessione per lei sta solo aumentando.

37

JULIET

«Fuori la temperatura è sotto zero!», esclama mia madre, nel tentativo di convincere John a indossare un cappotto più pesante.

Là fuori ci sarà anche il gelo, ma qui in casa l'atmosfera non è da meno.

Alexander mangia a testa china, io alzo lo sguardo solo per scrutare le espressioni di suo padre. Mi chiedo perché John non abbia parlato con mia madre. Non le ha detto di avermi vista uscire dalla camera di Alexander, sennò a quest'ora lo saprebbero pure i muri.

Forse sono stata sbadata, ma non potevo certo prevedere che passasse in corridoio proprio in quel momento. Ieri sera, invece, sono stata molto più accorta.

«Domani c'è la commemorazione». Sento mia madre e John bisbigliare tra loro, come se noi non fossimo a un palmo da loro.

«Alexander farà storie… ma non preoccuparti, le fa sempre», mormora John, fra un sorso di caffè e l'altro, in procinto di lasciarci a metà pranzo.

Alexander non nasconde il fastidio e pronuncia un apatico: «Non verrò». La cosa mi suscita una certa perplessità.

Quale commemorazione? Perché io non so mai niente?

«Come osi dire una cosa del genere?», gli chiede suo padre, alterato.

John e Alexander si alzano da tavola in sincrono e tacitamente decidono di andare a discutere in salotto. Le loro voci arrivano lontane, ma riesco comunque a udirli.

«Perché dobbiamo celebrarla ogni anno?»

«Vuoi forse dimenticarla, Alexander?»

«Sì, mi piacerebbe tanto dimenticare quella sera, se è questo che intendi».

«Non è questo, figliolo… Lo sai che è importante conservare il ricordo di tua madre».

«E come potrei dimenticarla? Quella a cui vuoi farmi partecipare è solo una stupida funzione religiosa. Che senso ha rivangare il dolore pubblicamente?».

Io e mia madre ci guardiamo spaesate, intanto John e suo figlio si dicono altre cose che non riesco a cogliere.

Infine, i passi di Alexander si allontanano, finché non sparisce in camera sua.

«Mamma… mi racconti qualcosa della vita di John e Alexander, prima che si trasferissero qui?», domando, approfittando dello smarrimento di mia madre.

Lei lancia un'occhiata preoccupata alla porta, poi prende a parlare sottovoce.

«Alexander e i suoi genitori vivevano a Manchester. John aveva appena avviato la sua azienda, mentre Anna, la mamma di Alexander, gestiva un piccolo ente benefico che raccoglieva fondi per bambini con malattie congenite».

Fa una pausa, come per cercare le parole più adatte.

«Erano una famiglia molto unita e abitavano in una casa bellissima. Una sera John era via per lavoro, mentre Alexander e sua madre avevano appena finito di cenare. Un gruppo di…». La voce di mia madre tentenna. «…delle persone hanno fatto irruzione in casa loro…».

I suoi occhi sembrano quasi cambiare colore, sotto la patina lucida di un velo di lacrime.

«Erano dei ladri?», domando sbigottita.

«Si crede di sì. Anche se in realtà non si è mai saputo con certezza, perché i colpevoli non sono ancora stati catturati. Probabilmente si trattava di qualcuno che conosceva la loro famiglia e che era venuto a sapere che John aveva appena concluso un grosso affare. Si pensa che siano stati dei ladri, perché c'erano un sacco di soldi nella cassaforte quella sera… anche se poi alla fine quei soldi non…».

Faccio fatica a seguire le parole di mia madre; il solo pensiero di Alexander in pericolo mi spaventa.

«L'hanno uccisa?», la interrompo senza mezzi termini. Mia madre deglutisce, non riesce a finire il discorso. Sembra che ci sia molto di più e io al momento non sono in grado di reggere oltre.

Si alza scossa dalla sedia, poi va in cucina a svuotare la lavastoviglie.

Alexander non si fa più vedere e non esce dalla sua camera per tutta la sera, così decido di rispettare la sua tacita sofferenza.

La mattina seguente sono ancora assonnata, quando bussano alla porta di camera mia. Controllo l'ora: sono appena le otto. Mi trascino a fatica giù dal letto per andare a vedere chi è.

«Juliet?».

Alexander si presenta davanti a me con un cardigan sopra una camicia grigia. Sembra pronto per uscire.

«Alex?»

«Lavati i denti, fatti una doccia e mettiti qualcosa addosso. Dobbiamo andare».

Folgorata dal suo sguardo mattutino e dai suoi capelli scuri perfettamente sistemati, non faccio storie e decido di obbedire.

Usciamo di casa a passi lenti, i nostri genitori stanno ancora dormendo.

«Prendiamo l'autobus?», domando mentre avanziamo a piedi nella gelida aria del mattino.

«Solo per questa volta».

«Dove andiamo, Alex?»

«Al giardino botanico».

Perché? Dobbiamo andare alla commemorazione della morte di sua madre, che senso ha quest'uscita?

«Ma se andiamo al giardino botanico, non riusciremo a essere qui in tempo per…».

«No».

John non la prenderà bene, ma conoscendo Alexander sono certa che è proprio questo il suo intento: evitare la funzione religiosa.

Camminiamo silenziosi tra le serre color smeraldo vivo dei Royal Botanic Gardens. Alexander si protegge le mani dal freddo immergendole nelle tasche del cappotto, mentre io tento di scrutare il suo sguardo cupo e ogni sua minima espressione.

«Mi dispiace per tua madre», esordisco, ma quando lo vedo chinare il capo non riesco a proseguire.

«Ora non fare altre domande e vieni con me».

Così lo seguo tra i giardini immersi nella nebbia; le sue gambe si muovono lente, eppure riesce a stare sempre a qualche passo avanti a me. Improvviso una corsetta per raggiungerlo e lui mi sorprende con una domanda, posta con la sua solita pacatezza.

«Volevi andare alla commemorazione di mia madre?».

Per poco non mi manca il respiro.

«Mi avrebbe fatto piacere».

«Che significato dai alla morte, Juliet?».

Perché le sue domande sono sempre così complicate?

«Io… non ci ho mai riflettuto a dir la verità…».

Non ci ho mai pensato, forse perché non ho mai vissuto nulla di simile sulla mia pelle, ma basta guardare i suoi occhi tristi per capirlo.

«È dolore», mormoro con un filo di voce.

«Esatto, Juliet. È mancanza. È vuoto. E non c'è modo per riempire quel vuoto».

Ammiro la delicatezza con la quale sfiora i petali di alcuni fiori dai nomi sconosciuti, mentre mi offre i suoi pensieri più profondi.

«Però… la morte è un evento che non si può controllare. Non puoi farci nulla, se non accettarla».

«Perché devo accettarla?»

«Be', forse Dio…».

L'espressione sofferente di Alexander si trasforma in una smorfia infastidita.

«Credi alla storiella del paradiso, Juliet?»

«Sì. Tu no?»

«Io credo solo a quella dell'inferno».

Alexander si ferma in un angolo della serra e, con un movimento calcolato, si china per afferrare il gambo di un'orchidea. Al principio lo tiene delicatamente tra le dita, ma poi lo stringe tra i polpastrelli come se volesse strapparlo.

«Perché il paradiso non l'ho mai provato, Juliet. Come posso affermare che esiste veramente se non l'ho mai sperimentato?».

Osservando quel gesto mi sento soffocare.

«Vorrei vedere tua madre. Hai una sua foto?».

Lui acconsente con un cenno e, rialzandosi, estrae una foto dal suo portafogli.

La donna ritratta nella foto ha un viso pallido e lunghi capelli neri che le scendono sulle spalle. È di una bellezza straordinaria. Non potrebbe essere altrimenti, poiché ha lo stesso sguardo intenso di Alexander.

«L'hanno fatto davanti ai miei occhi, Juliet».

Gli restituisco la foto e mi accorgo di tremare come una foglia. Con la punta dei pollici spingo via le lacrime che mi affiorano agli angoli degli occhi. Poi, prendo la sua mano e la infilo nella tasca del mio cappotto.

«Torniamo a casa», dico con voce ferma.

Alexander annuisce abbassando lo sguardo. Senza dire altro scansa con il piede un sassolino dal terreno umido. Sta per mettersi a piovere.

Come avevo previsto, al ritorno dei nostri genitori dalla commemorazione, tra Alexander e suo padre scoppia un litigio furioso. Non li avevo mai sentiti litigare così intensamente, ma stavolta John non ha preso bene la nostra assenza.

«Juliet, vai in camera tua». Mia madre mi caccia dal salotto, quindi non posso assistere.

Verso le nove di sera comincio ad andare in fibrillazione, non sento movimenti provenire dal piano di sotto, né dalla camera di Alexander, quindi gli mando un messaggio.

J: Come stai?

Trascorrono cinque minuti. Poi venti. Non risponde.

E un po' mi preoccupo, perché non è da lui.

La mia mano chiusa a pugno sta per bussare alla sua porta, poi mi ricordo che John potrebbe sentirmi, quindi giro il pomello ed entro in punta di piedi.

Alexander è seduto sul suo letto, al buio, con solo i pantaloni addosso. Le mani strette tra le ginocchia e lo sguardo basso.

«Mi dispiace, Alex».

La mia voce sembra accarezzargli la schiena nuda come una ventata gelida.

«Ti ha sgridato perché non sei andato alla commemorazione di tua madre?».

Lui trema appena.

«Mio padre mi odia», sussurra.

«Non è vero, non ti odia».

Mi siedo accanto a lui, poi sfioro le sue spalle con la punta delle dita. Sotto la pelle posso percepire i suoi nervi tesi, i suoi muscoli contratti e tutta quella sofferenza che non riesce a trovare un modo di fuoriuscire.

«Non lo dice, ma pensa che la morte di mia madre sia avvenuta per causa mia».

Avevo il sospetto che tra John e Alex ci fossero attriti molto più forti di quelli che davano a vedere, ma non fino a questo punto.

«Alex, sono sicura che tuo padre…».

Alexander si volta verso di me e mi circonda la nuca con il palmo freddo per attirarmi a lui. Non so cosa stia accadendo nella sua testa, ma inaspettatamente cerca le mie labbra e comincia a baciarmi. E stavolta è rude, veloce, incontrollato.

Il suo sguardo torvo brama qualcosa, una pace, una tranquillità che non so se sono in grado di dargli.

«Fermati, Alex. Voglio prima parlare».

«Davvero?», chiede scettico.

Sì, desidero conoscere tutto di te.

«Vorrei sapere una cosa. Con quante ragazze sei stato?»

«Una. E non mi va di parlarne».

Di sicuro ha appena acceso tutta la mia curiosità.

«Una? Chi?»

«Ho detto che non mi va».

Alexander si alza in piedi e mi volta le spalle.

«Per favore».

«Mya», dice scrollando il capo, come già infastidito dalla mia presenza.

Io però non riconosco quel nome.

«Siete rimasti in buoni rapporti?».

Gira la testa verso di me, il suo sguardo inespressivo non rivela alcun indizio sulla fatalità della frase che sta per pronunciare.

«No. È morta».

«Coooosa?!».

Mi tiro su di scatto e mi avvicino a lui.

«Si è uccisa la sera del nostro terzo appuntamento».

«Alex?!». Il mio tono è stridulo, non posso credere a ciò che sto sentendo.

«Cosa c'è?»

«Stai dicendo sul serio?!», strepito con la fronte corrugata e una smorfia di terrore in faccia.

Si passa una mano tra i capelli spettinati e mi osserva con aria distaccata.

«Mi dispiace, ma com'è successo?», domando sottovoce. Alexander sbuffa, chiaramente innervosito dalla mia curiosità.

«Si è uccisa».

Mi porto una mano alla bocca. Sono scioccata. E no, forse non sto dimostrando un briciolo di sensibilità in questo momento, ma sono troppo sconvolta per potermi controllare.

Alexander invece mi scruta, impassibile, ma il modo in cui studia il mio viso mi lascia intendere che la mia reazione lo incuriosisce.

«Sai, Juliet... ho assistito all'omicidio di mia madre, quindi mio padre ha pensato bene di rinchiudermi in una clinica per malati mentali».

Dal suo tono irritato è chiaro che non gli piaccia parlare di sé, né di questo argomento, eppure lo sta facendo.

«Lì ho conosciuto Mya. Lei soffriva di depressione. Fine della storia», taglia corto.

«Ma...».

È una storia terribile, allora perché lui sembra non provare alcun tipo di emozione?

«C'era un motivo che l'ha portata a un gesto così estremo?». Consumo l'ultimo soffio di ossigeno, sento le gambe tremare così intensamente che inizio ad avere paura. Potrei svenire da un momento all'altro.

Alexander però scuote il capo un paio di volte, non ha intenzione di rispondere.

Cosa nasconde?

«Ho fatto del mio meglio per aiutarla, ma evidentemente ho fallito. Ora abbiamo finito?», mi fulmina, mentre dentro di me sta montando una tempesta dolorosa.

Inaspettatamente scorgo un attimo di debolezza nei suoi occhi che, tristi, restano fissi nei miei.

Con un po' di coraggio mi isso sulle punte dei piedi per arrivare ad accarezzargli la nuca.

«Mi dispiace. Sia per lei che per tua madre, davvero».

Lui annuisce senza dire altro.

«La vita è ingiusta, Alex», sibilo senza fiato, quando sento le sue labbra sfiorarmi la fronte.

«Tutto nasce e tutto muore, Juliet. In mezzo ci passa solo il dolore».

«Non è detto…».

«E invece sì», tuona dall'alto.

«Alex, però pensaci, e se andare da un dottore ti facesse bene?», azzardo quella proposta pericolosa, che lo fa allontanare da me all'istante.

«Sei qui per questo?». Mi inchioda con l'espressione risentita di chi si è appena sentito tradito.

«No».

«Allora cosa vuoi da me, Juliet? Mezz'ora di svago, così ti dimentichi dello schifo che è la vita?»

«Non sei questo per me, Alex».

«No?»

«No. Mi piace davvero stare con te».

«No, non sono io a piacerti, ma il modo in cui ti faccio sentire. Ti piace il brivido di non sapere cosa ti farò, l'assaggio del vuoto, l'idea di morire per poi rinascere. Ti piace venire all'inferno con me, non è così piccola, Juliet?».

La sua voce scivola subdolamente sotto la mia pelle ed è un veleno al quale non riesco a rinunciare.

«Vuoi solo questo da me», conclude poi, lasciandomi in balia di sensazioni contrastanti.

«Quindi mi stai dicendo che io e te ci usiamo a vicenda per stare meglio? È questo che facciamo, Alex?», gli domando con occhi lucidi.

Alexander è bravo nell'arte di celare il dolore causato dal suo passato, come se fosse diventata un'abitudine consolidata. Tuttavia, quando mi vede piangere, la sua maschera vacilla. Le mie reazioni incontrollate sembrano creare delle falle nella sua corazza perfetta. Si avvicina lentamente al suo letto e si siede sul bordo, facendomi segno di accomodarmi accanto a lui.

«Juliet, non posso darti nient'altro perché non ce l'ho. Ho un vuoto dentro che non riesco a colmare».

Le sue parole, per la prima volta così vulnerabili, mi ricordano che siamo simili.
«Nemmeno io ci riesco», mormoro a testa china.
«Mi dispiace che tuo padre se ne sia andato», dice lui.
«Non ci soffro più come prima».
«Non è colpa tua se se n'è andato, Juliet».
«Nemmeno tua, se la ragazza si è tolta la vita, Alex».
«Tu non sai niente», sputa irrigidendosi.
«Di certo non le hai fatto niente».
«Non sono un ragazzo a cui stare intorno. È meglio se vai», ordina indicandomi l'uscita.
Questa volta decido di prestargli ascolto e, appena raggiunta la porta, mi giro per guardarlo. I suoi occhi spietati non mi concedono tregua, continuano a fissarmi.
Non è colpa sua, no?

38

ALEXANDER

A colazione nessuno apre bocca.

Mio padre è ancora arrabbiato con me, Catherine ce l'ha con Juliet perché è stata mia complice, mentre io sono ancora in guerra con il mondo.

«Andremo al maniero degli zii subito dopo Natale. Faremo Capodanno lì», dichiara Catherine, che poi si mette a chiacchierare con papà tra un sorso di caffè e l'altro. Juliet invece sbuffa dandomi sui nervi.

«Cosa sbuffi sempre?»

«Voglio bene ai miei zii, ma odio la campagna e il loro stupido maniero», ribatte lei con una smorfia da ragazzina viziata.

Mi massaggio la tempia ignorando i suoi capricci e mi concentro su Catherine che mi sta parlando.

«Alex, quei tre giorni a Liverpool li farete, vero?».

Annuisco controvoglia.

«Alexander ha una gita in programma?».

Mio padre alza il sopracciglio.

«Sì, tutte le classi andranno in gita, anche Juliet», spiega Catherine.

Lui però continua a fissare me con aria contrariata.

Povero John, costretto a vivere nella consapevolezza che prima o poi profanerò il letto della piccola Juliet e che le strapperò via l'innocenza nel modo più perverso.

«Questa sera ho una partita di basket», annuncio cambiando argomento.

Juliet scoppia a ridere, Catherine mi osserva confusa.

«Non sapevo giocassi a basket, Alex…», dice Juliet sotto il mio sguardo annoiato.

«Difatti non sono solito giocarci, ma la classe di educazione fisica ha bisogno di una riserva e mi hanno obbligato».

«Scommetto che è per i crediti scolastici. Oh, Alex, ti dai sempre così da fare!». Catherine è l'unica che sembra apprezzare i miei sforzi.

«Verremo a vederti allora», conclude John.

«Oh no. Non è importante».

«Tutto quello che fa mio figlio è importante», afferma mio padre, prima di chiudere il giornale e sparire nel suo studio.

Finalmente la colazione degli orrori è finita.

La pioggerella mi solletica gli zigomi e il borsone da palestra rallenta i miei movimenti, mentre avanzo verso il palazzetto.

Riconosco la testa rossa di Norman, tra i gruppetti di persone che sostano all'esterno.
Mi volto, Juliet si è fermata a chiacchierare con le sue amiche.
«Che ci fai qui?», domando sorpreso al mio amico.
Norman prova ad aprire l'ombrello ma gli si inceppa e lui finisce per agitarlo con fare maldestro.
«Ciao anche a te, Ackerman. Sono venuto per la partita!».
«Non sapevo ti piacesse il basket».
A Norman piace qualcosa solo se ha un hard disk, se riguarda i numeri o i fumetti. Fa una piccola eccezione per le ragazze. Quelle gli interessano molto, solo che l'interesse non è contraccambiato.
«Sono venuto a vederti giocare», esclama strattonando l'ombrello, ormai rotto.
«Starò in panchina. Penso che saranno i minuti più tediosi della mia vita. Dalla noia mi crescerà anche la barba».
«Uhm… saresti sexy».
La voce fastidiosa mi raggiunge alle spalle. Mi volto. È una delle amiche di Juliet. Dopo un secondo, mi ricordo il suo nome. Karoline. Non mi piace. Ha le labbra troppo grandi, è troppo alta e troppo bionda. Mi ha appena fatto un complimento? Chi lo sa, preferisco guardare Juliet che si sta lamentando con Mini.
«Che palle! Mi costringono ad andare da quei vecchi decrepiti dei miei zii per Capodanno!».
Do una spallata a Norman che tiene gli occhi fissi sulle ragazze.
«Sai cosa dovremmo istituire? Un club del libro», propone lui.
«E perché mai? Vuoi fare arrivare la nostra popolarità ai livelli più infimi della storia?»
«Fidati, Alex, sono sicuro che sarà un successo».
«Nessuno parteciperà, Norman. Lascia perdere».
«Tu parteciperesti però», controbatte speranzoso.
Mi distraggo a osservare Juliet. Ride per qualcosa che le amiche le mostrano sul telefono, poi prende una gomma da masticare e se la porta alla bocca socchiusa.
«Lo fai perché ne hai voglia o per conoscere delle ragazze, Norman?».
Lei si volta nell'udire quella domanda.
«Chiedi a tua sorella se vuole partecipare».
«Non è mia sorella», mugugno, mentre entriamo nel palazzetto.
E, a quel punto, smetto del tutto di ascoltare Norman.
Juliet, infatti, si sfila il cappotto e rimane con una maglia a collo alto, sopra dei jeans aderenti. La sua vita stretta e suoi fianchi appena ricurvi ipnotizzano il mio sguardo.
Nel corridoio, siamo così vicini che persino Norman si fa coraggio e le parla.
«Ciao, Juliet. Io e Alex stavamo pensando di istituire un club».
«Club di che tipo?», chiede lei sistemandosi le lunghe ciocche color nocciola che le ricadono sulle spalle, raccolte in una coda.
«Letteratura», intervengo io, prima che lui usi termini più specifici, invogliando qualsiasi ragazza a fuggire.

«Scordatelo, Norman», s'intromette Mini.
«Perché? Non sai nemmeno di cosa tratta», si giustifica lui.
«Dai, sentiamo», lo sfida Mini.
Juliet approfitta del battibecco tra i due per avvicinarsi a me.
«A che pensi, Ackerman?». Mi rivolge un ghigno furbetto.
Non vuoi saperlo.
«Allora?», insiste. Sembra innocente anche quando tenta di fare la maliziosa.
«Mhm?». Fingo di non aver capito.
«Mi dici a che stai pensando?».
A togliermi la cintura e stringertela intorno al collo.
«A niente».
I suoi occhi rimangono intrappolati sulle mie labbra, che si piegano in un sorriso sadico al solo pensiero di ciò che vorrei farle.
«Si vede, sei pensieroso…».
A morderti i capezzoli, così tanto da farteli gonfiare. E poi starei a guardarli mentre ti sbatto contro il primo muro che trovo.
Il pensiero sconveniente mi tradisce e inizio a sudare freddo.
No, così non va bene. Non è questo che mi ha chiesto mio padre.
«Stavo pensando che… dovremmo andarci, dai tuoi zii».
Lei mi rivolge una smorfia sorpresa. «E perché?»
«Perché hanno un maniero».
«Ti piace andare a cavallo, Alex?»
«Sì. A te no?»
«No, mi fanno paura i cavalli…», mormora con aria schifata, prima di mettersi al cellulare.
«Be', ti insegno io. Vedrai che così ti passerà la paura».
Ridacchia come una sciocca per il doppio senso delle mie parole, poi mi supera per tornare dalle sue amiche.
La sua coda alta ondeggia a destra e a sinistra, accompagnando il movimento ritmico dei suoi fianchi.
«Mi stai ascoltando?», mi richiama Norman, affiancandomi.
«Certo».
«Lo vedi anche tu che le sue amiche sono carine, vero?»
«Senti, mi sembra un'idea un po' del cazzo. E poi io ora devo andare a cambiarmi».
Gli indico gli spogliatoi, ma lui non demorde.
«Chiediamoglielo in modo più diretto», dice prima di raggiungere il gruppetto di Juliet.
Norman stavolta saluta tutte le ragazze che sostano nei pressi dell'ingresso della palestra.
«Io e Alex vorremmo fondare un club del libro. Vi interesserebbe?».
Karoline e altre due tizie scoppiano a ridere.
Mini guarda Norman come fosse un sacco di patate andato a male, mentre Juliet lo osserva interessata.

«Perché no!», afferma d'un tratto, stupendomi.
Lei mi fa un sorrisetto e capisco che sta per provocarmi.
«Zack è un appassionato di letteratura, sono sicura che avere un interesse in comune rafforzerà la nostra conoscenza».
Pronuncia quell'assurdità sfidandomi con un'occhiata diretta, davanti a tutti. A volte è così sfrontata che mi domando come facciano le sue amiche a non notare i nostri sguardi, tutt'altro che furtivi.
«Verrà anche Charlotte, no?»
«Non lo so», borbotto infastidito.
«Scommetto che basterà ordinarglielo», sussurra avvicinandosi a me.
Karoline, Mini e le altre hanno già scordato Norman e la sua proposta, e stanno chiacchierando tra loro, quindi decido di afferrare Juliet per un braccio e portarla in disparte.
«Sta' attenta, nana».
Con entrambe le mani la tengo salda per i fianchi e faccio aderire il suo corpo alla parete.
«A cosa devo stare attenta?», chiede con gli occhi sulle mie labbra.
«A me».
Sogghigna, poi incrocia il mio sguardo.
«A fine partita ti voglio negli spogliatoi dei ragazzi», le dico sottovoce.
«Oh sì, certo, Alex. Come no», mi fa il verso.
«E non sciogliere i capelli».
Lei si morde il labbro, prima di sussurrare al mio orecchio: «Tu sei fuori».
Si divincola dalla mia presa e si allontana.
Non sai quanto, piccola Juliet. Non sai quanto.

Dopo aver giocato mezz'ora, mi rifiuto di rimanere in panchina. Ho bisogno di una doccia, quindi m'infilo negli spogliatoi. Finisco di lavarmi e, mentre metto un paio di pantaloni puliti, sento un *clic*.
Mi sporgo verso l'ingresso e mi appare un viso conosciuto.
«Juliet, sei qui».
«Sì, stavo cercando…».
I suoi occhi percorrono il mio torace nudo e le sue guance si colorano nell'esatto momento in cui il suo sguardo sfiora il bordo dei miei pantaloni.
Muovo due passi verso di lei, che si zittisce all'improvviso.
«Potrebbe entrare qualcuno», sussurro godendomi la sua espressione smarrita.
Juliet si stringe nelle spalle, poi mi prende la mano e mi trascina nella zona delle docce.
«Puoi dire alle tue amiche di non sbavare quando mi fissano?».
Lei non ribatte. Ha fatto la prima mossa e ora lo spazio tra noi è ristretto e sembra mancarle il respiro.
«Non penso che mi darebbero ascolto…», bisbiglia, sopraffatta.
«Perché sei qui?»
«In questi ultimi giorni mi è mancato un po'…».

Inarco un sopracciglio. «Cosa?»
«Il nostro rapporto».
Interessante.
«E a te, Alex?».
Le afferro il mento con due dita e mi abbasso su di lei.
Sta trattenendo il respiro.
«A me è mancata la tua boccaccia», dico prima di avventarmi sulle sue labbra. È da troppo tempo che non la bacio. La mia lingua affonda ruvida nella sua bocca, che si schiude morbida, per via della mia incursione.
Quel bacio diventa presto un incendio, ma mi accorgo che non è abbastanza.
«Cosa ti avevo detto?»
«Di tenere i capelli legati», risponde lei con lo sguardo fisso nel mio.
Le sfilo l'elastico che porta al polso, poi, una volta alle sue spalle, raccolgo la sua chioma in una coda.
«Hai freddo?», domando sul suo collo scoperto.
«No».
«Togliti il maglione».
Lei obbedisce e abbandona l'indumento sulla panca alle mie spalle, lasciando a me il piacere di slacciarle il reggiseno.
Un brivido le scuote le membra, i suoi capezzoli sono tesi come due spilli, eppure rimane ferma, in attesa delle mie indicazioni.
«Apri la bocca», le ordino.
Juliet obbedisce e accoglie il mio pollice. Lo spingo in profondità e lei ha un piccolo conato, che mi provoca un'erezione.
«Brava, succhialo. Tutto».
Lei esegue con dovizia, facendomi perdere la testa.
Ma non è ancora abbastanza. Estraggo il nastro rosso dal borsone della palestra. Voglio immobilizzarla.
«Te lo sei portato?»
«Lo porto ovunque».
Mi posiziono di nuovo alle sue spalle e le imprigiono i polsi dietro la schiena, con il nastro.
Torno di fronte a lei e mi abbasso i pantaloni, rivelando i boxer scuri. Juliet non si perde nessuno dei miei movimenti.
«In ginocchio, piccola Juliet».
Lei finisce sul pavimento dello spogliatoio.
Solo perché gliel'ho detto io. Quel pensiero mi manda in estasi, come i suoi occhioni adoranti.
Quando calo i boxer, le sue gote si tingono di rosso. Sono così teso che è quasi doloroso. Mi afferro l'erezione con la mano e la guido verso il basso. Juliet non ha un attimo di esitazione e mi accoglie tra le labbra.
«Non riuscirai a prenderlo tutto questa volta, ma imparerai».
Il calore della sua bocca piccola e bramosa mi risucchia in un vortice piacevole. Una scarica bollente mi percorre l'addome. Mi sento in paradiso.

«O forse…». Avverto la sua gola rilassarsi quando mi spingo in profondità. «… la piccola Juliet ha già capito come mi piace».

Juliet resta immobile, la schiena tesa, e io mi muovo nella sua bocca, mentre le tengo il viso con i palmi. Quando gli occhi le diventano lucidi, le lascio la libertà di ritrarsi.

«Quando vuoi, puoi fermarmi».

Lei non mi ferma e non si scosta.

«Ma finché non lo farai…». Afferro la sua coda con una presa decisa. «…continuerò a scoparti la bocca».

Poi chiudo gli occhi, sopraffatto dall'intensità di quel momento. Questa ragazza mi farà impazzire prima di scoparla. Chissà quanto dolore proverà, visto come è stretta là sotto. Il pensiero mi eccita così tanto che per poco non le vengo in gola.

Devo concentrarmi.

Mi poso una mano sul ventre per placare l'eccitazione che cresce a dismisura quando tolgo la mia erezione bagnata dalla sua bocca. Inizio a toccarmi. Non posso più resistere, l'adrenalina comincia a riempirmi il cervello, il sangue mi ribolle nelle vene e sono costretto a strofinare la mia erezione sul suo viso arrossato.

«Juliet?».

Lei solleva gli occhi che, sottomessi, mi fanno cedere. Lascio che fiotti del mio seme le macchino le guance e si disciolgano sulle sue labbra piene.

Poi mi spingo di nuovo nella sua bocca senza pudore. «Ingoia».

Il calore del suo respiro mi manda in paradiso, l'orgasmo devastante mi fa tremare le ginocchia. Poggio un braccio sulla parete di fronte a me e, con un colpo di anche, le sprofondo in gola, e mi lascio deliziare dai versi soffocati che emette. Una volta completamente soddisfatto, mi sfilo dalle sue labbra. Vedere il mio seme colarle al lato del labbro mi ruba il fiato. Lo raccolgo e con le dita le porto sulla lingua anche il resto del mio orgasmo. Lei lo assapora senza mai distogliere lo sguardo dal mio.

Mi lascio andare a un lungo sospiro, poi le accarezzo il viso con il pollice e mi sollevo boxer e pantaloni.

«Lavati il viso, non voglio che le tue amiche sappiano cosa mi hai appena fatto», le dico, slegandole i polsi.

Lei annuisce mentre l'aiuto a rialzarsi.

«Non devi dirlo a nessuno, Juliet».

«È un segreto quello che facciamo?», domanda rivestendosi.

«Mio e tuo. Di nessun altro».

Durante il buffet post-partita, io e Juliet stiamo lontani, ma sento i suoi occhi su di me. Dal canto mio, tento in tutti i modi di evitarla. C'è troppa gente e mio padre mi sta con il fiato sul collo. Sebbene lui non sia presente, non vorrei che Catherine sospettasse qualcosa. Ma quando Chuck si avvicina a Juliet per parlarle, il mio buon senso va a farsi fottere. Lui le dice qualcosa, ma lei se ne va e lo lascia come un idiota a fissare il vuoto, accanto al tavolo degli alcolici.

Incurante delle conseguenze, mi avvicino a lui per scambiarci due paroline.

«Juliet non è più un tuo pensiero», gli sibilo accostandomi. «È mio».

La cameriera mi porge un bicchiere di vino che io offro immediatamente a Chuck. Lui lo accetta, senza però smettere di guardarmi con disgusto.

«Tu sei malato e lei non starebbe mai con uno come te».

«Dici?».

Lui assume un'espressione smarrita.

«Senti, Ackerman, lei mi manca. E poi non sono affari tuoi cosa faccio con Juliet».

«Certo che ti manca, ma ormai è troppo tardi».

«Mi hai obbligato apposta a baciare Camilla davanti a tutti?», domanda con aria corrucciata.

«Sapevo che eri un bugiardo e che non la meritavi. Ho baciato Juliet la sera stessa, in camera tua», ammetto con un sorrisetto, sapendo di farlo adirare.

«L'hai fatto di proposito… non ci credo!». Stringe il pugno lungo il fianco.

È meglio che tu non sappia il resto.

«L'unica cosa che devi fare è starle lontano o te ne faccio pentire», lo minaccio.

«Non mi fai paura. Sono il doppio di te, Ackerman», mi sfida.

«Non sapevo fossero necessari novanta chili di muscoli per avvelenare un bicchiere».

I suoi occhi cerulei s'ingrandiscono e si posano sul bicchiere che gli ho offerto.

«Si fa come dico io, Charles».

Nonostante la parola "solitudine" sia sinonimo di "mancanza di compagnia", credo di averla sperimentata molto di più in mezzo alla gente che per conto mio.

Le costanti incomprensioni, l'insensibilità altrui, l'assenza di empatia mi spingono a isolarmi. Non so cosa sia di preciso a farmi apparire così dissimile dagli altri, eppure, quando sto con Juliet, a volte dimentico di sentirmi *diverso*.

Il suo modo di essere, a tratti infantile e capriccioso, a tratti curioso e inopportuno, riesce a dissolvere, almeno temporaneamente, quel senso di emarginazione che mi affligge.

È domenica mattina, sono sveglio da una decina di minuti e mi sto fissando cupo allo specchio.

Percepisco lo spazio attorno a me come ostile, povero di ossigeno, buio e tetro.

Quando Juliet è con me, invece, è come se i raggi di sole mi illuminassero sempre. Quei momenti che trascorriamo insieme sono così piacevoli da annullare ogni mio dolore e rendermi dipendente da lei. Ma durano troppo poco, perché lei se ne va e io torno al mio freddo inverno.

«Alexander!».

La voce di mio padre arriva dal piano inferiore.

Mi lavo i denti, indosso una maglietta, dei pantaloni della tuta e scendo a fare colazione.

«Ieri sera sono stato trattenuto in ufficio», esordisce, quando lo raggiungo in cucina.

Manca il "mi dispiace per non essere venuto alla partita", ma fingo che l'abbia detto.
«Non era importante», bofonchio versandomi del tè caldo nella tazza.
Mio padre è seduto a capotavola, sta leggendo una delle sue riviste mediche preferite. Otto anni fa la sua vita era diversa, esercitava la professione di chirurgo in una clinica privata a Manchester. Poi, un grave incidente durante un'operazione ha cambiato tutto. Non ha mai parlato apertamente di quei giorni con me, ero solo un bambino quando è accaduto, ma la solennità con cui ora si perde tra le pagine rivela il peso di quel capitolo concluso.
Se solo facesse ancora il chirurgo, forse le sue assenze non peserebbero così tanto su di me. Sarebbero, almeno in parte, giustificate.
«Quindi tu e Juliet andrete in gita insieme», afferma lanciandomi uno sguardo ammonitore.
«Sì, papà».
E sì, mi comporterò bene.
Continuiamo a fare colazione in silenzio, finché non sento la vocina di Juliet provenire dal piano di sopra.
Mi alzo in piedi rapidamente e, dopo aver salutato mio padre, esco nell'aria fredda di dicembre.
Il capanno degli attrezzi è da sempre il mio nascondiglio preferito.
I libri fantasy che leggevo quando ero bambino, i miei fumetti preferiti e le foto di qualche anno fa. Tutto è racchiuso qui dentro.
Mi siedo su un grande baule di legno, mentre prendo a scorrere le dita su un volume dalle pagine ingiallite dal tempo.
È un piccolo rituale per recuperare le sensazioni del passato.
Non li leggo mai per intero, quei testi, ne percepisco solo l'anima, catapultandomi al tempo in cui avevo dieci anni.
Una sensazione di benessere mi pervade, mentre quelle righe mi riportano alle domeniche mattina, quando la musica che proveniva dalla cucina risvegliava i miei sonni di bambino.
Chiudo gli occhi e riesco a sentire il profumo di pancake che preparava mia madre, la sua voce che canticchiava spensierata.
Non sapevo cosa fosse l'infelicità. Ma poi tutto è cambiato.
Ho rimosso quella tragica giornata dalla mia testa, ma è ancora acuta la sofferenza che ne deriva e accompagna ogni mio piccolo gesto.
Rovisto in una vecchia cassetta metallica, fino a recuperare delle fotografie. Le scorro tra le mani, come ricordi sfuggenti.
Mamma sorride negli scatti che mi ritraggono insieme a lei, quando avevo sette anni. La sofferenza riemerge con gli incubi che faccio ogni notte, ma riesco a spazzarla via solo con quelle immagini felici. Riguardo quelle foto e le mie paure si calmano, anche il dolore passa.
Le curo così le mie ferite.
«Alex!».
Ma forse ho trovato anche un altro modo. Juliet.

Piomba nel capanno, portando al suo interno una luce abbagliante.
«Mamma vuole che vieni con noi a fare la spesa», cinguetta con un sorriso. Poi nota l'album fotografico che tengo in mano e lo chiudo prontamente.
«Arrivo», replico senza entusiasmo.
«E muoviti».
Reprimo l'istinto di scagliarmi su di lei per morderle quelle labbra color ciliegia, mentre lei mi guarda con aria da smorfiosa.
Mi chiedo cosa le sia saltato in mente quando mi ha assecondato negli spogliatoi. Mai avrei pensato che mi permettesse di prendere il controllo del suo corpo in quel modo.
Credevo che certe cose le avrei fatte solo nei miei sogni, invece, se solo avessi avuto un po' più di coraggio, se solo fossi stato più incosciente, sarei finito a scoparmela su quella panca.
Ma non ho ancora capito quale sia la chiave di lettura dei suoi atteggiamenti. La sua voglia di assecondarmi è collegata a una sorta di affetto nei miei confronti, oppure è solo attrazione fisica?
Le faccio cenno di uscire dal capanno. «Andiamo?».

«Catherine, non possiamo portare anche i ragazzi?»
«John, stai tranquillo...».
Catherine e mio padre bisbigliano in salotto, prima di uscire a cena.
Lei dice qualcosa riguardo all'antifurto, credendo che l'apprensione di mio padre derivi dalle nostre esperienze passate, ma in realtà lui ha solo paura di me e Juliet da soli, in casa.
Dopo svariate raccomandazioni, finalmente se ne vanno. Io e Juliet andiamo in cucina.
Juliet cena con il latte e i cereali. Dopo aver sparecchiato, si volta e si appoggia al ripiano.
Porta un ampio maglione scuro sopra un paio di collant velati.
Stranamente non indossa quelle enormi ciabatte orribili a forma di panda che si mette sempre.
Percorro con lo sguardo le sue gambe magre, infine torno al suo viso aggraziato. Lei mi sta fissando sfacciata.
Non colgo la provocazione. Decido di ignorarla e vado a sedermi sul divano per guardare un film.
Lei non sembra accettare il mio disinteresse, infatti mi si siede accanto.
«Mia madre vuole conoscere Zack», annuncia facendomi raggelare il sangue.
«La cosa dovrebbe interessarmi, Juliet?»
«Gli ho scritto oggi».
Ecco con chi stava messaggiando, mentre eravamo a fare la spesa.
Con Zack.
Serro i denti, intanto provo a concentrarmi nella mia ricerca su Neflix.
«Che vuoi guardare, Alex?»
«Non lo so. Tra poco vado a letto», sbuffo infastidito.

«Perché vai già a letto?», chiede mordicchiandosi il labbro.
«Non voglio fare tardi, domani il pullman parte alle sei».
Ma chi voglio prendere in giro? Passerò un'altra notte insonne.
La ammiro un'altra volta. È più forte di me.
Rimango incantato dai suoi capelli raccolti e dal suo collo, piccolo e affusolato, che emana un profumo delizioso.
Sospiro, tentando di concentrarmi sul televisore, ma Juliet appoggia la testa sulla mia spalla.
Ho un sussulto.
I miei occhi corrono alla porta d'ingresso.
Non possiamo.
Sento il suo respiro solleticarmi, poi le sue labbra morbide sulla mia clavicola, lasciata scoperta dal maglione.
«Juliet, che cosa stai facendo?»
«Sto solo...».
Lei sospira sulla mia pelle sensibile, facendomi irrigidire nei pantaloni.
Il suo istante di ribellione mi fa venire voglia di afferrarla e baciarla senza sosta su questo divano, ma non è affatto una buona idea al momento.
Mi scanso appena, infastidito dalla sua sfacciataggine.
«Hai paura che ti costringa a prendermi qui?», mi domanda, arricciando il naso spruzzato di lentiggini quasi impercettibili.
«Non è divertente, Juliet». Le rivolgo uno sguardo duro.
«Ma scherzo!», ribatte impacciata.
«C'è poco da scherzare su questa cosa».
«Ci pensi?».
Ci penso? Ovvio che ci penso, a perdermi a fondo, dentro di lei.
«Senti, Juliet, non mi interessano i tuoi capricci».
«Quali capricci?».
La sua vocina mi fa perdere il controllo: in un attimo sono sopra di lei e la tengo ferma con i polsi sopra la testa.
«Alex...». Geme il mio nome in un lamento dolce, quasi sommesso.
«Apri le gambe».
Le ho appena dato un ordine, ma lei invece di obbedirmi mi rivolge un'occhiata intensa, accompagnata da un sorriso furbetto.
«Ci tieni tanto a macchiare il divano di mio padre, mhm?».
Lei fa spallucce, come se la cosa non avesse importanza. «Magari lo macchio con Zack», sibila con un filo di voce.
Mi spingo tra le sue cosce, obbligandola a divaricarle per farmi spazio, poi mi abbasso sul suo collo. La sua pelle non mi è mai sembrata così invitante.
Le do un morso, poi la risucchio tra le labbra.
Juliet comincia a dimenarsi sotto di me, quindi rafforzo la presa intorno ai suoi polsi.
«Devo smettere?»
«No», risponde velocemente. Troppo velocemente.

Le piace quanto piace a me, ne sono sicuro.

«Ti libero i polsi, ma devi stare immobile».

Lei annuisce, mentre io lascio scivolare le mani sotto il suo maglione. Un sorrisetto soddisfatto modella le mie labbra quando lo sollevo e noto con piacere che non porta il reggiseno.

Mi fiondo sui suoi capezzoli e, con la punta della lingua, le circondo l'areola, la lecco, senza staccare lo sguardo dal suo.

«Non puoi, Juliet», mugugno affamato.

«Non posso fare cosa?».

Le succhio un capezzolo tirandolo con foga e il verso di dolore che abbandona le sue labbra mi fa indurire di più nei boxer.

«Non puoi scrivere a Zack. A nessun altro».

«Sei geloso?»

«No, ma voglio che questa sia una cosa tra me e te. Solo tra me e te, te l'ho già detto».

«Sennò?»

«Sennò la finiamo qui», replico portando la fronte sulla sua.

Lei resta senza fiato, poi pronuncia un debole: «Va bene».

«Non devi raccontarlo nemmeno a Mini».

«E in gita come faremo?»

«Non lo so. Ma non deve scoprirlo nessuno».

La verità è che sono fottutamente geloso. Di ogni parte di lei.

Ammiro il suo corpo inerme sotto di me: il suo collo è ormai ricoperto da una grossa chiazza violacea e i suoi capezzoli sono arrossati e tesi a causa dei miei assalti ripetuti. Forse dovrei portarmela di sopra e mettere fine a questa follia, altrimenti la voglia di possederla finirà per dominarmi.

Ma non posso. Non è il momento.

Devo riuscire a controllare la mia ossessione.

39

JULIET

«A me piacerebbe invitare le ragazze in camera nostra».

Siamo nella reception dell'hotel ad aspettare che ci assegnino le stanze, quando sento Norman parlottare con Alexander.

«Scordatelo», bofonchia quest'ultimo.

Mini, al mio fianco, si volta per rivolgere una smorfia infastidita a Norman.

«Già, scordatelo».

Karoline, invece, posa i suoi occhi di ghiaccio su Alexander, ammirando il suo fisico messo in risalto dal cappotto scuro.

«Be', potrebbe rivelarsi molto più divertente di quello che sembra», sussurra maliziosa.

Mini fa cenno di no con la testa, ma l'altra ormai è inarrestabile.

«Ti chiami Norman, vero?».

Il rosso annuisce goffamente, senza sapere cosa dire.

«Facciamo così, Norman. Tu ti occuperai dell'alcol per questa sera e, se ne compri abbastanza, avrai...». Karoline si gira verso le sue amiche per fare la conta. «Avrai sette ragazze in camera».

Norman sembra piacevolmente colpito, mentre Alexander non batte ciglio.

«Kar, ma sei sicura?».

Mini è l'unica a non apparire affatto d'accordo con i piani di Karoline.

«Certo, lascia fare a me», la rassicura, prima di lanciare un'intensa occhiata ad Alexander.

«Ecco il mio bottino».

Norman si è rivelato di parola, infatti quantità industriali di vodka e tequila traboccano dalle buste del supermercato abbandonate sulla moquette della sua camera d'hotel, arredata da ingombranti tende marroni e due letti singoli.

Su uno di questi due sono stese le gambe lunghe di Alexander.

«Io invece ho portato questo», annuncia Karoline, facendo ingresso nella stanza.

Estrae dalla borsa un disco plastificato, catturando l'attenzione di tutti i presenti, persino quella di Alexander, che, incuriosito, alza gli occhi dal libro.

Oltre a noi ragazze, sono entrati anche alcuni nostri compagni di classe.

«Cos'è quell'affare?», domanda Norman con un'espressione ingenua, mentre i nuovi arrivati cominciano a prendere possesso della camera, aprendo le bottiglie di alcolici sotto lo sguardo irritato di Alexander.

Io mi siedo sul pavimento accanto a Mini, mentre Karoline posiziona il disco per terra e scopriamo che in realtà è un tabellone con una freccia.

«Formerà le coppie».

Karoline fa segno ai ragazzi di sedersi a cerchio di fronte a noi, mentre rivolge un sorrisetto a Norman che si è appena voltato in direzione di Mini.

«Esatto, genio. E, se ti andrà bene, questa sera una di noi ti farà un servizietto indimenticabile».

«Kar!», la redarguisce Mini scandalizzata.

«E dai, sto scherzando, ma guarda lui come è in imbarazzo!».

Con la coda dell'occhio noto che Alexander è ancora sul letto, a leggere. Sul suo volto è dipinta una smorfia di supponenza e l'occhiataccia che ha lanciato a Cameron quando mi ha salutato con un "ciao, bellissima" non è stata delle migliori.

«Shh! Fate piano!». Amanda sembra l'unica preoccupata per i professori e si agita ancora di più quando Charlotte e altre due ragazze vengono a curiosare.

«Alexander, tu giochi?». Karoline tenta un tono seducente, ma non sortisce alcun magico effetto.

«No. E potevate usare un'altra camera», risponde senza staccare gli occhi dalla sua lettura.

«E dai, non farti sempre pregare», miagola lei, lasciando poco all'immaginazione quando si sporge in avanti mettendo in mostra la sua scollatura generosa.

Alexander inarca un sopracciglio. «Farmi pregare?».

Sembra proprio che Karoline sia riuscita a distrarlo dal libro per dare a lei una possibilità.

«Non mi sembra un gioco intelligente», commenta lui alzandosi in piedi, le mani sui fianchi e lo sguardo rivolto al disco colorato posto al centro.

«È solo divertente», ribatte lei con un vezzoso battito di ciglia.

«Lascia che sia io a decidere se sarà divertente o meno, no?».

Karoline annuisce. «"Bevi o baci". Si chiama così, Alex».

Dov'è finita tutta l'altezzosità di Karoline? Non la riconosco più.

Pur di ottenere le attenzioni di Alexander, si sta atteggiando in maniera molto diversa dal solito e forse è proprio questa la strategia vincente, perché alla fine Alexander le si siede accanto.

«Di sicuro nessuno ti costringerà a bere…», lo avvisa Karoline sottovoce, facendo sghignazzare le sue amiche.

Il gioco comincia e poco m'importa che Mini beva pur di non baciare nessuno, e ancor meno m'importa che le amiche di Karoline si bacino tutti i miei compagni di classe.

Quello che m'interessa è il momento in cui Alexander gira la freccetta.

Spero con tutta me stessa che non debba baciare Karoline, ma il destino vuole che vada ancora peggio.

«Oh oh… non puoi bere!», esclama una compagna di Alexander. «Sennò poi Charlotte ci rimane male!».

La freccia sta puntando Charlotte, che si guarda le ginocchia con le guance in fiamme.

«Bevi o baci?», chiede Karoline.
«Non mi va», replica Alexander.
I suoi occhi fermi sul disco si sollevano per una manciata di secondi. Mi guarda e io smetto di respirare.
«È un gioco, basta anche solo un bacino a stampo».
«Ho detto che non mi va», ripete lui, riluttante verso entrambe le opzioni.
Karoline decide di girare di nuovo la freccia al posto di Alex e questa si ferma nel punto esatto tra Karoline e Cameron. Lei si tocca il collo con fare seducente, poi lo studia.
«È finita su Cameron», dichiara Alexander, smontando tutti i suoi piani.
«Capisco... quindi preferisci baciare Cameron».
Karoline fa un cenno d'intesa alle sue amiche, ma Alexander scrolla il capo sorridendo. E quando Karoline capisce che forse non è quella la strada giusta, opta per un'altra via.
«O forse preferisci sia Juls a baciare Cam?».
Basta quella domanda e la tensione nella stanza sale a dismisura. Alexander sta fissando in cagnesco Cameron, che esclama: «Io sono pronto».
«Oh oh, mi sa che qualcuno ha una cotta per la ragazza sbagliata», sussurra Karoline al suo gruppo, che mi sta squadrando.
«Dai, finiamola, bevo», annuncia Alexander controvoglia.
L'attenzione dei presenti, però, si è spostata su me e Cameron.
«Quindi ci baciamo noi?», chiede quest'ultimo.
«No. Bevo anch'io», dico afferrando il bicchierino vuoto davanti a me.
Gli occhi di Mini rimbalzano tra me e Alexander, sembra che il nostro comportamento strano non sia passato inosservato.
«Nessuno che si bacia, che noiosi», commenta un amico di Cameron.
«Magari nascondono qualcosa... sta' a vedere».
«Juls?», mi richiama Karoline.
«Sì?»
«Se non baci Cam va bene, ma lascia che sia lui a darti da bere».
Annuisco, dopotutto pare una proposta innocente.
«Alzati, dai, vai da lui».
Karoline gli allunga la bottiglia di tequila e lui ne versa una piccola quantità nel mio bicchiere, poi me lo ruba dalle mani e me lo porta alla bocca.
«Brava», dice dandomi da bere, mentre i suoi occhi restano fissi sulle mie labbra.
Sento le guance prendere fuoco. Non era questo che avevo in mente.
«Mini!». Norman esclama il suo nome in tono di vittoria, quasi incredulo per essere stato così fortunato.
«Bevi», gli ordina Mini.
Frastornata, torno al mio posto con gli occhi bassi.
«Devo scegliere io se baciarti o bere», bofonchia il rosso, offeso.
«Certo, e io ho detto che tu bevi».
Norman sbuffa ma, pur di accontentare Mini, è anche disposto a perdere l'oc-

casione di baciarla, quindi obbedisce e beve d'un fiato della vodka mescolata al succo di frutta.

Io non ho il coraggio d'incontrare lo sguardo di Alexander, quindi resto in silenzio per l'intera durata del gioco. Dopo un'eternità, tutti quanti se ne vanno via brilli dalla stanza.

Mini ha bevuto parecchio per evitare di dare baci e si regge in piedi a malapena.

«Se ti togli quei tacchi, riesco ad accompagnarti in camera», le dice Norman.

Prova a sorreggerla, ma lei si piega come gelatina tra le sue braccia.

Mi siedo sul letto di Norman, mentre Mini fa i capricci perché non vuole andare a dormire.

«Aiuta la tua amica». Alexander mi indica la porta, trovando una scusa per cacciarmi via.

«C'è il tuo amico che ci tiene tanto ad aiutarla», gli rispondo acida. Poi mi rivolgo a Mini. «Sicura che non vuoi una mano?»

«Mi accompagna Norman... Voi due... voi...».

Mini scruta me e Alexander con una smorfia buffa, poi fa cenno a Norman di portarla via da lì.

Siamo rimasti solo io e Alexander e il silenzio è assordante.

«Vattene, no?», mi fulmina prima di tornarsene a leggere sul suo letto.

«Perché non hai baciato Charlotte?»

«Desideravi che io lo facessi?»

«No, voglio sapere cosa ti ha frenato. Lei ti piace, no?»

«Charlotte mi piace». Una stretta mi schiaccia il petto. «Ma non ho una cotta per lei», prosegue calmo, come se il mio umore in questo momento non dipendesse da ogni sua parola.

«Sei contraddittorio».

«Hai un panorama di sensazioni piuttosto piatto, Juliet».

«Ti piace. Hai una cotta. Non è la stessa cosa?».

Sono ancora seduta sul letto di Norman, quando Alexander chiude il libro e si alza piazzandomi davanti a me.

«Mi piace, apprezzo i suoi modi di fare, il suo modo di relazionarsi a me, ma no, non mi batte il cuore quando la vedo, non la cerco con lo sguardo insistentemente, né penso a lei quando non sono con lei. Ora puoi andartene?».

Il mio stomaco si alleggerisce, ma quelle parole hanno un suono troppo dolce per essere dedicate a me.

«Quindi non hai mai provato nulla per lei?», domando tentando di reggere il suo sguardo.

«Quindi tu ti sei eccitata mentre Cameron ti faceva bere?»

«Non l'ho baciato. Dovresti essere contento!».

«L'hai fatto per me? Davvero?».

Il suo tono sarcastico mi dà sui nervi. Mi parla come se la cosa fosse di poco conto e lo divertisse, invece di soddisfarlo.

«Sei solo uno stronzo. E non sei mai contento».

Esco di corsa da lì e me ne torno in camera mia.

Il giorno seguente lo trascorro a visitare musei con la mia classe, mentre la serata la passo nel bar dell'hotel insieme a Cameron e le ragazze.

«Lo sanno che non abbiamo l'età per bere?», chiede Amanda.

«Karoline dice di…». Mini mima le virgolette. «…conoscere il barista».

Man mano che l'alcol continua a scorrere al nostro tavolo, vedo il pudore delle persone che mi circondano venir meno.

Cameron mi si siede accanto e, accarezzandomi il braccio, comincia a soffiare parole indecifrabili nel mio orecchio.

Annoiata, mi sottraggo alla sua vicinanza e guardo il cellulare.

Ho una notifica.

A: In camera mia, dieci minuti.

Il cuore mi si ferma nel petto.

È da quando mi sono svegliata che mi sento strana.

Ricordo la tensione forte che ho provato quando Alexander mi ha guardata, nel momento in cui avrebbe dovuto baciare Charlotte. E se io gli piacessi per davvero? Se non fosse solo la noia?

Ho passato la mattina a pensare ad Alexander, anche durante le visite ai musei, poi, quando a pranzo ci siamo uniti alle altre classi e l'ho rivisto, mi è di nuovo mancato il respiro.

«Juls…».

«Cam, scusa, devo andare».

Varco la soglia della stanza e trovo Alexander già lì, in attesa. È in piedi, i suoi occhi profondi intercettano i miei e all'improvviso mi sento di nuovo viva.

«Dobbiamo darci delle regole».

Le sue parole tagliano l'aria lasciandomi sgomenta.

«Scusami?»

«Eri seduta vicino a lui nel pullman».

«Cameron è un mio compagno di classe».

«E stasera, non eri di nuovo con lui?»

«Non c'eri, hai messo delle microspie?».

Alexander accorcia la distanza tra noi, mi sorpassa e chiude la porta. Infine mi guarda.

«Non devi parlare con Cameron, non devi nemmeno guardarlo, hai capito?»

«Questo è sbagliato, lo sai? E poi tu ci parli con Charlotte!».

«Non me ne importa un cazzo di Charlotte, Juliet. Lo vuoi capire?»

«Sono tutte scuse, Alex».

«Juliet, se davvero vuoi che tra noi vada avanti…».

«Stai dicendo che non posso parlare con un ragazzo?». Alzo la voce senza nemmeno rendermene conto.

«Non con lui. Ma se è quello che desideri, fa' pure».

Alexander invece è sempre calmo, anche quando assume un tono minaccioso.
E io vorrei dirgli che non farò come dice, vorrei urlargli che non può decidere per me, invece ingoio il primo singhiozzo che prova a farsi strada nella mia gola e mi allontano da lui.
Pensavo volesse stare con me, magari baciarmi, invece mi ha chiamata solo per trattarmi da schifo.
«Juliet...».
Alexander prova a richiamarmi, ma quando apro la porta Norman sta rientrando.
Scruta il mio sguardo appannato dalle lacrime, poi lancia un'occhiata confusa verso Alexander alle mie spalle.
«Juliet. Alex. Ma cosa succede?»
«Niente».
Alexander ha la risposta pronta, io invece nascondo il viso dietro la mano, cercando di celare la mia evidente agitazione, e fuggo in corridoio.
«Stai piangendo, Juliet?».
Le voci dei professori si levano in lontananza, arrivando sempre più vicino. È tardi. Dovrei trovarmi nella mia camera e non nella zona riservata ai ragazzi.
«Di sicuro non per te. Che vuoi?».
Alexander mi afferra per il braccio, conducendomi con decisione nel corridoio, un po' più distante dalla sua camera. Qui apre una porta e insieme entriamo in uno stanzino che sembra essere il ripostiglio dove tengono attrezzi e prodotti per la pulizia dell'hotel.
È buio e il suo dito indice finisce dritto sulle mie labbra quando udiamo le voci dei professori.
«Voglio solo che tu non pianga per me», sussurra sulla mia bocca.
«Non sto piangendo per te! Dimmi cosa...».
Alexander mi spinge contro una parete circondandomi con il suo braccio. La sua mano, con una delicatezza inaspettata, si posa dietro la mia schiena, quasi volesse mitigare l'impatto contro il muro. Mi sfugge un gemito, mentre le sue parole, sussurrate con le labbra premute sul lobo del mio orecchio, fanno sussultare ogni fibra del mio corpo.
«Voglio te».
«Non mi sembrava mi volessi poi così tanto, l'ultima volta, sul divano...», lo sfido, mentre i nostri nasi si sfiorano nell'oscurità.
«No? Allora sono bravo a fingere che tu mi sia indifferente».
Provo a trovare la forza di resistergli, ma il suo corpo preme contro il mio, lasciando poco spazio al buon senso.
«Non posso dire lo stesso di te, Juliet. E il fatto che tu non sia in grado di nascondere ciò che provi quando mi vedi... mi fa uscire fuori di testa».
Già. E se non lo bacio ora impazzisco.

40

JULIET

Le sue labbra mi cercano con una precisione magnetica. Sfregano sulla mia bocca, dapprima delicatamente, poi incendiano i miei sensi con un lungo bacio. Provo a seguire il ritmo della sua lingua, che si intreccia alla mia in una danza intima e sfacciata, ma fatico a stargli dietro. Il mio respiro è il suo, il mio viso è tra le sue mani e il mio cuore sta scoppiando.

«Ti vado bene solo quando faccio come dici, vero?»

«No. Mi piaci il novantanove per cento delle volte».

«Che significa, Alex?»

«Anzi, facciamo novantacinque e lasciamo un bel cinque per cento ai capricci».

«Cosa ti piace di me, Alex?».

La mia domanda è seguita da un lungo momento di silenzio.

Alexander avvicina la mano sul mio viso, delicatamente, e con le dita sfiora le mie palpebre, che si chiudono al tocco.

«Mi mette di buon umore averti intorno».

Drizzo le orecchie con attenzione, desiderosa di cogliere ogni parola.

«Sei buffa quando ridi. Porti la testa all'indietro, in quel modo… non lo so. Mi piace».

Dovrebbe mandarmi in estasi, invece sentire queste parole è quasi doloroso. Forse sono i suoi occhi tristi a influenzare la mia reazione; a giudicare dal suo sguardo, non sembra affatto felice di quello che mi sta confessando.

«E quando mi baci…».

Alexander abbassa lo sguardo per un istante, poi torna su di me.

«Riesci a farmi dimenticare tutto».

Lui parla mantenendo la sua solita calma apparente, ma io riesco comunque a percepire dell'irrequietezza nei suoi occhi. Quello che gli è accaduto in passato lo ha toccato profondamente, eppure la sua compostezza è rimasta inalterata. E i suoi sentimenti sono invisibili, c'è uno scudo che non sono mai riuscita a scalfire. Eppure, ora che mi ha concesso un piccolo spiraglio, ne desidero ancora.

«Perché mi hai ignorata per tutto il giorno?»

«Juliet, sto solo tentando di essere discreto quando siamo in mezzo agli altri, vuoi che lo scopra qualcuno?»

«No».

Il mio cuore ricomincia a fare quel battito strano, forse perché il suo sguardo è di nuovo sfuggente.

Alexander si passa una mano tra i capelli.

«Norman si chiederà dove sono finito. Devo andare e tu devi tornare in camera tua, non possiamo farci trovare insieme».

Poi usciamo da lì e mi lascia in un mare di sensazioni che non mi permettono di pensare ad altro, se non a lui.

Il pomeriggio seguente andiamo a visitare la cattedrale e trascorriamo buona parte del tempo in pullman. Fuori piove a dirotto e, mentre Mini e Amanda parlottano tra di loro, io mi perdo a guardare fuori dal finestrino. La mia testa torna di nuovo al mio chiodo fisso.

Quando io e Alexander stiamo insieme, sembra la cosa più giusta, ma quando ripenso a ciò che mi dice… è tutto così sbagliato.

Mi volto verso il fondo dell'autobus e so già dove trovarlo.

Sta seduto da solo, auricolari nelle orecchie, sguardo perso oltre l'orizzonte. Non riesco a capire cosa gli passi per la mente, ma la sua espressione non trasmette certo felicità.

Noto che il posto accanto al suo è vuoto, quindi mi alzo in piedi.

Per due chiacchiere fraterne… chi sospetterebbe qualcosa?

Sono ancora distante, ma Alexander ha già incrociato il mio sguardo con un'intensità che dice più di mille parole. Mi siedo accanto a lui, che stringe le labbra, come se volesse chiedermi qualcosa, poi però non lo fa.

«Sto bene», rispondo preventivamente.

Alexander annuisce distratto e torna a guardare fuori.

«Cosa ascolti?».

Non risponde, mi offre una cuffietta e così sento cantare un tizio dalla voce nasale che ammette di essere uno strambo, sopra una melodia orecchiabile.

«Chi sono?», domando incuriosita.

«I Radiohead, Juliet», sbuffa, infastidito dalla domanda.

Appoggio la testa sulla sua spalla, cullata dal movimento irregolare del pullman, e così rimango, fino al nostro ritorno in hotel.

Invio un messaggio ad Alex non appena lo scorgo dall'altra parte della sala. Siamo bloccati ad assistere a un noiosissimo spettacolo teatrale e non vedo l'ora che questi personaggi smettano di cantare in modo ridicolo su quel minuscolo palco.

J: Sono carina o no?

Alexander è qualche fila dietro di me, mi volto appena sento il mio cellulare vibrare.

A: Sei bella, te l'ho già detto.

Un sorriso illumina il mio viso imbronciato.

J: Anche tu non sei male con quella maglietta aderente, Ackerman.

Lo stuzzico, ma il divertimento passa quando, nella pausa tra i due atti, vedo Karoline fiondarsi su di lui.

A: Allora perché non vieni a levarmi Karoline di dosso?
J: Levatela da solo.
A: E come? Dovrei dirle che non sono interessato a scoparmela?

Finalmente alza lo sguardo verso di me, sfoderando un ghigno sadico. Sento qualcosa ribollirmi nelle vene e non è di certo rabbia.

J: Be', sii sincero con lei.

Gli invio quel messaggio, ignara di ciò che mi dirà.

A: Vieni qui, Juliet.

La sua richiesta mi coglie impreparata.

J: Ora? Davanti a tutti?
A: Sì, ora.

Decido di alzarmi, facendo credere a Mini e Amanda che sto solo andando in bagno; in realtà mi muovo qualche fila più indietro.

«Ehm…». Sento le guance scaldarsi. Alexander incrocia le braccia sul petto e rilassa la schiena sulla sedia, in attesa che io parli con Karoline.

«Io e Alexander dobbiamo parlare di una cosa. Lasciaci soli», dico fissandola negli occhi.

Lei mi rivolge una smorfia infastidita e passa una mano sulla spalla di Alexander. «Va bene, tanto noi ci vediamo dopo, Alex». Poi si alza in piedi oscurandomi con la sua altezza e se ne va sbattendo i tacchi degli stivali.

«Manca di fantasia quella ragazza. Oltre che di pudore», commenta Alex, con un sorrisetto.

«Cioè?», domando divorata dalla curiosità.

«Mi ha chiesto se le posso dare ripetizioni di anatomia. Letteralmente».

«Sul serio?», esclamo con una faccia disgustata.

«Sì, e poi mi ha chiesto come mai ho sempre quest'aria misteriosa».

«E tu che le hai detto, Alex?»

«Che magari sto semplicemente pensando».

«Karoline è una stronza. E poi cosa c'è di strano se le persone pensano?».

Alexander porta i suoi occhi sottili su di me. «A volte è quello a cui pensano le persone, a essere strano».

Il suo tono di voce s'insinua subdolo sotto la mia pelle, facendomi rabbrividire.

«Comunque non potevo di certo dirle a chi stavo pensando», aggiunge con una scrollata di spalle, sapendo perfettamente l'effetto che è in grado di farmi.

Mi guarda soddisfatto e io mi ritrovo ad abbassare il mento.

Con i gomiti poggiati sulle ginocchia, si sporge verso di me e mi lascia ad assaporare il suo profumo. «Ora va' a sederti, Juliet, non vorrai perderti lo spettacolo».

E io torno al mio posto, estremamente confusa, con le capriole nello stomaco e le montagne russe nel cervello.

Finito lo spettacolo, ci troviamo a subire nozioni noiosissime di tecnica teatrale impartite da un individuo con le guance accese, mentre Mini, di fianco a me, sembra particolarmente nervosa.

Controlla il cellulare almeno una decina di volte.

«Liam non risponde», si lamenta, ma le altre parole si affievoliscono nella mia mente, perché ho altro per la testa. E ora? Sto aspettando che Alexander mi suggerisca la prossima mossa, o lui aspetta che sia io a farla?

«È impossibile che non abbia guardato il telefono per tutta la sera. L'ho chiamato tre volte!». La voce di Mini si fa via via più lontana quando Alexander torna nel mio campo visivo. Non avrei mai pensato che una semplice maglietta nera a maniche corte potesse aderire così perfettamente al corpo di qualcuno.

Mi sento elettrizzata. E vorrei dirglielo.

Ma non so nemmeno io cosa provo in realtà. Cosa dovrei dirgli?

Che vorrei stare con lui?

Quando la lezione di teatro giunge al termine, finalmente raggiungiamo il bar, così posso infilare qualcosa nello stomaco.

Sono in coda per ordinare un panino, quando mi ritrovo davanti la faccia strafottente di Chuck, che aspetta solo di venire presa a sberle.

«Ciao, Juls, levami una curiosità. Stai con Cam?»

«No, Chuck. E anche se fosse, la cosa non ti riguarda».

«Be', ma chiedevo solo. Vi ho visti vicini».

«E tu stai con mezza scuola? No, perché in due giorni ti ho visto strusciarti addosso a una ventina di ragazze. E ora, scusami, ma vorrei ordinare da mangiare».

Chuck si allontana scrollando il capo, io, invece, mi guardo in giro infastidita da quel breve scambio di battute. E proprio allora i miei occhi incontrano quelli di Alexander. È in piedi davanti all'ingresso del bar e mi fa cenno di raggiungerlo. Improvvisamente mi è passato l'appetito. Lui esce dal bar, quindi faccio attenzione a non farmi notare, poi lo seguo fuori. Quando però raggiungo l'atrio del teatro, riconosco diversi studenti, ma non Alexander. Sconsolata, mi avvicino alla macchinetta del caffè per prendere almeno una cioccolata calda.

«Andiamo?».

Mi giro e lui è lì di fianco a me. «Solo io e te?», gli chiedo.

«Solo io e te».

Così afferro il bicchierino di plastica e lo seguo.

«È successo qualcosa, Alex?»

«Troppe persone, per troppo tempo», spiega conciso.

Lo vedo scomparire in una saletta buia per riprendersi il cappotto, poi, finalmente, usciamo. Il freddo pungente mi sferza le guance e io comincio a tremare, nonostante indossi la giacca.

«Davvero mi pensi?», chiedo mentre sostiamo l'una di fianco all'altro, in attesa di un taxi.

«Metti questo».

Alexander copre le mie spalle tremanti con il suo cappotto, senza mai staccare gli occhi dal mio viso infreddolito.

«Quindi, Alex?», insisto, determinata a ricevere una risposta.

«Ti crederai mica importante per una cosa così futile?», mi punzecchia.

«Futile?». Scoppio a ridere. «Magari per me è importante».

Un taxi ci passa davanti, quindi mi sporgo verso la strada per richiamarlo.

«Juliet, non è saggio buttarsi sulla carreggiata a quel modo. Il marciapiede...».

Mi volto di scatto e, in punta di piedi, zittisco la sua bocca con un bacio. Le macchine ci sfrecciano a fianco, lanciandoci addosso correnti d'aria gelida, ma Alexander circonda i miei fianchi con il braccio, tenendomi stretta a sé. Mi culla con il calore del suo corpo e, mentre i clacson risuonano lontani, io mi lascio guidare dalla sua lingua, il cui sapore fresco di menta si mescola al caffè. Sa essere dolce quando vuole, sa essere delicato e muoversi senza fretta. E, altrettanto lentamente, ci stacchiamo per guardarci negli occhi.

Il freddo è ormai un ricordo lontano: un intenso pizzicore comincia ad arrossarmi le guance e la punta del naso.

Torno in punta di piedi, desiderosa di un altro bacio, ma lui mi ferma, accarezzandomi il labbro inferiore con il pollice.

«Non qui».

Quando arriviamo all'hotel mi accorgo che io e Alexander siamo gli unici studenti presenti, tutti gli altri sono rimasti a mangiare a teatro. Andiamo in camera sua e, una volta lì, da soli, mi sento dannatamente strana. Non ho bevuto alcol, eppure il mio stomaco è in subbuglio.

«Siediti sul letto», ordina chiudendo la porta a chiave.

Mentre mi accomodo sul suo lettino a una piazza, Alexander accorcia la distanza tra di noi e si avvicina a me.

Mi osserva dall'alto per qualche istante, poi si abbassa alla mia altezza, allineando le sue labbra alle mie, senza però toccarle. Il suo profumo mi solletica il viso e, sì, desidero solo baciarlo in questo momento. Mi spingo in avanti per mettere fine a quell'attesa insopportabile, ma Alexander si ritrae all'ultimo.

«Sei sicura?».

Il suo sguardo è come una trappola che prima o poi mi farà capitolare.

«Sì».

Mi basta pronunciare quella parolina per vedere i suoi occhi scurirsi pericolosamente.

Ci divoriamo a vicenda, rimanendo senza respiro. Alex mi bacia con impazienza, tirando tra i denti il mio labbro inferiore, che inizia a bruciare intensamente. Lo delizia con una passata di lingua e io sento ogni parte del mio corpo prendere vita.

Le mie mani viaggiano veloci sul suo petto, provo a sollevargli il maglione, ma lui si ferma, infastidito da quel gesto.

«No. Lascia che sia io a farlo».
Se lo sfila, poi la stessa sorte tocca alla sua T-shirt, che si accartoccia al fondo del letto.
«Cosa ti frena, Alex?»
«Ho solo paura di farti del male».
Mi accosto alla sua spalla nuda e sussurro, come se fosse la cosa più semplice del mondo: «Allora non farmene».
È raro vedere esitazione in quegli occhi, sempre così scuri da sembrare vuoti.
«E se non ne fossi capace, Juliet?».
Vorrei avere una risposta, vorrei pensare in modo lucido, non ragionare con il cuore, ma batte così forte che non posso ignorarlo.
«Alex, so che è una domanda stupida, ma…».
«Dimmi».
«Non mi tradirai mai, vero? Come ha fatto Chuck…».
«No, Juliet. Mi prenderò sempre cura di te. In qualsiasi modo».
Con due dita mi solleva il mento e lascia che i nostri sguardi si fondano. «Non m'importa se dirai di odiarmi, o se non vorrai più vedermi. Lo farò e basta».
La sua mano s'insinua sotto la mia gonna e un brivido piacevole inizia a corrermi nelle vene. Lascio che Alexander mi sfili i collant, poi mi sdraio sul letto, mentre lui si sistema sopra di me. Mi ritrovo costretta a piegare la testa di lato, perché i baci con cui marchia la mia gola iniziano a pizzicare. Stringe la mia pelle tra le labbra e lo fa in maniera così divina che vorrei non smettesse mai.
Con il pollice sfiora le mie mutandine, in maniera apparentemente distratta, mentre io mi soffermo sulle sue labbra, gonfie per aver giocato troppo duramente con il mio collo.
I nostri respiri si fanno più accelerati, il bacino di Alexander preme pesante tra le mie cosce, che divarico per dargli lo spazio necessario.
«Juliet…».
Mi rivolge uno sguardo carico di desiderio e io capisco di essere pronta.
Il mio corpo glielo sta dicendo, perché anche lui se ne accorge.
«Ne sei davvero sicura?».
Mai stata così tanto sicura in vita mia.
«Sì, Alexander».
Mi aspettavo qualcosa di rude, incontrollato. Mi aspettavo che mi prendesse e mi strappasse i vestiti di dosso senza troppi complimenti, invece lo vedo deglutire, l'attimo prima di accarezzarmi il volto.
Gli sorrido timidamente, sperando che prenda una decisione per tutti e due. Alexander fissa il mio ventre, per soffermarsi sulla mia gonna sollevata sui fianchi.
«È che… non so se sia una buona idea».
«Non scherzi mai, ti sembra questo il momento di scherzare?», lo rimprovero nel vederlo nascondere un sorriso.
«Vedi di tenere a bada quella lingua, piccoletta», mormora prima di abbassarsi i pantaloni.

Mi sfilo la gonna e il golfino, e lui perlustra il mio corpo rimasto in intimo.
«Alex, cosa devo…».
«Non essere tesa. Devi solo stare tranquilla».
Alexander accarezza il mio lobo con il labbro inferiore, mentre annuisco impacciata.
Ha ragione, non dovrei essere nervosa, sono già stata svestita davanti ai suoi occhi, eppure, in questa atmosfera carica di intimità, lui non proferisce parola, non impartisce ordini, né mi lancia freddure. È tutto nuovo e la cosa mi confonde, mi fa sentire strana e decisamente vulnerabile.
Alexander mi guarda a lungo negli occhi e, prima di riunire la sua bocca alla mia in un bacio appassionato, muove le mani con delicatezza, aiutandomi a slacciare il reggiseno. È tutto così lento, così silenzioso intorno a noi, che riesco quasi a sentire il battito del suo cuore.
«Devi fidarti di me, piccoletta. Prometti di non spaventarti?».
Prende i suoi vestiti riversi al fondo del letto e afferra la sua cravatta piegata sulla sedia lì accanto, poi torna da me.
«Voglio solo che tu sia pronta», spiega quando gli rivolgo uno sguardo interrogativo.
Annuisco e dopo poco la mia vista viene oscurata. Alexander posiziona la cravatta sui miei occhi, fa un nodo, poi il silenzio.
E ora?
Non vedere mi disorienta, così provo a respirare lentamente per calmare l'agitazione.
Un brivido mi solletica la nuca quando avverto la corsa indolente del suo polpastrello lungo la mia coscia nuda.
Assaporo il suo tocco delicato e la mia pancia viene percorsa da milioni di scintille mentre le sue dita mi accarezzano come se fossi un diamante prezioso.
I miei sensi sono amplificati e ogni sua carezza leggera è un'esplosione di adrenalina sotto la mia pelle. Poi però avverto un movimento impercettibile e le sue dita vengono sostituite dalla sua bocca, che si posa proprio sotto l'ombelico.
Il tatto ora è il senso predominante.
Le sue labbra sono morbide. È incredibile come possano risvegliare il gusto quando mi baciano, l'udito quando mi parlano. Sanno anche stimolare la vista quando le ho davanti, così perfette.
Il suo respiro caldo si posa tra le mie gambe, mi sfiora le mutande, quindi alzo i fianchi per facilitargli il gesto di togliermele.
«Mi piace, Juliet. Mi piace che ti fidi di me in questo modo».
La sua voce profonda è estremamente rilassante, come è rilassante essere privata della vista e abbandonarmi a lui. Nello stesso tempo, però, tutti i miei sensi sono allerta per indovinare la sua prossima mossa.
«Vuoi guardarmi, Juliet?».
Amo la sua voce, così bassa e decisa. Non me n'ero mai resa conto prima d'ora, forse perché sono sempre stata distratta dal suo viso perfetto, dalla sua bocca ricurva e dai suoi occhi sottili.

«Sì».
Con delicatezza, Alexander rimuove la cravatta dai miei occhi, accecandomi con la sua bellezza sconvolgente.
È completamente svestito e io per poco non mi lascio sopraffare da una visione così divina. È in ginocchio, davanti a me, e io con lo sguardo percorro tutto il suo corpo, ma quando scendo sotto il suo ombelico sento il fiato venir meno.
«Alex…».
«Farò di tutto per non farti male, piccoletta», mormora spostandomi i capelli dalla fronte.
Sto cominciando a sudare e, nonostante io sia sicura di voler compiere questo passo, mi sto agitando troppo.
«Stai tremando».
Alexander solleva il piumone sopra le nostre teste e con quel gesto premuroso copre entrambi.
Mi rannicchio tra le sue braccia, avvolta dal buon profumo che emana la sua pelle, e solo allora ritrovo il coraggio di baciarlo ancora. Non ci sono vestiti tra noi e io mi accorgo di trattenere il respiro, perché la sua erezione sfiora il mio clitoride, dandomi un brivido piacevole.
«Ma cosa…».
Un'aria spaesata mi si disegna in volto quando Alexander si protende verso il comodino e apre il libro che stava leggendo.
«Voglio che ti piaccia, Juliet. Dev'essere piacevole».
Tra le pagine è nascosto il nastro rosso.
E io mi chiedo che razza di svitato vada in giro con cose del genere.
Ah, già. Quello con cui sto per perdere la verginità.
Alexander ritorna su di me afferrando entrambi i miei polsi e, una volta che li ha imprigionati nel nastro, me li solleva sopra la testa.
Mi studia da capo a piedi e si sofferma sul mio petto che si alza e si abbassa rapido, poi il suo respiro torna a deliziare la mia pelle, quando le sue labbra intraprendono la loro discesa verso il mio basso ventre.
Sento le ginocchia tremare perché Alexander mi lambisce con la lingua l'interno coscia e i suoi occhi non sono affatto innocenti mentre mi guardano da laggiù. La curiosità di sapere cosa farà in seguito mi sta mangiando viva. Non so cosa potrebbe accadere ed è proprio questa incertezza ad accendere ogni cellula del mio corpo.
L'adrenalina scorre rapida sotto la mia pelle e la sensazione di eccitazione aumenta quando lo sento lasciare piccoli baci vicino alla mia intimità, ma senza mai sfiorarla per davvero. La sua dolce tortura mi fa immaginare come sarebbe piacevole sentirlo vorticare dentro di me e mi fa agognare il suo tocco, qualsiasi esso sia, anche quello più impietoso.
«Alex…». Emetto un rantolo carico di frustrazione, che lui ignora, impegnato a risucchiare lembi di pelle tra le sue labbra morbide, facendomi desiderare la sua bocca nel mio punto più caldo, che lui evita di proposito. La sua lingua lusinga la mia carne, avvicinandosi sempre di più, illudendomi. Sento il mio clitoride pulsare dolorosamente e il mio basso ventre contrarsi.

«Supplica», sussurra, gli occhi a due fessure.

«Per favore, smettila di torturarmi».

Sfoggia un ghigno soddisfatto e finalmente si sposta sul mio punto più sensibile. Fa scivolare la lingua calda sul mio clitoride, facendomi urlare, perciò serro le cosce, incapace di gestire la miriade di sensazioni.

«Devi tenere le gambe aperte quando io sto davanti».

Rimango immobile e, con tutto il coraggio di cui sono capace, provo a sostenere il suo sguardo, ma lui non prosegue, sorride soddisfatto, infine torna su di me zittendo i miei gemiti con un bacio a stampo.

«Juliet...». Alexander rompe le mie carni umide affondandovi due dita dentro. «...come mai ti stai bagnando?»

«Non... non lo so».

«Lo sai benissimo. Non dire bugie e non costringermi a punirti, ora».

Le sue parole ormai assumono sfumature confuse, perché le sue dita trovano il ritmo perfetto dentro di me, colpendo il punto giusto, tanto che sono costretta a chiudere gli occhi, ormai prossima all'orgasmo. Sento il calore diffondersi a macchia d'olio, arcuo la schiena per andargli incontro ma, prima che io possa raggiungere il culmine, lui si ferma, di nuovo.

Maledizione.

Gemo nel sentirlo allontanarsi per prendere qualcosa dalla tasca dei pantaloni.

«Alex, perché mi fai questo?».

Ma lui mi rivolge un ghigno peccaminoso che mi fa avvampare.

Sono così presa dal momento che non mi accorgo che si è infilato il preservativo. Rilasso la testa sul cuscino e sento le sue anche tornare tra le mie cosce.

«Ora puoi anche rilassarti, perché...». La sua erezione tesa spinge contro la mia fessura bagnata. Alexander mi lecca il lobo prima di soffiarci sopra con il suo timbro macchiato di eccitazione. «...stai per avermi tutto dentro, piccola Juliet».

E con una spinta è dentro di me.

Rimango senza fiato per qualche secondo. Lui forza le mie pareti ad accoglierlo, ma i nostri corpi non sembrano fatti l'uno per l'altro.

Alexander cerca il mio sguardo e mi ci vuole un po' prima di mettere a fuoco i suoi lineamenti, che, di solito armoniosi, ora sono contratti.

«Sei piccola».

Schiudo le labbra ma non esce un suono. Il bruciore aumenta quando Alexander comincia a penetrarmi, colmando la voragine che lui stesso ha creato, con spinte delicate.

Si muove lento, dosandosi, e so che gli basterebbe poco a distruggermi.

Sollevo la testa e mi accorgo che mi sta slegando i polsi.

«Voglio che ti senta libera e che mi abbracci».

Le mie mani tremanti sfiorano le sue spalle, che accompagnano l'ondeggiare delle sue anche contro le mie, e i nostri occhi si fondono in una languida occhiata.

Gli sta piacendo?

Il suo viso è sempre perfetto, non fa trapelare segni di eccitazione o emozione alcuna.

Mi concentro sui piccoli baci che mi concede sul collo, così dolci da farmi dimenticare le spinte profonde che sento con sempre più urgenza, dentro di me. Le carezze tra le nostre intimità diventano graffi e i nostri respiri si infrangono l'uno sull'altro come onde di un mare in tempesta.

Mi sento riempita di qualcosa di sconosciuto e lo percepisco nello stomaco, nel petto. Mi fa sentire come se non avessi bisogno di altro, come se fossi completa.

Quel groviglio di sensazioni confuse che elettrizzano il mio corpo diventa più chiaro e, a poco a poco, le sue spinte profonde cominciano a diventare piacevoli, necessarie. Mi contraggo intorno alla sua erezione marmorea e, non so come, lui se ne accorge.

«Brava, così». La sua voce controllata è una melodia eccitante che vibra nella mia pancia. Con la forza delle sue spinte mi tiene ferma sul materasso, sto cominciando a sudare e mi accorgo di stringere le lenzuola. Non appena il dolore s'intensifica, così anche il piacere aumenta, diventando totalizzante.

«Juliet…», lo sento ansimare nel mio orecchio. Quando Alexander solleva il capo, per un attimo mi sembra umano, sofferente.

«Cristo, quanto amo i tuoi occhi…».

La stanza si riempie delle sue parole e dei miei gemiti. Divarico le gambe per concedergli più libertà, mentre lui mi lascia un bacio sulla fronte, ringraziandomi di un dono segreto.

Poi però sono costretta ad abbassare le palpebre, come se il gesto servisse ad attutire il bruciore intenso che si annida tra le mie cosce.

«Guardami».

Obbedisco, ma il cuore vuole uscirmi dal petto, le anche mi fanno male, mentre Alexander con un'ultima spinta lacera ogni mia barriera, affondando così in profondità da farmi urlare.

Si aggrappa ai miei fianchi e, con lo sguardo nel mio, rimane fermo, forse per l'intensità della sensazione che fa tremare il suo corpo. Sento scorrere dentro di me il fuoco del suo orgasmo, mentre abbandona la fronte sulla mia spalla, concedendosi un lungo sospiro tra i miei capelli sciolti.

«Stai bene?», gli chiedo preoccupata, accarezzandogli la nuca.

Lui solleva lo sguardo.

E i suoi occhi non mi sono mai sembrati così belli.

41

JULIET

«Oh santo cielo!».

La mia voce impazzita riecheggia tra le pareti.

Alexander si scaraventa in bagno e per poco non prende una facciata contro la porta. «Juliet, che sta succedendo?».

Sento il fiato venir meno quando incontro i suoi occhi terrorizzati.

«Ho perso altro sangue», mormoro spaventata, dopo essermi sollevata le mutande.

Tira un sospiro di sollievo, poi poggia un palmo contro la porta, per sorreggersi. «Stai tranquilla, è normale».

Forse pensa di rassicurarmi con la sua voce calma, ma ci troviamo entrambi in mutande, nel bagno della stanza dei ragazzi e io sono ancora frastornata per ciò che è accaduto tra noi.

«Dov'è Norman?».

Alexander scrolla le spalle, poi si porta una mano tra i capelli scuri. Una strana combinazione di agitazione e imbarazzo prende il sopravvento, al solo pensiero della notte passata insieme.

Non credevo potesse succedere davvero.

«Vado… torno in camera. Mini si chiederà dove sono finita», borbotto a occhi bassi. Alexander, però, affacciato sulla porta, decide di bloccarmi accarezzandomi il braccio.

«Sicura che vada tutto bene?», chiede sottovoce, attento a ogni mia espressione.

Dovrò solo spiegare alle mie amiche perché sono sparita a metà serata e non ho dormito nel mio letto, tutto benissimo.

Sono le sette del mattino e tra un'ora dovremmo trovarci nel salone per fare colazione, ma quando giungo davanti alla mia camera sento qualcuno discutere a gran voce. Apro la porta e nemmeno il tempo di individuare il cespuglio di capelli ramati di Norman che lui saluta e fugge via.

«Mini?».

La sorprendo ricurva sul letto, le mani sul viso. Sembra disperata.

«Ho fatto un casino, Juls».

«Che cosa hai…». Mi siedo accanto a lei e provo ad abbracciarla, ma lei sta tremando troppo.

«Ieri sera, Juls… ti ho cercata, tu… non ti ho più vista».

Già.
«Ehm… sono tornata prima perché non mi sentivo bene. Ma cos'è successo?»
«Dopo il teatro sono uscita di nascosto insieme a Norman, Amanda e Claire e siamo andati in un pub… Le consumazioni costavano pochissimo e abbiamo iniziato a bere».
«Mini…». Le scosto i capelli dalle guance che ormai sono un tutt'uno con le sue lacrime.
«Non lo so cosa mi è preso. Non era la prima volta che bevevo in compagnia di ragazzi e le altre volte erano anche molto più carini di lui…».
Mini scoppia a piangere sulla mia spalla e io ho quasi paura che possa sentire il profumo di Alexander sulla mia pelle.
«Stai parlando di Norman?»
«Mi sono ritrovata a letto con lui, Juls».
«Ma… perché piangi?»
«Come faccio a dirlo a Liam? È stato uno stupido errore fatto mentre eravamo ubriachi. Liam non mi perdonerà mai».
Mi guardo in giro, confusa. Non so come aiutarla in questo momento.
«Mini, sei sicura che l'abbiate davvero… fatto?»
«Juls, ti pare che possa avere dubbi?».
Mini ricomincia a singhiozzare e io per un attimo dimentico la mia, di serata.
«Andrà tutto bene, troveremo una soluzione, Mini. Ora devi solo calmarti».
«Tu piuttosto? Dov'eri?».
Il terrore più assoluto si dipinge sul mio volto.
«Te l'ho detto, non mi sentivo bene».
«E…?»
«E niente, Alexander mi ha dato una pastiglia per il mal di testa. Sono rimasta in camera sua a guardare un film. Sai, quei suoi film… sono così noiosi che mi sono addormentata».
Tento di inventare una scusa dignitosa, ma Mini ormai non mi sta neanche più ascoltando.
«Ho fatto un casino, Juls», ripete scuotendo la testa di riccioli biondi.
Mini è un fascio di nervi: non riesce a mangiare, ha la nausea e sul suo viso sono impressi i sensi di colpa, indelebili come un marchio. La consolo a lungo, sperando che si riprenda.
Dopo un po', controllo il cellulare: sono le nove del mattino e non ci siamo presentate per la colazione e l'appello. Decidiamo quindi di comunicare ai professori la nostra assenza. Mini dice di essere in preda a una forte emicrania e io mi propongo di rimanere con lei, così l'ultimo giorno lo trascorro in stanza fino al pomeriggio.
«Juls, non sei obbligata a farmi compagnia, davvero».
Passare la giornata a gustare marshmallow e guardare Netflix tra le coperte della camera dell'hotel non è stata affatto una cattiva idea, considerando il freddo e la pioggia che imperversano all'esterno.

A: Juliet, dove sei?

Il messaggio di Alexander mi strappa un sorriso immediato, perché il fatto che abbia notato la mia assenza è qualcosa che non mi aspettavo.

J: Sono rimasta in hotel con Mini.

La risposta di Alexander arriva subito.

A: Se ci fosse qualcosa che non va, me lo diresti, vero?

Immagino i suoi occhi. Mi domando con quale intonazione dovrei immaginare questa domanda. Me la farebbe con dolcezza o con risolutezza?

J: Sì, è Mini a non stare tanto bene.
A: 17:30, fatti trovare in camera mia.

Rimango a fissare il telefono per qualche istante.

J: Ma non ho la chiave per entrare.
A: Controlla nella giacca.

Inizio a frugare nelle tasche della giacca abbandonata sulla poltroncina di fianco al letto e trovo una chiave che non ho mai visto prima.

J: Me l'hai messa tu?
A: 17:30, non un minuto più tardi.

Sono le cinque e venticinque, Mini è rintanata sotto le coperte con gli occhi gonfi per il pianto e il cellulare in mano.
«Juls, devi raggiungere gli altri, non puoi perderti l'ultimo giorno di gita a causa mia».
Non so cosa stia scrivendo a Liam, ma credo che non abbia ancora trovato il coraggio di raccontargli la verità.
«Senti, vado a prendere una bottiglietta d'acqua sotto. Vuoi qualcosa?»
«No», replica tirando su col naso, senza alzare gli occhi dal telefono.
Così esco dalla nostra stanza e mi dirigo nella zona dei ragazzi. Quando giro la chiave ed entro nella stanza di Alexander, la prima cosa che noto è il letto a una piazza su cui abbiamo dormito. Non mi ero resa conto di quanto fossero poco attraenti quelle coperte verdi a quadrettoni, e per un attimo mi chiedo come abbiamo fatto a starci in due, lì sopra. Poi, l'immagine del corpo di Alexander che s'incastra nel mio mi prende alla sprovvista.
Le mie guance si tingono di un leggero rossore mentre mi siedo sul letto perfettamente rifatto. Resto lì, in silenzio, con solo il suono impercettibile del mio respiro.

Accarezzo la coperta e mi sembra di toccare una ferita ancora aperta. I ricordi della serata precedente si fanno sempre più vividi, li sento bruciare sulla pelle. Sobbalzo quando la maniglia scende e la porta si apre. Alexander entra nella stanza ma, prima di chiudere la porta, resta a fissarmi per una manciata di secondi.

«Alex, dov'è Norman?»

«Hai parlato di ieri con qualcuno?», domanda con il suo tono freddo.

Mi alzo in piedi e nascondo le mani nervose dietro la schiena.

«No».

Chiude la porta e posa lo zaino a terra, poi si toglie la giacca e il suo petto avvolto dal golfino scuro si svuota di un lungo sospiro di sollievo.

«Norman è andato a prendere dei souvenir per i suoi».

Aspetto in silenzio che finisca di sistemare le sue cose e, quando mi si avvicina con le mani in tasca, i nostri sguardi tornano a riallacciarsi in un legame indissolubile.

«Stamattina sei scappata, Juliet. Volevo solo saperlo con certezza».

«Cosa?»

«Che stai bene».

La sua premura mi scalda il cuore.

«Sì, te l'ho già detto».

Alexander però mi osserva con aria interrogativa.

«Mini è andata a letto con Norman. Era distrutta, poverina», spiego.

«Poverina?». Lui inarca un sopracciglio.

«Be', sì, è stato un errore. Se n'è pentita».

E tu?

«Lo ha insultato e trattato male», ribatte scrollando il capo.

«Sì, ma solo perché, per colpa di Norman, ha tradito il suo ragazzo».

Gli occhi di Alexander si riducono a due fessure.

«È colpa di Norman se lei ha fatto sesso con un altro?».

Alzo le spalle, come se il punto sollevato da Alexander non fosse importante. «Be'... comunque lei ama Liam».

«Cristo, Juliet, ma sta' zitta».

Tutti i miei pensieri si dissolvono quando le labbra di Alexander si impadroniscono delle mie e mi baciano con impeto. Esplora la mia bocca con la lingua, mantenendo le mani nelle tasche. E se lui è fermo, io rischio di perdere l'equilibrio, quindi mi aggrappo con i pugni stretti al suo maglione.

«Quindi non hai detto nulla neanche a Mini?»

«No...», rispondo sottovoce, tornando coi piedi per terra. E non so quanto a lungo io riuscirò a mantenere questo segreto.

Alexander rimane freddo, indecifrabile nelle sue emozioni. Sempre che sia in grado di provarne.

«Però Mini è la mia migliore amica e...».

«Juliet, no».

Mi avvicino con la guancia alle sue labbra per cogliere qualsiasi parola voglia donarmi, ma il suo corpo si irrigidisce e diventa restio al mio tocco.

Abbasso lo sguardo e noto che ha ancora le mani in tasca.
«Alex».
Mi sollevo in punta di piedi cercando il calore delle sue labbra, che scivolano lungo la mia gola.
«Sono un segreto per te?», sussurro chiudendo gli occhi dolcemente.
«Ma quando la smette di piovere?», esclama una voce.
La porta si apre e Norman entra in camera cogliendoci di sorpresa.
Alexander compie un balzo all'indietro, scostando velocemente il viso dal mio.
Reazione che, purtroppo, sta a significare una risposta più che eloquente.

42

ALEXANDER

«Norman».

Io e Juliet non stavamo facendo niente di male, ma nella mia testa si stavano consumando le immagini più proibite. Fortuna che né Norman, né nessun altro può accedere ai miei pensieri.

«Hai trovato tutto?». Osservo scocciato il giubbotto fradicio che sta gocciolando sul pavimento.

«Sì, c'era un negozietto qui vicino e…».

Norman comincia a parlare di souvenir, mentre Juliet si avvicina alla porta.

«Vabbè, ci vediamo a cena», sbuffa infastidita prima di andarsene.

«Juliet ha detto qualcosa di Mini?», domanda Norman.

«Sì, nulla di nuovo».

«Mi odia ancora?»

«Sì».

Norman si strofina la nuca. «Non puoi capire, Alex».

Non posso capire? Cosa c'è che io non possa capire?

«Cosa? Sentiamo».

«È che io vorrei parlarle…».

«Lasciala perdere. Fidati».

«Vedi, non capisci. Sono totalmente andato per lei».

«No, io capisco perfettamente, sei tu a non aver compreso che lei sta pensando a come sarebbe bello se tu non esistessi».

«Bell'amico, eh! Complimenti!». Norman sorride, io invece lo squadro con diffidenza.

Quindi siamo davvero amici? E poi ho solo detto la verità.

«Juliet ha dormito qui stanotte?»

«Certo», rispondo senza esitazioni, cercando nei suoi occhi qualche accenno di sospetto.

Ma non ve n'è alcuno, quindi tiro un sospiro di sollievo e torno a contare i minuti fino a quando la rivedrò ancora.

I professori hanno avuto la brillante idea di organizzare un party dopo cena nel ristorante dell'hotel. In questo modo, non dovranno preoccuparsi di farci tornare sani e salvi qui.

A cena Juliet sta insieme alle sue amiche, ma ha un'espressione strana, quasi corrucciata, e per me è sempre difficile interpretare le sue emozioni. Il nostro modo di vedere le cose è diametralmente opposto. Il che da un lato mi affascina, ma dall'altro mi fa dubitare delle mie scelte.

Rimango seduto al mio tavolo, mentre i miei compagni a poco a poco si alzano: chi per andare a fumare, chi per chiacchierare con le ragazze. Juliet mi lancia qualche occhiata di nascosto; alcune le ricambio, altre le lascio scivolare via.

Mi chiedo se sta aspettando una mia mossa, oppure no. Mettermi nei suoi panni non è affatto facile, soprattutto dopo che abbiamo fatto sesso. Mi porto una mano sulla fronte, come se bastasse a sbrogliare il groviglio di pensieri perversi che mi tormenta da stanotte. Era così stretta, calda e perfetta.

«Alex, ascolta, io la recensione negativa la lascio».

Norman continua a lamentarsi della scarsa qualità dei dolci del ristorante, ma la mia attenzione è tutta per le labbra color ciliegia di Juliet.

«Sì, inizia a scriverla. Arrivo».

Mi alzo in piedi e la raggiungo. È seduta con la testa appoggiata sul palmo della mano, come se fosse a scuola, costretta a subire una lezione noiosa.

«Juliet».

Quando sente la mia voce, la sua schiena si raddrizza subito. Mi fissa senza fiatare e il suo sguardo freddo mi fa sussultare.

«Sei arrabbiata?».

Juliet non risponde, si alza in piedi e fa per allontanarsi con Mini.

«Juliet, non farlo».

Lei si volta a guardarmi. «Non fare cosa?»

«Non obbligarmi a pregarti di dirmi cosa c'è che non va. Perché non lo farò, e lo sai».

Mi sento come stretto in una morsa.

«Non puoi chiedermelo e basta, se ti importa così tanto?», domanda con una smorfia infastidita.

Non la capisco, dannazione. Perché vuole che gli altri ci vedano discutere in questo modo?

Lei mi ignora e fa per seguire Mini in un angolo appartato del ristorante.

Ancora un passo. Non ne farò uno di più.

«Juliet, non sto scherzando. Se pensi di attirare la mia attenzione in questo modo, ti sbagli di grosso».

Lei non fa caso a me. Si avvicina a Mini e la aiuta a togliere delle bottiglie di alcolici dallo zaino. Non mi piace. Non mi piace vederla bere. Non mi piace il tono di Mini. Non mi piace nulla di tutto questo.

«Alex, conosci Kyle di quarta?».

In un istante, Karoline mi si attacca addosso come se fossimo nella stagione dell'accoppiamento. Sfiora il mio braccio sorridendo, nonostante il mio sguardo riluttante.

«Lui aveva questa ossessione per gli insetti… cioè, era uno strano…Tipo, ehm… tipo…».

Tipo me, certo.

«Karoline, cosa vuoi?»
«Ti sto raccontando una storia».
«Puoi smettere?», ribatto puntandola dritto negli occhi.
«Ma, Alex, guarda che non stavo…».
«Ora. Grazie».
Faccio per andare da Juliet e Mini, che però spariscono con le bottiglie e dei bicchieri vuoti.
Maledizione.
Di certo non posso obbligare Juliet a comportarsi da persona matura e a parlarmi, ma il mio cervello non conosce limiti e si è già figurato tutti i modi in cui potrei costringerla a fare qualcosa.
Quando un DJ improvvisato fa partire la musica e le ragazze iniziano a ballare, capisco che è il momento di ritirarmi in camera a leggere. Per un istante, fisso il vuoto, come se bastasse a spegnere il rumore dei miei pensieri, come se potesse risucchiare l'inferno che alberga nella mia testa.
«Alex…». La voce di Juliet mi sorprende. Le sue mani scivolano sulle mie spalle prima che si sieda accanto a me. «La storia del segreto. Ti ricordi quando eravamo in camera? Be', mi ha dato fastidio».
«Hai bevuto», affermo senza esitazione, di fronte a quei discorsi poco coerenti.
«Ringrazia che almeno ti parlo».
Mi giro verso di lei, lentamente. Fatico a credere alla superficialità con cui questa ragazza usa le parole.
«Dovevo baciarti di fronte a Norman, mhm?».
Le sue guance si colorano. Abbassa gli occhi imbarazzata e io mi sento divinamente.
«No».
«E allora perché devi fare i capricci?».
Lei sfiora la mia mano fredda, lasciandomi disorientato.
«Juliet non dovresti bere».
«Ma perché?»
«Perché mi fai preoccupare».
«Ma se sei ubriaco anche tu… non sarai più preoccupato».
Arriccia il nasino costellato di lentiggini e mi rivolge un sorrisetto fottutamente invitante.
«Bella teoria, complimenti, piccoletta».
«È l'ultima sera. Voglio solo divertirmi. Puoi divertirti con me?».
Come posso dirle di no?
«Posso divertirmi con te, Juliet».
Mi allunga un bicchiere, come se le avessi dato il via libera per offrirmi da bere.
«Di questo parlavi?»
«Anche», mormora versandomi del liquido trasparente.
«Lo sai che non bevo».
«E tu lo sai che non è mai morto nessuno? Non ti devi ubriacare. Beviamo un cocktail, balliamo e basta».
Inarco il sopracciglio. «Di sicuro io non ballo», replico sottovoce.

«Fa' quello che ti dico io per una volta!», ribatte ridendo.
Sembra felice, dannazione. Ed è così bella quando sorride.
«Ti prego, Alexander, divertiamoci», mi supplica con la sua vocina.
Sarebbe un esercizio interessante, allenarmi a resistere alle sue provocazioni.
Ma ora, perché dovrei?
«Va bene, solo per questa volta, Juliet».
Una felicità quasi assoluta esplode nei suoi occhi grandi quando butto giù il drink. Non sopporto il gusto acido e piccante sulla lingua di quell'intruglio. Dopo due bicchieri, ho già voglia di mangiare una caramella alla menta.
Juliet sorride, poi si avvicina al mio orecchio con dolcezza, ma non fa in tempo a dire nulla, perché le sue amiche vengono a reclamarla. Noto quanto le stanno bene i suoi jeans aderenti, mentre me la portano via. In quell'istante, Norman si siede accanto a me per struggersi con le sue pene d'amore. Non so perché, ma continuare a bere quegli alcolici dal gusto orribile sembra essere l'unico modo per sopportare tutto ciò.
«Ascolta, parlale».
Se sento nominare Mini ancora una volta, me ne vado. Non sono un tipo paziente.
«Dici?»
«Sì, prova. Parlale ora», gli suggerisco in preda all'euforia dell'alcol.
«Da quando dai consigli così di merda, Ackerman?».
Norman è sorpreso dalla mia avventatezza e sta per aggiungere altro, ma io ne ho abbastanza. Mi alzo sulle gambe traballanti e mi appoggio al muro poco distante. E poi sono stranamente allegro. Perché mi sento così? La musica alta, che di solito detesto, è persino piacevole. E c'è un problema: sarà davvero difficile staccare gli occhi di dosso a Juliet. Credo di aver perso la cognizione del tempo. Passano minuti? Secondi?
D'un tratto Juliet ride. Poi i suoi occhi intercettano i miei, quindi mi chiama da lontano.
Con un cenno, rifiuto il suo invito a unirmi a lei e alle sue amiche per ballare. Posso anche aver bevuto qualche bicchiere, posso anche avere la testa più leggera, ma di sicuro non ballerò davanti a tutti. Tantomeno con lei.
«Vieni, Alex», dice in tono seducente, avvicinandosi a me.
«Dove?», chiedo, mentre lei mi squadra da capo a piedi.
«Sento il tuo cuore», bisbiglia poggiando entrambe le mani sul mio torace avvolto da una T-shirt scura.
«Juliet…».
Lei mi prende la mano e a quel punto sono obbligato a seguirla, ma il pavimento comincia a ondeggiare sotto di me.
Ci fermiamo in mezzo alla pista e Juliet comincia a muoversi accanto a me. I suoi lunghi capelli castani emanano quel profumo dolce e vanigliato che mi piace tanto. Lo inspiro abbassando il viso verso di lei, che fa scorrere le mani sul mio petto. Vorrei afferrarla per i polsi, ma, dannazione, c'è troppa gente intorno a noi. Troppa.

«Juliet…». Ripeto il suo nome e il mio tono non è ammonitore, sembra più un richiamo affettuoso.

«Stiamo solo ballando», mi rassicura lei, voltandomi le spalle.

«Ma io sono fermo».

Si volta di schiena, facendo aderire il suo fondoschiena tondo al mio bacino.

Dannazione.

Immergo il naso tra i suoi capelli e, con le labbra le accarezzo la gola, poi le clavicole scoperte, mentre il suo corpo dondola dolcemente contro il mio.

«Oh no, un po' ti stai muovendo», mi prende in giro ridacchiando. Juliet afferra entrambe le mie mani e se le mette sui fianchi. Circondo la sua vita sottile con una presa possessiva che la porta a gemere. Il mio respiro accelera, mentre soffio nel suo orecchio: «Smettila».

Lei non obbedisce. Continua a ballarmi davanti con movimenti lenti, torturandomi ogniqualvolta il suo corpo esile colpisce i miei pantaloni. La faccio voltare bruscamente e lei ne approfitta per lanciarmi le braccia al collo.

«Cristo, Juliet, non guardarmi così».

«Sta' rilassato…», sussurra lei con un sorriso.

Sto perdendo il controllo. Devo toccarla. E lei deve baciarmi.

Premo il palmo della mano contro la sua guancia, facendole chinare la testa, in modo da far allineare la sua bocca alla mia. Affondo avidamente le dita nei suoi capelli fluenti. Le sue labbra color ciliegia si avvicinano e io chiudo gli occhi per ricevere quel dannato bacio.

«Alex…», mi richiama con voce preoccupata.

Riapro gli occhi e noto che il suo sguardo è puntato in una direzione precisa. Mi volto. Mini, Karoline, Amanda. E tutte le sue amiche. Ci stanno guardando con espressione sconvolta.

43

JULIET

L'atmosfera è tesa e lo capisco dallo sguardo delle mie amiche. Continuo a spostare l'attenzione da loro ad Alexander, che mi osserva spaesato. *E ora cosa faccio?*

Le mie gambe ormai hanno deciso da sole: scappo da lì e raggiungo il bagno delle ragazze.

«Juls?».

Mini entra e mi rivolge un'espressione sgomenta, seguita a ruota da Karoline e Amanda.

«È stato come vedere i fratelli Lannister interpretare *Dirty Dancing*», commenta Karoline, dispensando la sua solita cattiveria.

«Karoline, finiscila, non fa ridere», la riprende Amanda.

«Vai via, non voglio sentire le tue frecciatine!», strepito.

Amanda trascina la strega fuori e io rimango sola con Mini.

I suoi occhi cerulei mi studiano a lungo e io non so cosa dirle.

Sto tremando. Cosa diranno le persone adesso?

«Juls, cosa sta succedendo tra te e Alexander?».

Lo sguardo mi casca sul pavimento.

«Niente. Ho solo bevuto».

«Stavate…».

«Stavamo solo ballando».

«Stavate facendo sesso con i vestiti addosso!», ribatte con voce stridula.

Scrollo il capo, negando qualsiasi accusa.

«Juls, ti prego. Dimmi la verità».

Sollevo il capo e la guardo. È la mia migliore amica. Sarò capace di mentire?

«Mini!».

Norman ci interrompe sul più bello, irrompendo nel bagno.

«Perché devi sempre seguirmi? Sparisci!».

«Ti voglio solo parlare, perché fai così?».

Ecco, ci mancavano i loro litigi da inaciditi.

«Senti, rosso, la tua faccia mi dà sui nervi! Abbiamo altri problemi qui!». Mini prova a respingerlo, ma senza grande risultato.

«Quand'è che avrai di nuovo voglia di parlarmi?», domanda lui, imbarazzato.

«Fammi pensare…». Assume un'espressione pensierosa, prima di pungerlo con un'occhiata spietata. «Mai!», esclama poi spingendolo via dal bagno.

Mi rannicchio contro il muro e Mini torna di fronte a me.

«Juls… Alex ti ha mai baciata?», domanda posandomi una mano sulla spalla, forse nel tentativo di risultare rassicurante.

Dio, se solo sapesse.

Vorrei dirglielo, liberarmi di quel peso, ma significherebbe tradire la fiducia di Alexander. E io non lo farei mai. Ingoierei la mia stessa lingua, piuttosto che fare una cosa del genere.

«Non è successo niente, Mini. Te l'ho detto, io ho bevuto e Alex anche. Era solo…». Deglutisco prima di proseguire. «Era solo l'euforia del momento e che… lo vedi anche tu…».

«Certo, lo vedo anch'io. Piaceva anche a me». Mini fa una piccola pausa per massaggiarmi la spalla, come per farmi forza. «Però… la cosa tra voi sarebbe strana».

«Non c'è nessuna cosa tra noi», dichiaro proprio mentre mi arriva un messaggio. Tolgo il cellulare dalla tasca.

A: Piccoletta, quanto devo cercare prima di trovarti?

Uno strano vortice mi scalda lo stomaco.

Forse devo solo vomitare.

J: Sono in bagno.

La mia amica si indispettisce e insospettisce.

«Juls, mi ascolti?»

«Sì, Mini».

«Non voglio che ti cacci in situazioni… come dire…».

«…strane, lo so, lo hai già detto».

Un silenzio imbarazzante invade lo spazio intorno a noi nel momento in cui la porta si spalanca rivelando Alexander.

Lui ha quella maglietta aderente. E quello sguardo. Mi sento svenire.

«Mini, lasciaci parlare un attimo».

Dannazione, la sua voce è bassa e suadente. Perché non può essere meno affascinante?

La mia amica annuisce, poi si avvicina al mio orecchio. «Le ragazze erano più bevute di te e lui messe insieme, domani dimenticheranno tutto», dice sottovoce.

«Ne dubito, ma grazie», mormoro mordendomi il labbro inferiore.

Quando Mini esce dal bagno, finalmente sollevo il mento e mi accorgo che Alex mi sta puntando. Si avvicina lentamente e mi arriva a un soffio.

«Stavo per dirglielo», confesso senza fiato.

«Ma…», m'imbocca lui.

Mi sta invitando a rivelare ciò che lui sa già. Lo sa perfettamente.

«Ma non l'ho fatto».

«Brava».

«È che… io non so mantenere i segreti. Non lo so proprio fare», piagnucolo con voce rotta, mentre Alexander mi sposta una ciocca ribelle dalla fronte.

«Juliet, questa è una cosa mia e tua. Di nessun altro».

Le sue labbra, la loro forma, quello che dicono, il ricordo di come giocano contro le mie. Ho solo voglia di rivivere quelle sensazioni piacevoli, quindi mi allungo in punta di piedi, verso di lui. Alexander, però, non mi asseconda. Rimane immobile.

Sono troppo ubriaca per parlare, chiedere, discutere, quindi afferro il suo viso tra le mani per appropriarmi della sua bocca invitante.

Il bacio schiocca solo da parte mia e la cosa invece che infastidirmi mi fa intestardire ancora di più.

Affondo le mani nei suoi capelli prendendomi una libertà inaspettata. Schiudo la bocca, mentre la sua rimane ferma. La forzo con la lingua, ma lui non cede.

«Juliet…».

Alexander mi richiama, ma il suo rimprovero è debole perché io nel frattempo ho preso a torturare il suo collo con una scia di baci.

All'improvviso, sento la sua mano tra i miei capelli, la presa è sicura e capisco che sta per fare la sua mossa.

Sono troppo ubriaca per prepararmi a quello che sta per succedere. Il nostro bacio è così rude che avverto le mie labbra bruciare ed è così bramoso che le nostre lingue si scontrano e incontrano implacabili.

Dopo poco, Alex mi solleva la maglia e con le nocche sfrega contro la mia pancia, mentre prova a sbottonarmi i jeans.

«Cristo, non ho mai fatto tanta fatica».

Mi scappa una risatina, è insolito vederlo in queste condizioni: sembra quasi più ubriaco di me.

«Non provare a ridere, piccoletta», soffia sulle mie labbra.

«Sennò che mi fai?». Mi sorprendo del mio tono morbido e caldo.

«Non mi provocare, Juliet».

Il bottone dei jeans scivola finalmente via dall'asola tra un bacio e l'altro, poi Alexander mi afferra il polso e in un attimo ci troviamo in un gabinetto buio e dal pungente odore di ammoniaca.

«No, non ti appoggiare lì…», mormora lui quando mi abbandono contro la parete alle mie spalle, afferrando il bordo dei suoi pantaloni per trascinarlo a me. «Non so se è…».

Lo vedo guardarsi intorno con aria smarrita. Alexander vorrebbe valutare le condizioni igieniche del posto, ma la sua mente è troppo offuscata.

«Alex, che ti importa…».

Mi scappa un gemito quando mi tira il labbro inferiore tra i denti. Provo a sbottonare i suoi pantaloni, tuttavia l'alcol rende tutto più difficile.

Alexander si china sulla mia pancia nuda e, mentre mi abbassa i jeans, lascia dei piccoli baci sul mio fianco scoperto. Una volta che i pantaloni sono un mucchietto alle mie caviglie, sollevo un piede, poi l'altro, per liberarmene…

Alexander mi circonda i fianchi e mi solleva appena da terra facendo aderire i nostri corpi, poi si cala a sua volta i pantaloni.

«Juliet, sta' ferma».

Ci provo, ma ogni suo gesto è così piacevole che non riesco a non muovere il bacino contro il suo. I suoi boxer mi premono contro l'inguine togliendomi il fiato.

«No».

Frastornata, guardo Alexander per capire il motivo di tanta riluttanza.

«Non li ho con me. I preservativi. Sono in camera».

«Non importa», mormoro riprendendo a baciargli il collo, mentre stringo più forte le gambe allacciate intorno ai suoi fianchi.

«Importa invece. Vestiti».

Alexander mi lancia un'occhiata truce e io mi sento quasi svenire dal caldo. Poi lui mi prende di peso e mi rimette a terra.

«Cazzo», impreca nell'afferrare i miei jeans dal pavimento, prima di porgermeli.

Imbarazzata, mi rivesto senza dire una parola. Alexander mi ferma per un braccio poco prima che io possa uscire dal gabinetto.

«Voglio andare da Mini per capire cosa sta succedendo», borbotto con gli occhi bassi, ancora accaldata.

«Guardami, Juliet».

Un brivido mi fa tremare lo stomaco quando incrocio il suo sguardo.

«In camera mia tra dieci minuti».

«Dov'è Mini?».

Invece di rispondere alla mia domanda, alcune delle mie compagne mi ridacchiano in faccia.

E io so già che pagherò a lungo l'errore di valutazione di poco prima.

Esco dall'hotel e noto alcuni gruppetti di ragazzi che chiacchierano, altri che fumano, altri ancora che ridono.

Dopo un istante, riconosco la testa di Norman. Mini è seduta su un muretto, mentre lui le sta di fronte.

Stanno parlando.

Oddio, lui le ha preso la mano.

Rimango a fissarli sorridendo, perché quei due sono troppo carini insieme.

Poi controllo il telefono e mi accorgo che i famosi dieci minuti sono passati da un bel po'. Decido quindi che è arrivato il momento di andare in camera di Alexander.

Prendo l'ascensore per salire al secondo piano e vedo finalmente il mio riflesso nello specchio.

Ho il trucco colato e i capelli spettinati.

Dovrei andare a dormire, mettermi nel mio letto, riposare e smaltire la sbronza. Non dovrei andare da Alexander, non sono nelle condizioni di poter ragionare.

La porta dell'ascensore si apre.

E in un baleno mi ritrovo davanti alla sua stanza.

«Juliet, sei tu?», domanda quando spalanco la porta.

I suoi occhi assonnati mi scrutano, rimango quasi a bocca aperta quando noto che Alexander è nel letto e ha solo i boxer addosso.

«Perché ci hai messo tanto?», mormora strofinandosi la nuca.

«Mi cronometri?», scherzo appoggiandomi alla scrivania, per evitare di non crollare sul pavimento.

«Sì, e te l'ho già detto, Juliet».

«Secondo me Norman è molto più gentile di Liam. La tratterebbe meglio... ma purtroppo l'amore...». Biascico frasi confuse, fino a quando Alexander mi rivolge un'occhiata così intensa da zittirmi.

«Mini non è innamorata di Liam», asserisce lui.

«Perché dici così?»

«Mi viene difficile da credere che sia amore, dato che l'ha tradito alla prima occasione».

«Ma che diavolo ne sai tu!». E scoppio a ridere.

Alexander solleva il piumone e io decido di sfilarmi i jeans e rannicchiarmi di fianco a lui.

«Ora basta parlare degli altri», sussurra roco, mentre le nostre labbra si avvicinano senza sfiorarsi. «Se tu avessi un ragazzo, Juliet...».

Deglutisco e, come ogni volta che il suo tono di voce si fa così basso, provo un inaspettato senso di smarrimento.

«...lo tradiresti mai con un altro?»

«È una domanda importante... Be', dipende».

Alexander non sembra apprezzare la mia risposta, lo vedo dal suo sguardo scuro. «Sì o no. Rispondi», rilancia serio.

«Non lo so...». I miei occhi stanno sprofondando nei suoi, sono così scuri che mi stanno rubando anche l'anima. «No, direi di no».

«Bene, adesso baciami», sussurra sollevando appena il capo dal cuscino.

Mi fiondo sulle sue labbra, lasciando che la mia lingua cerchi la sua per trascinarla in una danza sfiancante.

«Dobbiamo fare in fretta, perché tra poco Norman tornerà». Ridacchio divertita dalla situazione.

«Dobbiamo? Piccoletta, lo sai che non sei tu a dare gli ordini, vero?».

Sorrido sulla sua bocca, ma Alexander torna a parlare.

«Juliet, se vuoi, domani che magari saremo meno ubriachi...».

«Vuoi parlare?».

Dei passi nel corridoio interrompono le nostre parole.

«Alex, c'è qualcuno».

Alexander solleva il piumone per nascondermi e proprio in quel momento entra Norman in camera.

«Che fai? Sei ancora sveglio?».

La luce della lampada è l'ultima cosa che colpisce i miei occhi, prima che io sparisca sotto le coperte e venga risucchiata dal buio.

«Sto, ehm...». Alexander si schiarisce la voce, mentre mi faccio piccola al suo fianco.

«Leggo, faccio cose», borbotta Alexander.

«Hai caldo, Alex?»

«Perché?»
«Dormi nudo?».
Norman scoppia a ridere, ma Alexander cambia discorso.
«Non sono nudo. Com' è andata con Mini?».
Non gliene frega assolutamente nulla della questione, ma sa come uscire dalle situazioni disastrose.
«Mi ha urlato addosso per due ore».
«Oh».
«Poi mi ha baciato».
La mano di Alexander arriva a coccolarmi il viso come per controllare che io sia ancora viva.
Ci sorrido sopra, lasciandomi accarezzare la guancia.
«Be', allora perché non sei con lei?»
«Mini è più complicata di qualsiasi quesito di logica che io abbia mai dovuto risolvere».
«Sì, capisco…».
Alexander si schiarisce nuovamente la voce, non sa più che inventarsi.
«Un passo alla volta, come mi hai consigliato tu. Domani le riparlerò».
Ridacchio immaginando l'espressione infastidita di Alexander, tipica di quando non riesce a ottenere ciò che vuole.
«Ma magari è meglio se…».
«Buonanotte, Ackerman».
Norman si mette a letto e dopo qualche secondo lo sento russare.
Quando è sicuro di avere via libera, Alexander allunga una mano verso il mio braccio.
«Si è addormentato?», chiedo sottovoce.
«Vieni qui, Juliet».
Mi tiro su e, mentre mi abbandono con il capo sul cuscino, i nostri nasi si sfiorano nel buio.
Infine Alexander mi abbraccia, facendomi sentire il più bello tra i suoi segreti.

44

JULIET

Durante il viaggio in pullman sorprendo alcune amiche di Karoline a guardarmi: restituisco le occhiate senza paura, pur sapendo che non hanno ancora dimenticato lo spettacolo di ieri sera. Il mio obiettivo è quello di evitarle, ma Mini in questo non mi è di alcun aiuto: sembra non avere alcun interesse a parlare con me e sta seduta con le cuffiette nell'orecchio.

Lancio un'occhiata verso il lato del bus dove c'è la classe di Alexander.

I suoi occhi scuri sono incollati al finestrino, mentre le sue labbra rimangono piegate in una smorfia apatica.

Tornare a casa non mi è mai sembrato così triste.

Mia madre ci viene a prendere e in macchina ci fa il terzo grado. Io e Alexander dovremmo essere al settimo cielo per la gita appena trascorsa, ma ogni entusiasmo è frenato dal fatto che avremo molta meno libertà, soprattutto ora che i miei genitori saranno in ferie per le vacanze natalizie.

«Scendete qui, io vado a parcheggiare poco più avanti», ci ordina mia madre mentre si ferma con la macchina davanti al vialetto di casa.

Quando io e Alexander scendiamo dall'auto, mi accorgo che ha iniziato a piovigginare. Lui recupera le nostre valigie, mentre io indugio un po' sull'asfalto umido.

«Alex…».

«Sta per mettersi a piovere. Rientriamo».

Mi mordo l'interno della guancia, poi lo seguo in casa e lì ci riprovo.

«Sai, me lo aspettavo diverso», ricomincio a dire cercando i suoi occhi evasivi.

«A cosa ti riferisci, Juliet?»

«Al risveglio. Stamattina».

«C'era Norman». Alexander si limita a fare quell'osservazione, lasciando le valigie zuppe all'ingresso.

«Sì, ma…».

«Non riesci proprio a non farli i capricci, vero? Ne parliamo dopo», taglia corto levandosi il cappotto.

Mi guardo intorno e ripenso a quando sono entrata in questa casa per la prima volta. Io mi sento diversa, ma la cucina, il salotto… è tutto uguale. E non è stata proprio un'accoglienza amichevole all'epoca.

«Dio, che antipatico», commento ad alta voce.

«Cosa?»

«Sei rimasto uguale. Intendo… dalla prima volta che ti ho visto».

Alexander afferra il mio cappotto e, dopo averlo sistemato sull'attaccapanni, si avvicina a me.
«Ah, davvero?».
Deglutisco nell'udire il suo tono provocatorio. Indietreggio senza mai scollare gli occhi dai suoi.
Non so quanto ci abbia messo a farlo, ma avrei dovuto cronometrare i secondi che gli sono bastati per mettermi con le spalle al muro.
O meglio, contro il bancone della cucina.
«Cosa… cosa vuoi fare?». La mia voce lascia trapelare una punta di eccitazione.
«Cosa potrei farti, Juliet?». Lo chiede con uno sguardo così intenso da farmi tremare le ginocchia.
«Ah, io… non saprei», mormoro rabbrividendo quando le sue dita mi sollevano il maglione sui fianchi per sfiorare la mia pancia nuda.
Ammiro la sua pelle bianca e le sue labbra rosse come il sangue. Vorrei sollevarmi in punta di piedi per sentirne il calore, ma Alexander mi immobilizza contro il bancone. La sagoma spessa della sua erezione nascosta dai pantaloni preme contro il mio fianco, facendomi avvampare le guance.
«Ragazzi».
John.
La velocità con cui Alexander cambia espressione è sconvolgente, io invece ci metto un secondo in più, ma entrambi ci allontaniamo nello stesso istante.
Afferro la bottiglia dal ripiano e verso dell'acqua in un bicchiere appena recuperato dalla dispensa, mentre Alexander appoggia entrambe le mani sul ripiano della cucina, nascondendosi dietro il bancone.
Salutiamo John e lui sembra interessato al nostro viaggio.
«Com'è andata la gita?»
«Bene». Alexander è come al solito di poche parole.
«Molto bene, John. Davvero istruttiva». Sogghigno.
«Vi siete divertiti allora».
Lo sguardo di John si scurisce per qualche secondo e si sposta da me a suo figlio. Prima che possa domandare altro, gli suona il telefono.
«Catherine? Ma dove sei finita?».
Quattro secondi.
Il tempo esatto che ci mette John a voltarsi e uscire dalla cucina. Per poco non rovescio il bicchiere, in un attimo io e Alexander veniamo entrambi colti dalla stessa idea: ci avventiamo l'uno sull'altra.
«"Davvero istruttiva", eh?», mi provoca lui, curvando le labbra in un sorrisetto ironico.
Poi con le mani mi attira a sé e tortura il mio labbro inferiore con lussuria, invitandomi a schiudere la bocca per accogliere la sua lingua, che comincia a creare vortici insieme alla mia, ormai senza controllo.
Nell'aria si sentono solo il suo respiro affannato e i miei gemiti.
Alexander però è teso. Un passo di John e dovremo staccarci.
Ma io non voglio.

Le mani di Alexander sono più rudi e frenetiche del solito e la situazione proibita innesca una scarica d'adrenalina che mi fa vibrare lo stomaco.

«Juliet...».

Lancia gli occhi scuri verso la porta. Il tono risoluto con cui pronuncia il mio nome sembra un avvertimento, ma non è sufficiente a farci allontanare.

«Ancora», sussurro prima di tornare ad accogliere le sue labbra che mi baciano con foga.

Alexander sembra stranito dalla mia audacia nascosta: quando mi solleva per i fianchi per posizionarmi sul bancone, mi rivolge un'occhiata sorpresa. La mia mano scivola veloce sul suo petto, fino a scendere sul cavallo dei suoi jeans.

«Juliet...».

Ignoro anche il secondo rimprovero, godendomi i piccoli gemiti che gli rubo con ogni bacio, finché la voce di John torna più vicina.

«Va bene, a dopo, tesoro».

Quando John fa nuovamente il suo ingresso in cucina, io mi sto risistemando i capelli, mentre Alexander giocherella con il bordo del maglione, tentando di abbassarlo il più possibile per coprire la sua eccitazione evidente.

«Juliet, tua madre arriverà tra un mezz'ora, mi ha detto che...».

John solleva gli occhi dal cellulare e s'interrompe per osservarci attentamente.

Da parte nostra solo il silenzio. Ho ancora il fiatone e le guance arrossate.

«Dicevo... Catherine è andata a prendere qualcosa per cena. Juliet, perché non vai di sopra a sistemare le tue valigie?».

Oh, no.

«Voglio parlare da solo con mio figlio».

Qualcosa mi dice che siamo nei casini.

Disfo le valigie, poi m'infilo sotto la doccia.

Il getto d'acqua bollente mi scalda il corpo infreddolito dalla giornata fredda.

Mi chiedo di cosa stiano parlando Alex e suo padre, ma soprattutto mi chiedo se John si sia davvero accorto di qualcosa.

Di sicuro scoprirò di più a cena.

E dopo?

Dovrò per davvero tornare a dormire nel mio letto?

Ci penso un po' su.

Non voglio.

Scommetto che Alex direbbe che le mie sono solo idee infantili, ma è così che mi sento ora.

Voglio rimanere stretta tra le sue braccia mentre mi addormento.

Stare con lui mi fa sentire protetta e io non desidero altro.

Non lascerò che John ci divida e sono sicura che nemmeno Alexander lo permetterà. Mi lascio andare a questi pensieri mentre arriccio i capelli con il ferro, poi indosso un maglione e un paio di jeans.

Quando scendo le scale, riconosco la voce di mia madre e quella di Alex.

Sono già a tavola e John è con loro.

«Oh, Juls. Finalmente».

Mia madre mi fa un sorrisone, di solito mi rimprovererebbe per essere scesa in ritardo per cena, ma dato che non mi ha vista per qualche giorno fa tutta la carina.

Durerà qualche ora, non di più, ma per adesso mi godo la tranquillità.

Tento di non rivolgere subito tutte le mie attenzioni ad Alexander, ma man mano che la cena prosegue, gli lancio qualche occhiata furtiva per capire il suo stato d'animo.

Lui non mi guarda, ma conversa con mia madre in maniera pacata. Non appena distolgo lo sguardo dai suoi zigomi accentuati, mi accorgo che John mi sta studiando.

Sono contenta di aver messo un po' di blush sulle guance, perché spero che riesca a coprire il rossore di cui sono inevitabilmente vittima.

Che vergogna. Mi ha beccata in pieno a fissare suo figlio.

«Non so se sei mai stato a cavallo, Alex, ma ci portavo sempre Juls quando era piccola». Sbuffo nell'udire mia madre parlare di casa dei miei zii e del loro maneggio.

«Avevo sei anni. E poi odiavo quei cavalli!», sbotto infastidita.

«Ma che dici! Ti divertivi così tanto!».

Non capisco perché deve sempre fingere di sapere cosa mi piaccia e cosa no.

Mi scappa un'occhiata ad Alexander, che abbassa immediatamente il capo sul suo piatto.

«Magari possiamo andare solo noi tre, se Juliet preferisce… può rimanere qui», propone John, con il suo tono diplomatico.

«E passare il Capodanno separati?», esclama mia madre inorridita dall'eventualità di lasciarmi a casa da sola.

Qualche mese fa avrei dato ragione a John. Sarebbe stato un sogno a occhi aperti stare con le mie amiche ed evitarmi le feste con i parenti, ma ora… ora c'è una piccola eccezione. E neanche tanto piccola.

«Non è affatto una buona idea», conclude mia madre, zittendo ogni tentativo da parte di John di separarmi da suo figlio.

Dopo cena Alexander si dilegua con una scusa, mentre io rimango a fare due chiacchiere con mia madre davanti a una fetta di torta. «Con Chuck hai fatto pace?»

«Mamma, non era un litigio. Mi ha tradita e io l'ho lasciato».

«Come ha osato? Perché non mi hai detto niente?».

Sbuffo allungandomi sul tavolo. Perché ogni tanto se ne esce con queste farse? Non siamo amiche.

«Non mi è mai piaciuto Chuck. Non credo fosse il tipo adatto a te, Juls».

Vorrei chiederle se tra lei e John va tutto a gonfie vele, ma non sarebbe sospetto? Dopotutto, non le ho mai domandato nulla al riguardo, eppure vorrei sapere che piani hanno per il loro futuro.

«Invece, quel ragazzo con cui sei uscita?»

«Zack non mi ha più cercata. Aspetto che sia lui a fare la prima mossa».
Sto palesemente mentendo, dato che negli ultimi giorni ho pensato a tutto fuorché a Zack.
«Se un ragazzo ti piace, perché aspettare che faccia lui la prima mossa?».
Rimango a fissare il bancone della cucina.
Ha ragione.
Devo andare da Alexander. Ora.
«Sì, mamma. Magari lo chiamerò…».
Lascio un bacio sulla guancia di mia madre, poi corro al piano di sopra.
Busso alla porta di Alex, ma non ottengo risposta. Vado a lavarmi i denti e ne approfitto per inviargli un messaggio.

J: Perché non mi apri?

Mentre attendo impaziente, m'infilo il pigiama che lui ha definito "carino". Al solo pensiero mi scappa un sorriso.
Controllo il telefono. Nessuna risposta.
Decido di uscire in corridoio in punta di piedi, tentando di fare meno rumore possibile.
Do due colpetti alla porta di Alex. Inaspettatamente questa si apre e vengo trascinata dentro la stanza con forza.
«Ahia!», strepito massaggiandomi il polso dolorante.
«Ma sei impazzita? Vuoi che ti sentano tutti?», mi redarguisce Alexander con sguardo efferato.
«Scusa… volevo solo…».
«Se non ti apro o non ti rispondo, è perché non ti voglio qui. Non ci arrivi da sola?».
Ingoio le sue parole aspre, perché so che sono influenzate dalla discussione avuta con John.
«Che ha detto tuo padre?»
«Non vuoi sapere cos'ha detto mio padre».
Le sue labbra si piegano all'ingiù.
«Si è accorto…?».
Non ho il coraggio di continuare, abbasso lo sguardo sui suoi polsi fasciati dalle maniche della felpa grigia che ricade morbida sui pantaloni della tuta.
«Se questa mattina non ti avessi mandata via, se ne sarebbe accorto anche Norman».
La sua freddezza punge sotto la pelle e non so se siano i suoi sguardi gelidi o il suo tono di voce distaccato, ma io perdo la pazienza.
«E allora? Cosa stiamo facendo di male?»
«Ti ho già detto che è una cosa tra me e te, Juliet. E se non ti sta bene…». La mano di Alexander sbatte contro la porta alle mie spalle, proprio vicino al mio orecchio, facendomi sussultare.
«Continui a dirlo. Se vuoi tanto finirla qui, perché non lo fai?», strepito.

«Non mi credi in grado di farlo, Juliet?»
«No! Non riesci a starmi lontano».
Alexander non risponde e io resto ammaliata di fronte alla confusione dipinta sul suo volto.
«Vedi, non riesci nemmeno a negarlo», proseguo provocandolo con un ghigno. «E poi, non mi sembravi affatto controllato, prima, in cucina…».
Alexander affonda la mano nella cascata di capelli sciolti che ricadono lungo le mie spalle, intrappolandomi con il suo corpo contro la porta.
«Juliet, torna in camera».
Lo sguardo mi scivola sul suo pugno lungo il fianco.
«Perché sei arrabbiato ora?».
Alexander indietreggia appena, prova a calmarsi.
«Lascia perdere».
Mi lascio guidare dall'istinto e provo ad accarezzare il dorso della sua mano, ma Alexander l'allontana di scatto, impedendomi di sfiorarlo.
«Mio padre ha ragione».
«No, Alex».
«Sì, Juliet», ribatte a denti stretti.
«Perché con te le cose non possono essere mai facili, Alex? Perché non gli dici che…».
«Cosa dovrei dirgli, mhm?».
Che non puoi rinunciare a me.
Stavolta tutta la mia spavalderia svanisce nel nulla, i suoi occhi sono troppo crudeli per illudermi ancora.
«Niente».
«Juliet, smettila di confondermi», asserisce deciso.
«Sei tu che confondi me! E la cosa peggiore è che… mi piace anche!».
Il suo sguardo resta impigliato nel mio per qualche istante, prima di scendere lungo il mio corpo.
Se c'è una cosa che ho capito è che scagliarmi contro Alexander con troppa irruenza non mi porterà alcun risultato. Devo avvicinarmi a lui con cautela, non posso abbattere i suoi muri, finirei solo per distruggere me stessa.
Gli lascio un piccolo bacio sulla guancia.
Alexander rimane immobile, ma io non riesco a staccare le labbra dalla sua pelle morbida.
«Non fare così», sussurra roco, mentre faccio strisciare il labbro contro la sua mandibola serrata, fino a raggiungere l'orecchio.
«Sennò cosa mi fai?», ansimo sul suo lobo.
«Sul letto».
«Co… cosa?».
I suoi occhi scuri sono di nuovo dentro i miei.
«Ora, Juliet». Il timbro oscuro di Alexander mi fa sussultare e, senza nemmeno accorgermene, obbedisco al suo ordine, ritrovandomi proprio davanti al letto.
«Ora faremo in questo modo. Prima di tutto, tu non urlerai», asserisce deciso.

L'osservo con aria indecifrabile.
«Non mi sembri convinta, Juliet», commenta accigliato.
«Ehm...».
Alexander spalanca l'anta del suo armadio e afferra una delle cravatte della divisa scolastica. Io invece mi siedo sul materasso e osservo con attenzione le sue mani abili che realizzano un nodo centrale.
«Apri la bocca».
Quando faccio come mi ha detto, Alexander avvicina la cravatta al mio viso, facendo aderire il nodo alle mie labbra socchiuse. Con il pollice mi spinge il nodo in bocca, forzandomi ad aprirla un po' di più.
«Sdraiati».
Punto i gomiti sul materasso, mi trascino indietro, verso i cuscini, e lì mi sdraio.
Alexander si china su di me e, una volta afferrato il bordo dei pantaloni del mio pigiama, me li toglie con lentezza. Di fronte alle mie mutandine nere, accenna un piccolo movimento con la bocca, non è proprio un sorriso, ma di sicuro posso riconoscere un'espressione compiaciuta. Mi libera dai pantaloni, poi traccia dei piccoli cerchi con il pollice sulle mie cosce.
Sollevo la nuca dal cuscino per guardarlo. Non ho idea di quali siano le sue intenzioni, ma non vedo l'ora di scoprirlo. Le sue labbra rosse scendono oltre la mia pancia. D'un tratto, un dolore acuto esplode nel mio interno coscia, proprio vicino all'inguine.
Questo non l'avevo previsto. Il morso è feroce e l'urlo che abbandona le mie labbra viene soffocato dal bavaglio.
I suoi denti affondano nella mia carne e io comincio a dimenarmi a causa delle sensazioni intense che mi stravolgono il corpo.
«Ferma. Devi stare ferma».
Alexander mi lancia un'occhiata tagliente, poi bacia quel punto che brucia ancora per via del morso. Lo sento baciare, leccare, succhiare e poi mordere ancora. I miei lamenti sono ormai gemiti di piacere, perché la morsa si alterna alla sua lingua calda, che scivola lungo la mia pelle dolorante.
Inarco la schiena, ma il dolore si espande a macchia d'olio. La pelle brucia come il fuoco. Mi porto una mano sulle mie mutande ormai umide. Il clitoride pulsa sotto i miei polpastrelli, mentre serro i denti intorno alla cravatta per ingoiare un altro urlo.
Quando finalmente Alexander mi leva il bavaglio, prende le mie labbra e le marchia con un bacio che mi disorienta. Sentire la sua eccitazione crescere tra le mie cosce è piacevole, ma lui non vuole limitarsi a quello.
«Non ricordo di averti dato il permesso di toccarti», mormora.
Con il respiro impazzito, seguo i suoi movimenti, mentre scende di nuovo con la testa tra le mie gambe. Tutto il mio corpo sta fremendo e rimane in allerta ogni volta che la bocca di Alexander lo accarezza, come se si aspettasse una mossa imprevista e pericolosa.
Come se lui fosse in grado di farmi qualunque cosa.
«La verità, Juliet, è che hai ragione. Non riesco a resisterti».

Mi sposta le mutande di lato, poi la sua lingua calda scivola sulla mia fessura pulsante, bagnandola ancora di più.

«Non devi infatti», ansimo con un filo di voce, mentre divora la mia carne con baci e morsi impazienti.

Alexander mi toglie le mutande, ma io quasi non me ne accorgo. Sono ipnotizzata dal suo sguardo intenso che brucia nel mio.

Si abbassa i pantaloni e i boxer. Dopo aver indossato le precauzioni, affonda dentro di me, riaprendo quella ferita che non aveva ancora smesso di bruciare.

«Alex…».

Le sue spinte urgenti non mi permettono di pensare lucidamente e io mi ritrovo a gemere, mentre i suoi pantaloni sfregano ripetutamente sulla pelle segnata dai morsi.

Lo aiuto a togliersi la felpa, mentre lui mi sfila la maglia del pigiama, per poi riprendere a baciarmi il collo.

Non avevo mai pensato che le sue labbra potessero essere tortura e delizia, come non avevo mai creduto che fare l'amore con lui potesse essere pericoloso e rassicurante allo stesso tempo.

Gli allaccio le braccia intorno alla nuca, divaricando appena le gambe per invitarlo ad andare in profondità. Alexander accoglie tutti i piccoli segnali, mi accontenta e comincia a muoversi avanti e indietro, colpendo un punto piacevole. I miei gemiti si fanno così concitati che è costretto a soffocarli con il palmo della mano.

L'adrenalina divampa nelle mie vene, mentre il mio cuore accelera la sua corsa disperata e il mio basso ventre arde di una fiamma sconosciuta. Alexander si accosta al mio orecchio.

«Juliet, ora», sussurra.

Con una spinta profonda, stabilisce il tempo esatto in cui corpo e mente si arrendono completamente alla sua volontà.

Si libera del suo piacere in modo devastante, me lo dona con una forza instancabile e non smette di spingere dentro di me finché non rimaniamo entrambi senza respiro.

Esplodiamo in un'estasi perfetta, per poi stringerci in un lungo abbraccio inaspettato.

Darei qualsiasi cosa per sapere a cosa stia pensando Alexander in questo momento, ma per ora mi accontento di guardare i suoi bellissimi occhi socchiusi e di sentire il suo respiro tra i miei capelli.

Frastornata e ancora dolorante, m'infilo sotto le coperte, mentre lui va in bagno.

«Posso rimanere a dormire?», domando, coprendomi col piumone fino al naso.

Lui mi si sdraia di fianco, le sue braccia sono così grandi che mi fanno sentire come se fossi al sicuro da tutti e tutto.

«Non voglio che per le vacanze te ne stai qui a casa da sola, Juliet».

Alexander spegne la luce e con mia sorpresa si lascia andare a una confessione.

«Voglio tu stia con me. Cioè… con noi».

Sorrido contro il suo petto.

«Non credo che riuscirei a stare un solo giorno senza di te, Alex».
«Vorrei davvero potermi fidare di te, Juliet».
«Puoi fidarti di me, Alex».
È troppo buio per saperlo con certezza, ma potrei giurare di aver percepito le sue labbra curvarsi in un sorriso.
Mi lascio cullare da quel pensiero e, intanto, scivolo in un sonno profondo.

45

JULIET

Il mio sonno è agitato, ma poi mi sveglio e capisco il perché.

«Alex, che succede?», mormoro spaventata, quando lo sento muoversi nel letto.

«Non riesco a dormire».

Mi volto verso di lui e lo metto a fuoco. Alexander tiene gli occhi al soffitto, la sua fronte è imperlata di sudore e ha il fiato corto. Sembra reduce da un incubo.

Mi stropiccio lentamente le palpebre, mentre le prime luci dell'alba mi accarezzano.

Con le dita raggiungo la mano che tiene abbandonata sul petto ansante, ma lui si irrigidisce.

«Devi andare».

Ha ragione: lo so che John e mia madre si svegliano presto, e so anche che quello è il primo pensiero di Alexander. Mi alzo e cerco il mio pigiama, che dovrebbe essere per terra, eppure non lo vedo.

«È lì».

La voce di Alexander mi indirizza verso la sedia. Rimango impressionata dalla cura maniacale con la quale l'ha piegato, poi lo indosso velocemente.

Stando sempre sotto le coperte, Alexander si volta sul fianco e mi afferra il polso.

Mi attira verso di sé e lascio che le nostre bocche combacino per qualche secondo. Le sue labbra sono calde, così invitanti che devo reprimere il desiderio di tornare sotto le lenzuola.

Con la mano libera, mi scompiglia i capelli, facendomi sorridere.

«Fa' piano quando esci».

«Sì».

«Juliet, la porta appoggiala, non sbatterla».

«Sì!», esclamo ridendo.

«Shh...», mi rimprovera lui, con un ultimo bacio.

Nei film, le ragazze dai vestiti sgualciti sgattaiolano via dalle camere da letto altrui, con i capelli spettinati e le scarpe in mano.

Io lo sto facendo con pigiama e pantofole, eppure il ragazzo che ho appena lasciato nella sua stanza è più bello di qualsiasi tizio mai visto in TV.

Attraverso il corridoio in punta di piedi e in rigoroso silenzio.

Odio dover tornare al mio letto, ma purtroppo non c'è altra scelta. Se John dovesse entrare in camera di Alexander e mi scoprisse nel letto con lui, sarebbe davvero la fine.

Mi rimetto a letto e mi sveglio intorno a mezzogiorno. Dopo una lunga doccia, indosso una gonnellina nera, poi apro l'armadio e cerco il maglione più natalizio che ho: è verde, con sopra ricamati degli alberi di Natale innevati che fanno da sfondo a due renne rosse.

Esco in corridoio e, passando davanti alla stanza di Alexander, sfioro la sua porta aperta. Il letto è perfettamente rifatto ed è tutto in ordine come sempre. Mi spingo fino alla grande finestra a lato della scrivania e, quando rivolgo gli occhi oltre il vetro, noto che il capanno degli attrezzi ha la porta socchiusa.

Alexander è lì.

«Juuuls! Guarda chi c'è!».

La voce di mia madre arriva dal piano inferiore.

Scendo le scale di corsa e la trovo insieme a Mini.

«Oh».

«Non mostrarti troppo contenta, eh…», mi rimprovera la mia amica, con un sorriso.

«Stavo facendo la spesa al minimarket qui vicino casa e ho incontrato Mini e…». Mia madre parla, mentre io e Mini ci scambiamo qualche occhiata d'intesa.

«Perché non andiamo a pattinare?»

«Non lo so, mamma».

«Avanti, Juls! Ci andiamo sempre a Natale».

«E io ogni Natale faccio figure imbarazzanti!», ribatto facendo ridere Mini.

Alla fine, però, mi convincono, quindi indosso il cappotto, un paio di stivali e mi passo un po' di rossetto allo specchio.

«Juls, non hai freddo con la gonna?».

Mia madre spara altre domande a raffica, finché non se ne esce con la domandona del secolo.

«Dov'è Alexander?».

Mini si volta a guardarmi.

«Ehm… non lo so. Forse nel capanno».

«Perché non vai a chiamarlo?»

«Perché dovrei, mamma?»

«Magari gli va di venire con noi! Gli fa bene uscire un po'!», insiste mia madre.

Sento le guance arrossarsi, fortunatamente Mini viene in mio soccorso.

«Perché non andiamo solo noi tre, Cath? Una giornata di sole donne… Più divertente, no?»

«Va bene. Vado a tirare fuori l'auto dal garage, fatevi trovare pronte sul vialetto».

Mi infilo i guanti, poi io e Mini usciamo nell'aria fredda.

«Odio pattinare. Perché non ci mettiamo lo smalto e stiamo in camera a guardarci un film?», propongo guardando Mini che trema nel suo cappotto verde.

«Ringrazia di avere una madre che vuole passare del tempo con te, Juls», mi fredda lei e io non fiato più.

Durante il tragitto, mia madre e Mini non fanno che confabulare. Hanno sempre un'ottima sintonia. Una volta dentro il palazzetto, però, mi dimentico di tutto. Tra migliaia di persone e bambini che pattinano, lo vedo. C'è Zack.

«Cosa ci fa Zack qui?», domando a mia madre e Mini che si stanno già allacciando i pattini vicino alla pista.

«C'è Zack? Oddio, voglio vederlo! Qual è?».

Vedo Mini tendere il collo in cerca di Zack e, quando mi giro, incontro due occhi color smeraldo.

«Juliet!».

«Ciao, Zack», lo saluto, quando pattina fino a me.

I capelli ricci contornano il suo volto sorridente e ricadono sul collo avvolto da una lunga sciarpa con lo stemma della sua università.

«Come stai?»

«Bene! Sono tornata ieri da Liverpool». Gli sorrido, mentre mi allaccio i pattini.

Mia madre e Mini si fanno da parte e mi fanno cenno di nascosto di seguire Zack.

«Sarai da queste parti per Natale?», chiede lui.

«No, andremo dai miei zii in campagna. Tu sei qui con la tua famiglia?»

«Sì, sono insieme alle mie sorelline». Zack indica due bambine bionde che pattinano sulla pista insieme a una signora. «Che ne dici di fare un giro della pista?».

La proposta mi fa sussultare.

«Ehm... faccio abbastanza schifo a pattinare», ammetto sconsolata, rimanendo appiccicata al bordo del perimetro.

«Reggiti, ti tengo io!».

Mi lascio prendere per mano e, grazie ai movimenti attenti di Zack, evito di cadere come un sacco di patate. Mi guida tra marmocchi impazziti che ci sfrecciano a fianco e genitori apprensivi che si affannano per badare a loro.

«Zack!». Due bambine bionde volteggiano davanti a noi. Una ha delle trecce lungo le spalle e mi punta il dito contro, mentre l'altra fa una smorfia furbetta.

«Ci lasci da sole per andare a pattinare con la tua fidanzata?». Scoppio a ridere e la bambina con le trecce mi guarda di sottecchi.

«Non è la mia fidanzata, e fate le brave. Juliet è una mia amica», spiega Zack con tono paziente.

A loro però la risposta non va giù. «E perché vi tenete per mano?». Mi squadrano dalla testa ai piedi, poi si avvicinano a Zack per strattonargli la manica del cappotto. Lui si abbassa alla loro altezza e una delle due sussurra: «È bella, ma secondo me è stupida».

«Filate subito dai nonni!», le rimprovera prontamente. Zack indica due signori e le bambine prendono a pattinare allontanandosi da noi sghignazzando.

«Sono due pesti. Davvero dispettose», commenta passandosi una mano tra i ricci castani.

«Sono adorabili, Zack». Mi avvinghio al suo braccio per non cadere e lui mi propone di riprendere a pattinare. Tento di stargli dietro, ma Zack è troppo disinvolto. D'un tratto, mi allontana con una spinta leggera. Compio una giravolta e mi ritrovo tra le sue braccia. I nostri petti si scontrano con delicatezza, e per far sì che io mantenga l'equilibrio Zack mi prende entrambe le mani. I suoi occhi sono luminosi, mentre le sue labbra rosee mi sorridono dolcemente. Sento il suo respiro contro la guancia e solo allora capisco che le nostre bocche forse sono un po' troppo vicine. All'improvviso, lui guarda un punto alle mie spalle, e vedo Mini e mia madre che ci salutano con un cenno della mano e un gran sorriso.

«Forse è meglio se pattiniamo ancora un po'», propone Zack.

«Okay, mi tolgo solo il cappotto», dico tentando di reggermi alla transenna, dove poi poso i vestiti di troppo.

«Uh, carino il tuo maglione».

«Grazie! È il mio preferito».

«Comunque stai migliorando», lo sento dire.

«Non è vero!».

«Invece sì, guarda!».

Le ultime parole famose.

Zack mi lancia nella mischia e io per poco non perdo l'equilibrio. Non appena, però, mi rendo conto di riuscire a scivolare sulla pista in maniera fluida, sorrido a Zack, volteggiando sicura, e lo faccio finché non casco sgraziatamente, come un vero e proprio ippopotamo sul ghiaccio. Vedo Mini ridacchiare in lontananza, mentre Zack mi aiuta subito a rialzarmi.

«Hai bisogno di qualche altra lezione».

«Juls, ti sei fatta male?». Mia madre accorre leggermente allarmata, con Mini al seguito.

«Non è niente, mamma. Solo un livido».

Poi mi rivolgo a Zack per presentargli Mini. «Lei è Mini, la mia migliore amica».

Mini e Zack si salutano e lei è talmente entusiasta di aver conosciuto il famigerato Zack, che per poco non saltella battendo le mani.

«Ciao, Zack, che piacere. Finalmente ho l'onore di conoscerti», interviene mia madre, incapace di nascondere un sorrisetto compiaciuto. I due si scambiano qualche convenevole, mentre ci spostiamo tutti a bordo pista.

«Mi sta venendo una fame», piagnucola la mia amica, sfilandosi i pattini.

«Che ne dite di ordinare una pizza e mangiarcela a casa?»

«Non vedo l'ora!». Mini è entusiasta, io invece non ho molta fame.

«Vieni con noi, Zack?».

Mia madre ha proprio delle idee strambe oggi.

«Ehm, non so, io…».

«E dai! Non dirmi che non adori la pizza!».

Zack sorride con due fossette ai lati della bocca.

«Certo che l'adoro, ma non voglio disturbare», spiega aiutandomi a mettermi seduta per togliermi quei pattini infernali.

«Ma figurati, Juls è solo contenta», aggiunge mia madre. Le darei uno spintone, se non fosse che cadrei di nuovo come un'imbecille. «In tal caso allora accetto volentieri».

Ma io prevedo solo guai.

Mentre aspettiamo il fattorino della pizza, Zack ci racconta dell'università e io mi chiedo solamente una cosa.

Dov'è Alexander?

Devo trovare una scusa per andare al piano di sopra… *O forse è meglio di no?* Mia madre, Mini e Zack conversano amabilmente sul divano, ma io me ne sto seduta a mordicchiarmi l'interno della guancia. Non capisco se è Zack a rendermi così nervosa o la sua presenza a casa mia.

«Volete da bere? Juls, dammi una mano», mi riscuote mia madre.

La aiuto a servire i bicchieri di Coca-Cola, quando d'un tratto noto che Mini sta facendo vedere a Zack un mio album di quando ero piccola.

Dio, che imbarazzo, dopo devo ricordarmi di ucciderla.

«Juls, eri dolcissima!». Zack indica una mini me in un vestitino rosa shocking, con un cespuglio in testa e due guanciotte rosse.

«Catherine, da piccola le mettevi il rum nel biberon?».

Mini mi prende in giro per le gote rosse che mi contraddistinguevano, mentre Zack mi scruta con i suoi occhioni verdi. Mi appoggio sul bracciolo della poltrona di Zack, per spiegargli le storie dietro le varie foto dell'asilo. Io e Mini battibecchiamo su chi avesse il vestito di Carnevale più bello, e quando mi sporgo verso Zack, che tiene l'album di foto sulle gambe, non faccio che sentire i suoi occhi puntati sul mio viso.

«E questo bambino vestito da pecora?»

«È quello stronzo di Chuck!», esclama Mini, poi si mette la mano davanti alla bocca perché si ricorda di mia madre che è ancora in cucina.

«Qualcosa mi dice che questo travestimento lo rappresenta in pieno», risponde Zack ridacchiando.

«Oh, ci puoi scommettere!».

Scoppio a ridere posandogli una mano sulla spalla, quando la voce di mia madre mi fa uscire il cuore dal petto.

«Oh! Alexander!».

Il silenzio. Non ho il coraggio di sollevare gli occhi davanti a me. Sul bracciolo della poltrona, le mie gambe tremano vicine al gomito di Zack, che invece pare perfettamente a suo agio. Lui e mia madre salutano Alexander, mentre Mini gli rivolge uno sguardo indagatore.

«Ciao». Sento Alexander fare un saluto generico e a quel punto non resisto più alla tentazione di guardarlo. Indossa un maglione nero e un paio di pantaloni della tuta, nulla di particolare, eppure sembra sempre perfetto.

«Rimani a cena con noi, Alex? Ordiniamo una pizza in più?». Mia madre prova a convincerlo a rimanere con noi, ma ovviamente lui non ha nessuna intenzione di stare con noi comuni mortali.

«No, grazie, ho già cenato».

E non mi rivolge nemmeno un'occhiata. Dannazione. Non una.

«Oggi siamo andate a pattinare. È stato divertente…». Mia madre racconta della nostra giornata mentre Alexander non accenna un sorriso, resta ad ascoltare in silenzio.

«Juls si è divertita un sacco!», aggiunge Mini.

Mi alzo di scatto, poi mi aggiusto la gonna e faccio un cenno alla mia migliore amica.

«Mini, mi aiuti ad apparecchiare la tavola?».

La frazione di secondo in cui passo davanti ad Alexander è sufficiente per farmi abbassare gli occhi e scaldare le guance.

«Ma lo fai apposta?», strepito indignata, quando io e Mini ci infiliamo in cucina.

«E che ho detto?»

«Senti, non so che intenzioni avete tu o mia madre, ma Zack lo conosco appena».

«Ma se stavate per baciarvi sulla pista, prima!».

«Shh, zitta!», le intimo accostando la porta.

Dio, se la sentisse Alex.

«Juls, sono la tua migliore amica e ti conosco da una vita. Basta prendermi in giro. Che cosa sta succedendo con Alexander?»

«Niente», rispondo di getto.

«Alexander ti ha baciata, vero?»

«No», mento senza pudore.

«E dai, Juls, ci avrete almeno provato per vedere com'è».

«Vuoi smetterla?»

«Se così fosse… non è una cosa tanto normale, Juls».

«E invece quello che fai tu?», sbotto infuriata. «Tradire il tuo ragazzo con uno che dici di odiare, e poi il giorno dopo farlo di nuovo? Questo è normale?».

C'è un momento di gelo palpabile tra noi e, quando indietreggio e butto un occhio alla sala da pranzo, noto che il freddo artico è arrivato anche lì: Alexander se n'è andato, ma mia madre e Zack hanno chiaramente sentito la mia ultima frase.

«Basta, me ne vado». Mini mi lancia un'occhiata indignata, poi prende la sua borsetta ed esce di casa.

«Ma che succede?», chiede mia madre mentre io scrollo il capo.

È abituata ai nostri battibecchi. Io e Mini litighiamo di frequente, ma solitamente sono litigi che durano poco. Spero solo di non aver esagerato stavolta.

«Juls, se vuoi torno a casa», mormora Zack con un'espressione dispiaciuta.

«No, Zack. Rimani. Le ragazze litigano spesso…», interviene mia madre.

Una giornata intera con lei e già non la sopporto più.

Finalmente arriva il fattorino con le pizze e cominciamo a mangiare, ma mia madre trova una scusa per mettersi al telefono con John e a metà cena mi lascia da sola con Zack.

«Quindi litigate spesso tu e Mini?»

«Ultimamente sì, forse non siamo abbastanza sincere tra noi…».

«Se è la tua migliore amica, dovresti sentirti libera di raccontarle ogni cosa, no?».

Ogni cosa? Non se "ogni cosa" riguarda Alexander.

«Perché non mi racconti un po' delle tue sorelline?».

Cambio discorso, così Zack mi parla della sua famiglia.

Dopo mangiato, mi aiuta a sparecchiare, poi controlla l'ora sul cellulare.

«Sono le undici, è meglio se vado. Grazie per la cena, Juliet».

Accompagno Zack all'ingresso, senza levarmi un gran sorriso dalle labbra.

«Zack, grazie per oggi. È stata davvero una bella giornata».

Lui sosta davanti alla porta con le mani nelle tasche e improvvisamente si avvicina al mio viso.

«Grazie a te». Zack mi saluta con un bacio sulla guancia, poi esce di casa. Torno in cucina per bere un bicchiere d'acqua e mi accorgo che ha dimenticato la sua sciarpa, ma quando esco di casa vedo dei fari in lontananza, segno che ormai la sua macchina è già in fondo alla via. Torno dentro e, giocherellando nervosamente con la sua sciarpa tra le mani, salgo le scale. In casa regna un silenzio quasi spettrale, gli scalini scricchiolano sotto i miei passi. Vado verso la mia stanza, ma un rumore mi sorprende alle spalle: la porta di Alexander si è aperta di scatto, lasciando intravedere la penombra della sua camera. E ora che faccio?

46

JULIET

«Posso entrare?».

Mi addentro nella stanza di Alexander, illuminata soltanto dalla luce proveniente dal bagno.

«E così…». La sua voce bassa e vellutata mi fa rabbrividire e il cuore comincia a martellarmi nel petto. «E così ti sei divertita oggi».

Annuisco.

Lui è sdraiato sul letto. Non vedo i suoi occhi, ma sono certa che mi stia fissando.

«Perché non parli, Juliet?»

«Sì, mi sono divertita», ammetto sottovoce.

«Vieni qui davanti».

Proseguo con cautela fino al centro della stanza e finalmente posso ammirare i suoi specchi scuri scintillare nella penombra.

«Quanto ti sei divertita, Juliet?».

Alexander si alza in piedi e si avvicina a me.

«Ehm…».

Faccio di tutto per eludere il suo sguardo spigoloso, ma Alexander mi costringe a indietreggiare, bloccandomi con le spalle contro il muro.

Mi manca il fiato quando sento la pressione della sua fronte contro la mia, e le mani mi tremano. Solo allora mi accorgo di tenere ancora la sciarpa di Zack tra le mani.

«Juliet?»

«Sì?», emetto in un soffio soffocato.

«Vuoi baciarmi o devo aspettare ancora tanto?».

Ah, vuole un bacio.

Non me lo faccio ripetere due volte, gli lancio le braccia al collo e mi tuffo sulle sue labbra.

Lo bacio con dolcezza, ma Alexander risponde con urgenza, come se la sua lingua avesse fretta di finire per poter passare subito ad altro. Poggia i palmi sulla parete alle mie spalle e mi circonda.

«Stai facendo la brava, Juliet?».

C'è qualcosa di insolito in lui e io mi stranisco.

«La brava? Sì».

«Mi posso fidare di te, Juliet?».

Alexander piega la testa di lato e studia la mia espressione a lungo.

«Sì».
«Bene. Non mi piace il tuo maglione».
Soffia quelle parole sulla mia mandibola e io so già cosa significa.
Pinzo la sciarpa tra le ginocchia, poi mi sfilo il maglione, rimanendo con il reggiseno nero.
Riprendo la sciarpa di Zack e, quando sollevo la testa, Alexander mi fissa ancora senza alcuna emozione.
«Alex, devo solo posare questa da qualche parte…».
Non mi lascia finire di parlare. Mi afferra per la vita e mi fa voltare contro il muro.
La parete, fredda come le sue dita, mi fa sussultare.
I polpastrelli di Alexander segnano decisi la lunghezza della mia schiena, mentre mi lascia una scia di baci umidi sopra le spalle.
Quando le sue mani scendono furtive sotto la mia gonna, emetto un gemito prolungato, perché senza volerlo sfiora il punto in cui ho battuto sul ghiaccio.
«Ahi».
Mi solleva il bordo della gonna per indagare.
«Come te lo sei fatto?», domanda serio, smettendo di toccarmi.
«Zack…», rispondo, voltandomi verso di lui.
Porca miseria, no.
«Allora, Juliet?»
«Voglio dire…».
Ho commesso un errore: me lo confermano i suoi occhi più scuri che mai.
«Cosa, Juliet? A parole tue».
«Sono caduta mentre pattinavo».
La mia frase termina con un gemito, dato che Alexander fa scivolare la mano sulla mia natica dolorante e preme sul livido.
«Devi stare più attenta a quello che fai, Juliet».
Suona come un suggerimento, ma la minaccia è sottesa e io mi sento in colpa per aver passato del tempo con Zack. Avverto il suo profumo provenire dalla sciarpa e sono certa che anche Alexander se n'è accorto.
La lascio cadere a terra, sperando che lui non ci faccia troppo caso, ma mi rendo subito conto che non è stata una mossa intelligente: Alexander è rapido a lanciarle un'occhiata fulminea.
«Sono una frana a pattinare».
Ma ad Alexander sembra non interessare.
«Le mutandine. Toglitele».
Confusa, incrocio il suo sguardo crudele.
«Non farmelo ripetere».
Obbedisco con le mani tremanti e, mentre abbasso le mutande, mi accorgo di essere eccitata da quella strana situazione.
Quando sono nuda, Alexander emette un lungo sospiro soddisfatto, poi mi solleva la gonna con le sue nocche dure. Le fa strisciare contro i segni che lui stesso ha impresso sulla mia pelle e le chiazze violacee riprendono a bruciare, proprio

tra le mie cosce. Osserva incuriosito la mia reazione, mentre preme un po' più forte, strappandomi un lamento.

«Secondo te perché ti ho fatto togliere le mutandine, Juliet?».

I miei occhi cadono sulla sua bocca magnetica, e ripenso a come mi ha torturato e lambito. «Non saprei, Alex».

«Non riesci a immaginarlo?»

«Veramente no».

Le nocche fredde s'insinuano in mezzo alle mie gambe, fino a spingere a fondo, con decisione, sulla mia fessura bagnata.

«Perché solo io posso passare qui in mezzo, Juliet».

Il tocco è piacevole e ondeggio con il bacino per cercare la frizione giusta.

«Nessun altro può infilarsi tra le tue gambe. Intesi?».

I suoi occhi spietati mi anticipano quello che accadrà: se dico di sì, continuerà con la sua dolce tortura, ma se dovessi dire di no, quella tortura non sarà affatto piacevole.

«Dovrei deciderlo io chi può infilarsi tra le mie gambe, non trovi?»

«Vero, ma io non mi fido del tuo giudizio, Juliet».

Alexander rimuove la mano, strappandomi un verso di disappunto.

Si china per ispezionare la sciarpa e gli basta un attimo per individuare lo stemma dell'università di Zack inciso sopra.

«Tu ti fidi del mio giudizio, Juliet?»

«Sì».

«Bene. Ora in ginocchio».

Un lungo sospiro, poi piego le ginocchia calandomi sul pavimento. Alexander ci mette un secondo a prendere il controllo. Arrotola i miei capelli intorno al polso, costringendomi a piegare il collo verso l'alto. Il suo volto si scurisce e lentamente, molto lentamente, un sorrisetto inquietante curva le sue labbra piene.

«Rimani ferma così».

Alexander molla la presa e si dirige verso il suo armadio. È ancora completamente vestito.

Mi chiedo perché io sia l'unica dei due a essere mezza svestita.

Lo vedo afferrare una cintura di pelle nera dal suo armadio.

«Perché metti il broncio, Juliet?», chiede con voce calma quando torna davanti a me.

«Pensavo volessi stare con me», piagnucolo. Non mi ero resa conto di aver messo il broncio.

«Ah, davvero?».

Alexander fa strisciare il cuoio nero lungo il mio zigomo, facendomi trasalire.

«Stai tremando, piccola Juliet».

«Non capisco perché devi...». La mia voce risuona così patetica che decido di fermarmi.

«Anche io non capisco perché», asserisce lui, mandandomi in confusione quando si sfila la maglia per restare a petto nudo.

«Di che parli?».

I miei occhi sono prigionieri del suo pugno chiuso intorno alla cintura.
«Sai, Juliet, non sono abituato ad assistere a qualcosa che non mi piace».
«Io non…».
«"Io non", cosa, Juliet?».
Mi incanto a osservare le vene gonfie sotto la pelle fina del suo braccio, teso lungo il fianco.
«Non ho fatto niente di male, Alex».
«Quindi pensi che m'importi solo di ciò che hai fatto o non hai fatto, Juliet?»
«Non ti capisco…», mi lamento con la fronte corrugata.
«Voglio tutto di te, Juliet. Non solo quello che fai, voglio anche quello che pensi. Voglio il controllo assoluto del tuo cervello. E voglio fottertelo. Oh, sì, lo voglio tanto».
Mi inumidisco le labbra aride.
Ma cosa diavolo sta dicendo?
Mi alzo in piedi di scatto e Alexander non riesce a celare la sorpresa.
Ho solo il reggiseno e la gonna addosso, quindi il mio atto di ribellione non è il più credibile del mondo, eppure c'è.
«Dove stai andando, Juliet?»
«Vuoi forse farmi impazzire?».
Alexander ha ancora la cintura allacciata al polso, stretta tra le dita, ma io sono già vicina alla porta.
«Quando avrei detto questo, Juliet?»
«Ho capito il tuo gioco. Vuoi un burattino sul quale sfogare la tua… "cosa"!».
«La mia cosa? Interessante. Avanti, continua, piccola Juliet».
Prendo un lungo respiro, poi torno davanti a lui.
«Non ha un senso quello che vuoi farmi…».
«Ah no? Non ha un senso? Devo ricordarti di come i tuoi voti sono migliorati? Di come hai aperto gli occhi su Chuck? Qualche mese fa non avresti mai avuto il coraggio di dirmi quello che hai appena detto».
Abbasso il mento, ma Alexander continua.
«Stai tirando fuori il carattere», asserisce calmo, guardandomi fisso negli occhi.
«Lo avevo anche prima, il carattere! Questa è follia».
«Prima stavi con Chuck».
«Cosa c'entra Chuck?», strepito, irritata.
«Non avevi nemmeno il coraggio di dirgli che odiavi i nomignoli che ti dava. Eri talmente impaurita da non riuscire a parlare con le tue amiche per capire cosa nascondevano».
Alexander non tradisce alcuna emozione, ma quando parla di Chuck la vena del suo collo si gonfia notevolmente.
«Cosa vorresti dire, Alex? Che mi stai insegnando qualcosa?»
«Esattamente».
No, questo non lo accetto.
«Ma chi ti credi di essere? Non ho bisogno di queste cazzate! Io sono sempre la stessa!».

Le mie parole accendono una scintilla negli occhi di Alexander, che si avventa su di me.

«I tuoi giudizi stanno cambiando, Juliet. Sbaglio o io ero quello "senza un accenno di bicipiti", Charlotte era affetta da mutismo e Chuck era l'amore della tua vita?».

Evito il suo sguardo.

«Okay, hai ragione… sono cambiata un pochino», sbuffo.

«Cristo, Juliet. Sei così prevedibile che, se non ci fossi io, ora staresti con Cameron», afferma Alexander prima di afferrare la sua T-shirt e rimettersela.

«Sei solo un presuntuoso!».

Si sistema la maglia sull'addome, poi mi lancia un'occhiata distaccata.

«Sì, Juliet. E tu sei scontata».

«Era meglio se mi prendevi a sculacciate e dopo mi scopavi», sbotto.

Lui si infuria e mi viene vicino.

«Non parlarmi in questo modo», ringhia contro la mia guancia.

«Ah no?», mormoro leggermente eccitata.

«No. E nel nostro caso non è una sculacciata e non è solo una scopata».

Mi alzo in punta di piedi per arrivare alla sua bocca e mordere il suo labbro gonfio, ma lui si ritrae.

«Stavi per baciare Zack, vero?»

«Alex, no».

Lui scrolla il capo.

«Te lo giuro, no», insisto con gli occhi lucidi.

«Che carina che sei. Potresti anche metterti in ginocchio a sostenere la tua tesi, Juliet. Ma vuoi sapere una cosa? Non me ne frega un cazzo delle tue bugie».

«Co… cosa?»

«Vestiti e vattene».

«Ma…».

«Non dormo con te stanotte», sputa l'attimo prima di aprire la porta, invitandomi a uscire da lì.

47

JULIET

La voce di Selena Gomez rimbomba tra le pareti della mia camera, mentre salto sul letto per ballare senza freni.

Stanotte ho fatto degli incubi e mi sono svegliata tardi, eppure sono di buon umore, forse perché ho visto il paesaggio innevato fuori dalla finestra.

Canto a squarciagola, usando la spazzola come microfono. È la vigilia di Natale e mia madre è di sotto a preparare la cena da questa mattina. Strano che non sia ancora venuta da me.

«Juliet!». Eccola infatti che fa irruzione in camera mia.

«Ma mamma!». Mi copro immediatamente con le mani, perché sono in reggiseno e mutande. Lancio la spazzola sul letto, poi afferro un cuscino per coprire i lividi visibili sulle cosce.

«Che diamine stai facendo, Juls?»

«Nie… niente. Mamma, posso mettere qualcosa di più tranquillo stasera? Tipo dei leggings?», domando, sperando che non si accorga di nulla.

«I leggings non sono pantaloni, Juliet. Metti il vestito rosso che indossi sempre a Natale!».

Esce da camera mia, poi la sento sbraitare dal corridoio.

«E vieni ad aiutarmi!».

Ricevuto: devo darmi una mossa.

Salto giù dal letto e mi infilo in bagno. Guardo la pelle punteggiata di lividi e segnetti rossi e ripenso ad Alexander. Forse è questo il suo intento: farmi rammentare i suoi occhi e la sua bocca, ogni volta che mi guardo allo specchio. Mi sorprendo a sorridere, ma mi ricompongo subito perché il ricordo di come mi ha trattata ieri brucia ancora. Oggi ho solo un piano: farlo uscire fuori di testa.

Passo qualche ora a prepararmi e, quando si avvicina l'ora di cena, indosso l'abito richiesto da mia madre, stendo una passata di rossetto rosso, una riga di eyeliner, poi piastro i capelli e li acconcio nel miglior modo possibile. Quando arrivo in cucina, lei approva il vestito. «Sarà meglio!».

«Buona Vigilia anche a te, mamma», replico infilando l'indice nell'impasto del dolce che sta preparando.

«Juuuuls!», mi rimprovera mentre lo assaporo.

«Con Mini hai fatto pace? Vi scambierete i regali domani?»

«Non le parlo da ieri».

Mi siedo sull'isola della cucina per il momento immacolata e lascio dondolare le gambe nel vuoto.

«E perché avete litigato?», domanda lei, intenta a condire il pollo prima di infornarlo.

Ma non stava preparando il dolce poco fa?

Guardo fuori dalla finestra, verso la distesa innevata, e prima che io possa inventarmi una scusa da rifilarle, qualcuno fa il suo ingresso in cucina.

«Catherine, questi li vuoi su tutti i mobili o...».

Alexander si ferma quando i nostri occhi s'incontrano.

Non posso fare a meno di notare quanto gli stia bene il cardigan grigio che indossa sopra la camicia scura.

Tra le mani ha delle decorazioni natalizie e, nonostante il suo sguardo gelido, la sua presenza è capace di alzare la mia temperatura corporea.

Afferro un cucchiaino per raccogliere un altro po' di impasto dal recipiente, facendo andare mia madre su tutte le furie.

«Juliet, basta! Alex, senti, tieni a bada mia figlia!», strepita lei, facendomi segno di andarmene.

«È quello che provo a fare da un po'», mugugna lui.

Sbuffo, poi seguo Alex in salotto. Lui non perde tempo e mi affibbia delle palline decorative. Mi avvicino all'albero di Natale, ma lui mi richiama.

«Mettile sul caminetto».

Vorrei dargli una rispostaccia, ma lui mi fulmina con un'occhiata finché non mi vede fare ciò che ha chiesto.

Lo guardo e per un attimo mi perdo a fantasticare. Se con quel viso così perfetto avesse un altro carattere? Se il suo atteggiamento fosse impeccabile, come mi comporterei? Di sicuro non come ho intenzione di fare questa sera.

Ieri mi ha umiliata con tutte quelle parole crudeli, ora voglio solo vendicarmi.

Sogghigno mentre Alexander decora la tavola da pranzo secondo le direttive di mia madre.

«Ti sei dato all'arredamento su ordine di mia madre?», lo prendo in giro.

«Sì, invece tu farai quello che ordino io».

Sussulto. Una statuina di ceramica mi scivola dalle mani e cade a terra, rompendosi in mille pezzi.

«Che hai da guardare?», chiedo sulla difensiva, quando mi chino a raccogliere il disastro che ho appena combinato.

Posa l'ultima candela sul tavolo, poi incrocia le braccia sul petto, per fissarmi dall'alto.

«Non piegarti mai più in quel modo».

«Di solito ti piace, no?»

«Non provocarmi, Juliet».

E se non gli piacessi più?

«E perché non posso?», domando, raddrizzandomi e avvicinandomi a lui.

«Non fare sempre la bambina».

Sul suo volto appare un sorrisetto sadico, mentre dentro di me si accende una scintilla inaspettata. Siamo troppo vicini, la tensione è insostenibile.

«Dovresti andare a cambiarti, Juliet».

«Cosa?»
«E non parlo del tuo vestito».
«Juuuls! Vieni a prendere le posate!», urla mia madre dalla cucina, ma io non l'ascolto.
«Di che parli, Alex?».
Il suo viso arriva a un soffio dal mio. Ieri sera non abbiamo trovato un punto d'incontro e, sebbene avessi in mente di non cedere alle sue provocazioni, ora il suo profumo mi sta facendo perdere la concentrazione.
«Vai nel bagno di camera tua».
Le sue parole sono una lama a doppio taglio.
«Juls, ma quante volte devo chiamarti?». Mia madre entra in salotto e i suoi occhi si pietrificano sui cocci sparsi sul pavimento.
«Ma cosa hai combinato?»
«Mamma, ora pulisco», bofonchio sbrigativa.
Alexander le indica le decorazioni, distraendola dal mio disastro.
«Che ne dici, Catherine?», chiede, andando da lei.
«Oh, bravissimo, Alex! Ma hai messo un'altra tovaglia?», domanda lei, mentre studia la tovaglia rossa che copre la tavola da pranzo.
«Sì, secondo me sta meglio questa».
Mia madre si prodiga in qualche sviolinata sul gusto impeccabile di Alexander, poi torna in cucina a finire la preparazione del dolce.
«Cosa devo andare a fare nel bagno di camera mia, Alex?»
«Tu vai, ti dico io cosa fare».
«Sì, certo. Puoi scordartelo».
Il mio tono insolente non passa inosservato: Alexander lascia i tovaglioli sul tavolo per avventarsi su di me. La sua mano si posa sul mio fianco fasciato dal vestito rosso.
«Prendi il tuo cellulare e chiuditi in bagno. Non discutere».
Afferro la sua mano fredda e la trascino sul bordo del mio vestito.
«Perché non vieni con me?»
«Cristo, Juliet».
Alexander allontana la mano da sotto il mio vestito e si guarda intorno con apprensione.
«Smettila, subito», mi intima prima di tornare in cucina, dove mia madre è ancora alle prese con il dessert.
«Praticamente per fare questi biscotti devo seguire alla lettera la ricetta, che è complicatissima», la sento dire.
«Non stavi preparando una ciambella? E poi non capisco come una ricetta di biscotti possa essere complicata, Catherine».
Alexander è capace di rimproverare persino mia madre, solo che il suo tono è così controllato e gentile che potrebbe anche rifilarle del veleno e lei lo scambierebbe per zucchero. Li raggiungo.
«Hai apparecchiato, Juls?», mi domanda lei, rivolgendosi a me.
«Ehm…no».

«Ti ho chiesto di darmi una mano o sbaglio? Perché stai lì a far niente?».

Vado controvoglia a recuperare i piatti. Quando mi abbasso, sento degli occhi puntati su di me.

Alexander mi rivolge un cenno con il capo, indicando la porta. Non ci andrò in bagno come ha chiesto lui, quindi gli faccio segno di no.

«Alex, vuoi darmi una mano?», lo richiamo, guadagnandomi l'ennesima occhiataccia.

Lui mi segue controvoglia in salotto, poi mi afferra il braccio. «Quali sono le tue intenzioni?».

Trattengo l'impulso di baciarlo, ma è ancora più difficile quando sento il suo respiro sulle mie labbra.

«Juliet...». Per poco non mi cascano i piatti dalle mani quando la porta d'ingresso sbatte con un tonfo.

«Sono tornato!».

John.

Apparecchio la tavola, mentre Alexander saluta suo padre, che ci ha appena raggiunti.

«Vado su a sbrigare due cose nello studio e arrivo», annuncia John.

«Sì, ma non ci mettere troppo, è la vigilia di Natale! Non puoi lavorare anche oggi!», si lamenta mia madre, affibbiandomi un centrotavola così grande che fatico a trasportarlo.

Quando John sparisce dalla circolazione, i miei occhi corrono a cercare Alexander. «Non mi hai ancora detto di cosa avete parlato tu e tuo padre l'altro giorno», gli ricordo.

«E non sono intenzionato a farlo», replica lui, aggiustando il centrotavola che ho posizionato a casaccio sulla tovaglia.

«Pensi che comportandoti così, risulti più...». Con le dita mimo il gesto delle virgolette. «...misterioso?»

«No, ma penso che meriti tutto ciò che ti farò».

«Mi "farai"?». Ripeto le sue parole con aria confusa.

«Esattamente. E abbassa quella voce».

Mi scappa una risatina, ma lui non gradisce per nulla.

«Abbi il coraggio di dirmi a cosa ti riferisci allora», lo sfido.

«Vuoi davvero saperlo? Ne sei sicura?». Alexander solleva un sopracciglio, poi continua senza lasciarmi il tempo di rispondere. «Potrei anche dirtelo, ma non vorrei essere la causa delle tue mutandine bagnate, durante la cena».

Resto a bocca aperta per qualche secondo, ma un attimo dopo è la rabbia a prendere il sopravvento. *Come osa?*

«Quindi, Juliet?», mi interrompe mia madre, entrando in salotto.

«Quindi, Juliet?», ripete Alexander con un ghigno.

Mamma deve avermi fatto una domanda che non ho nemmeno sentito. «Ehm... le fragole?». Sparo la primissima cosa che mi viene in mente.

«È una ciambella, tutt'al più posso aggiungerci la glassa», replica mia madre. «Avanti, gli antipasti sono pronti. Mettiamoci a tavola».

John si unisce a noi e finalmente possiamo cominciare a mangiare. Passiamo la cena a chiacchierare dei miei zii, di come passeremo il Capodanno e delle solite cose noiose. Anche Alexander è annoiato, forse più di me, ma è bravo a non darlo a vedere.

D'un tratto, però, mia madre tira fuori l'argomento "cena di Natale con gli amici di famiglia", che ormai per noi è una tradizione.

«Posso invitare anche Zack domani? I suoi partono nel pomeriggio e rimane da solo».

«Certo, perché no? Mi ha fatto un'ottima impressione». Mia madre guarda John, che annuisce.

«Grazie. Sono sicura che gli farà piacere», rispondo decisa e Alexander si trincera nel mutismo.

Dopo un po', John si alza per rispondere a una telefonata e mia madre ne approfitta per sfornare il dolce. Il gesto di Alexander è repentino: blocca il mio polso sulla tovaglia prima che io possa alzarmi da lì.

«Che fai? Il tuo papino potrebbe vederti». E ridacchio stando attenta a non farmi udire da John, che parla in corridoio.

Alexander mi stringe il polso.

«Juliet, non credere di poter fare quello che vuoi».

«Stai perdendo il controllo…», sottolineo con tono divertito.

«Mi portate quei piatti o no?», sbraita mia madre dalla cucina.

Ci rimettiamo tutti a tavola per gustare il dessert. Alexander ha perso un po' della sua solita calma e con le dita tormenta il bordo della tovaglia.

«Alex, tutto bene?», chiede suo padre.

«Sì».

«Senti, stavo pensando… come si chiama la tua amica?».

La sua che?

«Hai una ragazza, Alex?». Mia madre si dimostra subito curiosa e io vorrei affogare nel suo bicchiere di vino.

«No, Catherine».

«Charlotte. Ecco, non mi veniva il nome», prosegue John.

Le iridi chiare di mia madre s'illuminano all'improvviso.

«Verrà anche Charlotte domani, Alex?»

«No, direi di no», replica lui controvoglia.

«Potresti invitarla», insiste John.

«Già, potresti», faccio il verso a John, che però è troppo impegnato a mettere suo figlio alle strette per accorgersene.

«Allora, Alex?»

«Ci proverò».

Dopo cena, mentre aiuto mia madre a riempire la lavastoviglie, avverto una discussione sussurrata in salotto. È davvero difficile intuire di cosa stiano discutendo Alexander e suo padre, ma una frase riesco a coglierla.

«Hai capito bene cosa ti ho detto l'altra sera?», sibila John, e accende tutta la mia curiosità.

«Non vedo l'ora di conoscere questa Charlotte...».

Mia madre richiama la mia attenzione con quell'uscita assurda, causandomi uno sbuffo sonoro.

«Alex esce con Charlotte?»

«E io cosa ne so...», borbotto irritata.

All'improvviso, Alexander entra in cucina, così ne approfitto per fare una vocina odiosa. «Chiediamolo a lui, no? Charlotte è la tua ragazza, Alex? Non omettere i dettagli, eh».

Mia madre è girata verso il lavello, quindi non può assistere allo scambio di sguardi tra me e Alexander. Lui si avvicina a me e, con un gesto rapido, infila una mano sotto la mia gonna e mi pizzica la gamba, facendomi piagnucolare.

«Ahi!».

«No. Non la chiamerei così, Catherine».

«Sei un ragazzo responsabile, sono sicura che sai quello che fai. Juliet non vuole impegnarsi invece».

Mia madre pensa di sapere tutto di me, come al solito.

«Voglio solo qualcuno che mi tratti come una principessa», puntualizzo con una smorfia rivolta ad Alexander.

«La vita non è una favola, Juliet. Le ragazze sono più mature dei ragazzi, ma spesso sono anche più ingenue».

Mia madre filosofeggia dicendo banalità e Alexander le dà corda.

«Ci sono ragazze che credono nelle favole e pensano di essere delle principesse, ma non hanno fatto nulla per meritarsi questo titolo».

«Non capisco di cosa stai parlando», ribatto al limite della pazienza.

«E poi ci sono ragazze che fingono di non capire...», continua lui.

«E poi ci sono ragazzi troppo contorti e svitati».

Mia madre si gira verso di me con aria allarmata. «Juls, ma che dici? Parli di Zack?»

«No che non sto parlando di Zack. Lui è un bravissimo ragazzo».

Dallo sguardo torvo di Alexander capisco che la mia risposta non gli è andata giù.

«Io e John andiamo dai Gallagher, ci hanno invitato per un caffè, voi venite?», cambia discorso mia madre, che ha appena finito di sistemare la cucina.

Io non fiato.

«No. Rimaniamo qui», risponde secco Alexander.

«Vado a prepararmi, allora».

Mia madre ci lascia soli e lui ne approfitta per avvicinarsi di nuovo a me.

«Contorto e svitato?».

Mi stringo nelle spalle, mentre lui mi trafigge con un'occhiata spietata.

«Sei solo una nana con un vestito troppo corto per il clima di dicembre».

«E tu sei solo un...».

Alexander si accosta al mio viso e io ammutolisco. Con le sue labbra morbide solletica la mia guancia, poi mi lecca il lobo lasciandomi senza respiro. La sua lingua volteggia in circolo e io serro le gambe per il piacere.

«Sme… smettila, tuo padre è ancora in casa e ci potrebbe vedere…», mormoro con voce spezzata.
«Hai paura, mhm?»
«Non ho paura di tuo padre, tanto se ci scoprono la colpa sarà solo tua!», esclamo sottraendomi alle sue attenzioni.
«Ah sì? E come mai?». Lui mi scruta curioso, le braccia incrociate sul petto.
«Tuo padre se la prenderà con te perché non hai rispettato la promessa che gli hai fatto, ovvero di non toccarmi».
Alexander resta impassibile, nonostante quell'affronto diretto.
«Forse hai ragione. Da oggi proverò a dargli retta».
Mi volta le spalle e si dirige verso la porta.
E ora dove va?
«Alex…».
Lo seguo, ma quando esco dalla cucina m'imbatto nei nostri genitori, in procinto di uscire. John riserva uno sguardo ammonitore a suo figlio, mentre mia madre è totalmente ignara.
Quando la porta di ingresso si chiude, raggiungo Alex nella sua stanza.
«Voglio le tue scuse», dichiaro con voce determinata.
«Di cosa stai parlando?», domanda, con espressione scettica.
Deglutisco, perché devo affrontare per l'ennesima volta il suo tono distaccato.
«Devi chiedermi scusa per ieri», replico a testa alta, ma il tono sicuro sta sparendo.
«Devo? Ho sentito bene?»
«Sì, per come mi hai trattata», aggiungo con voce flebile, ormai in balia dei suoi sguardi infuocati. «Perché fai finta di non capire, Alex?», lo incalzo fissando i suoi occhi, che scendono a perlustrare il mio corpo.
Il suo silenzio è assordante. Il paradosso è che è proprio il suo autocontrollo a farmi perdere il controllo.
«Ma lo vedi! Non riesci neanche a parlarmi! Tu non parli con le persone! Dai solo ordini e fai di tutto per far sentire gli altri inferiori». Quando mi rendo conto che sto gridando, è decisamente troppo tardi. Mi paralizzo, impaurita dalla sua possibile reazione. E mi rendo conto che la tensione tra noi è indissolubile.
«Ora forse è meglio se vai», dice lui, dopo appena un battito di ciglia. Non c'è inflessione nella sua voce, ma il sapore del rifiuto mi rende debole.
«Alex…».
«Va' via. Ora».
Esco dalla sua stanza e torno in camera mia. Mi siedo sul letto con lo sguardo perso nel vuoto. Un piccolo dubbio s'insinua nella mia testa.
E se fin dall'inizio avessi sbagliato io?
Con i miei modi di fare spesso provocatori, le mie domande insistenti, il mio assecondarlo nei momenti più assurdi.
Elaboro quel pensiero con un nodo alla gola e, per la prima volta, vengo punta da una sensazione che non mi lascia pace.
Non è come quando ho scoperto del tradimento di Chuck.

Non è come quando ho scoperto che le mie amiche mi avevano mentito.

Stavolta il dolore è forte come un pugno allo stomaco.

Ma come ho potuto dirgli quelle cose? Forse sono stata superficiale nel giudicarlo, alla fine non lo conosco poi così a fondo.

Sono confusa. E mi accorgo che le strade sono due: o mi allontano da lui una volta per tutte oppure mi lascio risucchiare nel suo inferno.

48

JULIET

Il momento della colazione smetterà di essere imbarazzante solo quando ricomincerà la scuola e finalmente John tornerà al lavoro. Avere i suoi occhi puntati costantemente addosso sta diventando insopportabile.

«Allora, Juls? Verrà Zack stasera?».

Eccola, ci si mette anche mia madre.

«Non lo so».

Muovo gli occhi verso Alexander che sta seduto di fronte a me. Assonnato, è concentrato sulla tazza di caffè e due occhiaie scure fanno da contrasto alla sua carnagione chiara.

«Non è ancora arrivata la lettera».

Uno strano silenzio cala tra quelle mura. Come al solito, l'atmosfera in casa Ackerman muta in breve tempo.

«Sicuro di aver spedito tutto all'indirizzo esatto, Alex?».

Non so di cosa stiano parlando, ma il diretto interessato scrolla il capo.

«A che ti riferisci, John?», m'intrometto beccandomi l'occhiataccia funesta di mia madre.

«Alex ha fatto richiesta alla facoltà di Giurisprudenza e sta aspettando una risposta». John si volta verso il figlio. «Vero, Alex?».

Alexander resta così immobile che sembra quasi che non stia respirando.

«Sì, papà».

Sta mentendo. Alexander sta mentendo a suo padre. Vedo il suo pomo d'Adamo muoversi veloce, si morde il labbro inferiore che trema appena.

«E perché il migliore studente della scuola non ha ancora ricevuto una risposta?».

John appesantisce l'atmosfera con le sue domande, ma pare che suo figlio non sappia rispondere.

Mia madre decide allora di spostare la discussione su un piano più leggero e comincia a elencare tutte le persone che verranno a cena.

«Ci saranno anche i Clark», annuncia John. Alexander si alza in piedi e se ne va al piano di sopra senza dire una parola, lasciandoci nel bel mezzo della colazione. John fa per alzarsi, ma mia madre lo ferma afferrandolo per un braccio.

«John, tesoro, lasciagli i suoi spazi».

«Chi sono i Clark?», domando a quel punto.

«Amici di famiglia», risponde John.

«Il dottor Clark è un ex collega di John. Lavoravano nello stesso ospedale a Manchester. È un chirurgo», spiega mia madre, tra un sorso di caffè e l'altro.

«Lavoravi in ospedale, John?». Lo osservo confusa.
Lui si schiarisce la gola. «Sì», dice abbassando il capo.
«Sei un medico e io non lo sapevo?».
John annuisce, poi lancia un'occhiata furtiva a mia madre. È chiaro che stiano nascondendo qualcosa.
«Ma non eserciti più. Come mai?»
«Juliet...», mi ammonisce mia madre, poi torna alle sue frivolezze. «Comunque la zia Paula non vuole venire quest'anno... dice di essere troppo vecchia. Ehm, John... i Clark hanno una figlia, giusto?».
John le risponde senza alzare gli occhi dal giornale.
«Sì, si chiama... non riesco mai a tenere a mente quel nome...». John si massaggia una tempia, sforzandosi di ricordare, anche se in realtà la discussione di poco fa l'ha chiaramente distratto.
Io comincio a mettere insieme i pezzi. «Charlotte?», domando sperando di sbagliare.
«Oh sì, Charlotte. Le ho parlato qualche volta, è una ragazza molto intelligente. So che vorrebbe iscriversi a Medicina l'anno prossimo», enuncia John.
«Come Alexander». Mia madre si lascia sfuggire quel commento a occhi bassi e la tensione sale di nuovo in un attimo.
«Alex non frequenterà Medicina», taglia corto John.
«Vabbè, io vado in camera mia».
Confusa, mi alzo da tavola con la mia tazza di tè e lascio che John mi squadri per qualche secondo. La macchia di sospetto che oscura il suo sguardo mi dice che non si fida nemmeno di me.
E fa bene, perché camera di suo figlio è proprio la mia destinazione in questo momento. Salgo le scale di corsa, poi do due colpetti sulla porta già aperta.
«Tutto bene?», domando. Alex è seduto sul letto a leggere.
«Juliet, non entrare in camera mia in questo modo».
«Ma...».
«Nessun "ma". Non farlo».
Alexander chiude il libro, poi solleva il capo lentamente.
«Tuo padre non lo sopporto», sbuffo, mettendo su il broncio.
«Non lo conosci». Alexander mi si avvicina lentamente. «Juliet, questa sera vedrò Zack, sì o no?».
I suoi specchi s'incupiscono, impedendomi di scorgere le sue emozioni.
«Mhm... magari no. E io vedrò Charlotte?».
Lui scrolla il capo infastidito e non mi dà la soddisfazione di rispondermi.
«Comunque, John è un po' troppo severo con te», rilancio, tornando al discorso di poco prima.
«Mio padre pensa di sapere cos'è meglio per me», spiega Alex senza battere ciglio.
«Perché insiste a tutti i costi per farti iscrivere a Giurisprudenza e non vuole che frequenti Medicina?»
Il mio intuito, ormai super allenato grazie alla presenza di Alex, mi dice che qui c'è qualcosa sotto.

«Non l'hai fatta richiesta a Giurisprudenza, vero?».
Alexander allinea il viso al mio, ma invece di lasciare che le sue labbra sfiorino le mie, all'ultimo momento cambia idea.
«Ora voglio stare da solo».

Il buffet allestito da mia madre prima di cena è molto abbondante. Il che fa presagire che le portate non saranno poi così sostanziose, perciò mi avvento sugli antipasti come un avvoltoio. Per la serata si sono uniti a noi alcuni colleghi di John e degli amici di famiglia. Mi esibisco in sorrisi di circostanza rivolti a chiunque, finché non arrivano i Clark.
«Ciao, Juliet», mi saluta una voce femminile. Mi volto.
Ciao, bruttissima...
Poco più alta di me, Charlotte è avvolta in un cappotto giallo e sul suo viso spuntano il naso arrossato dal freddo e due grandi occhi lucidi dietro le lenti spesse.
«Ciao, Charlotte».
«Sicura di stare bene?».
Alexander non la saluta nemmeno, le rivolge direttamente quella domanda. Lei si toglie il cappotto, poi starnutisce rumorosamente.
«Dovresti indossare sciarpa e cappello. E ripararti di più dal freddo», aggiunge porgendole un fazzoletto di carta.
No. Questo non lo accetto.
Mi allontano da quei due e presto ho altro a cui pensare. Zack è appena entrato dalla porta d'ingresso. Lascia una bottiglia a mia madre, che lo abbraccia rivolgendogli un gran sorriso, poi mi vede. Io e Zack chiacchieriamo del più e del meno per un po', ma presto veniamo interrotti. Se prima le signore tampinavano Alexander con mille domande, ora è Zack il ragazzo più conteso della serata.
Mentre Zack risponde con educazione ai vari quesiti delle impiccione, tra cui: «Sei il nuovo fidanzato di Juliet?», io cerco con lo sguardo Alexander. Lui è dall'altra parte del salotto, appoggiato al muro, mentre Charlotte è insieme ai suoi genitori, ma continua a lanciargli occhiate timide.
Gli credo quando dice di non essere interessato a Charlotte, ma la sua premura nei suoi riguardi mi indispettisce e non poco.
Finalmente John ci invita a metterci a tavola.
Zack si siede al mio fianco, mentre Miss Pel di carota e Alexander si siedono di fronte a me.
«Charlotte, frequenti ancora la chiesa di St. Bride's?».
Tendo l'orecchio ogni volta che qualcuno le rivolge una domanda, ma tanto lei risponde sempre a monosillabi.
«Ehm...».
Forse non dovrei fissarla, però nessuno sta facendo caso a me, tantomeno Alexander, che è talmente preso da sé stesso che non mi calcola neanche per sbaglio.
Perciò, punto gli occhi sui capelli ramati di Charlotte, raccolti in uno chignon

ordinato. Insieme al maglione bordeaux, sopra una camicia bianca, le donano un'aria da maestrina impeccabile.

Sto tentando in tutti i modi di convincermi che Charlotte sia brutta, ma purtroppo, persino senza trucco, risulta molto bella.

Che fastidio. E il mio broncio s'intensifica quando si prende a parlare di scuola.

Maledetti adulti, ma perché pensano alla scuola anche a Natale?

Scopriamo ben presto che Charlotte è una ragazza modello, a differenza mia.

Neanche la presenza di Zack riesce a farmi stare meglio, perché conversa con alcuni amici di famiglia di argomenti di cui io non capisco un emerito accidente.

«Juliet, come va la scuola?», domanda la signora Clarke.

Dio, se solo ricevessi una sterlina ogni volta che mi fanno questa domanda, a quest'ora sarei ricca sfondata.

«Bene».

Così bene che se quest'anno non vengo bocciata daremo una mega festa.

Tento di non risultare scontrosa, con un orecchio sempre teso a quei due che mi stanno davanti. Charlotte è una ragazza piuttosto insicura, mentre Zack è bello come il sole, intelligente e pure simpatico.

Beccati questa, Ackerman.

A proposito di Alexander, non sorride neanche per sbaglio e lancia sguardi apatici a chiunque gli parli.

«Che progetti hai per il prossimo anno, Alexander», gli chiede all'improvviso Zack.

«Oh oh, tasto dolente», commento sottovoce. Alexander, però, mi ha sentito benissimo e mi fulmina.

«Non dirmi che non lo sai ancora. Sei all'ultimo anno, no?», lo incalza Zack.

«Mi iscriverò a Giurisprudenza», risponde controvoglia.

«Alex vorrebbe studiare Medicina, ma secondo suo padre non è la carriera più adatta per lui», m'intrometto di nuovo, facendo chiaramente infuriare Alexander.

«Mi iscriverò a Giurisprudenza», ripete lui, stavolta con tono deciso.

Zack finalmente sembra capire che Alex non ha nessuna intenzione di parlare con lui, quindi sposta l'attenzione su di me.

«Potresti venire a visitare l'università qualche volta».

«Mi ci accompagni tu?»

«Certo. È molto grande ed è piuttosto facile perdersi, ti guido io». Sorride mostrandomi le sue fossette.

Quando arriva il momento del dolce, do una mano a mia madre che in cucina si barcamena tra una miriade di piatti sporchi. Per poco non me ne cade uno dalle mani quando vedo arrivare anche Alexander e Charlotte. Insieme.

«Serve una mano, Catherine?», chiede lui, sempre apatico.

«Ti aiuto? Vuoi darmi qualcosa, Juliet?», mi domanda lei.

Non mi serve aiuto, ma che la smetti di stargli così vicino.

«Oh, come siete gentili!».

Mentre mia madre spiega ad Alexander come impiattare il dolce, Charlotte mi fissa.

«Che vuoi?», sbotto, perdendo la pazienza.

Non si aspettava la mia reazione sgarbata, glielo leggo in faccia. «No, niente. Io stavo solo...».

«Perdonala, Charlotte, ma Juliet è di cattivo umore perché ha litigato con la sua migliore amica», interviene mia madre.

Io sono al limite: vorrei solo che Charlotte si levasse di torno. Alexander coglie l'antifona, difatti prende Miss Pel di carota per un braccio e la riporta in salotto.

«Juls, ora alcuni invitati si sposteranno in veranda. Vai a prendere due sedie in più al piano di sopra. Anche tu, Alex».

In quel momento, mi accorgo che Alexander è rientrato in cucina.

«Hai lasciato la tua amichetta da sola? Sicuro che sopravvivrà?», lo provoco.

«Juliet, sii carina con lei...», si impiccia ancora una volta mia madre, che sta servendo la torta nei piatti.

«È una mummia», commento beccandomi un'occhiataccia da entrambi.

«Perché non puoi essere gentile con gli amici di Alex come lui lo è con i tuoi?»

«E lui sarebbe gentile con Zack, mamma?».

Alexander si sta spazientendo, non fiata, ma lo vedo serrare i pugni lungo i fianchi.

«Alex è sempre educato».

Ma se sembra sempre sul punto di fargli ingoiare la lingua ogni volta che parla.

«E poi sa che Zack è un bravo ragazzo. Vero, Alex?», continua lei. Lui non risponde, quindi ne approfitto per ridacchiare.

«Vero, Alex?», le faccio il verso.

«Catherine, dove sono le sedie?», cambia discorso lui, incenerendomi. Dal suo tono è chiaro che delle sedie non gliene frega nulla.

«Prendete quelle al piano di sopra. Ne bastano due in più».

«Juliet, vieni con me».

Lo seguo senza dire una parola e l'adrenalina comincia a pulsarmi nelle vene, soprattutto quando Alexander fa una deviazione verso il bagno.

«Alex, ma cosa...».

Alex ci chiude nel bagno e mi spinge contro la parete, fissando i suoi occhi neri nei miei.

«La tua scenata da stronza finisce qui, ora».

«Farmi male ti appaga? Be', farti arrabbiare appaga me ancora di più», lo provoco a testa alta.

Si passa una mano sulla fronte, prende un lungo respiro, prima di scagliare il palmo sul muro alle mie spalle.

«Juliet, tu adesso la smetti».

«Non riesci a capire che ogni volta che ti preoccupi per lei o le parli in quel modo premuroso a me dà fastidio?»

«Non può davvero darti fastidio».

«Se pensi di controllare anche le mie emozioni, ti sbagli».

Assume un'espressione crudele.

«Le tue emozioni? Conosco perfettamente le tue emozioni. Sei gelosa di Charlotte e non ne hai motivo. Sono solo capricci, i tuoi».

«Non sono gelosa di lei, solo non capisco come possiate andare d'accordo. Cos'ha di speciale?»

«Chiudi quella bocca, nana».

Sento il suo corpo teso premere contro il mio e, anche se stiamo litigando, l'irrefrenabile desiderio di baciarlo m'incendia le vene. «E comunque non sono affari tuoi. Charlotte, il rapporto con mio padre, la questione dell'università. Stanne fuori, Juliet».

«Quindi ti posso rivolgere la parola solo quando stiamo nella tua camera da letto?»

«Abbassa la voce», scandisce con voce dura. «Ti stai comportando da bambina, come sempre».

Alexander mi volta le spalle e fa per andarsene. E io smetto di ragionare.

«Racconterò a John tutto quello che mi hai fatto».

Alexander si volta con aria minacciosa.

«Che cosa hai appena detto?». La sua voce bassa assume un'inflessione pericolosa.

Forse ho esagerato?

«Io…».

Deglutisco, appoggiandomi con le mani al lavandino. Alexander si posiziona lento alle mie spalle.

«Ascoltami bene, Juliet».

Sollevo lo sguardo e incontro i suoi occhi scuri che scintillano nello specchio.

«Io ho fottuto te come tu hai fottuto me».

«No, Alex. Parlo del tuo altro "lato" nascosto».

Spero che creda alle mie parole. Non racconterei mai nulla a suo padre, non so di preciso cosa io voglia ottenere comportandomi in questo modo. Forse, per una volta, vorrei solo sentirmi come si sente lui.

«Ora hai paura, Alex?».

Sento il suo corpo aderire al mio, mentre lascia scorrere l'indice lungo il mio braccio. La mia pelle si riempie di brividi, ma io fingo una freddezza che non mi appartiene. Sposto lo sguardo sulla sua camicia bianca e, quando il suo respiro caldo mi solletica la gola, comincio a vacillare.

«No, piccola Juliet. Sei tu che devi aver paura», mi sussurra all'orecchio.

«Pe… perché?», balbetto, mentre la sua mano fredda scivola oltre il mio ventre e sotto il mio vestito.

«Perché non esisterà posto in questa casa in cui potrai stare senza pensare a me».

Sopraffatta dal timbro eccitato di Alexander e dalla tensione ormai alle stelle, finisco in balia dei suoi movimenti. Con le dita esplora il tessuto delle mie mutandine, mentre un verso soddisfatto gli risale la gola.

«Sai, Juliet…». La sua voce ha una sfumatura indecente, forse perché preannuncia le sue prossime mosse.

Mi mordo il labbro e tengo gli occhi fissi nei suoi allo specchio. Le sue dita superano l'intimo e affondano dentro di me, fino alle nocche.

«...non dovresti guardarmi in quel modo, mentre siamo a tavola», ringhia sulla mia guancia, incendiandomi.

«Alex...».

La pressione che esercita dentro di me mi fa tremare.

«Perché tu non vuoi Zack, vero, Juliet?»

«No, io...».

«Dillo, Juliet».

«Io vorrei solo...».

Il freddo accarezza le mie cosce nude quando Alexander mi solleva il vestito sui fianchi.

«Dillo», ripete, abbassandomi le mutande con un gesto repentino.

Confusa, mi sorreggo al bordo del lavandino, la testa vortica in modo piacevole mentre lui mi divora il collo di baci e morsi. Mi spingo all'indietro fino a percepire la sua erezione attraverso i vestiti.

Le sue mani, solitamente controllate, si muovono frenetiche. Sta perdendo il controllo.

Riconosco il suono metallico della cintura, poi lo vedo abbassarsi i pantaloni.

«Cosa vuoi raccontare a mio padre?»

«Gli racconterò come ti diverti a usare degli oggetti su di me. Di come ti piace sculacciarmi».

Alexander si lecca il labbro inferiore, prima di calarsi i boxer, rivelando tutta la sua eccitazione.

«Cristo, Juliet».

Mi penetra con forza, lasciandomi interdetta per diversi attimi. Il mio corpo lo accoglie a fatica, ma lui scambia i miei gemiti sofferti per un invito ad aumentare il ritmo.

Mi sorreggo al bordo del lavandino, le guance bruciano e, dopo un po', abbasso lo sguardo per non vedere lo stato in cui sono. Mi sento sopraffatta dalle sensazioni. Alexander mi solleva il mento per far combaciare i nostri occhi nello specchio.

«Guardami. Devi guardarmi».

Il dolore è ormai un ricordo lontano, quindi inarco i fianchi senza mai interrompere il contatto visivo. Lui, però, mi sta fissando con la sua aria impassibile.

Gli piace davvero?

D'un tratto, Alexander apre il rubinetto e fa scorrere l'acqua, poi affonda di più in me. Inizialmente non comprendo il perché di quel gesto, ma ben presto mi accorgo che il getto attutisce il suono del suo corpo che, instancabile, si unisce al mio, creando una melodia proibita. Con una mano mi prende per il fianco mentre fa scivolare l'altra sul mio gluteo destro. La solleva per sferrare una sculacciata sola, così dolorosa da farmi cedere le ginocchia. Mi sento pulsare attorno alla sua erezione, ogni parte di me comincia a cedere alla sua forza e, senza opporre alcuna resistenza, mi faccio travolgere da un orgasmo che mi lascia senza fiato.

Mi ci vuole un po' per tornare con i piedi per terra e notare che Alexander ha la mandibola contratta. Aspetta che io finisca di tremare tra le sue braccia, poi dà un ordine preciso.

«In ginocchio».

Obbedisco. Lui mi afferra la nuca, poi affonda il membro teso tra le mie labbra e comincia a spingere avanti e indietro.

«Tu vuoi me, piccola Juliet. Solo me», ansima a denti stretti.

La presa dietro la nuca si fa più forte e, mentre il piacere gli rilassa le membra, i suoi occhi restano imprigionati nei miei.

Con il cuore che martella nel petto, ingoio veloce e faccio di tutto per non sporcarmi il vestito e non macchiare il tappeto di mia madre.

Dopo aver esaurito l'ultima goccia di piacere, Alexander sospira soddisfatto, poi si tira su i pantaloni e, prima di raggiungere la porta, si ferma a guardarmi.

«Ah, Juliet?»

«Sì?».

Io mi alzo in piedi con le guance infuocate.

«Racconta questo a John».

49

JULIET

«Juliet, stai bene?», chiede mia madre.

Se ne sono andati tutti, in cucina ci siamo solo io, lei e Alexander.

«Sì, perché?», domando sfuggendo alle sue occhiate indagatrici.

«Volevo dirtelo prima, durante il dessert. Sicura di non sentirti la febbre? Sei tutta rossa».

Alexander sogghigna appena, mentre, seduto al tavolo, beve una tazza di cioccolata calda.

«La cena è andata bene, no?». John appare sorridente sulla soglia.

«Be', sì». Annuisco.

«Ti sei divertito, Alex?», continua John, facendomi raggelare il sangue.

«Abbastanza».

«Il dolce non era un granché, lo so», si lamenta mia madre.

«No, non è vero, Catherine. Anche se il dolce è finito… come dire, un po' troppo in fretta». L'allusione è chiara.

«Ma finiscila», sbotto innervosita.

«Ragazzi, non litigate. Cosa succede?», interviene John.

Alexander mi trafigge con un solo sguardo, quindi ammutolisco. John però torna su di me.

«Juliet, ti ho vista sbuffare più volte, durante la cena».

«È il suo modo di fare, Juliet fa così quando le fanno domande sulla scuola… Ma lei adora le cene in famiglia», mi anticipa mamma.

«Oh, sì. Juliet adora le cose in famiglia, davvero», insinua Alexander, sogghignando dietro la sua tazza di cioccolata fumante.

Sento le guance tornare a pizzicare.

«Non quanto pensi tu», sputo fissandolo di traverso.

«Io sono stanco, vado a dormire, tesoro».

John deve aver bevuto qualche bicchiere di troppo, perché lascia correre qualsiasi battibecco e saluta mia madre con un bacio sulla guancia.

Dopo poco, Alexander ci dà la buonanotte e prende le scale per il secondo piano. Io saluto mia madre e lo seguo.

«Ti senti meglio ora?», domando, fermandolo davanti alla porta di camera sua.

Lui entra, mi permette di raggiungerlo dentro, poi parla.

«Abbastanza». Ripete la stessa risposta di poco prima e io sento ribollire la rabbia nelle vene quando mi accorgo del suo sorrisetto.

«Sei proprio stronzo, secondo te volevo...».
Mi accorgo che la porta è ancora aperta, ma a lui non sembra importare.
Alexander immerge le dita tra i miei capelli e, con una presa sicura, mi obbliga a reclinare il collo e guardarlo negli occhi.
«A occhio, direi di sì. Volevi solo farti scopare», sussurra, solleticandomi l'orecchio. «Ma io non dimentico ciò che hai detto. Hai minacciato di parlare con mio padre».
Le mie guance si infiammano. «L'ho fatto con leggerezza. Lo sai che non avrei detto niente a John...».
Alexander mi indica il corridoio e il suo sguardo indifferente mi scava una voragine nel petto. La gola brucia e gli occhi mi si appannano.
«Alex, davvero, non avrei...».
«L'altra notte ti ho detto che volevo fidarmi di te. Ci mancava poco che ti implorassi, Juliet». Dopo aver pronunciato quelle parole con tono duro, mi spinge fuori dalla sua stanza e mi chiude la porta in faccia.
I miei occhi si riempiono di lacrime.
Ma come ho potuto essere così stupida? Mi rifugio in camera mia. Con la vista offuscata, provo a mettere a fuoco l'oggetto che trovo sul mio letto.
Mi avvicino e mi accorgo che è una sfera di vetro.
O meglio, è una palla di Natale con dentro la neve finta che si muove in un liquido trasparente. Sul fondo, c'è un piccolo pupazzo di neve. Dai dettagli potrei quasi affermare sia fatta a mano. L'afferro e la scuoto, osservando la neve turbinare attorno al piccolo pupazzo.
Poi mi concentro sulla base: è di legno verniciato di rosso. Capovolgo la palla e scorgo due iniziali.
A.A.
Non ci posso credere.
Non busso neanche, entro in camera di Alexander senza permesso, ma lui non c'è. Sento il rumore della doccia provenire dal bagno in camera e avverto una fragranza profumata nell'aria.
Resto in piedi con quel regalo tra le mani finché lui non esce dal bagno, con l'accappatoio allacciato in vita.
«Juliet, ma cosa...».
«L'hai fatta tu?».
Gli mostro la sfera di vetro, mentre lui si strofina i capelli bagnati con un asciugamano.
«Sì».
«Quando?»
«Ho cominciato prima che partissimo per la gita».
«È per questo che stavi ore e ore nel capanno?»
«Anche».
Alexander sembra incuriosito dalle mie domande. «Immaginavo che non ti sarebbe piaciuta», bisbiglia.
«E invece mi piace», replico a testa alta.

La abbasso appena quando Alexander si avvicina a me. Mi sento abbagliata dai suoi occhi, sono così pieni da farmi sentire vuota.

«Lo dici solo per compiacermi? Tutto quello che fai, Juliet, lo fai solo per compiacermi oppure lo vuoi davvero?».

Mi lascio distrarre dal profumo della sua pelle. «No. Lo faccio perché lo desidero».

È una confessione spontanea. Abbandono la fronte sul suo petto, nella speranza che possa darmi anche un abbraccio, ma Alexander non muove un muscolo.

«Lo desideri, Juliet?»

«Da morire».

«Se mi desideri, allora dimostramelo».

Non posso sottrarmi all'attrazione che ci lega, quindi mi scaglio sulle sue labbra, divorandole senza pudore.

«Juliet… non in questo modo», mormora lui staccandosi per primo.

«E come?»

«Vorrei solo potermi fidare di qualcuno».

Lo guardo confusa e lui pare quasi infastidito dalla mia reazione.

Si volta dandomi la schiena, poi la sua voce diventa un sussurro.

«Perché oggi hai minacciato di raccontare tutto a mio padre?»

«Volevo solo… sentirmi per una volta come ti senti tu».

Confessare qualcosa ad Alexander è sempre un'arma a doppio taglio, che potrebbe rivelarsi fatale. Quello che non riesco ad accettare è questo desiderio malsano che mi lega a lui. Che c'è sempre. Quando litighiamo, quando discutiamo, quando stiamo a tavola con i nostri genitori. Mi chiedo se aver incontrato Alexander sia stata una fortuna o una crudele condanna.

E a volte propendo per la seconda opzione, perché sembra che ci sia qualcosa di tremendamente sbagliato in tutto questo. Ma tra le mani ho quel regalo, l'ha fatto per me e non posso ignorarlo.

«Mi dispiace per oggi, Alex. E grazie per il regalo», sussurro avvicinandomi alla porta.

«Dimmi solo un'altra cosa. Quel ragazzo… Zack, non eri sul punto di baciarlo sul serio, vero?»

«No, Alex. Sei ancora arrabbiato?»

«No, Juliet. Ora vado a letto. È meglio se ci vai anche tu», mormora leggermente amareggiato. Con il suo regalo stretto tra le mani, decido di rispettare la sua decisione. Esco da camera sua, ma non prima di avergli lanciato un'ultima occhiata. Tra due giorni avremo un viaggio da affrontare e io non aspetto altro che rivederlo ancora.

50

JULIET

Sono le dieci passate quando arriviamo al maniero dei miei zii.

Stanchi dal viaggio, veniamo travolti da zia Vera, che è sempre pimpante, proprio come la ricordavo: è una donna robusta, con il viso rotondo e sempre sorridente.

Dopo averci offerto un tè caldo e una fetta di torta al cioccolato condita da molte chiacchiere, mia zia finalmente ci mostra le nostre camere.

«Catherine, io ho preparato questa stanza per i ragazzi, ci sono due lettini».

Sento le guance avvampare quando scopro che condividerò la camera con Alexander.

Mia madre è d'accordo con la soluzione pensata dalla zia, mentre John non è molto contento.

«Posso dormire io in camera con Alexander. Tu e Juliet potete dormire nella camera matrimoniale destinata a noi», propone.

Mia zia, che è anche una gran impicciona, s'intromette all'istante.

«Avanti, John, non fare l'uomo all'antica! Lascia stare i ragazzi».

Zia Vera dapprima sorride a mia madre, poi mi fa l'occhiolino. Credo che in pochi attimi abbia capito molto più di quanto abbia fatto mia madre nelle ultime settimane.

Quando finalmente gli adulti ci lasciano per fare un giro della casa, Alexander recupera le nostre valigie.

«Non farò commenti su quanto sia pesante la tua valigia. Né ti ricorderò che tutte le cose che ti sei portata sono inutili», borbotta.

«Ma che vuoi? Stiamo qui una vita. Ho bisogno di vestiti, borse e scarpe», replico allargando le braccia.

«E cambi scarpe tutti i giorni?». La sua fronte si corruga riempiendosi di rughette.

«Che noia. Mi piace scegliere». Ridacchio prima di infilarmi nel bagno in camera per farmi una doccia, mentre lui seguita a lamentarsi.

«Dio, Juliet, che disordine», è l'ultima cosa che gli sento dire.

La stanza che ci ha assegnato zia Vera non è grande, ma è accogliente. La finestrella che dà sul cortile illumina lo spazio occupato da due lettini e una cassettiera in legno vintage. Le tende hanno una strana fantasia floreale sulle tonalità del rosa antico e si abbinano alle piastrelle del bagno.

«Hai finito?». Alexander si è spazientito perché ci ho messo troppo nella doccia.

«Per tua informazione, ho i capelli lunghi, ci metto una vita a lavarli», lo rimbecco dalla soglia del bagno con un asciugamano avvolto intorno al corpo.

Certo non voglio sedurlo, ma credevo che almeno mi degnasse di uno sguardo. Alexander invece non si scompone e mi fa cenno di uscire dal bagno.

«Mi fa piacere, Juliet. Ora, se non ti dispiace, vorrei farmi una doccia». Mi supera e accosta la porta, senza chiuderla del tutto.

«Come siamo fiscali oggi». Do un colpetto all'uscio e sbircio Alexander davanti allo specchio, intento a togliersi la maglietta.

«Fila a letto», ringhia gelandomi con un'occhiataccia.

Sbuffo e, dopo aver indossato il reggiseno e le mutande, metto una maglietta. I miei completi intimi sono tutto fuorché sexy. Ho tentato di portare con me quelli più carini, ma se mai mi sognassi di fare colpo su Alexander con la biancheria intima, dovrei di sicuro dare fuoco a tutta la mia roba e comprarne di nuova. A ogni modo, mi rilasso sul letto e abbandono la testa sul cuscino morbido.

«Quello è il mio letto», afferma Alexander quando esce dal bagno con solo un paio di boxer addosso. Ci aveva messo i suoi vestiti sopra, ma io me ne sono fregata.

«Lo so». Sorrido soddisfatta. Gli occhi scuri di Alexander guizzano dal mio viso all'inguine, per poi farsi più scuri. «Ma non può essere anche il mio?»

«Non dormiremo insieme».

«Sei proprio stronzo».

«Nel tuo letto. Ora», ordina lui, tenace come al solito.

Sbuffo ancora, poi faccio per alzarmi, ma quando mi accorgo che lo sguardo di Alexander casca sulle mie gambe scoperte sfoggio un sorrisetto compiaciuto.

«Sai che ti dico, Alex? Il tuo letto è comodo. Mi sa che rimango qui». Sogghigno soddisfatta del mio piccolo dispetto, poi mi volto sul fianco e fingo di dormire.

Come avevo previsto, Alexander si scaglia su di me per afferrarmi per un braccio.

«Perché devi sempre provocarmi, Juliet?», ringhia, e le sue occhiate bramose mi fanno bruciare le guance.

Lo abbraccio per obbligare il suo corpo a combaciare con il mio. Alexander non oppone resistenza, mi lecca il labbro e si appoggia a me.

«Perché solo così tu cederai», sussurro dolcemente sulla sua bocca invitante. *E stai già cedendo.*

All'improvviso si sottrae al bacio e si alza in piedi. Si piega sul comodino e lì prende qualcosa. La mia spazzola. Quella di legno. Fa sbattere la spazzola sul palmo della mano creando un rumore sordo.

«Spogliati».

Deglutisco, ma poi non ci penso due volte: salto nel mio letto in un secondo. Lui mi rivolge uno sguardo impassibile, mentre, con le mani che tremano, mi sfilo la maglietta e raggiungo il gancetto del reggiseno. Lo tolgo, ma quando sfioro il bordino delle mutande, inaspettatamente Alexander mi blocca.

«No. Ferma».

«Cosa?»

«Il pigiama», asserisce lui indicando la chiazza rosa in fondo al mio letto. Non capisco, ma decido comunque di dargli retta.

M'infilo il pigiama di flanella, poi guardo Alexander in attesa di risposte.

«Cosa aspetti?», domanda divertito.

Che mi dici cosa fare?

«Avanti, Juliet».

«Cosa?»

«Sotto le coperte. Sono le undici. E tu devi dormire».

Non ci credo, mi ha illusa.

Alexander spegne la luce, quindi, rassegnata, m'infilo sotto il piumone.

«Non sopporto quando litighiamo», mormoro nel buio, che sembra darmi il coraggio di parlare.

«Perché?»

«Mi fa stare male».

«Non voglio che tu stia male», lo sento bisbigliare.

«E allora smettila di tenermi sempre il broncio».

«Te l'ho detto. Mi hai deluso», ribadisce secco.

«Puoi fidarti, Alex. Lo sai che non direi mai nulla a nessuno».

«Come posso farlo se ogni volta che lo dici subito dopo ti smentisci?»

«Ma perché non mi vuoi…», piagnucolo a bassa voce.

«Dio, Juliet. Non fare così».

Sfrego le labbra imbronciate contro il piumone.

Mi mancano i suoi baci, mi manca lui.

«Non so se posso fidarmi di te e non ha senso rischiare».

«Era solo una provocazione quella dell'altro giorno. Secondo te lo direi ad anima viva? Non l'ho fatto con Mini, e di sicuro non lo farei mai con nessun altro».

«Ti ricordo che in gita ci hanno visti».

«Alex, ho litigato con Mini per te».

«Cosa stai dicendo?»

«È così».

«Quando?»

«Abbiamo discusso l'altro giorno, dopo il pattinaggio. È la mia migliore amica e sa perfettamente che le sto nascondendo qualcosa».

«Juliet, non lo sapevo. Non devi litigare con le tue amiche per… Aspetta. È per questo che non parlate da giorni?»

«Sì. E lo rifarei».

C'è un attimo di silenzio interrotto solo dal mio respiro.

«Vieni qui», sussurra a un tratto.

Il suo invito mi strappa un sorriso e m'intrufolo nel suo letto, accoccolandomi al suo petto nudo.

«Puoi fidarti, Alex. Sul serio».

«Dimostramelo».

«Ti faccio una proposta». Rilancio con quell'affermazione decisa, tanto da suscitare la sua curiosità. Nell'oscurità le sue dita mi sfiorano il labbro inferiore.

«Parla».
«Se ritieni che dobbiamo lavorare sulla fiducia, allora...».
«Ti sto ascoltando», asserisce.
«...diamoci un giorno ciascuno. Un giorno è dedicato a te. Mentre uno è dedicato a me».
«E cosa dovremmo fare in questi due giorni, Juliet?», chiede lui.
«Ci sarà un giorno in cui io mi dovrò fidare totalmente di te. Un altro, invece, in cui sarai tu che dovrai fidarti di me».
Alexander sorride contro la mia guancia.
«Bella mossa, piccoletta. Significa che mi farai il terzo grado, vero?»
«Sì. E tu?».
Sento il cuore fare un guizzo strano quando Alexander mi stringe tra le sue braccia.
«Preferisco non darti anticipazioni. Ti dico solo di fare una colazione abbondante, domani».
«Perché?»
«Sarà una lunga giornata per te».

«Ragazzi!».
Un urlo proveniente dal corridoio mi fa sobbalzare. Mi muovo nel letto e mi accorgo di non essere da sola: svegliarsi accanto ad Alexander senza dover fuggire via dalla sua stanza, di nascosto, è una novità per me. Sono ancora stretta a lui quando mia zia bussa alla porta. «La colazione è pronta!».
Mi stropiccio gli occhi, poi finalmente li apro.
«Buongiorno, Juliet», mormora lui assonnato. Mi tiro su dal cuscino, passando una mano tra i miei lunghi capelli arruffati.
«Buongiorno, Alex».
Lui si alza in piedi e io, invece di seguirlo, mi ributto sotto il piumone, coccolata dal calore che ha lasciato il suo corpo.
«Ma che fai? Non ti alzi?».
Sbuco dalle coperte, e intanto con un'occhiata modello il suo corpo asciutto.
«Perché non resti ancora un po' qui con me?», lo imploro con voce da bambina.
Lui dapprima mi osserva, poi torna al suo solito tono deciso.
«Sono le nove. Ti si fredderà la colazione. Senza contare che hai sparso la tua dannata roba ovunque».
Uff. Se solo fosse meno attraente e meno stronzo.
«Quando esco dalla doccia, ti voglio in piedi».
Senza accorgermene, mi riaddormento e, quando riapro gli occhi, lo vedo uscire dal bagno già vestito.
«Juliet?»
«Solo un bacio...».
Alexander mi guarda e stranamente decide di accontentarmi. Mi lascia un bacio sul collo esposto, così piacevole che mi fa chiudere gli occhi.
«Ti aspetto di sotto, sbrigati».

Quando ero piccola adoravo andare in vacanza dai miei zii, che fosse in inverno o in primavera, mi piaceva dare da mangiare ai pony, mentre mi tenevo alla larga dai cavalli, che mi incutevano più paura. Con la stagione della fioritura, adoravo raccogliere le margherite per decorare i miei lunghi capelli.

Da piccola mi bastava davvero poco per sentirmi una vera principessa. Amareggiata da quel pensiero, scendo in cucina e lì scorgo Alexander insieme a mia zia Vera. Stanno conversando, seduti al grande tavolo di legno al centro della cucina dal taglio antico.

«Oh, Juliet! Finalmente».

«Buongiorno, zia Vera». Le rivolgo un sorriso e mi siedo davanti a una tazza.

«Dormito bene, Juls?».

Mia zia e io ci scambiamo qualche aneddoto degli anni passati, mentre lei si mette ai fornelli per preparare qualcosa. Impeccabile con la camicia grigia e il cardigan scuro, Alexander sorseggia il suo tè con calma, muovendo i polsi esili con eleganza ogni volta che posa la tazza sul tavolo. Lancio un'occhiata al contenuto della mia e noto un caffellatte probabilmente già freddo.

«Ci hai messo troppo. Dammela». Alexander afferra la mia tazza e si dirige al microonde. Aspetto che la riscaldi, poi posso bermi il mio caffellatte, mentre mia zia Vera ci osserva incuriosita.

«Io e John abbiamo programmato una giornata alla SPA, per oggi siete liberi, ragazzi». Mia madre fa la sua apparizione in cucina, obbligandomi a distogliere lo sguardo da Alexander.

John si unisce a noi e, prima che possa aprire bocca, mia zia interviene.

«Ragazzi, non ho brioche o altre cose confezionate per colazione. Spero che le ciambelle appena sfornate vi piacciano».

«Oh, ci puoi scommettere, zia!», esclamo accaparrandomi la ciambella più grande da un vassoio di ceramica.

Gli adulti parlottano tra loro, quindi ne approfitto per provocare Alexander, seduto di fianco a me.

«Me l'hai detto tu di fare una colazione abbondante o sbaglio?». Ridacchio rubandogli la sua ciambella. Alexander ha una luce strana negli occhi questa mattina, sembra un bambino che sta trattenendo l'entusiasmo.

«Mi fa piacere che tu non l'abbia dimenticato», sussurra, sfiorandomi la guancia con il naso.

John non riesce a udire le nostre parole, ma i movimenti troppo intimi non passano di certo inosservati.

«Alexander?».

Lui tende la schiena, tornando al suo posto.

«Posso parlarti un attimo?».

«John, noi dobbiamo andare!», lo rimprovera mia madre, già sulla soglia.

«Metti pure in moto l'auto, scambio due parole con Alexander e arrivo».

Io non mi scollo dalla sedia, ma ci pensa John a cacciarmi.

«Da soli, Juliet».

Mi alzo ed esco dalla cucina.
Vado a lavarmi i denti, poi sento bussare alla porta.
«Juliet, posso?»
«Sì, certo. Sto riordinando, zia. Scusa il casino. Alex è super ordinato, mentre io...», inizio a dire, ma la zia mi ferma e mi fa sedere sul bordo del letto accanto a lei.
«Oggi tua madre non c'è. Se non vuoi andare al maniero... basta che me lo dici. Puoi scegliere tu cosa fare, Juliet, non sei più una bambina».
Sorrido, ma l'espressione distesa dura poco. «Già, ma la mamma sembra non vederlo».
«È difficile per una madre accettarlo. Il fatto che tu stia crescendo per lei è un'arma a doppio taglio», spiega, mentre la sua mano si allunga verso il mio comodino e prende la spazzola.
«Ti ricordi quando ti facevo le trecce?», domanda cominciando a spazzolarmi i capelli.
«Bei tempi», commento con un pizzico di nostalgia.
«Come ti trovi con la tua nuova famiglia?»
«Non lo so. La mamma dà per scontato che vada tutto bene. Con John, con Alex».
«Be', con Alex mi sembra che tu ci vada d'accordo».
«In un certo senso».
Lei prende a intricare le mie ciocche castane formando due lunghe trecce, poi mi sorprende con un'uscita inaspettata.
«Tua madre non se n'è accorta, vero?».
Abbasso gli occhi, mordicchiandomi il lato esterno del labbro. Le guance cominciano a pizzicare.
«No», ammetto imbarazzata.
«Non stai facendo niente di male, Juls».
«Lo so, però... a volte vorrei quasi dirglielo...».
«Conoscendo tua madre, so che si arrabbierebbe molto, poi però penso che capirebbe».
Io e mia zia ci scambiamo un sorriso d'intesa e lei mi guarda nello specchio a muro posizionato di fronte a noi.
«Non avrei mai creduto che potessi diventare ancora più bella, Juliet», dice con aria trasognata. Ma con mia zia gli attimi di serietà durano sempre poco.
«E dimmi, come bacia?»
«Zia Vera!», la rimprovero sgranando gli occhi.
«Che ho detto di male?».
Scoppiamo a ridere in sincrono, finché non mi decido a parlare.
«Mi piace». Sospiro sconsolata. «Tanto». *Forse troppo.*
«Tu piaci a lui o mi sbaglio?»
«Non ne sono così sicura...».
«Avanti, Juls! L'ho visto stamattina. Quel ragazzo ti cerca sempre con lo sguardo».
«Ma no... quello lo fa solo per controllarmi».

L'espressione di mia zia cambia drasticamente, la fronte le si riempie di rughe. «In che senso?»

«No, nel senso che si preoccupa per me», mi correggo.

«Se io avessi qualche anno di meno, me ne fregherei di tua madre e di quello stoccafisso del suo fidanzato!».

Torniamo a ridere come due bambine.

«Comunque, Juliet, io vi appoggio…». Lo sguardo sorridente di mia zia s'incupisce lievemente. «Se non fosse che tua madre…».

«Cosa, zia?»

«Niente. Deve dirtelo lei», bofonchia alzandosi in piedi.

Zia Vera non è mai stata una donna misteriosa, ma ora il suo atteggiamento insolito mi confonde.

«L'unica cosa di cui avrei timore, nel vostro caso, è che se le cose andassero male sarai costretta ad avercelo in casa e vederlo tutti i giorni». Mi vede pensierosa, così si spiega meglio. «Se vi lasciate, intendo».

«Oh no, non stiamo insieme», replico frettolosamente, e lei si acciglia.

«Juls, ti ricordi di James?»

«Sì, zia, perché? Vive ancora qui vicino?».

James è il figlio dei vicini di casa dei miei zii, dava loro una mano e abbiamo passato insieme un sacco di estati.

«Sì, se lo vedi ora non lo riconosci neanche più!».

«Mi piacerebbe riveder…». Alexander sbuca sulla porta, facendomi trasalire.

«Sei pronta?», domanda senza scollarmi gli occhi di dosso.

«Sì».

«Divertitevi, ragazzi!», ci saluta zia Vera, lasciandoci soli.

Un ghigno poco rassicurante si disegna sul volto perfetto di Alexander.

Il divertimento è in cima alla lista dei suoi desideri al momento, mi chiedo solo se, nei suoi piani, sia contemplato anche il mio.

51

JULIET

«Seguimi, Juliet».

La voce profonda di Alexander fa vibrare l'aria intorno a me. L'odore di terra mi culla l'olfatto, mentre seguo Alexander che prosegue a passi decisi ma non troppo affrettati, verso il maneggio dei miei zii. Mi sistemo il cappello di lana, poi prendo a sfregarmi le mani infreddolite perché ho dimenticato i guanti.

Ad Alexander non sfugge mai nulla, quindi si volta osservandomi attentamente. «Hai freddo?»

«No».

Percorriamo il terreno di campagna costellato di alberi spogli, fino a raggiungere il maneggio.

«Tuo zio mi ha chiesto se questa mattina possiamo occuparci dei cavalli, mentre loro sono via».

È più forte di me, mi ritrovo a sbuffare e la nuvoletta di vapore si mescola alla fredda aria mattutina, mentre lancio gli occhi al cielo nuvoloso.

«E cosa dovremmo fare?», domando muovendo piccoli passi sull'erba ghiacciata. Vedo Alexander accarezzare i cavalli che sostano dentro il loro recinto in legno, mentre io mi tengo a debita distanza.

«Hai ancora paura?», mi chiede con un sopracciglio inarcato.

«Non ho paura. È solo che non mi piacciono i cavalli».

Alexander infila le mani nelle tasche del cappotto scuro ed entra nella piccola casetta che costeggia il maneggio.

Spero non stia andando a prendere le selle, perché io non ci salirò sopra quei quadrupedi.

Incrocio le braccia, poi guardo in lontananza, verso le case che si susseguono lungo la stradina sterrata, accanto al maniero dei miei zii. Qualche ricordo di quando ero più piccola mi prende alla sprovvista, quando la voce cupa di Alexander mi fa sussultare. «Ho trovato questo».

Stringe in mano una lunga asta di cuoio nero. Il mio cuore non regge, batte così forte da incastrarsi tra il petto e la gola.

«Parlami, Juliet». Il suo invito riverbera nella mia cassa toracica. I suoi occhi si assottigliano, sono così belli che mi danno i brividi.

«Cosa vuoi fare?», domando senza fiato.

Vorrei indietreggiare, ma non riesco a muovermi, così deglutisco e aspetto la sua prossima mossa.

«Non ti fidi più di me, Juliet?».
Il calore delle mie guance contrasta con il freddo invernale che punge sulla mia pelle arrossata.
«Sì. Certo che mi fido di te», affermo sicura, con la speranza che la smetta di trattarmi in maniera così distaccata.
Inaspettatamente Alexander mi sfiora il collo con la mano, e ancora più inaspettatamente io non godo del suo tocco, bensì mi irrigidisco di più. Non riesco a rilassarmi, tremo sotto le sue dita fredde. La carezza di Alexander si fa più decisa: mi circonda la gola con fare possessivo, spingendo la fronte contro la mia. Il suo labbro inferiore mi lambisce la guancia, poi tutti i miei pensieri vengono spazzati via perché Alexander preme dolcemente le sue labbra morbide sulle mie.
«Cristo, quanto ti voglio, Juliet».
Sembra che lui abbia il potere di iniettare la follia nelle mie vene, e con un solo bacio.
I nostri respiri si fanno affannati, incendiandosi del tutto per la frenesia con la quale le nostre lingue cominciano a danzare.
Alexander però ferma il bacio per scrutarmi negli occhi.
«Cosa vorresti fare?».
Sono troppo agitata, non lo so, cosa voglio fare. Vorrei abbandonarmi al suo volere per smetterla di avere tutti questi dubbi che mi attanagliano.
Ogni volta che Alexander torna con le sue labbra ad assaltare le mie, aumenta l'influsso devastante che lui ha su di me.
Sulla mia mente e sul mio corpo.
Alexander mi sbottona il cappotto, per poi scavare con le dita fredde sotto il mio maglione, mentre con l'altra mano tiene ancora l'asta di cuoio in mano.
Senza pensarci due volte, gli sfioro la cinta dei pantaloni.
Pensavo fosse ciò che voleva, ma Alexander mi ferma.
«Non qui, Juliet».
Sono accaldata e confusa. Lui mi prende per mano e mi trascina nella stradina sterrata che conduce al maneggio. Si ferma davanti a un tronco raggrinzito, c'è ancora un po' di ghiaccio sul terreno. Dentro di me avviene qualcosa che sarebbe stato inspiegabile qualche mese fa.
«Alex…».
«Stai tremando».
Alexander si toglie il cappotto e me lo appoggia sulle spalle. Aspetta una mia risposta, lo vedo dai suoi occhi spietati.
«Ho paura», ammetto.
I suoi occhi scuri sono impassibili, più gelidi dell'aria di fine dicembre.
«Non so se… non mi sento a mio agio a farlo qui. Ora», mormoro indicandogli il frustino.
Il buio del suo sguardo si sfuma appena e, con mia sorpresa, lancia il frustino per terra, facendolo rimbalzare su un prato di foglie secche.
«Juliet, voglio che ti senti al sicuro con me».
Alexander sussurra quelle parole sulle mie labbra e il suo respiro roco fa accele-

rare il battito del mio cuore. Ma ciò che mi scalda il petto è l'abbraccio nel quale mi racchiude.

Mi basta quel gesto a convincermi che anche lui ha un'anima.

«Ora mi ci sento», mormoro sorridendo contro il suo cappotto.

Alexander mi stringe le guance infreddolite con entrambe le mani, prima di tornare a deliziarmi le labbra con la lingua. Non interrompiamo il bacio neanche per un secondo, il mio respiro si fa sempre più affannoso, lo riverso nel suo orecchio mentre porto la mano fino al bottone dei suoi pantaloni.

«Juliet, no».

D'un tratto nelle tasche di Alexander vibra qualcosa.

Il telefono.

«Ferma. Devo rispondere».

«Alex, ma dove ti sei cacciato? Juliet è con te?».

È John e non sembra contento.

«Sì è con me», risponde con tono serio. Ridacchio, avvicinandomi al suo collo affusolato, prima di segnarlo di baci umidi.

«È ora di pranzo, come mai non siete qui?». Gli passo la lingua vicino al lobo e sento indistintamente la sua eccitazione tendersi sotto i pantaloni. «Tornate subito».

Alexander m'infiamma le labbra con uno sguardo carico di desiderio, mentre io tento di cancellare dalla mente tutto ciò che io e lui eravamo sul punto di fare. Dopotutto, ho una giornata in famiglia da affrontare.

Il pranzo scorre lento e nel pomeriggio veniamo divisi dai nostri genitori: io e mia madre trascorriamo le ore per mercatini, mentre Alex e John vanno con mio zio a visitare le fattorie dei vicini.

Conto gli attimi, i secondi, tutto ciò che mi separa dalla cena, quando finalmente lo rivedrò. Per fortuna ho una distrazione. I mercatini al calare del sole hanno un'atmosfera ancora più magica, perché le illuminazioni creano un gioco di luci suggestivo e tipicamente natalizio. E mentre io e mamma stiamo facendo il nostro giro tra le bancarelle, mi accorgo che ci sono anche degli stand di libri usati.

Scorro i titoli, finché non mi imbatto nella sezione Young Adult. Di solito, in queste storie, lui non è capace di innamorarsi, ma trova la brava ragazza che riesce a fargli cambiare idea.

Poi fanno sesso, si innamorano e, come per magia, questo aggiusta le cose tra loro.

Il pensiero vola a me e Alexander. Non so cosa provo per lui, ma di sicuro non riesco a smettere di avercelo in testa, tant'è che giurerei di averlo appena visto tra la calca di gente che popola la strada affollata.

Realizzo però che sono proprio Alexander e John le due persone che ci si avvicinano.

«Vera mi ha detto che eravate qui, quindi abbiamo pensato di raggiungervi», spiega John dando un abbraccio a mia madre.

"Dio, che occhi", penso quando Alexander li solleva per un breve attimo, sfiorando i miei.

Passeggiando accanto a mia madre, John chiede se abbiamo trovato i regali per gli zii che stavamo cercando, mentre io e Alexander camminiamo fianco a fianco, pochi passi dietro di loro.

«Oddio...», strillo quando noto una bancarella di dolcetti a tema natalizio. Mi fermo lì, mentre gli altri proseguono, e mi godo il profumo zuccherato che si mescola all'aria fredda. Quando alzo gli occhi dai dolciumi, noto lo sguardo di Alexander, da lontano, fisso su di me.

Quella sensazione di dolcezza che sento nello stomaco – come quando si lascia andare a piccoli gesti gentili nei miei confronti, come quando mi sposta i capelli dal volto o quando mi abbraccia nel sonno – è più forte dell'astio che provo quando litighiamo.

Alexander mi raggiunge con le mani nelle tasche.

«Vuoi forse perderti?». Poi mi prende la mano, lasciandomi senza parole.

Abbasso lo sguardo imbarazzata, quando sento le nostre dita intrecciarsi strette.

«Alex...». Gli strattono la manica del cappotto con un gesto infantile.

«Cosa vuoi, Juliet?»

«Una crêpe alla Nutella», rispondo annusando nell'aria quell'inebriante profumo di dolce appena sfornato.

«Non hai mangiato abbastanza dolci oggi?».

Sollevo il viso verso l'alto, mentre lui lo china su di me. I nostri sguardi si incontrano. Sorrido facendogli segno di no con la testa, tenendo il labbro inferiore sotto i denti.

«Per favore...», sussurro con un filo di voce, per poi appoggiare la punta del naso contro la sua spalla coperta dal cappotto.

«Vieni».

Alexander mi trascina verso un piccolo chioschetto e, prima ancora di vederle, riconosco immediatamente l'odore tipico delle crêpes appena fatte.

«Una crêpe alla Nutella, grazie», chiede mentre io ammiro il suo volto sotto le luci di Natale, soffermandomi sui suoi capelli scuri che ricadono perfettamente intorno agli zigomi spigolosi.

«Ci vuoi anche lo zucchero a velo sopra?», mi domanda la signora addetta alla preparazione.

«Sì, lo vuole», risponde Alexander, conoscendo già la risposta.

«Ve la taglio a metà o è tutta per la tua ragazza?».

Mi s'inceppa la lingua e le guance si arrossano all'improvviso.

«La mia ragazza». Alexander lo scandisce con un tono lento, come se stesse facendo una prova, come se tentasse di capire come suona dirlo a voce alta. «È tutta per la mia ragazza», ripete con espressione seria.

Quando mi arriva la crêpe tra le mani, sento di essere troppo nervosa per mangiarla. Lo stomaco mi si è chiuso all'improvviso, e Alexander se ne accorge.

«Hai fatto i capricci per averla e ora non la mangi?».

Ci sediamo uno di fronte all'altra su delle panche separate da un tavolino di legno, mentre attorno a noi i bambini e le loro famiglie gustano biscotti e bevono cioccolate calde.

Io comincio a mangiare, quando ad Alexander arriva una chiamata di mia madre.

«Sì, è con me. Sta' tranquilla, Catherine, ci vediamo a casa».
«Era mia madre, vero?»
«Sì, mangia», ribatte lui, rimettendo il cellulare nella tasca del cappotto.
«Ne vuoi un pezzo?», chiedo con la bocca piena.
«Aspettavi di finirla tutta prima di offrirmene un po'?».
Ridacchio, alzandomi dalla panchina per andarmi a sedere di fianco a lui.
«Tieni». Gli porgo l'ultimo pezzo di crêpe e, subito dopo averlo mangiato, Alexander mi fissa le labbra.
«Hai un po' di...».
«Eh?».
Lo guardo togliersi un guanto, poi fa scorrere il pollice sull'angolo della mia bocca per raccogliere della Nutella.
«Sei peggio di una bambina».
Rimango immobile, mentre Alexander si porta il pollice tra le labbra per succhiare la Nutella in eccesso.
Dopo un secondo, Alexander appoggia dolcemente le labbra sul punto in cui mi ero sporcata, dandomi un bacio leggero. Sento la punta della sua lingua sfiorarmi appena e istintivamente chiudo gli occhi. Desideravo tantissimo che lo facesse.
«Juliet, andiamo».
Ci alziamo in piedi. Alexander prende il cartoncino della crêpe e lo getta nel primo cestino che trova, mentre io non faccio che chiedermi se mi prenderà ancora per mano. «Dove andiamo?», domando seguendolo tra le stradine secondarie.
«Dobbiamo andare a prendere un taxi. Ma se stiamo nella mischia, non ne usciamo più».
Proseguiamo in silenzio tra i vicoli più stretti e bui, finché non mi decido a parlare.
«Va tutto bene tra te e tuo padre?»
«Sì», risponde senza entusiasmo.
«Perché sembra di no?»
«Ho detto sì. Non mi hai sentito?»
«È che...».
Sbuffo, tanto con lui è inutile discutere.
«Non sbuffare».
La sua aria di sufficienza mi manda in escandescenza. Potrebbe prendermi per mano, potrebbe baciarmi, potrebbe chiedermi scusa per il comportamento altalenante, e invece cosa fa? Mi tratta anche con fare altezzoso.
«Faccio quello che voglio», sputo decisa.
Si volta verso di me e, con una mossa rapida, mi si avvicina. È buio e non c'è nessuno intorno a noi.
Alexander afferra i miei fianchi con le mani, poi mi spinge contro il muro. Prima che io possa toccare la parete, vi frappone la sua mano in mezzo, ammorbidendo l'impatto della mia schiena contro le mattonelle.
«E dimmi, Juliet... baciarmi rientra nelle cose che vuoi in questo momento?».

Le sue labbra sono così vicine che respirano contro le mie, provocandomi dei brividi intensi.

«Sì», ammetto sincera.

Alexander curva il capo, affondando i suoi occhi languidi nei miei.

«E perché non lo stai facendo? Dici di fare quello che vuoi, no?»

«Io…».

Non so più che dire, mi ha messa alle strette.

«Vedi che ho ragione? Tu non fai quello che vuoi, semplicemente perché non ne hai il coraggio».

Il coraggio ce l'ho eccome e ora glielo dimostro.

Non so chi inizi per primo, ma forse schiudiamo la bocca in sincrono. Mi aspettavo un bacio rude come al solito, ma ciò non avviene: Alexander comincia a muovere le labbra sulle mie, prima lentamente, poi più rapido.

Afferro il suo labbro inferiore, succhiandolo appena. Il suo sapore divino si mescola al mio, non appena sento la sua lingua picchiettare contro la mia bocca per chiedere l'accesso.

Si insinua poi tra le mie labbra con irruenza, la sua si spinge contro la mia in maniera instancabile, togliendomi quasi il fiato. Sento di desiderare il suo corpo contro il mio, ma abbiamo troppi strati di vestiti addosso, e fa troppo freddo per pensare di togliersi anche solo la sciarpa.

La lana ruvida dei suoi guanti pizzica sulla mia pelle arrossata, quando accerchia il mio viso con le mani. Ci guardiamo negli occhi per attimi interminabili.

Poi Alexander si stacca da me ed emette un sospiro, tenendo lo sguardo rivolto verso il basso.

«Alex… che cosa c'è?»

«Niente», risponde sbrigativo riprendendo a camminare.

«Ma… aspetta!».

«Lascia perdere».

Sono sicura che c'entri John.

«Perché non provi a spiegarmi?», domando infreddolita, con le labbra tremanti.

«Sei congelata, andiamo a casa, Juliet».

Quando rincasiamo, John sta parlando con zia Vera.

«Se io e Alexander siamo di troppo, non esitare a dirmelo, Vera. La tua ospitalità è ammirevole, ma io e mio figlio possiamo stare in un bed&breakfast».

La zia guarda male John, prima di rispondergli con fare sbrigativo.

«Ma che discorsi sono, non dirlo neanche per scherzo!».

Io e Alexander ci evitiamo per tutta la cena, ma questa volta non mi dà fastidio, ormai ho imparato a conoscerlo. Ho capito che spesso non mi calcola solo perché suo padre non lo lascia respirare. E d'ora in poi mi comporterò di conseguenza: non voglio destare sospetti, John è già abbastanza diffidente di suo, non devo alimentarli. Non appena la cena finisce, però, Alexander si alza in piedi. «Alex?»

«Sono stanco, papà. Vado a dormire».

Aspetto una mezz'ora, prendo un tè caldo con zia Vera e mia madre, poi finalmente mi dileguo anch'io.

«Non so quanto mio padre sopporterà questo giochino».

Quando arrivo in camera, Alexander sta impostando la temperatura del termostato. La luce della lampada rischiara a malapena il suo viso imbronciato.

«E io non so quando mi stuferò di questo giochino», mormoro osservando il suo fisico asciutto, mentre si libera degli abiti.

«Sono un giochino per te, Juliet?»

«Io lo sono per te?», ribatto prontamente.

«Non rigirare la frittata, piccoletta. Ti ho fatto una domanda precisa».

«No, certo che no», bisbiglio lasciando che lui si avvicini a me. «Di cosa parlavi con tua zia stamattina?»

«E tu con tuo padre? Di cosa avete parlato?»

«Oh, Juliet, Juliet…». Alexander fa una pausa, come se mi stesse concedendo di godermi il suo profumo intenso, poi torna a fissarmi torvo. «Mi piaci».

Mi si secca la gola quando usa quel tono profondo, soprattutto se lo usa per dire cose del genere.

«Cosa?».

Alexander si avvicina per aiutarmi a sfilare il maglione.

«Il fatto che tu sia più attenta e mi risponda a tono… mi piace, ma…». Le sue mani scivolano fredde lungo la mia spina dorsale, stimolano la pelle scoperta con dolcezza, suscitandomi dei leggeri brividi. «…non esagerare».

«Sennò?», domando, obbedendo al volere dei suoi occhi, che mi hanno indicato il bottone dei jeans. Li sbottono, me li sfilo e li accartoccio sul pavimento.

«Inginocchiati».

Il suo ordine mi coglie impreparata, tant'è che comincio a ridere impacciata, sperando che non si accorga che il mio reggiseno bianco non è intonato alle mutande verdi.

«Non è divertente, Alex».

«Tu non hai idea di quello che è divertente per me», mugola facendo due passi indietro.

«Sto iniziando a farmene un'idea».

«Bene, allora comincia a metterti in ginocchio».

Alexander si sfila la maglia restando con il torace scoperto e io mi sento tremare. Continua a fissarmi in quel modo disarmante, mi guarda così intensamente che mi spoglia di qualsiasi cosa, persino dell'anima. M'inginocchio davanti a lui. Un secondo dopo, con mia sorpresa, Alexander si china vicino a me.

«Juliet?».

Tendo la schiena. «Sì?».

Le sue mani sono sempre fredde quando mi sfiorano la spina dorsale.

«Mi piace avere il controllo su di te, sulle tue emozioni. Come mi appaga l'idea di sottometterti». Mi porta una ciocca dietro l'orecchio. «Ma la cosa che preferisco più di tutte è quando sei sincera con me».

Confusa, lo osservo dal basso, incapace di comprendere le sue parole.

«Oggi, quando mi hai fermato… l'ho apprezzato. Non devi avere paura di farlo».

Annuisco, poi però non faccio in tempo a elaborare dei pensieri coerenti che Alexander mi prende di peso e mi getta sul letto. Le mie gambe si aggrovigliano intorno al suo bacino e cominciamo a baciarci con foga.

«Piano, piccola Juliet».

«Alex…».

Un mugolio soddisfatto abbandona le labbra di Alexander quando sfiora le mie mutande. Me le sfila, prima di lanciarmi un'occhiata intensa.

«Tieni le mani lungo i fianchi e resta ferma».

Mi sdraio, ma all'improvviso udiamo dei passi provenire dal corridoio e Alexander ruota il capo verso la porta.

«Alex, e se…?»

«Ora farai silenzio, piccola Juliet».

Annuisco mentre Alexander scende sul mio ventre e assapora la mia intimità con urgenza, facendomi trattenere i gemiti a fatica.

Con le cosce serrate intorno alle sue guance, mi perdo nelle sue carezze che continuano a lusingarmi, spianandomi la strada verso il paradiso.

«Apri bene le gambe».

Mi è quasi impossibile, ma riesco a trattenere un urlo tra i denti l'attimo in cui Alexander affonda la bocca nelle mie pieghe, mordendomi con avidità.

«Nessun altro, Juliet. Solo io».

Non c'è inflessione nella sua voce, nei suoi occhi si riflette la mia eccitazione, che cresce rapidamente quando comincia a farmi contorcere nella sua bocca e intorno alle sue dita.

Mi sento confusa ed eccitata, forse per il movimento così abile della sua lingua, o forse perché ogni volta che sollevo il collo affogo nel suo sguardo bramoso.

«Piano, Juliet. Non correre».

Il mio bacino si muove timidamente contro la sua bocca.

Vorrei affondare le mani nei suoi capelli, vorrei urlare, ma non posso farlo, non posso muovermi, posso solo lasciarmi travolgere dal treno in corsa che mi sta attraversando, pronto a esplodere dentro di me.

«Aspetta».

Alexander continua a torturarmi infilando la lingua calda dentro la mia fessura pulsante, regalandomi baci troppo piacevoli per essere ignorati.

Non riesco più a resistere, chiudo gli occhi e un gemito prolungato affiora tra le mie labbra. Alexander si allontana improvvisamente dalla mia pelle.

«Cosa… cosa devo fare?», chiedo spaesata.

«Devi guardarmi».

L'ondata di piacere mi travolge e mi sfugge un gemito. La mia vista si annebbia per l'intensità dell'estasi che mi fa tremare il corpo ma, quando torno a mettere a fuoco ciò che mi circonda, Alexander mi rivolge un'espressione per nulla felice.

«Questo non dovevi farlo, Juliet».

«Sono sicura che non mi ha sentita nessuno…», mormoro ancora affannata, con un mezzo sorriso.

«In bagno», mi folgora deciso.

«Alex, dammi un attimo per…».

«In bagno, ho detto», ripete con tono perentorio.

Cosa vuole fare? Tutti i miei dubbi si dissolvono quando lo vedo afferrare la mia spazzola appoggiata sul comodino.

«Ora farai quello che ti dico», scandisce secco quando lo seguo in bagno. Non c'è esitazione nella sua voce, ma i suoi occhi profondi mi stanno chiedendo di fidarmi di lui. Annuisco mentre Alexander mi fa chinare con entrambe le mani ben salde sul bordo della vasca sistemata di fronte al box doccia. Mi concentro sulla ceramica bianca. Ho capito il gioco.

«Alex, puoi dirmi fino a quando…».

«Fino a quando ne ho voglia. Fino a quando la tua pelle non sarà del colore che voglio io».

Alexander non vuole darmi altre spiegazioni e io non saprei come chiedergliele ora, perché la tortura comincia in fretta, levandomi la possibilità di pensare.

Lo sento a ondate. Il dolore punge e si disperde sotto la mia pelle a macchia d'olio. Provo a rimuoverlo con la mente ma, ogni volta che lui allontana il legno da me e mi illudo di esserci riuscita, Alexander torna a colpirmi implacabile, facendomi desiderare di poter urlare e sfogare la tensione.

Non lo faccio, eppure qualche gemito ribelle mi sfugge. E Alexander se ne accorge.

«Non ci siamo, Juliet. Stai ansimando, ma non il mio nome».

La sua bocca calda mi striscia lungo la gola dandomi i brividi, poi però indietreggia, gettandomi nella confusione.

Ruoto il capo, incuriosita dalla sua ritrovata compostezza. I miei occhi cadono sui suoi boxer neri, ma lui mi obbliga a tornare in posizione, sferrandomi due colpi secchi che mi fanno serrare le cosce.

Dopodiché, Alexander mi aiuta a rialzarmi e mi accompagna contro il muro.

Le piastrelle sono l'ultima cosa che vedo, prima di udire il suo rantolo soddisfatto, quando mi accarezza il sedere, stringendolo in una morsa possessiva.

«Cristo, sì».

Con i polpastrelli poi solletica la mia intimità ancora gonfia.

«Ora sei esattamente come ti voglio. Sei così invitante, Juliet».

Per un attimo volto il capo e, quando i nostri occhi si incontrano, il suo sguardo si addolcisce.

«Stai bene, piccoletta?».

Annuisco brevemente, poi ricominciamo a baciarci.

La mia pelle arde come il fuoco. Quando Alexander mi fa voltare del tutto e mi spinge contro la parete, la mia schiena rabbrividisce a contatto con le mattonelle gelide e il mio sedere arrossato trova finalmente un po' di pace.

Si abbassa i pantaloni e il mio corpo teso si scioglie quando Alexander, dopo aver indossato il preservativo, si posiziona tra le mie gambe. Mi riempie con un affondo deciso, e io stringo i denti per soffocare anche il più piccolo gemito.

«Brava, Juliet, così».

Alexander porta i palmi contro la parete dietro di me, mentre sto intrecciata a lui. Le spinte di bacino si fanno più prepotenti, tanto da rendermi instabile. Provo a rimanere salda a lui, aggrappandomi con le unghie alle sue spalle, mentre il suo respiro si fa più ossessivo nel mio orecchio.

«Non avere fretta».

Avverto una scarica di adrenalina provenire dal profondo e attraversarmi da capo a piedi, ma prima che io possa lasciarmi andare Alexander, tenendomi salda, mi riporta sul letto. Si posiziona sopra di me, facendomi gemere di soddisfazione nel momento esatto in cui affonda con impeto dentro di me.

Ma il letto di mia zia è vecchio e comincia a cigolare.

«Alex, tuo padre da sotto ci può sentire».

Lui mi guarda serio, spostandomi una ciocca dagli occhi.

«Ora non penso a mio padre, né a me, né a nessun altro. Ora ci sei solo tu, Juliet».

Resto senza parole, mentre lui riprende a spingere con più urgenza.

«Ti prego, non fermarti».

Alexander mi rivolge un ghigno sadico nell'udire la mia supplica.

«Non ci penso proprio a fermarmi», mugola tra i denti. «Apri bene le gambe e guardami».

Le sue spinte si fanno così ravvicinate che sento venir meno il respiro. L'ondata che mi travolge è così piacevole che vedo tutto bianco per qualche secondo.

Quando torno a mettere a fuoco il suo viso, Alexander sta boccheggiando con le guance arrossate, i capelli appiccicati alla fronte e il petto lucido.

Mi prendo qualche attimo per riprendermi, con gli occhi rivolti al soffitto.

«È stato… perfetto», sospiro quando lui torna dal bagno. «Per te?», chiedo speranzosa.

«Juliet, non vuoi conoscere i dettagli di quello che sta nella mia mente», risponde sdraiandosi al mio fianco.

Metto il broncio e rimango in silenzio per qualche secondo.

«Non fare così. Sappi che mi è piaciuto dall'inizio alla fine».

Capisco di cosa sta parlando, ma io vorrei sapere cosa prova realmente.

«Cosa intendi con "dall'inizio"? Da quando hai preso la spazzola?»

«No. Da quando ti ho vista stamattina, al risveglio».

Mi stringo contro di lui, felice e stremata.

Covo segretamente la speranza che Alexander non possa fare a meno di me e, quando stiamo abbracciati, quella speranza sembra una certezza.

«Lo vedi? Ci provo a resisterti, Juliet, ma alla fine… mi è impossibile».

Alexander affonda la mano stanca tra le mie ciocche sparpagliate sul cuscino, per poi massaggiarmi dolcemente la testa.

Per un attimo ripenso a John e mi faccio prendere dallo sconforto, poi mi ricordo della giornata dedicata a me.

Un sorriso fa capolino sul mio volto, proprio mentre scivolo in un sonno profondo.

Domani saprò tutto.

52

ALEXANDER

Ho la testa sott'acqua, i polmoni incapaci di incamerare aria, e non riesco a muovermi. Sto soffocando silenziosamente, quando una manina mi sfiora il petto.

Mi sveglio di soprassalto, ansimante e accaldato.

«Juliet… sei qui».

«Sì, sono qui», mormora accarezzandomi la spalla con delicatezza.

Mi porto il braccio sulla fronte per proteggermi dalla luce mattutina che penetra dalle serrande e finalmente metto a fuoco i suoi occhi. Sono così belli.

«Piccoletta…». Il suono roco della mia voce le provoca un sorriso. «Stai bene?».

Juliet annuisce veloce, strofina il naso contro il mio zigomo e il suo profumo mi riporta alla mente i ricordi di ieri sera.

Alle mie labbra tra le sue gambe e al suo sapore dolce e vanigliato. Prima un bacio, poi un morso. I suoi gemiti sottili. I lunghi capelli davanti al viso. I miei comandi bruschi, la sua pelle arrossata.

Poi la paura di avere esagerato di nuovo.

Il freddo del preservativo e subito dopo il suo calore.

La ricerca del perdono, nascosto da qualche parte, nei suoi occhi.

I suoi pugni stretti sulle lenzuola.

La mia mano intorno alla sua gola.

Il cigolio del materasso.

Di nuovo i suoi occhi profondi.

E poi io, che mi perdo a lungo, dentro di lei.

«A che pensi Mr. Pensieroso?», domanda con le sue labbra rosse.

Le sfioro il fianco e lei geme appena.

Forse ieri ho esagerato?

«Allora, che vuoi fare oggi, nana?».

Mi metto a sedere e lancio un'occhiata furtiva al corpo di Juliet, nascosto dalle coperte. Voglio assicurarmi di non averle lasciato segni troppo evidenti, mio padre potrebbe davvero prenderla male.

«Facciamo una doccia…», propone sorridendo. La fisso senza battere ciglio mentre sbuca timidamente dalle coperte. Tiene il lenzuolo davanti al seno, stando attenta a non mostrarsi troppo. I capelli scuri le ricadono sulla pelle chiara, formando una voluminosa onda laterale che scivola sulle spalle sottili. È fottutamente seducente senza neanche volerlo. Tiro via la coperta e mi alzo in piedi.

«Va' pure a farti la doccia, Juliet».

Cerco la mia maglietta con lo sguardo.
«Facciamola insieme, Alex».
Mi volto fulminandola con un'occhiata severa.
«E daiiii», piagnucola afferrandomi il polso. Con una forza che non sapevo potesse avere, Juliet mi attira verso il letto, facendomi cadere rovinosamente su di lei. Con un movimento rapido inverte le posizioni, sedendosi sopra di me.
«Cristo, piccoletta», mugolo, quando sento il suo peso sui miei boxer tesi. «Stai comoda lì sopra?», le chiedo facendo attenzione a non perdere la concentrazione. Rimango a fissarla negli occhi, perché se abbassassi lo sguardo la visione dei suoi capezzoli inturgiditi potrebbe eccitarmi ancora di più. «E dai... falla con me!».
«La giornata di oggi sarà dedicata a te. Quindi facciamo come dici, piccoletta». Cedo alle sue provocazioni, l'afferro per i fianchi, poi mi tiro su, portandola con me dentro la doccia.
Non amo l'idea di stare nudo di fronte a qualcuno, mi sento vulnerabile e troppo esposto, ma ora riesco a vedere solo lei e la sua pelle chiara su cui scorrono piccole goccioline di vapore.
Apro il getto bollente mentre lei si volta di lato, lasciandomi ammirare i suoi capelli color nocciola che scivolano sinuosi lungo la schiena, fino a condurmi con lo sguardo in basso, ai lividi violacei.
Miei.
Che rendono quel corpo più mio, anche quando non la tocco, anche quando abbiamo finito, anche quando non stiamo insieme.
Juliet è intenta a svitare il tappo dello shampoo quando io le sfioro il fianco, poi la natica sensibile.
«Ahi!». Compie un piccolo balzo che l'avvicina di più a me.
«Scusami».
Juliet sgrana gli occhioni, poi sorride.
«No, cioè, è tutto okay».
«No, non è tutto okay», replico indietreggiando contro l'anta trasparente. La doccia non è molto grande e, nonostante io mi sia mosso appena, siamo comunque appiccicati l'uno all'altra, separati solo dal getto d'acqua calda. Juliet mi guarda confusa, fa un lieve cenno con la spalla minuta. «Non mi fa male ora. Brucia solo un pochino».
Un pochino. Che significa?
Dio, la abbraccerei.
La sincerità dei suoi occhi mi lascia sempre senza parole, ma stavolta decido di prendere un lungo respiro, poi torno a parlare.
«Nonostante tutto... non sei scappata». Non ha un contesto quella frase, ma è tutto ciò che voglio dirle. Juliet si versa lo shampoo sul palmo della mano, prima di rivolgermi un'espressione fiduciosa.
«E non scapperei mai, Alex».
Sbatte appena le ciglia bagnate, mentre il profumo di pesca accarezza i miei sensi. Juliet prende a strofinarsi i capelli come se niente fosse, come se quello che

ha appena confessato non avesse alcuna importanza. Ma per me ne ha, molta. Mi accenna un sorriso timido, quando mi approprio dolcemente del suo polso, spostandole la mano dalla testa.

«Faccio io».

Le poso una mano sul fianco e, con una leggera pressione, la induco a voltarsi di schiena, così posso cominciare a massaggiarle la testa con delicatezza, stando attento a non farle finire lo shampoo negli occhi. Juliet non si oppone, chiude gli occhi, inarcando appena la schiena, godendosi la mia coccola. Vorrei davvero potermi fidare di lei come lei si fida di me.

«Così o più tiepida?»

«No, così va benissimo», sussurra lei.

Aiuto Juliet a sciacquarsi i capelli, mentre la osservo arricciare il nasino ogni volta che le sfioro il viso con le dita. Poi si alza sulla punta dei piedi per mormorarmi un "grazie", nell'orecchio.

Il soffio caldo delle sue parole mi scivola lungo il collo, non posso negare i brividi che provo a starle così vicino, ma tento di non cedere alle sue piccole provocazioni.

Juliet fa un sorrisetto imbarazzato, poi mi porge le mani creando una piccola conca, aspettando che versi un po' di bagnoschiuma anche a lei.

Resto in silenzio, ne faccio scendere un po' tra le sue mani, senza staccare lo sguardo dal suo viso.

Invece di insaponarsi, però, Juliet mi posa entrambe le mani sul torace. Mi scappa un verso roco, quando arriva a stringere la mia erezione tra le dita.

«Juliet. No», la supplico con voce bassa, mentre lei avvampa.

«Oh, cavolo», borbotta intimidita, tentando di nascondere lo sguardo mortificato. La sua reazione mi fa troppa tenerezza, così provo a rassicurarla.

«Voglio dire… è la tua giornata». Ma in realtà quello che vorrei dirle è che oggi dovremmo fare altro, io e lei. Parlare, per esempio.

«Sì, hai ragione…», continua agitata. Poi esce di corsa dalla doccia, con fare maldestro.

Dopo l'imbarazzante episodio nella doccia, Juliet scappa in cucina per la colazione. Di Catherine e mio padre, invece, non c'è traccia. «I vostri genitori sono partiti presto, credo che saranno qui per l'ora di pranzo», ci informa Vera.

È strano che si dileguino senza avvisare. Io e Juliet ci scambiamo un'occhiata furtiva quando mi siedo al tavolo imbandito per la colazione. E so che a breve, finalmente, staremo di nuovo da soli.

Verso le undici usciamo di casa per immergerci nel gelo invernale di quella campagna fredda e desolata. Il cielo sopra le nostre teste sembra non avere colore e intorno a noi una miriade di rami rinsecchiti si curva verso la stradina che percorriamo a passo lento. Juliet si sistema il cappello di lana, poi mi guarda dal basso. «Stavo pensando alle domande da farti, Alex».

«Ci vorranno quaranta minuti per arrivare al parco che ci ha indicato tua zia.

Avanti. Vediamo che sai fare», replico infilandomi i guanti, dopo aver controllato che anche lei li abbia messi.
«Perché hai detto no prima, in doccia?»
«Semplicemente perché è la tua giornata», taglio corto, in attesa che lei mi rivolga domande più intelligenti.
«E allora?», ribatte aggrottando le sopracciglia folte.
«Catherine sta bene, Juliet?», incalzo rapido.
«Sì, perchè?», chiede con una faccina confusa.
«Non lo so, la vedo strana».
Nell'udire la mia risposta, Juliet rallenta il passo come se i suoi pensieri fossero troppo pesanti per proseguire.
«Tu non l'hai notato?», insisto.
«Veramente no. Comunque, ehm... posso chiederti una cosa?»
«Dovresti chiedermi quello che vuoi, no?»
«Tutto quello che voglio?». L'espressione disorientata di Juliet non mi lascia tregua. È troppo bella. Le ciocche castane fuoriescono alla rinfusa dal cappello rosso, delineando il suo viso affusolato e chiaro, colorato solo dal rossore delle sue guance.
«Hai molti dubbi, immagino».
Camminiamo vicini senza mai sfiorarci.
«Ieri sera... ieri era la giornata dedicata a te, quindi vorrei sapere se hai fatto davvero ciò che desideravi».
Mi sta chiedendo se era davvero mia intenzione scoparla fino allo sfinimento dopo averle fatto il culo rosso? Sul serio? Che delusione.
«Juliet. È questa la tua domanda?», chiedo brusco.
«Sì». Si mordicchia la guancia nervosamente.
«Mi è piaciuto farlo».
Juliet non sembra contenta dell'ovvietà della mia risposta.
«Sì, ma quello che voglio sapere è... avresti fatto di più? Avresti voluto di più da me?».
Ah, ecco. A questo ti riferisci, piccola Juliet.
Avevo quasi rimosso di averla spaventata con un frustino ieri mattina.
«Vorrei sempre qualcosa in più da te, Juliet».
China il capo, per poi raccogliere il coraggio di guardarmi dritto negli occhi. «Parla chiaro, Alexander».
La sua voce sottile mi coglie di sorpresa. *Voglio molto di più da te.* Lo penso da tempo, ma come glielo spiego senza ferire i suoi sentimenti?
«A volte sei poco attenta. Se prestassi più attenzione alle piccole cose, litigheremmo molto meno. Prendi a Natale».
«Mi hai fatto una scenata di gelosia per Zack!», esclama lei alzando la voce.
Chi? Io? Una scenata di gelosia?
«Ma che stai dicendo, Juliet? Non è mai successo. È avvenuto semmai il contrario».
Sono infastidito solo all'idea, mentre Juliet sembra parecchio divertita.

«Non so di che parli, Alex».
«Parlo di Charlotte».
«Be'? Non la sopporto. Perché tu non ammetti di essere geloso di Zack?».
Di nuovo. Con questa storia. Del cazzo.
«Non sono geloso di nessuno. Pensi che possa importarmi se un ragazzo ti sta vicino o ti guarda?». I pugni nelle mie tasche si fanno più serrati. Li stringo così forte che prendono a farmi male. Juliet assume un'espressione vagamente maliziosa.
«No, ma magari ti importa se qualcuno mi…».
Interrompo la sua camminata e, afferrandola per la manica del cappotto, la punto dall'alto.
«Ti…?». Questa voglio proprio sentirla.
«Se qualcuno ci provasse con me».
Lascio improvvisamente il suo braccio.
«La gelosia è sintomo d'insicurezza. Non ho paura di confrontarmi con Zack o chiunque altro».
Juliet ha sicuramente un modo infantile di vedere le cose, ma io non provo invidia o gelosia, né per Zack né per nessun altro. Semplicemente perché nessun altro avrà mai Juliet come posso averla io.
«E allora perché ti sei innervosito così tanto all'idea che Zack provasse a baciarmi?», domanda lei arricciando le labbra come una bambina dispettosa.
«Perché sei mia e dovrebbero saperlo tutti. Andiamo?».
Le indico la strada che prosegue verso il grosso parco.
I miei occhi scivolano sul suo corpo avvolto dal cappotto e ripenso a ieri sera.
«Ieri ti è piaciuto, Juliet».
S'inumidisce le labbra color ciliegia con la lingua, ipnotizzandomi con i suoi modi di fare. Se all'inizio quasi non li sopportavo, ora non riesco a farne a meno.
«Mi piace sempre. Anche se non capisco il perché», ammette con un nodo in gola.
Una lunga ciocca castana le riga il volto, quindi la fermo con le dita, incastrandola dietro il suo orecchio.
«Le endorfine, Juliet».
Lei riflette sulle mie parole.
«Vedi, quando provi dolore, il tuo cervello rilascia endorfine e queste creano una sensazione di euforia, proprio come se provassi piacere», le spiego.
«Ma io ho provato piacere».
Rimango con la bocca socchiusa, stupito dalla sua uscita spontanea.
Come può dire una cosa del genere? Ora?
Devo calmarmi.
Pensare ad altro. Così cambio argomento.
«Quando sei caduta da cavallo?»
«Cosa?»
«Hai il terrore di quegli animali, ma quando eri molto piccola ti piaceva andar-

ci. È chiaro che è successo qualcosa». La confusione alberga sul suo volto, quindi provo a spiegarmi meglio.
«Hai una cicatrice sulla caviglia destra. Sei caduta, vero?».
Juliet mi guarda quasi risentita, forse non voleva dirmelo o forse voleva solamente cancellare quell'episodio.
«Sono caduta quando avevo sette anni. Mi sono slogata la caviglia e quasi rotta una gamba», mormora mordicchiandosi le punte del guanto. «È stato orribile».
«Mi dispiace, piccoletta».
Juliet si stringe nel cappotto, mi guarda con due occhi enormi e io non resisto più. Devo stringerla tra le mie braccia. La attiro a me, lei solleva il mento e mi basta chinare di poco il viso per far combaciare le nostre labbra. M'insinuo nella sua bocca, cercando con veemenza la sua lingua, che arriva, lenta, a toccare la mia. La costringo a baciarmi con più foga, poi la sento emettere dei piccoli sbuffi nel tentativo di riprendere fiato.
«Perché hai scelto me, Alex? Perché proprio io?».
Mi sfilo un guanto, per poi tastare e accarezzare i suoi zigomi tagliati dal freddo.
«Juliet, ti è mai capitato di aver voglia di giocare e prendere il primo giocattolo che ti ritrovi tra le mani?».
Sì, sono sadico. Ma non è solo questo.
«Alex, finiscila. Non fai ridere», sbotta masticando veloce le parole.
«Quello che ti sta sempre in mezzo ai piedi, che sembra il meno interessante di tutti? Ci giochi solo perché non hai altro a disposizione in quel momento».
Juliet non sta più sorridendo. La sua espressione è un po' triste e un po' sconvolta.
«Hai mai pensato di essere solo questo per me, Juliet?»
«Ma sei impazzito?», sbraita in un impeto di coraggio.
«Perché non ci hai mai pensato?», domando freddo.
«Perché...». Juliet indietreggia appena, allontanandosi da me. «Perché non è quello che mi fai sentire quando stiamo insieme». La sua voce è stridula, i suoi occhi enormi si riempiono di una patina di lacrime. *Maledizione, no.*
«Ecco perché tu, Juliet. È questa la risposta».
«Perché sono una stupida e non mi accorgo che mi stai usando?». I suoi occhi lucidi si gonfiano appena, pronti a traboccare da un momento all'altro. Ma non era questo che volevo.
«No, perché a differenza di qualsiasi altra ragazza che conosco dai retta all'istinto e non ti importa di nient'altro se non di quello che provi, Juliet».
L'abbraccio insinuando una mano nei suoi lunghi capelli.
«Quando siamo io e te, non c'è nient'altro per me, Alex», mormora contro il colletto del mio cappotto.
Mentre la stringo a me, mi approprio del suo polso esile nascosto dalla manica della giacca, per poterle sfilare il guanto. La sua mano fredda si rifugia nella mia e trema come una foglia.
«Non ti sei soffermata solo all'apparenza. Il mio essere distaccato non è basta-

to ad allontanarti. Fai di tutto per passare del tempo con me. Ti sembra poco, Juliet?».

Lei mi guarda ammaliata, mentre faccio scivolare i pollici sotto i suoi occhi per asciugarle le lacrime.

«Non lo so. Ho sempre pensato di non essere alla tua altezza», sospira affaticata.

«Non sottovalutarti mai, piccoletta».

L'irrazionalità di Juliet si riconferma quando si alza in punta di piedi. Incurante dei passanti che ci guardano, incurante di quello che ho provato a farle credere per qualche secondo, mi bacia.

«Siamo diversi, e forse è per questo che litighiamo spesso».

«Credo proprio di sì, Juliet». La prendo per mano e ci addentriamo nel parco.

«Però a me non importa», mormora stringendomi le dita.

Ci accomodiamo su una panchina e lei fatica a trovare la posizione più comoda, sembra che sedersi le provochi fastidio.

«Ora però voglio farti delle domande sul tuo passato, Alex».

«Sentiamo».

So già cosa mi chiederà Juliet, ma mi incuriosisce la maniera in cui si avvicinerà ad argomenti così delicati.

«So che non vuoi mai parlare di tua madre, ma...».

Più audace di quello che pensavo. Forse è stato il fatto che abbiamo camminato mano nella mano e che stringo ancora la sua a darle più coraggio.

Per me farlo è strano, ma a Juliet pare piacere, quindi sembra tutto un po' meno strano.

«Ma...?», chiedo guardando davanti a me. Se la fissassi, Juliet si agiterebbe e finirebbe per non chiedermi più nulla.

«Dimmi qualcosa su di te».

La sua voce flebile mi accarezza l'udito, inducendomi a parlare.

«Mio padre mi odia, Juliet».

«L'hai già detto e non è vero», ribadisce convinta.

«Come fai a esserne sicura? Glielo hai sentito dire?».

Juliet aggrotta le sopracciglia folte che incorniciano il suo viso pallido. Lo fa ogni volta che non si aspetta il mio tono brusco, e rivedo sempre la bambina delle foto incastonate nelle cornici argentee che ricoprono il comodino di Catherine.

«No, però è tuo padre. Come potrebbe odiarti?»

«Perché è tutta colpa mia», replico duro, abbandonando la sua mano. Juliet ci rimane così male che resta a guardarmi stranita per qualche attimo. Poi stringe le labbra e si ricompone, risollevando lo sguardo.

«Sai, Alex... ho letto qualcosa sull'argomento».

«Quale argomento, Juliet?»

«Sulla perdita di un genitore. È normale darsi la colpa, ma non devi. Non è colpa tua se tua madre è morta».

Si sentono delle voci intorno a noi, delle famiglie con bambini piccoli schiamazzanti ci passano davanti, ma le parole di Juliet sono l'equivalente di uno sparo.

"Non è colpa tua".
Come può dirlo?
«Non sai niente. Non conosci la storia».
«E raccontamela allora!», strepita.
Mi alzo in piedi di getto, vorrei scappare.
Sapevo che sarebbe arrivata fin qui, ma ora mi sento in gabbia.
Come può quella ragazza che ho giudicato immatura, insicura e senza alcun significato obbligarmi a raccontarle qualcosa che ho sempre tenuto per me?
Perché mi sento in dovere di raccontarle del mio passato?
Quando la guardo, mi accorgo che sta aspettando pazientemente che io le dica qualcosa in più.
E sembra quasi spaventata dal fatto che io possa andarmene da un momento all'altro.
Maledizione.
Mi risiedo, manovrato dalla forza invisibile del suo sguardo.
«Quei mostri volevano i soldi all'interno della cassaforte. Mia madre stava per dar loro la combinazione per poterla aprire, quando io mi sono comportato da stupido ragazzino che prova a fare l'eroe».
Smetto di parlare. Sebbene il mio tono sia chiaramente distaccato, una morsa alla gola non mi permette di proseguire.
Juliet sembra rispettare il mio silenzio.
Mi perdo a fissare i confini sbiaditi del paesaggio grigio che ci circonda. C'è della nebbia in lontananza.
Chissà cosa c'è oltre quel denso ammasso di vapore acqueo.
Chissà come sarebbe la mia vita se quella notte non fosse mai esistita.
Juliet pare intravedere la mia sofferenza, quindi appoggia la sua mano sul mio ginocchio, poi la rivolge verso l'alto e la apre, come ad aspettare la mia.
Sembra quasi volermi trarre in salvo da un'oscurità che lei non ha mai conosciuto.
Abbandono la mia mano nella sua, il calore e la dolcezza della sua presa mi danno la forza per scavare nei ricordi più dolorosi.
«La strattonavano e io... non sono riuscito a sopportarlo. Mi sono gettato addosso a uno di loro e, quando un altro ha cominciato a sferrarmi prima dei pugni e poi dei calci, lei ha iniziato a urlare, a opporre resistenza e...».
Ho quasi finito, posso farcela. Juliet non si muove più, resta di ghiaccio, accanto a me. «...le hanno sparato». Faccio una pausa per riprendere fiato. «Come puoi dire che non sia stata colpa mia, Juliet?».
Lei china il capo e i capelli lunghi le nascondono il viso, ma riesco a percepire i singhiozzi che le risalgono la gola.
«Juliet, non piangere, ti prego».
«Alex...». Si copre il viso con entrambi i palmi.
«Capisci perché preferivo tenertelo nascosto?»
«Mi sento male», mormora lei piangendo.
«Anche io, Juliet. Tutti i giorni».

Dicono che parlare faccia bene, ma non nel mio caso. Nel mio caso serve solo a farsi del male. E Juliet non mi è di aiuto in questo momento, ma non posso fargliene una colpa, perché lei è molto più sensibile di quanto sembri e sapevo perfettamente che avrebbe reagito così.

«Forse è meglio se parliamo di altro», propongo, prima di cingerle le spalle con il braccio, portandola verso di me.

«Perché tuo padre insiste su Giurisprudenza se a te non interessa minimamente? Perché non vuole che ti iscrivi a Medicina?», domanda abbandonando la testa sulla mia spalla.

Davvero non lo sa?

«Non hai sentito le voci che girano a scuola sulla mia famiglia?», chiedo stranito. Juliet non sa bene cosa rispondere. È vagamente imbarazzata e solletica le pellicine delle unghie con i polpastrelli.

«Veramente no».

Fermo le sue dita con decisione sotto i miei palmi, impedendole di ripetere i gesti nervosi che è solita fare quando si agita.

«Una decina di anni fa mio padre lavorava come chirurgo a Manchester. Una mattina è arrivato in ospedale stanco e poco concentrato. La sera prima aveva bevuto qualche bicchiere, non aveva tenuto in conto che il giorno seguente avrebbe avuto un'operazione importante».

Le lunghe ciglia di Juliet solleticano la pelle del mio collo.

«Poi cos'è successo, Alex?»

«Ha commesso un errore durante quell'operazione. Un errore che è costato la vita di una donna».

«Quindi non se l'è perdonato...», sussurra con stupore.

«No, Juliet. E di sicuro non vuole che io intraprenda la sua stessa carriera e faccia i suoi stessi errori».

«È stato un incidente, Alex».

«Lo so, ma la gente purtroppo tende a parlare anche quando non conosce tutta la storia», replico.

«E per quanto riguarda l'omicidio di tua madre?», chiede incuriosita.

«Ci sono stati alcuni elementi che non hanno convinto del tutto la polizia, qualcosa che ha lasciato un alone di mistero intorno alla sua morte».

Juliet è attenta come non mai e sembra pensarci su.

«Due episodi di morte legati a una famiglia... ovvio che la gente parli di voi», bisbiglia pensierosa.

Gli episodi sono tre, ma preferisco non ricordarglielo.

«Parliamo di altro?».

La brucio con un'occhiata ardente e lei abbassa gli occhi, intimidita, quindi le afferro il polso, obbligandola ad alzarsi per riprendere la nostra passeggiata.

«Alex, tu credi che loro si ameranno per sempre?».

John e Catherine. Come posso saperlo?

«Sì, Juliet», rispondo assottigliando gli occhi.

«Non mi sembri uno che crede nelle favole...».

«Non mi sembra una favola. Dico solo come stanno le cose. Si sposeranno».
Lei spalanca la bocca per qualche istante, incapace di reagire.
«E tu come lo sai?»
«Non so di preciso come e quando, ma è ovvio che sarà così». Parlare di mio padre che si rifà una vita non mi è mai piaciuto, tantomeno da quando ho conosciuto Juliet.
«Ma se si sposano, io e te...». Juliet si sta agitando. Le sue emozioni sono incontrollabili, come un vaso colmo d'acqua, in procinto di traboccare. E io voglio essere la goccia.
«Il prossimo anno andrò all'università e non ci vedremo più. Mio padre aspetta solo quello. Quindi non c'è da preoccuparsi».
Il mio tono di voce è gelido e, quando Juliet avvicina la mano alla mia, la scanso immediatamente.
Lei mi rivolge uno sguardo deluso. È prima felice, poi triste, agitata, nervosa. Posso fare quello che voglio di lei.
«A quanto pare la cosa non ti tocca affatto», ribatte risentita per la mia freddezza.
«Non staremo mai insieme, Juliet, se è questo che ti stai chiedendo».
Accelero il passo, lasciandola leggermente indietro, quando mi accorgo che siamo usciti dal parco.
«Non vedi l'ora di accontentare tuo padre», mi provoca infreddolita.
«Rimettiti i guanti».
Lei sbuffa, poi mi segue. «Qualsiasi cosa dica tuo padre, tu acconsenti senza replicare, eh?»
«È meglio se ti togli da subito ogni fantasia su di me, Juliet». Sono stato così tagliente che Juliet ora non mi parla più. Chino il capo verso di lei, la vedo giocherellare con le dita.
«Dimmi a cosa pensi».
«Parli di fantasie, quando ciò che vorrei io sono solo le cose normali. Stare insieme alla luce del giorno, uscire mano nella mano, andare a cena...».
«Per me non è la normalità».
«Ma non siamo fratelli! Non siamo cresciuti insieme. Ti conosco da meno di un anno!».
Vorrei dirle di smetterla, ma per una volta forse Juliet ha ragione.
«Quello che ho detto a mio padre...».
«Cosa? Voglio sapere cosa vi siete detti!», sbraita decisa.
Ecco la piccola Juliet che tira fuori le unghie.
«Mi ha detto di starti lontano perché ama tua madre e ha intenzione di costruire una famiglia con lei».
«Oh mio Dio. E tu cos'hai detto?»
«Mi ha chiesto di starti lontano. Gliel'ho promesso».
«Ma poi non l'hai mantenuta la promessa, bravo».
«Non l'ho fatto, no. E non ne sono contento».
Juliet rimane senza fiato.

«Io davvero non ti capisco! Quel giorno in cucina lui ci ha quasi beccati a baciarci! Pensavo gli avessi detto…».

L'afferro con violenza per un braccio, soffiandole addosso. «Cosa? Quello che ti ho fatto in gita?»

«Quello che *abbiamo* fatto in gita!», puntualizza indispettita a pochi millimetri dalla mia bocca.

«Poi pensavo avessi detto a John che non potevi rinunciare a me!».

«Lui non si fida di me», ammetto risentito.

«Be', forse tuo padre ha ragione! Sto iniziando a chiedermi se sia giusto che io mi fidi di te».

Per una frazione di secondo credo quasi che dica sul serio, ma guardando la sua espressione da bambina dispettosa capisco che è solo una ripicca. Non ho difeso quello che c'è tra noi, così lei mi punisce in questo modo.

«Non fare la bambina. Hai un motivo per non fidarti di me?»

«No, e John ce l'ha?».

Il silenzio. Non posso dirglielo. Juliet si insospettisce, quando nota la mia espressione sostenuta.

«Cosa ti ha detto quando ci ha visti quel giorno?»

«"Qualsiasi cosa tu stia facendo, sappi che stai rovinando la mia famiglia". Ecco cosa mi ha detto, Juliet. Adesso smettila. Non mi va più di rispondere alle tue domande».

Lei sfoggia un'espressione sofferta, mentre mi accorgo che la mattinata è volata ed è quasi ora di pranzo.

«Dobbiamo rientrare», le dico.

Juliet fa finta di niente, si rimette i guanti, poi si sistema il cappello.

«Ferma». Prima che lei possa replicare, le prendo il viso tra le mani, per poi sfregare dolcemente con il pollice sul suo zigomo macchiato di mascara.

«Che vuoi?», borbotta lei.

«Si nota che hai pianto».

«Che mi importa», mormora mentre i miei polpastrelli tastano le sue labbra infreddolite. Poi, la disoriento ancora di più con un bacio inaspettato. Muovo la lingua dentro la sua bocca rosea. Gli occhi scuri tentano di comprendermi, ma, nonostante ci provi, Juliet non riesce a entrare nella mia testa. Però la sento mormorare qualcosa che mi spiazza.

«Mia madre lo accetterebbe, Alex».

«Mio padre non lo farebbe mai».

Rimaniamo a studiarci per qualche istante.

«C'è qualcos'altro che mi nascondi, Alex?», domanda fissandomi attentamente.

«No. A mio padre importa solo del giudizio della gente. Lo sai».

«Be', possiamo sempre continuare a stare insieme di nascosto».

«Non è quello che vuoi, Juliet».

«Ovvio, preferirei farlo alla luce del giorno, ma…».

«Ti dà fastidio, ma accetti comunque di farlo», realizzo.

«Be', è pur sempre meglio che starti lontana», aggiunge lei.

«Perché?»

«Perché mi fa sentire di avere qualcosa di nostro, unico, speciale».

«Noi abbiamo qualcosa di unico».

Forse le ho concesso troppo. Juliet mi si avventa contro la guancia, sento le sue labbra sulla mandibola, poi con le mani mi si aggrappa al collo.

Maledizione, siamo praticamente arrivati davanti a casa di sua zia.

Devo trattenermi.

«Juliet, no, ferma».

Immobilizzo la sua vita sottile tra le mani, spingendola contro il muro scrostato della casa dei suoi zii.

Mi guardo intorno.

Potrebbe vederci qualcuno, ma a lei sembra non importare e raggiunge le mie labbra con un bacio dolce.

La sua follia mi contagia: imprigiono la sua lingua nella bocca facendola vorticare insieme alla mia.

Le sposto i capelli e la sento gemere di piacere quando mi avvicino alla sua gola e comincio a tirare la pelle chiara tra labbra e denti.

Il pensiero del suo collo arrossato mi fa dimenticare che qualcuno potrebbe vederci. Un risucchio si libera nell'aria silenziosa mentre continuo a torturare lo stesso punto, strappandole alcuni versi soffocati. Con la mano le sbottono lentamente il cappotto e mi conquisto l'accesso alla sua pancia nuda, che accarezzo con le nocche fredde quando le sollevo il maglione.

Voglio sentirla mia.

«Alex…».

Juliet ha il fiato corto e si contorce contro il muro mentre le passo le dita gelide lungo la pancia e sotto l'ombelico, fino a farle scivolare dentro i suoi jeans.

«Non so se…».

I suoi occhioni si allargano quando con le dita sprofondo dentro di lei.

«Rilassati».

Abbassa le palpebre, si morde il labbro ripetute volte, poi la sento contrarsi attorno ai miei polpastrelli, così stretta e bagnata che perdo il controllo.

«Voglio sentirti dire il mio nome», mormoro accarezzandole i capelli, prima di portarle l'altra mano sotto il maglione. Sfioro con le dita il reggiseno che imprigiona il suo seno tondo, poi stringo appena, facendola gemere più forte.

«Avanti, piccoletta».

Le sue guance sembrano esplodere di colore quando prende ad ansimare, guardandomi negli occhi. Il suo sguardo, però, è teso.

«Alex, non riesco così».

«Okay, andiamo dentro», ringhio a denti stretti, cercando di ignorare l'erezione ormai sconfinata che spinge dolorante nei miei pantaloni.

Juliet sorride imbarazzata, io sfilo la mano dai suoi pantaloni, trattenendo l'istinto di portarmela sulla lingua per assaporarla. Si abbottona i jeans e, quando solleva la testa, il suo volto si deforma in una maschera terrificata. Sta puntando qualcosa alle mie spalle, quindi mi giro.

«Papà».

«Il pranzo è pronto». La voce di mio padre fredda l'atmosfera. I suoi occhi vengono polarizzati dalle gote rosse di Juliet. Poi dal livido violaceo che le segna il collo bianco. Lei prova ad aggiustarsi i capelli, ma è totalmente ignara di avere un segno così visibile.

«Io entro», biascica Juliet a sguardo basso.

Poi il silenzio gelido tra me e mio padre.

«Ci sono milioni di ragazze. Non riesci a trovarne un'altra?»

«Non voglio».

A parlare non è solo l'eccitazione che mi ha provocato Juliet qualche secondo fa. Ne sono sicuro. Non voglio.

«Sei troppo giovane per sapere cosa vuoi. Domani potresti stufarti di lei come è successo con la ragazza dai capelli rossi».

«Si chiama Charlotte».

«Ti stuferai di lei e a ogni pranzo di famiglia ci saranno facce tristi. È questo che vuoi?»

«No».

«La minaccia è ancora valida. Tieni a freno gli ormoni o torni a studiare a Manchester».

Mi punta un dito contro, ma io non riesco a non rispondergli a tono.

«E interrompo la scuola a metà?»

«Esattamente. Lo sai che conosco il preside, ti accetterebbe subito».

«Non farò quello che dici». Sostengo il suo sguardo.

«Davvero, Alexander? Non farai quello che dico?», sibila deciso, facendomi capire perfettamente la sua posizione. «Ho visto quel livido».

«Papà, non le sto facendo niente».

«Ah, no? E dovrei crederti?»

«Non le farei mai del male».

«Tu vuoi bene a Juliet. E io la considero una figlia. Non accadrà di nuovo, Alexander».

So a cosa si riferisce, ma non succederà con Juliet.

«La scelta è tua: o la smetti o sarai obbligato a non vederla più. E qualcosa mi dice che la seconda opzione non ti piacerebbe affatto. Lei rimarrà a Londra e sarà libera di conoscere un altro ragazzo. Cosa che non può fare finché le stai accanto».

Mi guardo intorno. Nel cortile degli zii di Juliet non c'è nessuno. Solo noi due, il prato bagnato di brina e il freddo.

«Stai esagerando, papà».

«Me ne sono accorto di come le tieni gli occhi addosso, Alexander».

«Non so di cosa tu stia parlando».

«Sto parlando di tornare dal dottor Coleman prima che la situazione degeneri», mi rimbecca con il volto arrossato. «Hai già dimenticato? Io non l'ho dimenticato, dato che la polizia è arrivata alle tre di notte a interrogarti».

«Papà, Juliet non è Mya».

«No. Lo so che aveva una condizione clinica delicata e la colpa non è tua se si è tolta la vita, ma... come pensi che mi sia sentito quando mi hanno detto che aveva il corpo pieno di lividi e che era stato mio figlio a farli?».

Non lo so, ti sei vergognato di me?

«Lei lo voleva».

«Dio mio, Alexander! Sembrava l'avessi...». Si guarda intorno per assicurarsi che siamo da soli. «...torturata».

«Questo non c'entra con il gesto che ha compiuto. Voleva smettere di soffrire. È stata una sua scelta».

«E tu non hai fatto niente per fermarla».

Non è vero. Ho semplicemente fallito.

«Fermare cosa?». Una voce limpida mi prende alla sprovvista. Juliet.

«Va' via, Juliet», sputo senza guardarla negli occhi.

«Ma si sta freddando il pranzo!». Il suo tono da bambina mi irrita in questo momento. Quanto vorrei che non esistesse, mi sta dando solo problemi. Lei, la sua voce, le sue mani. La guardo. Dio, i suoi occhi. Mio padre si avvicina a me e approfitta della lontananza di Juliet per minacciarmi.

«Non avvicinarti mai più a lei». Poi cambia completamente e si fa più gentile, rivolgendosi a Juliet. «Andiamo a mangiare, ragazzi».

Resto a guardare Juliet che entra in casa con mio padre. Il maglione le cade morbido sui jeans che fasciano i suoi fianchi stretti. Si volta e sorride. Perché sorride? Forse ride di me. Forse si è accorta di come mi sono fatto incantare dal suo sguardo innocente. Ma non è solo quello.

Quando ho provato il sesso per la prima volta, non avevo grandi aspettative; ero convinto che fosse un atto sopravvalutato e invece, un minuto dopo averlo fatto, mi sono ritrovato a pensare che non esistesse niente di meglio che infilarlo dentro una ragazza con un bel paio di occhi scuri. Poi mi sono reso conto che non era abbastanza per me; tuttavia, quando ho conosciuto Mya alla clinica psichiatrica e mi ha detto: «Fammi male, per me è l'unico modo», io l'ho guardata riluttante. "Non amo il contatto fisico, non toccherei mai in quel modo una ragazza. Figuriamoci schiaffeggiarla o morderla", mi sono detto. Lei mi ha supplicato, forse perché il suo patrigno non si accontentava del suo corpo, la picchiava, e lei aveva conosciuto solo quel tipo di amore.

La prima volta mi sono rifiutato. Non l'avrei toccata. L'avrei umiliata e, sì, qualche sculacciata gliel'avrei data, ma niente di più. Però mi è bastato un morso, poi uno schiaffo, per sentirmi una divinità. Il sesso non poteva reggere il confronto, perché con quello dopo dieci minuti tornavo a essere il figlio della donna morta "in circostanze misteriose". Dicevano tutti così, come dicevano: «Sicuri che non sia stato lui?». Le voci erano troppo pressanti, ecco perché dieci minuti non bastavano. Volevo di più. E lei me lo concedeva. Anzi, me lo chiedeva.

Preferivo di gran lunga passare la giornata a giocare con la sua mente. A umiliarla e poi a venirle sul culo arrossato dai miei schiaffi. Così ho imparato sulla mia pelle che alcune persone ricercano il dolore per vivere un solo attimo di paradiso, ma soprattutto ho imparato che non esiste miglior modo per sopravvivere ai miei pensieri ossessivi se non quello di esercitare il controllo. E Juliet mi permette di fare proprio questo.

53

JULIET

Il pomeriggio scorre pigro, Alexander passa il tempo a studiare chiuso in camera, mentre io bazzico per la casa in cerca di qualcosa da fare.

«Esci di qui, devo studiare». Mi ha cacciata con il suo solito fare burbero, ma stavolta ho acconsentito senza troppe lamentele.

Se io e lui stiamo insieme nella stessa stanza è più difficile stare concentrati, lo capisco, quindi alla fine decido di mettermi a guardare la TV.

Di sicuro, per me lo studio è escluso, non sono il tipo che si porta i libri anche in vacanza.

Poi finalmente arrivano le otto.

A cena zia Vera non fa altro che ricordare divertenti aneddoti del passato, è già al terzo bicchiere di vino e il suo tono di voce ormai è il più alto di tutta la sala da pranzo.

L'odore di cannella che arriva dalla cucina preannuncia il dessert, mentre un'atmosfera familiare riscalda quel vecchio edificio di campagna.

I miei occhi ovviamente fingono interesse per mia madre, John, mio zio, persino per il gatto, ma c'è solo un posto dove il mio sguardo vorrebbe stare.

Lì, nel buio più profondo di Alexander.

Gli occhi scuri e sottili rimangono vuoti per tutta la cena, tento di non incrociarli, ma ogni volta che accade mi rendo conto che sono sempre come sospesi nel nulla.

«Alexander, sei silenzioso questa sera…». Mia madre richiama l'attenzione di tutta la tavolata su di lui. Su quel ragazzo che è capace di farmi sentire il centro del mondo, e subito dopo ignorarmi a tal punto da farmi dubitare della mia esistenza.

«Sono solo stanco», bofonchia controvoglia. Mi concedo qualche occhiata proibita. Audace, sposto gli occhi sulle clavicole esili e pallide che fuoriescono dallo scollo ampio del maglione scuro di Alexander. Un pensiero stupido. La pelle del suo collo si macchierebbe tanto rapidamente quanto la mia, se io gli facessi quello che lui fa a me? Lo torturerei con uno di quei baci umidi e insistenti che lui è solito lasciarmi addosso. Istintivamente mi copro la nuca con la mano, poi porto una lunga ciocca di capelli sul collo, lì dove sento bruciare di più. Mi guardo intorno, sembra non essersene accorto nessuno. Solo Alexander. La sua lingua scivola bramosamente sul labbro inferiore, mentre studia i miei gesti. Gesti che si fanno così nervosi da apparire incontrollati, quando mi rendo conto che lui li ha notati. Vengo distratta per qualche attimo da una domanda rivoltami da mio zio e, quando torno ad Alexander, mi accorgo che si sta reggendo la testa con la mano e sta chiudendo gli occhi con fare sofferente. Non riesco a trattenermi. Mi sporgo verso di lui, sfiorando con il braccio quello di Alexander. È bollente al tatto.

«Scotti. Hai la febbre?», mormoro.

John ci mette poco a fulminarmi con un'occhiataccia.

Ma possibile che io non possa neanche parlargli?

Nonostante zia Vera abbia perso il conto dei bicchieri di vino, si accorge di noi.

«Alex, sei stanco?», domanda con un sorriso.

«Sto bene».

«Sembra tu abbia la febbre», puntualizzo io, facendo allarmare mia madre.

«Ho detto che sto bene».

«È meglio se vai a stenderti», suggerisce mamma con fare affettuoso.

Alexander annuisce e, dopo aver salutato tutti, sale al piano superiore.

Aspetto che la cena finisca, poi mi rivolgo a mia madre sottovoce.

«Posso andare a vedere come sta Alex?»

«Certo», annuisce lei.

Approfitto del fatto che John è impegnato in una discussione con mio zio e mi defilo da lì.

Raggiungo mia zia in cucina e le chiedo una pastiglia, qualcosa che possa alleviare i sintomi influenzali.

Quando arrivo in camera, Alexander è sdraiato sul suo letto, chiaramente sofferente, e mi osserva quasi spazientito quando mi avvicino per tastargli la fronte bollente.

«Ti ho preso qualcosa per la febbre. Scotti troppo».

«Lascia stare. Non ne ho bisogno».

«Ti credi invincibile, eh?»

«Semplicemente non voglio sembrarti debole».

Scrollo il capo.

«Non mi sembrerai mai debole, tu. Avanti».

Gli porgo il bicchiere d'acqua e la pastiglia.

«Dio, che testarda che sei», bofonchia mettendosi a sedere.

«Prendila e non borbottare».

Rimango seduta sul letto accanto a lui, ad accarezzargli il viso, mentre rimiro il suo corpo pallido avvolto dal piumone. Quando mi rendo conto che si sta per addormentare, mi alzo per infilarmi nel mio letto.

«Ti sentirai meglio, Alex», sussurro lasciandogli un ultimo bacio sulla fronte. Sento la sua mano calda afferrarmi il polso per attirarmi di nuovo accanto a lui.

«Solo se tu starai con me, piccoletta».

Al mio risveglio noto che Alexander è bollente. Crea una capsula di calore intorno al mio corpo, come una bellissima prigione di cui sono stata vittima per tutta la notte. Riapro gli occhi accarezzando il suo torace lievemente accaldato con la punta delle dita.

«Come stai?».

La mia voce assonnata si libera nello spazio tra noi, dove regna indisturbato il suo profumo. Alexander mi guarda con due occhi sottili, mentre con una mano gli circondo il fianco, abbracciandolo.

«Juls?».

Oh no, mia madre. Bussa all'improvviso.

Alexander si alza dal letto alla velocità della luce e si lancia in bagno, mentre io m'infilo nel mio letto coprendomi con il piumone.

Lei continua a bussare.

«Dimmi, mamma!».

Alzo la voce e mi accorgo di quanto sia tremolante.

«Juliet! Non riesco a entrare! La porta è chiusa a chiave». *Adesso sì che sono nei casini.*

Apro immediatamente la porta, mia madre entra in camera, ma sembra non fare caso a nulla. Cinguetta a lungo, parla del fatto che non vede l'ora di portarmi a trovare i Johnson.

«Ti ricordi di James, vero?»

«Certo», rispondo con il fiato ancora corto per l'agitazione. D'un tratto i suoi occhi cadono su qualcosa alle mie spalle. Mi volto. Il mio reggiseno rosa è per terra. Ai piedi del letto di Alexander. Non ho il coraggio di guardarla in faccia.

«Dov'è Alex?»

«Penso si stia facendo una doccia».

Osserva il letto stropicciato. Mia madre di solito non è sospettosa, ma la sua occhiata stranita dura troppo.

«Oh». Rimane con la bocca aperta per un po'. Come l'avesse sfiorata per la prima volta l'idea che quelli che lei reputa "suoi figli" possano stare insieme, in un letto. Senza vestiti addosso però. La sua faccia inorridita la tradisce.

«Juliet, vestiti. È quasi mezzogiorno. Partiamo tra mezz'ora».

Fingo di toccare nervosamente i miei braccialetti abbandonati sul comodino, pur di non guardarla negli occhi.

«Okay. Chiedo ad Alex se vuole venire…».

«No». Il tono risoluto mi lascia disorientata. È arrabbiata? Si è accorta di qualcosa?

«No, voglio dire… Alex non stava bene ieri, è meglio se rimane a casa».

La conversazione è strana e peggiora quando Alexander esce dal bagno con solo l'accappatoio addosso. E io non riesco a tenergli gli occhi lontani. La pelle del suo collo chiaro e fino mi ipnotizza, riesco a sentirne l'odore intenso e muschiato anche da lontano.

«Buongiorno, Catherine».

Mi sento tremendamente in colpa per quello che sto pensando di Alexander di fronte a mia madre, ma soprattutto mi sento in colpa per ciò che ho fatto alle sue spalle.

«Hai ancora la febbre?», chiede lei con fare premuroso.

«Sto bene».

«Dovresti riposare, Alex».

«Sto bene». Le emozioni di Alexander sono come un lenzuolo bianco perfettamente stirato, non hanno una grinza, non fanno una minima piega. Io non le vedo per niente. Forse perché non ci sono.

«Juliet, sbrigati. Ti aspetto di sotto».

Attendo che mia madre esca dalla nostra camera, per rivolgermi ad Alexander.

«Mi è sembrata più lunatica del solito».

«Magari sono solo gli ormoni», commenta lui, ma io non penso di aver capito bene.

«Cosa?»

«Niente. Dove andate oggi?», domanda afferrando un paio di boxer puliti e una camicia dall'armadio. Non mi ero accorta che avesse sistemato tutti i suoi vestiti in maniera così ordinata. I miei sono ancora dentro la valigia, sotto il letto.

«Andiamo a trovare dei vecchi amici. Ti annoieresti. Forse è meglio se non vieni».

Il suo profumo di bagnoschiuma è intenso quasi quanto il suo sguardo in questo momento. Abbandona la camicia sul letto, poi si avvicina a me.

«Non darmi ordini, piccoletta». Quando le sue labbra risucchiano le mie in un bacio a stampo, sento la menta fresca accarezzarmi la bocca.

«Ora vestiti e sparisci da qui».

I Johnson abitano sempre nel vecchio casolare di campagna alla fine della strada. La casa è così grande che da piccola avevo paura di perdermi. È fatta da grandi stanze arredate in maniera obsoleta, secondo il gusto della nonna di James.

Sono anni che non vedo James e, non appena entriamo nel salone da pranzo affollato dai componenti della sua famiglia numerosa, noto in lontananza un cespuglio di capelli biondo grano e mi viene spontaneo fare una corsetta fino a lui.

James è sempre stato uno dei miei migliori amici quando ero bambina e sono davvero felice di rivederlo. Balzo leggera tra le sue braccia, ricevendo un forte abbraccio.

«Juls!». Lui mi tiene stretta per la vita facendomi fare un cerchio in aria. La mia gonna rotea veloce, prima che lui mi riposi a terra.

Nella rapida successione degli eventi, tra l'entusiasmo del momento e l'eccitazione del rivedere un vecchio amico, noto qualcosa.

È come un fantasma.

Credo di aver visto Alexander.

«Da quanto tempo! Come pensi che ti avrei riconosciuta senza le tue trecce?».

Scoppio a ridere, poi mi volto e Alexander c'è davvero.

Con John.

Cosa ci fanno anche loro qui?

«Vieni, bimbetta».

«Smettila!».

James è sempre stato così: sfacciato e anche un po' grossolano nei modi di fare, ma, soprattutto, molto strafottente.

«Tu devi essere il fratello di Juliet», dice poi. I suoi occhi azzurri si accorgono subito di Alexander, che ci fissa senza dire nulla.

«Per essere precisi, no. Non sono il fratello di Juliet». Alex risponde con il suo solito tono asciutto.

«Vabbè... fratellastro». James si volta verso di me. «Proprio simpatico, eh?».

Mi lancia un'occhiata d'intesa facendomi l'occhiolino, l'attimo prima che seguiamo le nostre famiglie davanti a una grande tavolata.

«Sto morendo di fame!», esclamo ricordandomi di aver mancato la colazione questa mattina.

«Sei sempre il solito pozzo insaziabile, Juliet!».

«James!», lo richiama sua madre, ma forse non sa che noi siamo abituati a parlarci così.

«Be', perlomeno io non ingrasso», rispondo ingurgitando del pane in attesa dell'antipasto.

«Avevo dieci anni, e sì, ero un po' in sovrappeso, ma tu mi volevi bene lo stesso».

«Mangiavi solo patatine fritte». Ridacchio, lanciando distrattamente uno sguardo sul corpo di James. Ora non è affatto in sovrappeso, anzi. È alto, slanciato e... sì, anche molto bello.

«Già. Le mettevo persino sulla pasta».

Io e James scoppiamo a ridere per cose che capiamo solo io e lui.

«Però oggi voglio smaltire i grassi e portarti a cavalcare un po'. Che ne dici?», chiede poi lui.

«Non mi va, lo sai».

«Lo so, ma i pony, quelli piccoli, ti piacciono ancora, no?»

«Vada per i pony piccoli. Il mio peso lo reggeranno. Non so il tuo...».

«Brava, brava. Fa' la spiritosa. Dopo ti faccio vedere io...».

James mi rivolge un sorriso, che ricambio, riportandomi alla mente quei lontani momenti di spensieratezza.

Non perdo la cognizione di quello che mi succede attorno, ma per un po' dimentico i miei problemi: mia madre e la sua invasione in camera di questa mattina. Alexander e la sua incostanza nel volermi.

E poi John.

Forse è lui il vero problema.

Quando finiamo di pranzare, mi imbatto in Alexander in cucina.

Uno sguardo, non mi serve altro per capire cosa vuole da me.

«Tienile chiuse quelle gambe, mentre sei a cavalcare».

«Alex, ma che dici? Se sono sul cavallo è ovvio che avrò le gambe...». Mi blocco, mentre lui esce dalla cucina e mi rivolge le spalle fasciate dalla camicia scura.

«Ah».

Ora ho capito. Come può pensare anche solo lontanamente che io possa fare qualcosa con James?

Dopo pranzo, i nostri genitori rimangono a tavola a parlare di cosa si farà la notte di Capodanno. Alexander, invece, sta in disparte da tutti e tutto, seduto sul vecchio divano del salotto. Vado ad accomodarmi accanto a lui. Ci potrà pure essere James, con tutti i nostri ricordi infantili e piacevoli, ma è vicino ad Alexander il mio posto. Con tutti i nostri ricordi più adulti e dolorosi.

«Che pillola mi hai dato ieri, Juliet?»

«Stai di nuovo male, eh?». Osservo le sue mani affusolate fuoriuscire dai polsini della camicia grigia.

«Sì, piccola curiosona. Non mi sento un granché oggi», dice con un filo di voce.

Dio, quelle occhiaie. Sembra ancora più bello, oggi.

«Ti accompagno in camera… a riposare, Alex?».

Accosto una mano alla sua, poggiata sul ginocchio.

«Tua madre era strana stamattina, Juliet».

«Ha trovato la porta chiusa a chiave. Dici che sospetta qualcosa?»

«Non saprei…». I nostri bisbigli furtivi vengono spezzati da un'interruzione.

«Di che parlate voi due?». James ci sorprende con uno sguardo interrogativo, ma pur sempre divertito.

«Ehm…». I nostri visi troppo vicini si allontanano improvvisamente.

«Stiamo parlando del valore dell'antropologia culturale come programma di ricerca sulla contemporaneità».

La risposta rapida di Alexander mi fa sussultare.

Ma quando la smetterà di essere così strano?

James lo fissa confuso.

«Allora? Ne sai qualcosa, James?».

Alexander faceva così anche con Chuck. Cercava di metterlo a disagio con le parole. Lo faceva anche con me all'inizio. Lo trovavo stimolante, anche se un po' avvilente. Soprattutto quando non riuscivo a stare al suo passo.

«Che cazzo hai detto? Io mi sveglio alle sei tutte le mattine per arare i campi, non ho tempo per certe stronzate da fighetto con la camicia stirata», sbotta James, infastidito dal modo di fare snob di Alexander.

«Capisco. E non lo trovi logorante per la mente?», domanda Alex.

James ha di nuovo lo sguardo stranito. «Cosa dovrebbe essere… logorante, scusa?»

«Svolgere un lavoro in cui non è necessario l'utilizzo delle attività cognitive», replica Alexander con tono calmo.

«Le… che?».

James si spazientisce, poco prima di rivolgermi uno sguardo e sussurrarmi nell'orecchio: «Senti, Juls, ho voglia di stare un po' da solo con te… perché non andiamo a fare un giro? Pensaci, ti aspetto di là».

«Ehm». Mi schiarisco la voce, poi mi volto verso Alexander, sperando non abbia sentito.

«Tu cosa fai oggi, Alex?», gli domando quando James è tornato a tavola per il dolce.

«Devo studiare».

«Ma…».

«Non verrò con te».

Va bene, l'hai voluto tu.

Io e James ci rechiamo al lago nel tardo pomeriggio. Ci passavamo le estati quando eravamo più piccoli, ma ora è tutto più spento ai miei occhi.

«Ti ricordi quando sei caduta da quell'altalena e invece di finire in acqua sei cascata sull'erba? Come frignavi!».

«Vorrei vedere te!». Prendo a staccare ciuffi dell'erba umida sulla quale siamo seduti.

«Eri un disastro».

«Grazie tante, James!».

«Davvero una bambina imbranata».

Sorrido, mossa dai ricordi.

«Scommetto che non è stato divertente venire al lago senza di me». E ridacchio.

«Già, non c'era nessuno che piagnucolava per un'unghia rotta, o per il ginocchio sbucciato!».

Continuo a sorridere, controllando il telefono che mi vibra nella borsa.

A: Dove sei, piccoletta?

Il cellulare scarico muore sul più bello, levandomi la possibilità di rispondere ad Alexander.

«Chi è? Il fidanzatino?», domanda James, allungando il collo.

«Ma piantala!».

«Perché sei diventata rossa?»

«Smettila di fare il cretino», sputo decisa, nascondendo il telefono.

Devo essere stata un po' brusca, perché James si limita a guardare in basso. «Non farci caso, a volte sono troppo irruente».

«Ma no, tranquillo…».

«Tu invece sei rimasta sempre la solita signorina».

Sbuffo una risata nervosa, mentre James allunga la mano nella mia direzione e mi sfiora una ciocca di capelli. Con le dita indugia sulla mia guancia, accarezzandola dolcemente.

Io mi irrigidisco all'istante.

«No». Mi tendo come una corda di violino. Il "no" è risuonato un po' troppo plateale, tant'è che anche James si stupisce.

«Juls, ma che ho fatto?»

«Scusa non posso», replico di getto, senza pensarci.

«Non puoi cosa? Non ti ho neanche sfiorata!».

Mi tiro su, risistemandomi la gonna, poi scappo via, tentando di non inciampare sul terreno umido.

«Juliet! Ma dove vai?».

La domanda di James non trova risposta, ma io so perfettamente dove sto andando.

Cammino fino a casa di mia zia Vera, perché so che è lì che lo troverò.

La casa è silenziosa quando vi entro.
«Solo io. Non c'è nessun altro in casa».
Una voce tuona minacciosa nell'aria e la riconosco subito.
Mi sfilo il cappotto e gli stivali, Alexander rivolge un'occhiata pigra al mio nuovo cappellino di lana.
«Sono orecchie quelle?»
«Sì. È nuovo. Ti piace?»
«Mi piace».
Riprende a bere il caffè nella penombra pomeridiana, seduto al tavolo della cucina. Non so che ore siano, ma la luce sta tramontando lentamente.
«La maglia. Toglila. Anche il reggiseno. Poi vieni qui davanti». Non ci sono altre parole, non ci sono occhiate superflue, solo quella richiesta.
Ripenso a mia madre. A stamattina. Un senso di disagio mi percuote. Cosa stiamo facendo? E se fosse davvero sbagliato? Rimango immobile, e solo quando finalmente i suoi occhi incontrano i miei ho il coraggio di sfilarmi il maglione.
Il tepore del caminetto della cucina mi scalda le membra, la luce aranciata che entra dalla finestra crea dei chiaroscuri sul suo viso serio mentre mi avvicino a lui. Sgancio il reggiseno e lo abbasso lentamente.
«Ora voltati di schiena».
Deglutisco a fatica, prima di obbedire ai suoi ordini. Sento le sue iridi profonde penetrare nella carne sottile delle mie spalle nude. Con i polsi abbandonati lungo il corpo, resto immobile. Lui invece delinea la sagoma dei miei fianchi, fino a scendere sotto la mia gonna per sfilarmi le mutandine.
«Allarga bene le gambe». Preme entrambi i pollici nelle mie cosce, forzandole a divaricarsi.
«La gonna tienila».
C'è solo una cosa che aspetto, solo una cosa che mi chiedo.
Quando arriverà il dolore.
Alexander mi libera di ogni dubbio quando il suo respiro si fa pesante contro il mio fianco sinistro.
Trattengo il fiato. Le sue labbra strisciano avide, calde e febbrili contro di me, prima di colpire senza pietà.
Addenta la mia pelle. Stringe, risucchia, morde.
Affonda i denti nella carne, facendomi riversare il collo all'indietro.
Un urlo disperato abbandona le mie labbra.
«Oh sì, Juliet».
Assaporo il suono della voce di Alexander.
Fredda, calda, soddisfatta e terribilmente appagata.
«Siediti qui».
Arrossisco mentre mi volto e mi siedo a cavalcioni su di lui.
Il mio fianco sinistro prende a bruciare forte.
«Guardami. Voglio guardarti negli occhi».

«Però non sono la tua bambolina, Alexander».

Lui mi afferra entrambi i polsi e li porta dietro la mia schiena. La mia intimità umida e nuda si scontra con i suoi pantaloni, mentre, con il capo lievemente piegato, mi scruta attentamente.

«Devo dire che…».

Fa la pausa giusta per farmi capitolare nell'attesa più crudele.

Cosa? Parla.

«…saresti una bambolina perfetta».

C'è qualcosa di infernale nel suo sguardo. Di sbagliato, di perfido, di velenoso.

«Alex!», piagnucolo portando il labbro inferiore all'infuori.

«Non volevo offenderti».

Alexander sorride, stemperando la mia agitazione, ma la tensione tra il mio corpo e il suo non si allenta affatto, cresce a dismisura.

Con la punta delle dita traccia una linea immaginaria sulla mia pelle impaziente.

Lo sento tendersi sotto di me, subito dopo diventa così duro da spingere contro la mia carne sensibile, fino quasi a farmi male.

«Alex, siamo in cucina, se arriva qualcuno…».

Emette un respiro roco, stringe la mia vita tra le mani con una presa possessiva, poi mi solleva di poco, alleviando l'elettricità tra i nostri corpi.

«Prendi i tuoi vestiti».

Scendo dalle sue gambe, poi mi getto a terra per raccogliere l'intimo e la mia maglia abbandonati sul pavimento.

Lo sento gemere soddisfatto, mentre mi osserva dall'alto.

«Tu non farai così con nessun altro».

Se la perfezione avesse un nome, sarebbe il suo.

«No…». Sorrido. «…farò solo così».

Rimane seduto a guardarmi mentre gattono fino alle sue gambe. Lo vedo posizionare una mano sulla sua erezione prominente nascosta dai pantaloni, ormai troppo stretti per contenerla.

«Cristo santo. Devo scoparti».

«Alex…».

Arrivo con la mano sul suo punto più sensibile, ma lui mi ammonisce.

«In camera. Subito. E non rivestirti».

Mi copro il petto con il maglione e la sensazione della lana ruvida stuzzica la mia pelle sensibile.

Quando Alexander chiude la porta di camera nostra, mi accorgo che il mio fianco pulsa molto forte.

«Ahi».

«Male?».

Lui si prende la libertà di spostare il maglione, mentre mi rivolge un ghigno decisamente inquietante.

Poi la sua bocca mangia la mia: lo schiocco che provocano le nostre lingue è indecente, i gemiti sottili che s'incastrano tra le nostre labbra mi fanno arrossire.

«Alex, perché l'hai fatto?».

Un ultimo respiro nella mia bocca, poi si allontana, portandosi una mano contro le labbra gonfie.

«Cosa ho fatto...?»

«Mordermi».

Ha ancora la camicia addosso, solo un po' più stropicciata.

«L'ho fatto... nel caso qualcuno avesse l'insana idea di spogliarti, Juliet». Me lo sussurra con un'inflessione naturale, prima di sedersi sul letto.

«Ti stai comportando come se io ti appartenessi».

Trattengo il nervoso, ma mi ha spogliata a metà e messa in una posizione in cui è anche difficile discutere mantenendo una certa credibilità.

«Mhm... no».

Afferro con foga il reggiseno, rivestendomi immediatamente.

Non so cosa mi stia prendendo.

Forse non mi accontento più.

«Sì, invece, ma non hai il coraggio di ammettere come ti senti», ribatto risistemandomi la gonna.

«E tu sapresti come mi sento io, mhm?»

«No. So solo che non hai neanche il coraggio di pretendere che io ti sia fedele perché sei troppo impegnato a essere orgoglioso».

«Non sai neanche di cosa stai parlando, Juliet».

«Non ti piaccio abbastanza per combattere come io invece combatto per te!».

Stringe lo sguardo, le fessure dei suoi occhi si assottigliano facendolo sembrare più crudele.

«Tu non lotti per me».

«Io e te, Alex...».

«Io e te scopiamo, no?».

No, questo non doveva dirlo.

«No!», mi ribello e lui si alza in piedi.

«Sì, invece, lo facciamo. Quando ne abbiamo voglia. Anzi, più precisamente quando ne ho voglia io, Juliet».

«Ma...». Il mio labbro inferiore prende a tremare.

«Cosa? Mhm? Cosa c'è?».

Sta dicendo sul serio, o mi sta semplicemente mettendo alla prova? Non riesco a capire i suoi giochetti mentali, quindi vuoto il sacco. Non sono capace di comportarmi come fa lui.

«Ieri mi hai detto che vuoi che io stia con te! L'hai detto!».

«Già. Però mi sembra non faccia molta differenza per te. Che ci sia io... o James, o Zack o Chuck. Ti comporti con tutti allo stesso modo».

Quindi è questo?

Torreggia su di me, poi pizzica il mio fianco arrossato tra le dita forti, facendomi sussultare. Indietreggio con decisione, sottraendomi alla sua presa.

«Perché dici di non essere geloso, se poi lo sei?».

Il suo sopracciglio s'inarca. Non se lo aspettava.

«Non è gelosia, Juliet. È prendere atto della tua superficialità».

«Già. E invece nel tuo caso, con Charlotte, come la chiamiamo? Beneficenza, forse?».

I suoi occhi ardono.

«Perché fai la ragazzina stupida?»

«Sei stato a letto con lei, vero?».

Scrolla il capo, come se non ne potesse più di discutere.

«No che non sono stato a letto con lei. Ma che ti importa?»

«M'importa. Non voglio essere presa in giro da te! Voglio che tu sia sincero».

«Vuoi la sincerità?»

«Sarebbe gradita!». Fingo un coraggio che non provo.

«Charlotte è venuta un paio di volte da me a studiare».

Continua. Muovi quelle bellissime labbra e continua.

«Ci siamo baciati».

Fa male come un pugno nello stomaco.

«Quando?», chiedo esterrefatta. La sua noncuranza nel dire le cose mi fa tremare.

«Non ti conoscevo neanche».

«E perché hai smesso di invitarla a casa tua?»

«Perché una certa ragazzina insolente ha cominciato a bussare alla mia porta tutte le sere».

Le sue labbra sono troppo vicine e la discussione prende una piega imprevista. Gli allaccio le braccia intorno alla nuca, Alexander risponde al mio bacio con una lieve riluttanza, è ancora teso per la discussione. Ma a me poco importa, faccio quello che sento. Perché dovevo prendermi una cotta così spaventosa per uno svitato che bacia in maniera così divina?

«Juliet, ferma. Hai capito quello che ti ho detto?»

«Sì, ma non è come dici. Per me la differenza esiste eccome tra te e tutti gli altri».

«Ti sto ascoltando», asserisce in attesa.

«Nessuno ha importanza per me».

Solo tu.

«Nessuno?», chiede trattenendo un sorriso.

«Ora devo andare a cena», cambio discorso. Per una volta non voglio dargliela vinta.

«Con chi devi andare a cena?», mi domanda lui con aria attenta.

«James e la sua famiglia».

«Perché non mi hai risposto prima?»

«Mi si è scaricato il telefono», ammetto con un sospiro.

«Dammelo, te lo metto in carica. Ora vestiti. Stai prendendo freddo a stare mezza nuda».

«Ma…».

«Tra poco mio padre e tua madre saranno qui. Il pomeriggio è volato», afferma inserendo il caricabatterie nel mio cellulare.

«Ci siamo persi in discussioni», sussurro delusa.

«Ti dispiace?»
«No, be'… Però lo sai anche tu, non abbiamo mai molto tempo per stare insieme».
«Parlare è importante, Juliet».
«Non eravamo noi quelli che…». Non riesco a ripetere le sue volgarità.
«Sì, Juliet. Scopiamo e poi parliamo».
«Non mi piace sentire quella parola».
«Sono sicuro che ti piacerà sentirla mentre ne metteremo in pratica il significato. Ora vestiti».
Lui si siede sul letto, io recupero dalla valigia un body a costine rosa, lo incastro nella gonna, mentre Alexander non smette di osservarmi. Le mie mani tremano, mi sento dannatamente impacciata quando mi fissa in quel modo.
«Non hai freddo vestita così?»
«Metterò un paio di calze».
Indosso un paio di parigine.
Alexander non parla, ma i suoi occhi ridotti a due fessure mi fissano. Uno sbuffo, un sospiro. Qualcosa lo affatica. O forse gli piaccio molto. *Quanto vorrei che fosse così…*
«Come mi stanno?»
«Talmente bene che vorrei tenessi solo quelle addosso».
Mi avvicino, poi mi chino su di lui con fare seducente, poggiando entrambe le mani sulle sue ginocchia. Punto alle labbra, sto per baciarlo, quando la porta si apre di scatto. Un balzo all'indietro.
«Juls?». Mia madre. Stavolta però ci ha beccati in pieno.

54

ALEXANDER

Catherine appare confusa: lancia un'occhiata rapida all'abbigliamento succinto della figlia, poi si volta verso di me.

«Dio, Juliet. Smettila! Ti ho detto che sto bene! Catherine, non dirmi che sei venuta anche tu qui a toccarmi la fronte, per l'ennesima volta!», esclamo, fingendomi seccato.

Ecco la versione adatta ai minori: "Tua figlia era piegata su di me per toccarmi la fronte". Spero che Catherine non si sia accorta della versione reale: Juliet era a un passo da me che ero pronto a leccarle il labbro inferiore con avidità.

«Hai ancora la febbre?»

«Certo che ha la febbre. È un insopportabile testardo! Non vuole darmi retta».

Con lo sguardo le comunico un "esagera, confondila di più".

«Io ne ho abbastanza! Una cerca di essere gentile e lui cosa fa?».

Catherine si spazientisce davanti al tono acuto di Juliet.

«Ragazzi, non litigate. Alex, riguardati per favore, ti voglio in forze per la festa di Capodanno di domani sera. Ora sbrigatevi, dobbiamo andare a cena».

A cena? Ma come? L'ha vista piegata a novanta sopra di me. Perché non dice nulla?

«Arrivo, mamma. Ehm… tu, Alex, vieni?»

«No, grazie», sputo infastidito.

«Per favore», mormora nel mio orecchio.

«Dannazione, Juliet». Il mio corpo è teso. Ringhio un "va bene". E i miei occhi le stanno addosso. Senza tregua. Per tutta la cena, a casa dei Johnson. La mia ossessione torna a mangiarmi lo stomaco. La voglia che ho di lei mi fotte il cervello, quindi me ne frego delle occhiate di mio padre.

«Ti ricordi di quando Juls e James facevano il bagnetto insieme al lago? Erano così teneri», dice Catherine.

«Mamma, ora però non mettermi in imbarazzo!».

James diventa tutto rosso, mentre Juliet scoppia a ridere per via degli aneddoti dell'infanzia che raccontano le loro madri.

«Eravamo dei bambini!».

Ci sono anche un sacco di persone che non conosco a questo tavolo e, per starci tutti, hanno deciso di infilare la più piccola vicino a me, che sto seduto a capotavola.

La mia mano atterra decisa sulla gamba di Juliet, sotto il tavolo. Giocherello con il bordo delle parigine.

Se qualcuno ci scopre siamo fottuti, ma non ci scoprirà nessuno.
Il viso di Juliet si tinge di un rosa tenue, il suo cuore starà correndo disperato nella cassa toracica. E io mi sento divinamente.
Starei anche meglio, se non fosse che dall'altra parte del tavolo c'è quel contadino che si sta ingozzando di polpettone e che le lancia continue occhiate.
«Sì, e poi ho deciso di lasciare la scuola. Voglio dire… non sono mica un figlio di papà con il culo parato. Devo lavorare da mattino a sera alla fattoria per permettere alla mia famiglia di sopravvivere». Sento la rabbia ribollirmi nelle vene, mentre i miei occhi tracciano la sua sagoma con disprezzo.
«È molto responsabile da parte tua».
Catherine si complimenta con James, mentre quest'ultimo continua con il suo monologo.
«Certo, piacerebbe anche a me andare all'università. Avere una macchina costosa…».
Faccio fatica a seguire il discorso, perché la mia mano diventa rovente quando scivola sotto la gonna di Juliet, fino alle mutande. Non sgancio i bottoncini del body, ma vi incastro i polpastrelli all'interno e premo sull'intimità ormai esposta al mio volere. Sento un'onda calda nello stomaco che si propaga fino ai boxer. Siamo a tavola con un sacco di gente, è una cena di famiglia, ma io non posso farne a meno.
«Juliet, stai bene?», le chiede la mamma di James.
«Sì», cinguetta sperando di non tradire alcunché.
Mi lecco le labbra, poi faccio un ghigno.
«Stronzo», sussurra.
Juliet è dannatamente morbida lì, tra le gambe.
Sento la salivazione aumentare. Guardo il piatto con riluttanza.
Non ho fame di altro. Voglio solo assaggiare lei.
"Dio, come vorrei essere ovunque tranne che qui", penso, guardandomi intorno.
Per fortuna la tavola alta ricoperta di una lunga tovaglia ricamata gioca a mio favore, perché sembro poggiato sul bordo della sedia, e non infilato nelle mutandine di Juliet.
E invece la mia mano è proprio lì e vorrei solo sfondarla con le dita. Quella barriera di carne umida, liscia e invitante, vorrei tormentarla. Ma qui non se ne parla. Juliet non è capace di trattenersi.
Non reggo più l'eccitazione che mi cresce pesante contro la gamba. Devo liberarmene prima di impazzire.
E poco m'importa degli altri.
Lei è mia.
«Alexander, tu fumi?».
Ecco James.
È lui il motivo che ha acceso la mia voglia di competizione.
Lo zoticone che le fissa il seno con la bocca semiaperta.
Dio, che disperato.
«Non fumo».

«Okay. Allora Juliet vieni fuori con me?», domanda lui.
Non riesco a resistere.
Un dito.
La riempio con un gesto repentino, fino in fondo.
È così calda.
Poi sorrido cordialmente alla nonna e alla zia di James, che mi guardano incantate, incuranti del fatto che ho il dito medio dentro Juliet.
Sento una fitta nella pancia.
Le sue pareti sono troppo avvolgenti.
Devo controllarmi, so che questo non è niente, perché è quando la lacero e le entro dentro con tutto me stesso che sento per davvero quanto è piccola e perfetta. Ed è in quel momento che Juliet fatica a contenermi.
E per me diventa una lotta per spingermi sempre più in fondo.
È come se le nostre parti intime non fossero fatte le une per le altre. Ma ora devo smetterla di pensarci o verrò nei boxer.
«Non fumo, però ti faccio compagnia!», esclama lei nascondendo le smorfie causate dal mio tocco gelido.
James si alza da tavola dirigendosi verso la porta d'ingresso, io però non la mollo. La mia mano è ormai bagnata di lei e con quella le stringo la coscia.
«Ahi», miagola lanciandomi un'occhiataccia.
Sei mia e non vai da nessuna parte.
Questo però è meglio tenerlo per me.
Guardo mio padre.
Sembra più assente del solito e così Catherine.
Che nascondano qualcosa?
«Sta' ferma», le sussurro nell'orecchio quando Juliet fa per alzarsi.
«Te l'ho già detto. Non sono una bambolina che puoi usare a piacimento», bisbiglia lei.
«Sei la mia bambolina».
Le sue guance avvampano quando torno con la mano tra le sue cosce e lì s'inumidisce. Chiudo gli occhi. Una scossa intensa mi attraversa l'eccitazione tesa, facendomi quasi venire qui, davanti a una tavola imbandita di cibo, alla presenza di un branco di sconosciuti.
Rimuovo la mano prima che accada. Juliet approfitta di quel momento di debolezza per alzarsi e seguire James.
Sollevo il polsino della camicia per controllare l'orologio.
Un minuto.
Due minuti.
Tre minuti.
Questa fissa di cronometrarla non mi passa.
Esco anche io.
Ma solo dopo quei tre minuti, solo dopo che mi sono calmato e i miei pantaloni sono tornati a respirare.
Metto il cappotto e uscendo sul portico trovo James e Juliet.

Lui è seduto sugli scalini a fumare, lei parla.
A un certo punto Juliet si accovaccia per terra.
Adoro guardarla dall'alto.
Credo di essere ossessionato da lei, James invece è un coglione.
Ho visto come la studia.
Nonostante i miei tentativi di appropriarmi di Juliet, voglio che sia lei a tracciare dei confini con gli altri ragazzi, voglio che sia lei a ragionare con la sua testa.
Mi incanto a osservare le onde castane che nuotano sulla sua schiena esile e sporgente.
Ho bisogno di sapere se le mancano le mie dita quando non le stanno addosso.
Voglio che lei lo sappia. Che tutti lo sappiano.
Si muove appena, si contorce.
Il body continua a darle fastidio proprio lì sotto.
L'ho toccata spostandole gli indumenti. Non riesce a sentirsi a suo agio. E la cosa mi fa impazzire. *No, non di nuovo.*
«Domani darò una festa a casa mia. Sarà epico, perché qui le feste non si fanno mai».
James la sta invitando a uscire. E l'eccitazione passa all'istante.
«Wooooow».
Ma stai zitta.
Non sopporto quando apre la bocca in quel modo. La tiene aperta per un po', facendomi fare i pensieri più sconvenienti.
La devo smettere.
Guardo James.
Uno come lui se la porterebbe sul sedile posteriore del suo vecchio pick-up e, tra finte parole d'amore, la penetrerebbe.
E lo farebbe senza neanche capire bene come slacciarle il reggiseno. Probabilmente non conosce neanche l'esistenza dell'orgasmo femminile.
Il pensiero mi distrugge. Juliet strizza gli occhi nel tentativo di ricordare un avvenimento troppo lontano nel tempo, poi però si morde il labbro. Mi ha notato.
E di nuovo mi assale quella dannata voglia di sentirmi stretto, soffocato nella piccola fessura tra le sue gambe.
«Allora, Juls? Per la festa?»
«Non lo so. Mia madre non vuole che faccia tardi», frigna con la sua vocina irritante.
«Come fai la preziosa. I miei amici ti vogliono vedere, Juls!».
I tuoi amici saranno morti a breve.
«Alex, tu che ne dici?».
Mi chiedo se il coglione si rende conto che lei chiede costantemente il mio parere. Per qualsiasi cosa.
«Non amo le feste. Lo sai».
«Be', ma potremmo… divertirci».
I suoi occhi hanno una luce maliziosa e le sue labbra color ciliegia si muovono

curiose, facendomi pregustare il futuro. Un futuro che ci vede stretti, nudi e sudati.
Annuisco.
Lei mormora un "non vedo l'ora", mentre James si distrae a cercare un'altra sigaretta nel pacchetto.
Sì, anche io non vedo l'ora di averti sotto di me, piccoletta.
«Ho finito le sigarette, vado un attimo in paese e torno. Vi trovo qui?», ci chiede James.
«Certo», rispondo al posto suo.
James va a recuperare il suo pick-up nel garage, mentre io fingo di guardare il telefono.
«Mio padre ha chiesto se rientriamo un attimo, Juliet».
«Ora?», mi domanda lei confusa.
Ora, sì, Cristo. Ti devo scopare ora.
«Ora, Juliet».

Quando sono con lei non mi mancano le coperte di casa mia.
Di solito le bramo perché il mio letto è comodo, pulito, profumato. Mio. Invece non mi sono mancate nemmeno in quell'hotel da quattro soldi in cui abbiamo scopato la prima volta e Juliet mi ha regalato le cose più belle che potesse darmi.
Il suo corpo, la sua mente, la sua anima.
Me li concede tutte le volte che apre le gambe e mi guarda con quegli occhi grandi. Così belli che mi sorprendo sempre di quanto siano profondi. Mi rendo conto all'improvviso che neanche ora mi mancano le mie lenzuola pulite, mentre appoggio il corpo esile di Juliet contro una vecchia staccionata in legno. Abbiamo fatto un giro intorno a questo vecchio casolare per finire in quella che una volta doveva essere una stalla. Non ci sono animali, è buio e i rumori sono lontani. Sì, sono schizzinoso, ma sembra che il freddo abbia neutralizzato qualsiasi agente esterno intorno a noi, non ci sono cattivi odori, né insetti.
L'aria di dicembre mi ghiaccia i polmoni, ma la pelle di Juliet è rovente. Dovrebbe fare freddo, invece fa caldo, un caldo fottuto.
Mi tolgo il cappotto e mi sfilo il maglione. Juliet mi sbottona a fatica la camicia ed è così imbranata che mi fa sorridere. Arriva all'ultimo bottone ma non me la toglie del tutto, non fa in tempo perché io ho troppa fretta di sprofondarle dentro.
Mi tolgo i pantaloni e i boxer come se fosse appena partito un conto alla rovescia immaginario.
Lei si leva il cappotto, io le sollevo la gonna e le sgancio il body. Poi la mia eccitazione sbatte proprio lì, dov'è più calda. Juliet urla quando la sollevo da terra e provo a spingermi dentro di lei.
Ma non è pronta. «Scusa, sarà la posizione», mormora dispiaciuta.
«Non scusarti. Ora ci penso io».
È colpa mia. Voglio fare di corsa. Ma non abbiamo tempo, ora. Devo spingere forte sennò non entra.

Mi chino tra le sue cosce e lecco le sue pieghe lisce, bagnandola.

«Se fa troppo male me lo dici, piccoletta?». Annuisce stringendo le labbra, per attutire il dolore che verrà. Mi sfugge un ringhio animalesco quando la penetro con forza, sfondando le sue carni morbide. La guardo negli occhi e vedo che è ancora tesa.

«Cosa c'è, Juliet? Parlami».

«Ho freddo», mormora con un filo di voce, rimettendosi il cappotto.

«Cazzo». Mi scappa un'imprecazione poco elegante e invece di continuare mi fermo. «Vieni qui». L'abbraccio. «C'è qualcosa che non va? Puoi parlarmi, Juliet. Lo sai».

«No, ho solo paura che arrivi qualcuno».

«Fidati di me, non c'è nessuno. Se ti dico che sei al sicuro, qui con me, è perché lo sei per davvero».

Lei mi abbraccia tremante.

«Dio, stai tremando. Torniamo dentro, piccoletta». Non so cosa mi sia saltato in mente. Farlo contro una staccionata dietro il casolare del suo amico di infanzia. Nel bel mezzo di una cena di famiglia.

«Non è stata una buona idea», confesso a malincuore.

«No, Alex. Aspetta». Mi prende docilmente per la manica, vuole che continui, ma io non me la sento. Mi ritraggo, risistemandomi i boxer. Mi accorgo che la gonna di Juliet è rimasta impigliata nel bordino delle mutande. Che fatica resisterle.

«Non voglio forzarti a fare niente», mormoro, aiutandola a coprirsi.

«Ma io voglio, Alexander». Le farei ripetere il mio nome all'infinito. Glielo farei pregare il mio nome, in maniere che lei non osa immaginare.

«Cosa vuoi?».

Rimango senza parole quando Juliet, invece di andare via, si china in ginocchio, davanti a me.

I miei occhi cadono sulle sue cosce coperte solo dalle calze, a contatto con l'erba umida e sporca, non adatta a una ragazza come lei.

«Sei sicura?».

Guardare i suoi occhi adoranti mi fa quasi tremare le gambe.

«Sì. Tu, Alex?».

Muoio dalla voglia di affogare in quelle labbra color ciliegia così piene e so che il paradiso sta per arrivare.

E accade quando la sua bocca piccola tenta di farsi il più grande possibile intorno a me.

Ci riesce a malapena.

Ma quanto basta per solleticarmelo con la lingua.

Lo lecca.

Poi lo succhia con le labbra rosee e inesperte.

Però non posso lasciarglielo fare, non posso lasciarle il comando.

Devo guidarla con la mano, devo immergere le dita nei suoi capelli e spingerla contro di me.

«Ti dà fastidio se faccio così?», le chiedo forzandola con spinte secche e decise, mentre mi godo fino in fondo la sua gola calda.

Juliet fa segno di no con la testa, ma non mi guarda in volto.

«Guardami. Non vergognarti».

Alza il viso a fatica e io voglio solo che lei si senta bene con me.

«Sei perfetta».

Non è convinta.

«Ma no, io…».

«Nessun "ma". Lo sei e basta».

Lo vedo nei suoi occhi.

È curiosa. Vuole sapere perché l'ho detto. Cosa intendo. Perché l'ho detto proprio ora.

«Sì, però…».

«Shh… basta. Usa la bocca solo per me, adesso».

Dio, avremo tutto il tempo per discutere, litigare, scopare, poi litigare di nuovo.

Ma ora voglio solo sentire i versi osceni che fa la sua bocca ogni volta che la mia eccitazione la riempie e la svuota.

Mi sento stremato ed eccitato quando sprofondo di nuovo tra le pareti calde delle sue guance, ho bisogno di venire.

Ma non così.

«Juliet, ferma».

Lei alza gli occhioni, ma non smette.

«Juliet…», l'ammonisco con voce perentoria. «Se non ti fermi, ti punisco».

Con mia sorpresa la sua lingua percorre la mia lunghezza e volteggia sulla punta facendomi tremare. Juliet sembra incurante delle mie minacce. Forse sfidarmi è proprio quello che vuole.

L'afferro per un braccio e l'aiuto a rialzarsi.

«Sta' tranquilla. Non ti faccio niente…».

«Ah. Okay», mormora tesa.

La sua reazione non mi convince.

Le ho detto che non le farò nulla, perché non è contenta?

«Ti dispiace?»

«No».

Il mio sopracciglio si alza in automatico. «Sicura?»

«Sì».

So quando mente.

«Juliet…».

«Va tutto bene, Alex. Va bene così».

Ma per me non va bene così. Porto le nocche tra le sue gambe e le lascio strisciare contro la sua fessura coperta dal body. La sua intimità emana calore.

«Uhm. Sei bagnata qui, però».

«Sì, ma lascia stare, Alex…», cinguetta offesa, pulendosi le ginocchia.

«Levati questa abitudine di darmi ordini».

I suoi occhi sono due scintille luminose quando le afferro il braccio.

Devo sedermi un attimo.
Sono stanco, confuso, accaldato.
Essere ancora febbricitante non aiuta.
Con te non ho ancora finito.
«Juliet, ora farai tutto quello che ti ordinerò».
Non risponde, ma si posiziona perfettamente dinnanzi a me.
«Levati il cappotto».
«Ma ho freddo…», piagnucola con un ghigno infantile. Poi inizia a sfilarsi la giacca con una lentezza insostenibile.
«Juliet, sto perdendo la pazienza».
Finalmente si leva il cappotto e lo poggia sulla staccionata.
Poi si volta e mi rivolge uno sguardo impagabile.
Pende totalmente dalle mie labbra, si sta chiedendo perché dovrebbe obbedirmi sempre e comunque.
Forse lei non lo sa, ma questo è quello che vuole.
«Stai tremando ancora per il freddo?»
«Non per il freddo».
Brava, piccoletta, risposta esatta.
«Voltati».
Stringe entrambe le manine contro il petto avvolto dal maglione, poi si gira. Il mio sguardo cade sulla sua gonna. Gliela sollevo, il body è slacciato quindi mi basta poco per avere accesso alla sua fessura liscia. La curva perfetta del suo sedere piccolo e sodo mi fa salire un'irrefrenabile voglia di sopraffarla.
«Piegati in avanti».
Juliet sospira. È un sospiro piccolo, di quelli timidi e colmi di speranza.
Spera che io sia abbastanza magnanimo da non esagerare con lei, eppure, per un breve attimo, la sua vita è nelle mie mani.
Vive per me, per quello che potrei farle, e non aspetta altro che una mia mossa.
Mi sfilo la cintura.
Lei sussulta, lo vedo dal piccolo tremolio che le fa muovere le spalle.
Il mio cervello s'incendia nell'attimo in cui, dopo aver udito il cigolio metallico, Juliet si curva in avanti, aprendosi a me, regalandomi la visione del suo corpo, pronto a ricevere il mio.
Il sangue affluisce veloce verso la mia erezione ormai insopportabile.
E il mio gesto arriva controllato.
Uno schiaffo ben assestato fa vibrare la sua pelle tesa.
Il suo sedere si arrossa all'istante.
Lei è eccitata e la sua pelle reattiva.
La mia mano brucia. Devo colpirla ancora. Più forte.
Le sollevo il maglione sui fianchi, poi un'altra sculacciata. Nell'aria si libera uno schiocco sordo, pulito.
Lei trattiene un gemito.
«Puoi urlare se vuoi», ringhio accaldato.
Sollevo il braccio, stavolta però le sferro una cinghiata e lei urla sul serio.

Un'altra scossa nei miei boxer.

La colpisco ancora. E ancora. Come se volessi sfiancarla.

La sua schiena si inarca e, mentre lei si piega in avanti sempre di più, io sono pronto a scoparla, ma non so ancora se lei è pronta per me.

La punta della mia erezione si bagna quando la sfrego sulla sua intimità.

Decisamente pronta.

Le do un altro colpo con la cintura. Solo per il gusto di sentirla piagnucolare e bagnarsi di più.

«Alex, piano, ti prego».

Affondo lentamente nel corpo della ragazza che sta fremendo per avermi dentro. Mi faccio strada centimetro dopo centimetro, sento la sua carne ammorbidirsi per darmi spazio. Osservo maniacalmente il mio membro che sprofonda dentro di lei, ma a poco più di metà sono costretto a fermarmi, perché so che non riesce a prendermi tutto. Un verso soddisfatto mi scalda la gola quando mi aggrappo ai suoi fianchi stretti e comincio a muovermi avanti e indietro.

Mi perdo. Mi sfinisco dentro di lei.

Ora non c'è il suo bel viso a distrarmi, solo la sua schiena liscia e sottile. Abbandono il fianco per scavare con la mano sotto il suo maglione e poi raggiungerle il seno.

Ogni volta che le pizzico un capezzolo, questo si tende, s'ingrossa, e la sensibilità sembra sincronizzata alle pulsazioni della sua fessura che mi soffoca tutte le volte che le provoco dolore.

Possedere il suo corpo è una benedizione, ma farlo in maniera così primordiale mi fa sentire una specie di dio.

La domino. Non c'è altro che io voglia fare.

"Devo fare piano o le vengo dentro", mi dico buttando la testa all'indietro, come per prendere l'aria di cui le membra strette di Juliet mi stanno privando.

Non è sicuro così, non ho nemmeno il preservativo.

A malincuore sono costretto a fermarmi.

«Dammi solo un attimo», rantolo con il fiato rotto per l'eccitazione incontrollata.

Juliet rimane immobile, si volta solo per farmi un sorriso innocente.

Cristo, che bella.

Rimango per qualche secondo indeciso sul da farsi.

Mi ha sorriso in quel modo così dolce, potrei abbracciarla.

Un attimo dopo lei però inarca la schiena e solleva di poco i fianchi: il suo sedere tondo si alza, come a invitarmi.

Che si fottano tutti i miei pensieri. Voglio solo scoparmela.

È rude il modo in cui mi spingo dentro di lei.

Juliet piagnucola e io godo di ogni suo lamento.

I movimenti del bacino si fanno più veloci, lei mi viene incontro.

Si spinge indietro, vuole di più.

E lì capisco che posso farla mia per davvero.

La riempio totalmente. Inesorabilmente. Sfondo ogni centimetro di pelle che mi assorbe, mi risucchia, mi vuole. Come io voglio lei.

Le afferro i capelli. Lei si contrae.
Le stringo il fianco. Lei si contrae ancora.
La sento fremere calda e stretta intorno a me.
Conosco il suo corpo.
Sta per venire.
«Fammi sentire».
Chiudo gli occhi.
Avverto solo le sue urla spezzate che riempiono l'aria.
Mi trattengo a stento.
Non ho il preservativo.
E ci manca poco che la inondi con il mio veleno, lì dentro.
Fa' in fretta.
Aspetto che lei finisca, sto impazzendo.
Non resisto più.
Più in fretta, piccola Juliet.
«Cristo».
Poi esco di scatto.
Lo stringo in mano, pulsante e lucido.
Fremo per il freddo che accarezza la mia eccitazione bagnata, poi l'avvicino al corpo di Juliet e lascio che il mio piacere scorra bollente sul suo sedere sodo e perfetto.
Sospiro a fondo, mentre sporco la sua pelle arrossata con le mie voglie inconfessabili.
Abbandono la testa all'indietro e, finalmente, quando finisco di zampillare sui suoi lividi, riprendo fiato.
Lei aspetta paziente che io finisca. E io l'adoro.
«Piccoletta».
«Alex…».
Si rifugia sempre tra le mie braccia, dopo, e io amo questa cosa.
Mi fa sentire importante, so che ha bisogno di me. Di essere protetta.
Ma mai avrei creduto di poter raggiungere qualcosa di così intimo con qualcuno.
Juliet è il mio rifugio perfetto.
Mi fa dimenticare tutto il resto, mi fa svuotare di ogni cattivo pensiero, spero di darle in cambio quello che lei cerca.
Un appoggio, una sicurezza.
Perché io per lei ci sarò sempre.
E il sesso che facciamo, anche se è così bello da levarmi il fiato, non c'entra niente.
È un mezzo che eleva quell'ossessione che provo per lei, portandola a un piano superiore, a un momento di estasi perfetta, che mi rimane addosso anche quando lei se ne sta così, dolcemente tra le mie braccia.
«Pulisciti con la mia camicia».
«Grazie, ma…», balbetta, con le guance rosse.
«Poi la porto a lavare, tranquilla».

Mi rivesto mentre Juliet si fa piccola contro la staccionata, per ripulirsi da ciò di cui l'ho macchiata.

«Ti aiuto se vuoi».

«È tutto okay. Ho fatto, vedi?».

Sono stremato, stanco, mi gira la testa. Ma sì, lo vedo.

Le mie mani le hanno lasciato addosso i segni.

Le scompiglio i capelli, prima di risistemarglieli per bene, mentre la stringo a me.

Ci scambiamo qualche frase sussurrata, qualcosa di tenero, intimo, ma non troppo.

Lei diventa zucchero tra le mie braccia, mentre io sono solo un groviglio di pensieri viscidi e serpeggianti.

Però la abbraccio forte. E tutto passa.

Quando rientriamo in casa, Juliet si ferma nel bagno degli ospiti, mentre io proseguo fino in cucina, e noto Catherine appoggiata alla porta.

«Ah, eccoti. Finalmente. Va meglio, Alex?».

Sì, farmi tua figlia mi rende felice.

«Sì, mi è passata la febbre. Grazie. Tu invece stai bene?».

Non sembra. Si circonda il busto con le braccia, con il viso un po' gonfio e i capelli stranamente disordinati.

«Alex, devo parlarti».

Lo sapevo che c'era qualcosa. Lo sapevo.

«Dimmi».

«Vorrei parlarne con Juliet, ma so come la prenderà, quindi mi piacerebbe prima dirlo a te».

Cristo, no.

Lei comincia a farfugliare frasi, ma il mio cervello registra solo due parole: «Sono incinta».

55

JULIET

Inebetita.
Me ne sto inebetita sul bordo della vasca a fissare le mattonelle a fiori del bagno di James.
Una fitta nel basso ventre mi ricorda quanto Alexander sia stato poco delicato qualche attimo fa, ma il sorriso che regna indisturbato sulle mie labbra non è mai esistito prima d'ora.
Mi tiro su, muovo due passi verso il lavandino con qualche difficoltà.
La pelle delle mie natiche brucia, la pancia brucia.
Il fianco, il collo.
Mi guardo allo specchio.
Sono ancora arrossata in volto.
Spero che a tavola non se ne accorgano.
La mia mente ritorna inevitabilmente al cortile dietro la fattoria della famiglia di James.
Mi sento un po' smarrita: se una volta vedevo tutto o bianco o nero, ora i miei pensieri si sono fatti più contrastanti, più incoerenti.
Devo imparare a interpretarli, così come dovrei imparare a classificare le mie emozioni.
Da quando ho conosciuto Alexander, alcune cose sono cambiate e, come lui sostiene, anche io sto cambiando.
La Juliet di qualche mese fa, infatti, starebbe a fissare il vuoto con sguardo sognante, niente più.
E invece ora, oltre a starmene con sguardo sognante a ripensare a lui, non faccio che chiedermi se quello che facciamo avrà ripercussioni sulla mia famiglia.
Se quello che facciamo sia giusto.
È giusto perché lo voglio.
Questa però sembra più la morale di Alexander, non la mia.
Mi studio nello specchio mentre mi crogiolo nel ricordo del calore del corpo di Alexander contro il mio.
Dopo ha aspettato che mi rivestissi.
Mi ha persino aiutato a risistemarmi i capelli che lui stesso aveva strattonato poco prima.
È stato un po' rude, sì, ma subito dopo ha saputo essere premuroso, così come lo è stato in ogni altra situazione.

Mi rendo conto che nel momento in cui ho iniziato a guardare oltre le apparenze, ho visto un ragazzo attento e preoccupato.
Preoccupato per me.
Per ogni mia sensazione, per ogni mio piccolo problema.

Quando torniamo a tavola, nessuno si è accorto della nostra assenza.
Gli adulti sono impegnati a chiacchierare e James non è ancora rientrato.
La cena si conclude tardi, tra una fetta di torta fatta in casa, aneddoti divertenti e qualche bicchiere di vino di troppo. Alexander mi appare assente per tutto il tempo, ma sento così viva la sua presenza addosso a me che evito di cercarlo continuamente con lo sguardo. Verso le nove inoltrate, torniamo da mia zia Vera, e non appena mettiamo piede in salotto mia madre mi sorprende con una richiesta insolita. «Juls, rimani con noi? Ci guardiamo un film insieme?».
Mia madre mi è sembrata strana per tutto il pomeriggio, e ora se ne esce con una proposta così?
«No, grazie. Preferirei farmi una doccia e andare a dormire».
«Capisco, ma io volevo parlare un po'».
«Domani, mamma. Sono stanca!», mormoro in tono lamentoso. Stranamente non è una bugia, sono davvero stanca, sento le gambe molli e la schiena a pezzi. Ho bisogno di una bella dormita. Dopo una lunga doccia calda e rilassante, indosso il pigiamone e mi asciugo i capelli con il phon. Tolgo via i residui del trucco della giornata, ma poi mi viene lo stupido impulso di truccarmi di nuovo. Voglio che Alexander mi trovi carina sempre e comunque, ma forse, considerando il pigiama poco attraente che indosso, il trucco dovrebbe essere l'ultimo dei miei pensieri. Quando esco dal bagno, Alexander sta posando il cardigan sulla sedia. È appena rientrato.
«Ciao, Alex». Lui solleva lo sguardo e mi fissa con aria smarrita.
«Che c'è?», chiedo allarmata.
«Niente». Alexander abbassa nuovamente gli occhi, poi si massaggia i capelli con la mano. «Niente. Sei solo molto bella». Un forte ronzio mi riempie l'orecchio, mentre le mie guance si accaldano. Quell'affermazione pacata mi ha fatto guizzare il cuore. Non so che rispondere. Rimango immobile a guardarlo mentre prende a sbottonarsi la camicia.
«Vuoi stare lì ferma a fissarmi?».
I miei occhi colpevoli schizzano via veloci, finendo dritti sul suo letto. È lì che dormiremo? Nel dubbio mi ci siedo sopra.
«È stato tanto terribile chiacchierare con i nonni di James?». Provo a parlare di qualcosa.
«No». Lo sento teso. E non so perché.
«Alex?».
Lui non parla, si toglie la camicia per poi infilarsi una maglietta a maniche corte, di quelle che usa per dormire. Si sfila i pantaloni, li ripiega sulla sedia, prima di voltarsi verso di me. Quando i miei occhi ricadono sui suoi boxer aderenti, abbasso subito lo sguardo. Quando lo sento avvicinarsi, mi alzo in piedi come

una molla, ma ad Alexander sembra importare poco, anzi, prende a ignorarmi totalmente.

«Ehi...», provo a richiamarlo, sperando che abbia voglia di degnarmi di attenzione.

«Vorrei dormire», taglia corto Alexander.

Gli sorrido, ma lui non ricambia. Potrebbe dirmi di mettermi nel suo letto, ma non lo fa.

Chiudo gli occhi, poi mi viene un'idea. Magari gli chiedo di venire alla festa di James.

«Senti, per domani sera...».

Non faccio in tempo a terminare la frase che lui mi ghiaccia sul posto con un'occhiataccia intensa.

«Lasciami stare». Stavolta non è una reazione controllata, calcolata o studiata a tavolino, stavolta sembra che lui abbia perso la pazienza per davvero. Una tristezza inspiegabile mi fa affogare nelle mie stesse paure.

"È per quello che abbiamo fatto oggi?", mi domando mentre ci fissiamo negli occhi, distanti come non mai.

Perché mi tratta così?

«Devo farmi fare le cose più perverse per avere un po' di gentilezza da parte tua, vero?»

«Cosa non capisci? Mhm? Il fatto che voglio essere lasciato in pace o il fatto che non voglio stare ad ascoltare le tue stupide parole?»

«Ma come ti permetti!».

«Va' a letto, Juliet. Non farmelo ripetere», tuona serio.

«No!».

«Tu devi obbedirmi».

«Mi sembra di averlo fatto prima. Perché ti lamenti ora? È perché ho parlato con James per tutta la sera?», provo a punzecchiarlo, giusto per far tornare le cose alla normalità, non lo sopporto quando sta così sulle sue. Ma con mia sorpresa, Alexander assume un'espressione confusa.

«James? Di cosa hai parlato con James?»

«C'eri anche tu a tavola con noi o sbaglio? A che pensavi?»

«Ti ho fatto una domanda, Juliet. Rispondi».

«Io e James parlavamo del più e del meno e della festa di domani».

«Ci andrai?»

«Certo. James ha detto che...». Gli occhi di Alexander si serrano duramente, vedo le sue labbra, di solito piene, farsi strette e nervose.

«Smettila di ripetere il suo nome».

Trattengo il ghigno soddisfatto che vorrebbe affiorare sulle mie labbra, quando noto Alexander stringere i pugni rigidi lungo i fianchi.

«Be', comunque io ci andrò», cinguetto a testa alta. Alexander non mi lascia un'emozione, una parola, niente. Mi rivolge i suoi occhi vacui, mentre io tento di mantenere la calma, dato che dentro di me sto fremendo impaziente. D'un tratto, mi rendo conto che il suo pomo d'Adamo sale e scende nervoso, il che mi fa insospettire e non poco. Perché sembra sempre ci sia qualcosa che non va? Che cosa gli ho fatto? Muovo i piedi nudi sul parquet, la lana pesante del mio pigiama mi solletica appena la pelle. Mi manca la sensazione di bruciore che provo quando lui mi guarda. Ora sembra vuoto, senza alcun interesse.

«Non vedo l'ora di conoscere gli amici di James». Provo a spingere quel tasto, sperando sia quello giusto per far scattare la molla.

«Ah, davvero?». Siamo l'uno di fronte all'altra, tento di tenere il mento alto per non perdere la connessione di sguardi.

«Sì, certo».

«E sentiamo. Come mai non vedi l'ora?». Mi mordo il labbro, impedendomi di rispondere. Voglio farlo aspettare.

«Juliet...». Il mio nome sulla sua bocca ha un suono divino.

«Sei così dannatamente geloso di James che non riesci nemmeno a sentirlo nominare».

Alexander non nega, non risponde. Sembra non raccogliere le mie provocazioni ed è la prima volta che accade.

Osserva un punto indefinito alle mie spalle. C'è qualcosa che lo turba, ora ne sono sicura. Non l'ho mai visto così dubbioso ed esitante. Questo non è lui.

«James ha provato a toccarmi ieri».

Sgancio l'unica bomba che ho a disposizione. Il comportamento indeciso di Alexander svanisce nel momento in cui sente le mie parole. «Che-cosa-hai-appena-detto?». Ogni parola ha un suono lapidario, secco, terribile.

«Ehm... sì, lui...».

Forse era meglio se non glielo dicevo così...

«Credo di non aver capito, Juliet». Alexander torreggia su di me. «Perché non me l'hai detto? Perché non me l'hai detto immediatamente?»

«No, ma io...». La mano di Alexander mi affonda nei capelli, mentre tiene ben salda la presa sulla mia guancia. La punta delle sue dita mi punge nella pelle della nuca, ma sono i suoi occhi a trafiggere la mia carne viva.

«Ho detto qualcosa quando tu e James stavate a parlare sul portico? Quando sei andata al lago con lui?»

«No», rispondo prontamente.

«No, esatto. Mi sono fidato di te. Ti ho lasciata libera di scegliere».

«Oh, grazie tante», dico ironicamente a un soffio dal suo viso.

«Ma se ora scopro che lasci che qualcuno si avvicini a te... se fai in modo che lui si avvicini a te più del dovuto...».

«Cosa? Cosa fai?», lo incalzo, ardita.

Gli occhi belli e scuri di Alexander mi mangiano l'anima mentre mi guarda con bramosia.

«Mi stai seriamente sfidando? Mhm?».

Tremo al suono della sua voce così profonda, soprattutto perché sembra sempre che mi legga nel pensiero.

«Dimmi cosa farai». Tento di reggere il suo sguardo implacabile, sono curiosa. Il proverbio dice che la curiosità uccise il gatto, ma ora sta uccidendo anche me.

«Ti imporrò delle regole e tu le rispetterai. Sempre che tu voglia che questa cosa tra di noi continui».

«Mi ricatti? Di nuovo?», piagnucolo incredula. Forse non se ne rende conto, ma Alexander mi provoca uno stress psicologico piuttosto notevole. Ogni volta che parliamo sono in ansia, mi agita, mi stressa. Mi sembra sempre di stare sul bordo di un precipizio pericoloso e profondo.

«No, piccola Juliet. Ti controllo. È diverso».

«Vuoi controllarmi con delle regole? Seriamente? Che regole? Solo perché ho parlato con James?!».

L'espressione soddisfatta di Alexander si incupisce nuovamente solo a sentire il suo nome. «Dimmi che cosa ti ha fatto», soffia arrabbiato contro la mia guancia, quindi decido di dirgli la verità.

«Niente, mi ha solo accarezzato il viso».

Le sue sopracciglia si alzano, ma non è di sorpresa la sua reazione. È più negativa.

«Questo non mi piace affatto, Juliet».

«Perché, Alex?».

Il mio sorrisetto provocatorio lo manda su tutte le furie.

«Perché? Perché solo io posso farlo. Solo io posso toccarti. Nessuno si deve permettere di farlo».

L'ho visto raramente arrabbiato e mai così tanto. E ora me ne dispiaccio, dato che ho fatto tutto io. Certo, volevo che si scaldasse abbastanza da considerarmi, ma non a questo livello.

«Alex… io… scusa. Non volevo metterti di cattivo umore», mormoro a occhi bassi, torcendomi le mani con fare nervoso.

«Se io ho dei problemi, tu non fai altro che aggiungerne altri. Non è questo che cerco. Non mi sei mai d'aiuto. Ora fila a letto e lasciami in pace».

Si sta rompendo qualcosa tra noi.

E io mi sento come se mi avessero strappato i polmoni dal petto.

Non riesco a respirare.

Come faccio a respirare senza polmoni?

Mi sento morire.

«Scusami». Ci riprovo, ma le mie parole sussurrate non valgono più nulla.

Alexander dapprima va in bagno e dopo poco si infila nel letto, ignorandomi. Non riesco quasi a muovermi, sono lì, ferma in mezzo alla stanza, senza sapere che fare.

C'è solo una cosa che ho voglia di fare.

Piangere.

Mi rannicchio sotto le coperte e comincio a singhiozzare.

Mi accartoccio con la testa tra le mani.

«Stai piangendo?». La voce bassa di Alexander mi raggiunge sotto le lenzuola. «Smetti di piangere. Non farlo».

«Senti, se mi viene da piangere, piango! Piantala di credere che tutte le emozioni siano a comando!».

Mi lascio andare a singhiozzi più rumorosi, senza trattenermi.
«Dimmi, Juliet. Dimmi cos'altro trovi sbagliato in me».
Stavolta però il suono buio della sua voce non ha note rabbiose, è calmo, fermo. Delicato.
«Alex, hai improvvisamente cambiato atteggiamento. Che sta succedendo? Parlamene, per favore».
«Non posso», lo sento mormorare.
«Lo vedi! Ancora non ti fidi di me. Oggi però ti sei divertito. Non li avevi i problemi in quel momento!».
«È piaciuto anche a te, Juliet».
«Sì, ma che c'entra! Tu credi che mi sia piaciuto solo perché sei bravo a...». Mi mordo la lingua.
«Sono bravo a fare cosa, Juliet?», domanda lui, tentando di non far trapelare il suo compiacimento.
«E dai, hai capito...», piagnucolo. «Ma non è per puro divertimento fisico che io mi avvicino a te», aggiungo, stupendomi della mia stessa confessione.
L'attimo di silenzio è pericoloso e io sento che sto per tirare fuori qualcosa di grande. Di più grande del "mi piaci", del "non riesco a fare a meno di starti intorno".
«Alex, io...».
«Ferma. Non continuare».
«So cosa pensi di me, che sono una bambina stupida, per questo vuoi darmi delle regole...».
«Non ho mai pensato questo, Juliet. Voglio solo che mantieni le distanze da chi ha interessi poco platonici nei tuoi confronti», asserisce con fermezza.
«Eh?».
A quel punto Alexander accende la luce. «Cristo, Juliet. James ti vuole!».
«Ci conosciamo da quando eravamo bambini. Ma per favore!».
«E se non l'avessi fermato al lago, non pensi che ti avrebbe baciata?»
«Non so...».
«Non sei capace di valutare le cose con obiettività».
Ma cosa sta dicendo? Ma, soprattutto, chi si crede di essere?
«E allora! È un difetto?», strepito a gran voce.
«Sì, perché ti infili in situazioni che non mi piacciono».
«Ma io rifiuterei qualsiasi ragazzo sulla faccia della Terra pur di stare con te!». La mia affermazione stupisce persino me. Alexander dapprima mi guarda costernato, poi si alza dal suo letto. Lo vedo infilarsi un maglione e i pantaloni.
«Dove vai adesso?».
Sento le lacrime, di nuovo. Non può reagire così. Non può andarsene. Non dopo quello che gli ho detto.
Scoppio in un pianto disperato. Pianto che riesce a fermare i suoi passi come una corda sottile, lanciata all'ultimo, per intrappolargli le caviglie. Stavolta non è abbastanza forte da convincerlo a rimanere.
«Smettila di piangere», sputa senza voltarsi.

«Pensavo ce l'avessi un cuore!».
«Pensavi male, Juliet».
«Come puoi farmi questo?»
«Te l'ho detto in tutti i modi che io e te facciamo sesso e basta».
«E allora perché mi tratti come se ci fosse dell'altro? Perché sei così premuroso? Perché ci tieni a me?»
«Mi prendo cura di te. Ti ho già detto anche questo».
«E quindi? Facciamo solo sesso, ma ti prendi cura di me? Che senso ha?»
«Sono due cose separate. E sto iniziando a pensare che la prima non sia più una buona idea. Non fai che illuderti, nonostante io te l'abbia detto in modo chiaro».
«Certo, così ti sentiresti con la coscienza a posto, vero?»
«Me ne vado a dormire da un'altra parte», ringhia avvicinandosi alla porta.
No, non andartene.
Ma la porta si apre e chiude velocemente. Se n'è andato.
Mi ha distrutta.
Non con le mani, non con il corpo. Solo con le sue parole.
Avrei dovuto stare più attenta.
Ma come si fa a dosare il cuore in queste situazioni?
Forse non ci si accorge di averlo messo in gioco, fino a quando non lo si è perso del tutto.
Ormai, viste le lacrime che stanno sgorgando indisturbate sulle mie guance, è sicuramente troppo tardi.

56

JULIET

Ho passato la notte insonne, tra lacrime e pensieri oscuri, con le ginocchia strette al petto.

Scendo in cucina e nemmeno il profumo di zucchero e cannella che tinge l'aria mi fa ritornare il buon umore.

Mia madre e mia zia sono già ai fornelli a preparare i dolci per la cena di questa sera, io invece sono uno straccio, ho due occhiaie incredibili e gli occhi ancora gonfi.

«Juls! Vieni a darci una mano!».

Mia madre non alza neanche lo sguardo dalle teglie che sta infornando, mentre mia zia Vera mi lancia un'occhiata preoccupata.

«Catherine, che ne dici se lasciamo un po' in pace questa povera ragazza, almeno l'ultimo giorno dell'anno?».

«È tutto okay, zia, grazie», mormoro accomodandomi al tavolo.

«Ti preparo una tazza di tè caldo».

«Con un po' di latte, grazie».

Sento un nodo alla gola, come se volessi scoppiare a piangere da un momento all'altro. Mi trattengo mandando giù i singhiozzi, mentre mia madre parla del più e del meno.

«Ho sentito che dopo cena andrai a una festa...».

«Non lo so...», bofonchio stanca.

Poi un rumore. Quello della porta d'ingresso. Un attimo dopo, delle voci. John e Alexander. Abbasso lo sguardo immediatamente quando entrano in cucina.

«Buongiorno, Juliet». John mi saluta cordialmente, io ricambio il saluto a occhi bassi. Potrei scoppiare di nuovo a piangere, e non sarebbe il caso di farlo qui davanti a tutti.

John si avvicina a mia madre, la stringe in vita lasciandole un bacio in fronte.

«Io e Alexander andiamo a fare una partita a golf. Ci vediamo più tardi, amore».

Amore. Dio mio, l'ultimo giorno dell'anno comincia davvero da schifo.

Dopo aver passato il pomeriggio a evitare tutto e tutti, arrivano finalmente le otto di sera. Raccolgo tutte le mie forze e cerco un vestito elegante tra le cose che ho sparso in valigia. I miei vestitini sono tutti molto simili tra loro: neri, semplici e senza fronzoli. Ne indosso uno che ha una leggera velatura sul petto e sulle maniche, poi metto un paio di scarpe eleganti che mi regalano qualche centimetro in più. Tento di nascondere le occhiaie in tutti i modi con un po' di fondotinta e correttore, ma il risultato lascia molto a desiderare. Lascio i capelli sciolti ed esco dal bagno. Per poco non mi schianto contro Alexander.

«Scusami, non sapevo ci fossi tu», dice impassibile.

«No, cioè… scusa tu. Ho finito», farfuglio scivolando via dalla situazione imbarazzante, mentre lui si chiude in bagno. Sento lo scroscio dell'acqua nella doccia.

Aspetto lì ferma per qualche secondo, senza sapere nemmeno perché, poi la voce di mia madre dal corridoio. «Juls, ti vuoi muovere?»

«Arrivo!».

Le feste a casa dei miei zii erano un evento speciale quando ero bambina.

Saltellavo qui e là, da un tavolo all'altro, alla ricerca di una fetta di crostata al limone o una cioccolata calda con la panna.

Poi sono cresciuta e quelle feste hanno cominciato a non divertirmi più. Se prima ero troppo piccola per comprendere i discorsi degli adulti, poi ho iniziato a capirne il significato. Il lavoro, lo studio e, soprattutto, la famiglia.

La famiglia, quella che non avevo, ma che mia madre aveva provato a darmi con tutte le sue forze, quando eravamo solo io e lei, durante alcuni dei nostri Natali tristi e piovosi.

Ora, vorrei essere ovunque tranne che qui. Forse perché mi sento ferita da chi credevo tenesse a me. Da qualcuno che avrei dovuto tenere a distanza perché sapevo che sarebbe rimasto sempre qui, davanti ai miei occhi, anche quando avremmo avuto un litigio.

Mi guardo intorno un po' spaesata e riconosco a fatica il vecchio salone di casa dei miei zii che riecheggia di voci, rumori e tintinnii di bicchieri di cristallo. È tutto addobbato di luci e decorazioni natalizie, l'atmosfera è sempre festosa.

Tamburello con le dita sullo schienale di una sedia vuota, mentre mia zia e mia madre intrattengono gli ospiti.

Sono entrambe elegantissime, anche se devo ammettere che mia madre ha una luce particolare negli occhi oggi.

«Non sono riuscito a dirtelo prima».

Il mio respiro s'incastra nella cassa toracica quando sento il suo timbro profondo accarezzarmi le spalle nude e scivolarci sopra come velluto. Mi volto e Alexander è davanti a me.

«Sei bellissima».

La sua voce mi buca la pelle entrandomi nelle vene.

È puro veleno.

«Grazie», rispondo fredda.

Credevo girasse i tacchi e se ne andasse, invece lui muove le labbra piene per parlare ancora.

«Ti vesti di nero per non farti notare, ma per me sei rosso vivo». Non mi aspettavo che Alexander mi rivolgesse la parola oggi, tantomeno che mi parlasse in questo modo.

«Per non farmi notare in che senso?»

«Non ti piace stare al centro dell'attenzione, Juliet».

«No, è una cosa che odio», ammetto soffermandomi sulle sue labbra. Anche quelle le odio, ora. «E quindi? Dove vuoi arrivare?»

«Il rosso ti dona», mormora accarezzando il mio corpo con uno sguardo sfacciato. Per un attimo credo possa vedere sotto il mio vestito. Poi un sorrisetto sadico.

Che stronzo, è proprio del mio intimo che sta parlando.

Mi innervosisco.

«Sei venuto a propinarmi la dose giornaliera di imbarazzo?». Alexander mi si avvicina incauto, incurante del pericolo e del fatto che siamo in mezzo a parenti e amici.

«Juliet, ieri ero nervoso per cose che tu ancora non sai».

Perché dovrei starlo sempre a sentire? Solo perché mi parla con una voce suadente e piacevolmente bassa?

«No, senti tu, Alex. Sono stufa di te e dei tuoi cambi di umore». Le mie guance si tingono improvvisamente, mi vergogno di quell'affronto, ma penso ogni singola parola. Solo che Alexander sembra non crederci affatto.

«Davvero, Juliet? Sei stufa di me?».

"Come fa a essere sempre così calmo?", mi chiedo osservando il suo volto senza imperfezioni.

«Sì, perché sono stata ampiamente presa in giro da Chuck, non voglio che accada di nuovo».

Invece di rimanere impassibile, Alexander mi concede una reazione.

Ha deciso di lasciarmelo capire. Di lasciarmelo scoprire, il mio potere. La mia capacità di spiazzarlo.

Ma io sono profondamente diversa da Alexander.

Lui mi lascia senza parole, io lo stupisco.

Lui mi sorprende mostrandomi le cose che stanno nell'ombra, io mostrandogli semplicemente ciò che è già alla luce del giorno. Solo che filtro la realtà attraverso i miei sentimenti, le mie emozioni.

E sono proprio queste a incuriosirlo di più.

«Juliet, come puoi paragonare Chuck a...».

Alexander si blocca perché d'un tratto udiamo del trambusto alle nostre spalle.

«Un medico! Chiamate un medico!».

Vedo John passarci davanti e precipitarsi in cucina.

«È Catherine». Le voci si accavallano e succede tutto troppo velocemente. Alexander mi prende per mano e mi conduce alla fonte del caos.

«Sto bene, state tranquilli», dice mia madre.

«Mamma!», esclamo, buttandomi su di lei non appena la vedo a terra, tra le braccia di mia zia.

«Ha avuto un mancamento», ci informa mia zia, aiutando John a sistemare mamma sul divano lì accanto.

«Sto bene, vi dico! Datemi qualcosa di zuccherato e vedrete che mi riprenderò in un batter d'occhio». Finalmente la tensione si allenta, quindi tiro un sospiro di sollievo.

«Tesoro, attenta a cosa a mangi e mi raccomando: non bere», le sussurra John con un sorriso, mentre le prende la mano. Sarebbe un quadretto davvero romantico, ma una nausea insopportabile mi travolge. I miei occhi rifiutano quella visione, quindi mi volto verso Alexander, che appare preoccupato. Il suo viso sembra più pallido del solito, come se stesse per svenire anche lui da un momento all'altro.

«Alex…». Lui incrocia il mio sguardo. C'è un attimo in cui dimentico i miei buoni propositi, un attimo in cui diventiamo intimi senza neanche volerlo. Ma qualcuno se ne accorge.

«Vieni, Alexander, torniamo dagli ospiti», interviene John, portando via Alexander.

Mi siedo sul divano insieme a mia madre che pare aver ripreso colorito.

«Ti devo parlare», esordisce.

L'ha detto spesso in passato, ma ora la sua frase assume un significato più grave, vista la sua espressione particolarmente seriosa. Tortura con le dita l'orecchino di perle. È nervosa.

«Dimmi, mamma».

«Ora che ci penso…». Fa una piccola pausa, volgendo gli occhi alla porta. «… prima vai a chiamare anche Alex e John».

Obbedisco, senza avere la più pallida idea del treno che mi sta per arrivare addosso. Quando giungo nel salone, gli ospiti sono di nuovo impegnati a bere e parlottare, la situazione è tornata alla normalità. Cerco Alexander e John. Mi accorgo di loro dopo poco: stanno in un angolino a discutere. Mi avvicino in silenzio, senza dare nell'occhio, quando sento il tono di voce sicuro di Alexander.

«Ma questa volta è diverso, papà».

«Cos'è diverso, stavolta?», chiedo incuriosita dalle loro facce serie.

«Juliet, ehm…». John si schiarisce la voce. «Credo sia meglio se andiamo di là. Tua madre deve dirti una cosa importante».

«Oh sì, ero venuta per questo».

Alexander china il capo.

Quando torniamo in cucina, tutti i nostri parenti più stretti sono radunati nella stanza. Mi rendo conto che non è un caso quando John prende un bicchiere come per fare un brindisi.

«Catherine ha un annuncio importante».

Il silenzio cala nella stanza.

«Come sapete io e John ci frequentiamo da molto tempo…». Le guance di mia madre si tingono per l'imbarazzo e lì capisco di essere fregata. «John mi ha chiesto di sposarlo».

Il primo colpo.

«E… aspettiamo un bambino».

Poi il secondo. Arriva così, senza preavviso, senza giri di parole. Tutto il mondo mi crolla addosso. Resto ferma, stordita dal cocktail di emozioni negative che mi penetra nelle ossa. John sorride, mentre tutti ridono e si congratulano con la coppietta felice, ma io e Alexander no. Lui è accanto a suo padre e dal suo volto come sempre non trapela un'emozione. D'un tratto, i suoi occhi tormentati sprofondano nei miei. I nostri sguardi come al solito creano un legame forte, difficile da spezzare, ci siamo io e lui in questo momento. Tutto il resto si sfoca intorno a me. Le parole, le voci, le persone. Tutti i complimenti, gli abbracci, i sorrisi. Possibile che lui sia così importante per me da impedirmi di essere contenta per mia madre? E poi, nell'istante in cui lei e John mi guardano, aspettandosi una mia reazione, io scappo via da lì.

Eccola, la mia reazione. Nessun abbraccio, nessuna parola.

Mi rifugio in camera sperando di non essere rincorsa da nessuno. Tantomeno da mia madre. Ma è proprio lei a venirmi a cercare.

«Juliet, che succede?». Mi raggomitolo sul letto e scoppio a piangere. Mi sento in colpa eppure, nello stesso tempo, colpevolizzo lei per aver rovinato tutto.

«Non doveva andare così».

«Ma che stai dicendo, Juls?». Si siede accanto a me, poi mi accarezza il braccio, incredula per la mia reazione esagerata.

«Cioè, sì, è vero… è successo tutto troppo in fretta, però io e John ci amiamo e…».

«Mamma, non capisci!», sbraito.

«Juliet, pensavo saresti stata felice!», replica con espressione attonita.

Come darle torto? Conosce John da molto tempo, si amano, sono andati a vivere insieme. Ma cosa mi aspettavo?

«Ma mamma, io sono felice…», continuo tra un singhiozzo e l'altro.

«Be', non sembra».

Tento di svuotare la mente da tutti i pensieri soffocanti che l'affollano, provando a far luce su un problema alla volta.

«Che cosa accadrà ora, mamma? Insomma, un figlio…».

«Rafforzerà la famiglia».

Già, ma indebolirà me.

«La famiglia», ripeto con voce spenta, mentre il mio cervello non fa che ripetersi: "Ma in che incubo tremendo mi sono cacciata?".

«Io e Alexander e questo bambino…». Non ho il coraggio di continuare con le supposizioni, ma ci pensa lei a farlo.

«Sarà una sorellina o un fratellino in comune».

Mia madre pare non capacitarsi delle mie domande sconnesse, mi guarda come fossi impazzita… E forse un po' lo sono, dato che non riesco a essere contenta per una notizia del genere.

«Saremo fratelli anche io e Alex?»

«Sì. Suppongo di sì», ammette lei scrollando le spalle.

«Oddio, mamma…». Prendo atto di cosa ha appena detto e scoppio nuovamente a piangere.

«Che succede, Juls? Parlami». E poi accade. Mia madre studia il mio volto rigato di lacrime e capisce.

«Oh, no. Ti sei presa una cotta per lui, Juliet?».

Mi guardo intorno confusa.

«Oh mio Dio, tesoro…». Mia madre ha l'aria scandalizzata e di una che sta pensando al peggio. Alexander non me lo perdonerebbe mai se le raccontassi qualcosa. L'unica cosa che posso fare è sminuire il tutto e tenere lui fuori dai giochi. «Giuro che Alex non ne sa nulla». Non voglio che Alexander abbia altri casini. John non lo lascia respirare, finirei solo per farlo arrabbiare ancora di più con lui. «Mamma, ti prego, non dirgli niente».

«Perché proprio lui?».

Già. Perché proprio lui?

«Lo adori anche tu, no?», butto lì.

«Sai quanto voglio bene ad Alexander, ma, oltre alla nostra condizione familiare…». Mia madre si interrompe, poi sembra rinsavire tutto di colpo. «Juls! Lui non è il ragazzo adatto a te!».

Non fa che osannarlo dalla mattina alla sera e ora se ne esce con questa cavolata?

«Non lo conosci».

«Lo conosco molto meglio di te, tesoro». Mamma guarda nel vuoto come per rincorrere dei pensieri sfuggenti. «Il suo passato, i suoi problemi…».

«Alexander non ha alcun problema».

Mia madre si agita. La vedo mordersi il labbro, come per impedire ad altre parole di uscire, poi però i suoi occhi finiscono sul mio collo.

«Juliet. Come ti sei fatta quel livido?»

«Non ricordo».

Lei prende un lungo respiro, appare spaventata.

«Tu e Alexander non avete nulla in comune. Lui ha esperienze complicate alle spalle. La ragazza che frequentava si è tolta la vita. Non stiamo parlando di cose leggere».

Mi alzo di scatto dal letto, puntandole un dito contro.

«Se pensi che sia una specie di serial killer, perché mi ci fai vivere insieme?».

Lei si alza a sua volta e mi prende per le spalle, forse sta provando a calmarmi.

«Non penso questo. Dico solo che voi due insieme… può essere malsano».

Alexander e Juliet.

John ci è contro.

Mia madre ci è contro.

Persino Alexander stesso ci è contro.

Possibile che io sia l'unica a crederci sul serio?

57

ALEXANDER

Mio padre mi sta guardando come se gli facessi pena.
Ho dovuto sopportare queste occhiate per troppo tempo, soprattutto da quando è morta mia madre.
Per tutte le persone attorno a me ero un fantasma, il fantasma di un ragazzo di quattordici anni senza madre.
"Il figlio della donna morta".
Ho sentito sussurrare più volte queste parole, succede ancora alle mie spalle.
Esco di casa, passando dall'uscita sul retro, e mi accorgo che ha cominciato a piovere. Poi vedo Juliet. È immobile sotto la pioggia e stringe in mano un ombrello chiuso.
"Oh no, i capelli. Oh no, il vestito", avrebbe detto qualche mese fa.
Ora non sembra importarle più di niente, né del trucco che cola sporcandole le guance, né del fatto che le sue scarpe costose stanno affondando nella fanghiglia umida.
«Alexander?», mi chiama con la sua vocina, che mi rischiara subito la mente, come se dentro di me avesse improvvisamente smesso di piovere.
«Ce l'hai l'ombrello, perché non lo apri?», le chiedo serio, avvicinandomi a lei.
Glielo rubo dalle mani e lo apro. «Così è meglio».
Trema e io tento in tutti i modi di combattere l'istinto di proteggerla: se l'abbracciassi ora, sarebbe sbagliato.
«Non ho bisogno dell'ombrello».
Si stringe le braccia al petto tremando più forte quando una folata gelida la investe.
Dovrò farne a meno per un po', ma già mi manca.
Mi manca vederla ridacchiare come fa di solito.
Ride a piccoli sbuffi, come una bimba. Spesso per qualcosa di infantile e divertente a cui ha pensato l'attimo prima che le nostre labbra si uniscano in un bacio.
Ma ora non ride, né mi bacia.
Juliet mi lancia un'occhiataccia.
O almeno ci prova. Perché i suoi occhi sono dolci anche quando è arrabbiata con me.
Ho sempre creduto che Juliet non conoscesse altro che buoni sentimenti, che non fosse in grado di provare qualcosa di negativo per gli altri.
E ancora ci credo, anche se sto provando a farmi odiare da lei.

Decido di prendermi una piccola pausa dalla mia meschinità: devo avvicinarmi a lei, solo per assicurarmi che stia bene.

«Non fare la bambina. E ringrazia che non ti obbligo a metterti il mio cappotto».

Sbuffa, poi si avvicina un po' di più a me, forse per sentire il mio calore.

«Ti odio ancora per come mi hai trattata ieri», mormora a denti serrati. Il suono zuccheroso della sua voce si lega allo scroscio della pioggia. «Era il tuo scopo farti odiare? Se è così, sappi che ci sei riuscito alla grande».

Osservo le sue labbra rosee tremare, poi avvicino le mie al suo orecchio.

«Odiami, ma non stare male per me». Il mio sussurro la fa rabbrividire più del freddo. Si volta di scatto.

«Sapevi del bambino?». Siamo troppo vicini e le nostre bocche sono divise solo da qualche centimetro.

«Sì, l'ho saputo ieri», ammetto, obbligando le mie mani a starsene in tasca. I suoi occhi si fanno enormi e io mi ci tuffo con tutto me stesso.

«E ora cosa faremo?».

Sta chiedendo a me cosa ne sarà di noi due?

«Juliet ora è finita».

«Ma Alex, io…».

«Tu cosa? Mhm?». Il mio tono forse è troppo duro, ma non voglio che Juliet si lasci andare a confessioni azzardate.

«Non farmi questo, Alex», supplica a un soffio dalle mie labbra. «Ti prego». Sono morbide e invitanti, quando la sua bocca si posa lentamente sulla mia. Sento il gusto salato delle sue lacrime mescolarsi con la dolcezza della sua lingua.

Cristo, come faccio a interrompere un bacio così perfetto? Prendo le sue guance tra le mani, ingoiando ogni sospiro che ci siamo appena scambiati. Mi sembra di averle donato una parte di me che non mi ha più restituito.

«Juliet, io ci ho provato a non farti questo».

Non ha le forze di replicare con il suo solito spirito combattivo. Lascia che le parole scivolino via stanche, sussurrate a mezza voce.

«Non è vero, tu ci godi a farmi del male».

Come posso controbattere a tale affermazione?

«E poi pensi che odiandoti non soffrirei ugualmente?».

Il mio sguardo si affila nel sentire tanta irriverenza.

«Posso farmi odiare ancora di più, Juliet, così tanto che non ti rimarrà più nulla di buono per me», soffio avvicinandomi alle sue labbra, con una mossa avventata. Pare che Juliet non abbia minimamente dato ascolto alle mie parole: riprende a cullare la mia bocca con la dolcezza della sua. Sento le sue piccole dita appropriarsi della mia mano destra, per poi portarsela al volto. La copre con entrambe le mani e se la tiene lì, sulla guancia, come se fosse qualcosa di prezioso. Come se amasse quella parte del mio corpo. Come se amasse il mio corpo. Come se amasse me.

«Scappa con me, Alex».

Chiudo gli occhi. E così, in un attimo, tutto si risolve. Ma poi li riapro. Per quanto io abbia bisogno di Juliet, la realtà è ancora qui. Sta ancora piovendo, su di noi e dentro di me.

«Juliet…».

«Dico sul serio, andiamo via».

Non riesco a rispondere. È una follia e lo sa anche lei.

Un soffio di vita le entra dentro, portandole una ventata di entusiasmo.

Sospiro. Ed è il sospiro di una persona troppo responsabile.

«No».

La delusione che le si disegna in volto mi uccide. Detesto vederla triste.

«Non ne hai il coraggio?»

«Non ci vuole forse coraggio per amare, Juliet?».

Juliet non scoppia in lacrime all'improvviso, come fa di solito, stavolta il pianto comincia lento, è sofferto. Duro da guardare.

«Vieni qui».

Le minacce di mio padre, un fratello in comune, il matrimonio. Non c'è nulla. Solo Juliet, tremante, stretta tra le mie braccia. E poi la pioggia.

L'erba umida, la notte.

«Mi dispiace, Juliet. Per tutto». I suoi lunghi capelli rimangono incastrati tra le mie labbra, mentre le parlo, ma non mi importa più.

«No, non ti devi dispiacere di nulla», bofonchia singhiozzando contro la mia spalla.

«Sì. Io ho dato inizio a tutto questo».

«Ma l'hai detto tu che io venivo a bussare alla tua porta!».

Juliet riesce a farmi sorridere anche in momenti come questi.

«Sì, ma ti ho baciata io».

Tira su col naso, poi mi rivolge un sorriso ingenuo, un piccolo raggio di sole che squarcia il cielo cupo.

«Ti avrei baciato io prima o poi. Lo volevo così tanto», piagnucola.

«Ma non l'hai fatto, perché tu fai quello che voglio io», scherzo, approfittando del suo momentaneo attimo di distensione.

«Già», replica con un altro piccolo sorriso.

«Qual è la tua paura più grande, Juliet?»

«Non vederti più. Stare senza di te», risponde di getto, come se non aspettasse altro che liberarsi di quel peso dal petto.

«Devi affrontarla questa paura, Juliet».

Il suo viso s'incupisce in fretta.

«Quando? Quando tuo padre ti spedirà a Manchester per separarci?», ribatte inacidita.

«Come lo sai che vorrebbe…?»

«Me l'ha detto mia madre», ammette abbassando gli occhi. Catherine è a conoscenza di tutto?

«Ah, non lo sapevo che anche lei…».

Provo a formulare i miei dubbi, ma Juliet mi incalza.

«Non siamo una famiglia, ci sono troppi segreti tra noi».

«E alcuni resteranno tali».

«Comunque io non mi sono pentita di niente. Tu?», domanda sollevando il mento.

«Nemmeno io. Ma vedi, Juliet…». Lascio che il nostro abbraccio si sciolga con naturalezza, perché voglio guardarla. «…mi sono ripromesso che l'avrei fatto. Proteggerti. Ma finché sto insieme a te, come posso proteggerti da me stesso?»

«Quindi? Te ne andrai? È così, vero?»

«No. Non lo farò. Non voglio che affronti tutto questo da sola». Devo averle riempito il cuore, in qualche modo, perché i suoi occhi riescono a brillare nel buio.

«Alex, io…».

Rieccola, quella paura che Juliet possa confessarmi cosa prova realmente per me.

«Non farlo, Juliet».

«Cosa?».

Cristo santo, non le bastano tutti i problemi che abbiamo?

«Ti ho appena detto che affronteremo questo insieme, perché devi rendere le cose complicate, adesso?», la rimprovero.

«Perché non lasci che io dica ciò che penso?»

«Perché diresti una cazzata», sbraito infuriato.

Lei resta a bocca aperta per qualche secondo. «No. Questa non dovevi dirla!». Indietreggia, uscendo da sotto l'ombrello. Vedo le sue lunghe ciocche inzupparsi rapidamente.

«Juliet, ragiona, per favore…». Provo a trattenerla per il polso, ma lei è ostinata.

«Bravo. Missione compiuta!», sputa sottraendosi alla mia presa.

«Cristo, Juliet! Aspetta». La chiamo, ma la mia voce non ha più nessun potere su di lei, che scappa sotto la pioggia. La vedo imbattersi qua e là in qualche pozzanghera, mentre saltella veloce il più lontano possibile da me.

58

JULIET

Quando rientro in casa, sono ormai grondante d'acqua.
Dal salotto arrivano le voci della festa. Mentre mi libero delle scarpe, lasciandole all'ingresso, lancio un'occhiata al vecchio orologio appeso alla parete del corridoio.
Segna quasi la mezzanotte.
Mi lascio andare a uno sbuffo.
È tutto sbagliato.
Dovevo stare con Alexander.
Avevo programmato di trascorrere questa serata con lui, invece ieri sera abbiamo litigato e un paio di ore fa è avvenuta la fine del mondo.
L'annuncio di mia madre, la nostra discussione.
L'unico attimo in cui mi sono sentita di avere ancora un cuore nel petto è stato quando Alexander mi ha abbracciata sotto la pioggia.
Mi sono sentita in bilico, su un filo tagliente, nel bel mezzo della notte. E poi subito dopo mi è scoppiato un incendio nel petto, quando mi ha baciata.
Ma è durato poco, perché il freddo è tornato, quando con la stessa bocca con la quale mi ha baciata ha deciso di infliggermi una tortura fatale, dicendomi che tra noi è finita.
Non ha neanche permesso che io esprimessi i miei sentimenti, mi ha fermata prima. Perché? Ho il terrore di ammetterlo a me stessa, ma il motivo è solo uno: non prova niente per me.
Ecco perché.

L'orologio rintocca la mezzanotte.
E io sono sola, con i vestiti umidi addosso, a guardare gli adulti brindare e ridere di gusto mentre festeggiano il Capodanno.
Non riesco neanche più a piangere, ho finito le lacrime.
«Juls!». Una voce conosciuta mi fa sussultare.
«James? Che ci fai qui?».
Ancora stravolta, lo vedo avvicinarsi con una bottiglia di birra in mano.
«Come che ci faccio?! Sono venuto a prenderti. Andiamo da me, c'è una festa!». Questa sera James è stranamente elegante, non porta una delle sue solite camicie a quadri, ma ne sfoggia una bianca che gli sta alla perfezione. I capelli biondi, però, sono sempre arruffati e le sue gote sono sempre rosa.

«Sei tutta bagnata! Dai, cambiati che andiamo».

Corro in camera, mi sfilo il vestito e indosso un paio di jeans con un maglione a collo alto. Non è l'abbigliamento adatto a una festa, ma non ho nessuna voglia di festeggiare ora. Di sicuro, però, non ho nemmeno voglia di restarmene da sola o, peggio ancora, con mia madre e John.

Casa di James sembra meno antica del solito questa notte, forse perché brulica di ragazzi.

«Ma i tuoi genitori ti permettono di fare questo casino?», urlo provando a far sentire la mia voce, quasi coperta dalla musica assordante.

«Sì, certo, sono dai tuoi zii a ubriacarsi come tutti i Capodanni. Di solito è il giorno dopo che li senti lamentare…». James mi presenta un paio di suoi amici, sono tutti molto gentili e disponibili, anche se già brilli.

«Juls, sicura di stare bene?».

Mi stringo nelle spalle, inutile negare l'evidenza.

«Dai, vieni. Andiamo fuori a parlare, c'è troppo chiasso qui». Quando io e James arriviamo sulla porta di casa, ci rendiamo conto che fuori sta ancora diluviando.

«Meglio di no. Andiamo in camera mia».

Seguo James su per l'imponente scalinata che porta al secondo piano e, non appena entro in camera sua, vengo assalita dai ricordi. Mi fiondo verso la grande finestra che si affaccia sul prato.

«C'era un'altalena, lì!», esclamo, tentando di mettere a fuoco qualcosa oltre il vetro, tra la pioggia e il buio.

«Sì, l'abbiamo rimossa qualche anno fa. Ti ricordi che c'era anche una casetta, lì sull'albero?». Sento il petto di James scaldarmi la schiena. Quando mi volto, siamo così vicini che tutto ciò che vedo sono i suoi occhi azzurri. «Un po' mi sei mancata».

Mi stringe a sé, ma prima che possa avvicinarsi alle mie labbra gli porgo la guancia, negandogli un bacio. Abbandono la fronte sulla sua spalla, immobile. Quando lui mi cinge la vita con le mani e solleva di poco il mio maglione, però, mi ritraggo immediatamente.

«James, no».

«Oh cazzo, Juls!». La sua smorfia parla chiaro, è spaventato da qualcosa che ha appena notato.

Indica il mio fianco e io rammento il livido. Vorrei non avercelo, perché il pensiero di Alexander brucia ancora.

«Juliet, mi dispiace, non ci avrei provato se avessi saputo che… Chi te l'ha fatto?». James si massaggia la nuca con fare imbarazzato, mentre io mi copro in fretta.

«Hai un ragazzo, giusto?»

«Lascia perdere. Ci siamo lasciati per sempre», taglio corto, trattenendo le lacrime.

«Juls, ma dove vai?», mi chiede James, mentre io corro alla porta.

Prova a richiamarmi, ma esco da camera sua come una scheggia.

«Meglio se torno a casa», gli dico, senza voltarmi.
«Ma se sei appena arrivata!», esclama lui. Sento i suoi passi dietro di me, mentre scendo le scale.
«Juliet, rimani!».
«Perché dovrei?», chiedo, proseguendo imperterrita.
«Perché così ti diverti, bevi, ti distrai», ribatte.
Quando arriviamo all'ingresso e spalanco la porta, capisco subito che l'acquazzone in corso non mi permetterà di andare da nessuna parte.
«Non hai alternative, Juls!». Gongola divertito.
«Okay, allora offrimi da bere».
«Come vuole, signorina».
James mi fa strada.
Attraversiamo il salone diretti al bar improvvisato. Molte persone ballano, io tento di non toccare nessuno, mentre passo tra corpi sudati e appiccicosi.
Dopo qualche bicchierino di vodka, sento lo stomaco meno annodato e la testa più libera.
«Balliamo?», chiedo d'impulso.
James scoppia a ridere. Non sa che io non dico altro quando sono così alticcia.
«Ma allora vedi che ora ti diverti?», replica trionfante. Poi, mi cinge in vita, muovendosi con me al ritmo della musica.
«Sì, basta non pensarci».
«A cosa?», domanda lui.
«A chi ti fa soffrire».
«Juls, il tuo ex è un coglione se fa soffrire una ragazza dolce come te».
«Chuck?». Ridacchio solo al pensiero.
«Si chiama Chuck?», chiede James, curioso.
«Il mio ex sì!».
Non so perché, ma ora mi fa davvero ridere tornare con la mente a ciò che ho passato con Chuck. Forse perché, per quanto credessi di amarlo, non ho sofferto per davvero. Il dolore che mi ha provocato non è lontanamente paragonabile a ciò che mi ha inflitto Alexander.
«Perché ridi, Juls? Non ti ha fatta soffrire?». James è confuso.
«Con Chuck, in confronto, non è stato nulla. Con Alex è diverso». James aggrotta la fronte.
«Alex?»
«Sì, Alex!», replico convinta.
«Ma non parli di Alex… non quel tizio… il tuo fratellastro. Parli di un altro Alex, vero?».
Scoppio a ridere.
«Sì, certo, un altro!».
James se la beve, quindi continuiamo a ballare, poi d'un tratto mi si avvicina all'orecchio.
«Senti, Juls, i miei amici stanno andando via e tu hai bevuto troppo. Sta' ferma qui, vado a salutarli e torno subito. Non ti allontanare, mi raccomando!».

James sparisce tra le luci soffuse. Giro su me stessa finché non inizio a vederci doppio. Dopo un po', noto un bicchiere su un tavolo lì accanto e lo afferro per bere ancora. All'improvviso, tra le mille facce che mi circondano, riconosco la mia preferita.

«Juliet». Alexander mi viene incontro.

«Hai cambiato la maglia?», biascico confusa, accecata dal biancore della sua T-shirt.

«Stai bene?»

«Sono triste», ammetto con espressione capricciosa.

«Scappare dai problemi non è una buona soluzione, piccoletta». Oddio, i suoi occhi. Sento che devo abbracciarlo. Ora. Mi getto su di lui, ma Alexander mi schiva e afferra il bicchiere dalle mie mani prima che io glielo rovesci addosso maldestramente. Lo posa di nuovo sul tavolo.

«Perché sei sempre così saggio?».

Non mi risponde e invece mi cinge la vita, stavolta però con lui non mi scanso. Sfioro il petto di Alexander con le dita, poi scendo fino a toccare la cintura.

«Sta' ferma. No».

«Quindi? Ora che mammina e papino si sposano e avranno un figlio, tu non mi vorrai più?».

Le labbra di Alexander si serrano nervose, non ha gradito la mia uscita, eppure mi tiene ferma per i fianchi.

Perché fa così se poi non mi bacia?

«Mi obbligherai a non volerti più?», lo incalzo ancora, accarezzandogli il petto.

«Tieni le mani a posto, Juliet».

Gli lancio uno sguardo di sfida. «Sennò?»

«Sennò niente. Peggio per te, Juliet. Continui a illuderti».

I suoi rifiuti sanno essere spietati, ma ora che sono leggermente brilla non m'importa un bel niente dei suoi no, se poi mi guarda come se di me non ne avesse mai abbastanza.

«Quindi non ci parleremo più?», insisto con voce infantile.

«Sì, ma non come prima».

«Ma io ti voglio come prima».

Alexander mi trafigge con un'occhiataccia.

«Smettila di frignare, Cristo santo».

Non riesco a controllare le mie emozioni e scoppio a piangere, nel bel mezzo della festa e di fronte al ragazzo di cui mi sono inesorabilmente innamorata.

«Perché piange? Che cosa le hai fatto?». James spintona con forza Alexander, che barcolla per la sua forza.

«James, sei ubriaco. Datti una calmata!», strepito a gran voce, per paura che possa fare qualcosa ad Alexander.

«È succube dei tuoi giochetti mentali. L'ho capito», sputa James indicandomi come se non fossi presente.

Il labbro mi trema, ma James continua ad accusare Alexander, che rimane a fissarlo con sguardo sottile.

«Glielo hai fatto tu il livido!», conclude il biondo.

«Di cosa sta parlando, Juliet?». Alexander mi leva il respiro con la sua voce da brivido e il suo sguardo di ghiaccio.

«Ehm...».

«L'ho visto!», prosegue James.

Alexander, però, continua a fissare me. «L'ha visto?».

Sta per andarsene. Glielo leggo negli occhi.

«Alex, per favore...». Provo a trattenerlo per un braccio, ma lui mi scansa rapidamente.

«Basta, io ho chiuso», dichiara, dopodiché si volta e se ne va, lasciando sia me che James nella confusione più totale.

«Juls, ma che sta succedendo tra di voi?». James mi parla, ma io sono troppo impegnata a trattenere le lacrime.

«Lui? Non ci posso credere. È lui il motivo!», sbraita il mio amico.

«Sì, certo che è lui».

«Juliet, quello è un pazzo. Si vede da come ti parla, da come ti guarda. Ti sta troppo addosso».

Respirare fa male come se tutte le ossa della mia gabbia toracica stessero andando in frantumi.

«Se n'è appena andato e io ho bisogno di lui».

«No, non hai bisogno di nessuno. Non ti ho mai vista così». James mi trascina via dalla folla e in poco tempo ci ritroviamo in un angolino appartato, in corridoio.

«Nessuno mi capisce, James».

Provo a parlargli, ma lui mi stringe tra le sue braccia forti. In principio, l'abbraccio di un amico sembra un toccasana, dopo un po' però mi sento soffocare. Mi divincolo.

«Juliet, ti voglio solo aiutare».

«Lasciami!».

«Non stai considerando la questione con obiettività».

James mi imprigiona il viso tra i suoi palmi.

«Vorrei che capissi che quel ragazzo non è ciò che pensi».

«Lasciami!», urlo senza fiato.

D'un tratto, qualcosa colpisce James in volto. Senza che me ne renda conto, si ritrova per terra. Quando mi giro, Alexander mi sta fissando con sguardo torvo.

«Sei un bastardo!», biascica James, che, ubriaco, fatica a rialzarsi in piedi. Prova a tirarsi su, ma cade di nuovo. In un attimo, il corridoio si riempie di persone.

«Che cazzo gli hai fatto?». Gli amici di James accorrono in suo soccorso, lo sollevano indicandoci. Alexander si mette davanti a me come per proteggermi da tutti gli sguardi che mi piovono addosso.

«Lo spettacolo è finito», ringhia prima di voltarsi verso di me.

«Tieni, metti questo». Mi porge il suo cappotto. «Torniamo a casa».

«Che ti piaccia o no, sarò sempre la tua ombra, Juliet». La voce di Alexander ha un suono inquietante. Ci sono persone che hanno la capacità di assumere espressioni e gestualità rassicuranti. Alexander no. Lui è l'opposto. Eppure mi sento così al sicuro quando sto accanto a lui.

L'ingresso è buio e tutti dormono.

Farfuglio qualcosa di incomprensibile mentre Alexander mi aiuta a salire le scale di casa dei miei zii.

«Ma che ore sono?», domando, una volta in camera.

La testa vortica, mentre lui mi aiuta a stendermi sul mio letto.

«Pensa a dormire, Juliet».

Mi rimbocca le coperte, poi fa per uscire.

«Ma tu dove dormi, Alex?»

«Buonanotte, Juliet».

Dopo aver salutato i miei zii, io, mamma, John e Alexander ci rimettiamo in viaggio verso casa. La situazione è tesa tra noi quattro, lo dimostrano le poche parole che ci scambiamo in macchina: tutte vuote, di circostanza, solo per riempire il silenzio che gli errori miei e di Alexander hanno creato. Dopo ore infinite, finalmente giungiamo a destinazione.

«Stasera vi voglio vedere a cena. Tutti e due», ordina John rivolto ad Alexander e me, non appena mettiamo piede in casa.

Mi si prospetta una seratina di inferno.

«Gli errori li commettiamo tutti».

La cena comincia con questa affermazione, ma le successive non sono tanto meglio: John e mia madre sono un insieme di frasi fatte e banalità.

«So che le cose sono sfuggite a tutti un po' di mano».

C'è solo una cosa che tra poco mi sfuggirà e sarà: "Fottiti, John".

In realtà, io e Alexander abbiamo le labbra sigillate. Lui non muove un muscolo, io sto ferma con la schiena dritta sulla sedia.

«Io e John siamo stati impegnati tra il lavoro e le nostre questioni. Ci dispiace di non esserci resi conto di quello che stava accadendo in casa». Mia madre ha appena detto qualcosa che per me non ha alcuna valenza. Lei e John non hanno la minima idea di quello che è successo tra me e Alex, con che presunzione pensano di sapere? Ma soprattutto con che coraggio vogliono mettere un punto alla mia felicità? Certo, le cose tra me e Alexander non erano perfette, ma quello di cui avevamo bisogno era solo un po' di tempo e…

«Juls? Stai ascoltando?». Mia madre mi richiama con un'occhiataccia severa.

«Mhm? Sì». Mi metto a giocherellare con la pasta che ho nel piatto.

John prende a parlare con la sua voce monotona. «Come Alex mi ha confermato… c'è stato un avvicinamento tra voi che si è concluso in maniera pacifica».

"Concluso"? "Avvicinamento"? "Pacifica"? Non suonano affatto come le parole di Alexander, queste. Lui abbassa gli occhi quando mi giro a guardarlo.

«Certo, non mi fa piacere che i nostri figli adolescenti agiscano alle nostre spalle raccontandoci bugie…», prosegue John imperterrito e io mi sento soffocare.

«Ma dato che nascerà un bambino e suggelleremo il nostro amore con un matrimonio, lasciamo il passato alle spalle e torniamo a essere una famiglia più unita che mai». Mia madre sorride soddisfatta, poi si rivolge ad Alexander. «Che ne pensi, Alex?»

«Va bene».

Rimango esterrefatta dalla sua noncuranza verso una follia del genere.

«Tu, Juliet?», chiede John.

Prendo un lungo respiro prima di rispondergli a tono. «Penso che Alexander ti abbia mentito solo per accontentarti e non deluderti. Ma tu l'hai ricattato con la storia di fargli cambiare scuola e lui non voleva. Complimenti. Ottima strategia. Questa sì che è una famiglia unita e felice».

Non pensavo che la mia voce fosse capace di diventare così tagliente e, a giudicare dalla faccia scandalizzata di mia madre, neanche lei lo credeva possibile.

«Juls!».

«Ne ho le scatole piene di voi!», sbraito alzandomi senza permesso da tavola.

Nei giorni seguenti non cerco Alexander e lui non cerca me.

Eppure c'è un abisso tra il mio silenzio e il suo.

Lui è abituato alla sofferenza, alla mancanza.

Io no.

Alexander finora mi ha temprata con il dolore fisico, ora mi sta insegnando a vivere quello emotivo.

La morte di sua madre deve avergli offerto nuove prospettive di tormento, nuovi modi di confrontarsi con le situazioni spiacevoli.

E inevitabilmente la sua soglia di sopportazione si è alzata.

Ma questo è Alexander.

Io sono tutt'altra cosa.

Io sono nel momento più vivo del dolore. Mi sento come una foglia accartocciata e lasciata a seccare in un angolo freddo di una casa abbandonata, nel mezzo di una campagna desolata.

E solo perché Alexander mi manca.

E solo perché i giorni passano, ma quello che sento non vuole passare.

Lui è una presenza costante e silente, con le sue mani pallide che contrastano con i polsini dei suoi maglioni scuri.

Gira per casa con i suoi occhi dannatamente belli, che, incurante della loro bellezza, butta distrattamente in giro, sprecandoli nella noia di giornate uggiose e stanche.

Ci guardiamo, a volte, durante le cene.

Più spesso, ho il cuore gonfio e lo sguardo vacuo. Mia madre mi osserva con apprensione, come se volesse chiedermi scusa, come se volesse che il tempo scorresse più velocemente, per far sì che tutto questo passi in fretta.

Forse lei spera che io cambi, che quello che provo si raffreddi.

Ma non avviene.

Mai avrei creduto di poter contare i giorni che mancano all'inizio della scuola, ma è ciò che sto facendo.
Sto aspettando.
John e mia madre, invece, non aspettano.
Lei sta già programmando la data del matrimonio, nel frattempo, però, le sue amiche le hanno organizzato una piccola festicciola di sole donne a casa di una di loro. Mi ha costretto a partecipare.
«Juls, metti il vestito nuovo!».
È color panna. Inutile dirlo: tanto non lo metterò. Scelgo uno dei tanti vestitini neri che popolano il mio armadio, poi sento bussare.
«Mamma, non rompere. Mi sto vest…».
Quando la porta si apre, Mini illumina camera mia con un gran sorriso e una acconciatura voluminosa.
«Mini?»
«Sono qui per accompagnarti alla festa di tua madre», mormora lievemente imbarazzata. Non ci parliamo da Natale. Cosa ci fa qui?
«Oh, okay», borbotto, un po' stranita dal fatto che mia madre l'abbia invitata senza chiedermelo. Non so ancora come comportarmi con Mini, non so se abbiamo fatto pace o no.
«Troppo entusiasmo, Juls», ironizza lei, storcendo la bocca. Tutto sommato, però, non posso negare di essere contenta di vederla.
«Non mi aspettavo venissi. Mia madre non mi ha detto nulla».
«Mi ha chiamata Alexander».
«Cosa?», replico stupita.
«Sì. Ha detto che hai bisogno di un'amica».
Lo sa, dannazione. Lui sa quello che sto passando.
«Non è un bel periodo per me…», confesso, sedendomi sul bordo del letto. Mini si accorge del mio stato d'animo, quindi mi si siede accanto.
«Non sapevo che tua madre e John pensassero già al matrimonio».
«Nemmeno io. Hanno voluto anticipare per via del bambino».
«Come ti senti, Juls?», chiede Mini, cercando di nascondere la sorpresa di quella rivelazione.
Mi volto a guardarla. Quella di Mini è la più stupida e scontata delle domande. Eppure nessuno me lo ha ancora chiesto. E sento che forse è di questo che ho bisogno: qualcuno che si interessi a me, che mi ascolti. Una vera amica, appunto.
«Uno schifo. Non me lo aspettavo. Non ora», ammetto sconsolata.
«Ma questo cambia tutto?»
«Sì. Ha già cambiato tutto. La sola notizia ha fatto allontanare Alexander e me».
«Juls, pensaci… non è una scelta stupida stare lontani, ora come ora».
«Lo so, però è difficile. Mi sento come se mi avessero tarpato le ali ancora prima che iniziassi a volare».
«Parli di te e Alex?»
«Sì».
«Quindi non è stato solo un bacio…».

«No».
«Da quel poco che conosco Alex, sono sicura che è tenace e non è disposto a perderti. Forse ora sa che è meglio lasciare spazio ai vostri genitori, no?»
«Mi ignora da giorni».
«Lo immaginavo, Juls, ma Alexander è intelligente, probabilmente sta solo aspettando che passi tutta questa bufera del matrimonio e del bambino».
Mini ha ragione. Perché non ci ho pensato prima? Perché mi sono convinta subito che andasse tutto storto?
«Mi sa che hai ragione, Mini. Ma non riesco ad avere pazienza se si tratta di lui». Quando chino il capo, Mini mi posa una mano sulla spalla.
«Mi dispiace, non ci sono stata minimamente per te, Juls».
«E a me dispiace di avertelo tenuto nascosto».
«Vabbè, io ti ho tenuto all'oscuro di mia madre e di Chuck».
«Ma nel tuo caso era comprensibile! Chi vorrebbe ammettere che la propria madre va a letto con un decerebrato dell'età di sua figlia?».
Mini scoppia a ridere e la sua risata contagiosa colpisce anche me.
«Mi sei mancata. Mi hai già fatto tornare il buon umore», esclamo gettandole le braccia al collo.
«Anche tu, ho un sacco di cose da raccontarti!».
«Be', avremo tutta la serata, dato che dovremmo stare in mezzo a un'orda di zitelle acide».
Mini si alza in piedi.
«Andiamo, tua madre stava preparando dei manicaretti niente male da portare alla festa quando sono arrivata. Ho paura che le zitelle si divorino tutto, anche tua madre e il bambino!».
«Be', non sarebbe una cattiva idea!». Ridacchio con la mano davanti alla bocca.
Mini mi rimprovera, poi usciamo dalla mia camera e io sento che almeno un piccolo peso sono riuscita a togliermelo.
Quando torniamo a casa, dopo la cena, sento la mente più libera e il cuore più leggero. Nonostante fosse una festa organizzata per il matrimonio di mia madre, ho comunque passato una serata senza pensare ossessivamente ad Alexander. Aver ritrovato Mini mi ha resa più sicura di me, ma tornare in questa casa e andare a dormire da sola, nel mio letto, mi fa affogare in un lago di solitudine.

59

JULIET

Io e mia madre ci troviamo in una sorta di tregua silenziosa.

Lei non bada al mio stato d'animo altalenante, finge che vada tutto bene, quindi io di conseguenza ignoro palesemente i suoi tentativi di coinvolgermi nei preparativi delle nozze.

Le dico sempre "sì, mamma", sperando che la smetta di parlarmi di abiti da sposa, catering e marce nuziali.

Al momento sono totalmente disinteressata, l'unica cosa a cui penso è come far ritornare Alexander sui suoi passi. Sono passati solo un paio di giorni da Capodanno, eppure sembra un'eternità.

Lui non prende atto della mia esistenza, quindi è per questo che sono le dieci di sera, i miei non sono in casa e di fronte a me, seduto al tavolo da pranzo, c'è Zack.

Io e Zack non ci vediamo da Natale e non può che farmi piacere rivedere i suoi riccioli castani e le sue fossette ai lati della bocca.

«No, Juls. L'incognita in questo caso è la y».

Ho trascurato i compiti delle vacanze, e ora Zack mi sta dando una mano con matematica, che è la materia che ho tenuto appositamente per ultima.

«Oh… okay».

Mi dimeno un po' sullo sgabello, tentando di ignorare il bruciore della pelle che sfrega contro i jeans, mentre provo a capire ciò che Zack mi sta ripetendo da dieci minuti.

Purtroppo, lui è troppo paziente con me e io non riesco a trovare lo stimolo a impegnarmi.

Di sicuro, se ci fosse Alexander al posto di Zack, avrebbe già trovato il modo per farmi stare più attenta.

Sembra basti il pensiero per farlo materializzare: in quell'istante Alexander appare in salotto diretto in cucina.

«Ciao, Alexander», lo saluta educatamente Zack.

Lui gli rivolge un cenno con il capo, nient'altro.

«Passate bene le vacanze?»

«Alla grande», risponde, senza neanche guardarci. Lo vedo entrare in cucina. Dalla porta aperta, scorgo la sua schiena fasciata dalla felpa mentre è intento a sistemare l'acqua nel bollitore. Quando si volta, i suoi occhi finiscono su di me, beccandomi in pieno a fissarlo. E io torno immediatamente alle ripetizioni con Zack.

«Zack, ma quindi la soluzione è "y uguale 3"?».

«Juliet?», mi richiama Alexander con un tono secco.

Mi aspettavo che il mio comportamento lo infastidisse, ma non così rapidamente.

«Sì?», chiedo, rivolgendogli un sorrisetto innocente.

«Dov'è la mia tazza?»

«Quale? Quella con i supereroi sopra?».

Io ridacchio divertita, ma lui non sembra trovare la mia battuta affatto divertente.

«Vieni qui, per favore».

Deglutisco.

«Arrivo subito», sussurro a Zack. Quando giungo in cucina, Alexander accosta la porta e mi trascina dietro il bancone.

«Pensi davvero di poterti prendere gioco di me in questo modo?», sputa tagliente, serrando i denti.

«Certo», replico senza paura. Lo sfido guardandolo negli occhi. Alexander mi stringe le mani intorno ai fianchi, facendomi gemere.

«Trattieni l'entusiasmo, non ti sto per baciare, Juliet».

Sento le gambe cedere. Succede sempre quando mi parla in questo modo, stando così vicino al mio viso. I nostri corpi a un soffio, il suo tocco su di me e la voglia insostenibile di baciarlo. Il fatto che lui sappia esattamente ciò che desidero. Non so quale tra queste cose è responsabile della mia tachicardia e del mio respiro accelerato.

«Tieni quelle gambe chiuse. Sono stufo di ripetertelo».

Finisco contro il bancone della cucina, mentre Alexander parla di nuovo, ma io non sono in grado di replicare questa volta.

«Non ho sentito una risposta».

«Perché dovrei dartene una?»

«Hai smesso con me, ma ciò non significa che inizierai con un altro».

I nervi tesi emergono sul collo e la mascella indurita rende la sua espressione più torva e tormentata.

«Juliet».

Sbuffo roteando gli occhi. «Sì, va bene».

Soddisfatto della mia risposta, beve il tè d'un sorso, poi va in corridoio a recuperare il cappotto.

«Ma dove vai?», chiedo confusa.

«Ho un appuntamento».

Le parole mi muoiono in gola. *Come, scusa?*

"Devo sapere con chi è uscito", comincio a ripetermi, non appena Alexander esce di casa. E continuo per tutta la sera. Mia madre e John tornano dal cinema e si stupiscono di trovarmi ancora al tavolo da pranzo a studiare.

«Sono le undici, Juls. Sicura di star bene?»

«Sì, Zack mi ha dato ripetizioni. Sto finendo di fare gli esercizi».

«Zack?». Gli occhi di mia madre si illuminano, mentre si volta verso John, con il quale si scambia un'occhiata d'intesa.

«E Alex?» «È uscito…». Rimango vaga perché non ho la minima idea di dove sia andato, ma a loro sembra non importare nemmeno.

«Bene, tesoro. Noi andiamo a letto. Non fare tardi».

Le fisso la pancia per un istante, poi distolgo lo sguardo.

Mia madre mi lascia un bacio sulla fronte, prima di sparire con John.

Mi chiedo cosa passi nella mente degli adulti. Pensano che ignorando il problema, questo sparisca magicamente?

Mi rimetto a studiare, ma la matematica ha solo un potere su di me: quello di farmi addormentare sul libro.

Quando sento il rumore della porta d'ingresso, mi sveglio di scatto, con la guancia incollata a una pagina di equazioni. Mi sollevo e risistemo i capelli rapidamente, prima di fingere di rimettermi a leggere.

«Finito con le ripetizioni?», domanda ficcante.

Alexander invece ha il potere di ghiacciare l'atmosfera. Quando entra in salotto, prendo un lungo respiro. Ci voglio perlomeno provare a provocarlo un po'.

«Dove sei stato?»

«Avevo una cosa da sbrigare. Come mai siamo così curiose?», domanda togliendosi il cappotto. «Non dovresti pensare alle tue ripetizioni con… Come si chiama?».

Sbuffo perché so che lo fa apposta.

«Si chiama Zack. E poi quello che faccio…».

Alexander fa un giro intorno al tavolo e si posiziona dietro di me, poi preme le labbra contro il mio orecchio.

«Vuoi sapere cosa farai, Juliet?».

Sì, dimmelo, ma magari sii meno inquietante.

«Dimmi».

Sento Alexander allontanarsi appena, per poi cominciare a tamburellare con le dita sul tavolo.

«Non te lo dirò ora».

Lo guardo. «E quando?»

«Te lo mostrerò».

«E quando?», ripeto testarda.

«Non voglio che ci siano i nostri genitori in casa», asserisce con un'occhiata scura.

«Perché?».

Un ghigno accennato gli taglia il viso affilato. Non risponde, sparisce in camera sua lasciandomi nell'ansia più totale.

Il giorno seguente sono una biglia impazzita. Sono in apprensione. Conto i minuti in attesa che mia madre e John escano per una visita dal ginecologo. Alexander, però, non si fa vedere in giro. Decido di riscaldarmi un piatto di pasta per cena. Mangio con la testa china sul cellulare per una decina di minuti, poi trasalisco quando Alexander entra in cucina.

«Dov'eri?»

«Stavo studiando», risponde lui, avvicinandosi con le mani nelle tasche.
«Sono usciti», bisbiglio con un filo di voce.
Mi alzo in piedi, ma lui non batte ciglio.
«E quindi?».
Deglutisco. Forse sta recitando la sua parte, eppure è bravo a fingere indifferenza.
«Juliet, perché non mi odi dopo che ti ho tenuta lontana per giorni?».
Mi avvicino a lui.
«Bel tentativo, ma se pensi che basti questo per farti odiare ti sbagli di grosso. Non potrei mai odiarti, Alex».
Sollevo il capo, i miei occhi si posano sulla sua bocca rossa e lui sa che c'è una sola cosa che vorrei fare ora. Allora delizia il mio labbro con una passata di pollice. Avrei preferito un bacio, ma aspettavo un suo tocco da così tanto tempo ormai che chiudo gli occhi godendomi quella coccola preziosa.
Poi però indietreggia e io metto il broncio. Perché continua a rifiutarmi?
«Non fare quel musetto».
Alexander mi accarezza lo zigomo, facendomi sospirare forte.
«E sii paziente».
Rimane a fissarmi per una manciata di attimi. Secondi che spero diventino infiniti, ma purtroppo il tempo di salutarci è già arrivato.
Lo guardo controllare l'ora.
«Stanno per tornare. Fila a letto».
«Posso dormire con te?», chiedo senza nemmeno riflettere.
«Se rimani con me ti sfinirò. Voglio che tu sia in forze per domani».
«Domani?», chiedo curiosa.
«È il tuo compleanno, no?».
Se l'è ricordato!
Sorrido, finalmente, dopo tanto. Non ricordavo nemmeno più come si facesse.
Mi mordo il labbro e mi isso in punta di piedi.
«Dovrò fare qualcosa di molto cattivo, solo per avere un bacio?», gli sussurro a un soffio dal viso.
«No, furbetta. Ora va' a letto, o ti lego e ti prendo sul pavimento».
«Che orrore». Emetto un verso scandalizzato, poi lo squadro da capo a piedi.
«Già. Che orrore. Peccato che io non veda l'ora di farlo, Juliet».
Approfitto di quella confessione per concedermi la libertà di raggiungere le sue labbra e marchiarle con un leggero bacio a stampo.
«Voglio un bel regalo, Alexander».

60

JULIET

Mi piacciono le feste, ma non quando sono io la festeggiata.

Stare al centro dell'attenzione non mi ha mai fatto impazzire, tantomeno ora, che a scuola non si parlerà d'altro che di me e Alexander.

Non ho la più pallida idea dei commenti delle nostre compagne e di tutte le pettegole che ci hanno visti ballare insieme, in gita. Di sicuro non voglio scoprirlo alla mia festa di compleanno.

«Auguri, Juls! Allora, come ti senti?», domanda Amanda non appena rispondo alla sua chiamata.

Io e Amanda trascorriamo una buona oretta a chiacchierare, aggiornandoci su tutti gli avvenimenti che ci sono capitati in questi ultimi giorni. Ovviamente evito accuratamente l'argomento Alexander.

«Dimmi che non inviterai quell'orda di oche composta da Karoline e le sue amiche».

«Assolutamente no! E poi non si tratta di una festa in grande… ci sarà solo la nostra classe».

«Quelle di nuoto non le hai invitate?».

Scoppio a ridere.

«No, è parecchio che non vado in piscina».

«E perché?», domanda Amanda.

«Ehm… non ho più avuto tempo. Tutte quelle verifiche…». Rimango vaga e, sebbene Amanda sembri diffidente, non indaga e mi saluta dandomi appuntamento a stasera. Dopo poco mi chiama anche Mini, che si offre volontaria per aiutarmi con i preparativi.

«Mini, ma hai sentito? Non voglio fare niente di che!».

Provo a smorzare il suo tipico entusiasmo, ma è del tutto inutile.

«Avanti! I tuoi ti lasciano casa libera! Lo sai che quando nascerà il marmocchio li avrai sempre tra i piedi?».

Un senso di nausea mi assale lo stomaco.

«Okay, va bene, ma non invitare gente».

«Che noia che sei, Juls. Ma almeno oggi pomeriggio andiamo a fare shopping?»

«Va bene, alle due in centro», rispondo sbrigativa, prima di chiudere la chiamata.

Mi tolgo il pigiama, poi mi infilo in bagno per farmi una doccia. E ben presto mi ritrovo persa tra i miei pensieri.

Mi sento stupida, ma allo stesso tempo sono emozionata al pensiero che oggi sia il mio compleanno, solo perché Alexander se l'è ricordato.
Se solo non fosse figlio di John, futuro marito di mia madre, nonché padre del mio futuro fratellino...
Se non fosse così, potrei dire tutto alle mie amiche. Passerei ore al telefono insieme a Mini, tra urletti e risatine emozionate, raccontandole del fatto che io e lui abbiamo fatto pace ieri sera.
In un attimo il mio entusiasmo si spegne: anche in quell'eventualità, anche se lui non fosse mio fratello acquisito, sarebbe comunque Alexander il sadico.
Il manipolatore.
Il ragazzo che non fa altro che giocare con la mia mente e il mio corpo come più gli piace.
E io chi sono?
Sono Juliet, la ragazza indifesa, vittima della mente contorta di Alexander? O Juliet, che compie scelte a mente lucida?
Nessuna delle due probabilmente: non sono vittima, visto che mi piace quello che fa e desidero ogni minima attenzione che è in grado di darmi, ma a pensarci bene... non sono neanche poi così lucida, quando sto con lui.
Fermo il corso dei miei pensieri. Non voglio rattristarmi il giorno del mio compleanno. Filo a prepararmi per uscire.

Nel pomeriggio io e Mini giriamo per negozi e lei mi obbliga a provare diversi abitini, ma non ce n'è uno che mi piaccia per davvero.
«Avessi io il tuo fisico!», si lamenta con un sorriso.
Ma perché le ragazze non si piacciono mai anche quando sono perfette?
«Avessi io le tue tette, a quest'ora non ballerei dentro questo vestito!», sbotto innervosita dal fatto che la maggior parte degli indumenti che provo mi stia troppo grande.
«Ma che dici! Poi tu le hai proporzionate al corpo».
«Grazie tante, ma da quando "proporzionate" vuol dire "invisibili"?». Mini scoppia a ridere, poi mi trascina via dal camerino e mi prende sotto braccio.
«A tal proposito, andiamo a scegliere un intimo da ragazzaccia».
«Mini!», la rimprovero ridendo, quando un signore ci passa a fianco e ci fissa in malo modo.
«A me piace questo». Una volta dentro il negozio di intimo, la prima cosa che fa Mini è indicare un completino di pizzo nero.
«E compratelo». Mi stringo nelle spalle, fingendo che non mi piaccia.
«Ma scema! Per te!».
«Cooosa? Sei pazza! Guarda le mutande... se così si possono chiamare!», esclamo tenendo tra le dita un filo di pizzo. «Decisamente imbarazzanti».
Mini non mi dà retta e sceglie la taglia per me.
«Secondo te cosa penserà mia madre quando farà la lavatrice?»
«Uhm... che Alexander è un ragazzo fortunato?». Ridacchia.
«Mini!». Continuiamo a ridere, d'un tratto, però, lei si fa stranamente seria.

«Senti ma… posso invitare Norman?»

«Norman?», domando accigliata.

«Sì, cioè… voglio darti una mano con i preparativi. Amanda ha teatro fino alle sette e io non saprei a chi chiedere. Lui è libero». Mini appare stranamente criptica, il che mi insospettisce.

«Certo, per me non c'è problema».

Lei pare sollevata, poi mi trascina alla cassa con in mano il completino intimo troppo audace per i miei gusti.

«Avanti, prendilo! Sarà divertente, e sai perché? A Catherine verrà un colpo».

Nel tardo pomeriggio inizio a prepararmi: mi trucco, poi indosso un body nero con una lieve trasparenza di pizzo sulla schiena.

"Devo metterci una giacca sopra", penso con lo sguardo rivolto allo specchio. I miei occhi corrono sui segni violacei tra le mie scapole ricoperte da un velo trasparente. Infilo una gonna sempre nera e, quando sento bussare, m'infilo un blazer sulle spalle.

«Juls! Noi andiamo!», urla mia madre, e spalanca la porta.

Mille raccomandazioni e parole condite da occhiatacce minacciose. Ecco ciò che hanno in serbo per me mia madre e John, quando piombano in camera mia.

«Sì, mamma. Non preoccuparti, mamma», ripeto fino alla nausea, affinché si levino dalle scatole. Vorrei che mi lasciassero sola con Alexander, anche se di Alexander non c'è stata traccia per tutta la giornata.

In qualche modo, devo risultare convincente, perché finalmente quei due se ne vanno da camera mia. Stendo un velo di rossetto, poi il cuore prende a battermi forte quando una melodia cadenzata e malinconica si leva dal salotto.

Esco dalla mia camera in punta di piedi, come se i miei passi potessero interrompere quell'armonia di suoni che si diffonde nell'aria. Entro in salotto e rimango senza fiato.

«Pensavo fosse lì per bellezza», commento, ammirando Alexander seduto al pianoforte a coda. Le sue dita si immobilizzano sui tasti e la musica si interrompe.

«Potrei dire lo stesso di te, Juliet».

«Ehm?». Dalla bocca mi esce un verso poco elegante, ma a lui non sembra importare. Mi fissa con due occhi scuri e profondi.

«Prima di conoscerti, pensavo fossi qui solo per farti guardare». Una folata gelida mi trafigge la nuca, lasciata scoperta dai capelli raccolti. Continuo a non capire, ma ci deve essere una qualche lusinga nelle sue parole.

«In che senso?», chiedo avvicinandomi a lui lentamente.

«Non sei solo bella. Sei molto di più».

Arrossisco e punto gli occhi per terra.

«Ho provato a dirtelo in maniera indiretta, ma tu sembravi non capire, Juliet».

Non posso fare a meno di sorridere imbarazzata. Sollevo lo sguardo dal pavimento e lui mi sta studiando.

«Vieni qui». Una volta che ci troviamo vicini, Alexander mi sfiora la mano.

«Dici che è troppo trasparente?», chiedo indicandogli il body che indosso sotto il blazer.

«Togliti la giacca».
Faccio come mi chiede.
«Girati».
Con una piccola giravolta gli mostro la schiena e per poco non sussulto quando le sue dita fredde mi stringono il polso.
«Qualsiasi cosa è perfetta se indossata da te, Juliet». Quella frase pronunciata con timbro basso e suadente mi fa rabbrividire.
«Sono perfetta per te?», domando sottovoce, vergognandomi per averlo anche solo pensato.
«Sì. Sei perfettamente mia».
La sua presa intorno al mio polso si fa più serrata, perciò lascio che mi guidi dove desidera. Mi fa chinare su di lui, ancora seduto al pianoforte, e mi sfugge un piccolo sospiro sulla sua bocca carnosa.
Alexander mi accarezza il labbro inferiore con la lingua, poi lo tira tra i denti facendomi gemere. Pare volermi sempre ricordare che la sua dolcezza è solo un lato della medaglia. Ma dura solo un istante. Un secondo dopo, mi concede l'accesso desiderato e posso baciarlo per davvero.
Schiude le labbra per imprigionare le mie in un lungo bacio, mentre il gusto di menta e caffè mi scivola sul palato. Alexander seguita ad assaltarmi la bocca di baci e morsi, io invece chiudo gli occhi e mi siedo in braccio a lui per non barcollare, avvertendo dietro di me il pianoforte duro.
All'improvviso, mi induce a voltarmi e ad accomodarmi su di lui dandogli la schiena.
Sentire le sue labbra calde sulla mia spalla scoperta mi fa tremare.
Intreccio le dita alle sue, poggiate sulla tastiera del pianoforte.
«Insegnami», mormoro con voce tentennante.
«Segui i miei movimenti».
Comincio a imitare i suoi gesti, ma le sue dita affusolate sono troppo disinvolte. Si destreggiano magistralmente tra i tasti neri e bianchi, quindi tento anch'io di accelerare.
«Piano, Juliet. Se provi a fare veloce, sbagli».
Alexander copre la mia mano con la sua, che la nasconde del tutto.
Manovra le mie dita, aiutandomi a toccare i tasti giusti.
Rabbrividisco di piacere perché sento il suo petto caldo contro la schiena e il suo respiro affannato sulle mie spalle nude.
Mi posa la mano libera sul ginocchio, fino a stringermi la gamba con una presa possessiva.
«Alex…».
Non ho più voglia di suonare il piano.
Voglio baciarlo.
Il suo palmo freddo sale fino al bordo della gonna, sollevandolo.
All'improvviso, anche lui non sembra più interessato al pianoforte. Lo sento indurirsi sotto di me quando con le dita si spinge tra le mie cosce, in cerca delle mie mutande. Vi strofina il pollice sopra e io inizio a dimenarmi appena.

«Cristo. Alzati un attimo».

Lo assecondo, ma solo per voltarmi e mettermi a cavalcioni su di lui.

Comincio a tracciare una lunga scia di baci sul suo collo. Da impacciati si fanno sempre più passionali, man mano che mi avvicino alla sua bocca invitante.

Alexander mi tiene salda per i fianchi, prigioniera in un abbraccio che mi fa aderire al suo corpo alla perfezione.

Il suo profumo mi manda in estasi e baciarlo in maniera così lasciva mi fa perdere la ragione. La sua maglietta diventa carta da stropicciare sotto le mie mani e scivola via veloce, come rapida sale la mia gonna.

«Con calma, piccoletta».

Più facile a dirsi che a farsi. Torturo la sua pelle con le labbra e Alex, eccitato, dopo un attimo si avventa sulla mia bocca, bramosa della sua.

«Non ti fermare, Alex».

Lo incito a continuare a baciarmi, ma lui non ha bisogno di incoraggiamenti: mi prende di peso e mi posiziona sul pianoforte. Dopo avermi spalancato le cosce, spinge il pollice dentro di me, lacerando le mie carni umide.

Trattengo un urlo, ma il mio autocontrollo dura poco perché con l'altra mano si impossessa dei miei seni coperti dal body e mi pizzica i capezzoli con così tanta veemenza da strapparmi un grido.

«Shh. Fa' la brava».

Sento la pelle bruciare, mentre un sorriso sadico gli curva le labbra. È compiaciuto del fatto che io mi sto agitando sotto di lui.

D'un tratto, però, un rumore ci fa sussultare in sincrono.

«Cos'è stato?».

Alexander lancia un'occhiata fulminea alla porta, io invece torno sul pianeta Terra e mi ricordo di Mini.

«Mini e Norman. Sono qui per aiutarmi con i preparativi», mormoro risistemandomi la gonna sul ginocchio.

«Cristo. Devo prendere una boccata d'aria».

Alexander afferra la maglietta dal pavimento, poi mi rivolge un'occhiata dall'alto.

«Juliet?»

«Dimmi…», bisbiglio con le labbra tremolanti.

Lui indossa la T-shirt, poi si abbassa sul mio viso, inondandomi con il suo buon profumo di ammorbidente.

«Starai con me questa notte. Vero?».

Il mio cuore si riempie di colpo e penso che potrebbe scoppiarmi da un momento all'altro.

«Sì, Alex».

I nostri occhi si cercano di nuovo, ci avviciniamo, già pronti a tuffarci in un altro bacio, ma una voce conosciuta interrompe quell'attimo perfetto.

«Allora siete qui! Non vi trovavo!».

Mini e Norman fanno capolino in salotto con un sorriso stampato in faccia.

«Mini. Norman. Davvero un piacere vedervi».

Alexander pronuncia quella frase con tono apatico, prima di rivolgermi uno sguardo complice.

«Juls, siamo arrivati troppo presto? L'idiota non faceva che mettermi ansia in macchina», dice la mia amica.

«Io ti mettevo ansia? Hai passato un'ora a truccarti! Se non fosse stato per me, adesso saremmo ancora lì a scegliere quale piastra usare per farci i boccoli più belli», la rimbecca Norman, che pare molto più sicuro in presenza della mia amica.

«Ma sta' zitto! E poi ringrazia! Potrei darti lezioni su come tenere a bada quel cespuglio che ti ritrovi».

Mini e Norman si mettono a battibeccare. Io sorrido, Alexander li fissa annoiato.

«Vado a farmi una doccia. Non fate troppi danni», ci ammonisce con tono severo.

E dopo essersene andato, ci lascia ai preparativi per la serata.

Sono le nove di sera e mia madre mi ha già mandato otto messaggi per chiedermi se va tutto bene e se la casa è ancora in piedi.

Tento di rassicurarla in tutti i modi, ma alla fine non c'è nulla di cui preoccuparsi, perché la serata è molto tranquilla: c'è solo qualche mio compagno di scuola.

Sotto la sua chioma impeccabile, Alexander esibisce due occhi leggermente assonnati e un paio di labbra imbronciate. Indossa una camicia scura che cade sul suo corpo asciutto. Ha un aspetto elegante, e devo ammettere che non credo di averlo mai visto così bello.

Lo seguo con lo sguardo per buona parte della serata e, quando Norman finalmente lo lascia da solo, saluto le ragazze e mi avvicino a lui.

«Dovresti vestirti sempre così».

Ammiro la sua espressione torbida.

«Siamo in vena di complimenti, nana?»

«Be', no. Cioè, sì, io volevo solo...».

Vado in palla in tempo record perché Alexander mi prende la mano e mi fa avvicinare a lui.

Mi guardo intorno con fare circospetto, per paura che qualcuno ci abbia visti. Alexander, però, ha gli occhi puntati su una persona poco distante.

«Alex! Finiscila di fissare Cameron!».

«Non lo sto fissando, è che... sta versando Coca-Cola dappertutto».

«Sì, certo», replico scrollando il capo.

Alexander non tradisce emozioni, prima di mettermi le mani sui fianchi.

Un brivido mi attraversa, ho l'impressione che Alex voglia spogliarmi l'anima.

Mi basta un secondo, però, per riavermi. Certo, ora non ci sono Karoline e le sue amiche a spettegolare su di noi, ma forse questo gesto è un po' troppo azzardato.

Siamo in mezzo alla gente.

«Alex, non voglio che ricomincino a parlare di noi».

Indietreggio impaurita e mi sottraggo alla sua presa. Lui dapprima pare rimanerci male, poi torna in sé.

«Ottima osservazione. Non ci ho pensato».

Non ci hai pensato? Sì, certo, come no.

Non è da lui il "non ci ho pensato".

E infatti il suo comportamento è subito spiegato: è appena arrivato Zack.

Rivolgo a quest'ultimo un cenno con la mano, poi mi volto verso Alexander, che mi sta fissando intensamente. Il suo sguardo brucia sulle mie labbra, che ardono al solo pensiero di baciarlo ancora.

«Devi dirmi quando posso stare da solo con te».

Sento le gambe cedere nell'udire il suo tono eccitante.

«Uhm...». Lo fa decidere a me? Davvero? «Direi verso mezzanotte...», abbozzo indecisa.

Le sue labbra tiepide si posano sulla mia guancia e io abbasso le palpebre. Vi indugiano un po', come se volessero darmi qualcosa di più di un semplice bacio fraterno.

«Buon compleanno, piccoletta».

Riapro gli occhi. Alexander se n'è andato, ma mi ha messo in mano una piccola confezione regalo.

La carta che avvolge il pacchetto è blu ed è ornata da un fiocco bianco.

Sono dannatamente curiosa. Desidero sapere che cosa si celi lì dentro, ma non ho nessuna intenzione di aprire il regalo di Alexander davanti a tutti.

È un piccolo segreto.

Come il nostro amore.

La serata scorre tranquilla, la passo a chiacchierare con gli invitati e a prendere in giro Mini per i suoi litigi infiniti con Norman.

Dopo un po', però, non sto più nella pelle: voglio sapere cosa c'è dentro la confezione che mi ha dato Alexander.

Mi congedo per un istante e salgo in camera mia. Mi siedo sul letto, poi, con le mani tremolanti, scarto il pacchetto. Si tratta di una scatola, dello stesso colore della carta.

Quando rimuovo il coperchio, rimango a bocca aperta.

Al suo interno c'è una collana dall'aspetto tutt'altro che modesto: è tempestata di piccole gemme luminose.

Non ho idea di che forma abbiano i diamanti, ma potrei giurare di averne alcuni davanti.

È davvero per me?

Mi accorgo che dentro la confezione è presente anche un bigliettino.

"Indossala".

Non c'è scritto altro.

Oddio, è davvero per me...

Non riesco quasi a credere che Alexander mi abbia comprato qualcosa di così prezioso. Ma perché?

Non faccio in tempo a perdermi nelle mie elucubrazioni mentali che la porta di camera mia si apre e Alexander entra con una candela in mano.

Spegne immediatamente la luce, facendoci piombare nella penombra, illuminata solo dalla fiammella tremolante.

«È molto bella, Alex. Troppo per me», dico, sollevando la collana.

Lui non risponde, sento i suoi passi avvicinarsi, quindi mi alzo in piedi. Lo vedo posare la candela sul mio comodino, poi raccoglie la collana fra le mani e si posiziona alle mie spalle.

«Solleva i capelli».

Aggroviglio le mie ciocche ondulate in un mucchietto e lo sorreggo con la mano. Mi accarezza la nuca con dolcezza, poi mi lascia un bacio leggero, prima di sistemarmi al collo il suo regalo.

«Guardati», mormora indicandomi lo specchio a figura intera davanti al letto.

Una sfilza di pietre brillanti mi decora il collo, facendomi sentire una principessa di qualche fiaba antica.

«È davvero bellissima, Alex».

Alexander tuffa le labbra sulla mia spalla, prima di affondare lo sguardo nel mio tramite il riflesso allo specchio.

«I tuoi occhi sono bellissimi».

Un'ondata calda mi brucia nel petto ogni volta che mi guarda in quel modo. Ogni volta che mi parla in quel modo.

«Juliet».

«Che cosa vuoi che faccia?», chiedo prima di voltarmi e far combaciare le nostre labbra.

Lui mi accarezza il collo con le sue dita bramose, marchiandolo con possesso.

«Resta solo con questa addosso», mi ordina, poi si dirige verso la porta.

«Dove vai?»

«Direi che non abbiamo più bisogno degli ospiti, Juliet».

Torno a studiarmi allo specchio, sono ubriaca di sentimenti ed euforia.

La collana è bellissima, ma è davvero troppo per me.

Senza contare che mia madre si arrabbierà quando la vedrà.

E John se la prenderà con Alexander.

Il corso dei miei pensieri si interrompe quando la musica al piano inferiore cessa all'improvviso, quindi mi affaccio alla finestra e noto che il vialetto di casa si sta riempiendo di gente che sta lasciando la festa.

Le guance avvampano e un bollore inspiegabile s'impossessa del mio corpo. Decido quindi di fare come mi ha ordinato Alexander, o quasi. Mi spoglio, senza però privarmi degli indumenti intimi.

Sebbene il completino che mi ha obbligato a comprare Mini sia audace, perlomeno non sono nuda.

Poco dopo, un cigolio mi fa sobbalzare. La porta si apre e il cuore mi salta in gola.

«Se ne sono andati tutti?».

Alexander si ferma in mezzo alla stanza e mi lancia un'occhiata secca.

Una sola.
E io capisco.
Non c'è bisogno della luce per indovinare i suoi desideri, è sufficiente la debole fiammella della candela per intuire le sue intenzioni.
Sono scritte nei suoi occhi tormentati, nelle sue mani strette a pugno, nelle sue labbra immobili.
Mi avvicino a lui in punta di piedi, con il battito impazzito.
«Tieni le mani dietro la schiena».
Resto interdetta dalla richiesta, ma lo assecondo. Alexander attende la mia mossa, poi compie un giro intorno a me e, una volta alle mie spalle, usa il nastro rosso per chiudermi i polsi in una morsa stretta.
«Ti fidi di me, Juliet?»
«Sì. Mi fido», rispondo senza esitazioni.
Lui resta in silenzio, ma pare irradiare pura soddisfazione. Con il pollice traccia la mia spina dorsale, poi preme i polpastrelli sui miei lividi, obbligando il mio corpo a tendersi per sopportare quella piccola tortura.
Con le dita scivola sempre più in basso, dove il tessuto delle mutandine mi copre a malapena.
Rimango ferma immobile, trattengo il respiro mentre lui mi slaccia il reggiseno e accarezza entrambi i miei seni, con un tocco lento e premuroso.
«Sdraiati sul letto».
Io, però, me ne sto imbambolata a guardarlo sbottonarsi il primo bottone della camicia.
«Devo forse ripeterlo, Juliet?».
Alexander mi lancia un'occhiata così perentoria che balzo sul letto.
Con ancora le mani legate, mi siedo aspettando la sua prossima mossa, ma lui esce dalla stanza.
Resto senza parole a fissare la porta appena chiusa.
Smanio di conoscere le sue intenzioni, ma non posso fare altro che avere pazienza e aspettare.
Dopo qualche minuto ritorna in camera e noto che stringe la sua cravatta in una mano e un piattino nell'altra.
Arriva a passo deciso verso di me, perciò indietreggio sul letto, rannicchiandomi tra i cuscini.
«Hai paura di me?».
I suoi occhi bramano un sì, lo vedo, ma la verità è che non è così.
«No».
Alexander mi agguanta i fianchi e, con gesto deciso, mi obbliga a sdraiarmi. Mi strappa via l'intimo e a me sfugge un urlo.
«Non ho ancora cominciato, perché stai già gridando?».
Mi mordo l'interno della guancia per sfogare la tensione che si sta accumulando dentro di me, mentre Alexander mi slega i polsi. Un secondo dopo, me li lega di nuovo, stavolta sopra la testa. Mi allarga le gambe, affondando le sue mani grandi nelle mie cosce. Tremo, ma non di paura.

«Rimani in questa posizione».

Con la nuca affossata nei cuscini e lo sguardo rivolto al soffitto, sento qualcosa di gelido che mi accarezza l'inguine.

È bagnato.

Pizzica, brucia, mi fa contorcere.

E quando lo preme contro la mia zona più sensibile, allora capisco: è un cubetto di ghiaccio.

«Alexander…».

Sollevo di poco la testa per incontrare il suo sguardo febbrile. Non lo scolla dal mio, mentre tiene tra le dita quel cubetto di ghiaccio e comincia a spingerlo dentro di me, facendomi gemere.

«Ti dà fastidio? Non è così?»

«Un pochino…».

«Non farlo sciogliere».

È uno scherzo?

A giudicare dalla sua espressione seria, direi di no.

«Ma come faccio…».

Piagnucolo, torturata da quel tocco gelido che contrasta con il mio calore interno.

Alexander si posiziona sopra di me e, appoggiando i palmi sul materasso ai lati del mio viso, mi sovrasta. Sento la sua erezione crescere nei pantaloni quando mi sussurra nell'orecchio: «Non ti eccitare. E non ti bagnare troppo».

Dalle mie labbra esce un verso indefinito.

«Ne sei capace?», insiste premendosi tra le mie cosce, contro il mio punto più sensibile.

«Non lo so…».

Le mie guance prendono colore, ma fortunatamente la luce della candela è così fioca che lui non può vedermi arrossire. Quello che però può sentire è il rivolo caldo che mi scivola lungo l'interno coscia.

«Se ti bagni, il ghiaccio si scioglie. E io ti punirò».

Maledizione.

Assaporo il tocco lento delle sue dita sulla pelle del mio basso ventre prima, e sul mio clitoride poi. Intanto, con l'altra mano raggiunge il mio capezzolo destro e lo pizzica con violenza.

Una scossa elettrica mi attraversa l'inguine facendomi pulsare sotto i suoi polpastrelli freddi. Gemo, vittima del suo giochino perverso, finché lui non mi rimprovera.

«Juliet, sta' attenta. Se bagni me o il letto, non sarò contento».

So che sono destinata a perdere, ma non pensavo di dover gettare la spugna così in fretta. Serro le gambe provando a trattenere l'eccitazione, intanto seguo con lo sguardo il movimento delle sue dita, mentre si sbottona la camicia.

La getta a terra, poi si allunga verso il comodino per afferrare qualcosa.

La candela.

Inarco la schiena, provo a rilassarmi, ma i suoi occhi spietati me lo impediscono. Alexander torna sopra di me e studia lo spazio tra le mie gambe, dove una contrazione mi scalda il basso ventre e mi fa tremare.

Il ghiaccio inizia a sciogliersi lentamente.

«Mhm… non ci siamo, Juliet. Hai fatto un disastro qui sotto».

Il rimprovero è seguito da un mugolio roco, che muore tra le mie cosce, dove affonda la testa. Tendo i polpacci e mi mordo il labbro per trattenere le urla di piacere, quando assapora il mio clitoride gonfio e dolorante.

Ma dura troppo poco.

Riapro gli occhi e lui sta posizionando la candela vicino al mio petto palpitante.

«Ferma».

Contraggo l'addome perché lo vedo inclinare la candela. Ho capito cosa vuole fare. Un fiotto di cera calda finisce dritta sul mio capezzolo, lasciandomi senza fiato.

Il pizzicore intenso che parte dai seni si propaga a macchia d'olio in tutto il corpo. Alexander osserva attento ogni mia minima reazione, ma io non so fare altro che boccheggiare senza fiato, mentre il cuore vuole fuggirmi dal petto.

Dopo essersi assicurato che io possa reggere quella tortura, fa zampillare altra cera addosso a me. Questa volta è più in basso: la sento scivolare sulla pancia, dandomi una scossa bollente che arriva dritta all'inguine.

«Stai gocciolando, Juliet?».

Non vuole una risposta, vuole solo infliggermi quel supplizio, mentre infila due dita dentro di me, a fondo. Mi contraggo intorno a lui.

«Mi deludi, lo sai». Sorride nel sentirmi così eccitata.

La sensazione di pienezza mi abbandona in fretta perché lui indietreggia per slacciarsi la cintura e sfilarla. Ogni movimento del suo corpo perfetto è un battito in meno del mio cuore.

«Ti piace guardarmi?», mi provoca con un ghigno subdolo.

Certo che mi piace. È perfetto in quell'attimo che precede la tortura.

È irresistibile.

E la sua bravura consiste nell'apparire come un angelo, nell'istante in cui fa cose che solamente il diavolo sarebbe capace di fare.

«Dov'è il cubetto di ghiaccio, Juliet?».

Mi rivolge quella domanda con la cintura allacciata intorno alle nocche. I suoi occhi cupi sono in grado di farmi tremare anche l'anima.

«Ehm, si è…».

Lo schiocco del cuoio si libera nell'aria, poi il bruciore sulla mia pelle all'altezza dell'interno coscia. Un secondo colpo, stavolta con una stoccata ben assestata vicino alla mia intimità. Lancio un grido disperato.

Alexander afferra la sua cravatta abbandonata in fondo al letto, poi la porta sulle mie labbra e la usa come bavaglio.

«Vediamo se così urli ancora», asserisce duro.

Vedo i muscoli del suo braccio tendersi, poi avverto la fibbia metallica della cintura strisciare lungo il mio corpo accaldato.

Il cuoio scivola ruvido sui miei capezzoli, che rispondono reattivi a quel tocco grezzo.

«Riproviamo».

Prende un altro cubetto di ghiaccio dal piatto posizionato sul comodino, ma stavolta lo strofina sul mio clitoride. Il movimento è delicato, ma la sensazione è così intensa che sono costretta a mordere la cravatta per non urlare.

«Brava».

E dopo il freddo arriva la leccata bollente. Alex passa la lingua sopra il mio punto più sensibile, mandandomi in estasi.

Mi lascio andare a mugolii soffocati, ma subito dopo lancio un urlo.

E non è il suo respiro caldo a provocarmi quella reazione, bensì la sensazione dei suoi denti che affondano proprio lì, nelle mie carni umide. Mi dà un altro morsetto leggero, prima di sollevarsi e valutare la mia reazione.

«Cristo santo, sei così buona».

Provo a parlare, ma la cravatta mi impedisce di esprimermi.

«Alexander».

Il bruciore si trasforma in un vortice piacevole e pulsante, quando la sua lingua e le sue labbra prendono a baciare e succhiare le mie zone intime.

Urlo il suo nome quando mi morde di nuovo, ma quando i suoi denti diventano lingua il mio non è più un invito a smettere.

Mi lascio andare a un lungo sospiro quando finalmente decide di liberarmi la bocca.

«Dimmi, Juliet».

Lo guardo con gli occhi languidi, il corpo rovente e la fronte sudata.

«Continua, ti prego».

Un ghigno accennato, poi torna a succhiare, leccare ogni parte del mio corpo, senza però eccedere e darmi ciò che vorrei. Lo imploro con lo sguardo.

«Mi vuoi, piccola Juliet?».

Non c'è nient'altro che voglio di più e potrei dire lo stesso di Alexander: quando si abbassa i pantaloni, è maestosamente pronto.

«Alex, io...».

Lui si infila il preservativo, poi entra dentro di me con un ringhio animalesco che mi leva il fiato. Inizia a prendermi con una foga inaudita, tanto da farmi rovesciare gli occhi.

Trattengo le urla per il dolore che mi si propaga dentro, è come se il mio corpo non fosse più abituato alla sua grandezza, alla sua frenesia.

Poi però le fitte lasciano spazio a un appagamento inaspettato, vengo scossa da una forte ondata di piacere.

«Alex, rallenta», lo supplico, stremata dal suo ritmo.

Alexander si ferma per osservarmi attentamente, poi mi slega i polsi.

«Abbracciami», ordina deciso, facendomi sentire piccola sotto al suo corpo forte e instancabile.

Cullata dal calore della sua passione, non riesco a fiatare. Sento le gambe tremare intorno ai suoi fianchi e, quando la tensione accumulata nel mio ventre arriva all'apice, il piacere mi esplode tra le cosce. Alexander ha l'aria di volersi trattenere, ma alla fine si riversa dentro di me con spinte lente e profonde.

Sopraffatta dalle emozioni, resto a fissare il soffitto per qualche secondo, poi inizio a vedere tutto sbiadito.

«Stai bene, piccoletta?».

Il tono di Alexander sembra provenire da lontano.

«Juliet?».

Mi accorgo che si è rimesso i pantaloni e appare preoccupato.

«Sì, sto bene».

«Perché non rispondevi? Vieni qui. Ce la fai ad alzarti?».

Faccio fatica a compiere anche il minimo gesto. Lui se ne accorge e mi prende in braccio.

«Sto bene ho detto! Dove mi porti?», piagnucolo affondando il viso nel suo petto rassicurante.

Mi fa sedere sul mobiletto del bagno e io ammiro la sua schiena nuda e definita abbassarsi verso la vasca. Apre il rubinetto, lasciando scorrere l'acqua.

«Aspettami qui».

«Ma dove vai?».

Ovviamente non risponde, quindi rimango a fissare l'acqua calda riempire la vasca, coccolata dal gorgoglio rilassante. Ben presto intorno a me si crea un ambiente tiepido e piacevole.

Alexander torna con una tazza di tè caldo.

«Grazie».

«Stai bene?», domanda porgendomi la tazza.

«Sì, ti ho detto».

Sorrido per la sua premura e mi accorgo che anche lui sta sorridendo appena. Mi si scalda il cuore in una morsa soffocante per quanto è bello il suo sorriso.

«Non devo più esagerare, Juliet».

Scendo in fretta dalle montagne russe.

Che significa?

Rimango senza parole, mentre lui apre l'anta del mobile per estrarre il disinfettante, insieme ad alcuni batuffoli di cotone. Dopodiché, medica con cura la ferita rossastra che mi si è formata sull'interno della gamba.

«Alex…».

«Hai lividi ovunque», biascica mesto.

«Non essere triste», provo a incoraggiarlo.

Sorrido quando mi prende in braccio e mi fa adagiare nella vasca stracolma di acqua e bagnoschiuma alla lavanda.

«Va bene così?»

«L'acqua è perfetta», replico inebriata dalle sensazioni piacevoli che quel bagno caldo è in grado di sprigionare nel mio corpo.

«Grazie, Alex».

Invece di mettersi nella vasca con me, lui si siede sul bordo di ceramica e prende a insaponarmi la schiena.

«Mi fa un po' male vederti così».

Mi volto e noto che mi sta fissando la pelle con sguardo perso.
«Stai male o ti eccita? Deciditi!», sbotto con un po' di coraggio.
Alexander mi fulmina con un'occhiata perentoria.
«Non alzare la voce».
«Scusa», mormoro tornando a giocare con la schiuma.
Lui comincia a insaponarmi i capelli, ma io sono troppo curiosa.
«Quindi ti piace o no?»
«Dio, se mi eccita».
Chiudo gli occhi per paura che mi arrivi lo shampoo negli occhi, ma Alexander è così attento che posso stare tranquilla.
«Ma…?», lo invoglio a parlare.
«A volte mi chiedo se sia giusto, tutto qui», confessa sottovoce.
«Allora anche tu hai un'anima», lo prendo in giro.
Alexander però indugia e smette di massaggiarmi la testa.
«Per tutto ciò che è successo in passato con Mya, io mi sento una specie di mostro».
Mi volto di scatto, facendo schizzare un po' d'acqua fuori dalla vasca.
«Non lo sei, Alex».
Stavolta la mia espressione è seria.
«E guardarti mi ricorda che…». Il suo viso perfetto si deforma in una maschera di tristezza. «…c'e qualcosa di sbagliato in me». Abbassa gli occhi. «Mio padre lo sa. Anche tu lo sai, Juliet».
«A volte le tue idee mi spaventano un po', sì, ma non m'importa cos'hai nella testa. A me vai bene così come sei».
«Sono troppo attaccato all'idea che tu…».
«Che io?»
«Che tu sia solo mia», risponde criptico.
«Sì. E io voglio essere solo tua».
«Ma tu non dovresti essere libera di fare quello che vuoi? Libera di invitare Zack, Cameron…».
«Ma io voglio essere solo tua», lo interrompo bruscamente.
Finisco di risciacquarmi il corpo, poi Alexander mi aiuta a uscire dalla vasca, avvolgendomi con un asciugamano caldo.
«Non so quanto questo sia giusto, Juliet. Dovresti sentirti libera».
Sollevo il mento per incontrare il suo sguardo tormentato.
«Non voglio, Alex», mormoro lasciandogli un bacio sulle labbra.
«Non fare così».
«Saremo sempre legati. Anche se non vuoi più vedermi». M'impunto come una bambina testarda.
Lui scrolla il capo, poi mi indica il box doccia.
«Ora devo fare una doccia. Aspettami in camera mia».
Sorrido, prima di dargli un piccolo bacio sulla guancia, poi saltello fino in camera sua e mi metto sotto le coperte.
Avrò anche dei diamanti addosso, ma stare insieme a lui è il regalo più bello.

Nel tempo che Alexander impiega per farsi la doccia, io penso a mia madre e a John.

«Torneranno prima o poi… Forse è meglio se dormo nella mia stanza?», biascico assonnata quando appare accanto al letto con solo i boxer addosso.

«Non mi importa. Rimani».

«Ma, Alex…».

«Non ha importanza quello che dicono o fanno gli altri. Rimani qui».

Alexander si accoccola accanto a me e mi abbraccia, tenendomi stretta contro il suo petto.

Forse lui rimane sveglio, ma io dopo poco mi assopisco, cullata dal suo calore e dal suo profumo. Mi addormento tra le braccia di quello che dovrebbe essere il mio fratellastro, ma che in realtà è il ragazzo che amo.

61

JULIET

«Juliet, alzati». Il mio nome sussurrato dalle labbra di Alexander mi sveglia di soprassalto.

«Ma cosa…?». Istintivamente comincio a tastare il materasso. Mi accorgo che ci sono solo pieghe sulle lenzuola, il lato di Alexander è vuoto. Poi strizzo gli occhi e lo scorgo nel buio, appoggiato alla finestra a guardare fuori.

«Sono tornati».

Sospiro. Fare tutto di nascosto sta diventando sempre più pesante per me. Se prima di incontrare Alexander mi capitava di dire bugie o ricorrere a piccoli sotterfugi per cavarmela, ora non è più così. Vorrei urlarlo al mondo cosa provo per lui, perché non posso farlo?

Sbuffo alzandomi dal letto controvoglia. Le mie gambe doloranti barcollano appena, mentre mi dirigo con un broncio verso la porta.

«Vieni a darmi un bacio, prima», mi richiama Alexander.

Mi volto e vedo che mi aspetta contro il davanzale. Indossa un paio di pantaloni della tuta e nient'altro. Mi stringo contro il suo petto nudo, con il mento all'insù, aspettando che delizi la mia bocca con la sua. Ci scambiamo un bacio a fior di labbra, poi mi scompiglia i capelli.

«Vai adesso». Provo una piccola fitta nella pancia e lui se ne accorge. «Che c'è?», chiede massaggiandomi lentamente la fronte che si ricopre di lunghe ciocche castane, quando abbasso il capo.

«Vorrei rimanere».

«Juliet, devi solo avere pazienza».

«È che…».

Alexander lancia un'occhiata furtiva fuori dalla finestra, poi mi afferra per un braccio.

«Ascolta, Juliet, domani tua madre ti vorrà parlare».

Allargo gli occhi, come se questo mi aiutasse a comprendere le sue parole. «Di cosa?»

«Del matrimonio», replica con sguardo basso.

«Di cosa?», ripeto incredula, ma lui non risponde. Quindi sono io ad afferrarlo per un braccio stavolta.

Lo vedo guardare di nuovo fuori dal vetro, prima di rispondere sbrigativo. «Credo che anticiperanno la data delle nozze».

«Cosa?». La mia voce trema, mentre Alexander mi trascina verso la porta.

«Ora basta. Va' a letto».

«Non ci posso credere! Perché non possiamo dir loro come la pensiamo? Perché devo continuare a far finta di niente?»

«Juliet, è l'unica maniera per proteggerti. Per proteggerci», sussurra lui aprendo la porta con un movimento delicato.

«Uff! Ma stava andando tutto così bene!».

«Stai facendo i capricci».

«Ma tu da che parte stai?», domando prima di scappare in camera mia.

Nove e mezza del mattino. Occhi stanchi e gomiti sul tavolo della cucina. Così appaio mentre finisco gli ultimi compiti delle vacanze, senza la minima voglia di farlo.

«Andato tutto bene ieri?». Mia madre passa nella mia traiettoria con un bellissimo vestito azzurro. La stoffa lunga e pregiata sottolinea la piccola sporgenza che ormai curva il suo fisico solitamente asciutto e magro.

L'ennesimo nodo in gola.

«Benissimo, mamma», bofonchio senza entusiasmo. Lei si siede sulla sedia accanto alla mia, mi chiude il libro di latino e si prende la mia attenzione.

«Juls... ti prego, ho bisogno di sapere che sei felice per me e John, per il nostro matrimonio».

Stringo i denti.

«Lo sono, cosa devi dirmi?», replico irrigidita, senza neanche voltarmi.

«Una cosa dovrei dirtela... Lo sai che il mio sogno è sempre stato quello di sposarci in quella deliziosa chiesetta...».

«Sì, sì, lo so. Quindi?»

«È una chiesa molto richiesta, quindi non hanno disponibilità per celebrare il matrimonio prima del prossimo anno».

«Oh...». Trattengo l'entusiasmo per qualche attimo.

«Ma voglio sposarmi prima che questo bambino nasca. Ieri il prete ci ha chiamato dicendo che una coppia ha annullato il matrimonio proprio qualche giorno fa, e la prima data disponibile sarebbe...».

«Quando?», chiedo con un verso acuto.

«Il prossimo weekend». La nausea mi assale, ma forse è solo il cuore che vuole fuoriuscire dal mio corpo, come se non gli appartenesse più.

«Okay, mamma. Sono contenta».

Forzo un sorriso debole, poi mi dileguo per non lasciare trapelare il mio sconforto.

Esco di casa e il primo luogo in cui posso rifugiarmi è il capanno degli attrezzi di John, quello che di solito è il nascondiglio di Alexander.

La luce spenta del cielo invernale riflette i miei pensieri, altrettanto grigi e soffocanti.

I miei stivali scricchiolano sul terreno morto, bagnato solo dalla brina.

Mi chiedo come sarà qui, quando arriverà la primavera.

Sempre che a casa Ackerman arrivi, la primavera.

Afferro il chiavistello e mi accorgo che la pesante porta di legno è già semiaperta.

Quando entro trovo l'ambiente così come lo ricordavo: buio, spoglio e pieno di attrezzi da lavoro.

«Ti prometto che andrà tutto bene». Una voce mi fa sussultare.

Alexander fa la sua apparizione alle mie spalle, cogliendomi di sorpresa con la sua presenza inquietante.

Ma a me non importa se mi ha seguita, o se era già qui.

Sono dettagli inutili di una storia che so già che finirà tragicamente.

«Non può andare tutto bene», bofonchio accucciandomi sopra una pila di listelli accatastati.

Alexander si avvicina e si accovaccia davanti a me, prendendomi le mani.

«Diamo loro del tempo, non roviniamo il momento che aspettano da una vita».

Il suo sguardo e la sua voce sono profondi, un tutt'uno, si mescolano in un'ondata di emozioni, che mi finiscono dritte dentro il cuore.

«Quanto ti ha pagato John per dire una cosa del genere?». Ridacchio per sdrammatizzare, con gli occhi incollati sulle sue dita strette nelle mie.

Alexander però non ride.

Dal suo volto traspare la sua anima oscura.

E se John l'avesse ricattato?

"Che pensiero assurdo", mi dico subito dopo.

Lui continua a fissarmi, mentre dentro di me si fa largo una certa diffidenza.

Ma con cosa avrebbe potuto ricattarlo?

Ho un sussulto quando Alexander si alza in piedi, sembra avermi letto nella mente.

«Juliet...», sussurra in un soffio da brivido. Poi estrae un laccio nero da una cassetta di legno. «Vieni qui».

Non sono dell'umore per i suoi giochetti ora, ho solo voglia di parlare. E lui lo sa. Nonostante ciò, eseguo il suo ordine.

Osservo le sue dita esperte giocherellare con un lungo laccio di pelle nera.

«Hai mai provato su di te le cose che fai a me?».

Per nulla sorpreso dalla mia domanda, continua a fissarmi, senza smettere di torturare il mio sguardo con l'immagine perfetta del suo viso d'angelo.

«E questo cosa c'entra con il matrimonio dei nostri genitori, Juliet?». La sua voce non tradisce nulla di angelico, anzi, sembra quella di un demone.

«Curiosità. So così poco di te...», accenno lasciando scivolare i miei occhi nei suoi. Fa schioccare il laccio sul palmo, poi compie un rapido giro, mettendosi dietro di me.

«Ferma». La mia pancia si irradia di scosse calde, ogni volta che lo dice. Mi fa scorrere il laccio intorno al collo e mi si mozza il respiro.

«Dov'è la collana, Juliet?», mi sussurra all'orecchio.

«Non l'ho messa. Non volevo che mia madre sospettasse qualcosa. E poi la tengo per le occasioni speciali». La stretta intorno al collo aumenta, per poi allentarsi del tutto quando Alexander riprende in mano il laccio.

«No. Devi metterla. Sempre».

«Okay», replico alzando le spalle. Mi viene da ridere, perché Alexander riesce a essere meticoloso anche riguardo a cose che per me sono superflue, quindi mi lascio andare a una risatina beffarda.

«Cos'è che ti fa ridere?»

«Ero triste e senza volerlo sei anche riuscito a farmi ridere», borbotto impacciata.

«Ridi di me, Juliet?», domanda. Non so se è un tacito gioco o solo la sua mania di avere il controllo sulle mie emozioni, ma Alexander mi osserva, autoritario e attento, come se avesse già svelato ogni mio segreto.

«Non lo farei mai, Alex», cinguetto con voce da bambina.

Mi passa il laccio intrecciato tra le sue nocche sul volto, facendomi il solletico.

Mi volto di scatto e accosto le labbra alle sue, aspettando che Alexander si prenda la responsabilità di baciarmi, ma non è così.

Né si allontana.

Rimaniamo fermi a guardarci, con le bocche vicinissime.

Ho come la sensazione che voglia dirmi qualcosa, ma che le parole manchino affinché lui formuli i suoi pensieri più nascosti e reconditi.

«Lo vedi mai tuo padre?».

La sua domanda, o meglio il suo interesse, mi pizzica dentro il petto. Mi salgono le lacrime agli occhi. «Ehm… più o meno». Nascondo il viso contro il suo torace sicuro, mentre Alexander mi accarezza la testa.

Sento le nostre sofferenze mescolarsi, in uno scambio silenzioso, scandito solo dal cinguettare di qualche uccellino fuori dal capanno.

Mi piacerebbe però scavare più a fondo, nel suo passato, per soddisfare la mia infinita sete di sapere.

«Alex…». Il mio telefono comincia a vibrare. Smetto di parlare e controllo la notifica di WhatsApp.

«Allora?». Alexander mi fissa torvo, aspettandosi una risposta.

«Uhm… è Zack», replico sorpresa.

«E cosa vuole da te?».

Leggo il messaggio.

«Niente, solo…».

«"Solo", cosa? Rispondi. Riesci a formulare una frase intera per una volta?»

«Mi ha chiesto se stasera andiamo a vedere *Spiderman* al cinema».

«Non ti piacciono le storie di supereroi, questo non lo sa Zack?», sputa con tono arrogante.

«Be', mi ha solo chiesto di unirmi a lui e al suo gruppo di amici, non è mica un appuntamento».

La sua occhiata adirata mi fa sussultare. «Quindi, se ci sono anche i suoi amici non proverà a metterti la lingua in bocca?»

«Alex…».

«Buona giornata, Juliet».

Alexander mi volta le spalle, puntando il portoncino d'uscita.

«Dove vai?», chiedo mordicchiandomi il labbro, nervosa.

«Ho da studiare. Non sto qui a parlare dei tuoi appuntamenti».

«Aspetta». Lo blocco afferrando il tessuto soffice del suo maglione. «Anche io volevo farti una domanda. Mya, la ragazza di cui mi hai accennato…».

«Juliet, no».

«Perché no?»

«Non posso parlartene».

«Perché?!», esclamo esasperata.

«Perché non ti fideresti più di me. Perché ti spaventeresti sul serio».

«Più di così, Alex?»

«Molto più di così».

Poi esce dal capanno, privandomi dello sguardo cupo che metterebbe in ginocchio qualsiasi ragazza sulla faccia del pianeta.

62

ALEXANDER

A volte vorrei che la mia influenza su Juliet fosse totale.

Ma, nello stesso tempo, voglio che lei sia sempre Juliet, la ragazza che mi porta lontano dai problemi, con la sua freschezza, con la sua spensieratezza.

A quanto pare per farmi distrarre dal libro di chimica bastano un paio di leggings color confetto.

La guardo andare avanti e indietro per la cucina seguendo sua madre con delle bomboniere. O almeno credo che lo siano, visto che il corpo di Juliet mi ipnotizza.

I suoi leggings sono così stretti che le si vede il bordo delle mutande.

«Che fai, Alex?», domanda Catherine con un sorriso.

Gioco a "indovina le mutande che tengono su il bel culo di tua figlia".

«Stavo pensando a come vestirmi il giorno del matrimonio».

Anche se in realtà è più un: "Sto pensando a come torturare la piccola Juliet, il giorno del tuo matrimonio".

«Andremo a comprarti qualcosa per l'occasione, tesoro».

Juliet si volta sconcertata dopo aver udito le parole di sua madre.

«Cosa? Perché lui lo porti a comprare vestiti nuovi, mentre io sono obbligata a mettere quella tunica da suora?»

«Juls, ti ho detto che le damigelle devono vestirsi in base a un codice preciso!».

Juliet e Catherine iniziano a litigare per inezie. Una volta che si sono placate, finalmente usciamo di casa per andare a cercare un abito anche per me. Il commesso della boutique in cui ci porta Catherine va in visibilio non appena capisce che sto cercando qualcosa di elegante.

«Elegante. Molto elegante», sottolinea Catherine lanciando occhiate d'intesa al ragazzo, che inizia subito a mostrarci dei completi.

«Cravatta o papillon?», chiede lui. Guardo Juliet. Sta appoggiata al bancone con il telefono in mano, fregandosene altamente di me.

«Provali entrambi», conclude il commesso, che mi porge una camicia bianca, un paio di pantaloni e una giacca. Mi infilo nel camerino e comincio la prova.

«Oh, Alex, stai così bene!». Catherine e il ragazzo si sperticano in complimenti quando esco vestito di tutto punto.

«La camicia, però, ti sta stretta qui. Hai le spalle molto più larghe di quello che sembra. Chi l'avrebbe detto...». Il commesso mi fa l'occhiolino, prima di cominciare ad abbottonarmi la camicia.

«Forse è meglio provare una camicia di una taglia in più, che ne dici, Juls?». Catherine prova a coinvolgere Juliet in questo teatrino imbarazzante, ma lei non alza lo sguardo dal telefono.

«Questa non è del colore giusto, ma di cravatte qui in negozio ne ho molte. Dipende dai tuoi gusti. Escluderei invece il papillon, non fa per te».

Sbaglio, o il commesso mi ha appena lanciato un'occhiata maliziosa?

«Scegli tu, Catherine», taglio corto, sperando che il ragazzo la smetta di ammiccarmi.

«Venga, le faccio vedere cos'abbiamo». Il commesso e Catherine si allontanano per andare al reparto delle cravatte, io intanto mi guardo allo specchio: la camicia bianca è perfetta coi pantaloni blu scuro, sotto la giacca elegante.

«Manca qualcosa...», mormora Juliet, avvicinandosi a me.

Un mugolio impercettibile lascia le mie labbra quando Juliet fa strisciare l'indice contro la vita dei miei pantaloni.

«Cosa?»

«Una cintura», risponde leccandosi il labbro inferiore.

«La preferisci sottile o più spessa?», domando, fissandola.

La sua piccola bocca rossa s'inumidisce. «Larga e spessa».

Ormai è tardi. Ho già pensato male.

«Ottima scelta, piccoletta».

«Stai da Dio», bisbiglia, passandomi le mani sul petto.

«Lo so», mugugno reprimendo l'istinto di legare le sue piccole mani con la cravatta sciolta che mi pende dal collo.

Juliet è come lo zucchero, sa addolcire i miei desideri, i miei sogni, e rendere più piacevole la mia realtà. Basta solo la sua presenza.

«Posso?», chiede sottovoce.

«Faccio anche da solo», borbotto mentre Juliet inizia a fare il nodo alla cravatta.

«Lasciati aiutare per una volta».

«So farlo anch'io», replico orgoglioso.

«C'è qualcosa che non sai fare, Alexander?». Juliet sorride e stringe il nodo al punto giusto. «Ecco. Così stai ancora meglio».

Mi guarda con due occhi pieni di ammirazione. Sono gli stessi che vedo nel momento in cui si abbandona a me, totalmente. Quando decide di obbedirmi, quando capisce le mie intenzioni, quando facciamo sesso.

Come se tutte quelle parole che le sussurro negli attimi più intimi togliessero un peso dalla sua coscienza.

Come se mi desse tutto in un istante.

E da parte mia c'è un gran "ci penso io a te, Juliet".

Perché, anche se non lo dico, è quello che mi passa per la mente ogni volta che stiamo insieme.

«Mi piace quando dici quello che pensi, Juliet».

Si imbarazza appena, quando le spingo una nocca contro lo zigomo, accarezzandola delicatamente. Poi piega dolcemente il collo, crogiolandosi nella mia coccola come una bambina.

«Vai», le ordino indicandole il bancone. Lei si allontana giusto in tempo per il ritorno di sua madre e di quel commesso che non fa che sorridermi.

E tanto si parla del matrimonio, che questo arriva sul serio. Il giorno delle nozze di Catherine e John è, come da programma, strano. Juliet è più luminosa del solito. È riuscita a vestirsi di nero anche in un'occasione del genere e resta comunque la più bella di tutte. Ma non è quello che le dirò. Provo una variazione sul tema, quando, la mattina della celebrazione, la vedo ciondolare per casa.

«Quel vestito non mi piace».

Si blocca di scatto nel corridoio quando sente il mio timbro deciso.

È totalmente soggiogata dalla mia voce e io mi chiedo se farebbe davvero qualsiasi cosa per me.

Mi chiedo se sarebbe in grado di affidare a me la sua anima, i suoi desideri, la sua vita.

Io voglio che sia disposta a qualsiasi cosa per me.

«Lo so, nemmeno a me piace. L'ha scelto mia madre, questo sacco di patate».

La sua naturale leggerezza disarmante spezza la pesante catena di pensieri che m'imprigiona la mente.

La casa è piena di gente, quindi mi dirigo al ripostiglio della cucina e noto con piacere che Juliet mi sta seguendo.

Voglio la sua adorazione più assoluta, ma soprattutto non voglio che stia al telefono quando le parlo. Come accade ora.

Glielo rubo dalle mani suscitandole un verso di disappunto, mentre ci infiliamo nello sgabuzzino.

«Facciamo così». L'afferro per i fianchi stretti e spingo la mano sotto il vestito, agganciando le sue mutande di lato. Gliele sfilo fino alle caviglie. Aspetto che alzi un piede, poi l'altro.

«Queste non ti servono», mormoro intascandomi il suo intimo, poi le restituisco il telefono.

«Alex, dai… perché devi fare lo stronzo?».

So quali tasti spingere, e so quando farlo. Adesso che ho tutta l'attenzione dei suoi occhi grandi ed è in adorazione è il momento giusto.

«Lo sai che posso fare peggio», sussurro con voce roca, spingendola contro il muro.

«Ti prego…». Sotto le dita avverto il battito forsennato del suo cuore. Potrei toccarla fino a farla ansimare, solo per farla bagnare tra le cosce e… No, ho altri piano per oggi.

«Dobbiamo anche andare in chiesa…», sussurra con voce da bambina capricciosa.

«E allora?»

«Mi sento a disagio, poi cosa ne ricavi tu?»

«Ho la tua mente, Juliet».

«Eh?»

«Non penserai ad altro se non al fatto che ti ho tolto le mutande. Questo è avere il controllo della tua mente».

Sgrana gli occhi, scandalizzata. «In chiesa?»

«In chiesa, al ristorante. Dove ti pare».

«Ci godi, vero?». Juliet si dimena, provando a spintonarmi debolmente.

«Penserai che io possa fare di te quello che voglio. Quando voglio. Ci godo, è troppo ovvio persino per ammetterlo».

«Okay, basta...». Indietreggia con un'espressione a metà tra lo spaventato e l'eccitato. Ma lei lo sa che "basta" sono io a dirlo.

«Non sei tu a decidere».

«Pervertito», bisbiglia facendomi una smorfia. Le prendo il polso, facendole passare immediatamente la voglia di provocarmi. «Dobbiamo andare», mormora.

«Dammi un bacio e poi puoi andare».

Mi respira contro il collo, come per assorbire il mio profumo, prima di scoccarmi un innocente bacio a fior di labbra.

«Così baci tuo fratello».

Non le lascio il tempo per controbattere, per respirare. Invado la sua bocca con la lingua, forzandola a muoversi con me. Quando sento dei passi avvicinarsi alla cucina, ci stacchiamo. Mi beo della visione delle sue labbra umide e gonfie.

«Vai», le ordino prendendo un lungo respiro.

«E tu?». Juliet ridacchia sapendo perfettamente che non sono in condizioni per incontrare i parenti, vista l'erezione monumentale che mi sta soffocando nei pantaloni.

«Esci subito da qui».

In chiesa, io e Juliet siamo seduti vicini e, mentre aspettiamo l'arrivo di Catherine, mi guardo un po' intorno.

Gli invitati sono molti di più di quelli che mi aspettavo e noto che ci sono anche Mini e sua madre.

Juliet è tesa vicino a me.

Ogni tanto faccio scontrare il mio ginocchio con il suo, per indurla a smettere di agitare nervosamente la gamba.

«Rilassati», le sussurro nell'orecchio.

«Facile per te», borbotta imbronciata.

È un giorno pesante per me, come per lei, ma forse con le mie piccole provocazioni posso farla distrarre.

La cerimonia prosegue come da manuale, molti si commuovono, tutti sorridono. E poi c'è chi, come noi, non riesce a non staccarsi le mani di dosso, seppur di nascosto.

Dopo la cerimonia, mi perdo in lunghe chiacchiere con i genitori di Charlotte e, quando finalmente esco dalla chiesa, noto che Juliet è sui gradini a parlare con un uomo moro e alto, sulla cinquantina

«Tutto bene?», domando avvicinandomi.

«Sì», risponde lievemente imbarazzata.
L'uomo mi porge la sua mano, che stringo con forza.
«Sei…?»
«Alexander. E tu saresti?».
«Lui è mio padre», lo anticipa Juliet.
Rimango a fissarlo per qualche secondo.
Cosa ci fa qui il padre di Juliet?
Sfuggente come non mai, il tizio si defila con un: «Juliet, ci vediamo tra poco».
A momenti si spezza il collo per guardare la madre di Mini con un vestito cortissimo.
«Non mi avevi detto che c'era anche lui, Juliet».
«Be', non lo sapevo. Comunque domani andremo al Thorpe Park!», esclama lei elettrizzata.
«Non hai otto anni», sputo acido.
«Non puoi essere felice per me?»
«Cosa c'è da essere felici? Si ripresenta dopo anni che non ti vede e preferisce stare a parlare con quella sconosciuta invece che con sua figlia».
Le indico la madre di Mini e suo padre che chiacchierano a qualche metro da noi.
«Dio mio, ma non puoi evitare di tormentarmi, vero?»
«Juliet!», la richiamo, ma lei corre via sui tacchi vertiginosi.

Il pranzo si tiene in una villa restaurata circondata da giardini e alberi secolari. Un viale alberato conduce gli ospiti all'ampio ingresso. Nel cortile interno fontane scolpite e fiori freschi decorano ogni angolo, diffondendo un piacevole profumo nell'aria. Trascorro la prima parte del pranzo a studiare il padre di Juliet. È seduto al tavolo dei single e passa tutto il tempo a bere e ridere con la madre di Mini. Sta provando a fare colpo con battute di bassa lega, lo vedo da qui. Io e Juliet non ci rivolgiamo la parola, ma dopotutto siamo seduti accanto a John e Catherine. Non aiuta nemmeno il fatto che siamo bersagliati da un fotografo che non fa che dirci di sorridere per l'ennesimo scatto. Io odio sorridere. "E poi non mi piace quel tizio", penso fissando il padre di Juliet.
Pieno di sé, disinteressato, egoista.
No, non posso dirlo a Juliet, la ferirei.
«Juls, andiamo fuori a prendere una boccata d'aria?». Mini viene a reclamare Juliet, che non fa che arricciare la tovaglia sotto le dita, forse perché non può torturarsi i capelli, dato che li ha raccolti. Il suo profilo delicato finisce con la dolce curva del suo nasino costellato di lentiggini.
«Va bene», replica alzandosi in piedi, senza guardarmi. Poi si aggiusta meticolosamente il vestito. E so che mi ha pensato. Almeno per un attimo, ne ho la certezza.
«Alex, vieni?». Mini mi invita a uscire con loro e io non posso che accettare.
«Cioè, lo sai che voglio bene a tua madre! Ma che noia i matrimoni inglesi», esclama Mini non appena mettiamo piede fuori dal ristorante. C'è un piccolo

dehors di erba finta e tavolini ricamati di tovaglie bianche. Una lieve folata di vento raffredda l'aria, già gelida. Juliet porta entrambe le mani sul vestito, attenta a non farlo alzare. Un ghigno mi si forma sulle labbra.

«Stronzo», bofonchia non appena Mini si allontana per cercare un accendino. «Me la pagherai», aggiunge incrociando le braccia sul petto.

«La giornata è ancora lunga, Juliet».

Vedo i suoi occhi illuminarsi. Ma non è per quello che le ho appena detto, sta guardando alle mie spalle.

«Papà!». Juliet emette un urletto, provando a richiamare l'attenzione di suo padre, ma questo non si accorge di nulla perché sta parlando con una donna, con la quale sta camminando fianco a fianco.

«Che c'è?», sbotta Juliet, accorgendosi del mio disappunto evidente.

«Quindi lui aspetta domani per stare con te?»

«Sei pesante, Alexander!», ribatte lei.

«No, sono preoccupato, è diverso, Juliet».

«Che ne dici se beviamo qualcosina?», propone Juliet, quando Mini torna da noi.

«È il matrimonio di tua madre, Juls!», finge di rimproverarla l'amica, ma si vede lontano un miglio che ha voglia di ubriacarsi anche lei.

«Non se ne parla», mi intrometto facendole voltare entrambe verso di me.

«Sempre il solito guastafeste, eh», commenta Mini con tono acido.

«Lascialo perdere». Juliet mi lancia un'occhiata nervosa, poi segue Mini verso l'ingresso del ristorante.

Pensavo che rivedere suo padre le potesse far tornare il buon umore, ma ora come ora sta solo peggiorando le cose. Scaccio un sassolino, mi riaggiusto la cravatta, poi torno dentro per assicurarmi che questa giornata non si trasformi in un disastro totale.

63

JULIET

Non pensavo che vedere la mamma di Mini comportarsi da oca con mio padre potesse mettermi più a disagio del non indossare le mutande al matrimonio di mia madre.

Per una volta Alexander non è la causa del mio malumore, ma è quello sul quale ne ricadono le conseguenze.

Credo di averlo trattato un po' male, ma lui, con i suoi giudizi ipercritici e severi, non mi aiuta affatto.

Io e Mini ci fiondiamo all'open bar del ristorante e ci sediamo su degli sgabelli, quando da lontano vedo una chioma ramata. Charlotte.

«Ci mancava solo lei».

Mi rialzo in piedi in un secondo.

«Juls, ti prego, beviamo un bicchiere di spumante. Così ti rilassi». Mini prova a tranquillizzarmi, ma oggi sono davvero un fascio di nervi. E la vista di Charlotte peggiora la situazione.

«Comunque Norman non fa che mandarmi messaggi. Cioè, se lo scopre Liam…». Mini giocherella con il cellulare sul bancone del bar.

«Liam? Ancora?»

«Lo amo, Juls». Mini trattiene il labbro sotto i denti.

«Ma piantala», la zittisco bruscamente.

«Come hai detto, scusa?»

«Non è che se uno è bello e popolare, allora automaticamente ne sei innamorata. E poi ti piace Norman, solo che non vuoi ammetterlo».

La mia migliore amica mi rifila un verso schifato, poi si rimette a rispondere ai messaggi del ragazzo che dice di odiare, con un sorriso a trentadue denti. Scuoto il capo divertita e un attimo dopo mi accorgo che dall'altro lato del ristorante due occhi scuri mi stanno fissando. Mi lascio rapire da Alexander che ora si è tolto la giacca. Una lieve pioggerellina gli ha arruffato appena i capelli e la camicia bianca gli calza a pennello. Poi lui si avvicina.

«Hai finito?», domanda prima di togliermi il bicchiere dalle mani e posarlo sul bancone.

«E tu hai finito di controllarmi?».

Mini sbuffa, poi si mostra scocciata quando capisce che Alexander vuole rimanere da solo con me.

«Sono di là, al tavolo delle tue cugine di sei anni», borbotta lei, che se ne va sbattendo i tacchi.

Nel momento in cui lui apre bocca per parlare, di fianco a noi passa John con dei colleghi.
«Papà?»
«Dimmi, Alex».
«Ho lasciato una cosa nel bagagliaio. Mi daresti le chiavi?». John allunga il mazzo di chiavi ad Alexander. Lo conosco, c'è qualcosa sotto.
«Che cosa stai tramando?», chiedo sporgendomi verso di lui.
«Va' al secondo piano. C'è un bagno», ordina con fare autoritario.
«Ma…».
«Vai», asserisce prima di sparire.
Ci metto un po' a trovare le scale per salire al secondo piano. Forse ho bevuto qualche bicchiere di troppo, o forse questo posto è troppo grande per una come me, senza un briciolo di senso dell'orientamento. Il ristorante è in realtà un'antica villa restaurata e quando entro nel bagno mi stupisco della sontuosità delle pareti decorate di capitelli dorati. Mi affaccio dalla grande finestra che dà sul cortile, quando d'un tratto qualcuno bussa.
«Alex?», domando spaventata.
«È occupato?». La voce di una vecchia signora mi fa alzare gli occhi al soffitto.
«Sì, è occupato».
Mi accosto con l'orecchio alla porta e aspetto che la donna si allontani in cerca di un altro bagno. Dopo qualche istante, bussano di nuovo.
«Juliet, apri».
Alexander entra con una busta in mano.
«Hai la camicia sgualcita», constato mentre mi beo del suo buon profumo.
«Fuori piove e, se proprio ci tieni a saperlo, mi sono anche sporcato le scarpe».
Sogghigno, lui intanto comincia a frugare nella busta.
«Non è abbastanza deprimente il matrimonio? Devi metterci pure il tuo zampino, Alex?»
«Chi ha parlato di deprimersi? Sono sicuro che ti divertirai, Juliet».
Ma di che sta parlando?
«Perché, tu no? Non ti divertirai?», lo sfido.
Indietreggio verso il lavandino di ceramica.
«Da morire. Il tuo piacere e il tuo dolore, Juliet. È questo che voglio».
Poi estrae dalla busta un oggetto dalla forma allungata: è fucsia ed è molto grande. Sbianco all'istante.
«Alexander?».
Lui mi guarda impassibile. «Puoi tenere questo dentro?».
Apro la bocca, ma non esce un suono.
Non starà parlando seriamente…
Alexander mi rivolge un ghigno tutt'altro che rassicurante, prima di tirare fuori dalla tasca un telecomando dello stesso colore di quello che ha tutta l'aria di essere un vibratore.
«Apri la bocca».
Obbedisco, sotto gli occhi implacabili di Alexander. L'oggetto mi scivola sulla

lingua e arriva in profondità nella bocca. Quando è abbastanza bagnato, Alexander lo estrae e l'osserva soddisfatto, poi si abbassa e mi solleva il vestito. La punta umida striscia sul mio clitoride dandomi una scossa piacevole, poi preme contro la mia fessura umida affondandovi docilmente.

«Tutto bene?».

Annuisco, ma non riesco a rispondere, perché un'intensa vibrazione nasce dalle profondità del mio corpo per riverberarsi lungo le mie gambe. Corre poi rapida lungo le mie braccia fino ad arrivare alla punta delle dita. Rimango stordita per qualche attimo, quando la sensazione cessa improvvisamente.

«Allora, Juliet... ci riesci o no?».

Il suo sorrisetto crudele non mi lascia scampo.

«Ma Alex, sei stato tu a...». Mi interrompo perché lui aziona di nuovo il vibratore, facendomi scuotere le membra. Gemo, abbandonandomi contro il lavandino.

«Sì, sì, sì. Ci riesco». Alexander mi guarda soddisfatto, mentre il piacere mi travolge davanti ai suoi occhi spietati.

«È un invito a continuare o a smettere, piccola Juliet?»

«Ti prego, smetti!», ansimo, stringendo le gambe tra loro, scossa da una forte sensazione di piacere.

«Bene. Ora va' di là».

Dio, questa è proprio una mossa da gran bastardo.

Faccio un lungo respiro e mi risistemo il vestito sulle ginocchia. Il vibratore è inattivo, ma ho il terrore che lui lo azioni facendomi tremare di nuovo.

«Però non farlo partire». Lo supplico di non torturarmi ulteriormente, ma tanto è tutto inutile. Alexander mi rivolge un ghigno sadico.

Inizio a camminare un po' impacciata, verso la porta.

«Brava, così. Non se ne accorgerà nessuno...».

Deglutisco nell'udire il suo timbro velenoso.

«...a meno che io non faccia così».

La vibrazione ricomincia e io mi piego in due perché la stimolazione è tanto rapida quanto piacevole. Se prima volevo che si fermasse, ora questa opzione mi sembra quasi una crudeltà. Ma è nella natura di Alexander l'essere crudele. Infatti si ferma, lasciandomi agognare qualcosa che neanche volevo cinque minuti fa.

«Fa' la brava e torna di là, lascia che io decida il resto».

Chiudo gli occhi, faccio un respiro e torno al ricevimento. Dove ci sono parenti e amici. E soprattutto i miei genitori.

Quei due che nemmeno si considerano. Mio padre se ne sta dall'altra parte della sala, non l'ho visto parlare con mia madre nemmeno una volta. Perché l'ha invitato? I pensieri si accavallano. Sono confusa e accaldata.

«Ciao, Juliet», mi saluta Charlotte, nella quale mi imbatto nella sala da ballo.

«Ciao», borbotto guardandola male.

«Stai bene?», chiede con aria lievemente preoccupata.

Certo, chi non starebbe bene al posto mio? Sono al matrimonio di mia madre. E mio padre non fa che provarci con tutte le tizie presenti in sala, senza degnarmi di una misera occhiata. Per non parlare del fatto che il mio caro fratellastro, di cui sono innamorata, prima mi ha tolto le mutande, poi mi ha infilato un aggeggio infernale nelle parti intime. Uno spasso, dunque.

Ci mancava solo la tua faccia da marmotta spelacchiata.

«Sì, sto bene. E tu come stai?», le domando svogliata.

«Bene. Hai visto Alexander?».

Lo sguardo sognante con cui lo cerca per la sala non mi piace affatto.

«Alexander? Perché stai cercando Alexander?»

«Be'...». La vedo arrossire. «È da un po' che non ci parliamo».

Interessante. Sta' a vedere, Charlotte.

«Uhm... ora che ci penso, sì! L'ho visto con una ragazza. Si baciavano», mento, godendomi la sua reazione sconvolta.

«Ma... chi?».

Charlotte ha l'aria di una che ha preso una coltellata al cuore, quindi decido di esagerare.

«Boh, una. Credo che lui se la sia portata in bagno...».

Forse è lo spumante che mi ha dato alla testa, ma trattengo a stento le risate davanti alla sua faccia.

«Comunque mi dispiace. Non credo che Alex avrà tempo per parlare con te. Sarà troppo impegnato a scopare».

Charlotte resta a bocca aperta, ma non faccio in tempo a gongolare che il vibratore prende a tremare. Tento di rimanere impassibile e saluto Charlotte che se ne va via amareggiata.

«Che cosa le hai detto?», m'interroga Alexander, apparendomi alle spalle.

Mi appoggio a un tavolo, curvandomi appena e stringendo le cosce. Lo maledico, perché ha di nuovo azionato quella cosa.

«Ti ho fatto una domanda», asserisce crudo.

«Ti prego, Alex...».

«Non smetto finché non rispondi».

«Le ho detto che non hai tempo per parlare con lei perché sei già impegnato con un'altra...». Fatico a mantenere la concentrazione per concludere la frase.

«Hai usato queste parole, Juliet?»

«No, ma la signorina si scandalizza facilmente», gemo portandomi una mano sulla pancia. Finalmente Alexander interrompe la tortura, sollevandomi il mento con due dita.

«Smettila di fare la bambina. Non voglio più sentirti dire bugie».

«E cosa vuoi sentirmi dire?», sussurro debolmente, avvertendo le scintille esplodere nel mio corpo quando i nostri occhi si uniscono.

«C'è solo una cosa che voglio sentirti dire. Il mio nome».

Resto imbambolata ad ammirare il suo viso così vicino al mio.

«Quando?»

«Tra un quarto d'ora. Nel guardaroba».

Nel guardaroba?

Alexander si risistema i polsini della camicia bianca, poi mi lancia un'ultima occhiata scura, prima di andarsene. Aspetto il tempo necessario, poi mi dirigo nel guardaroba. È buio e afoso lì dentro e, quando Alexander entra, io sobbalzo.

«Come ti senti?», chiede fissandomi attento.

«Mi sfrega dentro tutte le volte che cammino. Mi dà fastidio».

«Bene», asserisce prima d'infilare la mano in tasca per azionarlo di nuovo.

«Alex!», frigno, tentando di stare in piedi composta, ma alla fine mi aggrappo a un appendino che per poco non viene giù.

«Ho detto niente bugie».

«Ma non è una…». Con una mano mi tiene ferma per il fianco, mentre con l'altra si insinua sotto il mio vestito. Scorre sopra il mio inguine, fino a toccare la zona più bassa della mia pancia, e la copre interamente con la mano. Il suo palmo mi scalda, aumentando la sensazione di calore che si propaga dall'interno.

«Adesso fa' come ti dico», sussurra roco tra i miei capelli.

Il mio respiro è impazzito e non riesco a stare ferma, mentre le sue labbra tracciano ogni centimetro del mio collo, per poi lambirmi le spalle nude.

«Stringi. Contraiti qui», mormora con voce profonda, facendo una lieve pressione sul mio ventre.

Alexander mi tormenta con i suoi occhi bramosi, così provo a stringere muscoli che non sapevo neanche di avere e qualcosa prende a pulsarmi dentro.

Dopo qualche istante, mi sciolgo in un orgasmo intenso.

Alexander mi stuzzica con un ghigno.

«Non provi vergogna, Juliet?».

Mi guardo intorno imbarazzata, ma lui mi tiene stretta per i fianchi e non posso muovermi.

L'umiliazione sembra solo aumentare quando Alexander estrae il vibratore, mostrandomelo.

È lucido e bagnato, cosa che ad Alexander non è sfuggita.

«Che significa?», chiede con sguardo truce.

«Che sei perverso e malato. E che a me piaci da morire».

Il suo sguardo si trasforma, distendendosi completamente.

«Ottima risposta, piccoletta». Sorride, illuminandomi con la sua bellezza disarmante, prima di mangiarmi le labbra di baci. Baci che diventano morsi, poi lingue impazzite.

«Cristo, sei impaziente», mi mugola contro il collo sensibile. Il mio vestito scivola a terra, mentre Alexander si sbottona i pantaloni, prima di abbassarli. Mi siedo su un mobiletto alle mie spalle e provo a sbottonargli la camicia, ma lui mi afferra prontamente i polsi e me li porta dietro la schiena.

Si spinge tra le mie gambe e mi penetra con colpi veloci e profondi.

«Sei mia. Questo lo sai, vero?»

«Alex…». Piagnucolo il suo nome, mentre il mio corpo sobbalza a ogni stoccata, incapace di gestire la sua prestanza.

«Juliet, così ti vengo dentro».

Alexander indossa il preservativo, poi affonda di nuovo dentro di me con ir-

ruenza, costringendomi a divaricare di più le gambe per dargli lo spazio necessario a muoversi.
«Aspetta».
I suoi ordini mi confondono. Vuole che resista, ma continua a farmi sua in modo impetuoso. Quando però mi solleva le gambe per allacciarsele intorno al bacino, non riesco più a trattenermi.
Un'estasi incontrollata mi riempie la pancia causandomi un piacere sconvolgente.
«Ti avevo detto di aspettare».
«È colpa tua», ansimo ancora affannata.
«Prova a dirlo di nuovo», mugugna accaldato, torturandomi con spinte intense. Nella passione travolgente, emerge un piccolo spiraglio di dolcezza quando Alexander mi accarezza i capelli.
«Se è troppo, rallento».
Mi aggrappo a lui, con le unghie affondate nella sua schiena.
«Piccoletta...». Sento le sue labbra roventi baciarmi il lobo, mordicchiandolo appena.
Mi muovo con lui, andandogli incontro, fino a quando viene in una sinfonia di gemiti caldi e sussurrati. Rimaniamo stretti in un abbraccio finché i nostri respiri non si regolarizzano.
«Tieni». Alexander mi restituisce le mutande che teneva in tasca. «Dici che ho esagerato, oggi?», domanda risistemandosi la camicia nei pantaloni.
Scoppio a ridere sciogliendo la tensione che si era accumulata dentro di me, durante tutta la lunga giornata.
«Mi hai sicuramente distratta da tutti i miei problemi».
«Be', forse i miei metodi sono un po' anticonvenzionali, ma sappi che farei qualsiasi cosa per te, Juliet».
Lo amo. Non ho dubbi su questo. La confessione mi arriva sulla punta della lingua.
«Alex, io...». Sono ubriaca di lui e sento che sto per dirgli qualcosa di più grande di me, quando la porta alle nostre spalle si spalanca con un rumore sordo. Alexander sussulta mentre si abbottona i pantaloni.
«Il giorno del mio matrimonio?».
Oh no, John.
«Papà».
«Dio santo, Alexander, ma non riesci a comportarti da persona responsabile?»
«È colpa mia, l'ho trascinato io qui», provo a intromettermi.
«Juliet, non immischiarti. È una cosa tra me e mio figlio. Torna di là».
«No, io non vado via. Rimango con Alexander», ribatto decisa.
«Juliet, fa' come ti ho detto!».
John alza di poco la voce e io vengo attraversata da un moto di ribellione.
«Non sei mio padre!». La mia esclamazione colpisce John in pieno e un velo di delusione adombra i suoi occhi. Io l'ho disorientato, quindi ora Alexander potrebbe colpire.

«Papà, abbiamo bevuto. Mi è sfuggita la situazione di mano».
«È solo un capriccio questo», mormora John, come se volesse autoconvincersi.
«Un capriccio?». Mi volto verso Alexander, aspettando che dica come stanno per davvero le cose.
«Alex? Cos'hai da dire?», lo incalza anche John.
Alexander abbassa gli occhi. «Stavamo solo… Non era niente».
«Niente?». John incrocia le braccia sul petto aspettando una risposta esauriente.
«Non significa niente. È successo perché ho bevuto, non accadrà più».
«Fuori di qui. Tutti e due», tuona John facendoci scappare via da lì.
Quando usciamo, Alexander prova a parlarmi.
«Juliet…».
«Lasciami stare!».

Durante il taglio della torta nuziale, mi siedo accanto a Mini. Io e Alexander ci guardiamo da lontano. Già mi manca, eppure non l'ho ancora perdonato. Non doveva dirlo. Tutto, ma non che ciò che c'è tra noi non significa niente.
Quando alcune coppie iniziano a ballare, dopo gli sposi, mi alzo per andare a prendere una boccata d'aria.
Mi siedo sul marciapiede che costeggia il ristorante, ricoperto da una tettoia. Alexander si siede accanto a me, lanciando qualche occhiata in alto, per assicurarsi che siamo al riparo dalla pioggia.
«Juliet, cosa avrei dovuto dire a mio padre?»
«Non lo so, forse che sono importante per te? Che non possono separarci?».
Affondo la testa tra le mani, come per nascondermi da una realtà troppo dura da sostenere.
«Ci possono anche provare, ma non ci terranno lontani, Juliet. Ho bisogno di far credere loro che possono dirmi cosa fare. Sennò non mi lasceranno respirare».
«Perché non affronti tuo padre?»
«Perché ora non avrebbe senso. Causerei solo dispiacere. E ne ho già inflitto abbastanza alla mia famiglia», mormora a testa china.
«Io sono la tua famiglia. E se fai finta di niente… fai del male anche a me».
«Juliet, tu non capisci, sto solo fingendo. Non farò mai quello che dice mio padre».
Scommetto che l'ha ricattato, ormai ne sono sicura.
«Ti vuole mandare via sul serio, vero?», domando con tono triste.
«Sì, ma io faccio quello che voglio». I nostri sguardi si incontrano ed è sempre una magia. «E ora desidero baciarti».
Le sue parole accendono di nuovo ogni fibra del mio corpo. Non ci guardiamo attorno, né ci voltiamo ad assicurarci che non ci sia nessuno a vederci.
Ci baciamo e basta.
Con gentilezza e tenerezza. È solo un bacio.
Uno di quelli perfetti, speciali.

«So che non sono affari miei, ma forse è meglio se vai a cercare tuo padre», sussurra Alexander staccandosi dalle mie labbra.

«Perché?»

«L'ho visto andare a prendere la giacca e...».

Guardo Alexander con aria smarrita, lui mi indica qualcosa nel parcheggio a pochi metri da noi.

Sotto la pioggia, noto un gruppetto di persone, tra cui mio padre.

Ma come, sta andando via senza salutarmi?

«Arrivo».

Mi alzo di scatto.

«Prendi un ombrello!», esclama Alexander.

«È solo un po' d'acqua!», replico.

«Juliet».

Torno sui miei passi, senza togliermi il sorriso dalle labbra.

«Sì?»

«Io... Se hai bisogno, chiamami».

Chiudo gli occhi, assaporando la felicità per qualche attimo, prima di fiondarmi verso il parcheggio.

«Papà!».

«Juliet! Tesoro. Che ci fai qui?», mi domanda quasi confuso.

La donna di fianco a lui mi studia dalla testa ai piedi.

«Stai andando via?»

«Sì».

«Ma domani ci andiamo al parco, vero?»

«Certo», sorride lui, senza dire altro.

Apre la portiera della macchina.

«Papà?»

«Dimmi».

«Mi daresti uno strappo fino a casa?».

Ho paura del rifiuto, ma lui annuisce, dopo aver lanciato un'occhiata alla sua accompagnatrice. «Be', certo».

In macchina mi sento terribilmente in imbarazzo: papà ride e scherza con la sconosciuta, forse una cugina di John, mentre io faccio la statuina sul sedile posteriore.

Dopo un po', sento un: «Accompagno lei, poi andiamo da te» che mi fa aggrovigliare lo stomaco.

Quando ci fermiamo davanti casa, noto che ha cominciato a piovere più insistentemente.

«Eccoci, Juliet, è questa, no?», domanda lui, studiando la villa.

«Sì», mormoro delusa, forse anche un po' invidiosa di quella donna che ha la fortuna di stare più tempo con lui.

«Ora capisco la cara Catherine. Ackerman è decisamente un bel pollo da spennare», commenta acido, e la tizia ride per la sua battuta di cattivo gusto.

«Quindi, papà?». Tento di intavolare una conversazione, lanciando un'occhiata penetrante alla donna, sperando che scompaia, che se ne vada e mi lasci da sola con lui.

«"Quindi", cosa?».

Volevo parlare con te.

«Juls, ci vediamo domani per pranzo così mi aggiorni sulla scuola. Okay?».

Annuisco incapace di dire altro.

«A domani». Papà mi saluta freddamente, così scendo dall'auto.

Lui riparte quando mi avvicino al portone d'ingresso, ma mi accorgo di non avere le chiavi e in casa non c'è nessuno. Non ho preso la borsa, né la giacca, né il cellulare.

Sotto la pioggia battente, le delusioni fanno ancora più male.

Così inizio a camminare senza una meta precisa.

Non ho mai avuto una meta precisa. Non ho mai avuto una bussola. Un piano da seguire. Poi ho conosciuto Alexander e tutto sembrava avere un senso: lui doveva essere il mio tragitto. Qualcosa per cui lavorare, la persona per cui migliorarmi.

Ora, sarà la pioggia, saranno le parole di John, ma credo di non avere più nulla di tutto ciò, perché so che in fondo io e Alexander non avremo mai un futuro.

La pioggia mi bagna le guance già rigate di lacrime, mentre sono ormai lontana da casa.

Vago per diversi minuti e faccio fatica a riconoscere il quartiere in cui mi ritrovo.

Mi siedo su un muretto, con il vestito ormai zuppo.

Non so per quanto tempo resto sotto la pioggia incessante.

D'un tratto dei fari mi illuminano il viso e una macchina mi si ferma davanti.

«Juliet, sali».

John fa capolino con i suoi ricci dal finestrino.

Di sicuro con te non vado da nessuna parte.

«No, grazie». Giro il capo per evitare il suo sguardo.

«Juliet, avanti. Tua madre è preoccupata».

«Cazzate», rispondo acida.

«Juliet!», mi rimprovera prontamente.

Parcheggia nel bel mezzo della strada e scende.

«John, non preoccuparti per me», ribatto, mentre lui si bagna da capo a piedi il completo super elegante.

«Mi dispiace se ti ho trattata male. E mi dispiace se io e tua madre ignoriamo i tuoi stati d'animo. Ma voglio che tu sappia che facciamo tutto per il tuo bene».

Scruto la sua espressione.

Sembra davvero in pensiero per me?

«Come fai, tu, che non sei mio padre, a sapere cos'è bene per me?».

John mi porge la sua preziosa giacca da pinguino, che accetto di buon grado, visto il freddo che mi è entrato nelle ossa.

«Stai gelando e ti stai ammalando. Non ci vuole un legame di sangue per capirlo».

«Bene, quando vuoi te lo ricordi che non abbiamo un legame di sangue».

«Sì, ma questo non mi impedisce di volerti bene come se fossi mia figlia».

Avverto un nodo in gola.
«Cosa ci fai qui, John?»
«Alex mi ha detto che sei andata via con tuo padre. Ti ho cercata per tutto il quartiere. Immaginavo ti fossi fatta riaccompagnare a casa».
Sento gli occhi appannarsi all'improvviso.
«Che cosa c'è, Juliet? Parlami».
«Niente, è la pioggia. Va' via!».
John, però, si siede accanto a me. Ripenso a mio padre, se ne sarebbe andato alla prima occasione.
«Sei combattivo, eh».
Lui congiunge la mani, poi si rivolge a me.
«E tu sei testarda. Comunque sì, ho combattuto per tua madre».
«Perché tu puoi combattere per lei e io non posso farlo per Alex?».
John cambia improvvisamente espressione, i suoi occhi diventano cupi.
«Alexander non è quello che credi, Juliet».
«Stai parlando di tuo figlio».
«E io gli voglio bene con tutto me stesso, ma ciò non toglie che non sia il ragazzo per te».
«Che significa?»
«Juliet. Alexander è capace di cose…».
«Lo so perfettamente. E a me va bene così», lo interrompo brusca.
Sollevo il capo e ricambio l'occhiata di John. Sembra scettico.
«Io lo amo. Per davvero», sussurro.
Lui sospira a fondo. «Juliet, tutti noi amiamo Alexander. E lo accettiamo, certo, ma né io né tua madre potremmo mai approvare il vostro rapporto». Faccio per replicare ma John mi zittisce con uno sguardo perentorio. «E non importa se tu pensi che ti vada bene così, Juliet. Sei una ragazzina, hai bisogno di crescere prima di compiere scelte tanto importanti».
Non ho più parole. Cosa posso dire? E se John sapesse più cose di me?
«Andiamo a casa, Juliet. Tua madre ci aspetta».
Mi sistema la sua giacca sulle spalle, prima di accompagnarmi alla macchina.
«Grazie», mormoro timidamente. John sorride per un breve attimo.
«E perché mai?», chiede mettendo in moto.
«Sei l'unico che ha parlato con me quando ne avevo bisogno. Mi vuoi bene sul serio allora?», gli chiedo, tra il serio e il faceto.
Lui scrolla il capo con un altro sorriso, mentre io mi metto a guardare fuori dal finestrino. «Mio padre è un idiota». Con il dito segno le goccioline che scorrono sul vetro.
«Nessuno è perfetto, Juliet. Sono sicuro che, a modo suo, anche lui ti vuole bene».
Sbuffo poco convinta.
«Dovresti parlarne con tua madre. È davvero preoccupata per te e si sente in colpa tutti i giorni per quello che stai vivendo».
«Domani partite per la luna di miele?»

«Sì, staremo via una settimana».
Il mio sguardo spento sul finestrino s'illumina all'improvviso.
Finalmente da soli.
Finalmente potrò confessare ad Alexander i miei sentimenti.

64

JULIET

Il nero.

Ho sempre pensato che il nero fosse il mio colore preferito.

E ora che me ne sto immersa nei suoi occhi, neri, sento che non c'è altro colore che vorrei avere addosso. Solo quello, nient'altro.

Sono seduta sul divano del salotto, le mie gambe avvolte nei jeans dondolano nervosamente, mentre Alexander si inumidisce le labbra, tamburellando con le dita sul bracciolo della poltrona sulla quale sta stravaccato. Emette un respiro pesante, il suo petto che si alza e si abbassa lento.

Così sicuro di sé, sempre.

Ho come l'impressione che quel ragazzo sappia leggere nella mia mente, nelle zone più intime e oscure della mia anima.

Ma forse è solo perché le nostre anime sono fatte degli stessi desideri inconfessabili.

Non mi sono mai consumata di pensieri romantici, ma l'idea di stare da soli per una settimana mi elettrizza. Forse potrei lasciarmi cullare dalla sua pelle liscia, potrebbe farmi da soffice coperta durante le notti più gelide, mentre il mondo fuori, al freddo, continua a vivere.

E noi vivremo qui dentro.

Io dentro di lui, lui dentro di me. Fremo al pensiero del mio corpo intriso del suo sapore, delle sue mani, del suo volere.

Da quello più duro, secco, lacerante.

A quello più morbido, liquido e caldo.

Mi mordo il labbro, risucchiando un avido respiro, e inarco appena la schiena godendomi l'attesa di quell'attimo perfetto.

Alexander si porta due dita tra le labbra. Mi incanto a osservare la sua bocca morbida premere lenta sui polpastrelli. Li fa strisciare avanti e indietro, lentamente. Mi rivolge un sorrisetto spietato, compiaciuto, e m'infilza con i suoi occhi, belli e brutali allo stesso tempo, obbligandomi a chiudere i miei per tenere a bada il tumulto che cresce, impietoso, dentro di me.

Gli è facile farmi stare in silenzio, come gli è facile farmi urlare. Gli è facile farmi andare in paradiso, e gli ancora più facile farmi piombare all'inferno. Sa farmi rabbrividire, come sa farmi diventare pietra rovente.

Ma perché penso a queste cose davanti a John e mia madre?

È mattina e quei due non fanno che girare come trottole, controllando di aver messo tutto nelle valigie pronte per il loro viaggio di nozze. Riapro gli occhi. *Dio, è così bello.*

«Capito, Juls?». Mia madre deve avermi fatto una domanda.

«Sì».

«"Sì", cosa?», mi rimbecca.

«Sì, lo farò».

Lei mi punta un dito contro. «Due volte al giorno, Juls! Mi devi chiamare due volte al giorno».

Annuisco spazientita.

«E mi scriverai su WhatsApp».

«Uffa, sì, ti ho detto!».

Ma perché ad Alexander non dicono niente? È ingiusto.

«Catherine, perché Juliet non può stare da Mini?».

Ecco John. Borbottano alle mie spalle, come se non li sentissi.

«No, da Mini no. Sua madre è inaffidabile», replica lei, posizionando i biglietti aerei dentro il passaporto.

«Non ha un'altra amica con cui stare?»

«John, ma che ti prende? Abbiamo detto di provare a dar loro fiducia».

I miei occhi tornano su Alexander che mi fissa, non ha mai smesso nemmeno per un attimo.

«Dai, Juls, ti accompagniamo prima di andare all'aeroporto».

«Dove?», domando stralunata.

«A nuoto! Muoviti».

E io che pensavo di saltare gli allenamenti oggi.

Anche perché dovrei vedere papà, ma sono quasi sicura si sia dimenticato del nostro appuntamento. Guardo Alexander, aspettandomi che abbia la soluzione a questo piccolo contrattempo, ma lui mi indica la porta con un cenno del capo.

«Va bene», mormoro prima di andare a prepararmi.

Dopo un po' esco dalla porta di camera mia, con il borsone della piscina pronto, e mi imbatto in Alexander. Per poco non mi scappa un urlo dallo spavento. Lui se ne accorge in tempo e mi preme una mano sulla bocca.

«Ti porteranno in piscina prima di andare in aeroporto, fatti accompagnare. Poi prendi il pullman delle…». Fa una pausa per guardare l'orologio stretto al polso. «…dell'una e un quarto, e torni qui. Hai capito bene?», mi sussurra all'orecchio.

«Sì, anche perché non posso mettermi in costume…».

«Juliet, vai». Faccio per lasciargli un piccolo bacio sulle labbra, ma Alexander si allontana.

«Dopo avremo tutto il tempo del mondo».

È una dolce minaccia e ora sono ancora più impaziente di stare con lui.

Mia madre si perde in mille raccomandazioni prima di lasciarmi in piscina. Fingo di entrare nella struttura, ma appena la loro macchina gira l'angolo, mi dirigo alla fermata dell'autobus. Sono seduta alla pensilina con il borsone sulle gambe quando mi arriva il messaggio prevedibile di mio padre.

Niente parco oggi, facciamo domani.

Sbuffo. Ma d'altronde che mi aspettavo? Solo una piccola parte di me ci aveva creduto per davvero. In fondo, lo sapevo che non avrebbe mantenuto la promessa. Torno a casa con uno strano senso di inquietudine nelle ossa, fortuna che oggi io e Alex staremo insieme. Finalmente.

«Alexander!». Il suo nome è la prima cosa che dico quando rientro in casa.

Nessuna risposta.

«Aleeeex!». Mi sto sgolando, ma poco importa. Non sto nella pelle. Voglio dirglielo. Voglio dirgli che lo amo. E lui può rifiutarmi, può ridermi in faccia. Ma io voglio dirglielo. Salgo le scale di corsa, dopo essermi tolta cappotto e guanti. Busso alla sua camera. Ancora nessuna risposta.

Ma dov'è andato ora?

Ho un tuffo al cuore quando apro la porta di camera sua.

Vuota.

Dove sono i poster?

Il suo letto è perfettamente rifatto.

Tutto in ordine, come al solito.

Eppure… c'è qualcosa di diverso.

Il suo profumo non c'è.

«Alex, ma dove sei?», sussurro debole. No. Non è possibile. Non può essersene andato.

«Alexander!».

Esco da camera sua a tutta velocità e passo davanti alla camera da letto di mia madre. La porta è lievemente socchiusa e scorgo il profilo longilineo di Alexander. Emetto un sospiro di sollievo quando lo vedo lì, elegante nella sua camicia.

«Cosa ci fai qui?», chiedo incuriosita. Lo sorprendo a chiudere un cassetto dell'antico mobile in legno che costeggia la parete di fronte al letto matrimoniale.

«Pensavi me ne fossi andato?», domanda freddo.

«Dove sono i tuoi poster?». Lancio un'occhiata curiosa al cassetto che Alexander ha appena chiuso, prima che lui ci si metta davanti con tutto il corpo.

«Volevo cambiare un po' l'aspetto della mia camera, problemi?». Il tremore delle mie mani tradisce quanto io sia agitata. «Sta' tranquilla. Pensavi davvero che me ne fossi andato?». Alexander mi prende entrambi i polsi. «Non ho nessuna intenzione di lasciarti da sola. Tantomeno ora». E se il desiderio avesse una forma precisa, sarebbe quella del suo viso aguzzo e delle sue labbra disegnate. Le mie mani bruciano quando gli accarezzo la guancia. Lui mi solleva il maglione per imprimere la forma del suo palmo caldo sul mio fianco.

Gli lascio un bacio a stampo sulle labbra, che rimangono ferme con distacco. Lo conosco. È il gioco in cui lui prende le distanze da me, si fa desiderare, prima di stremarmi di baci così intensi che mai avrei pensato di dare con i vestiti ancora addosso.

«Alex…».

«Piccoletta…».
«Mi piacerebbe tipo…».
Alexander si incuriosisce a tal punto da staccare le labbra dalle mie.
«Vediamo se posso accontentarti».
«Pensavo a qualcosa di romantico…».
«Tipo una cenetta, solo io e te».
Tipo un appuntamento. Ma questo meglio non dirlo ad alta voce. Alexander sembra però essere rapito dalla collana che mi ha regalato, quella che adesso mi adorna il collo. Dapprima fa passare un dito sotto il gioiello, mentre lo osserva ammaliato, poi mi fa un sorriso enigmatico.
«È una buona idea. Ci penso io, piccoletta».
Il mio cuore compie una capriola involontaria.
«Alex, è il letto di tuo padre», esclamo a gran voce quando mi prende di peso e mi lancia sulle lenzuola pulite.
«No, piccola Juliet. Questo è il letto dove ti legherò e ti farò urlare». Un ghigno subdolo fa curvare le sue labbra perfette. «Aspettami qui».
Alexander si alza ed esce dalla stanza, lasciandomi nella confusione più totale.
Il mio sguardo si sposta di lato, sul cassetto che ha richiuso poco fa, prima che io entrassi in camera.
Cosa c'è lì dentro?
Con un balzo mi sollevo e mi avvicino al mobile.
Tiro il pomello in ottone, ma questo non si muove.
Il cassetto è chiuso a chiave.
Non dovrei frugare, ma ora sono troppo curiosa. Così provo a forzarlo, tirando più che posso, ma non c'è verso di aprirlo.
Quando sento i passi pesanti provenire dal corridoio, mi lancio nuovamente sul letto.
Alexander ha qualcosa di metallico tra le dita.
Oh mio Dio, i nostri genitori sono andati via da meno di un'ora e lui ha già pronto un nuovo strumento di tortura.
«A cosa servono quelle manette?», domando con voce tremolante, indietreggiando sui gomiti.
«Servono per tenerti ferma».
«Mentre…?»
«Mentre faccio di te quello che voglio, no?».
I suoi occhi mi fanno sempre lo stesso effetto: quello di scuotermi lo stomaco con farfalle e demoni.
Alexander si avventa su di me, mi graffia la bocca di baci umidi, mentre mi spoglia, lasciandomi con solo i jeans e il reggiseno indosso. Rispondo ai suoi baci, sfregando la mia pelle bollente contro la sua. Dopodiché, gli sbottono la camicia.
«Alexander…». Gli mordo il lobo, mentre la sua camicia vola via fino al pavimento, come seta leggera.
«Ti sto ascoltando, Juliet…», mormora agganciando una manetta alla testata del letto, mentre l'altra ciondola sui cuscini. Ripete l'operazione anche con l'al-

tra. I muscoli del suo addome si contraggono quando compie i movimenti, e io li studio ammirata. Cado ai suoi piedi tutte le volte che lo guardo. Quanto vorrei potergli fare lo stesso effetto…

«C'è una cosa che vorrei dirti», sussurro lentamente, accendendo la sua curiosità.

Ti amo. No, non è il momento, sta per incatenarmi al letto.

Però posso solleticare i suoi punti deboli. Magari non lo farò capitolare, ma sono sicura di saperlo rendere vulnerabile.

«Farò quello che vuoi, Alexander. Tutto quello che vuoi».

In un attimo perde completamente la concentrazione ed è allora che inverto le posizioni, mettendomi a cavalcioni su di lui.

«Perché non facciamo un altro gioco?», bisbiglio con voce suadente, afferrando i suoi polsi esili, prima di portarli contro la testiera del letto.

Stringo il suo braccio sinistro con presa ferma.

«Juliet!», mi rimprovera duramente, ma io non gli do retta e catturo il suo polso imprigionandolo nel ferro. Alexander digrigna i denti, poi porta la mano libera contro il polso legato, come per liberarsi dalla stretta, ma con un gesto rapido lo blocco. I suoi riflessi non sono altrettanto veloci, le mie parole l'hanno mandato in confusione, quindi intrappolo l'altro polso di Alexander dentro la seconda manetta.

«Ora che puoi fare?», bisbiglio contro il suo orecchio.

«Slegami. O giuro che il male che ti ho fatto finora non sarà nulla in confronto a quello che ti farò». Lo vedo tirare i polsi mentre lo spettacolo del suo corpo pallido e semisvestito mi abbaglia.

«Uh, che paura. E cosa mi farai?». Ridacchio.

«Slegami, Juliet. Ora».

«Te lo scordi», sbotto divertita. Inizio a torturarlo con una lunga scia di baci lungo tutto il torace nudo, lo sento indurire il petto, mentre trattiene il respiro.

E sembra piacergli il mio assalto, soprattutto quando arrivo fino al bordo dei suoi pantaloni, dove emetto un soffio più caldo. «Juliet…».

Mi siedo sul suo bacino, strappandogli un lamento roco.

Lo sento imprecare, quindi spengo le sue lamentele con un bacio sulle labbra, mentre lui mi addenta la bocca con forza.

I nostri gemiti riempiono la stanza, lui ansima sotto le mie mani e, quando comincio a muovermi timidamente sul suo bacino, sento la sua erezione crescere a dismisura.

«Dio, fa' attenzione».

«Fatto male?», lo provoco con un sorrisetto.

«No. Farà male quello che farò io a te».

Incurante della sua reazione, gli sbottono i pantaloni.

«Cosa stai facendo?».

Sorrido e, quando libero la sua erezione, mi accorgo che la situazione lo sta eccitando.

«Juliet, piano». Lo accarezzo con bramosia, senza però avere il coraggio di guardarlo negli occhi. Vedo le sue braccia tendersi, mentre muove i polsi bloccati nelle manette. Quando mi abbasso sulla sua eccitazione pulsante e l'avvolgo con le labbra, Alexander comincia ad ansimare buttando la testa all'indietro. La sua pelle tesa mi solletica la lingua, la sua eccitazione s'ingrossa sempre più e, non appena avverto il suo sapore salato, mi allontano e lascio che si riversi sul suo stomaco con un'espressione sofferente stampata in viso.

«Cristo». Lo vedo risucchiare un gemito tra i denti serrati. «Ti farò ripulire tutto con la lingua», ringhia guardando il liquido caldo colare tra gli addominali.

Mi alzo da lì soddisfatta, ma lui mi richiama.

«Juliet?»

«Vado a prendere i fazzoletti».

Lo vedo fare segno di no con la testa. «Slegami prima. È un ordine».

Decido di obbedire e di liberargli i polsi, ma è proprio in quell'istante che Alexander sfoggia un ghigno. Solo allora capisco che vuole vendicarsi. Sgancio le manette e scappo via come una molla impazzita, mentre lui si pulisce rapidamente con la camicia. Poi sento i suoi passi venire all'inseguimento.

«Juliet, ti prenderò. Lo sai».

Comincio a correre a perdifiato lungo il corridoio, Alexander è in svantaggio, quindi giro l'angolo e mi infilo nella prima camera aperta che trovo. Chiudo a chiave immediatamente e, solo quando mi volto, realizzo dove sono. È la camera di Alexander.

«Dove sei, piccoletta?».

Sento la sua voce venire da lontano.

Mi guardo intorno.

"Ora sì che si comincia a ragionare…", penso tra me e me, mentre mi rendo conto di avere a completa disposizione il mondo di Alexander, proprio qui, davanti ai miei occhi.

Mi metto a curiosare rapidamente tra i cassetti stracolmi di fumetti, libri, c'è davvero un sacco di roba.

I miei occhi cadono su uno scompartimento della scrivania di legno: è molto grande e, purtroppo, è chiuso a chiave.

Chissà cosa c'è lì dentro.

Mi fiondo sul cassetto, ma non riesco ad aprirlo in nessun modo.

È chiuso a chiave anche questo?

La serratura è piccola e fa presagire che l'apertura avvenga tramite una chiave dalle dimensioni ridotte. Ma dove sarà? Inizio a vagare per la camera, poi un pensiero mi sfiora.

E se Alexander la tenesse in tasca?

No, ma che sciocchezze… Perché dovrebbe?

Significherebbe che lì dentro c'è un segreto così grande che non può permettersi di svelarlo a nessuno.

"Sono sicura che non è così!", mi rassicuro. Esco in punta di piedi dalla stanza e sorprendo Alexander a vagare per il corridoio a petto nudo.

«Dov'eri, Juliet?».

Mi butto sulle sue labbra per porre fine all'interrogatorio prima che abbia inizio, lui però mi avvolge una mano attorno al collo e con una presa decisa mi fa aderire al muro. Poi inclina il capo, come un felino affamato. «Sei stata cattiva. Molto cattiva», mugola sulla mia guancia, facendomi tremare le gambe.

Il tremolio non cessa neanche quando Alexander lascia la presa ridacchiando. Ogni volta che ride gli si formano delle piccole rughette deliziose ai lati degli occhi, che diventano così piccoli da farlo sembrare un bambino. Scoppio a ridere anche io e non so perché stiamo ridendo, ma il suono della sua risata mi scalda il cuore.

«Se ridi non crederò alle tue minacce però!», lo provoco.

«Hai ragione, mi sto rammollendo», mormora lui. «Sarà il tuo sorriso, o le tue labbra...». Lascia scivolare un pollice sul mio labbro inferiore. «Ma molto probabilmente sono i tuoi occhi».

Il mio cuore scoppia letteralmente d'amore per lui. Alexander mi incatena alla parete con un solo sguardo, accompagnato da una domanda inaspettata.

«Faresti di tutto per me, Juliet?».

Sento il cuore esplodermi nel petto. Potrebbe chiedermi qualsiasi cosa. Qualsiasi.

«Credo proprio di sì».

Un ghigno sadico si forma sulle sue labbra morbide. Sono ancora in reggiseno, quando con le dita traccia il mio petto.

«Perché io potrei chiederti qualsiasi cosa...».

«Okay, ora mi spaventi».

Cosa potrebbe chiedermi? Con le dita mi sposta una ciocca di capelli dietro l'orecchio, poi le sue mani scendono lungo i miei fianchi e, quando mi sbottona i jeans, capisco.

«Alex...».

«Vuoi forse fermarmi? Mhm?»

«No...».

Non so perché sto tremando più del solito. Eravamo già stati a casa da soli, ma mai così, per una settimana. E se accadesse qualcosa di brutto? I miei dubbi sembrano svanire quando Alexander prende ad accarezzarmi con desiderio infilandosi nei miei jeans. Inizio a sentire caldo, una forte pressione ovunque, dentro di me. Mi aggrappo con le mani ai suoi fianchi per reggermi in piedi, prima che le mie gambe cedano totalmente sotto il suo tocco famelico. Nonostante le sensazioni piacevoli che invadono il mio corpo, ho la lucidità di lasciar scivolare il mio pollice sulla sua tasca sinistra. C'è qualcosa lì dentro. *E se fosse una chiave?*

Scaccio subito il pensiero e provo a muovere il bacino per andargli incontro, ma lui mi blocca con le sue mani forti, mentre tento in tutti i modi di liberare la mente e lasciarmi andare alle sue carezze.

Il pensiero della chiave, però, non mi abbandona. Sfioro di nuovo la sua tasca. *Se n'è accorto?*

Per un attimo ho paura capisca che sto cercando qualcosa, ma presto mi rendo conto che Alexander è troppo impegnato a tenermi ferma contro il muro, mentre ruota avidamente le dita dentro di me.

Intanto, mi concentro ancora sulla tasca e lo sento sotto i polpastrelli: è un oggetto piccolo, curvo da un lato e allungato dall'altro.

Porca miseria, è davvero una chiave.

Ondate di panico si scatenano dentro di me.

Non conosco il motivo preciso, ma il mio petto si svuota di tutto l'ossigeno.

Ho uno strano presentimento.

Mi guardo intorno, poi comincio a balbettare nervosa.

«Che ore sono? Mini ha detto che…».

«Shh. Zitta».

L'altra mano di Alexander atterra sulla mia bocca.

Mi lascio trasportare dalle sue dita esperte che sanno essere più forti delle mie preoccupazioni, ma non più intense dei suoi occhi, che invece mi perforano l'anima.

«Sei entrata in camera mia?», tuona minaccioso.

Una scossa di adrenalina mi fa tremare.

Nego con la testa, mentre il mio corpo diventa liquido nelle sue mani.

«Mi stai dicendo una bugia?».

Deglutisco lentamente.

«No», rispondo fredda.

C'è un attimo.

Un attimo in cui gemo di dolore: le sue dita spingono così a fondo dentro di me, da farmi chiudere gli occhi.

Poi il suono del citofono fa trasalire entrambi.

Alexander sbuffa.

Scivola via dalla cerniera dei miei jeans.

Sono ancora con la schiena al muro, quando trovo il coraggio di lanciare un'occhiata alla porta di camera sua.

Lo scoprirò cosa tieni lì dentro, stanne certo.

65

JULIET

Vedo Alexander andare a recuperare la sua camicia e il mio maglione, mentre io tento di regolarizzare il respiro. Mi rivesto, poi scendo al piano di sotto.

Quando apro la porta d'ingresso, sulla soglia ci sono le facce sorridenti di Mini e Norman.

«Disturbiamo?», domanda Mini guardandomi stralunata.

«No, venite pure».

Alexander bofonchia qualcosa, mentre Norman ci mostra una busta che emana un buon profumino.

«Abbiamo portato dei giochi da tavolo e della pizza».

Mentre Alexander e Norman scelgono il film da guardare, io seguo Mini in cucina.

«Non riesci a stargli lontana, eh…», la punzecchio riferendomi a Norman.

«È lui che non riesce a starmi lontano. Lo sai».

Sorride con aria strafottente.

«Sì, certo», borbotto, mettendomi in punta di piedi per raggiungere a fatica i bicchieri nella dispensa. Sollevo il braccio e il mio maglione si alza.

«Juls?»

«Sì?»

«Che diavolo hai fatto al fianco?»

«Cosa? No, niente», sbotto riabbassandomelo.

Inconsciamente mi ero già preparata a questa evenienza. Prima o poi sarebbe successo che qualcuno avrebbe notato qualcosa.

«Mi stavo facendo la ceretta alle gambe e sono stata sbadata. Mi sono un po' ustionata con la cera. Tutto qui».

La sua faccia incredula sembra dire "sul fianco, davvero?".

«E al collo?», rilancia prontamente.

«Niente», mormoro accarezzandomelo con le dita nervose.

«Juls!».

«Ehm… ho… mi sono scottata con la piastra».

«Anche sul polso ti sei bruciata con la piastra?», domanda lei, sconcertata.

Osservo i segni rossastri che Alexander mi ha lasciato.

«Sì, credo di sì».

Poi invito Mini a seguirmi in salotto.

La mia migliore amica rimane stranita per la prima parte del pomeriggio, solo dopo sembra rilassarsi un po'. Probabilmente gli infiniti battibecchi con Norman la distraggono così tanto che dimentica ogni cosa. Vorrei però potermi dimenticare anche io di qualsiasi cosa. Invece ho solo un pensiero in mente. La chiave che Alexander ha in tasca.

Cosa apre? Cosa nasconde? Perché la porta con sé?

Mangiamo la pizza, poi ci mettiamo sul divano a guardare un film. Lui è sempre molto riservato e freddo, ma ogni tanto le nostre dita si sfiorano e nel mio stomaco le farfalle impazziscono.

«Alex». Mi avvicino al suo orecchio.

«Mhm?»

«Vorrei preparare dei popcorn. Ho paura di fare un casino…».

«Faccio io», replica lui. «Vieni, ti faccio vedere».

Lasciamo Norman e Mini in salotto e ci dirigiamo in cucina.

Lì gli lancio le braccia al collo e lui sembra confuso.

«Avevi davvero creduto alla storia dei popcorn?»

«Che intenzioni hai, piccoletta?»

«Voglio ancora un bacio».

«Devi ancora pagarmela per prima…».

«Sì, ma lo sai che…».

Alexander infila le mani nelle tasche, poi mi bacia con le sue labbra fameliche, facendomi interrompere a metà discorso.

E io perdo il filo. Lo fa sempre. Mi chiedo se la sua intenzione sia quella di zittirmi o se la voglia di baciarmi è così improvvisa che non riesce a resistere. Glielo chiederò prima o poi.

«Mi abbracci?», domando con voce da bambina.

«Sei dolce a chiedermelo».

In realtà ho un piano.

Ed è proprio nel momento in cui le sue mani escono dalle tasche e finiscono salde sulla mia vita, che ho il via libera.

Faccio scivolare i palmi prima lungo un fianco, poi lungo l'altro.

Con la scusa di fargli una carezza, tocco la sua tasca.

Eccola. È ancora lì. La chiave.

Devo solo infilare un dito in quella tasca, in maniera così delicata da far sì che non se ne accorga.

Sfruttare i baci di Alexander non è difficile, lui è instancabile e io rinnovo continuamente l'infinita danza delle nostre lingue.

Finalmente aggancio la chiave sotto il polpastrello dell'indice, la faccio strisciare su con una precisione sconvolgente e, una volta che è uscita, la faccio sparire in mano.

«Alex, inizia pure con i popcorn. Mi sono ricordata che devo andare a chiamare mia madre e dirle che va tutto bene», gli dico, staccandomi da lui.

Odio mentirgli, ma devo scoprire la verità.

«Brava. Fa' in fretta. Ti voglio qui con me».

Provo un po' di senso di colpa nel tradire la sua fiducia con bugie, sospetti e diffidenza, ma ora devo sapere.

Salgo le scale lentamente, come se non morissi dalla voglia di fiondarmi in camera di Alexander. Il cuore mi martella nel petto, lo sento nelle orecchie, le tempie mi pulsano.

Apro il palmo tremolante e guardo la chiave.

È minuscola.

Sarà quella giusta?

Entro in camera sua e accendo la luce.

Mi chino sulla scrivania e infilo la chiave nella toppa.

Lo sapevo!

La chiave entra.

La faccio girare.

Poi un *clic*.

E il cassetto si può aprire.

Prima di cominciare con la mia esplorazione, mi volto di scatto verso la porta.

Il cuore batte così forte che il petto inizia a bruciare.

Poi finalmente faccio scorrere quel dannato cassetto e rimango spiazzata.

Quelli che vedo sono fogli di carta sottile stampata in bianco e nero.

Ne prendo uno in mano e mi accorgo che sono ritagli di giornale.

Tiro un lieve sospiro di sollievo.

Poi un sorriso.

Stavo letteralmente trattenendo il fiato. *Che stupida, non c'è nulla di cui aver paura…*

Qualcosa di sinistro, però, attira la mia attenzione.

Alcune scritte che popolano quelle pagine sono state cancellate con righe nere e spesse.

Sono state fatte con un pennarello e la cosa più strana è che non sono rigacce, ma linee dritte, perfettamente tracciate.

Solo una persona può aver fatto quel lavoro meticoloso.

I miei occhi impazziti cadono immediatamente sui titoli dei trafiletti cancellati.

"Manchester. Rapina finita male".

Purtroppo non posso leggere il contenuto dell'articolo, quindi passo a un'altra pagina.

I titoli delle notizie si susseguono.

"Non è stata trovata l'arma del delitto".

"Mistero intorno all'assassinio di Manchester. Nessuna traccia dei rapinatori".

"Rapinatori fantasma nell'omicidio della giovane donna…".

Con mani nervose inizio a frugare nel cassetto, estraendo tutte le pagine. Altri titoli di giornale.

"Mistero intorno alla ragazza suicida al Nightingale Hospital".

Un brivido mi percuote.

Tutto questo è molto inquietante.

Ma la cosa peggiore è che non capisco cosa significhi.

Perché Alexander ha cancellato in maniera così ossessiva le notizie?

«Juliet?». La sua voce profonda mi prende alla sprovvista, così ributto tutto dentro il cassetto, e lo chiudo velocemente.

«Cosa ci fai qui?».

Mi volto sperando di non avere un'espressione troppo colpevole. «Alex, ti giuro, non…».

«Ti piace stare nella mia stanza?», domanda minaccioso.

«Sì», ribatto velocemente, felice che lui stesso mi abbia dato un appiglio.

Poi muove due passi verso di me.

«Perché tremi?».

«Ehm…».

«Non devi avere paura di me».

«Ma a te piace quando ne ho».

Leghiamo i nostri sguardi in una di quelle occhiate complici che siamo soliti scambiarci quando siamo in mezzo agli altri.

«Cos'hai combinato, Juliet?». La sua voce ha quel suono così bello e infernale. Curva il capo di lato, nel suo solito modo inquietante.

«Niente, Alex». Si morde avidamente il labbro, mentre i suoi occhi soffocanti prendono possesso del mio corpo.

«Stavo pensando… che forse fai bene, Juliet».

Compie un piccolo giro intorno a me per poi raggiungere la sua scrivania.

I miei occhi notano un dettaglio tutt'altro che piacevole: ho lasciato il cassetto socchiuso. Inizio a tremare come una foglia.

«Faccio bene a fare cosa?», balbetto impaurita. Lui torna alle mie spalle e fa passare le sue mani lungo i miei fianchi con bramosia, fino a farmi sentire morbida e preziosa come oro liquido.

«Ad avere paura».

Vittima del suo incantesimo, stringo le gambe tra loro, mentre Alexander porta le sue labbra tiepide al mio orecchio, come se volesse confidarmi un segreto.

«Perché c'è una cosa che ti farò».

Il suo buon profumo si unisce al suo sussurro languido, mandandomi in estasi.

«E tu, Juliet, avrai paura ogni volta che la farò», conclude inumidendosi le labbra contro la mia gola.

Spalanco immediatamente gli occhi. «Di cosa parli?».

Contro ogni mia previsione, Alexander mi prende le mani, portandomi verso il suo letto. «Stenditi».

Saranno le sue parole, sarà la nostra connessione di sguardi così intensa, o forse la paura che scopra che ho frugato tra le sue cose, ma alla fine decido di obbedirgli. Prima che io possa sdraiarmi sul letto, Alexander indica i miei jeans. Li sbottono, poi li sfilo completamente, e quando lo vedo soddisfatto mi stendo sul letto, sotto il suo sguardo attento.

«Apri bene le gambe».

Stavolta non si fa aspettare. Alexander si inginocchia tra le mie cosce e posiziona la bocca sul mio inguine sensibile.

Senza neanche prendersi il tempo di togliermi le mutande, le sposta e prende a torturarmi con le sue labbra morbide. Dapprima con un movimento indolente, poi sempre più incalzante.

Mi penetra con la lingua levandomi il fiato.
«Perché ora?».
Quando i suoi denti si agganciano crudeli proprio sulle mie pieghe, lancio un urlo.
Di questo parlava.
Vuole farmi capire che non sarò mai al sicuro con lui. Mai.
"È questo il prezzo del paradiso?", mi chiedo, inarcando la schiena, poco prima che le spinte della sua lingua mi portino in un altro mondo.
La sento volteggiare frenetica. È così piacevole da farmi perdere il contatto con la realtà e dopo poco finisco a tremare.
«Dio!», sbuffo senza fiato.
Alexander mi rivolge un sorriso bello e perfido allo stesso tempo. «Parli di me, mhm?».
Oh sì. Dico proprio a te.
Sospiro, mentre Alexander mi aiuta a rivestirmi.
«Cosa vuoi che ti prepari per cena, piccoletta?». Le sue nocche delicate mi sfiorano la pancia, poi il viso.
«Ehm… quello che preferisci, davvero», mormoro prima di lasciargli un bacio sulla guancia.
«Va bene. È meglio se torniamo dagli altri».
«Arrivo subito, vado prima in bagno», dico riabbottonandomi i jeans, mentre lui mi rivolge un'occhiata vagamente eccitata.
Alexander esce dalla stanza, lasciando la porta aperta.
Infilo una mano nella tasca.
Ho ancora la chiave.
Dovrei chiudere il cassetto e lasciarla da qualche parte…
Ma prima voglio assicurarmi che non ci sia nient'altro lì dentro.
Riapro il cassetto e comincio a tastare fino in fondo.
La superficie di legno si muove appena sotto la mia mano.
Pigio lentamente con le dita e mi accorgo che la base del cassetto si può togliere.
La sollevo.
C'è un doppio fondo.
Cosa nascondi, Alexander?
Rimuovo il pannello di legno e mi accorgo che, proprio lì sotto, c'è qualcosa.
Un'altra chiave.
Un'altra chiave?
Questa è più grande.
Ma perché era nascosta lì sotto?
La raccolgo, poi riposiziono la base del cassetto com'era prima e lo chiudo.
"Probabilmente farei bene a infilarla nuovamente nelle tasche di Alexander", penso giocherellando con le due chiavi.
Oppure scelgo di essere sincera e raccontargli tutto.
No, meglio di no.
Certo, sono curiosa e vorrei sapere cosa apre quest'altra però…

Resto ancora qualche secondo a guardarmi in giro, come se in camera di Alexander ci potessero essere indizi per risolvere un enigma di cui non conosco neanche il nome o la forma.

"Forse è meglio se ci do un taglio", concludo, intascandomi entrambe le chiavi.

Dopo i cinque minuti di disconnessione dal resto del mondo, torno al piano di sotto, dove trascorro il pomeriggio con Mini e Norman, tra chiacchiere e risate.

Non avevo mai visto Alexander così tranquillo e quasi sorridente.

Lui e Norman sembrano davvero buoni amici, anche se quest'ultimo pende dalle sue labbra, nonostante a volte lo prenda un po' in giro.

Ma d'altronde Alexander ha un carattere particolare, forse è questo che gli impedisce di avere molte amicizie.

E se invece non avesse amici perché…

Interrompo immediatamente i torbidi pensieri.

Non posso permettermi di ritornare a ossessionarmi con ciò che ho scovato in quel cassetto, ora.

Devo avere fiducia in lui, non appena saremo soli gli chiederò come mai ha cancellato quegli articoli. Sono sicura che Alexander mi darà una spiegazione.

Così come mi spiegherà a cosa serve l'altra chiave e perché era così nascosta.

E se fosse questo il problema?

Se fosse proprio il fatto che lui sa persuadermi troppo bene, tanto da indurmi a credere a ciò che non corrisponde alla realtà?

Sì, sa manipolare le persone.

Lo sa fare dannatamente bene.

Ma ciò non significa che abbia manipolato anche me.

O forse sì?

«Juls, ma a che pensi? Tocca a te!».

Mini mi porge il dado, mentre io sono sempre più distratta dalla partita di Risiko.

«Vorrai mica lasciare che Ackerman conquisti tutta la mappa?». Ridacchia, indicandomi le pedine di Alexander.

«Che palle giocare con te però! Possiedi mezzo mondo. Guarda la povera Juls! Tra un po' finirai per prenderle pure la Groenlandia!», si lamenta Norman.

«Juliet non ha possibilità di vincere», dice Alexander.

Di solito non sono competitiva, ma ora mi dà sui nervi il suo tono arrogante.

«Come hai detto, scusa?»

«Che se giochi così non riuscirai mai a prendere gli altri Stati, Juliet», risponde fissandomi negli occhi.

C'è un luccichio diabolico nelle sue iridi, c'è sempre stato, ma ora mi sta facendo perdere la pazienza.

«Ahi ahi. Juliet non proverà mai l'ebrezza di diventare il dominatore supremo del mondo, come il nostro Alexander», ci canzona Norman.

«Stai dicendo che non ho il carattere per farlo, Alexander?».

Rispondo al suo sguardo spietato, senza abbassare gli occhi neanche per un secondo.

«Sto dicendo che non hai l'attitudine per farlo», asserisce incrociando le braccia sul petto.

«Stiamo ancora parlando del gioco?».

Il mio tono di voce si è alzato notevolmente.

Mini e Norman ci guardano imbarazzati.

«Sei debole. Nel gioco», continua lui.

Non so perché, ma ho come l'impressione che non stia più parlando di questo stupidissimo gioco.

«Devo andare a fare pipì. Salto un turno», sbuffo alzandomi dalla sedia con piglio nervoso.

Mi chiedo cosa mi faccia alterare di più: se il suo atteggiamento altezzoso o la maniera in cui mi sfida, la maniera in cui mi guarda.

Come se io valessi meno di lui.

La verità è che per quanto io ci provi a essere alla sua altezza, non lo sarò mai.

Non sarò mai intelligente quanto lui.

Né astuta. Né perfida quanto lui.

Ma ora ho la mia occasione per fare di testa mia, senza il suo aiuto, o le sue imposizioni.

Salgo al piano di sopra e senza pensarci due volte entro in camera da letto dei nostri genitori.

Qualcosa mi dice che la chiave nascosta nel cassetto di Alexander apre lo scompartimento del mobile di John.

Quello in cui frugava Alexander poco prima.

Tutte le mie supposizioni trovano conferma quando giro la chiave nella toppa e il cassetto si apre come per magia.

È pesante e faccio fatica a tirarlo a me.

Con la fronte corrugata estraggo una cartellina azzurra. Sembra contenere dei documenti importanti.

Saranno sicuramente scartoffie di lavoro di John.

Li scorro distrattamente. Sembrano essere documenti ufficiali, fitti di scritte incomprensibili.

Leggo alcuni termini legali, sparsi qui e là, tra le righe.

Continuo a sfogliare tra i vari fascicoli, quando mi accorgo di un denominatore comune.

Su ogni foglio c'è un simbolino. Sopra le scritte a mano, le scritte a computer, appare sempre quel simbolo in alto a sinistra.

Non lo riconosco, ma al di sotto c'è una piccola scritta.

Dipartimento di polizia.

Le mie mani scorrono più veloci.

Ci sono anche dei disegni.

Sembra la mappa di una casa.

I miei occhi impazziscono tra scritte e diagrammi.

Poi dei nomi.

Annabelle Ackerman.

Mi sento immediatamente in colpa. Sto frugando nel passato di Alexander in maniera furtiva e per nulla rispettosa, tra documenti che appartengono a sua madre e probabilmente alle indagini del suo omicidio.
Poi i miei occhi cadono sulle date in basso a destra, riportate su ogni foglio.
Mi sorprendo perché il documento è abbastanza recente. Risale a sei mesi fa.
Parole fitte. Ne leggo solo alcune.
"Caso". "Riaperto".
Quindi il caso dell'omicidio di sua madre è stato riaperto... Ma perché? Continuo a sfogliare e mi soffermo su un foglio dalla grafia troppo difficile da interpretare.
Noto che però contiene qualcosa d'importante. Perlomeno per me.
"Alexander Ackerman".
"Dinamica dell'omicidio non chiara". Provo a leggere, ma è quasi illeggibile.
"Unico testimone oculare".
"Nessun segno di effrazione".
"Gioielli e altri beni di valore presenti all'interno della cassaforte sono rimasti intatti".
Che significa? Che c'erano solo Alexander e sua madre quella sera? E che non c'è stata una rapina?
"La perizia psichiatrica ha riportato riscontri contrastanti...".
Cosa sto leggendo?
Se non c'erano i rapinatori, come è morta la madre di Alexander?
«Oh».
Ne ho detti tanti di "oh" in vita mia, ma questo è il più pesante.
Il più sconvolgente.
No. Non sono lucida.
Non è possibile.
Lancio tutti i fogli e i fascicoli a terra.
Basta. Non leggerò più.
Poi i miei occhi vengono attirati da una scritta, sopra un fascicolo spesso.
"Mya Thomas".
Chiudo gli occhi.
Non posso farcela.
Non posso.
Ma voglio sapere.
Devo sapere.
Raccolgo il fascicolo dal pavimento, per poi sfogliarlo.
"Alexander Ackerman, fermato per l'omicidio di Mya Thomas. Rilasciato per mancanza di prove".
«No», esclamo a voce alta, dando un calcio ai fogli ormai sparsi ovunque, a terra.
Perdo completamente la testa.
Mi porto una mano sulla bocca, come per trattenere l'imminente pianto a dirotto.

«Non è vero…», ripeto come una preghiera, come se servisse a cancellare le parole ormai impresse nella mia mente. Ma non sono le parole il problema, piuttosto i dubbi che queste sono riuscite a innestare dentro di me.

«Tutto questo non è vero…».

Mi guardo allo specchio.

Sono terrorizzata, arrabbiata, ferita. Mi fidavo davvero di lui.

Ed era quella fiducia rara, quella che si dona a occhi chiusi.

Quella che non si dà a un possibile assassino.

Mi guardo intorno con disgusto. Odio ogni singolo centimetro di spazio che mi circonda.

Ruoto su me stessa, in preda al panico.

So già che avrò impresse queste quattro mura nella mia testa per tutta la vita.

Il mobile.

L'odore del legno.

Ho la nausea.

Tutto mi irrita.

Persino il mio riflesso nello specchio.

Ma come ho potuto? Come ho potuto fidarmi di lui?

Se ripenso a cosa mi ha fatto…

I miei occhi si gonfiano di lacrime.

Poi la sua voce nel corridoio.

«Juliet? Stai bene?».

Sento Alexander bussare qualche porta più in là, probabilmente quella di camera mia.

Il mio cuore si rasserena un po' quando sento la sua voce profonda.

Ma il mio cuore è folle.

Avrei dovuto capirlo prima.

L'hanno rilasciato per mancanza di prove per ben due volte?

Perché mi ha raccontato la storia della rapina?

A chi devo credere? A lui?

Solo perché è Alexander?

Solo perché lo amo da morire?

Ingoio il dolore e con esso le mie lacrime.

Poi esco dalla camera a testa alta.

Una rabbia sconfinata mi morde lo stomaco quando lo guardo negli occhi.

«Che cosa facevi in camera dei nostri genitori?»

«Avevo dimenticato questo».

Gli mostro il mio elastico per capelli e rispondo fredda come una bambola senza vita.

Chiudo la porta alle mie spalle.

Lui mi osserva incuriosito.

Sono così sconvolta che non riesco neanche più a tremare.

Così delusa che non sento più niente. Solo il vuoto.

Gli passo davanti dirigendomi verso le scale, poi affilo la voce.

«Voglio stare da sola con te. Manda via Mini e Norman».
Glielo dico secca e senza esitazioni.
Lui mi guarda confuso.
«Ma che dici? Andranno via prima di cena… Juliet, avevi detto che volevi… ».
Mi volto di scatto, puntandogli un dito contro.
«Tu chi sei?».
Alexander rimane immobile. Non batte ciglio nemmeno ora.
«Cosa stai dicendo?»
«Non ti conosco. Non ti ho mai conosciuto».
Stranamente la mia voce non è stridula, ma ferma. Decisa.
«Juliet… che cosa…».
Lo abbandono in corridoio con la sua espressione leggermente smarrita, mentre scendo le scale verso il salotto.
«Juls, hai una faccia, ma stai bene?».
Mini mi conosce e mi guarda attentamente.
«No. Ho bisogno di riposare. Credo di avere la febbre», sbotto ritirando velocemente i giochi da tavolo.
«Di' la verità… ti sei fatta delle pillole anticoncezionali scadute di Catherine?». Mini ridacchia, mentre accompagno lei e Norman all'ingresso.
«Ti chiamo più tardi».
«Okay. Buona serata e…». La vedo farsi seria per un attimo, mentre la sua attenzione ricade oltre le mie spalle. «Juls, mi raccomando. Fa' attenzione».
Chino lo sguardo.
Ormai è troppo tardi per fare attenzione.
Il tonfo della porta che si chiude, ma il silenzio dura poco.
«Juliet».
Alexander scende le scale con una lentezza disarmante, senza perdermi di vista neanche per un attimo.
Le sue mani hanno una fermezza agghiacciante.
Così dure, come le sue labbra.
E se fosse incapace di amare?
«Juliet, che cosa sta succedendo?».
Non c'è più paura sul mio volto.
«Perché ogni volta che apri quella bocca escono solo minacce?», chiedo d'istinto, ma il mio tono è tanto ponderato da colpirlo.
«Io non ti minaccio. Io mi assicuro che tu faccia cos'è meglio per te».
Si ferma sull'ultimo scalino, creando un dislivello ancora maggiore tra noi.
«Ma sei particolarmente interessato a quando "non faccio" quello che dovrei. A quando sbaglio».
«A volte meriti di essere corretta», replica freddo, come se stesse parlando delle previsioni del meteo.
«È la violenza? È quella che ti fa sentire vivo? Che ti rende felice?».
Curva il collo, come se avesse appena visto una preda succulenta da sbranare.
«No. È possederti. È questo che mi fa sentire vivo».

«Tu non hai emozioni e provi piacere nel vedere la gente stare male…».
Mi rendo conto di star descrivendo il perfetto serial killer.
«Io provo piacere quando vedo te godere del dolore che ti provoco. È ben diverso, Juliet».
Ha ragione.
Cosa sto dicendo? È proprio così, non mi ha mai fatto del male.
È così convincente… Eppure so che non devo cascarci questa volta.
Le sue parole sono dannatamente ammalianti.
Mi ci ha conquistato, con quelle.
Mi ha fatto cadere letteralmente in ginocchio, con quelle.
Mi ha resa felice, con quelle.
Mi ha fatto fare cose che mai avrei creduto fosse possibile fare, sopportare, con quelle.
Mi ha resa come lui mi voleva, con quelle.
E se non ci fossero sentimenti lì, dentro quel corpo perfetto?
Sopraffatta dai dubbi, non so nemmeno come mi sento. Non ho più certezze.
Ha detto che voleva fottermi il cervello e ci è riuscito per davvero.
Alexander muove un passo, scendendo dall'ultimo gradino, e il suo movimento repentino mi fa scattare come una molla. Compio uno scatto verso la cucina, ma le sue mani mi afferrano prima.
«Lasciami! Sei un pazzo!».
«Juliet, calmati».
«E io mi sono fidata di te!», gli urlo a un palmo dal naso.
«Ascoltami», asserisce calmo.
«No!».
Sono stufa di trattenermi, di farmi manipolare, di farmi dire come mi devo comportare.
«Non stai ragionando».
La sua voce così calma mi sta facendo perdere la testa.
«Lasciami, ho detto!», sbraito inviperita.
Con le mani mi tiene salda per gli avambracci, lasciandomi dimenare, ma non fuggire.
Non ho mai provato a dirgli di fermarsi sul serio.
E se l'avessi fatto? Si sarebbe davvero fermato? Perché mi sono fidata così ciecamente di lui? Perché mi sono innamorata di lui?
Alexander non mi lascia, ma stringe di più, quindi provo a liberarmi con tutta la forza che ho in corpo.
Lui, in tutta risposta, mi spinge contro il muro.
«Juliet, te lo chiedo per favore. Dimmi che cosa…».
L'unica cosa che riesco a fare è sollevare la gamba per dargli una ginocchiata nello stomaco. Più forte che posso.
Lui ringhia. Le sue mani mi lasciano ma, appena mi volto, sono di nuovo su di me, mi afferrano un braccio.
Il polso mi fa un male allucinante quando gli do un colpo secco in viso.

Il suo labbro prende immediatamente a sanguinare.
Dovrei scappare, ma non ho le forze per muovermi.
Ansimo contro il muro.
Gli occhi di Alexander mi stanno macchiando di rabbia, mentre con la lingua si lecca il labbro umido di sangue.
È lo spettacolo perfetto al quale non vorrei rinunciare.
Ma devo farlo.
Fuggo via in preda al panico.
«Juliet».
Il suo rimprovero perentorio si riverbera dentro di me.
Mi fiondo in camera e chiudo a chiave.
Le opzioni sono due: scoppio a piangere, oppure scoppio a piangere.
Ma voglio darmi una terza opzione. Quella in cui reagisco.
Tento di pensare, di schiarire la mente.
Vado avanti e indietro per la stanza. Ma sono assuefatta.
Ho lui nella testa.
La sua voce, le sue parole.
Tutti quegli stupidi ordini, quei discorsi.
Guardo il cellulare e mi rendo conto che è da questa mattina che non lo controllo.
Ci sono diversi messaggi di mia madre e tre chiamate.

Ma: Juliet, ti avevo detto di scrivermi e chiamarmi almeno due volte al giorno. Stai bene?

Ripenso a quando John non voleva lasciarci soli.
E se era per paura che Alexander mi facesse del male?
Che stupida… Alexander mi faceva già del male. Ma come ho potuto?
Sento il mio petto andare in frantumi.
Con il cuore pesante, decido di chiamare mia madre.
«Mamma…».
«Juliet, finalmente! È tutto okay?».
Non so cosa risponderle e il suo tono passa dall'arrabbiato al preoccupato.
«Che succede?»
«Perché non mi avete raccontato la storia della rapina fino in fondo?»
«È successo qualcosa?»
«Che cos'è accaduto tra Alexander e quella ragazza?», chiedo con un nodo in gola.
«Passamela». Sento la voce di John in sottofondo. «Lo sapevo che non dovevamo lasciarli soli».
Sono appena partiti per la luna di miele e io li sto facendo preoccupare entrambi.
«Juliet, ascoltami bene: Alexander ti ha fatto qualcosa?».
In fin dei conti quello con il labbro sanguinante è Alexander, non io.
«No, John. Ma che dici?».

Non posso rovinare la loro vacanza. Se penso che per lui stavo anche per rovinare il loro matrimonio…

«Va tutto bene. Solo… non c'è niente in frigo».

Il respiro di sollievo da parte di John è inequivocabile.

«Di' ad Alex di fare la spesa. Vi ho lasciato i soldi per ordinare d'asporto. Non morirete di fame. Alex sa cucinare».

Saluto mia madre e John, poi decido di affrontare i miei demoni da sola.

Ho agito d'impulso prima, forse dovrei darmi una calmata.

Finora l'istinto mi ha solo provocato danni.

Rimango in camera mia fino all'ora di cena, poi scendo in salotto dove mi accoglie un profumino niente male.

«Non avevo molto tempo, quindi ho fatto il possibile».

Alexander mi sorprende, mentre si destreggia ai fornelli.

«Pollo e patate al forno», scandisco lenta, osservando la tavola imbandita.

«Dimmi che non è troppo scontato per te».

Io ci provo, ma il mio cuore fa quello che gli pare, dannazione. Le farfalle, le capriole. Fa tutto ciò che non dovrebbe, quando guardo Alexander negli occhi.

Mi siedo a tavola come un robot, senza perdermi un singolo gesto di quel ragazzo che sta di fronte a me e che mi serve la cena, come se fosse tutto normale tra di noi.

«Non so perché ti sei comportata in quel modo prima. Ma so perché volevi tutto questo», asserisce indicando la tavola apparecchiata, e le candele profumate che regnano sulla tovaglia.

Osservo il taglietto sul suo labbro gonfio.

«Le buone maniere, Juliet».

«Grazie per la cena», replico come una macchina senza emozioni.

«E…?». Alza un sopracciglio, dando per scontato che dirò e farò esattamente come vuole lui.

Chiudo gli occhi e prendo un lungo respiro. «Scusa per prima».

«Ora vieni qui».

«Non dobbiamo mangiare?»

«Ho detto vieni qui».

La sua voce è troppo calda, i suoi occhi sono troppo convincenti.

«Meglio se mangiamo prima», ribatto testarda.

«Sulle mie ginocchia».

C'è una tensione così palpabile che riesco a vederne la traccia.

Si propaga lenta tra me e lui, ai lati opposti del tavolo.

Si muove attraverso l'atmosfera calda e romantica, creata dalle candele, rendendo tutto più terrificante.

Mi siedo in braccio a lui, che si è accomodato su una sedia.

«Ma che ti è preso oggi?».

Serro le cosce quando sussurra in quel modo suadente nel mio orecchio.

Non glielo dirò.

Mi riempirà di bugie per convincermi che, nonostante tutto, ha ragione lui. E poi finirei per crederci. Ho bisogno di un piano.

«Ho…».

Schiarisco la voce.

Sì, sto tentando di mantenere la calma, la freddezza. Ma le sue labbra sono sulla mia spalla, poi sul mio collo. Facendomi rabbrividire.

È più difficile così.

E poi con la mano s'impossessa della mia gamba.

Tenendomi salda, ferma.

Facendomi sentire sua anche quando io non ne ho più il bisogno.

«Ho riflettuto sul fatto che ci sono dei segreti tra noi. Mi sono innervosita», ammetto cauta.

Lui sposta una ciocca dietro il mio orecchio, prima di soffiarvici dentro, lasciandomi paralizzata.

«Hai fatto una scenata davanti ai nostri amici oggi, mi hai ferito il labbro e prima mi hai legato al letto…».

Ecco il riassunto di ciò che trovavo eccitante fino a poco fa. Ma ora sembra che Alexander abbia appena letto la mia condanna a morte.

«Senza contare che sei entrata in camera mia senza il mio permesso. Alzati», ordina autoritario.

Mi sollevo dalle sue ginocchia in un battibaleno.

«Dimmi cosa preferisci, Juliet», dice sfiorandosi con il pollice la cintura che gli sostiene i pantaloni.

Lo guardo dall'alto e capisco a cosa si riferisce.

«Le tue mani».

«Ma il legno lascia i segni migliori. Lo sai», replica con un ghigno sadico.

«No», affermo a testa alta.

Alexander mi guarda. Il rifiuto sembra confonderlo, come una lingua conosciuta a cui però non è abituato. Si passa una mano tra i capelli, vagamente eccitato dalla situazione.

«Adesso tu mi dici tutto. Ora, Alexander. O non mi vedrai più».

«Di cosa stai parlando?»

«Cos'hai fatto a tua madre? Cos'hai fatto a quella povera ragazza?»

«Juliet, non è facile».

«"Non è facile"?». Ricalco le sue parole con rabbia, mentre sto già indietreggiando perché lui si è alzato in piedi.

«No, e poi quello è il mio passato. Vorrei rimanesse tale».

«Sono tutte bugie. Mi sono fidata di te. Mi sono davvero fidata di te. Mi sono innamorata di te!».

La mia voce è un crescendo disperato. Tutta la mia calma è andata a farsi benedire.

Alexander mi osserva spaesato, affascinato, poi però fa qualcosa di inaspettato: scoppia a ridere.

Rimango di ghiaccio.

Perché ride?
«Ti fa ridere?»
«È una cosa bellissima, no?».
Non capisco quale sia il copione che sta recitando. Gli ho detto di essermi innamorata di lui, pensavo di confonderlo, tutt'al più di farlo arrabbiare, ma la sua reazione positiva non è spontanea e mi disorienta. La sua reazione non è in linea con ciò che ho appena detto. Mentre mi perdo nei miei dubbi, lui ne approfitta per sfiorarmi il polso, ma prima che mi afferri mi allontano con uno scatto.
«Ho bisogno di aria».
È la verità, non respiro vicino a lui.
Quindi scappo in camera mia, in modo che Alexander non possa vedere com'è riuscito abilmente, mese dopo mese, a svuotarmi.
Non so come, ma trovo la forza di scorrere la rubrica fino al numero di mio padre.
«Papà?»
«Juliet, sei tu?»
«Sei ancora a Londra?»
«Sì, ti ricordi che ti ho detto di vederci domani? Possiamo fare che passo a trovarti tra poco? Purtroppo ho il volo stanotte, alla fine».
«Dove andrai?»
«Torno a casa, a Dublino, tesoro».
Trattengo un singhiozzo sofferto.
«Posso venire con te?»
«Oh, Juls...».
«Per favore, papà. Non ti darò fastidio. È solo per poco».
Per poco un accidenti. Non tornerò mai più qui. Mai più.
«Va bene, ti compro un biglietto».
«Mi passi a prendere ora?»
«Okay, ma Juliet, dimmi una cosa... perché lo vuoi fare?»
«È l'unico modo per salvarmi».
Dopo aver chiuso la chiamata mi vesto e contemplo il mio riflesso allo specchio, immersa in quel silenzio pesante. Con la valigia pronta e una profonda tristezza, lascio la casa silenziosa, avvolta nella notte. Quando esco e ormai sono in fondo al viale, mi volto a guardare quella dimora, le cui fondamenta sono solide, sicure, eppure soffocanti.
Un miscuglio di nostalgia e paura mi assale mentre fisso l'unica finestra illuminata della casa. Alexander rimarrà qui, ma ovunque andrò io lo porterò sempre con me. Una fitta dolorosa mi trafigge lo stomaco. Sento già la sua mancanza. Ora però non posso tornare sui miei passi, devo essere forte perché questo sacrificio servirà a salvaguardare qualcosa di molto più grande. La mia libertà.

RINGRAZIAMENTI

Eccoci qui, giunti al culmine di un lungo viaggio iniziato otto anni fa. Sono fermamente convinta che certi progetti richiedano una pazienza e un impegno straordinario. In questo caso, però, non mi riferisco solo alla mia dedizione, ma anche a quella di voi lettori, che avete atteso questo momento dal 2016.

Desidero ringraziare di cuore tutti coloro che hanno contribuito a rendere possibile la realizzazione di questa pubblicazione: da Raffaello alla casa editrice, a Elena, la mia stimata editor, fino a tutti coloro che hanno creduto nel progetto.

Un sentito ringraziamento va ai lettori, che con il loro sostegno mi spronano a dare il meglio di me ogni giorno.

Non posso dimenticare Francesca, Irene, Iman e Asia, che parlano di *Badlands* da quando le conosco e lo fanno con entusiasmo, lo stesso che mi ha contagiata e mi ha spinta a riconsiderare una pubblicazione come questa.

Un grazie speciale alla mia famiglia, per la sua costante pazienza e ispirazione.

Infine, un grazie di cuore a chi ha contribuito a trasformare questo romanzo in una realtà.

INDICE